Lasse Holm
Der Römer

Lasse Holm recherchierte acht Jahre lang für sein Debüt *Der Römer*, parallel zu seiner Arbeit als Designer und Illustrator. Nach Absagen durch diverse Verlage veröffentlichte er das Buch schließlich gemeinsam mit einem befreundeten Verleger. Es avancierte sofort zum Bestseller, ebenso wie der zweite Band der *Demetrios*-Trilogie *Der Grieche*, der im Herbst 2016 bei Osburg Tivoli erscheinen wird. Der Autor lebt mit seiner Frau in Kopenhagen.

LASSE HOLM

Der Römer

Kriminalroman

Aus dem Dänischen von
André Wilkening

Osburg Verlag

Titel der dänischen Originalausgabe:

Romeren

Copyright © Lasse Holm und Fahrenheit, 2014

Erste Auflage 2016
© der deutschsprachigen Ausgabe
Osburg Verlag Hamburg 2016
www.osburgverlag.de
Alle Rechte vorbehalten, insbesondere das des
öffentlichen Vortrags sowie der Übertragung
durch Rundfunk und Fernsehen, auch einzelner Teile.
Kein Teil des Werkes darf in irgendeiner Form
(durch Fotografie, Mikrofilm oder andere Verfahren)
ohne schriftliche Genehmigung des Verlages reproduziert
oder unter Verwendung elektronischer Systeme
verarbeitet, vervielfältigt oder verbreitet werden.
Lektorat: Bernd Henninger, Heidelberg
Umschlaggestaltung: Judith Hilgenstöhler, Hamburg
Satz: G&U Language & Publishing Services GmbH, Flensburg
Druck und Bindung: CPI books GmbH, Leck
Printed in Germany
ISBN 978-3-95510-108-4

Inhalt

Rom im Jahr 91 v. Chr.

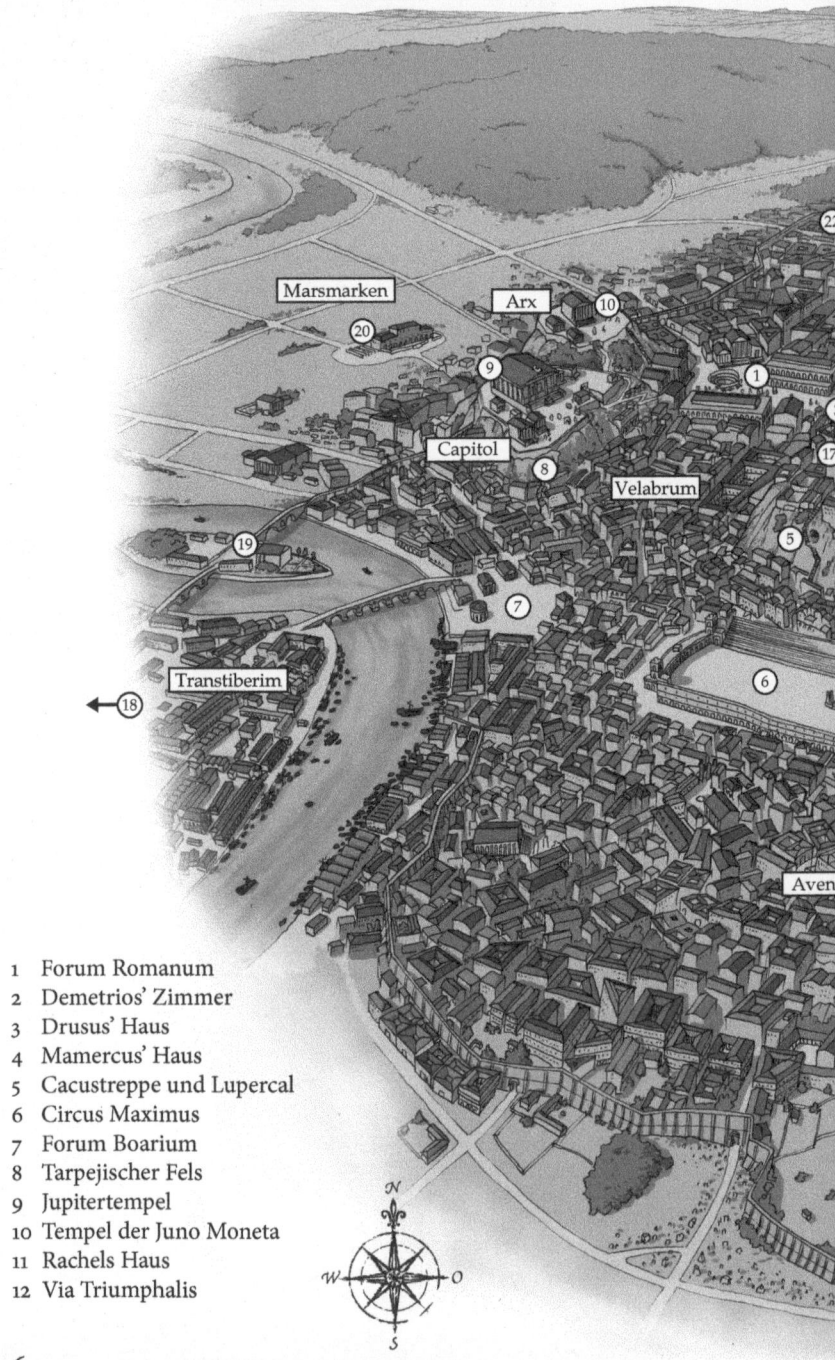

Marsmarken

Arx

Capitol

Velabrum

Transtiberim

Aventin

1 Forum Romanum
2 Demetrios' Zimmer
3 Drusus' Haus
4 Mamercus' Haus
5 Cacustreppe und Lupercal
6 Circus Maximus
7 Forum Boarium
8 Tarpejischer Fels
9 Jupitertempel
10 Tempel der Juno Moneta
11 Rachels Haus
12 Via Triumphalis

Esquilin

Quirinal

Cispius

Subura

Oppius

Carinæ

Palatin

Marcus Livius Drusus' Haus

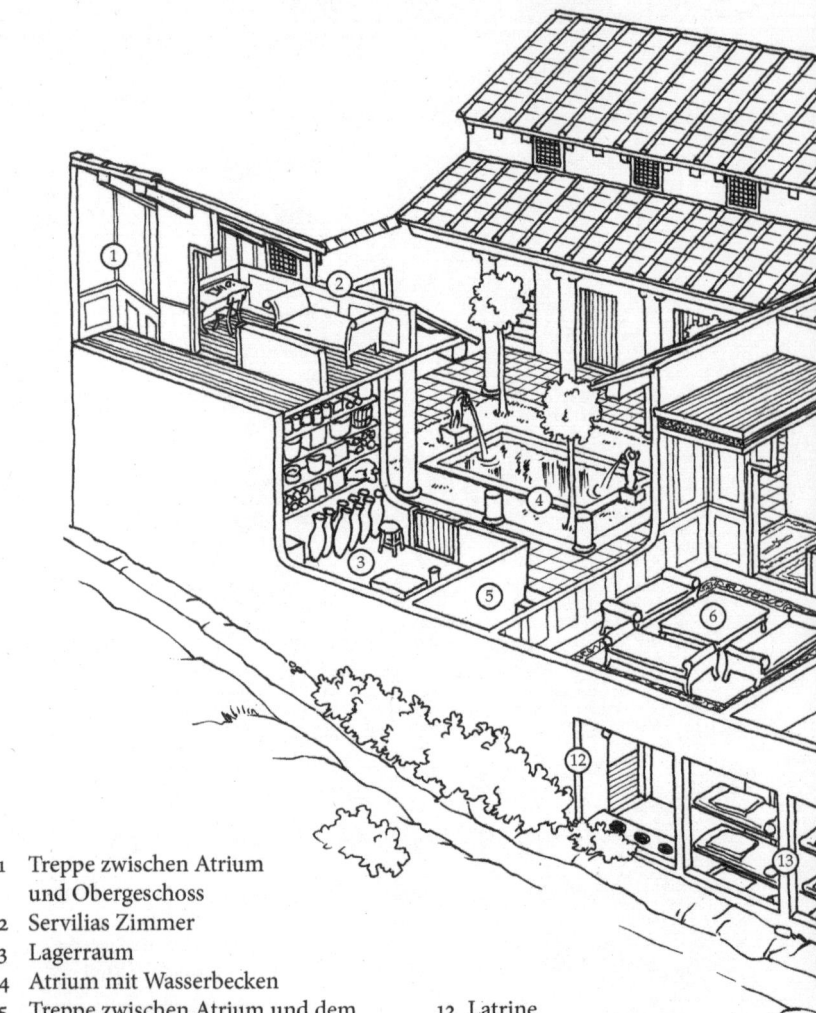

1 Treppe zwischen Atrium
 und Obergeschoss
2 Servilias Zimmer
3 Lagerraum
4 Atrium mit Wasserbecken
5 Treppe zwischen Atrium und dem
 Bereich der Sklaven
6 Triklinium (Speisezimmer)
7 Gang zwischen Atrium und Peristyl
8 Tablinum (Drusus' Arbeitszimmer)
9 Claudianus' Zimmer
10 Peristyl (ein von Säulengängen
 umgebener Garten)
11 Loggia mit Aussicht auf Rom

12 Latrine
13 Schlafraum der Sklaven
14 Kellertür
15 Anrichtezimmer
16 Treppe zwischen Küche und
 Loggia
17 Küche
18 Heizraum
19 Badezimmer

9

Forum Romanum

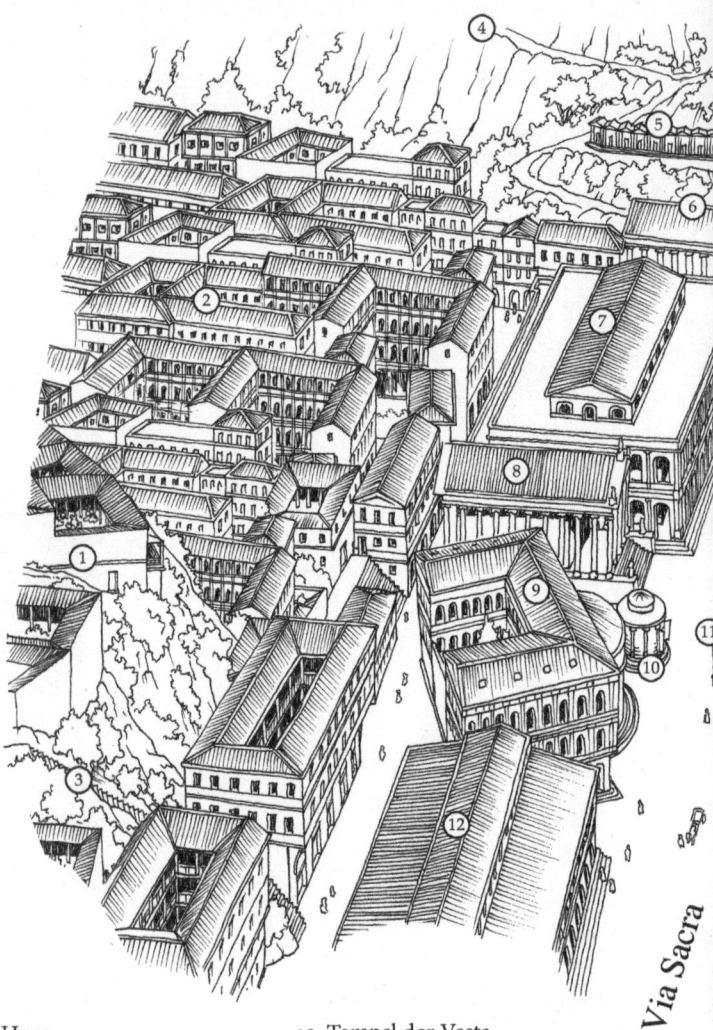

Via Sacra

Italien im Jahr 90 v. Chr.

Gallia Transalpina

Alpen

Aquileia

Gallia Cisalpina

Po-Ebene

Mutina

Bononia

Ravenna

Faventia

Fausulae

Arretium

Clusium

Apennin

Asculum

Saturnia

Corsi- ca

Alba Fucentia

Corfinium

Tibur

Marruvium

Ostia

ROM

Praeneste

Aesernia

Bovianum

Beneventum

Capua

Aeclanum

Nola

Cannae

Neapolis

Cumae

Pompeji

Sardinia

Metapontum

Brundisi

Tarentum

Velia

Thurii

Abruzzen

Messana

Rhegium

Lilybaeum

Utica

Sicilia

Karthago

Siracusa

Africa

Personenverzeichnis

Römische Familien – insbesondere die Adligen – konnten, wenn sie einem Jungen einen Namen geben wollten, nur zwischen ein paar Vornamen (Pränomen) wählen. Jede Familie hatte ihre Favoriten, jedoch waren Marcus, Quintus und Lucius äußerst beliebt. Obendrein wurde der erstgeborene Sohn traditionell nach seinem Vater benannt, der wiederum den Namen seines Vaters erhalten hatte usw. Was Frauen anbelangte, waren die Möglichkeiten sogar noch eingeschränkter. Eine Tochter bekam – unabhängig von der Anzahl der Schwestern – die weibliche Form des Familiennamens (Nomen). Demnach hießen alle Töchter der Juliusfamilie Julia. Einen richtigen Nachnamen erhielt sie erst, wenn sie vermählt wurde. Bis dahin trug sie den Beinamen (Cognomen) des Vaters.

Die weitaus meisten Personen in diesem Buch sind historisch bezeugt. Namensgleichheiten ließen sich daher nicht völlig vermeiden. Das unten stehende Personenverzeichnis soll dabei helfen, Missverständnisse zu vermeiden. Die Namen sind alphabetisch aufgelistet, und es sind diejenigen Namen groß geschrieben, unter denen sie im Buch auftauchen. Personen mit nur einem Namen sind Sklaven, Ausländer oder gehören zu den Plebejern, dem niedrigsten Stand in der römischen Gesellschaft.

AELIA. Wäscherin. Alleinerziehende Mutter von Tiro.

AEMILIA Lepida. (Geborene Cornelia) Römische Adlige ohne Talent für Heuchelei und weibliche Demut. Mutter von sowohl Drusus als auch Mamercus. Außerdem Großmutter von Servilia, Quintus, Porcia und Cato. Witwe von Aemilius Lepidus.

BRUTUS, Marcus Junius. Römischer Adliger und Senator. Nachkomme der Gründer der Republik.

CATO, Marcus Porcius. Widerspenstiger und altkluger Junge. Drusus' Neffe und Servilias Halbbruder.

CICERO, Marcus Tullius. Sohn eines reichen Landbesitzers. Schreiber im Stab von Sulla. Möchte gern Advokat und Orator werden.

CINNA, Lucius Cornelius. Konsul im Jahr 87 v. Chr.

CLAUDIA Aemilia. Als Zwölfjährige mit Mamercus vermählt, als ihre Eltern starben. Tochter von Appius Claudius.

CLAUDIANUS, Marcus Livius Drusus. Claudias Bruder. Von Drusus adoptiert. Eigentlich der Sohn von Appius Claudius.

CORNELIA Graccha. Besorgte Mutter von Tiberius und Gaius Gracchus.

CORNELIA Sulla. Unbekümmerte und angeblich sehr anmutige Tochter von Sulla.

CRASSUS ORATOR, Lucius Licinius. Skrupelloser römischer Senator. Freund von Scaurus.

CRIXIUS. Ehemaliger Gladiator und Volumnias Handlanger.

CAECILIA Metella. Junge und ausgesprochen attraktive Adlige. Mit Scaurus vermählt.

CAEPIO, Quintus Servilius. Römischer Adliger. War mit der Schwester von Drusus vermählt. Sohn von Quintus Servilius.

DEMETRIOS. Medicus und Chirurg. Sohn und Lehrling des griechischen Leibarztes von Cornelia Graccha.

DECUMIUS, Lucius. Legat (Offizier) im Stab von General Marius.

DIOMACHE. Demetrios' Kusine aus Massilia. Mit Mikon vermählt.

DOMITIUS, Gaius. Römischer Senator mit Sinn für Kunst.

DRUSUS, Marcus Livius. Römischer Senator mit einer Mission und zahllosen Feinden. Sohn von Aemilia und Halbbruder von Mamercus.

FABIUS, Quintus. Vorsitzender des Strafgerichts.

JULIA Maria. Mit Marius verheiratet. Schwägerin von Sulla, dessen verstorbene Ehefrau ebenfalls Julia hieß.

LUCULLUS, Lucius Licinius. Zenturio (Unteroffizier) im Heer von Sulla.

LUPUS, Publius Rutilius. Römischer Konsul und Heerführer im Jahre 90 v. Chr. Folterexperte, der sich dieses Wissen selbst aneignete.

LYDIA. Haushälterin im Haus von Senator Domitius.

MAMERCUS, Aemilius Lepidus Livianus. Sechzehn Jahre jüngerer Halbbruder von Drusus. Sohn von Aemilia und ihrem zweiten Mann Aemilius.

MARCUS Stercorius. Freigelassener Sklave und Koch bei Drusus.

MARIUS, Gaius. General und Kriegsheld.

MARIUS JUNIOR, Gaius. Sohn des alten Generals.

MESSALA, Marcus Valerius. Legat im Heer von Lupus.

METROBIOS. Sehr erfolgreicher griechischer Schauspieler.

MUCIA Licinia. Ehefrau von Crassus Orator.

MUTILUS, Gaius Papius. Ehemaliger Gladiator und jetziger Leibwächter.

PETRONIUS. Pförtner im Haus von Drusus.

PHILIPPUS, Lucius Marcius. Konsul im Jahre 91 v. Chr.

PHILOMELA. Verstorbene Schwester von Demetrios' Vater.

QUINTUS SERVILIUS. Konsul und Heerführer im Jahre 104 v. Chr. Verlor ein Heer von 80.000 Mann in der Schlacht von Arausio und wurde ins Exil geschickt. Vater von Caepio. Servilias Großvater.

RACHEL. Sklavin im Haus von Senator Domitius.

SARPEDON. Lehrer und Erzieher aus Lykien.

SCAURUS, Marcus Aemilius. Vorsitzender des Senats.

SEMPRONIA Scipia. Verbitterte Tochter von Cornelia Graccha. Schwester von Tiberius und Gaius Gracchus.

SERVILIA Caepionis. Selbständig denkende Nichte von Drusus. Caepios Tochter. Enkelin von Quintus Servilius.

SILO, Quintus Poppaedius. Anführer der Marser.

SULLA, Lucius Cornelius. Trunksüchtiger Sohn eines armen Patriziers.

TIRO. Schüchterner, aber intelligenter Sohn von Aelia.

VALERIUS FLACCUS, Lucius. Älterer Senator, an dessen Ehre nicht gezweifelt werden kann.

VARIUS, Quintus. Spanier und Handlanger von Philippus.

VOLUMNIA, Claudia. Ehemalige Prostituierte, jetzige Bordellbesitzerin. Freigelassene Sklavin aus dem Haus von Appius Claudius.

Für Katharina

Erstes Buch

I

»Marcus Livius Drusus ist ermordet worden, aber er ist nicht tot.«
Das war das Erste, was Petronius zu mir sagte.

Mit der einfachen, grauen Tunika eines Pförtners bekleidet stand er auf der obersten Stufe der Leiter, die mitten in die viereckige Dachluke hineinragte.

»Wer ist Marcus Livius Drusus?«, fragte ich.

»Kennst du nicht meinen Dominus?«

Seine hervorstehenden Augen weiteten sich vor aufrichtiger Überraschung. Dann sah er ein, dass die Frage als Unverschämtheit aufgefasst werden könnte.

»Vergib mir. Ich habe kein Recht, den Herrn auszufragen.« Er lächelte unterwürfig. »Ich suche nach dem griechischen Wundarzt Demetrios, der unter den Armen von Subura wegen seines Könnens berühmt ist und dessen Güte man vom Aventin bis zum Esquilin preist.«

Ich war gerade nach Hause gekommen von einer Frau mit Blutvergiftung, die ich betreut hatte. Die Venen in ihrem Unterleib traten wie Tätowierungen hervor, sie hatte Fieber und stank nach Verwesung. Ich hatte sie zur Ader gelassen und auf das Beste gehofft. Ihre drei Kinder hatten mit mir gewacht, bis sie nach einem Tag des Leidens endlich entschlief.

Petronius' Schmeichelei war wirkungslos.

»Wie hast du mich gefunden?«, erkundigte ich mich.

»Das war nicht leicht. Ich fragte im ganzen Viertel nach euch, mein Herr. Eine freundliche Seele führte mich zur Taverne an der Ecke. Der Wirt erzählte mir, wo der Herr wohnt.«

Meine Konsultationen im Hof des Grundstücks waren unter den Einheimischen wohlbekannt. Meine genaue Adresse war indes ein Geheimnis, das wenigen Eingeweihten vorbehalten blieb.

»Dann dürfte er dir auch erzählt haben, dass ich keine Patrizier behandle«, sagte ich. »Nur Sklaven und Plebejer.«

»Wieso?« Vor Überraschung vergaß der Sklave die korrekte Anrede. »Davon kannst du doch nicht leben.«

»Ich habe meine Gründe. Lass mich jetzt in Frieden.«

»Ich bitte dich.« Er kletterte das letzte Stück auf der Leiter hoch und fiel auf die Knie. »Erlöse meinen Dominus. Nur du kannst sein Leben retten.«

Ich lehnte meinen Kopf gegen die Wand. Sie schien im Takt meines Pulses zu vibrieren. Die Erschöpfung durchzog meinen ganzen Körper. Ich streckte mich und spürte das Knacken der Rückenwirbel.

»Wie heißt du?«, fragte ich.

»Wie ich heiße?«

»Du hast doch bestimmt einen Namen.«

»Mein Name ist ebenso unbedeutend wie ich selbst, Herr.«

»*Dein Name, Sklave!*«

Er beugte sich vor, legte das Gesicht auf den Boden und nannte ihn mir. Schweigend betrachte ich den kleinen, kahlköpfigen Mann, dessen Besuch mein Leben verändern sollte.

»Berichte mir von den Symptomen deines Dominus, Petronius.«

Als er aufsah, bemerkte ich Spuren von Staub auf seiner Stirn und Nasenspitze.

»Symptome, Herr?«

»Seit wann ist Marcus Livius Drusus krank?«

Petronius erzählte, dass seinem Dominus blass und schwindelig geworden sei und er sich übergeben habe, als er spät am Nachmittag in Begleitung seiner Freunde vom Forum heimgekommen sei. Sie hätten erzählt, dass es Drusus seit mittags so ergangen sei, als er einen wichtigen Gesetzesvorschlag in der Volksversammlung eingebracht habe.

Ich tröstete den besorgten Sklaven. Es klang nach einer gewöhnlichen Magenverstimmung. Sein Dominus würde sich bald erholen, wenn er ein paar Tage das Bett hüten und nur abgekochtes Wasser trinken würde.

»Du verstehst nicht, Herr. Es ist etwas anderes.«

Petronius biss sich auf den Handknöchel, als würde er bereuen, was er soeben gesagt hatte.

»Wie soll ich deinem Dominus helfen, wenn du nicht erzählen willst, was geschehen ist?«

»Es ist zu schrecklich! Ich kann es nicht laut sagen. Die Götter könnten mich hören. Wenn du darauf bestehst, es zu erfahren, bin ich gezwungen zu gehen.«

Er begann zu weinen. Am ganzen Körper zitternd stieg er zur Dachluke zurück.

»Warte«, sagte ich erstaunt, »kannst du mir wenigstens sagen, was nach dem Furchterregenden passierte, wovon du nicht erzählen willst?«

»Mein Dominus warf sich zu Boden. Er schrie wie ein Verrückter, oder besser gesagt, als wäre er vor lauter Schmerzen außer sich. Kurz danach verlor er das Bewusstsein.«

Das klang nicht länger nach Magenschmerzen. Ich seufzte und schnappte die Medizintasche.

Wagen und Karren kämpften miteinander um Platz in der schmalen Straße. Wir mussten uns an ihnen vorbeidrücken wie in einer überfüllten Lagerhalle. Die Rufe der Wagenführer und das Gebrüll der Ochsen hallten im Fackelschein zwischen den Hausmauern wider. Ich schaute Petronius an, der krumm und schief an meiner Seite vorwärts eilte.

»Ich werde deinen Dominus schon wieder auf die Beine bringen«, sagte ich und legte die Hand auf seine Schulter.

»Die Götter mögen dir Recht geben«, murmelte er. »Aber ich fürchte mich davor, dass der Schatten des Todes bereits über ihm ist. Denk doch nur, wenn er heute Nacht von uns gerissen wird. Was wird dann geschehen? Was soll aus uns werden?«

»Du bekommst einen neuen Dominus«, tröstete ich ihn. »In einem Jahr wirst du Marcus Livius Drusus vergessen haben.«

»Halt deinen Mund! Du weißt nicht, was du da redest!«

Einen Augenblick lang glaubte ich, dass er mir an die Kehle springen wollte. Die gewaltsame Reaktion erschreckte ihn selber, sodass er auf die Knie fiel und meine Hand küsste.

»Verzeih mir, Herr. Seit meiner Jugend bin ich der Pförtner von Marcus Livius Drusus, und ich bin nur ein halbes dutzend Mal ausgepeitscht worden. Niemals hört man ein böses Wort von ihm, sofern man seiner Pflicht nachkommt. Und die Sklavinnen werden in Ruhe gelassen. Er liegt nie mit ihnen, obwohl das sein Recht ist. Marcus Livius Drusus ist der beste Dominus in ganz Rom.«

»Dann sollten wir uns lieber beeilen.«

So lebhaft das Forum tagsüber war, so verlassen lag der Mittelpunkt der bedeutendsten Stadt der Welt bei Anbruch der Dunkelheit da. Unsere einzige Gesellschaft waren die Statuen auf ihren Podesten, während wir den Platz überquerten. Der Abendnebel hing zwischen den Gebäuden und verdeckte beinah den kleinen, runden Tempel der Vesta, der im Schatten des düsteren Steinmassivs der Domus Publica lag.

Wir stiegen die dreihundert Stufen der Vestatreppe vom Forum zum Clivus Victoriae empor. Oben schlängelte sich das glatte Pflaster der Straße in die Dunkelheit hinein, umgeben von hohen, ockergelben Mauern an beiden Seiten.

Die behäbige Stille des Reichenviertels wurde von einem Geräusch erschüttert, das wie eine aufgescheuchte Fledermaus über die Terrakottadächer flatterte: Mal war es ein schwaches Jammern, dann ein furchtbarer, angsterfüllter Schrei, der sich wie ein kalter, feuchter Mantel über unsere Schultern legte.

»Was ist das?«, fragte ich.

»Das ist Marcus Livius Drusus«, antwortete Petronius.

II

Ungefähr fünfzig Menschen standen auf der Straße vor der Bronzetür und erörterten den bedenklichen Zustand des Volkstribuns. Petronius bog nach rechts ab in einen abfallenden Pfad zwischen der Seitenwand des Hauses und der überwucherten Brache des Nachbargrundstücks. Durch eine Kellertür traten wir in einen schmalen, von Fackeln erleuchteten Gang ein, der voll weinender Sklaven war.

Eine Schar Kinder wurde weggescheucht. Ein hübsches, junges Mädchen mit blauschwarzem Haar stieß mit ihrer Schulter gegen meinen Oberarm. Das Grüne in ihren Augen ging in der Mitte der Iris ins Gelbe über, sodass ihre Pupillen von einem Goldring umgeben zu sein schienen.

Petronius zog mich durch die Küche. Ein dickbäuchiger Koch hing über einem Topf, dessen Inhalt er mit seinen Tränen salzte. Wir stiegen eine Treppe zu einer Loggia hinauf.

Die Villa lag am äußersten Rand des Palatins, einige hundert Fuß oberhalb des Forums. Unter uns erstreckte sich Rom zu allen Seiten hin. Ganz links thronte der dunkle Koloss des Jupitertempels auf dem Hügel des Kapitols.

Rechts lagen die Villen von Carinae, bedrängt von den Mietshäusern in Esquilin. Vor uns, auf der anderen Seite des Tals vom Forum, schimmerten die Gassen von Subura zwischen den baufälligen Häusern wie Magma zwischen schwarzen Felsbrocken hervor. Am Horizont schickten Schornsteine Tausende von dünnen Rauchsäulen zu den blassen Sternen hinauf.

Wir setzten unseren Weg durch den Garten des Peristyls fort und gingen weiter ins Haus hinein. Die dunkle rechteckige Fassade wurde nur von einem einzigen erleuchteten Fenster durchbrochen.

Als wir in einen Gang traten, sah ich flüchtig einen großen, schlanken Mann, der sich umgehend in das Dunkel zurückzog, als er uns erblickte. Seine hervorgewölbten Lippen schienen in einem unergründlichen Lächeln erstarrt zu sein. Der Ausdruck in seinen schmalen Augen war ernst.

Die Öllampen blendeten mich. Ich bemerkte kaum die drei Gestalten, die in der unruhigen Stille des prächtig ausgestatteten Tablinums standen oder saßen. Petronius führte mich an einem vollgestopften Bücherregal vorbei zu einem Vorhang in der äußersten Ecke des Raums.

»Ist er tot?«, fragte ein mit einer Toga bekleideter Senator, der die Hälfte der schmalen Schlafkammer auszufüllen schien. Sein tiefer Bass klang, als käme er eher aus dem Inneren der Erde als aus einem Menschen. Ich trat einen Schritt zurück, als ich ihn wiedererkannte. Es war zu spät, um zu flüchten. Ich blieb mit dem Rücken am Türrahmen stehen.

»Er ruht«, sagte ein griechischer Arzt, der am Kopfende kniete. »Das Schlimmste ist überstanden. Ich verordne Rosenwasser zur Reinigung.«

»Das wird das Gleichgewicht zwischen den Körperflüssigkeiten nicht wiederherstellen«, entgegnete ein anderer Arzt am Fußende des Bettes.

»Welche Körperflüssigkeiten?«, brummte der Senator.

»Wie schon Aristoteles geschrieben hat, so beruht jede Erkrankung des Körpers auf einem Ungleichgewicht der vier lebenswichtigen Körperflüssigkeiten: Blut, Schleim, schwarze und gelbe Galle. Es ist deutlich, dass der Patient zu viel Blut hat. Ich verordne einen Aderlass.«

»Unsinn!«, knurrte der erste Arzt, »er ist dehydriert. Eine Wasserkur wird ihn heilen.«

Petronius schlängelte sich zu dem hochgewachsenen Senator und flüsterte ihm etwas zu, woraufhin er sich umdrehte.

»Demetrios!«

»Salve, General Marius«, sagte ich. »Es ist eine Freude, dich wiederzusehen.«

Marius sah immer noch so aus, wie ich ihn in Erinnerung hatte: Die sonnengebräunte Haut saß straff über der kräftigen Muskulatur des Gesichts. Die Nase wirkte wie ein uneleganter Klumpen über den breiten, aufgesprungenen Lippen. Über der hohen Stirn, die wie ein Acker gefurcht war, stand ein Büschel kurz geschorener, hellroter Haare. Er erinnerte an einen oft benutzten Gegenstand aus Leder, der draußen jedem Wetter ausgesetzt und erst kürzlich hereingeholt worden war.

»Was für eine Überraschung. Es müssen seitdem zehn Jahre vergangen sein.«

»Zwölf, General.«

»Das mag sein. Wo hast du dich aufgehalten?«

»In Subura. Ich bin meinem Ruf gefolgt.«

»Deinem Ruf? Du machst Witze?«

Die buschigen Augenbrauen zogen sich am Nasenrücken zusammen. Ich wich seiner Frage aus.

»Ist das der Mann, zu dessen Behandlung ich gerufen wurde?«

»Ach ja«, antwortete Marius, »mein Freund Drusus hat Magenschmerzen. Wir können die alten Erinnerungen auffrischen, wenn du ihn kuriert hast. Was sagst du zu all dem Geschwätz über Körperflüssigkeiten, Junge?«

Marius fiel unbeschwert in unsere alte, vertraute Ausdrucksweise.

»Aristoteles war Philosoph, kein Arzt. Ich kenne keine anderen lebenswichtigen Körperflüssigkeiten außer Blut.«

»Exakt meine Worte.«

Der General betrachtete mich, während er das Gewicht vom einen auf den anderen Fuß verlagerte. Dann siegte seine Neugier über die Verhaltensregeln.

»Sagtest du Subura? Wie hast du zwölf Jahre lang dort in diesem Loch leben können? Wusstest du nicht, dass ich nach dir gesucht habe? Beinahe hätte ich geglaubt, dass du dich vor mir versteckt hältst.«

»Selbstverständlich habe ich mich nicht versteckt, General«, log ich.

Der erste Arzt musterte mich und fragte auf Griechisch, wie alt ich sei.

»Fünfundzwanzig Jahre«, antwortete ich.

»Dachte ich es mir doch. Lass lieber einen erfahrenen Medicus diese Sache erledigen. Wenn du einen Volkstribun falsch behandelst, kann deine Laufbahn vorbei sein, bevor sie begonnen hat.«

Solch einer Reaktion war ich schon früher begegnet, und ich hatte gelernt, ihr mit einschmeichelnden Worten zu begegnen.

»Ich bin nicht völlig unerfahren. Ich habe operiert, seit …«

»Ruhe!«, unterbrach der zweite Arzt. »Der Patient muss absolute Ruhe haben. Hör lieber auf meinen Kollegen. Das Leben eines Patienten ist eine ernste Sache.«

»Haltet alle beide den Mund«, wetterte Marius. »Glaubt ihr, ich verstehe euren Unsinn nicht, nur weil ihr Griechisch sprecht? Demetrios ist gut genug. Er ist der einzige Arzt, der mich jemals behandeln durfte.«

»Tatsächlich?«, sagte der erste Arzt. »Was war das Problem?«

»Krampfadern«, entgegnete ich, als Marius zögerte.

»Ähm, ja.« Sein vernarbtes Gesicht verzog sich zu einem angestrengten Lächeln.

»Als du mit dem einen Bein fertig warst und in das andere schneiden wolltest, bin ich von deinem Tisch gehüpft.«

Marius' Lachen hallte zwischen den kahlen Wänden wider.

»Bona Dea! Der Schmerz stand in keinem Verhältnis zu dem Nutzen. Doch wir dürfen Drusus nicht vergessen. Du sollst jetzt hören, was vorgefallen ist. Als wir gegen Abend vom Forum zurückkamen, wurde er auf der Straße aufgehalten. Er wollte mit einer Schar seiner Klienten sprechen. Sie waren uns auf unserem Weg gefolgt. Plötzlich fing er zu schreien an. Wir trugen ihn hier herein und riefen die Ärzte. Sie waren nicht von großem Nutzen, aber jetzt ist das Schlimmste sicherlich überstanden.«

Der Volkstribun Marcus Livius Drusus war Ende dreißig, schlank und mittelgroß. Er war bleich und das dunkle Haar war feucht vom Schweiß. Ich zählte seinen Puls, der wie ein Pferd galoppierte.

Vorsichtig wickelte ich die Toga von ihm ab. Unter ihren Falten entdeckte ich eine mögliche Ursache für seine Magenbeschwerden: In seinem Unterleib steckte bis zum Schaft ein Schuhmachermesser.

III

»Hol Wein«, rief ich zu Petronius, der schnellen Schrittes verschwand.
»Hilf mir, ihn hochzuheben, Marius. Hier drinnen ist es zu eng.«
Mit einem Schrei erwachte Drusus. Die drei Männer, die im Arbeitszimmer gesessen hatten, stürzten herein und versperrten uns die Tür. Ich schob sie zur Seite wie lästige Kinder und fegte die Schriftrollen vom Arbeitstisch.
Petronius kehrte mit einer gefüllten Amphore zurück. Marius zwängte den Wein in Drusus hinein, der wie ein Fisch auf einem Schneidebrett zappelte. Stück für Stück zog ich das Messer heraus und roch an der Wunde. Sollte Darminhalt in die Bauchhöhle geflossen sein, wäre er nicht mehr zu retten.
»Wer versucht denn, jemanden mit solch einem Messer umzubringen?«, sagte Marius. »Die Klinge ist nicht länger als eine Hand.«
»Deine Hände sind größer als die der meisten anderen Menschen, General. Von euch anderen hat wohl auch keiner gesehen, wie das passiert ist?« Ich wandte mich an die drei Gäste im Tablinum, unterbrach mich aber selbst. »Ave Domini. Es war nicht meine Absicht, respektlos zu erscheinen.«
Der Senatsvorsitzende Scaurus, der erst kürzlich das hohe Alter von siebzig Jahren erreicht hatte, lächelte freundlich und brachte sein spärliches Haupthaar in Ordnung. Er war klein und hatte einen krummen Rücken. Sein Gesicht war verrunzelt wie ein alter Apfel. Er sah aus, als würde er beim kleinsten Windstoß umfallen. Dennoch steuerte er Gerüchten zufolge sowohl den Senat als auch seine blutjunge Ehefrau wie ein Kapitän sein Schiff.
Der andere war Licinius Crassus Orator. Wie sein Beiname andeutete, war er der beste Redner Roms. Der Klang seiner Stimme war den meisten vertraut, denn er brachte seine Redefähigkeit recht großzügig unter die Leute, was ihn aber auch anstrengend machte. Seine Augen, deren Pupillen so klein waren, dass sie kaum zu sehen waren, taxierten mich, als hätte er allergrößte Lust, mich anzuspucken.

Der Dritte kam mir auch bekannt vor, doch es wäre unhöflich gewesen, ihn nach seinem Namen zu fragen, und damit anzudeuten, dass er nicht so bedeutend war wie die anderen beiden Herren. Seine Toga war neu, der Purpursaum war noch fast schwarz. Er verneigte sich mit einem ironischen Lächeln auf den schmalen Lippen, eine Parodie meiner eigenen Reaktion. Sein helles, fülliges Haar umgab das bleiche, sommersprossige Gesicht.

»Es gibt keinen Grund, derart unterwürfig zu sein, Chirurg«, sagte der alte Senatsvorsitzende mit einer Stimme, die klang, als würde ein Messer geschliffen. »In Rom sind wir alle ebenbürtig. Ja, das sind wir. Wir saßen hier drinnen und genossen einen Becher Wein, als uns Drusus' Schrei ins Atrium eilen ließ. Doch keinem von uns gelang es, den Täter zu sehen.«

»Wie ärgerlich.«

»Ärgerlich, ja«, pflichtete Crassus Orator widerwillig bei und rückte die Toga an seiner hochgewachsenen, schlanken Gestalt zurecht. »Allerdings vermuteten wir, dass es sich um eine Magenvergiftung handelte. Drusus hatte sich den Tag über mehrfach übergeben.«

»Ja, er hat den ganzen Tag lang gebrochen«, bestätigte Marius.

»Das macht mir mehr Sorgen als die Wunde.«

Bei Drusus setzte nun blutiger Durchfall ein. Die rotbraune Masse lief wie Ameisenstraßen an den vergoldeten Beinen des kostbaren Arbeitstisches hinab. Seine Pupillen weiteten sich, sodass sie schon Eingängen ins Totenreich ähnelten. Spucke klebte an seinen Lippen. Er krümmte sich krampfartig, und seine Arme mussten festgehalten werden, damit sie nicht wie Spatzenflügel durch die Luft flatterten. Seine Wunde roch nun nach Kot.

Immer wieder spannte sich sein Körper vom Nacken bis zu den Fersen wie ein Bogen, während er auf der Tischplatte lag. Er schrie und schrie immerfort, bis seine Stimme nur noch ein heiseres Winseln war.

Drusus' Leiden währte sechs Stunden. Als der Morgen graute, hatte er schließlich das Bewusstsein verloren. Kurz danach blieb sein Herz stehen.

Ich schloss seine Augen und trocknete den Schweiß von seiner Stirn. Marius legte eine Münze unter seine Zunge und hielt schweigend den

Unterkiefer mit zwei Fingern fest. Ich band ihn nach oben, sodass der Rigor mortis den Mund des Volkstribuns für immer verschließen würde.

»Wie konnte das geschehen?«, murmelte der alte Senatsvorsitzende heiser und strich mit seiner Hand über seinen Scheitel. »Das ist eine schlimme Situation. Ja, eine furchtbare Misere.«

»Es ist ein Skandal!«, rief der Orator. »Wer wird sich trauen, Drusus' Arbeit fortzuführen, wenn das der Lohn dafür ist, das Unrecht in Rom zu bekämpfen?«

Er richtete in einer demonstrativen Geste die geballten Fäuste zum Himmel, als würde er sich an eine größere Versammlung wenden. Was er auch tatsächlich machte.

Das Gerücht über das Attentat hatte im Laufe der Nacht die gesamte Stadt erreicht. Der Pförtner Petronius hatte nur die wichtigsten Mitglieder des Senats hereingelassen. Trotzdem war das Peristyl, von wo aus sie durch die Fenster des Tablinums den Begebenheiten folgten, voll. Das gedämpfte Murmeln der Senatoren hallte durch das Haus wie sanftes Regengeplätscher.

Der mir unbekannte blonde Mann wanderte unentschlossen in einer Ecke des Arbeitszimmers hin und her. Er fuhr sich mit seiner Hand über das sommersprossige Gesicht, als wäre er erst gerade erwacht. An der Tür blieb er stehen.

»Ich sollte mich lieber davonmachen«, sagte er.

»Du bleibst hier«, entgegnete der Orator, ihm den Rücken zugewandt.

»Wie meinst du das? Es war ein Zufall, dass ich hier war. Es wäre verdammt ungeschickt, wenn ich bleiben würde.«

»Damit magst du Recht haben«, krächzte der Senatsvorsitzende, »aber hättest du darauf Rücksicht nehmen wollen, hättest du vor einer Stunde gehen müssen.«

»Wovon redest du, Scaurus?«

Der Senatsvorsitzende starrte schweigend auf den Boden. Crassus Orator übernahm es, dem Blonden die Lage zu erklären.

»Die Tradition schreibt vor, dass Familie und Freunde eines Verstorbenen mithelfen, die Leiche zu waschen.«

»Familie und Freunde? Zum Hades, ich gehöre weder zum einen noch zum anderen.«

Der Orator taxierte ihn mit seinen winzig kleinen, nadelspitzen-
großen Pupillen.

»Du warst bei seinem Tod zugegen.«

»Das waren die da auch«, protestierte der Blonde und deutete aus dem
Fenster hinaus.

»Die Senatoren hielten sich nicht in dem Zimmer auf, in dem der Tod
eintrat. Aber wenn du gern den Mores maiorum trotzen möchtest,
dann meinetwegen.«

Roms ungeschriebene Verhaltensregeln übertrat kein Patrizier unge-
straft. Der Blonde griff nach einem Becher Wein und sank auf einen
Stuhl.

Der Senatsvorsitzende und der Orator begannen, die Schriftrollen
aufzusammeln und sie von Exkrementen und Blut zu säubern. Das
führte jedoch nur dazu, dass sie sich selbst beschmutzten. Ein Sklave
kam ihnen mit einem Leinentuch zu Hilfe. Sie arbeiteten schweigend
weiter, während sie es sorgfältig vermieden, sich gegenseitig in die
Augen zu schauen.

Die Stimmen der beiden Ärzte aus dem Garten unterbrachen die Stille.

»Es gab keine Hoffnung«, verkündete der erste wie ein Schauspieler in
einer griechischen Tragödie.

»Wir taten unser Bestes«, rief der andere, »aber vor Waffen und Gewalt muss die Wissenschaft weichen.«

Die Senatoren scharten sich um sie wie Spatzen um Brotkrumen auf
der Straße.

»Das lange Schwert wurde mit gewaltiger Kraft geführt«, fuhr der Erste fort. »Der Mörder muss ein wahrer Riese gewesen sein.«

In dem Vorwort zu seiner Abhandlung *De Medico* schreibt Hippokrates, der Vater der ärztlichen Heilkunst, wie er, als er einen Patienten
verloren hatte, von der erdrückenden Erkenntnis der engen Grenzen
seiner Fähigkeiten übermannt wurde, und dass er sich nur in diesem
Zustand erlaubte, irrational zu handeln. Ich berufe mich auf dieselbe
Entschuldigung, als ich, mit der Mordwaffe in meiner Hand, zum offenen Fenster lief und rief: »Ist dies das lange Schwert, von dem ihr
sprecht? Das so weit unten in Drusus' Bauch steckte, dass es ein Kind
hineingerammt haben könnte?«

»Trotzdem verursachte es seinen Tod«, schnaubten die Ärzte.

»Nein, das tat es nicht. Marcus Livius Drusus starb nicht durch den Messerstecher. Der Volkstribun hatte zwei Mörder.«

IV

Ein einziger Blick in die Hydra aus Gesichtern der Senatoren führte dazu, dass ich den entgegengesetzten Weg durch das Atrium einschlug. An der Tür zur Straße saß Petronius. Er sprang auf und musterte mein Gesicht.

»Sag mir die Wahrheit. Der Dominus ist tot, nicht wahr? Es ist meine Schuld. Ich hätte dich sofort herbeirufen sollen.«

»Zumindest hast du Augen im Kopf. Du warst der Einzige, der den Messerstecher sah. Aber du hast dich nicht getraut, es mir zu erzählen. Du wusstest, dass nur ein Wundarzt deinem Dominus helfen konnte.«

Das Gesicht des Sklaven verzog sich vor Entsetzen.

»Beruhige dich«, fuhr ich fort. »Er starb nicht durch den Messerstich. Dein Herr wurde vergiftet.«

Die Senatoren näherten sich uns und begannen, Fragen zu stellen. Was ich damit gemeint habe, Drusus habe zwei Mörder? Hätten zwei Männer ein und dasselbe Messer führen können?

»Halt deinen Mund, wenn dir dein Leben lieb ist«, flüsterte ich Petronius zu.

Er sah mir in die Augen und schien zu verstehen. Wir wussten beide, dass die Zeugenaussage eines Sklaven vor Gericht nur gültig war, wenn sie unter Folter erzwungen worden war.

Die Menge der Neugierigen auf der Straße vor dem Haus verlor augenblicklich jegliches Interesse an mir, als die Senatoren hinter mir auftauchten.

Ich drängte mich hinaus ins Freie. Auf der Vestatreppe lief ich an einigen Schaulustigen vorbei, die den Weg hinaufkamen. Auf dem Forum standen die Menschen bereits in Gruppen zusammen und diskutierten über den Tod des Volkstribuns.

Vor meinem Hauseingang, einer steilen Backsteintreppe zwischen einer Bäckerei und einem Weinhandel, stritten die Inhaber lautstark miteinander, obwohl sie sich einig darin waren, dass die Ermordung schlimm sei und man gegen solche Zustände etwas tun müsse. Über die Leiter im sechsten Stockwerk gelangte ich das letzte Stück hinauf durch die Dachluke in mein Zimmer.

In der Wohnung unter mir war meine Nachbarin dabei, ihren Sohn die Hausaufgaben abzufragen, die er in der Schule des Lykiers Sarpedon weiter unten in der Straße aufbekommen hatte.

Ich hörte ihrem vertrauten Morgenritual zu, während ich langsam zur Ruhe kam.

»Also, Tiro, wer waren die Gründer Roms?«

Das Schweigen des Jungen ließ die Mutter schnauben.

»Denk nach. Unsere Stadt heißt Rom und ihre Gründer heißen …?«

»Romulus«, erinnerte sich der Junge. »Und Remus. Sie waren Zwillinge. Sie wurden als Kinder von einer Wölfin gesäugt. Dann gründeten sie Rom, auf dem Palatinhügel.«

»Bravo, Tiro. Komm, zieh deine Tunika an.«

»Doch dann begannen sie, darum zu streiten, wer König werden sollte. Dann brachte Romulus seinen Bruder mit einem Schwert um.«

»Richtig. Möchtest du eingelegte Eier oder Brei zum Frühstück?«

Tiro entschied sich für eingelegte Eier. Sie waren seine Leibspeise. Der Geruch von Garum, einer kräftigen, vergorenen Fischsauce, die für alle möglichen Gerichte verwendet wurde, stieg zu mir nach oben.

»Darf ich auch zwei nehmen, Mutter?«

»Ach, was soll's. Beeil dich aber, wir müssen jetzt gehen.«

Ihre Stimmen verschwanden die Treppe hinunter und vermischten sich mit Geräuschen der Straße. Erschöpft fiel ich in den Schlaf.

In meinen Träumen tauchte das gequälte Gesicht von Drusus auf. Immer wieder versuchte ich, ihn zu retten, obgleich ich schon längst eingesehen hatte, dass es nutzlos war. Jedes Mal entglitt sein Leben meinen Händen.

Ich wachte gegen Mittag auf, als ein großer Schatten auf mich fiel. Es war ein Mann mit kurzen Haaren, einem tonnenförmigen Oberkörper und einem verbissenen Gesichtsausdruck. Er hielt mir ein Messer an die Kehle.

V

Es ist nun Zeit, dir zu erklären, weshalb ich die Erzählung über den Mord an Marcus Livius Drusus niederschreibe, und wie es mir mithilfe einer Beharrlichkeit, die ich selbst weder verstehen noch erklären kann, gelang, das Verbrechen aufzuklären.

Du sollst wissen, dass ich nicht den Wunsch hege, meine Schilderungen könnten eines Tages bei Gelagen vorgelesen oder von Schriftstellern zitiert werden. Ich weiß, dass dieses Manuskript weder jemals von Schreibsklaven vervielfältigt noch haufenweise verkauft werden wird. Vielleicht wirst du es noch nicht einmal lesen.

Ich habe mit deiner Mutter besprochen, dass es am besten wäre, die Wahrheit vor dir zu verbergen. Obschon viele der Personen, die in diese Affäre verwickelt waren, schon lange tot sind, erfreuen sich andere immer noch bester Gesundheit, und sie würden sich vermutlich nicht so geschildert sehen wollen, wie ich es im Dienste der Wahrheit getan habe. Einige könnten neue Verbrechen aushecken, um die Erwähnung des Mordes und der daraus folgenden Geschehnisse zu verhindern.

Ich wünschte, wir säßen am Herdfeuer und könnten vertraut miteinander reden, während deine Mutter verdünnten Wein und Honigwasser in unsere Becher schüttet; dass ich selbst auf deine Fragen antworten könnte, anstatt durch das Medium der Schriftrolle zu dir zu sprechen.

Aber ich werde niemals dein helles Lachen hören oder dich in die Mysterien von Hippokrates einweihen können, so wie es damals mein Vater tat. Dieser warmherzige, gutmütige Mann war für mich meine Familie, mein Lehrmeister, mein Beschützer und mein Vorbild. So wie er werde ich niemals meinen Sohn heranwachsen sehen. Ich werde mich im Alter nie auf deine Schultern stützen können. Ich werde niemals meine Enkelkinder kennenlernen. Alles, was ich tun kann, ist, meine Erzählung aufzuschreiben und darauf zu hoffen, dass du deine eigenen, gescheiten Schlussfolgerungen daraus ziehen wirst.

Zu meinen Lebzeiten habe ich mehr Geld verdient, als ich zu träumen wagte. Es ist zerronnen wie Wasser zwischen meinen Fingern. Ich habe die mächtigsten Männer der Welt kennengelernt, habe aber auch gelernt, dass sie nur kostbare Stoffe und vornehmes Benehmen von den niedersten Sklaven unterscheidet. Ich habe der Welt den Rücken zugewandt, so wie sie sich von mir abgewandt hat. Ich bin die Menschen leid, ihre endlosen Intrigen und ihren eitlen Kampf, das Unbedeutende über das Wichtige und Gute zu erheben. Ich bin die launischen Götter leid, die in ihrer allwissenden Gleichgültigkeit unser Leben wie Würfel in den Staub werfen, oder die mit uns spielen wie Kinder mit ihren Terrakottasoldaten. Für mich gibt es keine andere Wahrheit mehr als jene Worte, die ich auf dieses Pergament schreibe.

Ich möchte dich nicht durch meine Klagen vom Lesen abhalten. Ich habe viel zu erzählen und mir bleibt nur noch wenig Zeit. Ich liebe dich, so wie ich noch nie einen Menschen geliebt habe, und ich hoffe inständig, dass dir dein Leben mehr Glück bringen möge, als es mir gebracht hat.

Du bist mein einziger Sohn. Du bist alles, was ich hinterlasse. In deinen Adern fließt mein Blut. Das ist das Einzige, was mich freut.

Dieses Wissen ist mein Schatz.

VI

Der Hüne trat einen Schritt zurück, taxierte mich aber mit seinen dicht beieinander liegenden Augen. Hinter ihm kam eine junge Frau zum Vorschein. Ihr blauschwarzes Haar war zu einem Dutt zusammengebunden, wie es unverheiratete Frauen zu tun pflegen. Kurze Strähnen fielen ihr in die Stirn, seitlich trug sie das Haar offen und in kunstvollen Locken. Die Haut ihres ovalen Gesichts war wie aus reinem Marmor.

Sie betrachtete mich mit hocherhobener Nase und mit einer Miene, die derart demonstrativ erhaben war, dass es an Komik grenzte. Ich schätzte ihr Alter auf 16 oder 17 Jahre. Ihre dunkelgrünen Augen, die in der Mitte der Iris ins Gelbliche wechselten, sodass die Pupillen von einem goldenen Ring umgeben zu sein schienen, ließen sie älter wirken.

»Mutilus ist mein Leibwächter.« Ihre Aussprache war affektiert, ein sicheres Zeichen ihrer adligen Herkunft. »Er ist nervös, nach all dem, was heute Nacht geschehen ist. Ich bitte dich, sein Benehmen zu entschuldigen.«

Ich entgegnete, dass ein schlafender Mann eine geringe Bedrohung für einen sechs Fuß großen Gladiator sei. Die Seide ihrer roten Stola knisterte, als sie sich nach vorne beugte.

»Woher weißt du, dass Mutilus ein Gladiator gewesen ist?«

»Die Narbe unter seinem Kinn. Ihm selbst wurde ein Messer an die Kehle gehalten, doch sein Leben wurde verschont. Gewiss, weil er sich tapfer geschlagen hat.« Der Hüne strahlte eine provozierende Selbstgefälligkeit aus. »Außerdem riecht er nach Knoblauch. Die Gladiatorenschulen benutzen das als muskelaufbauendes Mittel.«

Ich hoffte, sie würde weiterfragen. Und sie enttäuschte mich nicht.

»Was kannst du mir über mich sagen?«

»Dein Name ist Servilia Caepionis. Du bist die Tochter des Senators Caepio und warst Marcus Livius Drusus' Nichte. Du wohnst im Haus des Volkstribuns und warst zugegen, als er ermordet wurde.«

Ihr Gesichtsausdruck schien nicht länger der einer vornehmen Patrizierin zu sein, sondern der eines jungen, unsicheren Mädchens. Mir gefiel diese Verwandlung.

Sie ließ sich auf einen Schemel sinken und sperrte die Augen auf, als hätte ich ein Zauberkunststück vollbracht.

»Woher weißt du das alles?«

Wie einen halben Tag zuvor bei Petronius, ließ das Erstaunen sie alle Förmlichkeiten vergessen.

»Simple Logik, basierend auf Beobachtungen«, erklärte ich. »Man kann es mit dem Diagnostizieren eines Patienten vergleichen. Jede noch so kleine Auskunft, wie stark ein Schmerz ist, seit wann ein Symptom besteht, stellt einen kleinen Punkt in einem gesamten Krankheitsbild dar. Wenn man genügend Informationen hat, kann man die Punkte miteinander verbinden.«

In meinem Hinterkopf hallte die Stimme meines Vaters wider, wie er ruhig das Geheimnis der Diagnosestellung erklärte, bis sich diese Grundlage aller ärztlichen Heilkunst in meinem Bewusstsein festgesetzt hatte. Es war seine Theorie – und sie wurde nur selten widerlegt –, dass man diese Methode auf alle Lebensbereiche anwenden kann. Derjenige, der es versteht, seine Umwelt zu beobachten und zu analysieren, besitzt ein unschätzbares Wissen.

»Die Punkte miteinander verbinden?«, wiederholte sie.

»Die Herrin stieß mit ihrer Schulter gegen meinen Arm, als ich gestern Abend durch den Bereich der Sklaven im Keller von Drusus' Haus ging. Aber die Herrin ist offensichtlich keine Sklavin. Auf dem

Forum spricht man über die hübsche Tochter von Senator Caepio, die bei ihrem Onkel wohnt. Ich verband einfach die Punkte miteinander.« Sie senkte ihren Blick, da sie Komplimente von Fremden nicht gewohnt war. Um sie aus dieser Verlegenheit zu befreien, fragte ich sie, ob ihr Vater immer noch mit der Schwester des Volkstribuns verheiratet sei. Dies hatte jedoch den entgegengesetzten Effekt. Sie errötete von Kopf bis Fuß.

»Sie ließen sich scheiden, als ich sechs Jahre alt war. Meine Mutter ist tot.« Ein paar weiße Schneidezähne bohrten sich in die geschminkte Unterlippe. »Aber das ist nun alles unbedeutend. Ich wurde heute Nacht von Onkel Drusus' Schreien geweckt. Meine Geschwister und ich wurden ins Untergeschoss zu den Sklaven gebracht, doch wir kamen nicht umhin zu hören, was oben gesagt wurde.« Sie schaute auf.

»Was meintest du damit, dass Drusus zwei Mörder hatte?«

»Nichts. Vergiss es. Das war nur irgendein Unsinn.«

»Ich habe mich durch halb Rom begeben, um auf diese Frage eine Antwort zu bekommen«, sagte sie, als wäre diese Kraftanstrengung für sich genommen schon ausreichend genug, um mein Vertrauen einfordern zu können.

»Dein Onkel hatte im Laufe des Tages mehrfach erbrochen«, antwortete ich nach einer kurzen Pause. »Außerdem hatte er blutigen Durchfall, Krämpfe und erweiterte Pupillen. Das alles sind Symptome für eine Vergiftung, die ihn letztlich umbrachte. Das Messer gab ihm nur den Rest.«

Drusus' Leiden wurden von einem Waldpilz namens Amanita Virosa, dem Knollenblätterpilz, verursacht, den man leicht mit einem gewöhnlichen Egerling verwechseln kann. Er hat einen süßlichen Geschmack und enthält ein Gift, das anfänglich gewaltiges Erbrechen auslöst. Danach Leber- und Nierenversagen. Schließlich perforiert das Gift den Darm, sodass sein Inhalt in die Bauchhöhle fließt und das Innere des Körpers in einen Morast verwandelt. Diese Details ersparte ich jedoch dem jungen Mädchen.

Sie merkte an, dass dieselbe Person, die ihren Onkel vergiftete, auch zugestochen haben könnte. Ich wandte ein, die Wirkung des Gifts hätte sich spätestens einen halben Tag, nachdem es das Opfer eingenommen hätte, eingestellt, und dass nur die wenigsten ein derart langsam wirkendes Gift verwenden würden, um anschließend ein riskantes Attentat auszuführen. Sie dachte darüber nach und nickte.

»Was brauchst du, um herauszufinden, wer meinen Onkel vergiftete?«, fragte sie dann und brachte den Einwand des Leibwächters mit einer Handbewegung zum Schweigen. Ich schaute beide nacheinander an.

»Ich kann keinen Mord aufklären.«

»Warum nicht? Du hast bereits mehr herausgefunden als sonst irgendjemand. Der Senat hat mitgeteilt, dass Drusus bei einem Messerattentat ermordet wurde, also wird keiner nach einem Giftmörder suchen. Es ist außerdem recht unwahrscheinlich, dass der Messerstecher gefunden werden wird. Im Gegensatz zu Athen hat Rom keine Miliz, wie du weißt.«

Das war nichts, was ein einzelner Mann bewerkstelligen könnte. Doch ich war bereits mehr in die Sache verwickelt, als ich mir eingestehen wollte. Ich driftete ab, sowohl im übertragenen wie im buchstäblichen Sinne. Nichts von alldem hatte etwas mit mir zu tun, redete ich mir ein.

Ihr sagte ich nur: »Es tut mir leid.«

Sie lehnte sich erschöpft an die Wand. Plötzlich lief sie zum Fenster und lehnte sich hinaus. Einen Augenblick lang hatte sie unser Gespräch vergessen.

»Dort sind das Kapitol und die Arx. Und der gesamte Palatinhügel. Deine Aussicht ist beinahe so schön wie unsere.«

Ich stellte mich neben sie. Unter uns breitete sich die Stadt aus in einem wirren, aber schmucken Gewimmel aus rotbraunen Terrakottadächern.

Sie streckte die Hand nach ein paar Spatzen aus, die auf der Dachrinne saßen.

»Diese kleinen Vögel sind überhaupt nicht ängstlich.«

»Ich übe mit ihnen, damit sie aus der Hand fressen. Hier, versuche, ihnen ein wenig Brot zu geben.«

Das Düstere in ihrem Blick war verschwunden. Im Licht der Nachmittagssonne glänzten ihre perlengleichen Zähne, die schmalen Nasenflügel schienen beinahe durchsichtig zu sein und ihre Lippen schimmerten. Ich betrachtete sie mit stockendem Atem.

»Du bist die Tochter eines der reichsten Männer Roms«, sagte ich. »Du hast gewiss spannendere Zerstreuungen als Spatzen auf einer Dachrinne.«

Zu spät fiel mir ein, was allgemein bekannt war: Das Vermögen der Caepiofamilie war konfisziert worden, als ihr Großvater wegen Betrugs ins Exil geschickt worden war.

Die grüngelben Augen musterten mich über den Nasenrücken hinweg. Nun kam es mir nicht mehr länger merkwürdig vor. Von den Fingerspitzen aus durchzog ein leichtes Zucken meine Handfläche, als sie mir die Brotkrumen zurückgab. Sie drehte sich um und machte eine Handbewegung zu Mutilus in Richtung der Leiter.

»Warte«, rief ich. »Versuch, Petronius zu fragen, was er in der Mordnacht gesehen hat.«

»Den Pförtner des Onkels?« Sie starrte mich an. »Er ist verschwunden. Er saß auf seinem Platz am Hauseingang, als die letzten Senatoren das Haus verließen. Als ich zu ihm gehen wollte, war er weg. Keiner der anderen Sklaven weiß, was aus ihm geworden ist.«

VII

Wir liefen schnellen Schrittes denselben Weg zurück, den ich in der Nacht zuvor mit Petronius gegangen war. Über uns türmten sich die Häuser in sechs oder sieben Geschossen auf, immer ausladender, je höher sie waren, sodass die Nachbarn unter den Dächern einander die Hand reichen konnten.

In den Straßen wimmelte es von Menschen, die ihren Besorgungen nachgingen, Ballen mit allerlei Waren trugen, Lebensmittel begutachteten und um Preise feilschten in einem Durcheinander von Stimmen, Geräuschen und Gerüchen. Der Duft von frischgebackenem Brot mischte sich mit dem schweren Dunst vom Blut der Eingeweide und der abgetrennten Gliedmaßen von Schweinen, Schafen und Hühnern, die in Baumwollfetzen eingewickelt waren und auf den Rücken schwitzender Sklaven getragen wurden.

Im Gedränge der Mittagszeit konnte ein Spaziergang, für den man normalerweise eine Viertelstunde benötigte, bis zu einer Stunde dauern. Auch wenn man einen Gladiator wie Mutilus dabei hatte, der einem den Weg freimachen konnte.

»Was hat deine Meinung geändert?«, fragte Servilia und duckte sich unter einer Schüssel mit Brot, die aus einem Laden gestreckt wurde.

»Als ich heute Morgen das Haus verließ, fragte ich Petronius aus.« Ich wich ein paar ungewaschenen Jugendlichen aus, die vorbeiliefen. »Er gab zu, den Messerstecher gesehen zu haben.«

»Sagte er auch, wer es war?«

»Nein, aber vielleicht haben uns die Senatoren gehört. Der Mörder kann einer von ihnen gewesen sein. Fällt dir jemand ein, der deinen Onkel so sehr hasste, dass er ihn umbringen würde?«

Sie schüttelte den Kopf und behauptete, dass die Freigiebigkeit ihres Onkels verhindert habe, sich persönliche Feinde zu verschaffen. Doch dann berichtigte sie sich selbst.

»Mein Halbbruder Cato mochte Onkel Drusus nicht. Aber er ist erst fünf Jahre alt. Ich habe drei Geschwister, aber ich bin das einzig legitime Kind meines Vaters.« Sie unternahm keinen Versuch, ihren Stolz über diesen besonderen Status zu verbergen und erläuterte sogar dessen Ursache: »Mutter betrog meinen Vater mit einem Mann namens Cato Salonianus, einem rothaarigen Emporkömmling und Enkel einer Sklavin. Deshalb ließ sich Vater scheiden. Wäre es ein anderer Patrizier gewesen, hätte man zumindest noch mit dieser Scham leben können.«

Auf dem kleinen Marktplatz am Ende der Vestatreppe musste sie sich einen Augenblick im Schatten eines Pinienbaums ausruhen, während Mutilus ungeduldig herumlief.

»Es tut mir leid«, keuchte sie, »dass ich in so schlechter Verfassung bin. Ich komme nur selten nach draußen.«

»Deine Verfassung ist prächtig, soweit ich das beurteilen kann.«

»Hör auf, Grieche. Wenn mein Onkel dich hören könnte ...«

Ihre Stimme überschlug sich, als sie über das Schicksal ihres Onkels nachdachte.

»Hilf mir auf«, sagte sie. »Es ist nicht mehr weit.«

Eine Sklavin mit großen, verängstigten Augen empfing uns an der Kellertür mit der Mitteilung, dass Drusus' Bruder zu Besuch gekommen sei und mit Servilia sprechen wolle.

Das junge Mädchen lief eine Treppe nach oben, drehte sich aber auf der untersten Stufe um.

»Elena«, sagte sie zur Sklavin, »Demetrios hier untersucht den Mord an Onkel Drusus. Sorge dafür, dass alle im Haushalt ihm erzählen, was sie wissen.«

»Warte, Servilia«, rief ich. »Kommt der Bruder deines Onkels häufiger unangemeldet zu Besuch?«

»Ja, gewiss. Sie waren zwar nur Halbbrüder und zwischen ihnen liegen 16 Jahre. Aber in den vergangenen sechs Monaten haben sie sich die ganze Zeit gesehen. Vorgestern war er zum Abendessen hier. Zusammen mit einigen von Onkels Freunden.«

»Drusus kann das Gift bei diesem Abendessen zu sich genommen haben. Das würde mit der Inkubationszeit übereinstimmen«, flüsterte ich und deutete auf die Treppe hinauf. »Kann der Halbbruder von Drusus einen Grund gehabt haben, ihm den Tod zu wünschen?«

»Onkel Mamercus?« Sie starrte mich an. »Das ist absurd.«

»Wer wird Drusus' Vermögen verwalten, nun, da er tot ist?«

Servilia musste sich an der Wand abstützen.

»Aber Onkel Mamercus ist selbst reich.«

»Mehr möchte mehr haben. Pass auf, was du ihm sagst.«

Die Sklaven des Hauses befanden sich in unterschiedlichen Stadien von Panik. »Was soll aus uns werden?«, klagten sie. »Der Haushalt wird in alle Winde verstreut werden. Wir werden uns nie mehr wiedersehen.« Keiner von ihnen hatte von dem Treiben des Pförtners Notiz genommen.

Nur der Koch des Hauses bildete eine Ausnahme.

Er stützte eine Hand auf einen stabilen Eichentisch. Mit der anderen Hand wischte er sich mit einem schmutzigen Lumpen immer wieder über das Gesicht, das mit einer dünnen Schweißschicht bedeckt war. Seine Fettleibigkeit machte es schwer, sein Alter zu bestimmen. Er hieß Marcus, so wie sein Herr.

»Ich bin hier im Haus, seitdem mich mein Dominus als Zehnjähriger gekauft hat«, schluchzte er, sodass sein Wanst vibrierte. »Der alte Koch sagte, ich sei ein Naturtalent. Als er starb, wurden mir die Küche und zehn Küchensklaven anvertraut. Viele von ihnen waren schon länger als ich hier, doch der Dominus vertraute mir. Ich habe ihn niemals enttäuscht.«

Es beruhigte ihn, über sich selbst sprechen zu dürfen. Ich ließ ihn fortfahren und wurde in die Zubereitung von Schlickfisch eingeweiht, einer Karpfenart, die am Auslauf der Cloaca Maxima lebt und deren Fleisch nur ein Meisterkoch herauslösen konnte, ohne dass es zu Brei wird oder den Geschmack der Kloake annimmt. Als Belohnung für sein Können wurde dem Koch vor zwölf Jahren die Freiheit geschenkt. Der Stolz über diese persönliche Ehrenbezeigung richtete ihn auf und er blickte mir in die Augen.

»Wenn du ein freier Mann bist«, sagte ich, »warum bist du noch immer hier im Haus?«

»Ich zog es vor, dort zu bleiben, wo man mich schätzt. Welche Freude sollte mir die Eröffnung einer Taverne oder Bäckerei bringen? Damit hat man nur Mühe.«

Wenn man sein Leben lang anderen gedient hat, verlangt es mehr als gewöhnliches Draufgängertum, um sich eine eigenständige Existenz aufzubauen.

Marcus putzte sich die Nase. Der Rotz, der auf seine Tunika gespritzt war, lief unbemerkt an seiner breiten Brust hinunter. Ich fragte, ob er Petronius gesehen habe. Seine rotfleckigen Wangen zitterten, als er den Kopf schüttelte.

»Nicht seit gestern Abend im Atrium.« Er hielt sich die Hand vor den Mund. »Nein, Moment mal. Es war *nicht* im Atrium.«

»Vielleicht hier in der Küche? Als er zusammen mit mir ankam, und wir dann die Treppe hinauf zur Loggia gingen? Du saßest hier und weintest über einen Topf gebeugt.«

Der Koch nickte eifrig und versicherte mir, dass es in der Küche gewesen sei, als er Petronius zuletzt gesehen habe. Viel später sollte ich über seine Erzählung nachdenken und mich darüber ärgern, dass ich sie so missverstanden hatte. Doch ich besaß noch nicht das Wissen, seine Bedeutung zu erkennen. Die Punkte lagen noch zu weit auseinander.

Servilia kam in die Küche herab und ließ sich auf einen Stuhl fallen. Marcus, der seine junge Herrin besser kannte, konnte ihr Schweigen schneller deuten als ich.

»Es gibt hoffentlich nicht noch weitere schlechte Neuigkeiten, Servilia?«, fragte Marcus eindringlich.

Ich schaute sie nacheinander an und wunderte mich darüber, wie familiär der Freigelassene mit der Adligen sprach.

»Onkel Mamercus war hier, um meine Zukunft zu besprechen«, erzählte sie.

»Er kam direkt nach der Eröffnung des Testaments. Onkel Drusus gelang es offenbar, vor seinem Tod meine Ehe zu arrangieren.«

»Oh, wie wunderbar!« Der Koch schlug die Hände zusammen. »Wer ist der Glückliche?«

Servilia kniff die Augen zusammen und schüttelte sich. Wer der Glückliche auch war, sie konnte ihn offensichtlich nicht leiden.

Das freute mich mehr, als ich mir eingestehen mochte.

VIII

Das Geräusch des plätschernden Wassers aus dem kleinen Springbrunnen, der die Form einer Nymphe mit einer Amphore hatte, erfüllte das Atrium mit einer friedlichen, träumerischen Stimmung. An den rot getünchten Wänden hingen die Ahnenmasken der Vorväter der Liviusfamilie wie hoch geschätzte Jagdtrophäen.

Am Hintereingang des Hauses stand eine Leichenbahre aus dunklem Holz. Dort lag Drusus, in eine Senatorentoga mit einer purpurnen Borte gehüllt und mit Sandalen an den Füßen, die frisch mit Öl eingerieben waren.

»Die Freunde von Onkel Drusus waren den ganzen Vormittag hier«, sagte Servilia. »Sie haben ihn gewaschen und angekleidet. Jetzt sind sie nach Hause gegangen, um zu schlafen.«

Sie führte mich durch den kurzen Gang, der das Tablinum vom Triklinium trennte.

»Als ich gestern Abend ankam«, erwähnte ich und zeigte ins Speisezimmer, »bemerkte ich einen Mann, der sich dort drinnen versteckte. Er hatte schmale Augen und einen nach oben gezogenen Mund, obwohl er nicht lächelte.«

»Das klingt nach Silo. Er und Onkel Drusus kennen sich von Kindesbeinen an.«

»Hätte sich der Freund deines Onkels nicht zu erkennen gegeben, hätte er sich gestern im Haus aufgehalten?«

»Ja, du hast Recht. Dann kann er es nicht gewesen sein.«

Es sei denn, dachte ich, *dass er nicht auf einen Höflichkeitsbesuch aus war.*

Der viereckige Peristylgarten war in vier Kräuter- und Gemüsebeete aufgeteilt. In der Mitte, wo sich die beiden Wege kreuzten, plätscherte ein Brunnen. Ein Mädchen und zwei Jungen blickten von ihren Spielsachen auf. Der kleinere Junge betrachtete mich missbilligend wie eine verfaulte, ungenießbare Frucht.

»Wer ist das?«, fragte er.

Ich stellte mich vor.

»Ich habe meine Schwester gefragt«, unterbrach er mich, »nicht dich.«

Servilia ignorierte ihn und deutete auf einen Jungen von ungefähr neun Jahren.

»Das ist Quintus, mein ältester Halbbruder. Das Mädchen heißt Porcia, und der Kleine ist Cato. Wie ich es dir erzählt habe, sind sie die Kinder des Liebhabers meiner Mutter, Cato Salonianus. Du weißt, jener Mann, der der Nachkomme einer Sklavin war und meine Mutter die Ehe mit meinem Vater kostete.«

Die Kinder überhörten diese offenkundige Verunglimpfung. Sie waren alle drei rothaarig und blauäugig. Ihre langen Nasen, die hässlich schief in ihren kleinen Gesichtern standen, bildeten einen starken Kontrast zu Servilias ebenmäßigen Gesichtszügen.

Ich fragte, ob sie ein paar Fragen zum Tod ihres Onkels beantworten könnten.

»Ich vermute, wir können leider nicht behilflich sein.« Quintus, der Älteste, glich seine niedere Herkunft damit aus, dass er noch geschwollener als Servilia redete. »Wir erwachten von Onkel Drusus' Schreien. Elena brachte uns hinab in den Keller. Von dort unten hörten wir nichts anderes als undeutliche Stimmen.«

Cato, der kleinere Junge, hob ein Holzschwert vom Boden auf und fuchtelte damit erregt durch die Luft.

»Onkel Drusus kann mich am Arsch lecken!«, zischte er.

Quintus entschuldigte sich für die Reaktion seines kleinen Bruders: Cato sei schon seit Langem auf Drusus zornig aufgrund dessen Bekanntschaften.

»Welche Bekanntschaften?«, erkundigte ich mich.

Quintus zögerte, und so war es Servilia, die antwortete.

»Es waren Boten der Marser, Etrusker, Päligner und Samniten«, sagte sie. »Roms wichtigste Verbündete in Italien.«

»Keine Römer!«, stieß der kleine Cato hervor und schlug ein paar Blätter eines Buschs ab. »Das sind Dreckskerle.«

»Onkel Drusus arbeitete an einem Gesetzesvorschlag, der das römische Bürgerrecht auf ganz Italien ausdehnen sollte. Dies hätte alle Volksstämme der Halbinsel dazu gebracht, Rom wie einen liebevollen Vater zu betrachten, anstatt wie eine arrogante Besatzungsmacht.«

»Hör auf damit, Onkels Reden zu wiederholen«, rief Cato und drohte seiner Halbschwester mit dem Holzschwert. »Wir Römer sind nicht arrogant. Wir sind einfach nur viel besser als alle anderen. Das werden diese Hunde noch einsehen. Ansonsten müssen wir es ihnen beibringen.«

Dieses war keine ungewöhnliche Ansicht. Man hörte es auf dem Forum beinah täglich. Aber es war sonderbar, dass ein Kind so etwas nachplapperte.

»Wie sollten wir ihnen das denn beibringen?«, gab Servilia zurück. »Es gibt zehnmal so viele Italer wie Römer. Es wäre klüger, sie zu unseren Freunden zu machen.«

Cato setzte eine sture Miene auf. Rationale Argumente würden seine Einstellung nicht ändern. Ich betrachtete den Jungen, während die Diskussion weiterging. Er zeigte eine beinah lächerliche, doch aufrichtige Würde, die nur wenige Erwachsene besitzen und die ihn weitaus älter wirken ließen, als er mit seinen fünf, sechs Jahren war. Ein alter Querulant, gefangen im Körper eines kleinen Jungen.

»Man kann Barbaren nicht zu römischen Bürgern machen«, behauptete Cato.

»Italer sind keine Barbaren«, protestierte Servilia.

»Nein, das findest du natürlich nicht so. Du mit deinem samnitischen Geliebten.«

Servilia machte einen Schritt auf den Jungen zu, wurde aber von Quintus aufgehalten.

»Lass gefälligst meinen Bruder in Frieden«, sagte er.

»Dann soll er auch seine Klappe halten.«

Servilia war einen Kopf größer als Quintus, der nichts Bedrohliches an sich hatte. Dennoch wurde sie unsicher angesichts der vereinten

Opposition der Brüder. Porcia hatte sich in eine entlegene Ecke des Gartens zurückgezogen. Zank war eine immer wiederkehrende Begebenheit, der sie gewohnheitsmäßig aus dem Weg ging.

»Wenn wir groß genug sind, erben wir das gesamte Haus«, sagte der kleine Cato. »Und dann schmeiße ich dich raus.«

»Bis dahin bin ich verheiratet«, schrie Servilia, »und habe meine Mitgift bekommen.«

»Nicht, wenn du weiterhin alle Freier ablehnst, mit denen Onkel Mamercus ankommt.«

»Du hast an der Tür gelauscht!« Der kleine, altkluge Junge hatte einen wunden Punkt getroffen. »Was bildest du dir ein? Das geht dich nichts an.«

»Vielleicht kümmert es ihn dort ja, wer unser Vater ist?« Klein Cato zeigte auf mich. »Wer ist das noch mal? Ein neuer Liebhaber?«

»Ruhe, Kinder«, unterbrach ich sie. »Ich bin nur gekommen, um zu fragen, ob ihr wisst, wann genau euer Pförtner Petronius verschwunden ist. Könnt ihr mir darauf antworten?«

Sie schauten sich an und schüttelten den Kopf.

»Seine Abwesenheit wurde erst mitten am Tag entdeckt«, führte Quintus in seinem formvollendeten Latein aus. »Wir wussten selbst nichts davon, bevor es uns Servilia erzählte.«

»Dann wünsche ich den jungen Herren einen guten Tag.«

Servilia holte mich an Drusus' Leichenbahre ein.

»Warte«, sagte sie kurzatmig. Sie hielt meinen Arm einen Augenblick länger als notwendig fest. Die Berührung brannte auf meiner Haut wie Feuer.

»Ich habe keinen samnitischen Liebhaber«, flüsterte sie und strich sich die kleinen, schwarzen Locken aus der Stirn. Ihre grüngelben Augen strahlten mich an.

»Ich denke nicht«, murmelte ich, »dass die Herrin einem Griechen gegenüber ihr Privatleben rechtfertigen muss.«

»Ist es, weil du Grieche bist, dass du glaubst, ein Pförtner sei wichtiger als der Mord an meinem Onkel? Oder weshalb beschäftigst du dich so sehr mit Petronius' Verschwinden? Ich habe auch gehört, wie du den Koch nach ihm ausgefragt hast.«

»Ich glaube nicht, dass du meine Beweggründe verstehst, Servilia. Du, die so privilegiert ist.«

»Es mag schon sein, dass du denkst, ich sei privilegiert«, brach es aus ihr heraus. »Du siehst den Schmuck und die feinen Kleider. Die vornehme Adresse. Aber ich würde auf das Ganze hier liebend gern verzichten, könnte ich nur selbst über mein Leben bestimmen.«

»Glaubst du vielleicht, ein Sklave kann selbst bestimmen?«

Sie stützte ihre Hände in die Seiten. Ihre aufkeimenden Brüste hoben und senkten sich unter der Seidenstola. Die Sonne, die sich hinter dem Dachfirst verzog, schimmerte in ihrem blauschwarzen Haar.

»Ich kenne jeden einzelnen Sklaven hier in diesem Haus«, sagte sie, »sie sind alle meine Freunde. Meine Familie, in Ermangelung von etwas Besserem. Dazu gehört auch Petronius.«

Vielleicht würde sie es sogar verstehen.

»Petronius ist wegen mir in Schwierigkeiten geraten. Deshalb möchte ich ihn finden. Das führt mich möglicherweise zu dem Mörder deines Onkels, aber das muss ich in Kauf nehmen.«

IX

Meine Konsultation hielt ich in einer Ecke des Hofs ab. Inmitten der aufgehängten Wäsche, freilaufender Hühner, eines alten Kochkessels, eines Handkarrens mit gebrochener Achse und einer Menge anderen Gerümpels hatte ich eine Tischplatte zwischen zwei Pfosten befestigt. Diese primitive Konstruktion war keineswegs ungewöhnlich. Jeder Sklave oder Freigelassene, der ein wenig Griechisch sprach, konnte sich Medicus nennen.

Vorsichtig fuhr ich mit den Fingerspitzen an dem Unterarm einer jungen Frau entlang, der zart wie Daunen war. Ihr Dominus, ein älterer, korpulenter Senator, folgte mir aufmerksam mit seinem Blick, als wäre es seine kostbarste Vase, die ich anfasste.

»Wird es teuer?«, fragte er.

»Der Arm ist gebrochen. Fünf Denare.«

»Ich habe gehört, du seist billig.«

»Der Herr hat richtig gehört.«

Schultern und Rücken des Mädchens waren deutlich von Stockschlägen gezeichnet. Und ihr verängstigter Blick deutete noch auf andere

Übergriffe hin als auf Prügel. Ich schiente den Arm, obwohl er nur verstaucht war.

»Die Patientin muss einen Monat lang absolute Ruhe halten. Keine körperliche Anstrengung.«

Das würde der jungen Sklavin hoffentlich eine notwendige Verschnaufpause verschaffen. Ihre dunklen, mandelförmigen Augen lächelten mir zu, als mich das ungleiche Paar verließ. Der Senator, der vor lauter Verärgerung schnaubte, war beinahe mit dem letzten Patienten des Tages zusammengestoßen, einem hageren Mann mit einem feuchten, um das Gesicht gewickelten Handtuch. Eine Frau und ein Junge führten ihn. Es waren meine Nachbarn unter mir, denen ich an dem Morgen nach dem Tod von Marcus Livius Drusus unfreiwillig zugehört hatte.

Sie war Witwe und nur ein paar Jahre älter als ich. Früher hätte sie sicherlich den meisten Männern den Kopf verdrehen können, doch ihre Schönheit war verblasst wie ein Stück Stoff, das man den Sommer über auf der Wäscheleine vergessen hatte. Wenn wir uns auf der Treppe begegneten, grüßte sie immer mit gebremstem Eifer, wie ein unfreiwilliger Einsiedler, der sich nach menschlicher Gesellschaft sehnt. Sie verströmte einen Geruch, den ich zunächst schwer identifizieren konnte, und mich überraschte es dann umso mehr, als es mir gelang: Sie roch nach Urin.

Der Junge war das genaue Gegenteil seiner Mutter. Wo sie redselig war, war er schweigsam wie eine Statue. Wo sie mit ihrer Munterkeit beinah aufdringlich war, war er scheu und zurückhaltend. Er war zwölf Jahre alt, wirkte aber jünger.

Der Patient hieß Sarpedon, erklärte die Mutter, während ich ihn untersuchte. Er war Lehrer und hielt seinen Unterricht in einem Straßenladen direkt um die Ecke ab, dessen Besitzer seit Langem wünschte, ihn an jemand anderen vermieten zu können.

»Ich wollte den Raum nicht aufgeben.« Die nasale Stimme des Lehrers erinnerte an das Blöken eines Lamms. »Weshalb hätte ich das tun sollen? Er liegt an einer Kreuzung, und meine Schüler hatten sich an den Ort gewöhnt. Wäre ich umgezogen, wäre die Hälfte der Schüler nicht mehr gekommen. Also blieb ich. Und schau her, was der *Schurke* mit mir gemacht hat.«

»Der Vermieter schüttete einen Topf kochendes Wasser über ihn«, erläuterte die Frau. »Die anderen Kinder hauten ab. Keiner versuchte, zu helfen. Ist das nicht unglaublich?«

Ich fragte, wer denn ein feuchtes Handtuch auf die Verbrennung gelegt hatte.

»Tiro hat es in bester Absicht getan.« Die Frau schlang schützend die Arme um ihren Sohn. Sie waren so kräftig, als würde sie mehrmals am Tag ihr eigenes Gewicht stemmen.

»Das hast du gut gemacht, Tiro.«

Ich wollte dem Jungen über die Haare streichen, doch er wich meiner Hand aus.

»Auf der linken Wange wird eine ständige Hautverfärbung zurückbleiben«, sagte ich zu dem Lehrer. »Aber Tiro hat dich vor dem Schlimmsten bewahrt. Ich selbst hätte es nicht besser machen können.«

Ich versuchte, Tiro aufmunternd anzulächeln, doch er betrachtete geschäftig seine Füße.

Alles, was sich der Junge wünscht, ist, dachte ich, *in Ruhe gelassen zu werden.*

Sarpedon fuhr damit fort, sich zu beklagen. Sein Unglück sei, so ließ er uns wissen, dass er zwar kein Sklave sei, doch kein Patrizier wolle einen Freigelassenen bei sich aufnehmen. Daher müsse er sich, der aus einer der vornehmsten Familien Lykiens stamme, mit dem wenigen Geld begnügen, das ihm die Leute geben könnten, und obendrein sei er nun sein Leben lang verunstaltet.

»Ich glaubte, mein Glück in Rom finden zu können«, schluchzte er. »Stattdessen gehe ich in seinem Elendsviertel zugrunde.«

Die Witwe hatte ihre eigenen Absichten.

»Wir haben uns noch nicht ordentlich vorgestellt. Das ist doch eine Schande, wo wir doch so nah beieinander wohnen. Mein Name ist Aelia. Vielleicht möchtest du eines Abends mal zum Essen kommen?«

Sie entdeckte den Widerwillen in meinem Gesicht und fügte hinzu: »Das ist das Mindeste, was ich für einen Kameraden meines Mannes tun kann. Du bist doch auch einer von General Marius' Helden aus der Schlacht in der Po-Ebene.«

Wo sie diese Information aufgeschnappt hatte, konnte ich nur erraten, hatte ich doch jahrelang gewohnheitsmäßig jede andere Vertrautheit als eine streng berufliche vermieden. Ich war sehr geübt darin, Einladungen wie die von Aelia auszuschlagen.

»Ich bin nicht so heldenhaft wie dein Mann gewesen«, sagte ich. »Ich habe nichts zu dem Sieg von General Marius beigetragen.«

Als hätte er auf dieses Stichwort gewartet, betrat der Sieger der Schlacht in der Po-Ebene den Hof. Marius' breiter Körper zeichnete sich einen Augenblick lang in dem hellen, viereckigen Hofeingang ab. Als er sich sicher war, dass ich sein grobes Narbengesicht wiedererkannt hatte, verschwand er hinter der aufgehängten Wäsche.

»Uns wäre besser mit einem Ernährer als einem Helden gedient gewesen«, fuhr Aelia fort. »Tiros Vater hinterließ uns noch nicht einmal seine Ausrüstung.«

Ich sah ein, dass ich meine neuen Bekannten nur loswerden konnte, wenn ich Aelia gab, was sie sich wünschte.

»Wenn du Sarpedon in deiner Wohnung pflegst, werde ich dort nach ihm schauen.«

»Das werde ich machen. Wie viel schulde ich dir?«

»Nichts. Tiro hat ja die meiste Arbeit getan. Pace.«

Ich winkte und lächelte gezwungen, während sie den Hof verließen. Unterhalb eines Saums von einem der aufgehängten Laken marschierten ein paar Soldatenstiefel ungeduldig auf und ab. Nun konnte ich nicht mehr länger dem Gespräch ausweichen, vor dem ich mich zwölf Jahre lang gefürchtet hatte.

Man kann nicht ewig fliehen.

X

Im Tageslicht sah General Marius älter aus als im Schein der Öllampen im Tablinum von Drusus' Haus. Ich spürte einen Stich in meinem Herzen. In Rom wird jeder junge Tor grenzenlos bewundert, während ein alternder Ehrenmann lediglich ein nachsichtiges Lächeln erntet.

»Ave, General«, sagte ich.

»Salve, Junge. Überrascht?«

»Ganz im Gegenteil, General. Ich habe dich erwartet.«

»Es war nicht leicht, dich zu finden.« In seinen Mundwinkeln sammelte sich etwas Spucke, die er mit seinem Handrücken abwischte. »Du hast neulich die Gesellschaft ziemlich hastig verlassen.«

»Es tut mir leid.«

»Genau wie vor zehn Jahren, als du mich verlassen hast.«

»Vor zwölf Jahren. Entschuldige, General.«

»Zwölf Jahre? Tatsächlich? Nun ja, das wird schon stimmen.« Er schaute mich mit seinen wasserblauen Alte-Männer-Augen an und räusperte sich. »Ich habe nach dir gesucht. Ich hatte Leute in ganz Italien. Ja, selbstverständlich nicht nur deinetwegen. Als ich einen Trupp Männer in ihre Kolonien zurückschickte, bat ich sie sogar, nach dir Ausschau zu halten. Nicht ein Wort habe ich gehört. Zehn Jahre lang! Ich meine, zwölf Jahre. Und all die Zeit bist du hier in Rom gewesen. Hast du gar nichts dazu zu sagen?«

»Du hast doch schon alles gesagt, General.«

Er seufzte.

»Nun gut, du sollst deine Geheimnisse für dich behalten. Ich bin auch nur gekommen, um eine Antwort auf die Frage zu erhalten: Was hast du damit gemeint, als du sagtest, Drusus hätte zwei Mörder?«

Ich erzählte Marius, was ich bereits Servilia berichtet hatte. Aber auch nicht mehr.

»Gift, sagst du? Bona Dea! Ich dachte mir schon, dass es so etwas in der Art sein musste. Das war auch ein zu verdächtiger Zufall. Weißt du, dass Drusus genau an diesem Tag die wichtigste Rede seines Lebens gehalten hatte?«

»Römisches Bürgerrecht für alle Italer. Ja, ich weiß. Nun wird wohl nichts aus seinem Gesetzesvorschlag, oder?«

Der General schüttelte verärgert den Kopf.

»Politik ist ein dreckiges Spiel. Auf dem Schlachtfeld war das etwas ganz anderes. Dort stand man dem Feind von Angesicht zu Angesicht gegenüber. Mit offener Stirn kämpfen. Ich kann dir sagen, es ist ein Fluch, in Friedenszeiten zu leben.«

»Die Gefallenen würden dir sicherlich zustimmen, wenn sie es könnten.«

Das Schlachtfeld hatte zu Marius gepasst wie ein gut sitzender Handschuh. Dort hatte man ihn respektiert. Und dort hatte man ihm bedingungslos gehorcht.

Seine zahllosen Siege hatten ihm den Beinamen ›Roms dritter Gründer‹ eingebracht. Diesen Namen trug er auch während seiner politischen Karriere, die jedoch weit weniger glorreich gewesen war.

»In jener Nacht, in der Drusus starb«, sagte ich, »erwähntest du, dass einige seiner Unterstützer und Klienten euch vom Forum aus gefolgt waren. Kanntest du sie und kannst du mir sagen, wer sie waren?«

»Ich kannte keinen von ihnen. Aber vielleicht kennen Scaurus und Crassus Orator sie. Du erinnerst dich doch noch an die beiden Senatoren, die in Drusus' Todesnacht in seinem Tablinum saßen?«

»Natürlich erinnere ich mich an den Redner und den Senatsvorsitzenden. Aber bei dem Dritten war ich mir unsicher. Er hatte helles Haar, blasse Haut und Sommersprossen.«

»Ich weiß nicht, von wem du sprichst.« Marius presste demonstrativ die Kiefer zusammen als Zeichen, dass dem nichts mehr hinzuzufügen war. »Sollen wir gehen?«

»Wohin, General?«

»Zu Scaurus' Haus, selbstverständlich. Der Vorsitzende des Senats erwartet dich. Erwähnte ich das nicht?«

XI

Viele glaubten, dass Sturmfluten und Missernten die Kimbern aus ihrer Heimat, der Halbinsel nördlich von Germanien, vertrieben hätten. Andere behaupteten, sie seien schon seit grauer Vorzeit auf Wanderschaft gewesen. Sicher war, dass sie mit ihrer gigantischen Wagenkolonne, die über eine halbe Millionen Menschen zählte, jahrelang die Länder nördlich der Alpen verwüstet hatten, bevor sie ihren Mut zusammennahmen und es auf Roms Reichtümer absahen.

Ich hatte mich freiwillig für das Heer gemeldet, und die für die Anwerbung zuständigen Offiziere hatten großzügig über das Alter der Anwärter hinweggesehen. Ich wurde nach Gallien geschickt, wo Marius am Einfallsweg nach Italien ein uneinnehmbares Lager errichtet hatte.

Ich wurde eingeteilt, um im Krankenlager zu helfen, denn zu meinem Ärger war die Bedrohung durch die Kimbern bereits verschwunden. Aufgrund der wenigen Verletzten begriff ich, dass der General das Schlachtfeld sorgsam ausgewählt hatte: Er hatte auf dem Gipfel eines Hügels seine Stellung eingenommen, und die Barbaren wurden bei

ihrem Angriff von der Sonne geblendet und hatten keinerlei Kampf-
strategie. Während der Schlacht fiel ihnen zudem noch Marius' Reiterheer in den Rücken. Der Sieg war vollkommen gewesen und der
Jubel grenzenlos. Alle glaubten, Rom sei befreit. Doch sie sollten eines
Besseren belehrt werden.

Mir wurde zwar nicht erlaubt, chirurgische Eingriffe durchzuführen,
doch meine Kenntnisse der Kräutermedizin waren den Patienten
ebenfalls von großem Nutzen.

Keiner verstand, weshalb durch meine Pflege weitaus mehr Kranke
überlebten als bei den anderen Ärzten, und im Lager breitete sich das
Gerücht aus, dass ich ein Heiler sei. Deshalb stand ich eines Abends
vor dem General, der sich damals mitten in seiner fünften Amtszeit
als Konsul befand.

Das Zelt des Feldherrn war so groß wie ein Haus. An den Wänden
standen Rahmen aus rohem Birkenholz, auf die Karten gespannt
waren, auf dem Feldbett lag eine Decke aus Bärenfell, in einer Ecke
staken Schwerter in einem Bronzegestell. Es roch nach Schweiß und
Leder, Rauch aus einem Kohlenbecken erfüllte die Luft. Der große
General erhob sich von seinem Stuhl hinter einem schlichten Tisch
und sah mich mit einem grimmigen Ausdruck an.

»Was willst du, Junge?«

Ich war noch übermütig gewesen, als ich hinter dem Zenturio, der
mich abholte, durch das Lager marschierte. Im Angesicht des Heerführers war das jedoch eine andere Sache.

»Der General hat nach mir schicken lassen«, murmelte ich.

»Unsinn! Ich bat darum, einen Arzt zu sehen, der meine Wunden
heilt. Wer bist du? Ein Wasserträger? Ein Latrinenfuhrmann?«

»Ich bin derjenige, den sie den Heiler nennen, General.«

»Ich kann meine Zeit nicht mit Kindern vertrödeln. Weg mit dir!«

Von Scham benommen schnürte es mir den Hals zu, dann schlug ich
mir gegen die Brust und streckte meinen Arm aus in einer unbeholfenen Nachahmung jenes Grußes, den die erwachsenen Legionäre für
gewöhnlich machten. Als ich gerade nach dem Vorhang des Vorzeltes
griff, hörte ich hinter mir seine schweren Schritte.

»Kannst du keinen Spaß vertragen, Junge?« Das Gewicht seiner
Hand auf meiner Schulter hätte mich beinahe umgeworfen. »Man

sagt, du hättest magische Fähigkeiten. Woher kommen sie? Wer ist dein Vater?«

»Ich habe keinen Vater, General.«

»Jeder hat einen Vater. Was hat er dazu gesagt, dass du dich hast anwerben lassen? In deinem Alter? Ich habe deine Papiere hier. Demetrios Macedonicus. Zumindest kannst du schreiben. Doch du kannst mir nicht vormachen, dass du 17 bist. Wie alt bist du, Junge? Und hör auf zu lügen.«

Ich gab zu, erst 13 Jahre alt zu sein. Er setzte sich auf die Tischkante und musterte mich.

»Das Schlachtfeld ist kein Ort für ein Kind. Was willst du in meinem Heer?«

»Kimbern töten, General.«

Er lief eine Runde im Zelt umher, während er über mich lachte.

»Wie hast du dir vorgestellt, dass das passieren sollte? Mit einem Skalpell? Woher kommt deine unbändige Lust, die Feinde Roms töten zu wollen?«

Ich erzählte, dass mein Vater in der Schlacht von Arausio vor zwei Jahren getötet worden war. Als hätte ich ihm den Tod eines nahen Angehörigen verkündet, sackte der General in sich zusammen und glich mit einem Mal einem sehr alten Mann.

»Arausio. Die Götter mögen diesen Ort verfluchen. Glücklicherweise war ich es, der damals das Kommando über das Heer hatte und nicht … nicht …«

Er stockte und schloss die Augen.

»Wer, General?«

»Dieser nichtsnutzige Trottel. Dieser Verräter. Er, der die Schuld an dem Tod von 80 000 bei Arausio trägt.«

Er schnippte mit den Fingern, als könnte dieses schwache Geräusch seine Erinnerung anregen.

Wenn General Marius einen Namen vergaß, blieb die Welt stehen, bis er sich wieder daran erinnern konnte. Oder bis ihm jemand anderes auf die Sprünge half.

»Quintus Servilius?«, fragte ich.

»Ja, wer denn sonst?« Die Eitelkeit des Generals ließ es nicht zu, sich für Hilfe zu bedanken. »Hör nun gut zu. Ich bin nicht unsterblich.

Auch wenn es viele gibt, die das glauben. Deshalb habe ich beschlossen, mir einen Leibarzt zuzulegen.«

Angesichts seines Alters war das eine vernünftige Entscheidung. Ich wollte nicken, brachte aber nur ein Schulterzucken fertig.

»Schlägst du etwa mein Angebot aus?«

Ich trat einen Schritt zurück.

»Angebot, General?«

»Weigerst du dich, mein Leibarzt zu werden?«

»Ich? Nein, General.«

»Du hast eine Stunde Zeit, deine Sachen zusammenzusuchen und anzutreten. Du bekommst dein eigenes Zelt. Dahinten. Wegtreten!«

An die Beweggründe des Heerführers, eine solch ungewöhnliche Beförderung vorzunehmen, verschwendete ich damals keinen einzigen Gedanken.

Das tat ich allerdings jetzt, während ich an seiner Seite im Gleichschritt durch Subura marschierte. Es war spät am Nachmittag und das Gedränge war am Abflauen. Diejenigen, die sich immer noch in den Straßen bewegten, wichen vor dem Eroberer der Po-Ebene respektvoll zur Seite.

»Sagtest du etwas zu Drusus' Pförtner, als du am Vormittag das Haus verließest?«, fragte ich.

»Eine merkwürdige Frage«, brummte Marius. »Sklaven sollte man weder sehen noch hören.«

»Vielleicht kannst du dich dann daran erinnern, wer am Abend vor dem Mord beim Essen von Drusus zugegen war?«

»Selbstverständlich kann ich das. Glaubst du etwa, ich bin altersschwach?« Er dachte nach. »Neben mir waren Scaurus und Crassus Orator da.«

»Sonst niemand anderes?«

»Keiner von Bedeutung.«

Das hätte im Großen und Ganzen genommen jeder sein können.

»Wurde das Essen in Portionen serviert?«

»Natürlich nicht. Die Schüsseln standen offen herum, sodass sich alle nehmen konnten, worauf sie Lust hatten.«

»Enthielten einige Gerichte Pilze?«

»Sicherlich. Drusus liebte Pilze.« Marius blieb stehen und kniff die Augen zusammen. »Was haben all diese Fragen zu bedeuten? Und woher weißt du etwas von dem Abendessen?«

Ich ignorierte die zweite Frage und beantwortete die erste.

»Die Wirkungszeit des Giftes deutet darauf hin, das Drusus an jenem Abend vergiftet wurde.«

»Bona Dea!« Marius hielt sich eine Hand vor den Mund.

»Beruhige dich. Das Gift war nicht im Essen. Sonst würden wir jetzt nicht miteinander sprechen.«

XII

»Drusus' Tod versetzt uns in eine schwierige Lage. Ja, so viel ist sicher.«

Der Senatsvorsitzende Scaurus saß in einer Ecke seines großen, üppigen Gartens auf einer sonnenbeschienenen Bank unter ein paar Zypressen, deren kräftige Borken im goldenen Licht des Nachmittags aufzuplatzen schienen. Er ließ eine Hand über seinen Scheitel gleiten und lächelte angestrengt. Sein Gesicht war von einem dichten Geflecht aus Falten überzogen.

»Ich habe von meinem Spion bei den Marsern die Nachricht erhalten, dass die Stimmung unter den Italern, ja, man kann wohl sagen, feindlich gesinnt ist. Vor 20 Tagen zogen sie mit einem gut ausgerüsteten Heer von 10 000 Mann zehn Meilen von der Stadtmauer entfernt vorbei. Es gelang dem Senat, das zu verheimlichen. Hätte man in der Stadt gewusst, dass unser wichtigster Verbündeter solch ein großes Heer hat, hätte das Angst auslösen können. Ja, ich würde sogar sagen, Panik.«

»Es wird früher oder später sowieso zu einem bewaffneten Aufruhr kommen.« Crassus Orator saß dem Gastgeber gegenüber auf einem Stuhl und starrte mich mit seinen kleinen Pupillen gehässig an. »Es ist überhaupt nicht unwahrscheinlich, dass die Italer Drusus ermordeten. Vielleicht glaubten sie nicht mehr daran, dass sie durch ihn die Bürgerrechte erhalten würden. Silo, der Anführer der Marser, wurde in der Mordnacht hier in Rom gesehen.«

An dieser Stelle hätte ich ihnen zurufen können, dass ich Silo in Drusus' Haus gesehen hatte, so wie ich auch hätte erzählen können, dass es das Gift eines Pilzes war, das den Volkstribun umbrachte. Aber seitdem ich die Marmorwüste von einem Atrium bei dem Senatsvorsitzenden betreten hatte, spürte ich an seiner oberflächlichen Höflichkeit – und an der schlecht verborgenen Verachtung des Orators –, dass ich nicht hier war, weil man daran interessiert war, was ich zu sagen hatte. Sondern ich war hier, weil man mir mitteilen wollte, was man von mir erwartete.

»Marius hat dir doch die Situation erklärt, oder?«, sagte Scaurus. An der Eingangstür hatte er Marius mit einer Handbewegung fortgeschickt. Der große General hatte sich mit einem Nicken zurückgezogen, als wäre er ein gewöhnlicher Bote.

»Also nicht?« Der Senatsvorsitzende schüttelte mit dem Kopf. Es war nicht das erste Mal, dass ihn Marius enttäuschte. »Du sollst ins Land der Marser reiten und Silo einen Brief überbringen mit der Zusicherung, dass die Italer im kommenden Jahr die römischen Bürgerrechte erhalten werden.«

»Ich?« Ich starrte ihn an.

Scaurus machte eine Kunstpause, bevor er fortfuhr: »Du bist kein römischer Bürger. Ja, als Grieche kannst du sogar als neutral bezeichnet werden. Marius hat deine Tatkraft und Intelligenz gelobt. Du schienst uns allen der Geeignetste für diese Aufgabe zu sein. Ja, das bist du gewiss.«

Die Vorstellung, mich, der seit zwölf Jahren nicht die Mauern Roms verlassen hatte, hinauf in die Berge zu schicken, um einen Mann aufzusuchen, den ich nur ein einziges Mal gesehen hatte, und ihm ein Dokument mit einem leeren Versprechen zu überreichen, war absurd. Ein kurzer Blick auf die beiden Senatoren machte mir bewusst, dass ich selbst sie von ihrem Irrtum abbringen musste.

»Erwähnte der Senatsvorsitzende nicht vorhin, dass er einen Späher bei den Marsern hat? Wäre dieser Mann nicht weitaus besser in der Lage, die frohe Kunde zu überbringen?«

»Das hier ist das Letzte, was ich von meinem Späher gehört habe.« Scaurus bückte sich und hob einen Topf hoch, der unter der Bank stand.

Er entglitt seinen krummen, altersschwachen Fingern, fiel zu Boden und brach mit einem Schlag entzwei. In den Scherben lag der abgeschlagene Kopf eines Mannes. Darunter breitete sich eine kleine Essiglache aus.

»Dein Späher wird gewusst haben, worauf er sich einließ«, sagte ich, nachdem ich mich gefasst hatte. »Wenn er enttarnt worden ist, besteht für mich keine Aussicht auf Erfolg.«

»Er war Spion. Du wirst Kurier sein. Ja, genau genommen der offizielle Bote des Senats. Du verstehst doch den Unterschied, oder?«

»Nicht ganz.«

»Für dich wird sich das Risiko lohnen, du unverschämter Grieche«, unterbrach mich Crassus Orator.

»Das glaube ich kaum.«

»Crassus sagt die Wahrheit. Auch wenn es dich vielleicht ein wenig kränkt, dass er es nicht so diplomatisch ausdrückt, wenn er mit einer Person weit unterhalb seines eigenen Standes spricht.«

Plötzlich waren in Rom doch nicht mehr alle so gleich, wie sie es noch in der Mordnacht gewesen waren. Die versteckte Drohung schwebte einen Augenblick lang in der Luft, bevor der Senatsvorsitzende fortfuhr.

»Wir haben deine Vergangenheit studiert. Dein Vater war Arzt und hieß ebenfalls Demetrios. Vor etwas mehr als 30 Jahren gab er ein Buch heraus – nicht etwa über ärztliche Heilkunst, wie man es erwartet hätte, sondern über den Versuch von Tiberius und Gaius Gracchus, die Republik zu stürzen.«

»Ich weiß nichts über ein solches Buch. Außerdem sind alle Exemplare seit Langem vernichtet.«

Der Orator schmunzelte über meinen Versprecher.

»Drusus hatte eine Abschrift davon in seiner Bibliothek. Darin konnten wir lesen, dass dein Vater Sklave war.«

Vater war der Leibarzt von Cornelia Graccha gewesen. Sein Geschick hielt die alte Dame am Leben, lange nach dem Tod ihrer Söhne. Aber ein Sklave – ja, das war er.

Scaurus sprach weiter:

»Als Quintus Servilius ein Heer nach Gallien führen sollte, nahm er deinen Vater als Feldarzt mit. Er beschlagnahmte ihn förmlich. Du hast ihn als Assistent begleitet. Zu jenem Zeitpunkt bist du kaum zehn Jahre alt gewesen. Dein Vater kam in der Schlacht von Arausio um. Es wäre interessant zu hören, wie du überleben konntest. Ja, das wäre es bestimmt.«

»Ich gelangte zu meinen Angehörigen in Massilia.«

Scaurus nickte, während er über meine Erklärung nachdachte.

»Als deine Herrin starb, erbte dich ihre Tochter«, führte Crassus Orator weiter aus. »Sie glaubte, du seist ein Opfer von Quintus Servilius' Unfähigkeit geworden und gemeinsam mit deinem Vater und den 80 000 Mann gestorben. Du hättest in Gallien bleiben können, aber du warst dumm genug zurückzukehren. Du hast dich zwölf Jahre lang versteckt, doch du bist immer noch ein Sklave. Nun holt dich dein Schicksal ein. Du kennst die Strafe.«

Anhand eines einzigen Dokuments, das lange vor meiner Geburt geschrieben worden war, hatten sie den Verlauf meines Lebens rekonstruiert. Ich konnte dem nichts mehr hinzufügen. Nicht in dieser Gesellschaft.

»Beruhige dich nun wieder«, sagte Scaurus. »Wir haben keinen Grund, dich zu melden. Nein, ganz im Gegenteil, kann man sagen. Wenn du von den Marsern zurückkehrst, werden wir für dich Fürsprache einlegen. Deine Domina wird schwerlich Nein sagen können, wenn der vornehmste Mann des Senats sie bittet, ihren Sklaven, von dem sie noch nicht einmal wusste, dass er ihr gehört, freizulassen.«

Nachdem ich mit dem Tod bedroht worden war, wurde mir nun ein Köder hingeworfen, der mich gefügig machen sollte. Die beiden Senatoren betrachteten mich, als erwarteten sie, dass ich in einen Freudengesang ausbrechen würde.

»Du hast doch sicherlich nichts gegen eine kleine Mahlzeit einzuwenden?«

Der Senatsvorsitzende klatschte in die Hände, woraufhin ein Sklave angelaufen kam und den abgeschlagenen Kopf entfernte.

Die Tragödie war ein Teil der Vorstellung gewesen.

XIII

Die gebratenen Knoblauchwürste und Krabben in Garum schmeckten bitter wie Schierling und die mit Käse und Ei gefüllten Teigklöße blieben mir im Hals stecken. Die beiden Senatoren aßen mit großem Appetit drauflos, während sie über die Zukunft von Crassus Orator als Nachfolger von Drusus berieten. Ich begriff, dass seine wesentliche Aufgabe sein würde, den Gesetzesvorschlag für die Bürgerrechte der Italer durchzusetzen.

»Und wenn das getan ist, stelle ich mich als Konsul auf«, stellte er fest. Es klang nicht so dahingeworfen, wie es beabsichtigt war. Das Schweigen von Scaurus ermunterte den Orator, fortzufahren. Er setzte sich auf und breitete die Arme aus, als würde er zum ganzen Forum sprechen.

»Bin ich nicht Roms bester Redner? Habe ich nicht das passende Alter? Habe ich nicht schon alle anderen Ämter bekleidet? Du bist schon lange kein junger Mann mehr, Scaurus. Jemand muss bereit sein und übernehmen. Für Rom.«

Crassus Orator holte Luft, um seine Rede weiterzuführen, griff sich aber stattdessen in die Lendengegend und stöhnte vor Schmerzen. Der alte Senatsvorsitzende nutzte die Pause.

»Wie steht es denn nun um deine heimliche Absprache bezüglich Drusus' ältester Nichte? Weiß denn Servilia überhaupt, dass sie mit dir vermählt werden soll? Du bist ohnehin noch verheiratet. Aber du wirst es dir leisten können, Mucias Mitgift zurückzuzahlen. Ja, reichlich sogar. Vorausgesetzt, sie erfährt nicht vorher davon und hetzt ihre Familie gegen dich auf. Denn dann kann es noch teurer werden.«

»Halt deinen Mund, alter Ziegenbock.«

Scaurus lächelte, als hätte er ein Kompliment erhalten. Die Sache war damit erledigt.

Crassus Orators Traum, eines der höchsten Ämter Roms zu bekommen, war bis auf Weiteres gebannt.

»Als mich Marius abholte«, sagte ich, »nahm ich an, wir würden über den Mord an Drusus sprechen.«

Beide starrten mich an, als wäre es das erste Mal, dass sie mich sahen. Patrizier sind es derart gewöhnt, Untergebene um sich zu haben, dass sie oftmals deren Anwesenheit vergessen.

»Es ist wichtiger, einen Krieg mit den Italern zu verhindern«, entgegnete Scaurus, »als einen Mörder zu überführen, der längst über alle Berge ist. Ja, das ist er bestimmt. Drusus war ein Ehrenmann, doch wir anderen leben in einer Welt der Realpolitik. Man nimmt seinen Standpunkt je nach Sachlage ein und löscht als Erstes den größten

Brand. Der einzige Brand, der um Drusus entstehen wird, ist das Leichenfeuer auf dem Forum.«

Crassus Orator lachte laut auf, verzog aber plötzlich das Gesicht und griff sich wieder in die Lenden.

»Hat der Herr Schmerzen?«, erkundigte ich mich. »Soll ich eine Untersuchung vornehmen?«

»Halt dich zurück, Grieche. Ich überlasse meine Gesundheit keinem Sklaven.«

In den zwölf Jahren in Freiheit hatte ich mich daran gewöhnt, als Mensch angesprochen zu werden, woran auch die vergangene halbe Stunde nichts ändern konnte. Ich erhob mich und ging zurück in Richtung des Hauses. Der Senatsvorsitzende humpelte mir hinterher, hielt mich an der Treppe an und entschuldigte sich dafür, dass der Orator zu viel des guten Weins gehabt habe.

»Ich hoffe nicht, dass du es uns übel nimmst. Ich kann dir versichern, dass wir dich respektieren. Ja, außerordentlich sogar. Du darfst unser Angebot nicht als Ultimatum verstehen. Denk daran, was eine Freilassung für dich bedeuten kann. Du wirst dich mit einer Römerin vermählen und römischer Bürger werden können.«

Der Senatsvorsitzende legte seinen Arm um meine Schulter, als wäre ich ein bestechungswilliger Wahlmann.

»Versteh doch, ich weiß, wovon ich rede, mein Freund. Ja, genauso ist es. Einer meiner Sklaven haute einmal ab. Als er nach wenigen Monaten gefangen wurde, ließ ich ihn vor den restlichen Leuten meines Haushalts von seinem Leben auf der Flucht erzählen, bevor ich ihn danach hinrichten ließ. Die Einsamkeit, die ständige Angst, entdeckt zu werden. Die Angst vor Nähe. Ja, das Zusammensein mit anderen, all das war eine tägliche Bedrohung für ihn. Und schließlich die Erleichterung darüber, dass es vorbei war. Seitdem gab es bei mir keine Flucht eines Sklaven. Nein, nicht eine einzige.«

Er ließ seine Hand über seinen Scheitel gleiten und betrachtete mich. Die Welt und die Menschen, die sie bevölkerten, waren aus seiner Sicht so durchsichtig wie ein Kristall.

»Du könntest eine ehrbare Arztpraxis eröffnen«, fuhr er fort, »anstatt dich im Elendsviertel von Subura zu verstecken. Deine Kinder bekämen Stimmrecht, wären von Abgaben befreit und hätten das Recht, vor einem Gericht zu klagen. All das für eine Reise, die einen Monat dauert. Ja, vielleicht sogar nur vierzehn Tage. Ist diese Belohnung nicht reichlich den Einsatz wert? Denk darüber nach. Pace.«

Ich schaute dem Senatsvorsitzenden nach, während er durch den Garten dorthin zurücklief, wo Crassus Orator wartete. Für einen Mann, der täglich mit erfahrenen Politikern umgehen musste, war es ein Leichtes, mich zu verführen.

»Mein Mann könnte einen Barbarenstamm zur Aufgabe überreden, denkst du nicht auch?«

Die Stimme gehörte einer Frau in meinem Alter, die sich hinter einem Busch versteckt hatte. Sie hatte langes, rotbraunes Haar, breite Hüften und einen üppigen Busen.

»Mein Name ist Caecilia. Aber nenn mich einfach Cilla.«

Wenn man dem Gerede auf dem Forum Glauben schenken durfte, waren die Eltern von Caecilia Metella erleichtert gewesen, als der Senatsvorsitzende um ihre Hand angehalten hatte, obwohl sie noch keine 15 Jahre alt war. Denn sie hatten endlose Schwierigkeiten mit ihr vorausgesehen.

Man sagte, sie sei flatterhaft wie ein Schmetterling und einfältig wie ein Kind. Der kluge Ausdruck in ihren Augen ließ mich an dem Gerede zweifeln.

»Du bist der Medicus, der versuchte, das Leben von Drusus zu retten?«

Sie beendete jeden ihrer Sätze mit einem Kichern, als wäre es ihre verbale Signatur.

»Es gelang mir leider nicht«, sagte ich und dachte an die Schwierigkeiten, die mir erspart geblieben wären.

»Ach was. Ich bin froh, dass ich diesen furchtbaren Mann losgeworden bin, der die ganze Zeit hier herumlief.«

»Alle anderen haben nur gut über ihn gesprochen.«

Eine kleine Lücke zwischen den Schneidezähnen kam zum Vorschein und Caecilia Metella schaute sich um.

»Einmal bin ich nackt durchs Atrium gelaufen, als er dort stand«, flüsterte sie. »Er wirkte vollkommen gleichgültig. Mir war sehr unbehaglich zumute, auf solche Weise ignoriert zu werden, das kann ich dir sagen.«

Caecilia hatte schon früh in ihrem Leben gelernt, wie man zum eigenen Vorteil mit Männern umzugehen hatte. Sie schob ihre Brüste leicht nach vorne und machte einen Schmollmund.

»Habe ich dich verärgert? Ich sage häufig solche beschämenden Dinge. Das kommt daher, weil mein Mann mich nie seinen Gästen vorstellt.«

»Das kann ich kaum glauben, Herrin.«

Ich konnte mir andere Gründe denken, weshalb der alternde Senatsvorsitzende seine hübsche junge Frau nicht anderen Männern vorstellte. Unter dem dünnen Stoff der Stola zeichneten sich deutlich ihre Brustwarzen ab. Sie folgte meinem Blick und lächelte.

»Was wäre, wenn ich dir sagen würde, dass ich bei diesem Greis von Mann bin, weil er neben seiner Zunge auch andere Glieder geschickt zu nutzen weiß?«

»Das würde mich ausgesprochen empören, Herrin«, antwortete ich.

»Die Zunge ist kein Glied, sondern ein feuchtes, muskuläres Organ.«

Einen Augenblick lang hatte ich sie aus dem Gleichgewicht gebracht. Dann kicherte sie ein letztes Mal.

»Ich kann es kaum erwarten, was sie über dich erzählen werden, wenn du gegangen bist. Mach's gut, Demetrios.« Sie zog sich zurück, und das scheinbar zufällige Gespräch war vorbei.

Ich war eingehend beurteilt worden. Hinter ihren offenkundigen Absichten ahnte ich noch andere, verborgene, die ich aber noch nicht durchschauen konnte.

XIV

Weniger als hundert Schritte von der Eingangstür des Senatsvorsitzenden entfernt wurde mir bewusst, dass man mich verfolgte. Obwohl sich der Mann im Schatten verbarg, streifte ihn mehrmals das Licht aus den Fenstern, der Mondschein oder der gelbliche Fackelschein der Wagenlenker, während er sich zwischen den Wagen hindurchschlängelte. Wenn er wusste, dass ich ihn bemerkt hatte, ließ er sich nichts anmerken. Ich hatte Mitleid mit ihm. Subura ist ein ziemlich schlechter Ort, um Leute zu beschatten.

Ich bog um eine Ecke und verbarg mich hinter einem Vorsprung. Er lief schnellen Schrittes an meinem Versteck vorbei und blieb stehen. Er bewegte sich flink wie ein Soldat, geschmeidig und selbstsicher, obwohl er nicht weiterwusste, wie es schien. Er schlug eine zufällige Richtung ein und setzte seinen schnellen Gang fort. Ich wartete, bis das Geräusch seiner Schritte verhallt war.

Könnte er von Scaurus ausgesandt worden sein? Doch das ergab keinen Sinn. Der Senatsvorsitzende ging davon aus, dass ich mich bereits in seinem Netz verfangen hatte.

Ich bog nach links ab und lief den Clivus Pullius hinunter, durch Suburas nie enden wollendes Fest der Trunksucht und Hurerei, doch ich war nur wenige Schritte gegangen, als ein paar Raufbolde aus dem bärenhöhlenartigen Gewölbe einer Taverne heraustorkelten und unbeholfen begannen, sich im Schmutz herumzuwälzen. Rasch entstand ein Menschenauflauf um sie.

Weiter unten auf der Straße, während ich an einer spärlich bekleideten Gruppe von Prostituierten vorbeilief, die sich von einem Fenster im ersten Stock aus feilboten, entdeckte ich, dass mein Schatten zurückgekehrt war. Wie zuvor vermochte er nicht, unentdeckt zu bleiben, zumindest nicht für einen entlaufenen Sklaven in hoher Alarmbereitschaft. Der Abstand zwischen uns war etwa gleich geblieben. Als ich stehen blieb und vorgab, mich den Verlockungen der Bordelle hinzugeben, wartete er geduldig, bis ich weiterging.

Vielleicht war mein Fehler gewesen, auf einer belebten Straße zu gehen. Ich korrigierte dies an einer Ecktaverne, vor der viele betrunkene Gäste standen.

Ich mischte mich unter die Menge und ging hinein, schlüpfte aber sofort wieder in eine Seitenstraße hinaus. Diesmal ließ er sich nicht täuschen. Seine Schritte hallten zwischen den Mauern hinter mir wider, als wäre es ihm egal, ob ich ihn bemerkte. Ich begann zu traben, schließlich zu rennen.

Plötzlich war er weg. Die einzigen Geräusche waren die entfernten Stimmen vom Clivus Pullius. Die Dunkelheit lag wie eine Lage schwarzer Samt auf den Fassaden, die nicht vom Mond beschienen wurden. Vorsichtig bewegte ich mich einige Schritte vorwärts in Richtung des beleuchteten Pflasters einer kreuzenden Straße. Und wieder zurück, ein unsicherer Tanz auf ein und derselben Stelle, begleitet vom Geräusch meiner eigenen Bewegungen, das von den Mauern widerhallte. Ich wartete, bis mein Körper zur Ruhe gekommen war und lauschte, bis ich anfing, an meinem Gehör zu zweifeln. Schließlich war ich mir sicher, dass er aufgegeben hatte.

Ein kräftiger Stoß schleuderte mich gegen eine Mauer. Während ich viel zu benommen war, um mich zu verteidigen, packte er mich an meiner Tunika und warf mich herum. Sein Knie rammte sich in meine Seite und presste die Luft aus mir heraus. Ein weiterer Stoß brachte mich im Lichterschein der Straße zu Fall. Ohne auf Widerstand zu stoßen, ließ er sich auf meinen Brustkorb sinken und beugte sich über mich. Sein weingeschwängerter Atem traf mein Gesicht wie ein muffiger Lappen.

»Bei Jupiters Arschloch. Dachte ich mir es doch. *Du* bist es, Demetrios!«

Es war der dritte Gast aus dem Tablinum in Drusus' Haus.

XV

»Es überrascht mich überhaupt nicht, dass du dich nicht an mich erinnerst. Mein Name ist Lucius Cornelius Sulla. Wir trafen im Feldherrnzelt von Marius aufeinander, nachdem wir die bleichen, stinkenden Barbaren niedergemetzelt hatten.«

Er selbst war bleich wie Alabaster. Die Sommersprossen auf seinen Armen bildeten große, rötliche Flecken. Obwohl er fast die 50 erreicht haben musste, ähnelte er eher einem Mann von 35. Man sagt, dass Alkohol haltbar macht. In Höhe der Brust breiteten sich einige Tage alte Weinflecken in einem unregelmäßigen Muster auf seiner Tunika aus, die aus feingewebtem Flachs gefertigt war. In seinen Augenwinkeln lauerte ein Lächeln, als würde er die Welt um sich herum für einen abgeschmackten, aber gut erzählten Witz halten.

»Wir begegneten uns in der Po-Ebene vor zwölf Jahren«, fuhr er fort. »Marius nannte dich ›Leibarzt eines Feldherrn, der kerngesund ist und niemals verwundet wird‹. Er versteht es, sich zu präsentieren, der alte Mistkerl. Sogar, wenn er andere vorstellt.«

Gierig trank er von dem sauren Wein aus der kleinen Taverne, während wir einige Erinnerungen von dem Schlachtfeld austauschten. In regelmäßigen Abständen würgte ich selbst einen Schluck herunter.

»Weshalb hast du dich im Haus von Drusus aufgehalten, als er starb?«, fragte ich schließlich.

»Das war nur ein dummer Zufall. Ich war sicherlich ein wenig von der Rede gerührt, die Drusus auf dem Forum an jenem Nachmittag gehalten hatte, und das geschieht nicht so häufig. Deshalb hatte ich seine Hand geschüttelt, und dann bin ich mit ihm mitgegangen. Es wurde nämlich auch etwas von einem Becher Wein erwähnt, weißt du. Ansonsten interessiere ich mich nicht für Politik. Machst du das vielleicht?«

»Nur, wenn mich die Umstände dazu zwingen.«

Er klopfte mir auf die Schultern und prostete mir zu.

»Gute Antwort. Im Senat wird nur Mist geredet und das ödet auch mich mächtig an. Alles ist ein einziger endloser, törichter Redeschwall, und am Ende kommt trotzdem nichts Ordentliches dabei heraus.«

Ich fragte ihn nach Drusus' Klienten, die den Volkstribun vom Forum nach Hause begleitet hatten.

»Ich glaube nicht, dass ich auch nur einen von ihnen wiedererkennen würde, selbst wenn sie vor mir auf der Straße auftauchen und mir in die Fresse spucken würden. Aber ich weiß, wer sie kennen könnte.«

Er stützte sein Kinn auf einer Hand ab, wobei der Ellbogen vom Tisch abrutschte. Er wackelte mit dem Kopf und sah überrascht den Wirt an, der gerade einen Krug mit Wein vor ihm abstellte.

»Wenn du mir den Krug hier ausgibst, werde ich dir's sagen: Drusus' Halbbruder Mamercus. Er war nämlich am Abend vor dem Mord zum Essen bei Drusus.«

»Woher weißt du das? Warst du auch eingeladen?«

»Nein, aber Mamercus selbst hat es mir erzählt. Im Anschluss zu Hause bei mir. Dort wurde nämlich an jenem Abend eine kleine Theatervorstellung gegeben, bei der ›Lukretias Tod‹ von Ennius aufgeführt wurde. Leider hatte Mamercus Claudianus daheim bei Drusus zurückgelassen, sodass er die Vorstellung verpasste.«

»Claudianus? Wer ist das?«

»Du bist vielleicht ein neugieriges Klatschweib«, ulkte er. »Ganz Rom kennt die Geschichte, dass Claudianus der Adoptivsohn von Drusus ist. Trotzdem wohnt er seit vielen Jahren bei Mamercus.«

»Warum?«

»Genau das ist es, worum es bei der Geschichte geht, nicht wahr? Einige sagen, dass Drusus zu beschäftigt gewesen sei, um sich um den Jungen zu kümmern. Aber weshalb hat er dann die Brut seiner Schwester bei sich behalten? Es gibt auch einige, die meinen, dass Mamercus verzweifelt einen Erben braucht, da er mit seiner Frau, dem dünnen Gerippe, keinen bekommen kann. Ich hatte selbst mal einen Jungen im Alter von Claudianus …«

Der Blick seiner graublauen Augen verhärtete sich und stand in einem scharfen Kontrast zu seiner Munterkeit.

»Hör mal her, du bist doch Arzt. Stimmt es, dass kalte Umschläge die beste Behandlung für eine Lungenentzündung sind?«

Ich sagte, dass ein Patient mit einer Lungenentzündung warm und trocken gehalten werden sollte. Kälte und Feuchtigkeit würden die Krankheit nur verschlimmern.

Sulla starrte mich an und begann zu kichern. Bald schon lachte er hysterisch, als hätte ich ihm einen ordinären Witz erzählt. Mir war unwohl zumute und ich betrachtete ihn eine Weile, bevor ich mich entschuldigte und die Taverne verließ.

Nach wenigen Schritten holte er mich ein.

»Wo willst du hin, Demetrios?« Er leerte seinen Becher und schmiss ihn gegen eine Hauswand, wo er mit einem lauten Knall zersprang.

»Komm, wir können doch jetzt um Hades willen nicht aufhören.«

Sein Gesichtsausdruck verriet nicht, ob er das Trinken oder das Gespräch meinte.

XVI

Wir liefen durch Roms namenlose Gassen, bis wir in einen muffigen Gang gerieten, der so schmal war, dass wir mit den Ellbogen gegen die schiefen Wände stießen. Die Fackeln, die hie und da in Bronzehaltern steckten, ließen das Dunkel außerhalb der Lichtkegel noch undurchdringlicher erscheinen. Ich wurde durch eine Tür in ein Haus gezogen, wo ein Dutzend Personen beiderlei Geschlechts in einem ansonsten unmöblierten Triklinium auf zerschlissenen Diwanen lag oder saß.

»Das hier sind meine Freunde«, sagte Sulla. »Schauspieler, Nutten und Hurenböcke.«

Eine Gruppe schwankender Männer hielt sich gegenseitig aufrecht und sang ein Trinklied, das ich nicht kannte. Ein kräftiger Glatzkopf bearbeitete unbeirrt die Brüste einer jungen Frau. Die Luft war alkoholgeschwängert, es roch nach Parfüm und Schweiß.

»Lucius Cornelius, ich muss leider …«

»Nenn mich einfach Sulla«, unterbrach er mich.

»Das ist eine zu große Ehre für mich, dich bei deinem Cognomen nennen zu dürfen.«

»Na, wirst du wohl die Klappe halten. Mit diesem Namen ist keine Ehre verbunden.«

Ein schmächtiger Mann in den Dreißigern riss sich los und kam zu uns herüber. Er lehnte sein spitzes Kinn auf Sullas Schulter und musterte mich.

Das dunkle, gelockte Haar reichte bis zu seinem Rücken herab. Der Blick seiner Kulleraugen fühlte sich an, als würde ich mit einer Feder gekitzelt werden.

Sulla ignorierte ihn, sagte aber schließlich: »Du weißt sicherlich, dass Metrobios der größte Schauspieler unserer Zeit ist. Auf jeden Fall in Frauenrollen. Und wenn du es nicht weißt, dann tu seinem Ego den Gefallen und halt deinen Mund.«

»Du bist auch Grieche?«, fragte ich den Schauspieler.

Er nahm meine Hand und ließ seinen Zeigefinger kreisförmig über meine Handfläche gleiten.

»Natürlich bin ich Grieche.« Seine Betonung war übertrieben deutlich, als wollte er sich über eine Gebirgsschlucht hinweg verständlich machen. »Hat Rom jemals einen Schauspieler hervorgebracht, der es wert war, über ihn zu sprechen?«

Der Schauspieler Metrobios begann einen langen Monolog über die feinen Charakterschilderungen bei Aristophanes und Menander, die den Banalitäten der Römer Plautus und Terentius weit überlegen seien und beklagte sich danach über Ennius und Accius, die von den großen griechischen Dramatikern abgeschrieben hätten. Sulla, der sich rasch zu langweilen begann, bückte sich nach einem Becher, den jemand auf den Boden geworfen hatte, und steuerte auf eine Amphore zu, die gegen eine Wand gelehnt war.

»Du brauchst dich nicht zu bemühen, Metrobios«, sagte er. »Demetrios steht auf Frauen. Er ist ein Soldatenkamerad aus der guten, alten Zeit in der Po-Ebene.«

Der Schauspieler mimte Enttäuschung, indem er seine Augen verdrehte, und machte Anstalten zu gehen.

»Sulla übertreibt«, erwiderte ich.

»Tatsächlich, mein Freund?«

Sein Interesse kehrte zurück.

»Ich war der Leibarzt von General Marius und wartete im Lager, bis die Schlacht vorbei war.«

»Aha. Wie alt warst du damals? Dreizehn?«

Ich nickte erstaunt. Wie konnte er das wissen?

»Ich war in demselben Alter, als ich nach Rom kam. Sulla sah sofort mein Talent und ließ mich in allem ein wenig unterrichten. Das waren Zeiten.« Metrobios lächelte wehmütig und schüttelte sein Haar. »Sulla ist das Licht, um das wir unglücklichen Existenzen herumschwirren. Er hat große Taten vollbracht. Damals hatten schon alle vergessen, dass er einst in den Bädern als Lustknabe angefangen hatte.«

»*Das* habe ich sehr wohl gehört!«

Mit fünf Schritten stand Sulla dem Schauspieler gegenüber. Der unbeholfene Ringkampf, den sie nun begannen, war eine willkommene Zerstreuung. Es wurde angefeuert und geklatscht. Nach einer Zeit gelang es Sulla, seinen Widersacher zu Boden zu bringen, und als Zeichen des Aufgebens klopfte dieser auf den Boden.

Metrobios setzte sich außer Atem auf und versuchte, seine Begeisterung zu verbergen, die der Ringkampf in ihm entfacht hatte. Sulla stolzierte indes ungeniert in dem Raum umher und nahm die Huldigungen seiner Freunde entgegen – mit einer über seinem Unterleib wie ein Zelt aufgerichteten Tunika.

»Hör auf, so herumzustehen und vor dich hin zu träumen«, sagte er zu mir. »Setz dich zu Claudia. Sie ist zwar eine hässliche alte Xanthippe, doch ihr kann keiner mehr etwas über ihr Handwerk beibringen.«

Auf einem Diwan lag eine Frau mit einem entblößten Bein. Ein lebenslanger intensiver Gebrauch von Arsen hatte ihre Gesichtshaut ausgetrocknet, sodass sie einer glasierten Keramik mit Haarrissen ähnelte. Ich fragte höflich, ob sie ein Mitglied der glorreichen Claudiusfamilie sei.

»Claudia ist eine ehemalige Sklavin. Als sie freigelassen wurde, erhielt Claudia den Namen ihres Dominus. Claudia konnte ihn nicht leiden.« Sulla verzerrte jedes Mal sein Gesicht, wenn er den Namen aussprach. »Wie nannte man dich noch mal, *Claudia*?«

»Volumnia«, antwortete die Frau. »Das weißt du sehr gut, Schatz.«

Sulla beugte sich plötzlich vor und küsste sie. Ihre Zungen wanden sich in einem freudlosen Tanz umeinander, ein groteskes Nachspielen von Zärtlichkeiten, die schon eine Ewigkeit zurücklagen. Schließlich riss er sich los und warf sich auf den Diwan neben Metrobios, der anfing, unter dem Stoff der Tunika Sullas Erektion zu liebkosen. Sulla griff nach einer Schüssel und bot sie mir an.

»Isst du Austern, Demetrios?«

Ich betrachtete die dunklen Schalen, die in dem trüben Wasser herumschwammen.

»Nur, wenn sie frisch sind.«

»Gut geantwortet.«

Er schob die Schüssel zur Seite. »Isst du Würste?«

»Selbstverständlich.«

»Ich esse sowohl Austern als auch Würste. Es ist eine Frage des Geschmacks und nicht des Appetits. Und auch keine der Moral. Nicht wahr?«

Er schmunzelte und musterte mich eingehend, wie ein Wanderer eine Karte studiert. Seine graublauen Augen glühten wie kleine Kohlestücke in einer Feuerschale.

Jetzt verstand ich seinen Hinweis und stellte den Weinbecher auf den Tisch vor mir ab.

»Vielen Dank für deine Gastfreundschaft, Sulla.«

Eine Hand an meinem Lendenschurz verhinderte, dass ich gehen konnte. Volumnias faltiges Gesicht verzog sich zu einem Lächeln.

»Es kommt nur äußerst selten vor, dass Sulla solch einen jungen Leckerbissen wie dich mitbringt. Das Mindeste, was ich dann tun kann, ist dafür zu sorgen, dass sich die Mühe wenigstens gelohnt hat.«

Sie liebkoste mich mit professioneller Eleganz. Meine Erektion begann, gegen ihre Hand zu drücken.

»Ich muss leider gehen, Claudia.«

Ein heller Blitz schoss mir durchs Zwerchfell. Der Schmerz zwang mich in die Knie.

»Mein Name ist Volumnia, nicht *Claudia*. Merk dir das!«

Das Gelächter der Saufbrüder verfolgte mich bis auf die Straße hinaus. Einen Augenblick lang zeichnete sich an der gegenüberliegenden Mauer der Lichtschein des Eingangs ab. Dann warf jemand die Tür zu, und der helle Schein verschwand, als ob jemand eine Flamme ausgepustet hätte.

Mit der Hand über meinem Glied verließ ich Lucius Cornelius Sulla wie ein hilfloses Opferlamm, das man zum Altar führt.

XVII

Am Fuße des Aventinhügels befinden sich zahllose baufällige Mietshäuser. Weiter oben beginnen die Villen der Reichen wie Unkraut auf einem Misthaufen hervorzusprießen. Ganz oben auf dem Hügel stand Marius vor einer Villa und schlug mit mächtiger Faust hart gegen die Tür.

»Wir müssen mit deinem Herrn Mamercus reden«, sagte er zum Pförtner.

Wir wurden gebeten, in einem kreisförmigen Atrium mit einem Mosaikboden zu warten, auf dem ein tiefblauer Meeresgrund mit hellroten Korallen, allerlei lebendig wirkenden Meerestieren und kleinen, gelben Fischen abgebildet war. Auch der Brunnen in der Mitte war rund, was äußerst ungewöhnlich war. Römische Patrizier zogen meist eine rechtwinklige Gestaltung vor.

Außer der Tür, durch die der Sklave verschwunden war, gab es zwei weitere, die jeweils in einen dunklen Flur zu den Privatgemächern des Hauses führten. Marius setzte sich auf eine Bank. An diesem Morgen hatte er noch neben mir auf einem Schemel gesessen. Sein wettergegerbtes Gesicht war das Erste, was ich sah, als ich meine Augen aufschlug.

»Ich habe die ganze Nacht über nachgedacht«, fing er an.

»Schlechtes Gewissen?«

Er verstand meinen Hinweis.

»Es tut mir leid. Ich habe dich unter falschen Voraussetzungen ins Haus von Scaurus gelockt. Aber denk dran. Deine Domina hätte nicht im Traum daran gedacht, dich freizulassen, wenn ich sie gefragt hätte. Sempronia und ich haben, gelinde gesagt, kein gutes Verhältnis zueinander. Aber ein Ersuchen des Senatsvorsitzenden wird sie nicht ignorieren können. Ich habe dir faktisch geholfen, auch wenn du es nicht verdient hast. Aber es ist etwas anderes, was mich wach gehalten hat.«

»Und was?«

»Mamercus. Er ist der Halbbruder von Drusus. Und der einzige männliche Verwandte. Er wird Drusus' Vermögen nach dessen Tod verwalten. Und das ist riesig.«

»Daran habe ich auch schon gedacht.«

»Und das ist noch nicht alles. Du hast mich nach dem Abendessen bei Drusus gefragt. Du weißt, jener Abend, an dem du sagtest, dass er vergiftet wurde …«

»Mamercus saß auch am Tisch.«

»Bona Dea! Du weißt aber auch alles.«

Marius' grobschlächtige Hände drehten rastlos eine rotbraune, zylindrische Lederhülle hin und her. Solche Köcher wurden im Botendienst des Heeres verwendet, dienten zur Aufnahme von Schriftrollen und hatten die Länge einer Elle.

»Das hier ist ein Brief mit dem feierlichen Versprechen des Senats, dass bis zum Frühjahr ein Gesetz verabschiedet wird, das den Italern das latinische Bürgerrecht zusichert. Versteck es gut, bis du fährst.«

Das latinische Bürgerrecht ist ein Bürgerrecht zweiten Ranges. Obwohl es viele der Privilegien mit sich bringt, die echte Römer genießen, beinhaltet es kein Stimmrecht.

»Glauben du und Scaurus, dass sich die Italer damit zufriedengeben werden?«

»Nicht alle. Aber die Marser, die vorzüglichsten Krieger unter ihnen, werden es tun. Und viele andere mit ihnen. Die Hälfte der Volkstämme, die die Forderung der Italer unterstützen, wird friedlich heimwärts ziehen. Teile und herrsche. Diese Politik hat Rom immer gut genutzt.«

Marius erhob sich und begann, hin und her zu laufen. Er musste sich jedoch bücken, um nicht gegen die Deckenbalken zu stoßen.

»Also, hör nun zu, was mich wachgehalten hat: Mamercus hat den Gesetzesvorschlag seines Bruders nicht unterstützt. Faktisch war er immer auf der Seite von Drusus' Gegnern im Senat. Weshalb er dann trotzdem zu dem Abendessen eingeladen war, bei dem Drusus seine Pläne mit seinen besten Freunden erörterte? Du hast Talent, Leute zum Reden zu bringen. Deshalb solltest du ihn mit mir zusammen besuchen und ihm ein paar Fragen stellen.«

»Was sollte dabei herauskommen?«

»Jetzt hör schon auf, Junge. Ich weiß, wie schlau du bist.«

Wenige Tage nach meiner ersten Begegnung mit dem General hatte man die Leichen der getöteten Barbaren auf dem Gipfel des Hügels, der das Schlachtfeld ausgemacht hatte, aufgetürmt und mit Öl übergossen. Das Heer der Römer hatte Aufstellung genommen, um der Verbrennung beizuwohnen. Marius stand da mit einer über dem Kopf erhobenen Fackel, als ein Bote aus Rom zu ihm heraufgaloppierte, einen Gruß des Senats überbrachte und ihn darum bat, umgehend heimzukehren, da das Hauptheer der Kimbern bereitstehe, um von Westen her nach Italien einzudringen. Die Barbaren, die Marius geschlagen hatte, seien nur der Vortrupp gewesen.

Zwei Tage später umrundeten wir auf einem Küstenweg die Alpen in Richtung der fruchtbaren Po-Ebene, wo eine nervenaufreibende Wartezeit begann.

Der Schnee türmte sich allmählich an den Palisaden auf und die Wasserläufe froren zu, und bald zeichnete sich ab, dass das kostbare Getreide in den Vorratslagern des Militärlagers schneller schwand, als man es bei üblicher Verpflegung aufbrauchte. Es konnte sich nur um einen organisierten Betrug handeln.

Der Verdacht richtete sich auf den Proviantmeister, einen Mann von unbekannter, nichtrömischer Herkunft. Unter denjenigen, die ihn beschuldigten, war der Juniorkonsul Catullus, ein Aristokrat aus einer vornehmen Familie, hochgewachsen und sehnig, dunkelhaarig, schlank und aufrecht wie ein Zollstock. Während sich Marius in Rom aufhielt, befahl Catullus, den Proviantmeister zu foltern. Als der General zurückgekehrt war, erzählte ich ihm, was geschehen war. Vor Marius' Tisch im Feldherrnzelt stehend behauptete Catullus, dass die Bestrafung in Hinblick auf die Moral des Heeres notwendig gewesen sei.

»Lass mich mit dem Proviantmeister reden!«

»Er starb während des Verhörs, doch mir gelang es, sein Geständnis zu bekommen. Hier ist eine Abschrift.«

Marius entfaltete die Schriftrolle, studierte sie und legte sie auf der Tischkante ab. Catullus schlug vor, eine Kommission einzusetzen, um den Umfang des Betrugs festzustellen.

»Je früher, desto besser«, brummte Marius.

»Der Juniorkonsul sollte sinnvollerweise damit beginnen, seinen eigenen Legaten zu befragen«, schlug ich vor.

»Und warum«, fragte Catullus lächelnd, »wünscht der Leibarzt des Generals, dass mein untergebener Befehlshaber verhört wird?«

»Gemäß dem Bericht hier fragte der Legat den Proviantmeister, wie viel die Gallier, die den gestohlenen Weizen kauften, pro Wagenladung bezahlt hätten.«

»Eine relevante Frage, würde ich meinen.«

»Auch wenn sie gestellt wurde, *bevor* der Verhörte seine Hehlerei zugegeben hat?«

Catullus musste sich anstrengen, sein selbstsicheres Lächeln aufrechtzuerhalten.

»Und übrigens, wie konnte es gelingen, so viele Wagenladungen Weizen aus den Vorratslagern zu entfernen?«, fuhr ich fort.

Catullus kam kaum um eine Antwort herum. Aber er zog es vor, unbeirrt fortzufahren.

»Der Mann hatte Komplizen.«

»Davon steht nichts in dem Geständnis.«

Der Juniorkonsul lächelte zu Marius hinüber.

»Muss ich mir das wirklich gefallen lassen, von einem Kind ausgefragt zu werden?«

»Ja, warum nicht?« Marius' wasserblaue Augen musterten mich. »Tu einfach so, als wäre ich es, dein General, der die Fragen stellt.«

»Hier sind eine Reihe von Tagen aufgeführt«, sagte ich weiter, »an denen die Getreidediebe zugeschlagen haben. Dem Wachtplan zufolge hatte der Legat des Herrn das Kommando über die Nachtwache an den meisten dieser Tage.«

»Eine schwere Anschuldigung.« Catullus lächelte nicht mehr länger. »Ich werde die Sache untersuchen.«

»In den übrigen Nächten hielt der Herr selbst Wache. Ist das dann auch eine Anschuldigung?«

»Was soll das bedeuten? Ich werde es nicht hinnehmen …«

»Danke, Catullus.« Marius hatte sich erhoben. »Würdest du draußen warten?«

Als der Juniorkonsul gegangen war, zog mich der General zu sich heran. Er legte seine schweren Hände auf meine Schultern.

»Was ist hier los, Junge?«

Ich erklärte, dass Catullus und sein Legat hinter dem Betrug stünden, doch die Stimmung im Lager hätten sie dazu gezwungen, einen Schuldigen zu suchen. Das Geständnis hätten sie selbst angefertigt.

»Warum haben sie dann nicht den Wachtplan verändert?«

»Catullus ist nicht dein intelligentester Offizier.«

Marius räumte ein, dass sein untergebener Befehlshaber ebenso dumm wie halsstarrig sei. Rom befinde sich allerdings im Krieg und es mache einen schlechten Eindruck, wenn adlige Offiziere des Betrugs an der Staatskasse überführt würden. Der Proviantmeister müsse der Schuldige bleiben, zumal er nun schon tot sei und sich nicht mehr verteidigen könne.

Trotz dieser Enttäuschung erhielt ich einen kräftigen Schlag auf die Schultern und die Zusicherung, dass der General stolz auf mich sei.

Der Pförtner von Mamercus kehrte in das kreisrunde Atrium zurück. Er wurde von einem Mann seines Alters begleitet, der braunes Haar und ein rundes, jugendliches Gesicht hatte und seinem verstorbenen Halbbruder nicht im Geringsten ähnelte. Er hieß Marius willkommen, während er mich zu übersehen schien.

»Mein herzliches Beileid«, sagte der General. »Bona Dea, dein Bruder ist auf grauenvolle Weise gestorben.«

Mamercus schnitt eine Grimasse. Sein Verhalten wirkte einstudiert. Ihm versagte vor lauter Nervosität die Stimme.

»Du musst entschuldigen, dass ich mich aufdränge«, fuhr Marius fort. »Ich habe ein paar Fragen. Vielleicht können wir an einem abgeschiedenen Ort miteinander reden?«

»Natürlich«, entgegnete Mamercus unsicher. »Komm m-m-mit.«

Er geleitete uns hinaus in einen offenen Peristylgarten mit einer großartigen Aussicht auf den Circus Maximus und die Rückseite des Palatinhügels. Eine Frau saß an einem Tisch im Schatten. Ein Sklave hatte bereits weitere Stühle gebracht.

»Du kennst m-m-meine Mutter«, sagte Mamercus.

»Selbstverständlich.«

Marius nahm die Hand der Frau.

»Es freut mich, dich wiederzusehen, Aemilia. Ich habe oft daran gedacht, wie es dir wohl geht.«

Aemilias Alter, das gewiss höher war, als sie es zugeben würde, hatte sie ein wenig rundlicher werden lassen. Ihr kurz geschnittenes Haar hatte eine außergewöhnliche Farbe, die weder grau noch weiß war, sondern eher an alte Stücke von Trockenfisch erinnerte. Sie verbarg es zwar besser als ihr Sohn, doch auch sie war nervös.

Die Anspannung hing in der Luft wie ein lange nachklingender Glockenton.

»Früher lebte ich nur für meine Söhne«, sagte Aemilia getragen. »Nun wurde uns der Älteste von ihnen entrissen. Wenn du gekommen bist, um über Drusus zu reden, hoffe ich, dass ich zuhören darf. Ich sehne mich danach, die ganze Wahrheit zu erfahren.«

Aemilias brennender Wunsch überschattete schon bald das Gespräch, sodass ihr Sohn schließlich gar nicht über sich sprach.

Marius setzte sich schwerfällig hin. Seine Kaumuskeln arbeiteten unablässig, während er versuchte, einen Vorwand zu finden, damit Aemilia ging. Doch das gelang ihm nicht.

Er seufzte und lächelte.

»Hervorragend. Vielleicht kannst du uns noch helfen. Dies hier ist mein Leibarzt Demetrios. Er hat etwas Wichtiges zu berichten.«

XVIII

»Ich möchte zunächst fragen, ob der Herr während des Essens bei Drusus etwas Ungewöhnliches bemerkte, am Abend vor dem Mord«, begann ich.

»Das Ungewöhnlichste war, dass ich überhaupt eingeladen wurde«, antwortete Mamercus. »Drusus und ich redeten nicht m-m-miteinander. Auch nicht bei dieser Gelegenheit.«

Ich hatte geglaubt, Mamercus' Stammeln im Atrium sei durch seine Nervosität verursacht worden. Mir dämmerte nun, dass es sich eher um ein ständiges Leiden handeln musste.

»Die Herren waren doch Brüder?«

»Halbbrüder. Unser Verhältnis ist nie innig gewesen. Ich habe m-m-mein Leben lang hier auf dem Aventin gewohnt und hatte m-m-mit ihm keinen Kontakt.«

Das passte kaum zu Servilias Angabe, dass Mamercus oft im Hause von Drusus zu Besuch gewesen war.

»Dennoch lud Drusus den Herrn zum Abendessen ein?«

Mamercus zuckte mit den Schultern.

»Ich sollte sicherlich nur einen leeren Platz am T-T-Tisch ausfüllen. M-Mein Bruder hatte sich m-m-mit seinen Gesetzesvorschlägen unbeliebt gemacht. Es gab nicht m-m-mehr viele, die er einladen konnte.«

Ich fragte, ob es wahr sei, dass Drusus' Adoptivsohn Claudianus bei Mamercus wohne. Das stimme, aber da die Mores maiorum verlangten, dass der Junge bei der Leiche seines Adoptivvaters wache, befinde er sich jetzt im Haus auf dem Palatin, wo Mamercus' Frau ihn und die übrigen Kinder hüte.

»Ich dachte«, unterbrach uns Aemilia, »dass dein Leibarzt hier ist, um uns etwas Wichtiges zu sagen, Marius. Er scheint allerdings mehr damit beschäftigt zu sein, uns auszufragen.«

»Ja, ich sollte es euch wohl selbst sagen«, entgegnete Marius gereizt. »Drusus wurde nicht nur niedergestochen, wie es der Senat verkündet hat. Er wurde auch noch vergiftet.«

Dem begrenzten schauspielerischen Talent nach zu urteilen, das Mutter und Sohn bislang gezeigt hatten, war ihre Überraschung echt.

»Bekam Drusus etwas zu essen, das sonst kein anderer erhielt?«, fragte ich, während sie sich immer noch zu fassen versuchten.

»Nicht soweit ich m-m-mich erinnern kann.«

Mamercus Stirn glänzte vor Schweiß.

»Dann erinnert sich der Herr vielleicht daran«, fuhr ich fort, »was später am Abend bei Lucius Cornelius Sulla geschah?«

»Mamercus!«, stieß Aemilia hervor. »Du bist doch nicht etwa da hingegangen?«

Die Temperatur im Garten schien plötzlich eisig zu werden.

»Dort ist nichts passiert, M-M-Mutter.« Mamercus kämpfte einen Augenblick lang mit sich selbst, bevor er fortsetzen konnte. »Es war ein M-M-Maskenball. Ich kannte kaum einen der Gäste. Sulla und M-Metrobios gaben L-L-Lu…«

Mamercus konnte nicht mehr weitersprechen. Marius und Aemilia warteten schweigend ab.

»Lukretias Tod?«, schlug ich vor.

Er warf mir ein dankbares Nicken zu.

»Genau. Auf einer kleinen Bühne im Garten. Anschließend betrank sich Sulla so stark, dass er hinfiel und ins Bett getragen werden m-m-musste. Ich ging kurz danach, das schwöre ich.«

Das Schauspiel ›Lukretias Tod‹ des Dichters Ennius behandelt die vielleicht wichtigste Episode aus der Geschichte Roms, auch wenn die große Popularität vielmehr von seinem drastischen Inhalt herrührt: Der Königssohn Sextus Tarquinius provozierte mit seiner Vergewaltigung der ehrbaren Lukretia einen Aufruhr gegen das Königtum, das zur Errichtung der Republik führte.

Ich versuchte, den Gedanken zu verdrängen, was Sulla und Metrobios aus der langen Vergewaltigungsszene im zweiten Akt gemacht haben könnten.

»Woher kennt der Herr Sulla?«, erkundigte ich mich.

»Durch die Kinder«, antwortete Mamercus. »Claudianus spielte mit Sullas Sohn. Zumindest so lange, bis der arme L-Lucius eine L-Lungenentzündung bekam und im Frühjahr starb.«

Trauer nimmt die unterschiedlichsten Formen an, und keine von ihnen ist im Grunde genommen falsch. Bei Sulla führte der Kummer über den Tod des Sohnes zur Alkoholsucht. Er wird sich vermutlich zu Tode trinken, außer jemand würde seine Aufmerksamkeit auf etwas anderes richten können.

»War Lucius sein einziges Kind?«

»Er hat auch eine Tochter«, brummte Marius.

»Ich bin ihr ein paar M-Mal begegnet.« Mamercus lächelte. »Sie ist siebzehn Jahre alt und ausgesprochen anmutig. Sie ist blond wie eine Gallierin, sie hat das bezauberndste L-Lächeln und Augen so blau wie der Himmel …«

»Wir wissen, wie Cornelia aussieht, Mamercus.«

Aemilias Tonfall war schneidend. Die Kiefermuskeln ihres Sohnes traten unter der Haut wie Tauwerk hervor. Ich war auf einen heiklen Punkt gestoßen, der wohl zum wiederholten Male Diskussionen auslösen würde. Es war am klügsten, das Thema zu wechseln.

»Wusste der Herr, dass sich der Anführer der Marser in der Mordnacht in Drusus' Haus aufhielt?«

»Silo? Er war bei Drusus?«

»Ich sah ihn im Gang vor dem Tablinum. Könnte er etwas mit dem Mord zu tun haben?«

»Das würde der Sache der M-Marser nichts nutzen.«

Außer, schien der Blick von Marius zu sagen, *die Marser würden lieber Krieg als die latinischen Bürgerrechte haben wollen.*

»Wusste der Herr, dass Silo vor 20 Tagen mit einem Heer von 10 000 Mann dicht vor den Toren Roms stand?«

Mamercus zuckte mit den Schultern und sagte, dass die Marser ein wenig mit den Schwertern gerasselt hätten, um die Xenophoben im Senat einzuschüchtern.

»Diesen Zwischenfall hat der Senat allerdings geheim gehalten, um Panik zu vermeiden. Woher hat der Herr davon erfahren?«

Wie Trauer, so nimmt auch Angst die unterschiedlichsten Formen an. Mamercus saß wie angewachsen auf dem Stuhl, blass und mit halb geöffnetem Mund.

Eine feindselige Stille breitete sich zwischen uns aus.

Marius meinte anscheinend, dass es nun an der Zeit war, zu improvisieren. Oder vielleicht hatte er von Beginn an vorgehabt, seine Bekanntmachung erst bei passender Gelegenheit einfließen zu lassen.

»Lass mich erklären, was all die Fragen sollen, Mamercus. Ich habe Demetrios gebeten, eine private Untersuchung vorzunehmen. Das, was er herausfindet, wird einem Senatstribunal vorgetragen, das den Tod deines Bruders aufklären soll.«

Die Erklärung überraschte weniger Mamercus und Aemilia als vielmehr mich.

»Aus wem wird das T-Tribunal bestehen?«

»Aus den Vorsitzenden des Senats, natürlich. Außerdem aus Crassus Orator und mir selbst. Männer, die Drusus kannten. Männer, die die Sache um jeden Preis aufklären wollen.«

Mamercus dachte lange über eine Antwort nach.

»Drusus und ich haben uns heimlich getroffen«, sagte er schließlich.

Marius stellte den Becher, den er gerade geleert hatte, mit einem Knall auf dem Tisch ab. Aemilia spitzte ihre Lippen und betrachtete ihren

Sohn. Zum ersten Mal wirkte das Verhalten von Mamercus nicht einstudiert. Er schaute in meine Augen, als wartete er noch auf eine Frage.

»Warum musstet ihr euch heimlich treffen?«

»Hätten Drusus' Feinde im Senat gewusst, dass wir uns gut verstehen, hätten sie m-mir nichts m-mehr anvertraut.«

»Wer waren Drusus' Feinde im Senat?«

Mamercus zählte eine Reihe Männer auf, darunter Konsul Philippus und Servilias Vater Caepio. Drusus hatte Mamercus darum gebeten, seinen politischen Gegnern Sympathie vorzutäuschen, und er war dann schnell in ihren Kreis aufgenommen worden.

»Ich hielt Drusus ständig unterrichtet. Sein Pförtner kam regelmäßig hierher und erkundigte sich nach Neuigkeiten.«

»Petronius?« Ich rückte auf dem Stuhl vor. »Er verschwand am Morgen nach dem Mord. Habt ihr seitdem etwas von ihm gehört?«

Mamercus öffnete seinen Mund, um etwas zu sagen, doch seine Mutter kam ihm zuvor.

»Weshalb um alles in der Welt sollten wir etwas von Petronius gehört haben? Drusus ist doch tot. Du musst entschuldigen, Marius, aber ich kann wirklich nicht sehen, wohin das hier führen soll.«

Sowohl die Mutter als auch der Sohn wichen meinem Blick aus. Das kurzzeitige Tauwetter war vorbei. Hier war nichts mehr zu holen.

»Nun denn«, sagte ich zu Marius. »Vielleicht sollten wir stattdessen mit Konsul Philippus und Caepio reden?«

»Mit denen kommst weder du noch ich ins Gespräch«, erwiderte Marius. »Sie glauben allen Ernstes, dass alle Fremden ausgewiesen werden sollten. Du würdest nicht die geringste Chance haben.«

»M-Mit einer prächtigen T-Tunika würde Demetrios nicht einem Griechen ähneln.«

Mamercus sprach langsam, als wollte er eine verborgene Bedeutung in dieser anscheinend unschuldigen Bemerkung hervorheben. Marius erteilte ihm eine Abfuhr.

»Hast du noch weitere Fragen, Demetrios?«

»Nein, das war in der Tat alles. Ich bedanke mich, dass der Herr und die Herrin sich Zeit genommen haben. Wenn dem Herrn noch etwas einfällt, was den Nachforschungen weiterhelfen kann, sollte er es mich unbedingt wissen lassen.«

Ein Sklave geleitete uns zurück zum Atrium mit dem Meeresboden-Mosaik. Am Rand des runden Springbrunnens konnte sich Marius nicht mehr länger zurückhalten.

»Weshalb hast du nicht die Fragen gestellt, um die ich dich gebeten hatte?«, fauchte er.

»Weil es uns nicht schlauer gemacht hätte. Würdest du einen Augenblick warten? Es tut mir leid, aber ich muss kurz die Latrine des Hauses aufsuchen.«

Mit dem Sklaven dicht auf den Fersen bog ich vom Atrium in einen der Seitengänge ab und gelangte in einen mit Fliesen ausgelegten Raum von sechs mal zehn Fuß. Eine Seite des Raumes wurde in der gesamten Breite von einer eingemauerten Marmorbank mit drei tropfenförmigen Löchern eingenommen. Darunter war das Plätschern von Wasser zu hören, das wie von einem kleinen Bach klang. Ich zog den ledernen Lendenschurz herunter und nahm unterhalb eines Lüftungsschachts Platz.

»Ich entdeckte die Latrine, als wir im Atrium warteten«, erklärte ich Marius danach, während wir uns den Weg durch das Gewirr der Straßen bahnten. »Der Lüftungsschacht führt in den Peristylgarten hinaus. Ich vertraute darauf, dass Mamercus und seine Mutter im Garten bleiben würden, um über unseren Besuch zu reden. Und ich sollte Recht behalten.«

»Und was hast du herausgefunden?«

»Viel mehr, als sie uns zu erzählen bereit waren. Sie haben Angst davor, was Drusus' Gegner aushecken könnten, wenn das Doppelspiel von Mamercus herauskommt. Aber im Gegensatz zu seiner Mutter ist Mamercus bereit, das Risiko einzugehen.«

»Der Kerl spielt Komödie«, brummte Marius.

»Ich glaube nicht, dass Mamercus in der Lage ist, seine Mutter zu täuschen. Sie wirkt scharfsinnig.«

»Aemilia ist eine der großartigsten Frauen, die ich kenne. Wäre sie ein Mann, hätte es Scaurus im Senat nicht so leicht gehabt. Aber sie ist schwierig. Sie und Drusus' Vater waren wie Hund und Katz.«

»Wurden sie deshalb voneinander geschieden?«

»Aemilia nahm sich einen Liebhaber. Als der Vater von Drusus entdeckte, dass sie schwanger war, warf er sie auf die Straße, der Idiot.

Bona Dea, sie war damals so hübsch. Wie ein Sommermorgen. Oder wie ein Goldreif, oder was weiß ich.« Metaphern zählten nicht zu den Stärken von Marius. »Aemilius Lepidus, ihr Liebhaber, warb um sie. Sie wohnten zusammen in einem Haus auf dem Aventin, bis er vor fünf Jahren starb. Haben sie noch mehr gesagt?«

»Aemilia hielt Mamercus vor, dass er zu Sullas Fest ging. Sie meinte, er sei nur deshalb dorthin gegangen, um einen Blick auf Sullas Tochter zu erhaschen.«

»Cornelia ist es ja auch wert, angeschaut zu werden.«

»Mamercus ist verliebt. Und nicht in seine Frau. Leider wunderte sich der Sklave, warum ich so lange auf der Latrine war. Das Letzte, was ich hörte, war, dass sie über Drusus' Pförtner sprachen. Zweifellos messen sie Petronius eine große Bedeutung zu. Die Frage ist nur, welche.«

XIX

Es wurde ein ungewöhnlich harter Winter in der Po-Ebene. Der Frost zwang Marius, das strategisch wichtige Lager am Fuße der Alpen zu räumen und ein neues im milderen Klima des Tieflands zu errichten. Kurz danach kamen die Kimbern von den Bergen herab. Zunächst langsam, wie Getreidekörner, die zuerst langsam durch eine Speicherluke rieseln, dann aber allmählich an Fahrt gewinnen, stürzten die Barbaren die Gipfel herab, sprangen gewandt zwischen den Felsvorsprüngen hervor und rutschten auf ihren Schilden die schneebedeckten Abhänge herab.

Catullus meldete sich im Zelt des Feldherrn und berichtete von dem Erfolg des Feindes.

»Denkst du nicht, dass ich das schon weiß«, sagte Marius.

»Warum gehen wir dann nicht zum Angriff über?«

Der General knurrte und rückte näher an das Kohlenbecken heran. Der Frost sollte nicht von seinen Knochen Besitz ergreifen.

»Sollen wir hier herumsitzen und darauf warten, dass unser Land überfallen wird«, rief Catullus, »weil unser General ein von Gicht gepeinigter alter Mann ist?«

»Gichtkrank? Alter Mann?« Wenn Catullus die Absicht hatte, den General aufzurütteln, war ihm das gelungen. »Was bildest du dir ein? Glaubst du, dass du diesen Krieg hier allein austragen kannst? Du, dessen größter Verdienst es ist, einen Sklavenaufstand auf Sizilien beendet zu haben? Die Kimbern sind keine Sklaven, du Schlappschwanz. Und du bist kein Heerführer. Mach, dass du fortkommst!«

Marius stapfte lange im Zelt herum, bevor er sich wieder vor dem Kohlenbecken niederließ.

»Kannst du mir nicht eine Amphore Wein holen, Junge?«

Der General trank selten und niemals eine ganze Amphore, doch ich stellte für gewöhnlich keine Fragen. Das Weinlager lag nur fünfhundert Schritte entfernt. Marius gab mir einen hastig niedergekritzelten Befehl für die Wache mit.

Auf dem Rückweg durch das dunkle Lager stieß ich mit einem Schatten zusammen, der so massiv wie eine Mauer war. Die Amphore fiel schwerfällig hin, ein Henkel traf mich an der Stirn. Ich registrierte kaum, wie ich hochgehoben wurde, mich durchfuhr aber deutlich ein Schauer von kaltem Metall an meinem Hals.

»Bist du wach?«

Ich erkannte die Stimme und nickte.

»Gut. Dann hättest du ruhig antworten können.«

»Auf was?«, flüsterte ich.

Catullus' Lachen hatte einen zornigen Unterton.

»Der General hatte mir vertraut. Ich war sein Getreuer. Nun demütigt er mich. Was hast du ihm vorgemacht? Was hast du ihm gesagt, um ihn gegen mich aufzuhetzen?«

»Das weißt du selbst am besten.«

»Ich habe immer meine Pflicht getan. Ich verdiene etwas Besseres. Also, sag mir, was der General denkt, was ich getan haben soll.«

Mein Schweigen provozierte eine Entscheidung.

»Wir werden ja sehen, was er sagt, wenn sie dich mit durchgeschnittener Kehle finden.«

Ein weiterer Schatten sprang aus dem Dunkel hervor. Erde flog gegen mein Gesicht und in meinem Mund schmeckte ich Blut. Geräusche wie von kämpfenden Raubtieren drangen zu mir herüber. Ich stützte mich auf meinen Ellbogen und sah eine breitschultrige Kontur, die sich vor dem Sternenhimmel abzeichnete.

»Such dir lieber jemand von der eigenen Größe, Catullus«, donnerte der General. »Morgen ziehen du und dein Legat mit einer Kohorte hinauf in die Berge. Eure Aufgabe ist es, bei den Bergbauern Vorräte zu beschaffen. Kapiert?«

»Es ist Winter«, murmelte Catullus irgendwo im Dunkeln. »Ich werde erfrieren.«

»Man wird hoffen dürfen.«

Erst als mich die starken Arme nach oben zogen, fing ich an zu weinen. Obwohl ich ihm auf den Bauch pinkelte, hielt mich Marius fest. Ich klammerte mich an seinen breiten Brustkorb, der nach Schweiß und Leder roch und Geborgenheit ausstrahlte.

Damals dachte ich, dass Catullus und sein Legat das bekämen, was ihnen zustünde, aber die Erinnerungen bekommen später im Leben oftmals eine andere Bedeutung. Die Erfahrung führt zur Fähigkeit der Reflexion.

Während ich auf der Bank unterhalb des Fensters in Aelias gemütlichem Zimmer saß und Tiros und Sarpedons Schnarchen lauschte, erinnerte ich mich an die Frage von Catullus.

Hatte jemand anderes hinter seinem Rücken den Schwindel mit dem Getreide begangen? In diesem Fall hätte es der Mann sein müssen, den ich als seinen Komplizen angesehen hatte. Jener Mann, der sein untergeordneter Befehlshaber gewesen war. Sein Legat.

Aelia machte den letzten Teller sauber und stellte ihn ins Regal. Sie schüttete das gebrauchte Wasser aus dem Fenster hinaus. Sechs Stockwerke tiefer platschte es auf das Pflaster.

»Danke fürs Essen«, sagte ich.

Sie setzte sich neben mich. Ihr Ellbogen drückte sich an mich. Der Geruch von Urin war stechend und durchdringend. Ich beherrschte mich, um sitzen zu bleiben.

»Ich habe zu danken«, entgegnete sie und deutete auf den schlafenden Mann auf dem Boden vor dem Bett. »Sarpedon ist so dankbar, dass er Tiro unterrichten kann.«

»Er erhält ja auch Verpflegung und Unterkunft. Besonders über die Kost freut er sich, soweit ich das sehen kann.«

Sie lächelte und schaute den Lehrer an.

»Wir müssen ihn aufbauen. Der Arme hat nicht ordentlich gegessen, seit er vor einigen Jahren nach Rom gekommen ist. Das Essen an den

Verkaufsständen ist teuer, und seine Einkünfte waren gering. Ich glaube, er hat lange Zeit gehungert, auch wenn er das nicht zugeben will.«

In der Wohnung obendrüber zankte ein Paar miteinander. Ihre gegenseitigen Anschuldigungen hallten zwischen den Hauswänden wider.

»Dann lieber allein leben«, murmelte Aelia.

Sie war dreimal verheiratet gewesen. Tiros Vater hatte sie erst ein paar Wochen gekannt, bevor er in den Krieg zog und sie mit einem immer dicker werdenden Bauch zurückließ. Ihr zweiter Mann war Schuhmacher gewesen, eine nützliche Tätigkeit, die eine Familie ausreichend versorgen konnte. Aber nach der Hochzeit hatte er seinen Laden verkauft und begann, den Tag über zu schlafen und nur noch zu den Mahlzeiten aufzustehen. Dafür beschäftigte er sich nachts damit, die nächstgelegene Taverne leer zu trinken, und morgens kam er nach Hause, um seine Rechte als Ehemann einzufordern. Anschließend schickte er Aelia los, um Geld zu verdienen.

»Ich fand Arbeit in einer Wäscherei am Salutaris-Tor. Du hast sicherlich den Geruch bemerkt.«

»Den Geruch?«, wiederholte ich unschuldig.

»Selbstverständlich hast du das. Ich wünschte, man könnte die Kleidung mit etwas anderem als Urin reinigen. Wenn man einen Monat lang die Hände in die Bottiche getaucht hat, kann selbst das intensivste Parfüm diesen Geruch nicht mehr übertünchen. Nach einem halben Jahr ist es einem dann egal. Oder vielleicht lag das an meinem nächsten Mann, dass ich mich so fühlte. Er warf den versoffenen Nichtsnutz auf die Straße und sagte mir, wie schön ich sei. Das stimmte ja auch damals noch.«

»Du bist noch immer hübsch, Aelia.«

Die Grübchen auf ihren sonnengebräunten Wangen vertieften sich und sie zwinkerte mich an.

»Jetzt lügst du noch geschickter als vorhin.«

Ihr neuer Mann hatte ihr versprochen, dass sie niemals mehr in die Wäscherei zurückkehren müsste. Mit ihrem Aussehen könne sie auf andere Weise Geld verdienen. Der Bedarf an frischem Fleisch in den Bordellen am Clivus Pullius war unstillbar.

»Tiro kann sich leider immer noch daran erinnern, mit welcher Ausdauer mein Mann versuchte, mich gefügig zu machen. Ich durfte mich nicht vom Boden erheben, bevor mein Mann den Stock zur Seite gelegt hatte. Ich schäme mich dafür, was mein Sohn mit ansehen musste, damals. Deshalb habe ich alles geopfert, um ihm zumindest eine gute Schulbildung ermöglichen zu können. Sarpedon gehört zu den seltenen Pädagogen, die verstehen, dass Prügel Kinder nicht schneller lernen lassen.«

Tiro drehte sich im Schlaf in seinem Bett um. Aelia schwieg, bis sein Atem wieder regelmäßig war.

»Ich bin dem Bordell bloß entgangen, weil mein Mann von einem anderen Schurken niedergestochen wurde, bevor er mich verkaufen konnte. Als er sich nach Hause schleppte, hinterließ er auf der Treppe eine Blutspur. Er starb hier in diesem Zimmer. Du kannst immer noch den Fleck auf dem Boden sehen. Seine letzten Worte waren: ›Du wirst nie einen anderen Mann finden, so wie du stinkst‹. Das ließ mich den Vorteil meiner Arbeit einsehen.«

In der Wohnung über uns war es still geworden. Die Ehefrau saß bestimmt inzwischen auf dem Schoß ihres Mannes und weinte an seiner Schulter.

Über dem Dachfirst war das letzte Stück dunkelblauer Himmel verschwunden, und die Sterne begannen zu funkeln.

»Ich muss bei Tagesanbruch aufstehen«, sagte ich und erhob mich.

»Warum so früh?«

»Ich werde zu Marcus Livius Drusus' Begräbnis gehen, gemeinsam mit seinem Halbbruder Mamercus.«

Sie schaute mich finster an.

»Was sagt General Marius dazu?«

»Woher kennst du General Marius?«

»Ich sah dich neulich mit ihm im Hof.«

Ich studierte ihr Gesicht, die zarten Falten, die sich von den Nasenflügeln bis zum Mund ausbreiteten, die sonnengebräunte Stirn, die Grübchen, die von einem Augenblick auf den anderen beinahe unsichtbar waren. Die dunklen, wachsamen Augen, die mich betrachteten, selbst wenn ich es nicht bemerkte. Wie viel konnte ich ihr anvertrauen? Wie viel hatte sie sich schon selbst gedacht?

»Hör mal, Demetrios«, sagte sie. »Wir kleinen Leute können schnell zerquetscht werden, wenn wir den Adligen zu nahe kommen.«

Sie legte ihre Arme um mich. So standen wir einen Augenblick lang da, bevor sie sich losriss und mich zur Tür schob.

»Hüte dich auf alle Fälle vor ihren Kindern«, ermahnte sie mich. »Bei ihnen muss man mit allem Möglichen rechnen.«

XX

Vier Sklaven bugsierten eine Sänfte durch die geöffnete Bronzetür von Drusus' Haus und setzten sie auf einem unbebauten Nachbargrundstück ab. Ich kroch aus meinem Versteck hervor und stieg ein. Mamercus machte in der engen Kabine Platz, zog den Vorhang zu und ordnete seine Trauertoga. Er deutete unter den Sitz, wo eine Tunika aus kräftiger, ungebleichter Wolle für mich lag.

»Das kann ich nicht annehmen.«

»Drusus hat für sie keine Verwendung m-m-mehr. Er hätte gewünscht, dass sie jemandem von Nutzen ist. Er war sehr praktisch veranlagt.«

Ich zog mich um, während die Sänfte die gewundenen Straßen hinab zum Forum schaukelte.

»Hat dich m-meine Einladung überrascht?«, erkundigte er sich.

»Es war deutlich, dass der Herr und seine Mutter unterschiedliche Auffassungen davon hatten, was ich wissen sollte. Und ich selbst forderte den Herrn auf, sich zu melden, wenn ihm noch etwas einfiele, was die Nachforschungen weiterbringen könnte.«

»Ja, das hast du getan. M-Mutter und ich haben über die Sache gesprochen. Wir sind uns nun einig. Du hast doch nicht m-meine Einladung M-M-Marius gegenüber erwähnt? Ich kann dich Drusus' Feinden vorstellen, aber m-mit M-M-M …«

Stotterer haben es oft schwer, bestimmte Konsonanten auszusprechen. Im Falle von Mamercus betraf es das L, T und M.

»Marius?«, schlug ich vor.

Er nickte. »M-Mit ihm in der Nähe wird es für dich unmöglich werden, m-mit ihnen zu sprechen. Caepio hasste m-meinen Bruder, weil er unsere Schwester während der Scheidung unterstützte.«

»Eine Scheidung kann eine hässliche Angelegenheit sein.«

»Du hast keine Ahnung. Ich war glücklicherweise zu jung, um damit etwas zu t-tun zu haben. Ich habe Caepio den Eindruck vermittelt, dass ich auf seiner Seite wäre. Ihn kann m-man mühelos beeindrucken. Er ist nicht gerade eine geistige L-Leuchte. Das Einzige, was er von der Welt verlangt, ist Demut. Je wirkungsvoller, desto besser.«

»Und Konsul Philippus?«

»Wir werden ihm aus dem Weg gehen, wenn sich das m-machen l-lässt. Das Gleiche gilt für Varius.«

»Wer?«

»Den Handlanger des Konsuls. Varius ist ein hinterhältiges kleines Wiesel. Ich bin m-mir sicher, dass er es war, der das M-Messerattentat ausführte.«

»Drusus wurde auf dem Nachhauseweg vom Forum von einigen seiner Klienten begleitet. Sie können möglicherweise deinen Verdacht bestätigen.«

»Du kannst sie gern heute Abend beim Begräbnisfest befragen.«

Mamercus lehnte sich in dem Sitz zurück. Ich müsse verstehen, sagte er, dass er sich grauenhaft fühle, da er nicht bei seinem Bruder sein konnte, als dieser starb. Alle hätten geglaubt, er sei Drusus' Feind. Deshalb habe keiner daran gedacht, ihn herbeizurufen.

»Die Götter spielen m-mit uns. M-Meinen Bruder ließen sie t-töten, gerade als er dabei war, das wichtigste Gesetz durchzubringen, das seit 30 Jahren dem Senat vorgelegt wurde. Aber m-mich, der noch nie etwas Besonderes zustande gebracht hat, lassen sie l-leben.«

Er spuckte nach draußen durch einen Spalt des Vorhangs. Das fahle Tageslicht fiel auf sein Gesicht, das grau und zerfurcht war wie eine gekalkte Wand.

»Ist der Herr krank?«

»Das ist die Schminke. M-Man erwartet, dass die Familie Trauer zeigt.« Mamercus räusperte sich und hielt einen Moment lang inne, bevor er in einen einstudierten Monolog einfiel, bei dem er sorgsam die drei gefürchteten Konsonanten vermied. »Das gilt besonders, wenn der Verstorbene ein Volkstribun war, wie die Gracchusbrüder. Die kennst du doch noch, nicht wahr, Demetrios?«

Er reichte mir eine zylinderförmige Hülle aus rotem Leder. Ich öffnete den Verschluss und zog eine Schriftrolle heraus. Sie ließ sich nur mühsam entfalten, als hätte sie dort drinnen jahrelang zusammengerollt gelegen. Ich las die ersten Zeilen:

*Dies ist die wahrhaftige Erzählung über Tiberius und Gaius Gracchus;
über ihr Wirken zum Nutzen der Republik und des römischen Volkes;
über den Widerstand, dem sie von Männern wie Marcus Livius Drusus
und Konsul Opimius ausgesetzt waren, und über ihren viel zu frühen
Tod. Geschrieben von dem Arzt Demetrios, der das Geschehene bezeugen kann.*

»Das ist das Buch, das dein Vater geschrieben und herausgegeben
hat.« Mamercus steckte die Schriftrolle in die Hülle zurück. »Ich fand
es ganz oben in Drusus' Bibliothek. Jemand hatte es erst kürzlich gelesen.«

»Ich weiß nichts über dieses Buch«, entgegnete ich.

War Mamercus ebenso aufgeweckt wie Scaurus?

»Du kennst es«, behauptete er. »Wir wissen beide, was das für dich
bedeutet.«

Ich sah, wie der rote Lederköcher unter dem Sitz verschwand und
fühlte mich, als hätte man mich in kaltes Wasser getaucht.

»Es war M-Mutter, die es herausfand. Ihre Verwandte Sempronia
weiß allerdings nichts von dir. Ansonsten wärst du schon seit Langem
gefasst worden. Wenn du Drusus' M-Mörder findest, wird M-Mutter
dafür sorgen, dass du deine Freiheit erhältst. Diskret, natürlich.«

Die Sänfte schaukelte ein letztes Mal und kam dann zur Ruhe. Durch
einen Schlitz zwischen den Vorhängen konnte ich einen Blick auf das
abgewetzte Pflaster des Forums und die erwartungsvolle Menge erhaschen, die sich auf dem Platz zusammendrängte.

Mamercus' Sklaven hatten die Tragestangen auf ihre Schultern gehievt, sodass wir eine glänzende Aussicht über das Meer von Menschen hatten.

»Da kommt der L-L-Leichenzug«, sagte Mamercus.

XXI

Zehn Musiker führten den Zug mit einer ohrenbetäubenden Kakofonie aus Hörnern, Flöten und bronzenen Schlaginstrumenten an.
Dem Orchester folgten Klageweiber, über deren Wangen Tränenströme liefen. Eine Lücke in der Prozession hielt den Lärm auf Abstand,
bevor dann Schauspieler auftauchten. Der Vorderste von ihnen trug

eine Wachsmaske, die man dem toten Drusus abgenommen und mit Farben lebensecht bemalt hatte.

»Ich?«, sagte der Mann mit der Maske und richtete sich auf, als würde er zu einer unsichtbaren Person sprechen. »Ob *ich* meine Insignien tragen sollte? Mein Herr, ich selbst *bin* eine Insignie!«

»Genauso war Drusus«, sagte Mamercus zu mir. »M-Metrobios ist ein Meister. M-Mutter und ich haben ihn instruiert.«

»Das ist der Schauspieler Metrobios?«, erkundigte ich mich.

»Kennst du ihn?«

»Ich wurde ihm neulich vorgestellt.«

»Es gibt sicherlich viele, die darauf neidisch wären. Er tritt m-meist in Frauenrollen auf, aber sein T-Talent ist weitaus größer. Er ist der beste Schauspieler unserer Zeit.«

Die maskierte Gestalt hielt an und wandte sich dem Palatinhügel zu. »Mein Haus.« Metrobios deutete mit der Hand auf die Anhöhe. »Mein Haus soll umgebaut werden. Alles, was ich tue, soll von ganz Rom bezeugt werden.«

Dies sei es, ließ mich Mamercus wissen, was Drusus zu einem Baumeister gesagt und später in seinem Wahlkampf immer wiederholt habe, um den untadeligen Charakter seiner Amtsführung zu unterstreichen. Die Leute um uns herum grinsten, denn die Loggia war zwar noch zum Forum hin offen, doch das Haus war von der Umgebung ebenso abgeschirmt wie die übrigen Patrizierhäuser.

Metrobios wiederholte seine Aufführung, während die übrigen Mimen, die Drusus' Vorväter darstellten, langsam an uns vorbeizogen. Jeder von ihnen trug eine der naturgetreuen Ahnenmasken, die an der roten Wand des Atriums gehangen hatten.

Drusus' Leichenbahre wurde von vier Sklaven getragen. Die Leiche war mit Ranken aus getrockneten Blumen geschmückt und mit einem kräftigen Parfüm getränkt, das jedoch den Verwesungsgeruch nicht vollständig zu übertünchen vermochte.

Hinter Drusus' Leiche folgte seine Familie. Seine Mutter Aemilia ging voran.

Ich erkannte sie nicht sofort, da sie eine kastanienbraune Perücke aus echtem Haar trug, die ein Vermögen gekostet haben musste. Hinter ihr lief ein Junge mit dunkler Gesichtsfarbe.

»Claudianus«, erklärte Mamercus. »M-Mutter wollte dich nicht m-mit ihm sprechen lassen. Um ihn zu schonen, wie sie sagte. Vielleicht können wir ihn später abfangen.«

»Aemilia ist gewiss eine willensstarke Frau?«

»Das solltest du bereits wissen.«

Servilias ungekämmtes Haar fiel in unbändigen, schwarzen Wellen über ihre Schultern. Ich fühlte ein Zucken in meinem Zwerchfell, mit dessen Nachwirkungen ich zu kämpfen hatte, während die Kinder vorbeiliefen.

Unter den Sklaven des Hauses erkannte ich den Koch Marcus wieder, Elena und den Leibwächter Mutilus, dessen verbissenes Gesicht unter einem Gladiatorenhelm verborgen war.

Die Menschenmasse strömte vor dem Rostrum zusammen. Auf der zehn Fuß hohen Rednerbühne, die sich zwischen sechs bronzenen Steven von feindlichen Kriegsschiffen erhob, die während einer Seeschlacht vor mehr als 150 Jahren erbeutet worden waren, nahmen die Mitglieder aus Drusus' Familie auf einer Stuhlreihe Platz. Die Bahre wurde auf massive Holzbalken gestellt, sodass alle den Verstorbenen sehen konnten.

Mamercus klopfte gegen die Rückwand der Sänfte, woraufhin die Sklaven sie absetzten.

»Denk dran, was ich dir über Caepio erzählt habe«, sagte er.

»Demut?«

»Bis zum Erbrechen.«

XXII

Auf der Treppe des Senatsgebäudes standen die Senatoren in ihren dunklen Togen dicht gedrängt wie Halme auf einem Weizenfeld. Am Fuß der Treppe entdeckte Mamercus einen untersetzten Mann mit einer großen Nase, Haarsträhnen, die quer über die blanke Schädeldecke gekämmt waren, und einem dünnen, gepflegten Bart, der offensichtlich sein Doppelkinn verdecken sollte. Es war Caepio, Servilias Vater. Ihr hübsches Äußeres musste sie von ihrer Mutter vererbt bekommen haben.

»Salve, Caepio«, sagte Mamercus. »Das hier ist der Chirurg Demetrios.«

Caepio betrachtete mich, als wäre ich ein Stück verwestes Fleisch, das ein Hund am Straßenrand liegengelassen hatte und an dem er vorbeigehen musste.

»Du sollst wissen«, erklärte er, »dass ich dich nur treffe, weil mich Mamercus darum gebeten hat. Ärzte sind alles Schmarotzer und Ausländer! Das ist meine Meinung. Ich vermute, dass du dabei warst, als Drusus starb? Du warst aber doch wohl keiner seiner Anhänger?«

»Bestimmt nicht, Herr. Mir würde nicht einfallen, mit den Feinden der Republik zu sympathisieren. Schon gar nicht mit einem Feind des mächtigen Geschlechts des Servilius.«

»Sieh mal einer an.« Caepio lächelte.

»Nun, was hast du zu berichten?«

»Erlaube mir zunächst, der großen Ehre Ausdruck zu verleihen, die der Herr mir gibt, indem er der Erzählung aus meinem Mund zuhört. Ich zittere bei dem Gedanken daran, die wertvolle Zeit eines so vornehmen Patriziers mit meinem unbedeutenden Geschwätz zu vergeuden, und ich küsse ergeben seine Hände in der Hoffnung, dass er mir verzeihen möge.«

Caepios teigige Gesichtszüge hingen schlaff herab.

Er überlegte, ob er verspottet wurde, was sicherlich häufiger geschah als ihm bewusst war. Gerade als ich davon überzeugt war, zu dick aufgetragen zu haben, beugte er sich zu Mamercus herüber und flüsterte ihm zu:

»Zumindest ist er wohlerzogen.«

Auf der Rednerbühne erhob sich Crassus Orator, zog die Toga um seine hohe, schlanke Gestalt zusammen und trat an die gewölbte Kante der Rednerplattform. Seine Stimme drang bis in die entferntesten Ecken des Forums.

»Aemilia, die hingebungsvolle Mutter meines engen Freundes Drusus. Verehrte Familienmitglieder, Erwachsene wie Kinder. Schatten der Vorväter, Freunde und Mitglieder des Haushalts. Volk von Rom. Wir sind heute hier zusammengekommen, um von Marcus Livius Drusus Abschied zu nehmen, einem Mann, wie es in der langen Geschichte unserer Stadt keinen Zweiten gab.«

»Nun, glücklicherweise«, sagte Caepio laut, zur Freude aller um ihn herum.

»Drusus war die Güte selbst, und er zauderte nicht, zu geben. Als Privatmann gab er den Kindern seiner Schwester ein Heim, nachdem sie von ihrem eigenen Vater vertrieben worden waren.«

»Vertrieben? Ha!«

Caepios Drang, sich der Umwelt mitzuteilen, war unersättlich. Im Stillen verband ich die Punkte miteinander.

»Drusus gab Claudianus eine Familie und einen Namen, als dessen Eltern starben. Er sorgte für 300 neue Mitglieder im Senat. Er verhalf Rom zu den großzügigsten Gesetzten für Anbau und Grundbesitz seit mehr als 30 Jahren. Und wäre er nicht daran gehindert worden, hätte er ganz Italien das römische Bürgerrecht gegeben. Seine letzten Worte galten der Republik. Bevor er seine Augen schloss, sagte er: ›Equandone similem mei civem habebit res republica? – Wird die Republik jemals wieder solch einen Bürger wie mich bekommen?‹ Lieber Marcus Livius Drusus, das wird sie wohl kaum.«

»Was für ein lächerlicher Unsinn!«

»Der Herr hat ja so Recht«, pflichtete ich ihm bei, »vor allem, weil Drusus starb, ohne nochmals sein Bewusstsein wiederzuerlangen.«

»Steht Crassus Orator etwa auf dem Rostrum und lügt?«

»Es liegt mir nicht im Entferntesten daran, über Roms besten Redner so etwas anzudeuten, obwohl er meiner eigenen Meinung nach hinter dem Vater des Herrn zurücksteht. Als Junge wurde mir die große Ehre zuteil, ihn kennenzulernen. Er hätte so etwas vermutlich als poetische Umschreibung bezeichnet.«

»Ha! Ja, damit hast du Recht. Vater verstand es, zu reden.«

Caepio blinzelte mir zu, als wäre ich ein alter Bekannter, mit dem er ein süßes Geheimnis teilte. Auf dem Rostrum atmete Crassus Orator tief ein. Es klang, als würde ein Windstoß über den Platz wehen.

»Ganz Rom beweint den Tod von Marcus Livius Drusus, den Verlust eines Staatsmannes, den wir schwerlich ersetzen können; eines edlen und großzügigen Freundes des Volkes. Wir sollten uns nicht für den Mörder schämen, denn solche Schufte fühlen keine Scham. Stattdessen soll dieser schändliche Verbrecher auf ewig ruhelos auf der Erde umherwandern. Ein feiger Schurke, der nichts außer unserer Verachtung verdient; ganz Rom wird solch einen niederträchtigen Hund hassen, der im Dunkel der Nacht einen ehrlichen Mann an seiner eigenen Türschwelle ermordet. Verflucht, verflucht und noch dreimal verflucht soll er sein. Mögen Hunde seine Gedärme fressen und Pferde seine Glieder zerreißen. Möge sein Kopf aufgespießt werden und die Raben seine Augen herauspicken. Möge sein Name vergessen und sein Schatten von dem Zorn all der unzähligen Götter von einem Ort zum nächsten gejagt werden. Ehre sei dem Andenken an Marcus Livius Drusus.«

Crassus Orator machte auf dem Absatz kehrt und setzte sich zwischen die Hinterbliebenen. Der Jubel der Menge war ohrenbetäubend. Drusus' Leichnam wurde hochgehoben und zu einem viereckigen Scheiterhaufen mitten auf dem Platz herübergetragen.

Auf der untersten Stufe der Treppe zum Senat stand Caepio, bleich wie Wachs, und fuhr gedankenverloren über den Schultersaum seiner Toga.

XXIII

Eine Bewegung unter den Senatoren auf der Treppe ließ meine Aufmerksamkeit auf sie richten; ein dunkelhaariger Mann mit einem schmalen Gesicht bahnte sich seinen Weg herab zu uns.

»Hast du das gehört, Konsul?«, rief Caepio demonstrativ laut und schaute um sich herum. »Hast du Crassus Orators unverhohlene Anklage gehört? Das ist der größte Skandal in der Geschichte Roms!«

Der Konsul zog Caepio um eine Ecke des Senatsgebäudes herum in Richtung eines kleineren Nebengebäudes. Mamercus und ich folgten ihnen unbemerkt ins Innere, durch einen Gang, dessen eine Wand von einem Regal mit Tausenden von Schriftrollen verdeckt war. Vier Räume mit hochsitzenden Fenstern prägten die Aufteilung des Gebäudes. Caepio und Philippus steuerten auf den hintersten Raum zu, das Zimmer der Konsuln.

»Hättest du gedacht«, hörten wir Caepio schreien, »dass dieser arrogante Schuft den Mörder öffentlich verdammen würde?«

In einem kühlen Tonfall merkte der Konsul an, dass es keinen Grund gebe, die Aufmerksamkeit auf sich zu ziehen, und dass Caepio klüger gehandelt hätte, wenn er seine Meinung für sich behalten hätte. Sein Respekt für ihre politischen Verbündeten sei zu leicht zu durchschauen. Jetzt müsse man vernünftig handeln.

»Wir sollten ins Exil gehen«, fuhr Caepio fort. »Diese Rede war ein Todesurteil für Drusus' politische Gegner.«

»Die Erinnerung des Volkes währt nicht lange«, entgegnete der Konsul. »In einem Monat ist alles vergessen.«

Hinter uns räusperte sich jemand. Das Geräusch hallte durch den hohen Gang.

»Salve, Varius.« Mamercus versuchte nicht, seine Abscheu vor dem sehnigen, kleinen Mann zu verbergen, der uns von der Türöffnung des Gebäudes aus beobachtete. »Wie gefiel dir die Trauerrede? Gab es für deinen jämmerlichen Geschmack genug Blut und Verwünschungen?«

Ich begriff, weshalb Mamercus den Handlanger des Konsuls ein Wiesel genannt hatte. Sein spitzes Gesicht, die schmalen Augen und die großen Schneidezähne trugen zu dieser unheimlichen Ähnlichkeit des Mannes mit dem kleinen Raubtier bei. Unter seiner Tunika zeichneten sich die Umrisse eines Messerschafts ab.

»Sie ist kraftvoll wie alle prächtigen Reden.«

Varius' Stimme war trocken wie Sand, und sein Akzent war mächtig wie ein iberischer Schinken.

»Es heißt, sie *war*«, berichtigte ihn Mamercus. »Die Rede *war* kraftvoll, Varius.«

Man musste Varius seine unsichere Verwendung der Grammatik verzeihen. Als gebürtiger Spanier war er schließlich mit einer Sprache aufgewachsen, die nicht zwischen Gegenwart und Vergangenheit unterschied.

»Mamercus.« Konsul Philippus stand in der Türöffnung des Konsulariums. »Wer ist der Mann, den du da mitgebracht hast?«

Caepio zwängte sich an dem Konsul vorbei, um rasch Eindruck zu schinden.

»Das ist der Arzt, der Drusus' Tod feststellte. Er weiß etwas, was wir gegen Crassus Orator verwenden können. Drusus sprach nämlich keine letzten Worte. Er starb, ohne sein Bewusstsein wiedererlangt zu haben.«

»Dann lügt Crassus Orator vom Rostrum herab?«, fragte Varius. Die schmalen Augen des Spaniers hefteten sich auf mich. »Das wundert mich nicht. Die Frage ist nur, ob man das verwenden kann.«

»Es würde mich außerordentlich freuen«, warf ich ein, »wenn meine Zeugenaussage solch vornehmen Herren von Nutzen wäre. Ich wiederhole sie gern vor jedem, der sich herablässt, einer unbedeutenden Person wie mir zuzuhören.«

Alle warteten auf eine Reaktion des Konsuls. Die blieb allerdings aus.

»Es muss für die Herren eine große Erleichterung sein, dass Drusus tot ist«, fuhr ich fort, »dieser furchtbare Unruhestifter.«

»Crassus Orator wird im Januar Volkstribun«, erwähnte Caepio.

»Ja, dann haben wir wieder Scherereien«, unterbrach ihn Varius. »Der Orator wird Drusus' Vorhaben für die Italer weiterführen. Gewiss mit noch größerer Überzeugung.«

Die Machtverhältnisse zwischen dem kleinen Fremdling und dem römischen Adligen hätten zu Caepios klarem Vorteil ausfallen müssen. Aber die Art und Weise, wie er vor dem Blick des Spaniers zurückwich, zeugten vom Gegenteil.

»Ich verstehe den Widerwillen der Herren, dass die Italer römische Bürger werden«, schmeichelte ich mich ein. »Es wäre schlimm, wenn irgendwelche Barbaren vornehmen Patriziern ebenbürtig wären.«

»Schlimm?« Endlich reagierte der Konsul. Dies war eine Angelegenheit, die er als zu bedeutsam erachtete. »Schlimm ist nicht das passende Wort. Rom hält jedes Jahr Wahlen für alle Ämter der Republik ab. Stell dir den Wirbel vor, wenn sich eine Völkerwanderung von Italern jeden Sommer in die Stadt begibt, um abzustimmen. Und wenn es ihnen einfällt, ihre eigenen Kandidaten aufzustellen?«

Ich lächelte unsicher. Caepio war ebenfalls verwirrt.

»Die Römer könnten vollkommen überstimmt werden«, flüsterte Varius ihm zu.

»Du hast das Problem auf den Punkt gebracht. Demokratie ist eine gefährliche Macht. Sie sollte denen vorbehalten sein, die in der Lage sind, sie mit Respekt zu verwalten.«

Plötzlich spürte ich eine schwere Hand auf meiner Schulter. Ich blickte in die wasserblauen Augen von General Marius. Die graue Trauerschminke betonte jede einzelne Falte seines zerfurchten Narbengesichts.

»Dachte ich es mir doch, dass du es warst, den ich hier hereingehen sah, Demetrios. Was ist hier los?«

Caepio schaute von mir zu Marius.

»Ihr beiden kennt euch?«

»Demetrios war mit mir in der Po-Ebene«, erwiderte der General. »Er war mir besser zu Diensten als sonst irgendein Arzt. Bona Dea, dieser Mann ist mein Leibarzt.«

Varius streichelte den Messerschaft unter seiner Tunika.

»Mamercus, weshalb kommst du hier mit einem Griechen angeschlichen, der der Leibarzt einer unserer Feinde ist?«

XXIV

Marius und ich standen zusammen auf dem überfüllten Forum und sahen, wie Crassus Orator eine Fackel auf Drusus' Scheiterhaufen warf. Unser Rückzug aus dem Nebengebäude des Senats war unbeholfen gewesen, verlief aber ohne Zwischenfälle. Der Konsul, Caepio und Varius hatten uns schweigend nachgeschaut, während wir in der Menge verschwanden.

»Was hast du mit diesem Mann zu schaffen?«, flüsterte der General mir zu und zeigte auf Mamercus, der sein Gesicht dem Scheiterhaufen zugedreht hatte. Die Flammen loderten zu dem bleigrauen Himmel empor, der so tief hing, dass er die Hausdächer auf den umliegenden Hügeln zu berühren schien.

»Du selbst hast uns einander vorgestellt, General.«

»Aber nicht, damit du dich mit ihm herumdrücken sollst. Und was ist damit?« Er wedelte mit der Lederhülle, die Scaurus' Angebot an die Marser enthielt. »Sie lag in deinem Zimmer herum. Frei zugänglich. Jeder hätte sie mitnehmen können.«

Ich packte den stabilen Lederköcher. Doch er hielt ihn am anderen Ende fest.

»Demetrios. Ich muss wissen, ob ich mich auf dich verlassen kann.«

Die trüben Augen, die mich hilflos anstarrten, schienen nicht mehr länger die eines machtvollen Heerführers zu sein. Sie gehörten einem alten Mann, dessen Freunde im besten Fall ihre eigenen Interessen verfolgten und unter dessen verbliebenen Verbündeten nun Zweifel aufgetaucht waren.

Den gleichen Ausdruck hatte ich in den Augen gesehen, die aus einem Loch in dem runden Zelt mitten in Marius' Lager in der Po-Ebene zu mir hinaufstarrten. Um das Zelt herum befand sich ein 50 Fuß breites Niemandsland.

Dieser Bereich war immer schwer bewacht, und stets brannte eine Fackel neben dem Eingang des Zeltes.

Der General hatte mich dort hineingetragen. Als ich mich über die Metallgitter auf dem Boden mit der darunterliegenden engen Zelle beugte, entdeckte ich, wie wertvoll deren Inhalt war.

»Teutonengeisel«, sagte Marius. »Der Anführer der Teutonen.«

Der Mann in dem Loch war nackt, behaart und dreckig.

»Teutonen?«

»Der Vortrupp der Kimbern. Ich habe ihn verhört. Ich weiß jetzt mehr über die Barbaren. Sie haben auf ihrer Völkerwanderung Horden von anderen Stämmen aufgenommen. Deshalb sind sie so viele. Teutonen, Ambronen, Helvetier, Volsker. Das Einzige, was sie vereint, ist der Wunsch, Rom zu plündern.«

Der Mann in der Zelle stöhnte vor Schmerzen. Er hatte keinen Platz, um aufstehen oder sich hinlegen zu können, er konnte sich nur zusammenkauern.

»Seit wann ist er dort drin?«

»Er wurde verwundet und während der Schlacht gefangen genommen. Ich schleifte ihn von Gallien bis hierher mit. Er kann uns noch von Nutzen sein.«

Aus dem leeren Blick des Teutonen kam mir nur noch Hoffnungslosigkeit entgegen.

Ich hätte Freude empfinden sollen. Oder zumindest Schadenfreude. Vielleicht sogar eine gewisse Art von Triumph. Aber alles, was ich fühlte, war Mitleid.

Dasselbe Gefühl löste jetzt Marius' Blick im Schein von Drusus' Scheiterhaufen in mir aus.

»Selbstverständlich kannst du mir vertrauen«, sagte ich.

»In einem Stall vor dem Capena-Tor steht ein Pferd für dich bereit. Bei Morgengrauen.«

Er ließ die Hülle los, drehte sich um und verschwand.

Mamercus näherte sich: »Glaubt er immer noch, dass ich Drusus ermordet habe?«

»Der General ist von Natur aus misstrauisch.«

»Warte, bis du hörst, was Claudianus zu erzählen hat. Komm m-mit zurück zur Sänfte.«

Wir stiegen ein und zogen den Vorhang zu. Ich ließ Marius' Lederhülle unter den Sitz gleiten.

»Du m-musst bei ihm vorsichtig sein. Claudianus' Eltern starben, als er ganz klein war. Ich habe m-mich um ihn gekümmert, seitdem m-mein Bruder Volkstribun geworden war.«

»Das hättest du doch nicht tun müssen?«

»Das war der Einfall m-meiner Frau. Da kommt er.«

Drusus' Sklaven trugen uns an den Kindern vorbei. Als Claudianus die Sänfte entdeckte, lief er zu ihr hin, kletterte zu uns hinein und setzte sich. Er hatte dunkles, gelocktes Haar und eine gesunde, olivfarbene Haut.

»Das hier ist Demetrios, von dem ich dir erzählt habe«, sagte Mamercus. »Er wird dir gewiss ein paar Fragen stellen. Antworte ihm so gut, wie du nur kannst.«

Mamercus klopfte gegen die Wand, woraufhin die Sänfte sich in Bewegung setzte. Der Junge musterte mich. In seinem jungen Leben hatte er bereits einige Enttäuschungen erlebt. Er hatte nicht im Sinn, jedem zu trauen.

»Ich weiß, dass du neulich bei deinem Vater zum Abendessen warst«, erwähnte ich.

»Mein Vater starb vor vielen Jahren.«

»Drusus adoptierte dich«, führte ich an. »Er war dein neuer Vater.«

Seine dunklen Augen saugten sich an mir fest.

»Das war nur, um einen Erben zu bekommen«, erwiderte der Junge, »damit die Kinder seiner Schwester nicht alles erben würden. Er konnte die freche Brut nicht ausstehen. Sie hänselten mich immer …«

Der Junge unterbrach sich selbst und schaute auf den Boden hinunter.

»Warum?«

»Weil ich ein Claudius bin.«

Die Claudianer waren vor mehr als 500 Jahren aus Sabii nach Rom gekommen. Die Servilianer sind indes schon immer Römer gewesen. Unter den Claudianern hatte es Landesverräter gegeben, während die Servilianer immer auf dem Weg der Tugend gewandelt waren – bis zu Servilias Großvater.

»Also deshalb lebst du nun bei deinem Onkel Mamercus?«

»Er ist nicht mein richtiger Onkel. Er ist mit meiner Schwester verheiratet. Sie sind die Einzigen, die gut zu mir sind. Ich wünschte, sie
hätten mich adoptiert.«

Der Junge drückte sich an Mamercus, als ob er versuchen würde, zwischen den Falten der Toga zu verschwinden.

Das war ein anderer Junge als derjenige, den ich kürzlich getroffen
hatte.

Mamercus bat ihn, zu erzählen, was nach dem Essen bei Drusus am
Abend vor dem Mord geschehen war. Seine Stimme hatte einen war-
men Ton, den ich noch nie zuvor an ihm bemerkt hatte.

»Nachdem Onkel Mamercus gegangen war, wurde ich ins Bett geschickt. Aber ihre Stimmen ließen mich wachbleiben. Die des Senatsvorsitzenden, Crassus Orators und die von General Marius. Und
selbstverständlich die von Onkel Drusus. Sie gingen in sein Tablinum.
Dort gibt es einen Lüftungsschacht, der von unten her durch mein
Schlafzimmer verläuft.«

»Worüber redeten sie?«

»Das hörte ich nicht. Ich hoffte nur, dass sie bald ruhig sein würden,
damit ich einschlafen konnte. Irgendwann unterbrach sie unser Pförtner Petronius, weil noch ein Gast gekommen war. Ich hörte Drusus
sagen: ›Lass den Betreffenden im Atrium warten‹. Kurz danach musste ich pinkeln, deshalb ging ich hinunter. Da sah ich, dass der Gast
nicht im Atrium wartete, sondern an der Tür des Arbeitszimmers
stand und lauschte. Sie redeten da drinnen immer noch laut miteinander. Sie muss sie gehört haben.«

»Sie?«

»Ja, es war eine Frau. Ich ging, wie gesagt, hinunter, um zu pinkeln,
und während ich dort stand, gingen die anderen Gäste allmählich. Als
ich zurückkam, waren die Frau und Drusus ins Tablinum gegangen.«

»Was haben sie miteinander gesprochen?«

»Sie redeten nicht. Sie vögelten.«

XXV

»Die Frau beugte sich über den Tisch. Drusus stand hinter ihr. Er hatte ihre Stola ganz nach oben geschoben, damit er besser …«

98

Ich unterbrach den Jungen und bat ihn zu erzählen, was danach geschehen war.

»Die Frau reichte Drusus einen Becher Wein. Er trank ihn, während er seine Kleidung in Ordnung brachte. Ich ging dann nach oben, um zu schlafen.«

»Kanntest du sie?«

»Ich konnte ihr Gesicht nicht sehen. Sie trug einen gelben Schleier und einen Umhang. Ihre Stola war auch gelb. Die Frau war gelb wie eine Butterblume.«

Ich lehnte mich gegen die Rückwand der Sänfte. Der Pförtner Petronius hatte natürlich die Geliebte von Drusus gekannt. Er dürfte sie schon bei anderen Gelegenheiten hereingelassen haben.

»Ich war ebenso verblüfft wie du, als ich das gehört habe«, sagte Mamercus. »Drusus hatte keine Zeit für Frauen. Politik war sein ganzes L-Leben.«

Im Halbdunkel der Sänfte schaukelten wir weiter, bis wir die Bronzetür von Drusus' Haus in ihrer Verankerung quietschen hörten. Ich stieg aus und untersuchte die Räume um das Atrium herum. Es waren alles Vorrats- und Lagerräume. Die Sklaven schliefen im Untergeschoss, die Familie im ersten Stock. Offenbar hatte nur Claudianus die Frau in Gelb gesehen.

Kurze Zeit später kehrte Aemilia mit den Sklaven und den übrigen Kindern nach Hause zurück.

Das graugeschminkte Gesicht von Servilia leuchtete wie eine Sonne auf, als sie mich erblickte. Ich war gleichzeitig stolz und beunruhigt darüber, dass mein Erscheinen solch eine große Freude auslöste.

»Salve, Demetrios.«

Sie spielte mit einem Büschel ihres ungekämmten Haares. »Ich habe dich auf dem Forum gesehen. Du hast mit meinem Vater gesprochen. Ich hoffe, ihm geht es gut.«

»Er war ein wenig traurig wegen der Grabrede, aber ansonsten in guter Verfassung. Leider wurde unser Gespräch unterbrochen. Doch ich soll dich von ihm grüßen.«

»Danke. Ich hoffe, ich werde meinen Vater künftig häufiger sehen. Und dich, Demetrios.«

»Servilia, geh nach oben und entferne die Schminke.«

Aemilia riss sich die kastanienbraune Perücke herunter und fuhr mit ihrer Hand durch das weißgelbe, kurze Haar. Sie schaute zu mir und dann zu Servilia, die sich auf der Treppe umdrehte und winkte.

»Also du und Servilia kennt euch, Demetrios?«

»Wir begegneten uns vor einigen Tagen«, entgegnete ich. »Sie empfand eine gewisse Sympathie für mich. Servilia ist eine außergewöhnliche junge Frau.«

»Ach ja, ist sie das? Ich habe leider nicht so viel von ihr und ihren Geschwistern mitbekommen, so wie ich es mir gewünscht hätte. Dazu werde ich jetzt Gelegenheit erhalten. Ich ziehe hier auf den Palatin. Sobald das Begräbnisfest zu Ende ist, gehe ich nach Hause und packe meine Sachen. Ich werde hier wohnen bleiben, bis die Jungen alt genug sind, damit Scaurus ihnen das Erbe ausbezahlen kann. Und bis die Mädchen verheiratet sind.«

Ich überhörte die letzte Bemerkung und fragte nach, was der Senatsvorsitzende mit dem Erbe zu tun habe. Es zeigte sich, dass Drusus in seinem Testament Scaurus als Exekutor des Nachlasses bestimmt hatte.

»Ich dachte, der nächste männliche Verwandte von Drusus würde die Pflichten eines Exekutors übernehmen.«

Aemilia betrachtete ihren Sohn.

»Mamercus' einzige Pflicht ist es, einen Hauslehrer für die Kinder zu suchen. Juristisch hat er nichts mit der Liviusfamilie zu tun. Das hast du streng genommen auch nicht. Nicht wahr, Demetrios?«

Sie hob ihr Kinn und betrachtete mich von oben bis unten. Doch es hinterließ einen anderen Eindruck bei mir als damals, als ihre Enkelkinder dasselbe versucht hatten.

»Du solltest M-Mutter nicht in die Quere kommen«, sagte Mamercus, als Aemilia verschwunden war.

»Da kommt m-man nicht gut bei weg. Auch ich möchte sie nicht hinsichtlich eines Hauslehrers enttäuschen. Du kennst wohl keinen tüchtigen Lehrer?«

»Doch, möglicherweise schon.«

»Aber er ist hoffentlich nicht zu schön, oder? Wir können hier keinen Adonis zusammen mit Servilia herumlaufen lassen. Ein Skandal könnte ihren Ehevertrag zunichtemachen.«

Ich verstand seinen Hinweis. Crassus Orator war eine durch und durch solide Verbindung, die man nicht aufs Spiel setzen wollte.

Mamercus stellte mich einer Handvoll Klienten vor, die Drusus in der Mordnacht nach Hause begleitet hatten. Sie bestätigten unabhängig voneinander, dass er schlecht ausgesehen hatte, als er sich beim Eingang von ihnen verabschiedete, aber dass nichts auf ein Messer in seinem Unterleib hingedeutet hatte.

»Und keiner hat etwas von Varius gesehen«, sagte Mamercus. »Drusus war offenbar allein mit Petronius. Was war mit der Liebhaberin in Gelb? Kann es sie gewesen sein, die ihn in der Nacht davor vergiftete?«

»Dieses Gift kommt in einer bestimmten Pilzart vor«, entgegnete ich. »Man kann so viele Pilze nicht in einem einzigen Becher Wein verstecken.«

»Jedenfalls kannst du Marius berichten, dass ich dir geholfen habe. Das würde ich doch nicht tun, wenn ich schuldig wäre?«

»Ich werde die Nachricht weitergeben.«

Mamercus begab sich in den vom Fackelschein erleuchteten Peristylgarten, Hand in Hand mit Claudianus, als wären sie Vater und Sohn. Die Gäste stocherten in den Schalen mit Speisen gierig nach Brot und Würsten herum. Weiter drinnen im Haus fing eine Musikantentruppe zu spielen an. Ich hatte immer den Eindruck, dass es den römischen Musikern weder um Harmonie, Tonlage oder Melodie ging, sondern einzig um die Lautstärke. Es war Zeit zu gehen.

Servilias Leibwächter hielt mir die Eingangstür auf.

»Du kannst es wohl kaum erwarten, dass ich gehe, Mutilus?«

»Keineswegs, Herr«, antwortete der Gladiator, ohne einen Versuch zu unternehmen, aufrichtig zu klingen.

»Du hast heute eine Maske getragen. Wieso?«

Die dicht beieinander liegenden Augen glotzten mich ausdruckslos an, während ich den Boden der Sänfte nach dem Dokument von Marius absuchte.

»So wie die Ahnen ihre Insignien bei einem Begräbnis tragen«, sagte er schließlich, »können sich Sklaven entscheiden, die ihren zu tragen.«

»Wer prahlt denn schon mit seiner Vergangenheit als Gladiator?«

Er verzog das Gesicht zu etwas, das einem Lächeln ähneln sollte.

»Ich wünsche dem Herrn noch einen guten Abend.«

Mit der röhrenförmigen Lederhülle in der Hand ging ich den Abhang des Clivus Victoriae hinunter. Am Tempel der Magna Mater bog ich in einen Durchgang ein in Richtung auf den Platz mit der Hütte von Romulus, in der der Überlieferung nach Roms Gründer einmal gelebt hatte. Jeder, der den Wunsch verspürt, kann sich bücken und durch die niedrige Tür in die kleine Holzhütte gehen, sich auf den Lehmboden setzen und sich vorstellen, was durch den Kopf von Roms erstem König ging, als er seinen Zwillingsbruder ermordet hatte. Ich setzte meinen Weg fort die Cacustreppe hinunter und überquerte Velabrum.

Auf dem Forum zeugten nur noch die schwarzen Überreste des Scheiterhaufens von der Zeremonie am Nachmittag.

Ich war immer noch in Gedanken versunken, als ich meine Treppe erreichte. Daher achtete ich nicht auf die beiden Männer, die sich im gegenüberliegenden Hauseingang verborgen hatten. Sie stürzten auf die Straße und schlugen mich mit einer kurzen, lederumwickelten Eisenstange nieder.

XXVI

Die Kimbern schickten Gesandte: Drei bärtige Barbaren, die ihr langes Haar zu einem Knoten hochgebunden hatten. Sie waren alle mindestens einen Kopf größer als der längste römische Offizier. Ihre Pferde waren Ungetüme mit breiten Hinterbacken.

Als die Gesandten dann höflich lächelnd im Zelt des Feldherrn standen, sagten sie auf Latein mit gallischem Akzent, dass sie auf dem Ackerland, das sie in der Po-Ebene entdeckt hätten, nur friedlich leben wollten.

Die römischen Offiziere fingen an, untereinander zu tuscheln. Sie hatten mit vielem seitens der Barbaren gerechnet, doch nicht mit einem Friedensangebot. Juniorkonsul Catullus, der aus den Bergen mit Erfrierungen an den Zehen und Fingern zurückgekehrt war, räusperte sich.

»Das klingt vernünftig«, begann er.

»Auf keinen Fall!«

Marius stand breitbeinig und mit verschränkten Armen da.

»Vielleicht eine andere Stelle als die Po-Ebene«, schlug der Anführer der Barbaren vor. »Wir möchten nur genug Land für uns und unsere Brüder haben.«

»Welche Brüder?«

»Die Teutonen, natürlich.« Eine Reihe kräftiger Zähne kam bei dem Mann zum Vorschein. »Sie können jederzeit aus dem Westen kommen. Sie sind ebenso zahlreich wie wir. Und genauso große Krieger. Und sie sind an gute Plätze gewöhnt.«

»Um die Teutonen braucht ihr euch nicht zu kümmern«, entgegnete Marius. »Sie haben bereits gute Erde gefunden.«

Die Gesandten schauten sich um. Sie verstanden zwar die Bedeutung der Worte nicht, ihre Absicht war allerdings unmissverständlich.

»Diese Beleidigung werdet ihr bereuen«, sagte der Anführer, »wenn die Teutonen kommen.«

»Sie sind bereits hier.« Marius schnipste.

Zwei Soldaten führten den Gefangenen aus dem runden Zelt herein. Die gebückte Gestalt konnte sich kaum aufrechthalten. Hinter sich schleifte er die Ketten her. Ein Schauder ergriff die Barbaren. Sie wechselten mit dem Gefangenen ein paar Worte, blickten scheel in den Kreis der Römer herum und verabschiedeten sich mit einem Nicken.

Nachdem sie gegangen waren, erfüllte ein Gefühl von Unabänderlichkeit das Zelt, wie der Rauch eines eben erloschenen Feuers. Marius wandte sich an seinen Stab. Er wusste, dass er sich erklären musste, wenn er eine Meuterei vermeiden wollte.

»Habt ihr wirklich geglaubt, das wäre eine Möglichkeit?«, rief er. »Den Barbaren die Po-Ebene zu überlassen? Dass alle zufrieden miteinander leben würden? Wie lange würde es dauern, bevor ihnen nach mehr dürstet? Bevor sie anfangen, ihren Blick nach Süden zu richten? Nach Rom? Italien wurde von einem Geschwür befallen. Bislang hat es nur die Ränder unseres Landes erreicht. Wenn wir es nicht entfernen, wird es das ganze Land infizieren. Es ist unsere Aufgabe, diese Operation auszuführen. Hier und jetzt. Habt ihr das kapiert?«

Marius stand mit dem Rücken zu dem Gefangenen. In den Augen des Teutonen schwelte der Hass, der den der Offiziere widerspiegelte. In diesem Moment schien es, als hätten sie eine stillschweigende Übereinkunft getroffen. Der Teutone machte einen Schritt nach vorne. Sein Körper richtete sich auf, seine Fäuste nahmen entschlossen die Ketten und hoben sie lautlos über den Kopf des Generals.

Einer der verwundbarsten Punkte des menschlichen Körpers liegt unterhalb des Brustbeins, jene Stelle zwischen Brustkorb und Magengrube. Ein Schwert kann, wenn es schräg von unten geführt wird, ohne großen Widerstand durch die Weichteile des Gedärms direkt ins Herz eindringen. Diese Bewegung ist die erste Lektion bei der Ausbildung der Rekruten, da sie die Grundlage für jeden Nahkampf ausmacht. Das zweischneidige Gladius eines römischen Legionärs hat genau die richtige Länge für einen solchen Stoß.

Ich hatte kein Schwert. Aber ein Schürhaken lag da und glühte am Rande des Kohlenbeckens.

Der Teutone hielt inne. Er starrte an seinem verschmutzten Körper herunter auf den Griff, der in seinem Bauch steckte. Seine Augen zuckten zu mir herüber, bevor ich meine Hände zurückzog. Seine gichtgeplagten Beine gaben nach, der schwere Körper fiel rücklings um. Marius drehte sich um und betrachtete ihn mit einem ungläubigen Gesichtsausdruck, in dem sich erst allmählich Verstehen ausbreitete.

»Bona Dea«, murmelte er, »ich hätte nicht geglaubt, dass so etwas in dir steckt, Junge.«

Drei Tage später stand ich in der Po-Ebene und blickte zu dem gigantischen Barbarenheer hinüber, das dem weitaus kleineren römischen Heer gegenüber Aufstellung genommen hatte. Vom Fuße der Alpen, die durch den Staub fast verdeckt waren, breitete sich ein Menschenmeer auf der Ebene aus.

Die hellhäutigen Barbaren warteten ungeduldig darauf, dass der Kampf losging. Um die Spielzeugsoldaten, wie sie uns nannten, zu massakrieren und zu verstümmeln. Ihre Frontlinie verlief ungleichmäßig und schien sich dem Horizont entlang zu erstrecken. Ihre Gesichter waren mit kräftigen Farben bemalt. Einige von ihnen waren nackt. Ab und zu brach einer von ihnen aus der Linie hervor, lief nach vorne und spreizte die Hinterbacken oder pisste in unsere Richtung. Ihre Schilde bildeten in der Morgensonne eine endlose Ansammlung weißer Scheiben. Ihre Schwerter waren fast so groß wie sie selbst.

Dieser Anblick erfüllte mich mit Angst. Eine schwere Hand legte sich auf meine Schulter. Ich sah in das faltige, vernarbte Gesicht des Generals.

»Was machst du hier? Wer soll sich um all die Verwundeten kümmern, wenn du zu Schaden kommst?«

Widerstrebend ließ ich mich von Marius nach hinten schieben.

»Hör zu, Junge«, flüsterte er. »Ich verstehe dich. Du willst dich an den Mördern deines Vaters rächen. Du willst sie bluten sehen. Doch lass es mit dem getöteten Teutonen genug sein.«

Es lag außerhalb seiner Vorstellungskraft, dass der besiegte Barbarenhäuptling eine Bedrohung hätte darstellen können. Durch Marius' Blick schien ich zu wachsen, seine Sorgen ließen mich vor Stolz erröten. Er verstand meine Rachegelüste. Was er indes nicht begriff, war meine Scham darüber, einem anderen Menschen sein Leben genommen zu haben, und dass ich den Eid gebrochen hatte, den ich vor vielen Jahren einem Mann gegeben hatte, der in jederlei Hinsicht das Gegenteil von ihm gewesen war.

Gefangen in der Leere zwischen diesen beiden entgegengesetzten Gefühlen, verharrte ich einen Augenblick lang, bevor ich zu laufen anfing.

XXVII

Sie trugen mich zwischen sich, als ich langsam wieder zu mir kam. Der eine hatte meine Fußknöchel umfasst, der andere hatte mich unter den Armen gepackt. Sie waren groß, muskulös und stanken nach Knoblauch. Der Hintere hielt meine Beine so lange fest, bis der Vordere mich wieder beruhigt hatte, was so kurz wie das Niesen einer Katze dauerte. Dann verhielt ich mich ruhig.

Sie legten mich auf den Boden. Der Erste zog einen Schlüssel hervor und schloss eine Tür auf. Als sich der andere bückte, um mich ins Innere zu zerren, stieß ich ihm mein Knie in seinen Schritt. Er fiel um wie eine Kuh, der man auf die Stirn geschlagen hatte, ich schnappte die Eisenstange von seinem Gürtel und rollte mich über den Boden. Als der Erste über seinen Kameraden stieg, zielte ich auf seine Kniescheibe. Es knirschte, als ich zuschlug, und sein Aufschrei hallte zwischen den feuchten Wänden wider. Ich kam auf die Beine und lief los.

Selbst diejenigen, die ihr Leben lang in Rom gelebt haben, können sich in seinem Labyrinth aus Gassen verirren. Das passierte mir nun auch. Ich lief eine schmale Gasse entlang, von der ich wusste, dass sie zum Clivus Suburana führte – eine der wenigen mit einem Namen bezeichneten Straßen in Subura –, um dann festzustellen, dass sie sich teilte. Den Weg, den ich wählte, endete in einer Sackgasse. Die Mauer am Ende war jedoch niedrig genug, sodass ich über sie hinüberklettern konnte.

In dem Peristylgarten duftete es nach Rosen und Kräutern. Ich bewegte mich vorsichtig durch die Schatten der Blätter auf ein dunkles Rechteck in der Hausfassade zu, die Hintertür. Ich schlich auf Zehenspitzen an den Schlafzimmern vorbei, aus denen ich ruhiges Atmen hörte, und erhöhte mein Tempo. Da stieß ich direkt gegen einen Tisch. Becher und Teller fielen derart laut scheppernd auf den Fußboden, als marschierte eine Legion vorbei.

Der Hausherr torkelte schlaftrunken ins Atrium hinaus und streckte mir ein Schwert entgegen.

»Ein Dieb! Ein Dieb!«, rief er.

Sein Blick richtete sich auf meine Hand, mit der ich immer noch die Eisenstange umklammerte. Gemäß dem Zwölftafelgesetz durfte ein Dieb, der mit einer Waffe in einem fremden Haus erwischt wurde, umgehend erschlagen werden. Er machte einen gezielten Schritt nach vorne, fiel aber ins Becken des Atriums. Wasser spritzte auf meine Schuhe. Als ich aufblickte, lag er auf dem Mosaikboden des flachen Beckens und starrte mich an, während ihm Blut an den Mundwinkeln herablief.

Es war derjenige Senator, der sich vor einigen Tagen darüber beklagt hatte, dass er fünf Denare für die Behandlung des verstauchten Arms seiner Sklavin bezahlen sollte.

Sein Kopf sank langsam auf die Brust und fiel schließlich zur Seite wie ein Sack auf einem Eselsrücken. Er war in sein eigenes Schwert gefallen, das nun aus seinem Brustkorb herausragte.

Mir kam es so vor, als geschähe das alles bei Tageslicht. In der Tür stand eine Frau mit einer Öllampe in der Hand. Das füllige, gekräuselte Haar rahmte ihr rundes Gesicht mit seinen mandelförmigen Augen ein.

»Arzt«, stieß sie hervor.

Ich schob den Riegel zur Seite, riss die Tür zur Straße auf und lief ein paar zufälligen Nachtschwärmern in die Arme.

»Halt! Stehengeblieben!«, riefen sie, ohne größere Anstalten zu machen, mich zu verfolgen.

In Paniksituationen überlässt der Geist die Kontrolle des Körpers den Beinen. In der *Ilias* beschreibt der große Dichter Homer, wie Paris, der im Zweikampf gegen Menelaos zu unterliegen droht, von Aphrodite gerettet wird, indem sie ihn mit dichtem Nebel umhüllt. Die eher bodenständigen Römer nennen dieses Phänomen die Waffe des Angsthasen. Das Resultat ist dasselbe. Erst wenn man durchs Rennen erschöpft ist, wird man sich bewusst, wo man gelandet ist.

Ich bemerkte, dass das Gebäude, an das ich mich anlehnte, die Schenke an der Ecke zur Straße der Sandalenmacher war. In einem mäßig raschen Tempo lief ich den schmalen Gang mit den hölzernen Fensterläden der geschlossenen Geschäfte entlang. Auf der untersten Stufe einer Treppe entdeckte ich die Lederhülle mit Marius' Dokument. Meine Entführer hatten sie übersehen, als sie mich fortgeschleppt hatten.

Ich warf einen Blick zurück in die Straße. Zwei Männer kamen mir entgegen. Einer von ihnen humpelte deutlich.

»Da ist er!«, riefen sie im Chor.

Zu spät erkannte ich, wie töricht es war, die Treppe hinaufzulaufen, doch ich eilte weiter nach oben, weg von dem Getöse unter mir, in der Hoffnung, meine Dachkammer erreichen und die Leiter hinter mir hochziehen zu können. Im sechsten Stockwerk stolperte ich über die oberste Stufe, stürzte gegen eine Tür und fiel in jenem Zimmer zu Boden, das Aelia mit ihrem Sohn und Sarpedon teilte.

»Was ist los?«, wollte sie wissen.

Ich schloss die Tür und gebot ihr, zu schweigen.

Der Hinkende blieb auf dem Absatz stehen. Sein Kamerad stieg die Leiter hinauf. Dort würden sie ein leeres Zimmer vorfinden und sich sofort ausrechnen können, wo ich mich aufhielt. Zumindest glaubte ich das.

Zu meiner Verwunderung erklangen laute Rufe von oben herunter, Staub und Putz rieselten durch die Ritzen der Bodenbretter, zwei Personen liefen hintereinander her. Der Lärm kam vom anderen Ende des Raums, und dann waren die Stimmen draußen zu hören.

Auf die gegenüberliegende Hauswand warf der Mondschein die Schatten von zwei Gestalten, die über das Dach liefen. Ich lehnte mich hinaus und konnte gerade noch sehen, wie der Vordere sein Gleichgewicht verlor und zur Kante hinabpurzelte. Ein paar Beine glitten über die Dachtraufe. Unendlich langsam, wie mir schien, folgte schließlich der Rest des Mannes. Er stieß einen heiseren Schrei aus und stürzte dann tief unten auf das Pflaster.

In den umliegenden Häusern wurden Fensterläden aufgestoßen.

»Was ist passiert?«, rief einer.

»Jemand ist heruntergefallen«, antwortete ein anderer.

Der Verfolger lief über den Boden über uns und kletterte die Leiter herab zu seinem Kameraden. Gemeinsam stiegen sie dann weiter die Treppe hinab.

Inmitten von Neugierigen kniete ich neben dem verdrehten Körper. Petronius' hervorstehende Augen starrten mich mit stummer Angst an, sein Schädel war mit Blut bedeckt. Er schnappte mit kurzen Atemzügen nach Luft. Eine verlorene Jugend auf dem Schlachtfeld hatte mich gelehrt, dass der menschliche Körper fast jeden Knochenbruch überleben kann – nur der Nacken verkraftet nicht die kleinste Fraktur.

»Es sieht nicht schlimm aus, Petronius«, tröstete ich ihn. »Du bist schneller wieder auf den Beinen, als du schauen kannst.«

Während ich redete, konnte ich zusehen, wie ihn das Leben verließ. Seine Lippen formten immer wieder dasselbe Wort. Ich legte ein Ohr an seinen Mund.

»Stercorius«, flüsterte er. »Stercorius. Sterc...«

Ich schloss die Augen des armen Sklaven. Jemand reichte mir eine Münze. Ich legte sie unter seine Zunge als Wegezoll für den Fährmann Charon, damit er ihn über den Fluss Styx ins Reich der Schatten übersetzen konnte.

»Was bedeutet das?«, erkundigte sich Aelia, die an meiner Seite kniete.

»Ein Name. Oder vielleicht ein Ort.«

Ich drehte mich um, um der Person zu danken, die mir die Münze gegeben hatte.

Servilia war mit einer Feststola bekleidet, die ihre Rundungen gleichzeitig verhüllte und betonte. Die grasgrüne Farbe des Stoffs passte zu ihren Augen, die in einer Mischung aus Schrecken und Faszination auf Petronius' Leiche starrten.

XXVIII

Das Reiterheer der Kimbern griff als Erstes an. Auf ihren mächtigen Pferden stürmten sie mit großem Getöse auf die römische Frontlinie zu, drehten aber im letzten Augenblick ab. Ein nicht so erfahrener General wie Marius hätte sie verfolgt und sein Fußvolk schutzlos zurückgelassen. Denn die Barbaren stürzten sich nun, die blendende Mittagssonne in den Augen, todesmutig gegen die Schildmauer der Römer.

Eine gigantische Staubwolke verhüllte die Anzahl der Angreifer. Alles, worum sich jeder einzelne Legionär kümmern musste, war der Mann direkt vor ihm. In dem dichten Handgemenge schlüpften die flinken Spielzeugsoldaten unter den Achseln der Kimbern hindurch und stachen drei- oder viermal mit ihren Kurzschwertern zu, während die Hünen noch dabei waren, ihre Langschwerter über die Köpfe der Römer zu heben. Gegen Nachmittag mussten sich die Barbaren zurückziehen. Noch bevor die Sonne unterging, waren sie besiegt.

Am Abend rief General Marius im Feldherrnzelt seinen Stab zusammen. Er umarmte Catullus und küsste ihm die Wangen, während ein breites Grinsen über sein raues, staubbedecktes Narbengesicht zog.

»Catullus, du alter Schwindler. Gut gekämpft. Das hätte ich nicht erwartet. Prost, Freunde! Gut gemacht. Ich bin der Befreier Roms.«

Begierig darauf, alles zu hören, zwängte ich mich zwischen den Männern hindurch nach vorne. Bei dieser Gelegenheit stellte mich Marius seinem Stab vor. Nachdem sie ein angemessen höfliches Interesse gezeigt hatten, wandten sich die Männer dem Legaten von Catullus zu. Er war als einer von wenigen weit ins Lager des Feindes vorgedrungen.

Ich musterte den Mann, der möglicherweise an dem Hungertod von so vielen Legionären in jenem Winter die Schuld trug. Er war blond und bleich wie Alabaster. Auf seinen Armen bildeten die Sommersprossen große, rötliche Flecken.

»Wir verfolgten die verdammten Barbaren«, erzählte er, »bis wir nicht mehr wussten, wo wir uns befanden, beim Hades. Das Ganze war ein einziges verdammtes Durcheinander. Dann tauchten in der Staubwolke ihre Wagen auf. Wir hörten Schreie. Wir glaubten, es wären unsere Leute, die massakriert wurden, also liefen wir dorthin. Dort standen die Frauen der Barbaren und ermordeten ihre Männer und Brüder, nachdem die sich zu ihnen geschleppt hatten. Ihre Kinder hatten sie bereits erstickt oder sie mit dem Kopf unter die Wagenräder gelegt. Viele andere hatten sich erhängt, die Bäume bogen sich unter der Last der Leichen. Als die Weiber ihre Männer und Nachkommen umgebracht hatten, banden sie sich Schlingen um den Hals und trieben ihre Ochsen mit Peitschen an.« Er lachte laut auf. »Wir schlugen natürlich kräftig auf sie ein, aber wir waren zu wenige, um sie allesamt abschlachten zu können. Bei Jupiters Arschloch, das meiste erledigten sie ohnehin selbst.«

Die Munterkeit hatte sich gelegt. Die hartgesottenen Soldaten schauten Sulla schweigend an, der sich den Dreck und das Blut von seinem sommersprossigen Gesicht rieb und sich umschaute.

»Glaubt ihr Dreckskerle mir etwa nicht?«

»Wir denken nur daran«, entgegnete Marius, »was solch ein Feind mit Rom gemacht hätte, wenn er gewonnen hätte.«

XXIX

Auf der Wachstafel, die mir Servilia reichte, standen einige Zeilen, die wirkten, als wären sie eilig niedergeschrieben worden:

Petronius grüßt Mamercus.
Ich danke dir für die Güte, die du und deine Mutter mir entgegengebracht haben, indem ihr mich in deinem Haus versteckt habt, aber ich kann es nicht länger ertragen, dass der Mörder meines Dominus frei herumläuft. Ich werde heute Abend den Arzt Demetrios aufsuchen und ihm erzählen, was ich weiß. Und dann mögen die Götter über mein weiteres Schicksal bestimmen.
Vale.

»Hat dein Onkel Mamercus das hier gelesen?«, fragte ich. In diesem Fall gäbe es kaum einen Zweifel, wer mich und Petronius zum Schweigen bringen wollte.

»Nein«, antwortete Servilia, »die Tafel wurde im Haus auf dem Palatin abgegeben, kurz nachdem er und Aemilia nach Haus gegangen waren, um zu packen. Ich bin sofort hierher gelaufen, damit ich sie dir zeigen kann.«

Die auffällige Unruhe von Mamercus und Aemilia während meines Besuchs mit Marius hatte ihre Ursache also darin gehabt. Irgendwo in ihrem Haus hatte sich der einzige Zeuge des Messerattentats befunden.

»Was ist hier geschehen?«

Ein eng zusammenstehendes Augenpaar starrte mich misstrauisch an. Mutilus' quadratisches Gesicht war konzentriert angespannt, sein schmaler Mund war wie ein Strich über dem hervorstehenden Kinn und auf seiner Stirn breiteten sich fächerförmig Falten aus, die bis zur Nasenwurzel reichten.

»Zwei Männer, die mich verfolgten, stießen in meinem Zimmer auf Petronius«, sagte ich. »Er versuchte, über die Dächer zu flüchten. Wärst du früher gekommen, Mutilus, hättest du sie verscheuchen und ihn retten können.«

»Wir sind den kompletten Weg über gerannt.« Servilia war dem Weinen nahe.

»Es ist nicht deine Schuld, Servilia.«

Am Rand der Menge schlich Sarpedon vorbei. Ich fing ihn ab und bat ihn, die Nachricht von Petronius' Tod zum Haus von Mamercus auf dem Aventin zu bringen.

»Es liegt am anderen Ende der Stadt«, klagte der Lehrer. »Ich kann schlecht gehen seit meinem Unfall. Schau nur, wie ich hinke. Vielleicht habe ich auch noch am Fuß Sonnenbrand bekommen, ohne es bemerkt zu haben. Das hätte ich leicht übersehen können, denn meine Schmerzen sind *unerträglich*. Es ist sicher besser, wenn du selbst dorthin gehst. Oder vielleicht die junge Dame, die einen Leibwächter bei sich hat.«

»Ich habe dich Mamercus gegenüber gestern Nachmittag erwähnt«, sagte ich. »Wenn du bei ihm einen guten Eindruck hinterlässt, kannst du eine Stellung als Lehrer für die Kinder im Hause auf dem Palatin bekommen.«

»Dann ist es *ganz* gewiss besser zu warten. Solch ein feiner Herr sollte nicht zu früh geweckt werden.«

»Du solltest es lieber tun, Sarpedon«, sagte eine helle Stimme. Es war Aelias Sohn Tiro.

»Aber es tut so schrecklich weh«, jammerte der Lehrer. »Ich sollte nach oben gehen und mich hinlegen.«

»Solch eine Gelegenheit wirst du kein zweites Mal erhalten.« Tiro sprach leise und eindringlich wie ein Erwachsener, der einem Kind erklärt, weshalb man keine Eier die Treppe herunterwerfen sollte. »Du kannst ein Hauslehrer bei einer Adelsfamilie werden, mit freier Kost und einem guten Lohn. Ist es nicht das, wovon du geträumt hast?«

»Aber, was wird aus dir, mein armer Freund?«

Der Lehrer legte eine Hand auf Tiros Wange.

»Mutter kümmert sich um mich. Du kannst zu Besuch kommen und mich unterrichten, wenn du Zeit hast.«

Sarpedon schwankte. Schließlich streckte er seine Hand nach der Wachstafel aus.

Er drehte sich auf dem Weg die Straße hinunter mehrmals um, bevor er im Dunkeln verschwand.

»Gut gemacht, Tiro«, sagte ich.

»Sarpedon weiß zu viel, um seine Fähigkeiten an mir zu verschwenden. Er hat mir genug beigebracht, um zurechtzukommen.« Er zuckte mit den Schultern. »Außerdem hat er uns die Haare vom Kopf gefressen.«

»Demetrios, du darfst nicht länger hier bleiben«, sagte Aelia und umarmte mich. »Die Mörder können wiederkommen.«

Servilia betrachtete die Wäscherin, als wäre sie eine Klette, die sich in ihrem nachtschwarzen Haar verfangen hatte.

»Demetrios kann bei uns auf dem Palatin schlafen. In Drusus' Haus ist er in Sicherheit.«

XXX

Mit Mutilus dicht auf den Fersen machten Servilia und ich uns auf den Weg durch die nächtliche Stadt. Ich hielt ihre kleine, kalte Hand in meiner, und wir liefen schnellen Schrittes, bis der Umriss des Palatinhügels vor uns auftauchte.

Unterwegs musste sie mehrmals anhalten und nach Luft schnappen. Am Ende der Vestatreppe fragte sie kurzatmig: »Wer waren … die Frau … und der Junge? Deine Frau … und dein Kind?«

»Aelia ist nur eine Nachbarin, die unter mir wohnt. Und Tiro ist der Sohn eines toten Legionärs.«

Ihr Lächeln hätte einen Gletscher zum Schmelzen bringen können.

Servilia schickte Mutilus fort und führte mich seitlich des Eingangs eine Treppe hinauf. Das Obergeschoss des Hauses von Drusus, das den Atriumgarten auf drei Seiten umschloss, lag verdeckt hinter dem vorspringenden Dach.

In Claudianus' Zimmer waren die einzigen Möbel ein Bett, ein Tisch und ein Regal mit einigen Schriftrollen. Ein Korb mit Spielfiguren, Gladiatoren und Soldaten, aus Terrakotta stand in einer Ecke. Servilia betrachtete mich, während ich herumging.

»Nun, da Petronius tot ist«, begann sie, »wirst du wohl deine Nachforschungen einstellen?«

»Keineswegs. Ich bin es ihm schuldig, weiterzumachen.«

Sie nickte ernsthaft, setzte sich aufs Bett und fragte, ob ich irgendeinen Verdacht hätte. Doch ich hatte keinen.

»Dein Onkel Mamercus glaubt, dass Caepio und Konsul Philippus hinter dem Messerattentat stecken, doch ich stimme ihm nicht zu. Die beiden waren sich einig darin, dass ein neuer Aufwiegler den Vorschlag für eine Reform des Bürgerrechts wieder aufgreifen würde. Es hätte für sie keinen Sinn ergeben, Drusus zu ermorden.«

Sie war erleichtert darüber, dass ich nicht ihren Vater verdächtigte.

»Der Senatsvorsitzende Scaurus und sein Freund Crassus Orator verhalten sich auffällig gleichgültig gegenüber dem Mord«, fuhr ich fort.

»Vielleicht haben sie Drusus aus dem Weg geräumt, damit ihnen selbst die Ehre für einen Frieden mit den Italern zuteilwird. Der Marser Silo wäre auch eine Möglichkeit. Seine Anwesenheit hier im Haus in der Mordnacht ist schwerlich zu erklären.«

»Verdächtigst du immer noch Onkel Mamercus?«

Mamercus' mögliches Motiv war mit Drusus' testamentarischer Verfügung, dass der Senatsvorsitzende den Nachlass verwalten sollte, in sich zusammengefallen.

Warum er und Aemilia sich wegen des Messerstechers so bedeckt gehalten hatten, war eine andere Sache, die ich ihm gegenüber gern bei Gelegenheit aufgreifen wollte.

»Lucius Cornelius Sulla, der dritte Mann in Drusus' Tablinum, steckt wahrscheinlich hinter einem Getreidebetrug, für den ein anderer während des Kriegs gegen die Kimbern verurteilt wurde. Wenn das stimmt, wäre er auch zu anderem fähig. Aber ich kann kein eindeutiges Motiv erkennen.«

»Die Corneliusfamilie ist ein Haufen voller Verbrecher«, sprudelte es aus Servilia heraus, ganz nach der patrizischen Neigung, Leute nach ihrer Abstammung zu beurteilen. »Vor langer Zeit befiel eine rätselhafte Krankheit die Männer in Roms Oberschicht. Die Opfer wurden krank und starben, während sie sich vor Schmerzen krümmten. Genauso wie bei Onkel Drusus.«

Ihre Lippen leuchteten rot im Schein der Öllampe. Als sie sprach, wippte ihre kleine, sommersprossige Nase. Ich wurde nicht müde, sie anzusehen.

»Der Senat begann eine Untersuchung, doch dabei kam nichts heraus. Nicht bevor ein Sklavenmädchen verriet, dass eine Gruppe adliger Frauen ein Gift hergestellt hatte, dass sie dazu benutzten, um die politischen Rivalen ihrer Männer aus dem Weg zu räumen.«

Ich sah keine Verbindung zu dem aktuellen Mord.

»Die Anführerin dieser Hexen entstammte der Corneliusfamilie«, fuhr sie eindringlich fort. »Das Rezept für das Gift wurde von einer Cornelia zur nächsten weitergegeben.«

Dass ich Servilias Ammenmärchen nicht umgehend zurückwies, geschah bloß, um sie nicht zu betrüben. Heute wünschte ich, ich hätte sie ernst genommen. Stattdessen erzählte ich von der gelb gekleideten Frau, die Claudianus gesehen hatte.

»Hatte Onkel Drusus eine Liebhaberin?« Servilia war entgeistert: »Das kann ich mir schlichtweg nicht vorstellen.«

»Mamercus fiel es auch schwer, daran zu glauben.«

Servilia und ich schauten uns an.

»Wir haben eine Handvoll Verdächtige«, meinte ich schließlich, »doch keine Beweise. Sagt dir das Wort Stercorius etwas? Das war das Letzte, was Petronius sagte, bevor er starb.«

Sie schüttelte den Kopf.

»So viele lose Enden«, seufzte ich. »Und morgen reise ich fort.«

»Wohin?«

»Ins Land der Marser. Um Silo zu finden und ihm ein Dokument des Senatsvorsitzenden Scaurus zu überbringen.«

»Das darfst du nicht tun, Demetrios«, stieß sie hervor. »Schwör mir, dass du nicht zu ihnen fährst. Die Marser bereiten einen Krieg vor. Sie haben ein Heer von 10 000 Mann versammelt.«

»Woher weißt du das?«

Sie errötete und schlug die Augen nieder.

»Mein Zimmer liegt über dem Arbeitszimmer meines Onkels. Durch den Lüftungsschacht konnte ich alles hören, was sie dort unten redeten. Nur als Claudianus zwischenzeitlich hier schlief, konnte ich nicht mithören.«

»Dann bist du es also, die mehr über Politik weiß als sonst jemand hier im Haus?«

Sie sah mich missmutig an.

»Aber was nutzt das? Ich bin eine Frau.«

»Du wirst durch deinen Ehemann Macht ausüben können. Crassus Orator wird im Januar Volkstribun.«

»Du weißt aber auch alles. Aber ich will diesen lächerlichen Holzklotz nicht haben.«

»Wen willst du denn dann, Servilia?«

XXXI

Trotz des Weins konnten Marius' Offiziere nicht völlig den Gedanken an das Los verdrängen, das Rom hätte erleiden müssen, wenn die Kimbern gewonnen hätten. Die Zusammenkunft löste sich vor Mitternacht auf. Marius deutete auf einen Stuhl und ließ sich selbst auf das Feldbett fallen.

»Wurde dein Rachedurst befriedigt, Junge?«

»Nicht, bevor ich die Leichen der Barbaren gesehen habe, General.«

Er rieb sich die Augen mit seinen großen, rauen Händen und gähnte.

»Du kannst morgen ihr Lager mit den Fuhrwerken aufsuchen. Und dann darfst du mich auf meinem nächsten Feldzug begleiten.«

»Wohin geht es, General?«

»Nach Osten, vielleicht? Es gibt immer irgendwo einen Kampf auszutragen.« Er lächelte mich an. »Mir gefällt, was ich sehe. Deine Augen strahlen vor Inbrunst. Ach, wie unterschiedlich doch zwei Jungen ausfallen können.«

»*Zwei* Jungen, General?«

Er räusperte sich und zögerte einen Augenblick, bevor er fortfuhr.

»Ich habe einen Sohn. Marius junior. Er ähnelt dir sehr, aber nur äußerlich. Im Grunde genommen kenne ich ihn kaum. War kaum da, als er klein war. Es gab immer einen Krieg, der überstanden werden musste. Seine Mutter warf mir das vor, aber was kann man tun? Es gibt etwas an dem Jungen, das unangenehm ist.«

»Was, General?«

»Er hatte zum Beispiel einen Kameraden, der in allem gut war. Unglaublich gescheit. Sie hatten denselben Lehrer. Es war aber immer mein Sohn, der Prügel bekam. Er war nie fleißig genug. Ich missbilligte das selbstverständlich. Ein Junge lernt nichts, wenn er nicht den Stock spürt. Aber wie sehr er doch den Lehrer hasste.«

»Was machte er mit dem Lehrer?«

»Nichts. Aber eines Tages nahm er den Stock und schlug seinen Kameraden auf den Kopf. Zerschmetterte dessen Schädel mit einem einzigen Schlag. Was bringt einen Jungen bloß dazu, so etwas zu tun?«

Das konnte ich mir noch nicht einmal ansatzweise vorstellen.

»Er entschuldigte sich natürlich. Sagte, dass das nicht seine Absicht gewesen sei. Aber sein Blick sagte mir etwas anderes. Seitdem bin ich ihm aus dem Weg gegangen. Ich verstehe ihn nicht. Wenn er doch nur so wie du gewesen wäre, Junge. Du hasst die Barbaren, weil sie deinen Vater umgebracht haben. Das ergibt einen Sinn. Marius junior ist mir indes ein Rätsel. Eines, das ich nicht lösen möchte.«

Er richtete sich auf und sah mich an.

»Möchtest du bei dem Triumphzug hinter mir auf dem Streitwagen stehen?«

Ein Triumph lockt alle Römer aus ihren Häusern. Alle Bürger, Fremde und Sklaven in der Stadt versammeln sich, um den siegreichen Feldherrn zu sehen – und damit auch den Auserwählten, der hinter ihm auf den weißen Streitwagen steht und ihm ins Ohr flüstert, dass er sterblich ist, damit der Jubel der Menge ihm nicht zu Kopf steigt. Alle würden mich sehen. Auch meine Domina Sempronia.

»Na, das wäre doch eine Überraschung für dich, was Junge? Denk darüber nach. Und hab einen guten Ausflug morgen. Dieser Anblick wird dir sicher wieder Farbe in deine Wangen bringen.«

Am darauffolgenden Tag konnte ich im Lager der Kimbern meinen Rachedurst zur Genüge stillen. Alles, was Sulla erzählt hatte, entsprach der Wahrheit. Die Leichen baumelten an den Ästen der Bäume. Die Zugochsen grasten friedlich, ohne sich von den Menschenleibern stören zu lassen, die sie hinter sich her schleiften. Schädel von Säuglingen lagen wie zerdrückte Eierschalen in den Rinnen der Wagenräder, ihre kleinen, hilflosen Körper waren verdreht wie Stoffpuppen. Die Hitze hatte die unzähligen toten Leiber bereits aufgebläht. In der stockenden Luft, die wie altes Blumenwasser stank, waren die einzigen hörbaren Laute das Krächzen der Raben und das beständige Schwirren der Fliegen.

Ich brach in Tränen aus und musste mich übergeben, bis meine Augen brannten und sich mein Magen nur noch krampfhaft zusammenzog. Mein Vater hatte mir Respekt vor dem Leben beigebracht. Der hippokratische Eid war das Wissen, das ich während meiner Kindheit erwarb. Ich wäre für General Marius eine größere Enttäuschung als sein eigener Sohn gewesen. Ich konnte ihn nicht auf seinem Feldzug nach Osten begleiten.

Schon gar nicht konnte ich ihm sagen, warum ich nicht hinter ihm auf dem Streitwagen stehen konnte.

XXXII

Servilias blauschwarzes Haar bedeckte das Kissen. Sie erwachte und versuchte, mich zurück ins Bett zu locken. Ich war bereits spät dran und zog mir die Tunika über den Kopf.

»Du kannst nicht in einer Trauertunika herumlaufen. Das bringt Unglück.«

Sie warf die grüne Stola um sich wie einen Mantel, bedeckte ihren wohlgeformten Körper, schlich auf den Gang hinaus und kam kurze

Zeit später mit einem Stoß Kleidung zurück. Sie hielt ein vornehmes Gewand mit Goldstickereien vor sich hin. Ich wählte eine Tunika für den Winter mit einem Umhang aus grober Wolle.

»Wie wäre es mit einer Senatorentoga? Sie hatte nur einen Vorbesitzer.«

»Nein danke, ich reise inkognito.«

Im Verlauf der Nacht hatte ich ihr versprochen, Marius zu sagen, dass ich die Fahrt nicht unternehmen würde. Stattdessen wollte mich Servilia freikaufen.

Unsere Hände schlangen sich jedes Mal ineinander, wenn sie die Gelegenheit dazu hatten. Ich befestigte die Hülle mit Scaurus' Dokument auf meinem Rücken. Am Treppenabsatz zum Atrium küsste sie mich zum Abschied.

Mutilus schob Wache am Hauseingang.

»Was für ein feiner Herr«, sagte er und verzog sein Gesicht.

»Wie kannst du an so einem schönen Tag nur derart schlechter Stimmung sein?«, fragte ich.

»Du redest, als hättest du nichts begriffen.« Er hielt die Tür auf. »Darf ich dir einen Rat geben? Nimm die Beine in die Hand und lauf so weit weg von Rom, wie du nur kannst.«

»Du hast mir immer noch nicht gesagt«, erwiderte ich, »wo du dich aufgehalten hast, als Drusus starb.«

Sein Lächeln war mehr ein schmerzverzerrtes Zucken.

»Auf Wiedersehen, Grieche.«

Mutilus hatte Recht. Eine Affäre zwischen einem Sklaven und der Tochter eines vornehmen Patriziers konnte nicht glücklich enden. Das sah ich ein, während ich schnellen Schrittes durch die Via Triumphalis zum Capena-Tor lief.

Der soziale Abstand zwischen uns war unüberwindlich.

Oft hatte ich davon geträumt, in das Heimatland meines Vaters zu fahren, um Athen, Delphi und Olympia zu sehen, die für mich nicht mehr als Namen waren. In Griechenland war die ärztliche Heilkunst ein angesehener Beruf, der dem Ausübenden ein angenehmes Leben ermöglichte. Dort konnten sich ein Arzt und seine Ehefrau ein menschenwürdiges Dasein aufbauen.

Die Fischhändler hatten bereits ihre Stände auf dem Markt vor der Stadtmauer aufgebaut. Ihre fangfrische Ware stak auf langen Stangen, die man durch die offenen Fischmäuler geschoben hatte. Hinter den Ständen erstreckte sich die Via Appia wie ein gerade gezogener Strich bis zum Horizont, flankiert von den Steinmonumenten der Begräbnisstätten, so weit das Auge reichte. Auf der linken Seite der Straße, mitten in einem Ulmenhain, ragten die Muschelkalksäulen des Egeriatempels empor. Auf der rechten Seite lag eine Stallung. Davor, auf einem riesigen Stein sitzend, wartete Marius.

»Bona Dea«, sagte er. »Das habe ich nicht mit Morgengrauen gemeint.«

Seine Rückenwirbel knackten und seine Knie zitterten, als er aufstand, doch er erlangte rasch sein Gleichgewicht wieder. Ich sah ihm fest ins Gesicht.

»Crassus Orator ist tot«, fuhr er fort. »Es passierte letzte Nacht. Kaum war ich von Drusus' Begräbnisschmaus zurückgekehrt, da wurde ich geweckt. Crassus Orators Frau ...«

Er schloss seine Augen und schnippte ein paar Mal mit den Fingern.

»Mucia?«

»Mir lag es auf der Zunge. Mucia erzählte, dass sie ihn heute früh an ihrer Seite fand. Er sah aus, als wäre er ruhig eingeschlafen. He, wo willst du hin?«

XXXIII

In einer Ecke von Crassus Orators Atrium saß eine Frau, die eine Falte ihrer Stola über den Kopf gezogen hatte. Die Witwe weinte still und anhaltend in ein Tuch, das ihr eine Sklavin hinhielt. Als Marius und ich durch die Eingangstür traten, tränkte ein anderer Sklave einen Badeschwamm in einer Schüssel mit parfümiertem Wasser und reichte ihn Scaurus.

Auf einer Bahre zwischen ihnen lag die Leiche von Crassus Orator.

»Es ist jetzt das zweite Mal, dass ich die Leiche eines lieben Freundes wasche«, seufzte der Senatsvorsitzende. »Ja, und das zweite Mal innerhalb weniger Tage.«

Ich betrachtete den nackten Körper, der nur mit einem Lendenschurz bekleidet war.

»Sehr richtig, die beiden Todesfälle traten innerhalb eines verdächtig kurzen Zeitraums ein«, sagte ich. »In beiden Fällen, nachdem die Opfer auf dem Forum gesprochen hatten.«

Scaurus strich sich die Haare glatt.

»Erklär dich, Grieche.«

Ich kniete neben der Leiche nieder, untersuchte die matten Augen, tastete den Unterleib ab und roch am Rachen.

»Was macht er da?«, fragte die Witwe in ihrer Ecke. »Was macht er mit der Leiche meines Mannes? Marius, Scaurus, haltet ihn zurück!«

Ich winkte Marius herbei.

»Nur sein Mund ist steif«, sage ich. »Der Rigor mortis breitet sich vom Gesicht nach unten aus und setzt erst zwei bis vier Stunden nach dem Tod ein. Crassus Orator verschied erst vor wenigen Stunden.«

»Woran ist er gestorben?«, erkundigte sich Marius.

»Er wurde vergiftet.«

Die beiden alten Männer starrten mich an.

»Drusus schrie stundenlang«, wandte Scaurus ein. »Aber Mucia zufolge schlief Crassus Orator ruhig ein.«

»Das Gift, das Drusus umbrachte, zerstörte sein Inneres, sodass sein Körper langsam verblutete. Crassus Orator dagegen hat einen Stoff erhalten, der seine Atmung lähmte. Und er hat es freiwillig eingenommen.«

»Selbstmord?« Scaurus schüttelte den Kopf. »Crassus Orator hatte viele Gründe zu leben. Ja, ich würde sogar sagen, er hatte keinen Grund zu sterben.«

Die Witwe hatte sich erhoben.

»Worüber tuschelt ihr? Warum schaut ihr so drein? Stimmt etwas nicht?«

»Herrin, darf ich ein paar Fragen stellen? War Crassus Orator von Bauchschmerzen geplagt. Fiel es ihm schwer, Wasser zu lassen?«

»Er hatte tatsächlich oft Schmerzen«, entgegnete die Witwe. »Er konnte stundenlang auf der Latrine verbringen, und musste sich danach immer ausruhen. Woher weißt du das?«

Crassus Orator hatte an einem Nephrolithus – Nierenstein – gelitten. Letztendlich kann das Leiden tödlich sein, doch das war es nicht, was ihn das Leben kostete.

»Bereits als ich Crassus Orator in Drusus' Tablinum begegnete, bemerkte ich, dass seine Pupillen verengt waren. Er hatte Mohntropfen eingenommen, ein schmerzstillendes Mittel, das aus den Samenkapseln des Mohns gewonnen wird. Es hat einen sehr penetranten, bitteren Geschmack, der sich unmöglich verbergen lässt. Der Mann der Herrin wusste, was er einnahm.«

»Schmerzstillend?«, sagte Scaurus. »Du hast behauptet, er wurde vergiftet.«

»Als Überdosis ist der Stoff tödlich.«

»Das kann nicht sein«, entgegnete Mucia. »Mein Mann war erschöpft, doch ihm fehlte nichts. Scaurus, du hast ihn doch selbst gesehen, als du gestern Abend hier warst.«

Der Blick, den Marius dem Senatsvorsitzenden zuwarf, hätte einen jüngeren und unerfahreneren Lügner zusammenfahren lassen. Doch Scaurus zuckte nur mit den Schultern.

»Ich begleitete meinen Freund nach dem gestrigen Begräbnis nach Hause«, räumte er ein, »aber ich bin kurz danach wieder gegangen. Er war durch die Ereignisse des Tages sehr erschöpft gewesen. Ja, sogar vollständig ermattet.«

»Das ist wahr.« Mucia begann, zu schluchzen. »Und übrigens ging mein Mann zu Bett, ohne etwas Flüssiges oder Festes zu sich genommen zu haben. Sag mir also, wie kann er dann vergiftet worden sein?«

Es klopfte an der Haustür. Ein Sklave lief hin und öffnete.

»Ist der Senatsvorsitzende Scaurus hier?«, fragte ein Mann mittleren Alters.

»Komm herein, Paerius.« Scaurus winkte den Mann herbei. »Was hast du zu berichten?«

»Senator Domitius wurde von einem Einbrecher in seinem eigenen Atrium niedergestochen und im Wasserbecken zurückgelassen. Seine Sklavin hörte alles, sah aber den Täter nicht.«

Marius und Scaurus konnten kaum glauben, was sie gehört hatten. So ging es mir auch, wenngleich aus anderen Gründen. Obwohl mir die Geschehnisse der Nacht immer noch unwirklich vorkamen, war ich mir doch einer Sache sicher: Die Sklavin hatte mich sowohl gesehen als auch wiedererkannt.

»Das ist ja schrecklich. Ja, erschütternd.«

»Doch es gibt zwei Zeugen, die schwören, dass sie den Dieb wiedererkennen würden. Sie rauften sich mit ihm auf der Straße. Möchte der Senatsvorsitzende zum Tatort kommen und ihre Zeugenaussagen aufnehmen?«

Scaurus und Marius schauten sich einen Augenblick lang an.

»Wir sollten lieber dorthin gehen«, sagte schließlich der General. »Vielleicht kann uns Demetrios sagen, was geschehen ist, nachdem er die Leiche untersucht hat.«

Ich schüttelte den Kopf.

»Wenn die Sklavin bereits gesehen hat, wie er niedergestochen wurde, kann ich dem nichts mehr hinzufügen.«

»Ganz Rom glaubt, Drusus starb bei einem Messerattentat«, wandte Scaurus ein. »Dennoch hast du auf eine Vergiftung plädiert. Ja, du hast sogar uns davon überzeugt. Und jetzt hast du auch aufgedeckt, dass an dem Tod von Crassus Orator etwas verdächtig ist.«

»Habt ihr nicht selbst gesagt«, sagte ich mit einer Stimme, die in meinen eigenen Ohren widerhallte, »dass eure Zusicherung des latinischen Bürgerrechts die Marser nicht so schnell wie möglich erreichen sollte? Wolltet ihr nicht in erster Linie einen Krieg verhindern? Wurde meine Abreise nicht schon lange genug hinausgezögert?«

Zweites Buch

I

Die herbstlichen Felder, die sich rotbraun zwischen langen Hecken wellten, gingen allmählich in Gestrüpp und Felsen über. Dort schlängelte sich die Via Valeria zu der kleinen, verschlafenen Stadt Tibur hinauf, die auf einem Gipfel des äußersten Felsvorsprungs der Apenninen lag. Ich kaufte ein paar Brote und Ziegenkäse, die ich verzehrte, während sich die Sonne in orangefarbenem Dunst über der Tiefebene hinabsenkte, die ich hinter mir gelassen hatte. Rom wirkte wie ein dunkler Fleck am Horizont. Das schlechte Gewissen gegenüber Servilia lag mir wie ein schwerer Stein im Magen.

Am folgenden Morgen opferte ich die Reste meiner Mahlzeit Merkur und bat ihn darum, mich wieder rasch nach Hause zu bringen. Ich folgte dem grauen Band der Römerstraße durch Täler dicht bewaldeter Berge, die an einen gigantischen Faltenwurf aus smaragdgrünem Filz erinnerten.

Als ich am späten Nachmittag das Tor der römischen Kolonie Alba Fucentia erreichte, dampfte mein Atem wie aus dem Maul eines Pferdes. Die Stadt lag weit oberhalb der umliegenden Landschaft. Der Kommandant trug ein Schaffell über seinen Schultern und saß gebeugt an einem Kohlenbecken.

»Na, da haben wir ja feinen Besuch bekommen«, schnaubte er, nachdem er das Begleitschreiben gelesen hatte, das mir Marius mitgegeben hatte. »Zu dieser Jahreszeit ist auf den Straßen gewöhnlich nicht viel los.«

»Es hätte ein Heer der Marser mit 10 000 Mann vor knapp einem Monat hier vorbeikommen müssen.«

»Davon weiß ich nichts. Und ich möchte auch lieber keine Scherereien mit den Marsern haben. Sie verstecken sich in ihren Bergen. Stämmige und abgehärtete Leute. Gute Krieger. Sie schicken immer eine Legion Reitersoldaten, wenn Rom in den Krieg zieht. Man sagt, dass wir in den vergangenen 200 Jahren ohne die Marser – oder gegen sie – keinen einzigen Triumph hätten feiern können.«

Ein Tropfen zitterte unentschlossen an der Nasenspitze des Kommandanten, bevor er in seinen Weinbecher fiel.

»Ich habe eine Nachricht vom Senat für Silo, den Anführer der Marser«, erwähnte ich.

»Er haust in Marruvium. Auf der gegenüberliegenden Seite des Sees.« Der Kommandant zeigte aus den Bogenfenstern der Wachstube hinaus ins nahe Tal, wo der Fucinersee in den letzten Strahlen der untergehenden Sonne glitzerte.

»Wenn du dorthin willst, ist es ratsam, zu segeln. Die Ufer sind hier während des Herbstes ein einziger Morast. Aber lass es lieber bleiben, dich in irgendwas verwickeln zu lassen. Ich möchte keinen Ärger haben.«

Bei Sonnenaufgang glitt ich mit einem Boot durch das dichte Schilf hinaus in den weißen Dunst des Morgens, wie eine Libelle über einer spiegelglatten Wasseroberfläche schwebend. Die gedämpften Ruderschläge waren das einzig hörbare Geräusch. Als das Boot mitten auf dem See war, löste die Sonne langsam den Nebel auf und gab einen Blick frei auf die umliegenden schneebedeckten Berge. In der frostklaren Luft wirkten sie so nah, als müsste ich mich nur austrecken, um die mit Kiefern bewachsenen Felshänge mit meinen Fingerspitzen berühren zu können.

»Fantastisch«, flüsterte ich.

»So sieht es hier jeden Morgen aus.«

Der Fischer am Ruder war ein kleiner gebeugter Mann mit einem sonnenverbrannten Gesicht. Er hatte gelächelt, während wir den Preis für die Überfahrt aushandelten. Diese Mühe machte er sich nun nicht mehr länger.

»Wenn hier alles so schön ist«, sagte ich, »musst du ein glücklicher Mann sein.«

Er spuckte über Bord.

»Hier gibt es kaum etwas zu fangen.«

Am selben Abend kehrten wir zurück, während die Wärme des Tages in den dunklen Himmel aufstieg. Die Stadt der Marser, die auf einem Hügel am Ufer des Sees lag, hatte entvölkert gewirkt, als hätte eine erbarmungslose Pest ihre Holzhütten heimgesucht. Nur alte Frauen und Sklaven begegneten mir auf den schlammigen Straßen. Sie hatten mich misstrauisch angeschaut, als ich nach Silo fragte.

»Entvölkert?«, wiederholte der Kommandant von Alba Fucentias.
»Merkwürdig. Marruvium ist die einzige Stadt der Marser. Die meisten von ihnen leben in den umliegenden Bergen.«
»Wohin könnten sie sich zurückgezogen haben?«
»Keine Ahnung. Sie können tun, was ihnen gefällt, so lange sie ihre Reiter bereitstellen, wenn wir in den Krieg ziehen. Ich möchte lieber keine Scherereien mit ihnen haben.«
Ich verbrachte die Nacht in einem Stall mit dem zylindrischen Lederköcher als Kopfkissen.
Am nächsten Morgen, als ich dabei war, mich für die Rückfahrt bereit zu machen, kam der Fischer auf mich zu und sah mich neugierig an, während ich das Pferd sattelte.
»Der Herr sucht die Marser?«, fragte er schließlich.
»Deshalb bat ich dich gestern darum, mich nach Marruvium zu segeln.«
»Wie wahr, wie wahr.«
Er kniete sich neben der Stalltür nieder und zwinkerte mit einem Auge. Er hatte noch etwas zu sagen, wartete aber, bis ich eine Münze hervorzog.
»Vor ein paar Tagen, als ich dasaß und das Netz flickte, sah ich eine Schar marsischer Krieger die Stadt verlassen. Sie hatten auf Wagen und Karren ihre Frauen dabei«, er deutete auf die nächste Bergkette.
»Sie nahmen Kurs auf Corfinium im Land der Päligner.«
»Warum hast du das gestern nicht erzählt?«
»Dann hätte der Herr doch nicht für die Überfahrt bezahlt.«

Am späten Nachmittag des folgenden Tages erreichte ich Corfinium, das beinahe halb so groß war wie Rom. Die Felder breiteten sich von der Stadtmauer sternförmig über das ganze weite Tal aus, das im Osten unvermittelt an senkrecht aufragende Felswände stieß. Bereits aus großer Entfernung war deutlich zu erkennen, dass die Stadt vor lauter Betriebsamkeit zu platzen schien.
Auf dem Weg zum Haupttor hinauf kam ich am Lager der Marser vorbei. Frauen und Kinder liefen die Wagenreihen entlang oder saßen an Feuern, als warteten sie auf etwas. Die Straßen der Stadt waren breit, die Häuser hatten ein oder zwei Stockwerke und die Dächer hohe Giebel, wegen des Schneefalls im Winter.

Die Menschenmenge auf dem Markt war so groß, dass sie auch noch die umliegenden Straßen füllte. Die Luft war aufgeladen wie vor einem Gewitter. Ich fragte einen bärtigen Mann mit einer sonderbaren Ledermütze, ob er wisse, wo ich Silo finden könne. Er drehte sich um und zeigte auf einen Tempel.

Der Mann, der kurz darauf aus dem Tempel und auf die oberste Stufe der Treppe trat, wurde von der Menge mit lauten Zurufen begrüßt. Er breitete seine Arme aus, um für Ruhe zu sorgen.

»Freunde! Der oberste Rat ist zu einer Einigung gekommen.«

Alle starrten schweigend zu der Gestalt hinauf.

»Wir reißen uns von dem Bund mit Rom los! Keine weiteren Abgaben! Keine weiteren Soldaten für Roms Legionen! Diese Stadt heißt nicht mehr länger Corfinium, sondern Italica, Hauptstadt der neuen Republik Italia!«

Noch während er sprach, brach ein durchdringendes Jubelgeschrei los. Eine Gruppe Männer, die zwischen den Säulen hinter ihm gestanden hatte, trat hervor. Der Vorderste war einen halben Kopf größer als die anderen, hatte einen Rumpf wie eine Tonne und einen verbissenen Gesichtsausdruck.

Es war Mutilus.

II

Im kühlen Halbdunkel des Tempels saßen 22 Männer um einen Tisch herum, der in der Mitte der Halle stand. Hinter ihnen verfolgte eine Statue des Kriegsgottes Mars, in voller Kampfausrüstung mit Helm, Schild und Schwert, das Geschehen mit strengem Blick. Der längliche Saal hatte eine hohe Decke und war mit Farben bemalt, die, einstmals kräftig, zu einem Sepiaton verblasst waren.

»Meine Herren«, sagte Mutilus. »Dies hier ist der Grieche Demetrios.«

Nachdem die Versammlung auf dem Marktplatz von Corfinium aufgehoben war und die Leute heimgegangen waren, hatte ich versucht, eine Truppe marsischer Soldaten in Kampfausrüstung davon zu überzeugen, mir Zugang zum obersten Rat zu gewähren. Es gelang nur, weil Mutilus schließlich seinen Kopf durch die Pforte des Tempels herausgesteckt und mich erblickt hatte.

»Wie bist du so schnell hierher gekommen?«, hatte ich ihn gefragt.

»Mit ein paar guten Pferden kann man die Reise in anderthalb Tagen schaffen«, hatte er geantwortet. »Ich könnte ebenso gut fragen, warum du erst jetzt hier eingetroffen bist. Aber ich stecke meine Nase nicht in die Angelegenheiten anderer Leute.«

Ich bat darum, zum Rat vorgelassen zu werden.

»Wieso? Soweit ich weiß, sind hier alle bei guter Gesundheit.«

»Ich habe eine Nachricht vom römischen Senat für den Anführer der Marser.«

Mit einem erwartungsvollen Blick hatte Mutilus seine breite Pranke hervorgestreckt.

»Ich habe auch noch ein Empfehlungsschreiben von General Marius.«

Zu seiner Verärgerung hatten die Soldaten bereits beeindruckt gegrunzt und den Kreis um mich herum vergrößert. Einige von ihnen waren so alt, dass sie durchaus in Marius' Legionen gekämpft haben konnten.

Der Mann, der am Tischende saß, erhob sich. Er war schmal, hochgewachsen und wirkte wendig wie ein Laufbote. Seine nach oben gezogenen Mundwinkel deuteten den Schimmer eines Lächelns an. Die schrägen Augen musterten mich eingehend, bevor es ihm einfiel, wo er mich früher schon einmal gesehen hatte.

»Heil dir, Silo, Anführer der Marser«, sagte ich förmlich. »Ich überbringe dir eine Botschaft vom Vorsitzenden des Senats. Er bietet euch die latinischen Bürgerrechte an.«

Die frohe Kunde hätte die Aufkündigung des Bündnisses mit Rom, so wie sie es gerade beschlossen hatten, in gewisser Weise überflüssig gemacht.

Es war allerdings keine Freude, die die Mitglieder des Rates ausstrahlten. Sie schauten mich an, als hätte ich irgendeinen Unsinn von mir gegeben.

»Wir sollten das Angebot überdenken. Die Marser und Päligner können nicht allein gegen Rom kämpfen.«

»Hier befinden sich nicht nur Marser und Päligner«, sagte Mutilus hinter mir. »Der oberste Rat besteht aus Vertretern aus Samnien, Lukanien, Picenum und Apulien, außerdem aus Vertretern der Hirpiner, Venusiner, Vestiner, Marrukiner und Frentaner.«

Nun verstand ich seine Selbstsicherheit. Gegen zwei Drittel der Bevölkerung der Halbinsel konnte selbst Roms mächtige Kriegsmaschinerie wenig ausrichten.

»Ist es nicht besser, die lateinischen Bürgerrechte ohne Kampf zu erlangen?«, fragte ich laut.

»Sollen wir obendrein für diesen Handel auch noch dankbar sein?« Mutilus packte meinen Umhang. »Ich möchte lieber in meinem eigenen Staat frei als in Rom ein Bürger zweiter Klasse sein. Ich spucke auf euer lateinisches Bürgerrecht! Außerdem hätte Rom ohne die Marser in den vergangenen 200 Jahren keinen einzigen Sieg feiern können …«

»… oder gegen sie. Ich weiß.«

Ein Mann mit kurz geschorenen Haaren und Bart erhob sich von seinem Platz neben dem Altar.

»Als Vertreter Lukaniens schlage ich vor, dass der Rat das Angebot überdenkt.«

Seine Stimme hallte an den feuchten Wänden wider.

»Das kannst du nicht ernsthaft meinen, Lamponius«, entgegnete Mutilus.

»Doch, und das ist auch meine Meinung«, verkündete ein anderer.

Einige andere erhoben sich und stimmten ihm zu.

»Seid ihr wahnsinnig geworden?«, rief Mutilus. »Wir müssen zuschlagen, bevor die Römer ein Heer sammeln können.«

»Wir haben beschlossen, uns von Rom loszusagen«, sagte der Lukaner, »nicht, in den Krieg zu ziehen.«

»Das eine bringt das andere mit sich, ihr Idioten!«

Mutilus' Respektlosigkeit löste Proteste im Saal aus. Die Ratsmitglieder waren ehrbare Männer, die Beleidigungen nicht einfach so hinnahmen. Ein paar von ihnen zogen ihre Schwerter blank. Der Aufruhr unter den Italern hätte in einer Prügelei wie in einer Taverne enden können, hätte nicht Silo eingegriffen.

»Beruhigt euch, Freunde«, rief er. »Wenn die Mehrheit dafür stimmt, behandeln wir den Vorschlag.«

Eine schnelle Abstimmung zeigte, dass zwölf zu zehn Stimmen dafür waren, sich Scaurus' Angebot näher anzuschauen. Mutilus tobte und schrie, dass auf diese Weise ihre Allianz von den Römern zerstört würde.

»Wir haben die Pflicht, alle Möglichkeiten zu prüfen.« Silo nahm die Lederhülle aus meiner Hand. »Du bist der Heerführer der Samniten, kein Mitglied des Rates, Mutilus.«

»Heerführer?«, brach es aus mir heraus. »Ein Sklave?«

Mutilus' verbissenes Gesicht blieb regungslos. Seine Augen funkelten wie glänzend poliertes Metall.

»Ich bin kein Sklave, Grieche. Ich hielt mich nur in Drusus' Haus auf, um ihn zu beschützen, während er unser Anliegen im Senat vorbrachte. Ich habe als Verbündeter in Roms Heer gekämpft. Ich habe mitgeholfen, die Aufstände in Spanien und Afrika niederzuschlagen.«

Deshalb hatte Mutilus bei Drusus' Begräbnis die Gladiatorenmaske getragen. Er wollte dem Volkstribun seine letzte Ehre erweisen, ohne wiedererkannt zu werden.

Silo hatte den Rotulus aus der Hülle gezogen. Er war überraschend umfangreich und ließ sich nur mit Mühe aufrollen. Er las einige wenige Zeilen und warf mir einen Blick zu.

»Stimmt etwas nicht?«, erkundigte ich mich.

Anstatt mir zu antworten, fing er an, laut vorzulesen.

»Dies ist die wahrhaftige Erzählung über Tiberius und Gaius Gracchus; über ihr Wirken zum Nutzen der Republik und des römischen Volkes; über den Widerstand, dem sie von Männern wie Marcus Livius Drusus und Konsul Opimius ausgesetzt waren, und über ihren viel zu frühen Tod …«

III

In einer feuchten Zelle, deren einzige Lichtquelle ein Spalt in dem niedrigen Deckengewölbe war, hatte ich genügend Zeit darüber nachzudenken, wie Scaurus' Dokument gegen das Buch meines Vaters ausgetauscht worden war.

Nach sieben Tagen erhielt ich meinen ersten Besuch, als die Wache Mutilus hereinließ. Der Heerführer der Samniten setzte sich schwerfällig auf einen Schemel an der Tür. Seine Bewegung war als schwache Erschütterung im Steinboden zu spüren.

»Wie geht's?«, fragte er.

»Ich erhalte morgens vertrocknetes Brot und abends eine Schale kalte Grütze. Es ist ein bisschen wie bei einem Fest.«

Mein verbliebener Sarkasmus konnte seine gute Laune nicht vertreiben. Er berichtete, dass die eifrigsten der Ratsmitglieder mich gern hingerichtet hätten, da ich sie zum Narren gehalten hätte, doch Silo habe mich verteidigt und mich einen armen, verwirrten Dummkopf genannt.

»Das Dokument, worüber ich sprach, gibt es tatsächlich«, sagte ich.

»Ach ja? Und wo?«

Mit gekünsteltem Eifer sah sich Mutilus in der Zelle um.

»Bei dem Begräbnis saß ich mit Drusus' Bruder in seiner Sänfte. Er legte das Buch über die Gracchusbrüder unter seinen Sitz. Später legte ich Scaurus' Dokument dazu. Ich muss die beiden Hüllen verwechselt haben.«

In diesem Moment zog Mutilus eine rote Lederhülle hervor, die meiner glich, und schlug sie rhythmisch gegen seine breite Handinnenfläche.

»Ich fand sie, lange bevor du zurückgekehrt bist, um sie zu holen. Glücklicherweise. Mindestens die Hälfte der Ratsmitglieder wäre mit den latinischen Bürgerrechten zufrieden gewesen.«

Mutilus erzählte, dass Silo nun auf dem Weg nach Rom sei, um die Aufkündigung des Bündnisses durch die Marser mitzuteilen. Der Senat würde dann gewiss ein Exempel statuieren wollen. Wenn Roms 5000 Mann Marruvium erreichten, stünden sie einem Heer von 50 000 Marsern und Samniten gegenüber. Solch einen Plan hätte sich auch ein Kind ausdenken können, mit guten Aussichten auf Erfolg. Für eine eingehendere Einschätzung der Bedrohung benötigte ich weitere Informationen.

»Was haben dir die Römer angetan, dass du sie so sehr hasst?«

Mutilus beugte sich vor und sah mich prüfend an, bevor er zu reden begann.

»Ich wurde als Sohn eines der größten Landbesitzer in Kampanien geboren. Mein Vater war ein stolzer Adliger und ein hervorragender Krieger. Aber eine Missernte hat selbst auf mächtige Adelsmänner und Krieger Auswirkungen. Er lieh sich etwas bei einem römischen Geldverleiher. Als er die Teilbeträge nicht bezahlen konnte, musste er sich erneut etwas leihen. Und später noch mehr, nur um die Zinsen bezahlen zu können. Zum Schluss übernahm der Geldverleiher unser

Eigentum. Davor war es sechs Generationen lang vom Vater auf den Sohn vererbt worden.«

Auch in meiner Familie war etwas vererbt worden: Die Überzeugung, die besagt, dass nur die wenigsten Menschen bei einem Thema, über das sie mit Leidenschaft reden, Nachfragen widerstehen können.

»Der Geldverleiher übernahm das Eigentum deiner Familie?«

»Vater war vernichtet. Er war nur noch ein Schatten seiner selbst. Der Blutsauger war nicht an Landwirtschaft interessiert. Er ließ uns dort wohnen und auf den Feldern arbeiten. Der einzige Unterschied war, dass ihm nun alle Einnahmen zukamen, und er ließ sich nicht mit Kleingeld abspeisen. Meine Mutter und meine fünf Geschwister hungerten. Doch das hätten wir sicher ausgehalten, wenn der Geldverleiher nicht eines Tages den Einfall gehabt hätte, auf unseren fruchtbarsten Feldern eine Villa errichten zu lassen. Ohne Ankündigung rückte er mit einem Heer von Sklaven an. Sie begannen, mitten im Weizenfeld Erde für ein Fundament auszuheben. Ich habe meinen Vater nie so rasend gesehen. Keiner von uns konnte verhindern, dass er den Mann mit der flachen Seite seines Schwerts verprügelte. Zumindest versuchte es keiner von uns.«

»Hatte ihn der Kummer verrückt werden lassen?«

»Ganz im Gegenteil. Er wurde wieder ganz der Alte. Einen ganzen Monat lang. Dann kam ein Trupp römischer Soldaten. Sie zeigten uns die Urteilsverkündung des Gerichtsverfahrens, das in Rom abgehalten worden war. Ohne dass wir davon wussten, und ohne Widerspruchsrecht, da wir keine römischen Bürger waren. Es wurden 15 Soldaten benötigt, um Vater festzuhalten, während sie ihn an einen Pfahl banden. Er bekam 200 Peitschenhiebe, da er eine Waffe gegen einen Römer gezogen hatte. Sie zwangen uns Kinder zuzusehen. Vater überlebte gerade so. Aber er war nun endgültig ein gebrochener Mann. Der Geldverleiher baute seine Villa. Er nutzt sie immer noch. Einen einzigen Monat im Jahr.«

Ich verwies auf die Unangemessenheit, ein ganzes Volk für die Verbrechen eines einzelnen Mannes büßen zu lassen.

»Welche Verbrechen? Alles, was er tat, war nach römischem Recht. Und die restliche Schuld musste immer noch weiter bezahlt werden, daher wurde ich auf eine Gladiatorenschule geschickt, obwohl ich nicht mehr als ein großgewachsener Junge war. Ich lernte, dass es, unabhängig davon, ob ein Gladiator als Retiarius, Secutor, Provocator oder Murmillo kämpft, eigentlich nur zwei Sorten gibt: Jene, die technisch versiert sind und die man Tänzer nennt. Sie weichen dem Angriff des Gegners aus, tanzen um ihn herum. Warten, bis der Gegner am Rande der Erschöpfung ist, bevor sie ihm den entscheidenden Stoß versetzen. Ich gehörte aber zur zweiten Art. Ich war ein Töter. Die Feinschmecker schätzen die Technik des Tänzers. Die einfachen Leute lieben den Töter. Ich ging gleich zur Sache, so rüde und brutal wie möglich. Meine Raserei machte mich unbesiegbar. Ich gewann 150 Kämpfe und verdiente ein Vermögen für den verfluchten Hund. Ich verlor nur ein einziges Mal.«

Die helle Narbe unter seinem Kinn stach auf der ansonsten sonnengebräunten Haut hervor.

»Ich trat bei Begräbnissen und Festen auf. Für Adlige und Plebejer. In Privathäusern und auf Marktplätzen. Ich studierte die verschwitzten, verzerrten Gesichter des Publikums. Die Stimmen, die vor lauter Eifer heiser waren. Die Augen, die im Blutrausch aufgerissen waren.«

Durch die Erinnerung kam sein eigenes Blut in Wallung. Seine Stimme bebte. Auf seiner Oberlippe bildeten sich kleine Schweißperlen.

»Wenn das Schicksal des Verlierers entschieden wird, blickt man tief in das Innerste Roms. Es ist jener Augenblick, in dem sich jeder Bürger, hochgestellt wie niedrig, mit einer Bewegung des Daumens zum Herrn über Leben und Tod macht. Diesen Moment lieben die Römer. Es gibt ihnen ein Gefühl der Macht. Es ist dasselbe Gefühl, das sie anspornte, sich ganz Italien, Sizilien, Karthago und die Inseln im Meer, das sie Mare Nostrum – unser Meer – nennen, zu unterwerfen. Sie wollen ihr Imperium mit niemandem teilen. Sie werden uns niemals als ebenbürtige Bürger anerkennen. Zum Hades mit ihnen!«

»Auch Drusus?«

»Auch er, ja.«

»Er versuchte doch, euch zu helfen.«

»Wie alle Römer hatte er seinen Preis. Er bekam, was sich ein Politiker am meisten wünscht.«

»Und was war das? Geld?«

Mutilus lächelte und wechselte unvermittelt das Thema.

»Was ist zwischen dir und Servilia in jener Nacht, die ihr miteinander verbracht habt, geschehen?«

Die Frage traf mich wie eine Ohrfeige.

Die Antwort stand mir ins Gesicht geschrieben wie eine Inschrift auf einer frisch verputzten Wand.

Auf seinem verbissenen Gesicht machte sich wieder dieser angestrengte Ausdruck breit, als wollte er lächeln.

»Nichts? Du enttäuschst mich, Grieche.«

Ein unbändiger Drang, meine Männlichkeit beweisen zu wollen, machte sich bemerkbar.

»Sie ist sehr jung«, sagte ich. »Fast noch ein Kind. Es wäre … unpassend gewesen.«

Er schüttelte den Kopf in einer Mischung aus Unglaube, Erleichterung und Verachtung. Er erhob sich und klopfte fest gegen die Tür.

»Bist du nur hierher gekommen, um mir diese Frage zu stellen?«, fragte ich.

»Ich wollte sehen, ob du wirklich so klug bist, wie Servilia glaubt. Du hast mich enttäuscht.«

Draußen im Gang war der Schritt der Wache zu hören. Der Riegel wurde zurückgeschoben.

»Du hast eine Ausbildung als Arzt«, sagte Mutilus. »Du hast dein diagnostisches Wissen. Du verbindest die Punkte miteinander und ziehst Schlussfolgerungen. Ich stütze mich auf meine Erfahrungen aus der Arena. Dort kann es notwendig sein, sich zu entblößen. Sich absichtlich unterschätzen zu lassen. Den Übermut des Gegners darauf zu lenken, dass er glaubt, sicher zu sein. Die Kunst besteht darin, zu wissen, wann man zuschlagen sollte.«

Er grinste.

»Man kann in dir lesen wie in einer geöffneten Wachstafel, Grieche. Jetzt denkst du daran, wie der Senat meine Lebensgeschichte ausnützen könnte. Kann man meine Familie finden, sie als Geiseln nehmen? Aber was in aller Welt lässt dich glauben, dass du Rom je wiedersehen wirst?«

Die Tür flog krachend hinter ihm zu. Das Geräusch hallte an den Wänden der Zelle wider.

Nur ein Gedanke hielt mich während der langen Zeit, die darauf folgte, aufrecht: dass ich nicht der Einzige war, der seinen Gegner unterschätzt hatte.

IV

Der Riegel wurde erst wieder zur Seite geschoben, als Schnee gefallen war und er begonnen hatte, durch einen Spalt in der Decke zu rieseln. Silo trat ein. Mit einer eleganten Bewegung hüllte er seinen Mantel um sich, ließ sich auf dem Schemel nieder und verschränkte seine Arme über den Knien.

Wenn man lange in einer dunklen Zelle eingesperrt gewesen ist, ohne eine Menschenseele zu sehen, mit der einzigen Beschäftigung, ein Viereck aus schwachem Sonnenlicht zu betrachten, das über den Steinboden wandert, fängt man zu fantasieren an. Ich war mir zunächst unsicher, ob der Besuch des Marsers bloß meiner Einbildung entsprang.

»Wie war dein Ausflug nach Rom?«, versuchte ich einen Anfang.

»Woher weißt du, dass ich in Rom gewesen bin?«

»Dein Freund Mutilus hat mich besucht. Wie hat der Senat auf eure Aufkündigung des Bündnisses reagiert?«

Seine schiefen Augen sahen mich lange an.

»Sie beriefen ein Sondergericht ein mit dem neugewählten Volkstribun Varius als Vorsitzenden. Sie klagten alle Unterstützer von Drusus des Verrats an.«

Alles deutete darauf hin, dass mein Gast real war.

Den Aufstieg dieses kleinen Wiesels Varius von einem Handlanger zu einem Beamten hätte ich mir in meinen wildesten Träumen nicht vorstellen können.

Silo berichtete, dass Varius zunächst nur ein paar unbedeutende Männer angeklagt habe, doch danach habe er den Mut gehabt, sogar Scaurus vorzuladen. Die Anklage habe wie eine Aufforderung zum Aufruhr geklungen. Varius habe eine anderthalb Stunden lange Brandrede gehalten, in der er eine lange Reihe Vergehen aufgezählt habe, die der Angeklagte begangen haben sollte. Als Scaurus das Wort erhielt, habe er nur gesagt: »Der Spanier Varius klagt mich an, zum Aufruhr aufgefordert zu haben. Ich, der Vorsitzende des Senats, be-

streite die Vorwürfe. Es gibt keine Zeugen. Wem, Römer, glaubt ihr?«
Er sei einstimmig freigesprochen worden.
Ich war nahe daran, Sympathie für diesen Mann zu empfinden.
»Scaurus erhob den gleichen Vorwurf gegenüber Varius«, fuhr Silo
fort. »Das Verfahren war noch nicht abgeschlossen, als ich Rom verließ, aber alle redeten darüber. Unsere Aufkündigung des Bündnisses
wurde vollständig ignoriert. Ich verstehe das nicht.«
Silo war nicht der Erste, dem es schwerfiel, die Beweggründe des Se-
nats zu durchschauen. Diese ehrwürdige Institution handelte nach
ihrer eigenen inneren Logik, die für Außenstehende oft schwer zu
verstehen war.
Seine Verwirrung war der Grund dafür, dass er sich jetzt in meiner
Zelle befand.
»Ich fürchte, ich muss für meinen Rat die eine oder andere Gegenleistung verlangen«, sagte ich. »Es ist eine Frage des Stolzes.«
Silos Mundwinkel zogen sich fast bis zu den Ohren nach oben. Zwei
kräftige, weiße Zahnreihen kamen zum Vorschein.
»Ich kann dich in Hausarrest überführen lassen. Du erhältst besseres
Essen, ein ordentliches Bett und die Möglichkeit, jeden Tag heraus-
zukommen.«
Das genügte mir.
»General Marius ist dabei, ein Heer aufzustellen. Gewiss im Militär-
lager bei Capua. Die Senatoren schlagen die Wartezeit damit tot, sich
ihrer politischen Gegner zu entledigen. Der Senat würde nicht im
Traum daran denken, euch mit einem unterlegenen Heer anzugreifen,
so wie es Mutilus hofft. Wenn sie kommen, dann mit 50 000 Mann.«
Ein abgeklärter Ausdruck machte sich auf dem Gesicht des Marsers
breit. Er erhob sich langsam.
»Vielen Dank, Grieche.«
»Sag mir lieber, was du in Drusus' Haus gemacht hast, in jener Nacht,
als er starb?«
Über seine geschwungenen Lippen huschte ein unergründliches Lä-
cheln, während er mich anschaute. Er kam zu dem Schluss, dass er
mir ohne Risiko antworten konnte. Was könnte es schaden?
»Drusus hatte mir versprochen, mich Marius, Scaurus und Crassus
Orator vorzustellen. Ich kam an, während alle anderen auf dem Fo-

rum waren. Der Pförtner Petronius hatte den Befehl erhalten, mich hereinzulassen.«

»Was geschah, als Drusus heimkam?«

Der General der Marser legte den Kopf zur Seite. Diesmal dauerte sein Nachdenken länger als zuvor, es führte aber zum selben Ergebnis. »Ich wartete außer Sichtweite, wie abgesprochen. Die Gäste gingen ins Tablinum. Drusus blieb am Eingang mit seinen Klienten zurück. Ich hörte, wie die Eingangstür geschlossen wurde und Drusus Mutilus fortschickte. Danach klang es, als würde Drusus über irgendetwas mit einer Frau diskutieren. Plötzlich fing er zu schreien an. Die anderen kamen angelaufen und trugen ihn ins Tablinum. Als alle gegangen waren, sah ich, wie der Koch aus einem Vorratsraum im Atrium schlich.«

»Der Koch?« Ich durchforstete mein Gedächtnis und stieß auf das Bild eines Mannes, dessen Fettleibigkeit es schwer machte, sein Alter zu bestimmen. »Du meinst Marcus?«

»Er nahm den Vornamen Marcus nach seinem Herrn an, als er vor zwölf Jahren freigelassen wurde. In seiner Jugend hieß er Stercorius. Das ist immer noch sein Name.« Die schiefen Augen wurden zu schmalen Schlitzen.

»Stimmt etwas nicht? Du wirst blass.«

»Mir geht es gut. Erzähl weiter.«

»Es dauerte eine Ewigkeit, während Drusus schrie. Das ganze Haus war in Aufruhr. Als die Ärzte eintrafen, beruhigten sich die Dinge insoweit, dass ich mich hervorwagte. In diesem Moment kamen du und Petronius durch den Peristylgarten. Kurz danach holte mich Mutilus ab. Ich kletterte über die Loggia und die Felsen des Palatins hinunter, damit mich keiner sehen konnte.«

»Wann hast du das nächste Mal mit Mutilus gesprochen?«

»Als er hier ankam. Er erzählte von der Stimmung in Rom. Es wusste noch immer keiner, wer Drusus ermordet hatte.«

»Ist dir nie in den Sinn gekommen, dass es Mutilus selbst gewesen sein könnte?«

Silo starrte mich einen Augenblick lang an. Sein Lachen war kurz und heftig wie bei einem Hustenanfall. Er versicherte mir, dass Mutilus der Sache der Italer ebenso ergeben sei wie er selbst, und er im Übrigen kein Messer bei sich gehabt habe. Sein Aussehen sei abschreckend genug.

»Wenn Mutilus jemanden umbringen möchte, stirbt derjenige augenblicklich«, fuhr er fort. »Er schreit nicht stundenlang herum.«

Ein gelungener Schlusspunkt. Doch ich hatte einen besseren.

»Das Messer steckte in Drusus' Leiste, als ob er einen Angriff gegen sein Zwerchfell abwehren wollte. Sein Schrei ließ die Gäste ins Atrium laufen. Mutilus musste sich verstecken, und es gelang ihm nicht, Drusus den Todesstoß zu versetzen.«

Silo lachte nicht mehr. Er suchte jetzt nach einem Argument, das meine Theorie aushöhlen konnte.

»Weshalb sagte Drusus den Gästen nicht, dass er niedergestochen wurde?«

»Er war durch den Schmerz zu benebelt, um sprechen zu können.«

Tatsächlich dürfte Drusus eher durch das Gift geschwächt gewesen sein, das seinen Körper von innen her zerstörte, aber diesen Umstand behielt ich bis auf Weiteres für mich.

»Es gab zwei Zeugen des Attentats«, führte ich aus. »Den Pförtner Petronius, der sich in der Nähe befand, und den Koch Marcus Stercorius im Vorratsraum. Petronius flüchtete, versteckte sich und wurde nach dem Begräbnis von zwei Gladiatoren umgebracht. Mutilus hat möglicherweise immer noch Bekannte unter Roms Gladiatoren, er kann solch eine Aufgabe übertragen haben. Du warst der Einzige, der den Koch vom Tatort wegschleichen sah, aber du hast es Mutilus nicht erzählt. Nur deshalb ist Marcus Stercorius immer noch am Leben.«

»Welches Motiv sollte Mutilus gehabt haben?«, erkundigte sich Silo.

»Drusus war nahe dran, uns die Bürgerrechte zu verschaffen.«

»Das ist genau das Motiv. An jenem Nachmittag auf dem Forum, als Drusus seine Rede hielt, sah Mutilus ein, was Drusus von Anfang an gewusst haben dürfte: Das Gesetz über die Bürgerschaft würde in der Volksversammlung verabschiedet werden, trotz der Proteste des Senats. Wenn die Italer die Bürgerrechte erhielten, könnte Mutilus niemals Rache an Rom für die Erniedrigung seiner Familie nehmen. Du brauchst den Kopf nicht zu schütteln, Silo. Du weißt, wie sehr er die Römer hasst.«

Silo schnappte nach Luft.

»Mutilus würde niemals unser Vertrauen missbrauchen.«

»Er glaubt nicht, dass er euch hintergeht, vielmehr dass er euch davor bewahrt, Römer zu werden.«

Der Marser hämmerte gegen die Tür, um herausgelassen zu werden. Ich sprang auf und packte ihn.

»Frag Mutilus, was aus dem Brief mit Scaurus' Zusicherung der latinischen Bürgerrechte geworden ist. Er stahl ihn mir, um zu verhindern, dass ich ihn dem Rat zeigen konnte. Er hatte ihn dabei, als er mich hier besuchte. Er hat ihn gewiss immer noch.«

Das Lächeln des Marsergenerals hatte sich in eine hasserfüllte Grimasse verwandelt. Er drehte sich um, die geballte Faust gegen mein Gesicht erhoben.

In diesem Augenblick wurde die Tür hinter ihm geöffnet. Er besann sich und trat hinaus.

»Ich glaube deinen Lügen nicht«, sagte er. »Du sollst in deiner Zelle verrotten.«

V

Am Anfang sah es so aus, als würde ich erfrieren. Ohne den wollenen Reisemantel von Drusus hätte ich den Winter nicht überlebt.

Die Feuchtigkeit bildete eine kaum sichtbare Eisschicht auf dem Zellengewölbe. Wenn ich mich im Schlaf gegen die Wand lehnte, schaffte ich es morgens kaum, den Mantel von ihr abzuziehen.

Ich wurde es bald überdrüssig, weiter über den Mord zu grübeln. Es war eindeutig, dass Mutilus der Messerstecher war und Petronius auf sein Geheiß hin ermordet worden war. Ich hatte keine Möglichkeit, die Identität des Giftmörders herauszufinden, bevor ich nicht frei war. Stattdessen dachte ich an Servilia. Saß sie auf der Loggia und starrte auf die schneebedeckten Berge, oder war sie darüber erleichtert, durch eine glückliche Fügung einer Bekanntschaft entkommen zu sein, die ihr leicht hätte lästig werden können? Weinte sie sich jeden Abend in den Schlaf oder hatte sie bereits meine Existenz vergessen? Verfluchte sie mich dafür, dass ich sie enttäuscht hatte?

Dieser lange Winter im Gefängnis in Corfinium, mit solchen Fragen als einzigem Zeitvertreib, war die schwerste Prüfung in meinem Leben, trotz allem, was später geschehen sollte. Die Wache hatte offenbar den Befehl erhalten, meine Versuche, ein Gespräch anzufangen, abzuweisen. Ich war ohne jeden menschlichen Umgang. Von allem abgeschnitten und mutterseelenallein.

Einmal wurde mein Vater zu einer weiblichen Patientin gerufen, die durch ein Unglück vor vielen Jahren zu einer Invalidin geworden war. Die Familie führte ihn durch einen Garten zu einem Schuppen, der ein wenig abseits des Hauses lag.
Gelähmt wie sie war, konnte die Frau nicht verhindern, dass er eine Untersuchung vornahm. Aber sie warf ihren Kopf hin und her und versuchte, ihn gegen die Wand zu stoßen. Sie spuckte nach allen um sie herum. Ihr zahnloser Mund stieß einen unverständlichen Strom aus Flüchen hervor. Die lange Isolation hatte ihr den Verstand geraubt.
»Ich fragte die Familie, wie lange sie schon dort gelegen hatte«, erzählte er. »Nur ein halbes Dutzend Jahre, meinten sie. Dann fragte ich, wie sie sie pflegten. Sie sagten, dass sie jeden Abend eine Schale Suppe und eine Kanne Wasser erhalte. Keiner hatte seit dem Unglück mit ihr geredet.«
Vater hatte sich am Bart gekratzt und mit dem Kopf geschüttelt.
»Der Mensch ist ein soziales Wesen. Wir können es nicht verkraften, von unseren Mitmenschen abgeschnitten zu sein.«
In unzivilisierten Gesellschaften ist Gefangenschaft eine übliche Strafe, gewiss, weil Könige ihre Feinde gern leiden sehen. Rom bestraft nur Verbrecher mit Exil oder Tod. Enthauptung und Erhängen sind bestialische Strafen, aber sie sind rasch überstanden. Verräter, die über den Tarpejischen Felsen gestoßen werden, sterben sofort. Die Strafe für Vatermord, das schlimmste denkbare Verbrechen, besteht darin, ausgepeitscht und mit lebenden Schlangen in einen Sack eingenäht zu werden, und anschließend wird man in den Tiber geworfen, um zu ertrinken.
Der Gedanke, die persönliche Freiheit eines anderen Menschen ständig einzuschränken, ist viel zu grausam, als dass ihn ein Römer akzeptieren würde.
Vater räumte ein, dass das Einzige, was er für die Frau habe tun können, gewesen sei, ihr eine Überdosis Mohntinktur zu geben, damit sie einschlafen konnte.

»Wenn das Gemüt krank ist, können wir Ärzte nichts mehr ausrichten«, hatte er gesagt und sich mit dem Gesicht zur Wand auf seine Pritsche gelegt.

In meinen klaren Momenten begriff ich, was mein Vater gemeint hatte, doch das verhinderte nicht meinen geistigen Verfall. Der Kalender, den ich mithilfe der Gürtelschnalle in die Wand hinter meiner Pritsche kratzte, verlor allmählich seinen Sinn, und er war zum Schluss nur noch eine Ansammlung krakeliger Striche, die von einem verrückten, zerstörungswütigen Mann hineingeritzt worden waren. Der Mord an Drusus, die fürchterliche Nacht in dem Haus auf dem Palatin und das unwirklich erscheinende Begräbnis des Staatsmannes schienen sich langsam in ein Trugbild zu verwandeln, das ich mir selbst ausgedacht hatte, um mich zu unterhalten. Mein Bewusstsein, mein Zeitempfinden, meine Erinnerungen, alles, was mich einmal ausgemacht hatte, entglitt mir. Ich konnte all das ebenso wenig festhalten, wie wenn man versucht, mit seiner Hand Wasser zu umschließen.

Nach und nach blieb das vergitterte Viereck länger hell, die Perioden wurden kürzer, in denen die Zelle in einem undurchdringlichen Dunkel lag, und die Luft um mich herum fing zu schwirren an. Aus dem Ausfluss im Boden stiegen Schwärme von kleinen, gestreiften Mücken auf.

Tagsüber verhielten sich ihre winzigen Körper ruhig, als wären sie in ihrem Blutdurst erstarrt. Ich konnte sie mit meinem Daumen zerquetschen. Die Wände waren schon bald gescheckt wie ein Leopardenfell. Doch in der Dunkelheit steigerte sich ihr Schwirren zu einem gellenden Schreien. Ich lief in der Zelle umher, fuchtelte mit den Händen herum und zappelte mit den Beinen. Dennoch wachte ich jeden Morgen mit schmerzenden Beulen im Gesicht auf.

Im Laufe des Frühjahrs bekam ich noch andere Gesellschaft. Große, graublaue Kellerasseln wanderten behäbig über den Boden und hinterließen auf ihrem Weg eine feuchte Spur. Wenn das Essen durch die Luke in der Tür hindurchgeschoben wurde, musste ich umgehend und im Stehen essen, es sei denn, ich wollte die Mahlzeit mit Horden rotbrauner Kakerlaken teilen, die glänzten, als wären sie mit Fett eingerieben worden. Ich spürte nicht, wenn mich die Erdflöhe bissen, die den Boden in ein lebendiges Durcheinander von kleinen, roten Punkten verwandelten, doch die Stiche überall an meinem Körper juckten, als hätte man Nadelspitzen in sauren Wein getunkt.

Kurze schwülheiße Nächte wechselten sich mit langen stickigen Tagen ab. Ich schlief, wenn es am wärmsten war und der Aktivitätsgrad des Ungeziefers auf ein Minimum gefallen war. Nachts schwebte ich in einem Dämmerzustand und stellte mir vor, dass der Raum um mich herum von allen möglichen weiteren summenden, kriechenden und stinkenden Unwesen bevölkert wäre.

Meine Schlaflosigkeit ging in eine dauernde Lethargie über. Ich träumte, dass ich immun werden würde, wenn ich mich nur oft genug stechen ließe. Eines Morgens entdeckte ich, dass die Läuse – die einzigen Parasiten, die ich mit in die Zelle gebracht hatte – in stillem Protest über den Steinboden auswanderten. Da wusste ich, dass das Ende nahe war.

Am selben Tag, oder vielleicht einen Monat später, öffnete die Wache die Tür und schaute mich an.

»Bist du der Medicus?«, erkundigte er sich.

Ich setzte mich auf, betrachtete ihn mit brennenden Augen und nickte.

»Dann komm mit! Schnell.«

Ich erhob mich und schwankte über die Türschwelle. Mein Aufenthalt in der Zelle hatte etwas mehr als ein halbes Jahr gedauert.

VI

Silo lag auf einem Bett am Ende eines dunklen länglichen Raumes, der voll von verschwitzten Männern in Panzerhemden war. Er war nur mit einem Lendenschurz bekleidet und hatte einen blutigen Verband um seinen Leib, dort, wo er sich eine Verletzung zugezogen hatte.

»Das ist der Arzt«, sagte die Wache und zeigte auf mich.

Hieraufhin versuchte mich keiner daran zu hindern, Silo zu untersuchen, obwohl auf meinen Fingern verkrusteter Dreck saß. Die monatelange Apathie verpuffte in dem Augenblick, als ich die armlange Wunde mit den trockenen, dunklen Rändern sah, die sich allem Anschein nach noch nicht zu einem Wundbrand ausgeweitet hatte.

Hippokrates schrieb, dass eine offene Wunde nicht verbunden werden dürfe. Sie solle sauber gehalten werden, Licht und Luft bekommen, und sie solle von Körperflüssigkeiten gereinigt werden. Mein Vater war in diesem Punkt nicht unbedingt einer Meinung mit dem großen Meister.

»Hippokrates hat Recht damit, wenn es sich um Schrammen und kleine Verletzungen an Armen und Beinen handelt«, hatte mein Vater gesagt.

»Aber bei größeren Wunden von Messern oder Schwertern kann der Lebensgeist eines Menschen entweichen. Das Beste, was wir bei solchen Gelegenheiten tun können, ist, die Wunde zu reinigen und zuzunähen.«

»Bringt mir ein Skalpell«, sagte ich. »Viel sauberen Stoff, eine Nadel, eine Handvoll Pferdehaar. Und einen Waschzuber mit warmem Essigwasser gefüllt.«

Als der Kübel gebracht wurde, zog ich die verschmutzte Tunika über meinen Kopf, tauchte ins Wasser ein und sah dem Todeskampf meiner Parasiten zu. Danach ließ ich mich rasieren und kahl scheren. Es galt, die Vorteile auszunutzen, die mir mein vorübergehender Status verlieh.

Das Skalpell hielt ich kurz in die Flamme der Feuerstelle.

»Die Überlebenschancen des Patienten verbessern sich, wenn das Werkzeug des Arztes von Vulcanus gesegnet wird«, hatte mein Vater gesagt. Da mein eigenes Leben von dem Verlauf der Operation abhing, griff ich gern auf diesen Aberglauben zurück, um die Klinge vorzubereiten.

Selbst ein bewusstloser Patient kann zucken oder sogar zappeln, weshalb man sich immer eines kräftigen Helfers versichern sollte, der den Körper auf dem Operationstisch festhält. Ich schickte alle nach draußen, mit Ausnahme eines Mannes, der sich im Rat dafür ausgesprochen hatte Scaurus' Angebot anzuhören.

»Wie verläuft der Krieg?«, erkundigte ich mich bei meinem Helfer. »Ich bin seit Herbst verhindert gewesen, also gib mir eine kurze Zusammenfassung.«

Er zögerte, doch als ich anfing, die Wundränder meines Patienten zu reinigen, strömten die Worte aus meinem Helfer heraus, als würde er sich vorstellen, ich setzte ihn der gleichen Behandlung aus, wenn er schweigen würde.

»Sowohl wir als auch die Römer verhielten uns die meiste Zeit des Winters ruhig. Doch dann geschah im Februar das Massaker von Asculum.«

»Welches Massaker?«

Ich herrschte ihn an: »Halt das Bein des Patienten fest!«

»Die Leute von Asculum machten einen Aufstand und töteten alle römischen Bürger der Stadt. Das löste in fast ganz Italien eine Revolte aus. Doch Silo und der General der Samniten, Mutilus, wurden, man weiß nicht wodurch, zu Feinden. Sie weigerten sich beide, dem jeweils anderen die Führung zu überlassen. Wir hätten keinen gemeinsamen Angriff beginnen können. Daher ruht der Krieg.«

Ich fädelte das Pferdehaar in eine Nadel ein und konzentrierte mich auf den Patienten.

Obwohl er immer noch schwach war, konnte sich mein Patient zehn Tage später aufsetzen und Nahrung zu sich nehmen. Ich überzeugte mich selbst davon, als man mich aus meinem behaglichen Zimmer, das nun mein neuer Aufenthaltsort geworden war, herbeirief. Silo wich meinem Blick aus.

»Ich bin ungerecht gewesen«, fing er an.

Als Nächstes würde eine Entschuldigung für meine lange Gefangenschaft folgen.

Doch ich war mehr daran interessiert, jene Möglichkeiten zu nutzen, die mir sein schlechtes Gewissen bot.

»Erzähl mir, woher du Drusus kanntest«, unterbrach ich ihn.

Silo, der über diesen Aufschub erleichtert war, erzählte, dass er Drusus bereits als Kind begegnet sei. Die Anführer der Marser hätten viele Generationen lang ihre Söhne nach Rom geschickt, um sie erziehen zu lassen. Er selbst habe acht Jahre lang bei der Liviusfamilie gelebt, und der gleichaltrige Drusus sei wie ein großer Bruder für ihn gewesen.

»Und doch forderst du jetzt Rom heraus?«

Silo protestierte wie ein Schlafender, den man fest in die Seite gestoßen hatte. Für die meisten Römer seien die Marser doch nur Futter auf dem Schlachtfeld, ohne Anteil an der Beute, ohne Rechte, ohne Einfluss und ohne Stimmrecht.

»Es war Drusus, der mich auf diese Ungerechtigkeiten aufmerksam machte«, schloss er.

»Woher kam Drusus' Einstellung? War sein Vater nicht äußerst konservativ?«

»Drusus kam mehr nach der Familie seiner Mutter. Er bewunderte sie. Und sie war eine Aufrührerin.«

»Dann kennst du also auch Aemilia?«

Silo zog seinen Mund zusammen und schaute weg. Es war nicht nur Drusus, zu dem er ein enges Verhältnis gehabt hatte.

Ein Kind, das von seiner Mutter getrennt wurde, um bei Fremden zu leben, bindet sich instinktiv an den Ersten, der ihm Freundlichkeit entgegenbringt.

»Sie ist ein zänkisches Weib«, sagte ich.

»Unsinn! Sie ist eine fantastische Frau. Doch eines Tages war sie weg. Drusus' Vater ließ sich scheiden, weil sie einen Liebhaber hatte. Als ob nicht alle Patrizierinnen einen Verehrer hätten. Später hörte ich, dass sie einen Sohn bekommen hatte, Mamercus. Ich bin ihm später begegnet, aber wir wurden nie Freunde.«

»Lastete der Verlust seiner Mutter schwer auf Drusus?«

»Drusus war Stoiker. Er legte Wert darauf, seine Gefühle nicht zu zeigen. Doch selbstverständlich machte ihn das traurig. Er wurde immer verschlossener. Auf der anderen Seite gab es uns neue Möglichkeiten. Wir konnten unsere Kameraden nach Hause einladen, da Drusus' Vater selten daheim war. Wir Kinder hatten das Haus für uns allein. Drusus stellte mich allen adligen Kindern der Stadt vor.«

»Es dürfte nicht leicht sein«, bemerkte ich, »in einen Krieg gegen die Kameraden der Kindheit zu ziehen.«

Silo war niemals ein Gladiator gewesen. Es kümmerte ihn nicht, seine Gefühle zu zeigen.

»Es kann notwendig sein, ihnen die Augen zu öffnen. Ich hoffe immer noch, dass sie zur Vernunft kommen. Dass sie unsere Situation auf die gleiche Weise wie Drusus sehen.« Er zwang sich, zu dem ursprünglichen Zweck des Gesprächs zurückzukehren. »Du hattest Recht in Hinblick auf Mutilus. Er hinterging mich. Er hinterging uns alle. Ich konnte es nicht glauben, doch ich suchte ihn trotzdem auf. Er lag mit seinem Heer vor Marruvium. Ich suchte in seinem Feldherrnzelt nach dem Schreiben, während er draußen war. Ich entdeckte das Dokument, von dem du sprachst.«

Ich wartete schweigend ab, bis er von selbst fortfuhr.

»Mutilus gab es zu. Aber er leugnete, Drusus ermordet zu haben. Als ich ihm schließlich erzählte, dass es einen Zeugen gab, wurde er wütend und bezichtigte mich der Lüge. Danach hatte ich keine andere Wahl, als ihm das Kommando über die Truppen der Marser zu entziehen.«

Schließlich gelang es Silo, eine Art von Entschuldigung zu artikulieren, die in seiner Selbstachtung keine bleibenden Schäden zurückließ.

»Mir tut es leid, dass ich dich gefangen hielt. Aber du *bist* ein Spion.«

»Ich bin ein Bote des Senats von Rom«, entgegnete ich. »Und du kannst mir immer noch gestatten auszuführen, was mein Auftrag ist: Lass mich eine Botschaft überbringen.«

»Worüber?«

»Darüber, dass ihr verhandeln wollt. Ich kann Scaurus die Umstände erklären. Und er kann sie dem Senat erläutern.«

Es war nun an der Zeit, Silo von dem Gift zu erzählen, das Drusus' Leben nahm, wo das Messerattentat versagt hatte. Sein Gesicht hellte sich zu einem Lächeln auf, das vor Erleichterung und Freude reichlich breit ausfiel.

»Dann ist Mutilus also unschuldig?«

»Nein, doch jemand anderes kam ihm zuvor. Ich habe jedoch keine Möglichkeit, den Betreffenden zu überführen, bevor ich wieder in Rom bin.«

VII

An einem Abhang mit Blick auf den Fucinersee, ein paar Meilen den gewundenen Weg nach Alba Fucentia hinauf, türmte sich ein Leichenberg auf.

Raben und Geier kreisten krächzend in der Abendsonne und genossen den süßlichen Verwesungsgestank.

Die Kolonie war geplündert und niedergebrannt worden. Es waren nur verkohlte Ruinen übrig. Gemeinsam mit dem Späher der Päligner, den ich als Eskorte erhalten hatte, ritt ich über die Reste des Marktplatzes, wo ein Fischer im Schatten in der Hocke saß. Ich erkannte den Betrüger mit dem krummen Rücken wieder, der mich über den See gesegelt hatte, und fragte ihn, was geschehen war.

»Krieg«, sagte er und zuckte mit den Schultern. »Hier gibt es nichts mehr zu holen. Ich trockne nur meine Netze hier oben. Sonst werden sie gestohlen. Die Felder sind verwüstet. Die Leute hungern.«

»Ist der Fang immer noch so gering?«

»Ich kann nicht klagen. Vielleicht sind die Herren an einem Handel interessiert?«

Wir schlugen unser Lager in einer Ruine auf und bereiteten den teuersten Fisch zu, den ich jemals in meinem Leben gekauft hatte. Bevor wir uns zur Ruhe begaben, fragte ich den Päligner, ob er mich immer noch nach Rom begleiten wolle.

»Nicht auf der Römerstraße«, antwortete er und fiel in Schlaf.

Anderntags nahmen wir einen langen Umweg über schmale Trampelpfade durch unwegsame Berge, durch tiefe, einsame Täler und eiskalte Flüsse, bis der Päligner am Abend des dritten Tages vom Pferd hinuntersprang, auf allen vieren zu einem Pfad kroch, sich hinter einem großen Stein verbarg und über eine Felskante spähte. Ich stieg ab und folgte ihm.

»Was ist los?«, konnte ich noch fragen, bevor er mich zu Boden zog. Das enge Tal wurde durch einen Fluss durchschnitten. Am jenseitigen Ufer hatte ein Heer sein Lager aufgeschlagen, das sich über das unebene Gelände ausbreitete.

Die Soldaten, die wie Mücken umherschwirrten, trugen entrindete Baumstämme vom Waldrand zum Fluss, wo eine Pfahlbrücke allmählich Gestalt annahm.

»Wer sind die?«, wollte ich wissen.

»Römer«, antwortete mein Reisegefährte, lief zu seinem Pferd zurück und galoppierte davon.

Ich blieb hinter dem Stein sitzen und beobachtete die Arbeit im Tal bis weit in den Abend hinein. Schließlich war ich davon überzeugt, dass der Päligner Recht gehabt hatte. Früh am nächsten Morgen wagte ich mich ins Tal hinunter und ritt langsam auf die halb fertiggestellte Brücke zu.

»Ich bin ein Bote mit einer wichtigen Nachricht für Scaurus und den Senat in Rom«, rief ich und winkte mit dem Geleitbrief von Marius.

»Mein Name ist Valerius Messala«, sagte ein breitschultriger Mann, der über seinem Panzerhemd die rote Tunika eines Legaten trug. Er warf einen Blick auf das Schreiben.

»Es ist über ein halbes Jahr alt.«

»Ich bin von den Marsern gefangen genommen worden.«

»In diesem Krieg macht niemand Gefangene.«

Er führte mich über die halb fertige Brücke und durch das Lager zum Zelt des Heerführers. Überall herrschte eine fieberhafte Unruhe wie in einer Schafherde, die einen Wolf gewittert hat.

»Warum errichtet ihr hier eine Brücke?«, fragte ich den Legaten Messala.

»Das hat uns Konsul Lupus nicht verraten.«

»Ist einer der Konsuln hier? Das wäre ein Glück.«

»Je nachdem, wie man's nimmt.«

Der Legat machte vor einer Anhöhe Halt, auf der ein großes, viereckiges Zelt stand. Ein Sklave lief hinein und meldete meine Ankunft. Der Konsul schlug die Stoffbahnen am Eingang des Zelts zur Seite. Er war ein kleiner Mann mit O-Beinen, einer großen Nase und dunklen Augen, die aus tiefen Höhlen unterhalb der Stirn hervorragten. Er trug eine purpurfarbene Toga und einen silbernen Brustharnisch mit einem eingearbeiteten Goldmuster, das einen Wolf im Sprung darstellte.

Ich berichtete, dass ich vom Senatsvorsitzenden Scaurus ausgesandt worden sei.

»Wenn dich Scaurus geschickt hat«, erwiderte der Konsul, »warum hast du dann ein Geleitschreiben von Marius dabei?«

Ich erklärte, dass mich Scaurus und Marius gemeinsam losgeschickt hätten, und dass ich bei den Marsern in Corfinium gefangen genommen worden sei.

»Ich habe dort eine Vereinbarung mit Silo, dem Anführer der Marser, ausgehandelt, als Antwort auf Scaurus' Angebot, den Italern latinische Bürgerrechte zu geben …«

»Von solch einem Angebot habe ich nichts gehört.«

»Das war geheim, aber …«

»Bist du denn Römer?«

Die Frage des Konsuls traf mich wie ein Schwerthieb.

»Mein Vater war Makedonier.«

Lupus zwinkerte Messala zu. Dem Legaten entwich ein kaum hörbarer Seufzer.

»Du willst mir also glauben machen, dass ein Grieche, der in einer Stadt der Päligner in marsischer Gefangenschaft gesessen hat, eine Antwort auf das Angebot vom Senatsvorsitzenden an die Feinde Roms dabei hat, ihnen Rechte zu gewähren, die der Senat ihnen niemals zubilligen würde? Und dieser Bote befindet sich zufälligerweise hier, tief im Feindesland, allein und auf einem Weg weit entfernt von Rom?«

Es war nicht ungefährlich, gegenüber einem römischen Konsul respektlos aufzutreten. Ich bemühte mich, meine Erregung zu unterdrücken, obwohl das Blut in meinen Schläfen pochte.

»Das ist korrekt«, sagte ich. »Ich bin außerdem der Einzige, der aufklären kann, wer hinter dem Mord am Volkstribun Drusus steckt. Daher möchte ich dich darum bitten, mich umgehend weiterziehen zu lassen, anstatt mich hier in deinem dreckigen und unbefestigten Lager aufzuhalten.«

Lupus verschwand wortlos durch den Eingang des Zeltes. Messala und ich tauschten Blicke aus, während ich im Stillen mein hitziges Temperament verfluchte und anfing, mir eine Entschuldigung zurechtzulegen. Kurz danach steckte der Konsul seinen Kopf heraus.

»Legat, leg den Gefangenen in Eisen. Ich möchte ihn selbst verhören.«

Ich protestierte, doch Messala führte mich ab. Die Soldaten und Sklaven wichen zur Seite mit einem Blick in ihren Augen, der dem von Schweinen glich, die auf ihrem Weg zum Schlachter Blut gewittert hatten. Ich wurde zur Schmiede des Lagers gebracht, einem tragbaren Kohleofen in einer Schlammpfütze unter einem Unterstand. Zwei Legionäre packten meine Arme, während ein Schmied mit schwermütigem Gesichtsausdruck Eisenringe um meine Handgelenke legte.

»Der Konsul begeht einen großen Fehler«, sagte ich zu Messala und versuchte, meine Stimme zu beherrschen. »Die Nachricht, die ich bei mir habe, könnte den Krieg beenden.«

Der Legat nahm das Schreiben von Silo aus der Hülle und studierte es. Der Schmied schlug die glühenden Nägel durch die Löcher der Armfesseln. Die Schläge hallten von den Berghängen wider. Die Legionäre, die mit den Holzstämmen in Richtung Flussufer vorbeiliefen, fuhren bei jedem Hammerschlag zusammen.

»Lupus ist hier, um Ehre auf dem Schlachtfeld zu gewinnen«, sagte Messala schließlich. »Ein Friedensangebot würde ihm schlecht passen. Ich werde dafür sorgen, dass es Marius erhält.«

»Ist General Marius hier?« Mir wurde schwindlig vor Erleichterung.

»Er liegt mit zwei Legionen bei einer Steinbrücke weiter unten am Fluss. Die Marser halten das andere Ufer. Lupus hat vor, den Fluss zu überqueren und dem Feind in den Rücken zu fallen.«

»Du sagtest doch, dass euch der Konsul nichts über den Zweck der Brücke verraten hat?«

»Zumindest vermutet das jeder hier«, seufzte er.

Als der Schmied fertig war, brachte mich Messala zurück zum Feldherrnzelt. Dort befestigte der Legat meine Füße an einem kräftigen Holzbalken, der zwischen zwei Zeltpfeilern angebracht war.

»Widersprich ihm nicht. Dann ist es leichter«, flüsterte er mir zu.

Ein Diener zog einen Vorhang zur Seite und gab das restliche Innere des Zeltes preis. Konsul Lupus stand in der Mitte des Bodens. Vor ihm lagen in einem Kohlenbecken eine Zange, eine Ahle, sowie verschiedene andere Werkzeuge, die alle rot glühende Spitzen hatten.

Hinter dem Konsul stand ein kleiner, sehniger Mann mit einem Gesicht eines Wiesels.

VIII

»Varius?«, rief ich aus. »Was machst du hier?«

»Ich kam aus Rom als Bote hierher«, antwortete Varius. »Ich war dabei, mich für die Rückreise bereit zu machen, und plötzlich tauchst du auf und fängst an, über Mitteilungen von Scaurus und den Giftmord an Drusus zu reden. Was soll man mit so jemandem wie dir anstellen? Ich werde dem Konsul vorschlagen, dich festzusetzen.«

Ich spürte, wie sich der Angstschweiß auf meinem Rücken ausbreitete, doch es gab keinen Grund, Varius einzuweihen. Dann lieber seine Redseligkeit ausnutzen.

»Da du weißt, dass Drusus mit Gift umgebracht wurde, dürftest du ein Teil des Komplotts sein. Ich habe nichts davon gesagt, dass er vergiftet wurde.«

Varius flüsterte Lupus kurz etwas ins Ohr und beugte sich dann über mich.

»Ich kann kaum ein Wort sagen, ohne dass mich dein Scharfsinn unerwartet trifft. Müsste ich nicht nach Rom zurück, gefiele es mir, hier zu bleiben und zuzusehen, wie du es durch die Nacht schaffst.«

»Du bist bloß ein Werkzeug deines Herrn Philippus.«

»Philippus?« Das spitze Gesicht verzog sich hasserfüllt. »Erwähne bloß Philippus mir gegenüber nicht. Ich habe mehr als zehn Jahre die Drecksarbeit für den Schuft gemacht. Und dann lässt er mich im Stich, als mich Scaurus des Verrats anklagte.«

»Ich habe gehört, dass du die gleiche Anklage gegen den Senatsvorsitzenden gerichtet hattest.«

»Das war auch der Einfall von Philippus. Zu diesem Zweck macht er mich zum Volkstribun. Aber er muss gewusst haben, dass es ein Risiko gab. Daher überließ er es mir, sodass er nichts damit zu tun hat, falls es einen Rückschlag gäbe. Jetzt wurde ich ins Exil geschickt und Philippus tut, als hätte es mich nie gegeben. Nach allem, was ich für ihn getan habe. Mein neuer Patron verspricht mir, mir bei seiner Vernichtung zu helfen, daher tue ich ihr auch gern den Gefallen, dich aus dem Weg zu räumen. Jetzt, da du wider Erwarten am Leben bist.«

»Dein neuer Patron ist eine Frau? Ich nehme an, sie ist reich, damit es sich für dich lohnt, ihr zu dienen?«

Varius knirschte mit den Zähnen, da er sich abermals verplaudert hatte.

»Du bist zu gerissen für mich. Ich überlasse dich getrost der Obhut des Konsuls. Ich bin ja selbst nur, wie du sagst, ein Werkzeug. Ich werde an dich denken, während ich nach Rom reite. Pace.«

Ich schaute wieder Lupus an, der mit verschränkten Armen zur Zeltöffnung schaute, durch die Varius entschwunden war.

»Konsul, du darfst nicht glauben, was dieser Schurke …«

»Soll ich eher dir glauben«, unterbrach mich Lupus, »der zugibt, mit dem Marsergeneral konspiriert zu haben?«

»Ich habe mit ihm verhandelt, nicht konspi…«

»Das ist dasselbe, wenn es sich um einen von Roms gefährlichsten Feinden handelt, du Spion.«

»Ich bin kein …«

»Ihr Griechen seid ein Volk von Schmarotzern und Verlierern, die sich schon längst gegenseitig ausgerottet hätten, wenn wir Römer euch nicht von euch selbst befreit hätten.«

»Rom verdankt den Griechen mehr, als wir euch verdanken …«

Weiter kam ich nicht, denn Lupus' unangenehme Angewohnheit zu unterbrechen, manifestierte sich in körperlicher Form. Der erste Schlag traf mich am Sternum und trieb die Luft aus meinen Lungen. Der zweite schoss gegen meine Nieren, während ich auf der Seite lag und japste. Ein heller Blitz schoss durch mein Rückgrat und explodierte in meinem Hinterkopf. Die Geschäftigkeit des Militärlagers außerhalb des Zeltes drang gedämpft in meine Ohren, als würden Wollknäuel in ihnen stecken.

»Du bist genauso unverschämt, wie es Varius gesagt hat«, hörte ich Lupus sagen. »Was meinst du, Cestius?«

»Glühendes Eisen, Dominus?«, erkundigte sich der Sklave.

Ich kümmerte mich nicht mehr länger um die Wendung, die das Gespräch genommen hatte.

»Was hat dir Varius über mich erzählt?«, stöhnte ich.

»Ich bin hier derjenige, der Fragen stellt, Grieche. Was hat man dir für den Verrat an Rom versprochen?«

»Was erhältst du selbst, wenn du dem kleinen Wiesel gehorchst?«

Mit zwei Schritten war Lupus über mir. Die rechte Seite meines Brustkorbs tobte in solch einem unbeschreiblichen Schmerz, dass noch heute meine Hände bei dem Gedanken daran zittern. Die Schreie, die ich ausstieß, hätten sich in den täglichen Verrichtungen in Lupus' Lager verloren, wären da nicht die erschrockenen Blicke der Legionäre gewesen.

Der nackte Fuß des Konsuls auf meiner Kehle erstickte meine Stimme und betäubte meine Sinne. Die Welt um mich herum wurde warm, ruhig und rot wie Blut, doch ich war kaum mehr als einige wenige Augenblicke bewusstlos. Das erste, was ich sah, als ich erwachte, war Lupus an seinem Kohlenbecken. Er betrachtete meine Brustwarze. Langsam legte er die Zange ins Feuer zurück, während das kleine Körperteil zischte und zu einem dunklen Kohleklumpen verglühte.

IX

»Die meisten Menschen fürchten den Schmerz mehr als den Tod«, sagte Lupus. »Du bist offensichtlich aus anderem Holz geschnitzt. Ich sollte mir größere Mühe geben.«

Sein Lächeln gab eine Reihe kleiner, spitzer Zähne frei.

»Entgegen dem, was die Leute glauben, bringt Folter keine Wahrheit hervor. Wenn man einen Mann lange genug misshandelt, gibt er alles Mögliche zu. Ich bin nicht auf ein Geständnis aus. Ich will eine Reaktion bekommen.«

Lupus nahm aus der Auswahl im Kohlenbecken ein eigenartiges Gerät heraus. Am Ende einer Stange, die mit einem Scharnier auf einer länglichen Holzplatte befestigt war, glühte ein dünnes Schermesser.

»Cestius, setz dich auf seine Arme. Es nutzt nichts, Widerstand zu leisten, Grieche. Der Finger wird durch diese zwei Ringe hier gesteckt. Wenn er darin steckt, legt man das Messer zurecht und drückt zu. Genau so!«

Es fühlte sich an, als würde mein linker Arm verbrennen. Diesmal behielt ich das Bewusstsein, obwohl ich gern um den Anblick von Lupus herumgekommen wäre, der sich herunterbeugte und mir meinen kleinen Finger vors Gesicht hielt.

»Da war sie«, sagte er erleichtert, als hätte ich ihn von einer Verstopfung befreit. »Diese Reaktion, von der ich sprach. Weißt du tatsächlich, wie es sich anfühlt, die pure, namenlose Angst in den Augen eines anderen Mannes zu beobachten? Das ist herrlich, das kann ich dir sagen.«

Es gab keinen Zweifel, dass er wusste, wovon er sprach. Der Konsul setzte sich auf einen Stuhl und lächelte mich an.

Ich starrte auf meine Hand. Das glühende Messer hatte die Blutgefäße verödet, sodass sie nur noch eine schwarzverbrannte Fläche bildeten, wo der Finger gesessen hatte. Ich sah zu ihm auf in stummer Raserei.

»Ja, die Angst ist kurzlebig«, sagte er. »Jetzt bist du voller Hass. Aber später, wenn dir nach und nach die einzelnen Glieder abgetrennt werden, wirst du aufgeben. Zum Schluss wirst du noch nicht einmal den Schmerz spüren. Wer weiß, vielleicht lass ich dich leben, wenn ich dir nichts mehr abschneiden kann. Das wäre wahrhaftig ein Grauen, nicht wahr?«

Mir wurde bewusst, dass Lupus allen Ernstes daran gedacht hatte, mir ein Glied nach dem anderen abzuschneiden. Er wollte mich in einen hilflosen Krüppel verwandeln, einzig, um das Gefühl der Macht auszukosten, das ihm die Angst in meinen Augen verlieh. Er griff nach einer kurzen Ahle und betrachtete ihre rot glühende Spitze.

»Hast du jemals gesehen, wie die Flüssigkeit eines verletzten Auges die Wange hinabgeflossen ist? Ich habe leider keinen Spiegel, aber sei beruhigt. Du wirst es noch zu spüren bekommen.«

Mein Körper fing unkontrolliert zu zittern an, als er sich näherte. Ich bin mir ganz sicher, dass er mir das Auge ausgestochen hätte, wenn nicht Messala hereingestürzt wäre und gemeldet hätte, dass die Brücke fertig errichtet worden sei und das Heer bereitstünde, den Fluss zu überqueren. Der Konsul schmiss die Ahle weg. Er lief einen Augenblick lang unschlüssig im Zelt herum.

»Gut. Baut das Lager ab. Wir überqueren sofort den Fluss.« Er beugte sich über mich. »Freu dich nicht zu früh, Grieche. Wir zwei machen später weiter.«

X

Ein Heer aus zwei römischen Legionen besteht aus 10 000 Mann. Dazu kommt noch der übrige Tross – persönliche Sklaven der Offiziere, Fuhrmänner, Schmiede, Zimmerleute, Köche und Huren – der in diesem Fall ebenso groß wie das Heer war. Es war eine logistische Herausforderung, so viele Menschen über eine Brücke zu befördern, die kaum breit genug war, um sechs Mann Schulter an Schulter Platz zu bieten. Kurz vor Einbruch der Dunkelheit überquerte der Konsul als Erster den Fluss. Als der Morgen anbrach und die Dunkelheit über die Berggipfel trieb, schwangen die Fuhrleute die Peitschen über die Nacken der Ochsen. Der nächtliche Sturzbach hatte sich bereits in einen ruhigen Nieselregen verwandelt.

Ich versank immer wieder in Bewusstlosigkeit, wurde aber durch einen plötzlichen Ruck geweckt, als sich der Karren in Bewegung setzte. Ich saß in einem Verschlag, umgeben von Lupus' übriger Habe, während wir über die Brücke fuhren. Von dort aus hatte ich eine glänzende Aussicht über die Ebene auf der gegenüberliegenden Seite des Flusses. Ich konnte die Legionäre planlos durcheinanderlaufen sehen, während sich die Zenturionen bemühten, Ordnung zu schaffen. Ich sah, wie Lupus die Überquerung der Zivilisten steuerte, ohne sich im Geringsten um sein Heer zu kümmern. Und ich konnte die Übermacht der marsischen Soldaten erkennen, die wie eine Flutwelle aus einer Schlucht herabstürzten und über die Ebene vorrückten.

Ich wünschte, ich könnte erzählen, dass der Unmensch Lupus unter Qualen starb, die schlimmer als diejenigen waren, die er gewiss noch unzähligen anderen als mir zugefügt hatte. Doch er stand mit dem Rücken zum Feind und bemerkte den Angriff erst, als die Wurfspeere um ihn herum niederzuregnen begannen. Als er sich umdrehte, wurde er im Gesicht getroffen. Die Speerspitze drückte seine Stirn ein und blieb im obersten Halswirbel stecken. Durch den Aufprall spritzte seine Hirnmasse auf die Umstehenden wie aus einem Springbrunnen. Der Konsul war auf der Stelle tot.

Das führerlose Heer wurde von dem Reiterheer der Marser umzingelt. Viele der Legionäre waren wehrlos, da sie ihre Waffen und Schilde auf den Karren verstaut hatten. Sie liefen davon, um wieder über die Brücke zu gelangen. Ein Pfeilregen der marsischen Bogenschützen, die auf den Hügeln oberhalb der Ebene Aufstellung genommen hatten, ließ sie zu Boden fallen wie Spatzen bei einem Hagelschauer. Für die wenigen, die immer noch Waffen trugen, war es unmöglich, sich mitten in dieser Verwirrung zu verteidigen. Schon bald nahmen die Römer Reißaus in Richtung eines Abhangs, der am südlichen Ende der Ebene lag.

Das Reiterheer der Marser überließ es dem Fußvolk, das Massaker zu vollenden, und stürzte sich stattdessen auf den Begleittross. Ich duckte mich in meinem Verschlag, während sie über die Brücke donnerten. Unter den hintersten Reitern erblickte ich den Späher der Päligner.

Ich rief und winkte ihm zu, um seine Aufmerksamkeit auf mich zu ziehen. Er starrte mich in einem besinnungslosen Blutrausch an, trieb sein Pferd herum und schlug immer wieder gegen die Gitterstäbe, die Holzsplitter flogen mir um die Ohren, ich bettelte um Gnade, er zog mich aus dem Verschlag heraus. Ich schien eine Ewigkeit lang durch die Luft zu fliegen.

Das Gefühl des freien Falls ist eines meiner frühesten Erinnerungen.

Ein Mann überprüfte jedes Frühjahr die Terrakottaziegel auf dem Dach des Atriums. Seine angelehnte Leiter stellte eine unwiderstehliche Verlockung für mich dar. Ich vermutete dort oben eine Welt, die nicht von den Räumen eines Hauses begrenzt war, eine neue Perspektive. Zum ersten Mal sah ich das Mosaik des Wasserbeckens mit der Eroberung Karthagos ohne die perspektivische Verzerrung, die meine bescheidene Höhe normalerweise mit sich brachte. Der mit einem Helm ausgestattete Held Tiberius Gracchus schwang sein Schwert und trennte einen Arm vom Körper seines Gegners ab, dessen Blut aus unzähligen rotglasierten Mosaiksteinen gebildet wurde.

Ich drehte mich um und entdeckte die Stadt jenseits des Dachs. Rotbraun und grau lag sie da, über die sieben Hügel ausgebreitet wie ein gigantischer Kuhfladen zwischen Grasbüscheln. Überall um mich herum breitete sich ein Wirrwarr aus Gebäuden aus, große und kleine, hohe und dazwischen niedrige. Oben auf einem Hügel lag ein Tempel, um dessen Sockel hunderte winzig kleiner Gestalten herumschwirrten. Ein Schwarm Tauben stieg von einem Dach auf und bildete eine Wolke aus Flügeln und kleinen, graublauen Körpern. Mein Blick folgte ihnen durch den Himmel, ich legte den Hals zurück und verlor das Gleichgewicht. Wir schwebten gemeinsam, in einer Wolke völliger Freiheit und vollkommenem Glücks. Die Erfahrung eines ganzen Lebens steckte in diesem scheinbar unendlichen Augenblick, bevor ich auf den Fliesenboden des Atriums fiel. Der Aufprall betäubte mich, presste die Luft aus mir heraus, anstatt mich zu verletzen.

Vater kam angelaufen. Sein von Angst verzerrtes Gesicht tat mir mehr weh als der Schmerz.

Mit einem Schlag prallte der Verschlag gegen die Planken der Brücke und zerbarst. Die Fesseln zwischen meinen hochgehobenen Handgelenken hinderten den Päligner daran, meinen Kopf zu zerschmettern, die Vorwärtsbewegung des Schwertes endete in dem durchdringenden Geräusch von Metall auf Metall. Das Pferd wieherte, bäumte sich auf, verlor das Gleichgewicht und riss uns beide mit in den Fluss.

Ein Schwarm aus Luftblasen umgab uns, und das eiskalte Wasser versetzte meinen frischen Verletzungen Millionen winziger Nadelstiche. Zufällig streifte meine unverletzte Hand die Ohren des Pferdes, ich griff nach seiner Mähne, während der Päligner den Schweif zu fassen bekam. Ich drehte mich um und bemerkte in seinen Augen einen Hauch von Wiedererkennen. In diesem Augenblick traf ihn ein Huf an der Stirn. Er sank in die Tiefe mit einer undeutlichen Blutspur, die er hinter sich herzog.

Das Pferd gelangte an die Oberfläche. Mit mir im Schlepptau begann es, an das nächstgelegene Ufer zu schwimmen – zur Böschung hin, von der immer noch die Römer durch den Druck der Marser in den Fluss stürzten. Ein Gewirr aus Armen peitschte das Wasser auf. Zwischen den steilen Ufern dröhnte ein unaufhörliches, kollektives Angstgeschrei. Die Männer stürzten sich auf das Pferd, das unter ihrer Last versank, wie Verhungernde auf einen Laib Brot, in ihren angstverschleierten Augen konnte ich das ganze Ausmaß der Tragödie ablesen: Sie alle waren unter den Ärmsten Roms rekrutiert worden, und wie echte römische Plebejer hatte keiner von ihnen schwimmen gelernt.

Mit aneinandergefesselten Händen strampelte ich durchs Wasser und kämpfte mich langsam von den verzweifelten Männern weg. Die Leiche eines Legionärs mit einem Pfeil zwischen seinen Augen trieb an mir vorbei, ich klammerte mich an seinem Gürtel fest, und der Strom führte mich allmählich fort. Die Toten schaukelten auf den Wellen auf und nieder wie ein Holzfloß auf seinem Weg zum Hades.

Ich folgte der Fahrt der Leichen durch den grauen Morgen. In meinem Dämmerzustand nahm ich nur noch den Schmerz wahr, bis sich der Fluss zwischen den steilen Felshängen zu verengen begann. Die Strömung wurde stärker, die Körper schoben sich ungeduldig nach vorne, während in der Ferne eine Steinbrücke auftauchte. An den Brückenpfeilern bildeten die Menschenleiber eine Sperre, und auf der Brücke liefen Gestalten herum, die wild gestikulierten und sich gegenseitig etwas zuriefen.

Ich ließ mich zwischen die Toten sinken, als ich eine polternde Stimme hörte.

»Bona Dea! Was ist denn das hier für ein verdammtes Durcheinander?« Die Leichen drehten sich im Wasser um sich selbst wie entrindete Baumstämme, als ich mich an Land schleppte.

»Hilfe, General! Marius, hilf mir!«

XI

Während meiner gesamten Jugend begegnete ich meiner eigentlichen Herrin, der ehrwürdigen Cornelia Graccha, kein einziges Mal. Sie verließ niemals ihre Villa in Misenum. Jedoch gab es einen unaufhörlichen Strom an Bestellungen für ihren Haushalt in Rom. Ihre Tochter Sempronia, die aufgrund ihrer Kurzsichtigkeit die Wachstafeln mit zusammengekniffenen Augen las, schrie vor Entrüstung auf, da sie sich trotz ihres reifen Alters immer noch den Launen ihrer Mutter unterwerfen musste.

Sempronia war einmal mit einem berühmten General verheiratet gewesen, dessen größter Verdienst in ihren Augen war, dass er zu einem geeigneten Zeitpunkt starb und ihr sein Vermögen hinterließ. Im Gegensatz zu ihrer Mutter, die Gerüchten zufolge Philosophen, Diplomaten und Herrscher aus anderen Ländern empfing, bekam Sempronia selten Besuch. Ich schrieb es ihrer Persönlichkeit zu. Sie nutzte die meiste Zeit dazu, um über die Ungerechtigkeiten zu brüten, die ihr das Leben aufgebürdet hatten. Ihre Klagen prägten auch immer häufiger ihre Gespräche mit den Sklaven.

»Hol das rote Tuch«, konnte man sie zu ihrer Sklavin sagen hören, die ihr beim Ankleiden half, »das mir der Mistkerl von Gaius gab. Das ist das Beste, was mir aus diesem Verhältnis geblieben ist.«

Oder wenn sie schimpfte: »Samos, du bist genauso nichtsnutzig wie Tiberius. Karthago konnte er erobern, doch er hat es nie verstanden, die Möglichkeiten zu nutzen, die ihm die Götter gaben.«

Diese Andeutungen auf eine Vergangenheit außerhalb meiner Reichweite führten zu Lücken in einem Gesamtbild, das ich vergeblich zu einem sinnvollen Ganzen zu verbinden versuchte. Als Kind in der abgeschiedenen Welt eines römisches Haushalts hatte ich nicht viele Zerstreuungen und kaum solch rätselhafte wie die meiner Herrin. Ich beobachtete sie klammheimlich mit einem Gefühl, dass sie diese Aufmerksamkeit genoss, wie jemand, der sich in seiner Jugend stark von der Neugier der Leute belästigt gefühlt hatte, doch jetzt die Anonymität verabscheute. Wenn sie mich in meinem Versteck vor ihrem Fenster entdeckte, oder wenn sie an meinem Schlupfwinkel hinter einem Busch im Garten vorbeilief, schenkte sie mir oftmals ein Lächeln, bevor sie weiterging. Andere Male, wenn ich den Tisch nach dem Abendessen abräumte, konnte es ihr in den Sinn kommen, die Hand auszustrecken, und mich näher zu sich heranzuziehen, mir durchs Haar zu fahren, mich mit einer unbeholfenen Umarmung zwischen ihren knochigen Körper einzuklemmen, doch das endete immer mit einem gereizten Seufzer und einem harten Stoß gegen meinen Rücken.

»Mach deine Arbeit, Junge. Ich habe immer Sklaven verabscheut, die sich anbiedern.«

Wenn sie dann und wann zu einem Besuch eingeladen wurde, stand das Haus kopf. Ihr Haar, das am Haaransatz schon grau wie Asche war, wurde mit dem feinsten Henna gefärbt. Sie ließ ihr faltiges Gesicht mit Gurkenscheiben und Auberginenmus behandeln, und vom Forum wurde ein Kleiderhändler mit seinem kompletten Warenlager einbestellt. Wenn sie das Haus mit ihrem Gefolge verließ, winkte sie uns, die zurückbleiben mussten, triumphierend zu. Einige Stunden später kehrte sie immer mit ihrem rot geschminkten, vor Verärgerung verzogenen Mund zurück.

»Was bildet sich Clodia ein, auf die ›Verbrechen‹ meines kleinen Bruders anzuspielen? Sie, deren Vater Sizilien wegen seiner Schätze plünderte? Erinnere mich daran, dass ich nie wieder eine Einladung von dieser Kuh annehme.«

Man konnte sich darauf verlassen, dass Sempronia ein paar Tage nach einem solchen Besuch von ihrer Mutter in Misenum eine Nachricht erhielt, woraufhin sie sich ins Tablinum zurückzog, um sie zu lesen. Ihr Wutausbruch war bis ins Atrium zu hören und endete erst, als das Geräusch einer auf dem Boden auseinanderbrechenden Wachstafel zu vernehmen war. Wenn sie eine Weile geschmollt hatte, rief sie häufig nach meinem Vater und sagte:

»Außer den üblichen Vorwürfen hat Mutter auch eine Mitteilung, die dich betrifft. Einer ihrer alten Freunde kränkelt. Sie erwartet, dass du dich darum kümmerst.«

Es folgte eine Beschreibung der Erkrankung, ihrer Dauer sowie – sollte der Patient zu krank sein, um selbst kommen zu können – der Angabe des Wohnsitzes. Vater ließ Sempronia reden, während er mit ernster Miene nickte und vor sich hin brummte, obwohl er, unabhängig seiner Kenntnis der Adligen von Rom, oftmals sowohl den Namen des Patienten als auch die Behandlung erraten hatte. Zum Schluss fragte er: »Darf Demetrios mitkommen?«

»Mach, was du willst. Was kümmert es mich?«

›Der beste Herr ist derjenige, der sich am wenigsten in die Haushaltsführung einmischt‹, sagt ein altes Sprichwort. Sempronia war dafür ein hervorragendes Beispiel.

Diese Ausflüge waren für mich das Größte, obwohl der Anlass ernst genug war, und sich die Krankheiten, an denen unsere vornehmen Patienten litten, nicht immer kurieren ließen. Vater suchte im Garten des Peristyls nach Heilkräutern: Süßholz gegen Verstopfung, Asphodelus gegen Warzen, Senf und Gurkensaft gegen Epilepsie. Wenn es erforderlich war, nahm er seine Instrumente mit: die blanke Wundpresse, Zangen und Pinzetten in verschiedenen Größen, Skalpelle, Katheter und Haken zum Extrahieren von Pfeilspitzen. Eine Säge für Amputationen.

Wenn alles in der prächtigen Arztkiste mit dem Äskulapmotiv auf der Seite verstaut war, nahm er mich an die Hand und bat den Pförtner Samos, das Tor zur Straße zu öffnen. Der Lärm, der normalerweise nur gedämpft über die hohen Mauern drang, schwoll zu einem Brüllen an. Ich klammerte mich fest an seine Hand und tauchte in Roms Gewirr ein wie in ein Bad mit fremdartigen Essenzen.

Das Haus lag auf dem Caeliushügel in der Nähe des Forums. In den umliegenden Straßen wimmelte es von allen Sorten an Menschen. Adlige Frauen glitten in ihren Sänften mit halbdurchsichtigen Vorhängen vorbei. Senatoren bewegten sich in ihren kreideweißen Togen stoisch vorwärts inmitten von Klientengruppen. Sklaven und Bettler kämpften um einen Platz an den Hauswänden. Trat man in den Schlamm, konnte man auf alles Mögliche stoßen, von verlorenem Schmuck bis zu abgetrennten Gliedmaßen von Tieren und dazwischen sogar von Menschen. Straßenmusikanten und Artisten probten an den Straßenecken ihre neuesten Nummern, Gruppen von Gladiatoren mit glänzenden Brustpanzern zogen einen Hauch von Knoblauch hinter sich her. Die Gerüche trafen mich Schlag auf Schlag: Weihrauch und Schweiß, Parfüm und Verwesung, Blut und Exkremente.

Während der Untersuchungen stand ich an Vaters Seite, während er mit gedämpfter Stimme jeden einzelnen Schritt der Behandlung erklärte, sowohl dem Patienten als auch den besorgten Angehörigen und mir. Seine ruhigen Hände, die Kräuter mischten, Geschwüre punktierten oder ins Fleisch schnitten, schienen durch ihre wohlüberlegten Bewegungen die Zeit stillstehen zu lassen.

Auf dem Nachhauseweg von einem dieser Ausflüge stießen wir auf die Straße, die wir auf dem Hinweg passiert hatten und die nun von Chaos beherrscht wurde. Der Gestank von Rauch war übermächtig. Wir wurden dichter herangeschoben, als würden wir von der Strömung eines mächtigen Flusses mitgerissen.

Roms baufällige Mietshäuser bestehen aus Fachwerk, Putz und Holzfußböden sowie einem Fundament aus Tuffstein. Die meisten von ihnen sind tödliche Feuerfallen. Das Haus vor uns stand bereits derart stark in Flammen, dass man das Löschen aufgegeben hatte und stattdessen Wasser auf die umliegenden Häuser goss, oder man versuchte, die Teile niederzureißen, die an das Feuer grenzten, damit sich die Katastrophe nicht ausbreiten konnte.

Mein Vater war hin und hergerissen zwischen dem Impuls zu helfen und dem Bedürfnis, mich in Sicherheit zu bringen. Das Letzte wäre sicherlich stärker gewesen, hätte nicht jemand geschrien: »Meine Tochter! Helft meiner Tochter! Ist hier denn kein Arzt?«

Mitten in einem Kreis aus Neugierigen kniete eine Frau und weinte. Sie hielt ein Mädchen fest, das kaum älter als ich war. Auf den ersten Blick war sie schlimm zugerichtet: Ihr langes, dunkles Haar war stellenweise bis auf die Kopfhaut versengt, der linke Oberarm war schwarz verbrannt und gespannt wie eine frisch geräucherte Wurst. Über ihre Knie und Oberschenkel hingen die Reste ihrer verbrannten Stofftunika. Zwischen den Hautfetzen schimmerte rote Muskelmasse hervor wie Rhabarberfüllung unter einer verkohlten Kruste eines Kuchens.

Vater entriss das Mädchen den Armen seiner Mutter, nutzte ihren Körper, um sich durch die Menge zu schieben. Ich folgte ihm zu einem Brunnen, dessen Löwenmaul beständig Wasser in einen hüfthohen Trog spie, aus dem Roms Bevölkerung tagtäglich Wasser schöpft. Vorsichtig tauchte er das Mädchen unter die Oberfläche, während er ihr Gesicht oberhalb des Wassers hielt. Nachdem sich die Mutter beruhigt hatte, fing er an, ihr sein Handeln zu erklären.

»Es ist nur die Wunde am Bein, die schlimm ist. Der Arm wird wieder wie neu aussehen. Ihre Oberschenkel heilen wieder zu und werden die kahlen Stellen bedecken. Sie hat Glück gehabt. Verstehst du, was ich dir sage?«

Die Frau nickte mit Tränen in den Augen und hielt sich die Hände vor den Mund.

»Sie muss mindestens einen Tag lang im Bottich bleiben. Die Heilungen der Flussgöttin Furrina wirken langsam, aber effektiv. Jetzt muss ich zurück. Es gibt sicherlich noch andere, die Hilfe benötigen.«

»Was ist mit dem Mädchen?«, wandte ich ein.

»Sie ist nun deine Patientin, Demetrios.«

Er führte meine Hand unter den Nacken des Mädchens, vertrauensvoll ließ sie ihren Kopf hineinsinken und schmiegte sich an mich.

Ich wusch den Ruß von ihrem Gesicht, ein perfektes Oval aus glatter, sonnengebräunter Haut. Meine Hand streifte ihre kleinen Brüste unter der durchnässten Tunika. Das Blut schoss mir in den Unterleib. Ihre Augen waren geschlossen, ihre Lippen leicht geöffnet, als wäre sie dabei, mir ein Geheimnis anzuvertrauen.

Meine allererste Patientin.

XII

Der lange Aufenthalt im Wasser hatte meine Brandwunden gekühlt. Nun ließ ich mich in einen Bottich hinabsinken, den ein Sklave mit sauberem, kaltem Wasser gefüllt hatte. Ich badete vorsichtig meinen Brustkorb und meine Narbe, wo einst mein kleiner Finger gesessen hatte.

Marius' Feldherrnzelt wirkte wie immer. Ein Tisch, ein paar Stühle und ein Feldbett. An der Zeltwand hing eine Karte von Mittelitalien. Ich inhalierte den wohlbekannten Duft von Schweiß und Leder wie ein Bauer, der frisch geernteten Weizen riecht.

»Dieses infame Schwein!«, polterte Marius. »Er kann froh sein, dass er tot ist! Kann ich etwas für dich tun, Junge? Bist du hungrig? Durstig? Du brauchst nur etwas zu sagen.«

»Es ist alles in Ordnung.«

»Es ist alles in Ordnung? Du armer, mutiger Junge, es ist alles in Ordnung?«

Es tat mir gut, den alten General mit seinem vernarbten Gesicht im Zelt herumlaufen und die Hände ringen zu sehen. Seine Gegenwart saugte meinen Schmerz in sich auf und löste ihn.

»Lupus hätte niemals Konsul werden dürfen«, tobte er. »Das ist die Schuld dieses Hundes Sulla.«

Der Name ließ mich aufhorchen. Wie konnte dieser versoffene Wüstling an etwas anderem als seinem eigenen Verderben schuld sein?

»Sulla hielt eine lange Rede im Senat, in der er Lupus in den Himmel lobte«, erklärte Marius. »Hob seine Grausamkeit als Vorteil im Kampf gegen die Italer hervor. Sagte, er sei mir ebenbürtig. Hast du jemals so etwas gehört? Lupus, *mir* ebenbürtig?!«

»Du magst Sulla nicht, General?«

»Seine einzigen Verdienste sind die Siege, die er unter meinem Kommando errungen hat. Was hat er in der Zwischenzeit gemacht? Gehurt und gesoffen. Und dann dieser Schauspieler, mit dem er herumläuft. Metrobios. Ich kann dir sagen, diese Freundschaft ist nicht natürlich, wenn du weißt, was ich meine.«

Marius hatte viele gute Charakterzüge. Eine unverkrampfte Haltung gegenüber der Liebe unter Männern zählte nicht dazu.

»Hast du eine Nachricht von Silo erhalten?«, erkundigte ich mich.

»Eine Nachricht?«

Seine wasserblauen Augen flackerten. »Ja, es kam etwas von Lupus' Legaten ... wie heißt er gleich noch?«

Er schnalzte mit den Fingern.

»Messala?«

»Ja, genau. Ich schickte die Mitteilung weiter nach Rom. Ein mutiger Mann, dieser Messala.«

»Ich bezweifle jedoch, dass er überlebt hat.«

Der General hörte mich schon nicht mehr.

»Ich vermutete, dass Lupus versuchen würde, den Marsern in den Rücken zu fallen. Ihr Lager liegt direkt auf der anderen Seite des Flusses. Nur ein paar Meilen von hier entfernt. Der Idiot untersagte mir, es anzugreifen. Gestern eroberte ich es. Es wurde bloß von einer Handvoll Männer verteidigt. Ich hätte mir denken können, dass sich ihr Hauptheer irgendwo außerhalb aufhielt. Wo griffen sie euch an?«

Er holte eine Karte herbei, und ich deutete auf die Stelle.

»Ich spüre die Marser auf und erteile ihnen eine Lektion, Junge. Darauf kannst du dich verlassen.«

In der Nacht kehrte Marius zurück und warf Helm und Schwert auf den Tisch vor sich.
Er hatte die Marser überrascht, als sie auf dem Schlachtfeld herumliefen und die Ausrüstung der Toten einsammelten.
»Sie entdeckten uns erst, als wir sie fast erreicht hatten. Leider erwischten wir nur ein paar Tausend von ihnen. Der Rest flüchtete in die Berge hinauf. Aber das Wichtigste ist, dass Rom seinen ersten Sieg in diesem Krieg hier errungen hat. Und dass *ich* ihn gewonnen habe.«
Er hob die Hand, um mir auf die Schulter zu klopfen, hielt aber inne. Stattdessen tätschelte er mir unbeholfen den Kopf.
»Messala starb im Kampf. Er hatte massenweise Stichwunden. Und einen marsischen Speer in der Brust. Er verdient etwas Besseres, als unter freiem Himmel liegenzubleiben. Lupus kann von mir aus dort verrotten. Dennoch sollte seine Leiche nach Rom gebracht werden. Der Anblick eines toten Konsuls wird den Senat vielleicht dazu bringen, einen kompetenteren General zu ernennen. Wir wissen beide, wen. Nicht wahr, Junge?«
Marius' Bauch quoll hervor wie ein prall gefüllter Mehlsack, als der Sklave den Harnisch löste.
»Ich muss zugeben, dass ich mich sicherer fühle, seitdem du hier bist. Ich bin kein junger Mann mehr. Selbst wenn man es mir nicht ansieht. Du solltest darüber nachdenken, als mein Leibarzt hier zu bleiben. Hier gibt es mehr für dich zu tun als in Rom.«
»Ich bleibe«, antwortete ich, »unter einer Bedingung. Wenn der Krieg beendet ist, wirst du mich freikaufen.«
»Dich freikaufen?«, Marius unterdrückte ein Gähnen.
»Ich wäre dann dein Klient.«
»Ausgezeichnet, Junge.« Das Feldbett gab unter seinem Gewicht nach. »So machen wir's. Ich frage mich, warum du mich das nicht schon früher gefragt hast.«
Während die Fackeln langsam herunterbrannten, und Marius' Schnarchen an Stärke zunahm, gab ich mich einem intensiven Glücksgefühl hin. Das nächste Mal, wenn ich in Servilias grüngoldene Augen bli-

cken würde, wäre ich nicht mehr länger ein Sklave, sondern Klient eines der mächtigsten Männer Roms.

XIII

Ich stand auf dem Verteidigungswall neben dem Haupttor des Lagers und sah zu, wie sich die lange Schlange der Soldaten den Weg durch die olivgrüne Landschaft bahnte. Zwei frische Legionen kamen zur Unterstützung aus Rom. Der Reiter an der Spitze, dessen Helm und Panzer in der Sonne wie frisch geprägte Münzen glänzten, kam mir irgendwie bekannt vor. Hatte ich nicht schon früher diese große Nase und diesen dünnen Bart, der offensichtlich dazu diente, ein Doppelkinn zu verbergen, gesehen?

»Welch eine Überraschung«, sagte Marius zu Caepio, als sie sich auf dem Podest des Forums gegenüberstanden.

Servilias Vater ließ die rote Lederhülle mit den Befehlen des Senats lässig gegen sein Bein baumeln.

»Das kann ich mir denken. Du hast wohl geglaubt, du hättest die Gefechtslinie für dich allein und könntest dekadente Ausländer in dein Lager hereinlassen, wie diesen Griechen dort. Aber daraus wird nichts. Der Senat hat *mich* zum Oberbefehlshaber ernannt.«

Marius biss die Zähne zusammen. Nur diejenigen, die neben ihm standen, bemerkten, dass er etwas schwankte.

»Das hast du dir selbst zu verdanken«, fuhr Caepio fort. »Du ließest die Leiche des Juniorkonsuls in einem Trauerzug nach Rom bringen. Dort brach Panik aus. Die Leute zerfetzten ihre Kleider. Es wurden Vorräte gehortet und in den Straßen gekämpft. Solche Ausschreitungen dürfen sich nicht wiederholen. Der Senat hat deshalb beschlossen, dass alle, die im Krieg sterben, künftig auf dem Schlachtfeld begraben werden sollen. Hier sind deine Befehle.«

Da kein anderer Anstalten machte, die Schriftrolle entgegenzunehmen, war ich es, der sie öffnete und zu lesen anfing.

»Ich habe in den Kriegen Roms gekämpft, seit ich 17 Jahre alt war«, sagte Marius. »Ich habe die Aufstände in Spanien und Afrika niedergeschlagen. Ich habe die Kimbern besiegt und Rom befreit. Und jetzt überträgt der Senat *dir*, der niemals ein Kommando geführt hat, den Befehl?«

»Allerdings«, unterbrach ich ihn, »steht hier, dass ihr beide euch das Kommando *teilen* sollt.«

Der Senatsvorsitzende Scaurus hatte in dem Befehl, den er nicht hatte verhindern können, für ein Schlupfloch gesorgt. Marius riss das Dokument an sich.

»Ach ja«, sagte Caepio, »diese Formulierung schlug Scaurus vor. Marius und ich sollen uns jeden zweiten Tag mit dem Kommando abwechseln. Aber, ob ich das Heer heute oder morgen anführe, macht keinen Unterschied. Ich werde unter allen Umständen ins Feld ziehen.«

»Die Bedeutung mag gleichgültig sein«, entgegnete Marius. »Hier steht ›geteiltes Kommando‹. Ich lese das so, dass ich mein Heer behalte und du deins. Es tut mir leid, dass ich hier keinen Platz für deine zwei Legionen habe.«

»Wirfst du mich hinaus?«, fragte Caepio, der wie ein Schmarotzer wirkte, der sich auf den Anstand und die Höflichkeit seines Gastgebers verlassen hatte.

»Es tut mir leid«, schmunzelte der General, »doch alle kennen das Risiko, wenn zu viele Männer auf engem Raum sind. Schlägereien. Suff. Brandgefahr. Die Marser, die ich vor Kurzem geschlagen habe, haben ein schönes Lager am anderen Ufer zurückgelassen. Fühl dich frei, es in Besitz zu nehmen.«

Caepios teigiges Gesicht sah aus, als würde es zusammengeknetet.

»Ich kann den Feind nicht mit zwei Legionen angreifen.«

»Warum nicht?«, erwiderte Marius.

»Das hat doch Lupus auch getan.«

Die zwei Männer starrten sich in einer stummen Machtprobe gegenseitig in die Augen. Es war ein ungleicher Kampf.

»Nun denn«, sagte Caepio schließlich. Er deutete auf mich und fing zu lächeln an. »Dann nehme ich ihn mit.«

»Meinen Leibarzt? Vergiss es.«

Es war eine kindische Rache, die sich Caepio ausgedacht hatte. Doch das würde ihn nicht davon abhalten, sie in die Tat umzusetzen.

»Nachdem ich ihm beim Begräbnis von Drusus begegnete, leitete ich persönlich eine Untersuchung ein, um festzustellen, wer dieser Grieche eigentlich ist. Es stellte sich heraus, dass er der Sohn jenes Arztes ist, den Cornelia Graccha meinem Vater auslieh, als er ins Feld zog. Nun gehört er Cornelias Tochter Sempronia. Varius suchte sie auf ...«

»Ich dachte, du hättest *persönlich* die Untersuchung geleitet?«, unterbrach ihn Marius spitz.

Caepio presste den Mund zusammen.

»Sempronia bat mich jedenfalls, den Griechen zurückzubringen, falls ich ihn fände.«

XIV

Die Tunika meines Vaters war verbrannt. Sein Bart und sein Haar kräuselten sich an den Enden wie Wolle. Von meinem Platz am Brunnen hatte ich ihm dabei zugesehen, wie er zwei Menschen aus dem brennenden Haus rettete und vielen anderen wieder Leben einhauchte, obwohl man sie bereits aufgegeben hatte. Ich bin niemals so stolz auf ihn gewesen wie damals, als wir, nach Rauch stinkend und mit Ruß und Asche bedeckten Händen, Füßen und Gesichtern, durch die Dämmerung nach Hause gingen. Meine einzige Sorge war, dass das Mädchen mit den Brandwunden nicht zu Bewusstsein gekommen war. Vater hatte gesagt, dass Äskulap gnädig war und sie vor lauter Schmerzen schlafen ließ.

Samos öffnete die Eingangstür, als hätte er neben dem Guckloch gestanden und nach uns Ausschau gehalten. Ich folgte seinem Blick.

Am Rand des Beckens mit dem Karthago-Motiv stand ein Fremder. Er war hochgewachsen, größer als mein Vater, ich oder die übrigen Sklaven. Und weitaus größer als Sempronia, die in all ihrer Schmächtigkeit vor ihm stand und vor Entrüstung zitterte.

»Ist er das?«, fragte der Mann und sah Vater an. »Er sieht gewöhnlich aus.«

»Du bekommst ihn nicht«, rief Sempronia.

»Der Senat beschlagnahmt ihn.«

Der Mann übergab ihr eine Wachstafel und seine kalten Augen streiften uns wie bei einer groben Berührung. Sein glatter Helm und Harnisch funkelten herausfordernd im Schein der letzten Sonnenstrahlen. Oberhalb seines weichen Munds und Doppelkinns ragte eine klumpige Nase wie ein Felsvorsprung hervor. Er war schmalbrüstig, hart und äußerst gereizt.

»Wie ich sehe, hat er einen Assistenten dabei. Den kann ich auch gebrauchen.«

»Demetrios ist noch ein Kind«, rief Sempronia. »Ich bitte dich. Lass mich den Jungen behalten.«

»Sie wurden abkommandiert. Es ist der Wille des Senats. Und meiner.« Der Mann warf seinen Kopf zurück. Die rötlichen Rosshaare, die oben aus seinem Helm sprossen, bewegten sich wie Kornähren im Wind. »Zwei meiner Legionäre werden sie morgen früh abholen. Die Götter mögen sich deiner erbarmen, wenn sie nicht ihre Sachen zusammengepackt haben und abmarschbereit sind. Oder, wenn sie im Verlauf der Nacht verschwinden sollten. Verstanden?«

Er gab Samos ein Zeichen, dass er ihm die Tür öffnen sollte.

Ich starrte Sempronia an. Ich hatte niemals zuvor meine Herrin mit Tränen in den Augen gesehen. Sie kam näher und streckte mir eine Hand entgegen. Sie strich sanft und flüchtig über mein Haar. Dann ließ sie ihren Daumen und Zeigefinger zu meinem Kinn gleiten und kniff hinein.

»Au«, entfuhr es mir, »hör auf.«

Sie ließ mich los, wandte sich ab und lief weg. Bevor sie durch die dunkle Türöffnung des Hauses verschwand, schluchzte sie auf.

»Du solltest lieber ins Bett gehen«, sagte Vater zu mir. »Ich werde mit der Herrin reden.«

Ich ging durch das Peristyl und in unsere Kammer, wo ich mich auf eine der beiden Pritschen legte. Spät am Abend kam Vater zu mir mit einem Teller Essen, den er mir reichte, bevor er sich niederließ.

»Wer war der Mann?«, fragte ich mit vollem Mund. »Was wollte er?«

»Das war Quintus Servilius, der Seniorkonsul in diesem Jahr«, antwortete Vater. »Er ist auf dem Weg nach Gallien, um einen Haufen Barbaren zu bekämpfen. Wir beide sollen mitkommen. Wie er sagte, ist das der Wille des Senats.«

»Müssen wir in den Krieg? Wieso?«

»Weil mein Ruf als Arzt das Ohr des Konsuls erreicht hat und sein Leben ihm wertvoller ist als irgendetwas anderes.« Vater umarmte mich. »Es gibt viel, was ich dir noch nicht beigebracht habe. Nun passiert das, was ich nicht wollte. Die Umstände sind nicht die günstigsten, aber sie sind, wie es die Götter bestimmt haben.«

Ein Kribbeln breitete sich von meinem Nacken bis zu meiner Brust aus. Vater betrachtete mich mit zur Seite geneigtem Kopf und einem Lächeln in den Mundwinkeln.

»Es wird das größte Ereignis deines Lebens, mein Junge. Sowohl in guter wie in schlechter Hinsicht. Erinnerst du dich an den Eid, den ich dir beigebracht habe? Dann möchte ich dich bitten, ihn jetzt aufzusagen. Erinnere dich an seine Worte. In seinen sieben Strophen ist all jene Weisheit enthalten, nach der du streben sollst.«

Wir hielten einander die Hände und ich fing an, den Eid aufzusagen, den Hippokrates' berühmte Ärzteschule auf Kos seit ihrer Gründung vor 400 Jahren ihren Schülern abverlangte.

»Ich schwöre und rufe Apollon und Asklepios, Hygieia und Panakeia, und alle Götter und Göttinen als Zeugen an, dass ich, so lange meine Fähigkeiten und Einsicht dies zulassen, diesen Eid einhalten werde.

Ich werde denjenigen, der mich diese Kunst gelehrt hat, ehren wie meine Eltern. Ich werde mein Leben und meinen Besitz mit ihm teilen, seine Söhne wie meine eigenen Brüder behandeln, und ich werde ihnen gemeinsam mit meinen eigenen Söhnen und Schülern meine Kenntnisse beibringen, wenn sie dies wünschen.

Ich werde nach bestem Vermögen, ärztliche Verordnungen zum Nutzen des Lebens und der Gesundheit meiner Patienten treffen und vermeiden, ihnen zu schaden.

Ich werde kein tödliches Medikament verordnen, selbst dann nicht, wenn ich darum gebeten werde, oder einer Frau ein Abtreibungsmittel verabreichen.

Ich werde mein Tun in Reinheit und Ehrfurcht ausüben, niemals vorsätzlich Schaden verursachen oder Unzucht mit einem Patienten treiben, sei es eine Frau oder ein Mann, ein Kind oder ein Sklave.

Ich werde alles geheim halten, was ich während der Ausübung meiner Kenntnisse erfahre und was nicht öffentlich bekannt werden darf.

Wenn ich diesen Eid befolge, werde ich von den Menschen und der Nachwelt geehrt und gerühmt werden. Breche ich ihn, soll ich in Scham und Ehrlosigkeit sterben.«

Mit Tränen in den Augen umarmte er mich.

Am darauffolgenden Morgen führten uns zwei Legionäre ab.

XV

Meistens ging ich Caepio aus dem Weg. Er behandelte mich teils mit Verachtung, teils mit Anerkennung. Mal nannte er mich einen nutzlosen Griechen, traute mir dann aber das Feldlazarett an. Bei jeder Gelegenheit erinnerte er mich daran, dass ich ein Sklave war, fragte mich aber trotzdem um Rat bei militärstrategischen Fragen. Er nahm meine Empfehlung, im Lager zu bleiben, mit offenkundiger Missbilligung entgegen, machte aber keine Anstalten, das Lager zu verlassen.

Kurz vor September unterbrach eine sonderbare Delegation die Eintönigkeit des Lagerlebens. An ihrer Spitze ging ein Mann mit zwei purpurbekleideten Säuglingen im Arm. Er hatte sein Gesicht mit einer Falte der Toga bedeckt, als würde er Trauer tragen. Ein paar Sklaven folgten ihm, die einen Packesel mit schwer beladenen Körben auf dem Rücken hinter sich herzogen. Der kleine Aufzug begab sich zum Zelt des Feldherrn. Der Anführer zog den Stoff zurück, entblößte seinen Kopf, seine schrägen Augen schauten in die Runde der versammelten Offiziere. Seine geschwungenen Lippen verzogen sich zu einem dezenten, unergründlichen Lächeln.

»Silo!«, rief Caepio aus. »Was willst du hier?«

Silo hielt die zwei Säuglinge hoch und sagte: »Ich ergebe mich. Ich und meine Söhne erbitten Asyl in Rom. Um der alten Freundschaft willen bitte ich dich, mich zu deinem Klienten zu machen. Du kannst mit mir machen, was du willst.«

Caepio hatte noch nicht begriffen, was los war, doch da er unterwürfig angesprochen wurde, setzte er ein Lächeln auf.

»Alte Freundschaft?« Er schaute zu den versammelten Offizieren. »Du bist ziemlich frech, Marser. Erklär dich.«

Silo starrte zu Boden. Er hatte damit zu kämpfen, seine Stimme unter Kontrolle zu bringen.

»Nach der Niederlage gegen General Marius hat sich mein Heer in alle Richtungen zerstreut. Die Niederlage von Mutilus hat die Tragödie vollendet. Die Sache der Italer ist verloren.«

Selbst gute Nachrichten nimmt man mit einem gewissen Zögern auf, wenn sie sehr überraschend sind. Caepio reagierte darauf mit offen stehendem Mund. Silo betrachtete den Heerführer mit einem fragenden Blick.

»Ich nahm an, dir wurde von Roms Sieg berichtet?«

»Das war Marius!« Caepio sprang auf. »Sein Lager liegt zwischen unserem und Rom. Er hat den Boten zurückgehalten.«

»Das würde der General niemals tun«, warf ich ein.

»Halt deine Klappe, Grieche.« Caepio begann hin- und herzutraben. »Wirst du nie lernen, wo dein Platz ist? Silo, erzähl weiter. Wann fand der Angriff statt?«

»Vor 14 Tagen marschierte Marius von Norden her auf Marruvium zu. Wir griffen ihn an, doch er schlug uns zurück und steckte die Stadt in Brand. Dann setzte er seinen Weg nach Italica fort, bevor wir unsere Truppen wieder sammeln konnten.«

Silo drückte die beiden Säuglinge an seine Brust. »Italica existiert nicht mehr.«

»Es ist unwahrscheinlich«, sagte ich, »dass all das hier geschehen sein soll, ohne dass wir davon etwas gehört hätten.«

»Siehst du, was ich mir alles von diesem Sklaven gefallen lassen muss«, sagte er zu Silo, als hätten sie schon oft über dieses Problem diskutiert. Auf einen Wink von Silo hin öffnete einer seiner Begleiter die Körbe des Packesels. In jedem von ihnen lagen fünf unförmige Gold- und zehn Silberbarren, die die Größe und Form von kleinen, runden Käselaiben hatten.

»Vor Marius' Ansturm konnte ich die Kriegskasse der Italer retten«, sagte der Anführer der Marser. »Sie sollte dazu dienen, ein neues Heer auszurüsten. Doch nun ist das sinnlos. Ich biete dir den Schatz an, wenn du mich unter deinen Schutz stellst und mein Anliegen in den Senat einbringst.«

Caepio näherte sich, nahm vorsichtig einen der Goldbarren in die Hand und ließ einen Finger an seiner Kante entlangfahren.

»Damit kann man kein komplettes Heer ausrüsten«, sagte er. »Es müsste mehr sein.«

»Es sind insgesamt 2000 Gold- und Silberbarren. Das hier ist alles, was ich mitnehmen konnte. Ich und meine Söhne mussten uns im Dunkel der Nacht fortschleichen.«

»Von wo?«

»Von unserem Lager, einen vierstündigen Marsch von hier entfernt. Meine Männer bewachen den Rest des Schatzes.«

»Wie viele sind dort? Halten sie sich immer noch dort auf? Kannst du zurückfinden?«

Caepios Augen glitzerten wie Sonnenstrahlen auf einer Wasseroberfläche.

»Es sind 300 der besten Krieger der Marser«, antwortete Silo. »Zwing mich nicht, zurückzukehren, ich bitte dich. Sie schlitzen mich von oben bis unten auf.«

Es gab viel zu bedenken, und Caepios Kapazität war in dieser Hinsicht begrenzt. Er massierte sich die Schläfen, während er tief einatmete.

»Wir nehmen zwei Kohorten Legionäre mit«, sagte er schließlich. »Der Schatz mag ein Ausgleich für den Sieg sein, den mir Marius geraubt hat. Deine Söhne bleiben als Geiseln hier.«

»Ich glaube, ich habe keine andere Wahl«, seufzte Silo.

»Genau, Marser. Lass uns aufbrechen.«

»Das ist eine Falle«, flüsterte ich Caepio zu, als er an mir vorbeiging.

»Unsinn, Grieche. Tausend römische Elitesoldaten können 300 Bergbauern im Nu zermalmen. Sollte Silo lügen, schneidet mein Legat den Kindern den Hals ab.«

»Wer sagt denn, dass die Kinder Silos Söhne sind?«

»Das hoffe ich für dich, Grieche, denn du kommst mit uns.«

XVI

Kurz darauf ritten Caepio, Silo und ich an der Spitze eines kleinen Heeres aus dem Lager hinaus. Wir zogen nach Südosten durch unwegsames Gelände, wo nur vereinzelt Büsche und Bäume zwischen den Felsen wuchsen. Die Soldaten behielten ihre Schilde auf dem Rücken und benutzten ihre Speere als Stöcke. Caepio unterhielt sich höflich und gönnerhaft mit Silo, wie ein vornehmer Patron, der seinen untersten Klienten auf der Straße trifft und sich genötigt fühlt, ihn ein Stück des Weges zu begleiten. Bald hatte sich ihr Gesprächsstoff erschöpft, und wir ritten lange schweigend nebeneinander her.

»Ich nehme an«, sagte ich schließlich, »dass ihr beiden euch kennt?«

Sie waren beide erleichtert darüber, dass die angespannte Stimmung gebrochen wurde.

»Ich kenne Caepio fast so lange wie Drusus«, teilte Silo mit. »Er kam oft zum Haus auf dem Palatin. Sein Vater war mit Drusus' Vater befreundet. Caepio wurde mit Drusus' Schwester verlobt, als sie beide noch Kinder waren.«

»Diese dreckige Hure«, murmelte Caepio.

Silo setzte an, um etwas zu sagen. Er rutschte einen Augenblick lang auf dem Sattel unruhig hin und her. Dann sagte er es trotzdem, in einer vermeintlich diplomatischeren Version.

»Livia liebte einen anderen. Doch ihr wäre es gewiss leichter gefallen, treu zu bleiben, hättest du sie anständig behandelt.«

»Eine widerspenstige Frau muss man züchtigen. Das habe ich von meinem Vater gelernt. So wie ihr Italer kleingehalten und euren Platz kennen solltet.«

»Man kann nur hoffen«, entgegnete Silo, »dass du nicht auch die Kriegskunst von deinem Vater gelernt hast.«

Die Andeutung des Marsers hinsichtlich der 80 000 Soldaten, die Caepios Vater in den Tod getrieben hatte, ließ den römischen Adeligen hochfahren.

»Du und Drusus wart immer so verdammt übermütig, aber schau dich doch nur um. Wer ist denn jetzt obenauf? Ich kann dich hinrichten lassen, sollte mir danach der Sinn stehen, also komm mir nicht so mit deinen gescheiten Bemerkungen.«

Caepio ließ sich rasch durch die Entschuldigung des Marsers besänftigen.

»Du sollst wissen, Grieche«, fuhr er fort, eher an Silo gerichtet als an mich, »dass ich meinen Fuß kein einziges Mal mehr in dieses verfluchte Haus gesetzt habe, seit ich von dieser Kuh von Drusus' Schwester geschieden worden bin. Auch nicht, seitdem sie tot ist.«

»Noch nicht einmal, um die Kinder zu besuchen?«

»Weshalb sollte ich die Hurenkinder eines anderen Mannes besuchen?«

Silo lächelte, als sich in ihm eine Erinnerung regte, die er uns mitteilen musste.

»Einmal fragte ich den kleinen Cato, was er über die Unterstützung unserer Sache durch seinen Onkel dachte. Der Junge weigerte sich, zu antworten. Er stand nur da mit verschränkten Armen und glotzte mich an. Schließlich versetzte mich seine Respektlosigkeit derart in Wut, dass ich ihn über die Brüstung der Loggia hielt und so tat, als wollte ich ihn hinunter aufs Forum werfen. Da baumelte er kopfüber in der Luft, dieser kleine störrische Esel, und weigerte sich immer noch, etwas zu sagen. Ich hätte ihn einfach fallen lassen sollen. Sein großer Bruder Quintus hingegen ist ein höflicher Junge, und die kleine Porcia ist süß. Servilia wird sicher einmal so hübsch wie ihre Mutter werden. Sie dürfte jetzt 14 Jahre alt sein.«

»Vierzehn?«, staunte ich. »Das kann nicht stimmen.«

»Servilia wurde im Frühjahr fünfzehn«, brummte Caepio. »Ich muss es doch wissen. Die Göre ist die einzige in dem Haufen, die von mir ist.«

Vielleicht war es bereits hier, während des Marschs durch die Ödnis des Marserlandes, als mein Verdacht geweckt wurde, obwohl ich noch nicht in der Lage war, ihn in Worte zu fassen. Was sollte man von einem Mädchen halten, das seine aufkeimende Weiblichkeit dazu nutzte, einem weitaus älteren Mann die Sinne zu vernebeln?

Wir ritten durch eine Schlucht, die in einem Talkessel endete. Die Abhänge waren dicht mit Gestrüpp bewachsen. Zwischen den steilen Felswänden lastete die Stille wie eine unausgesprochene Drohung. Der Marser saß vom Pferd ab.

»Was machst du?«, fragte Caepio.

Silo antwortete, dass das Lager der Marser auf der anderen Seite des Hügels am Ende der Schlucht liege und er nachsehen wolle, ob wir ungehindert vorwärtskommen könnten. Der schlechte Geschmack in meinem Mund hing nicht mehr länger mit Servilias Alter zusammen. Der Schweiß auf meiner Stirn und meinem Rücken war kalt wie das Wasser eines Bachs. Obwohl meine Beine zitterten, als ich vom Pferd sprang, hatte ich das Gefühl, als würde ich fliegen.

»Ja, bring den Verräter zurück«, rief Caepio hinter mir her. »Das ist das erste Mal, dass du zu etwas zu gebrauchen bist.«

Das dichte Gestrüpp umgab mich, und ich spürte nur noch meinen Atem. Die Zweige schienen sich mir entgegenzustrecken, um mich zurückhalten zu wollen, ein Vogel flog auf und flatterte dicht an meinem Gesicht vorbei. Ich hielt kurz den Atem an und lauschte, glaubte, in einiger Entfernung auf der rechten Seite Schritte zu hören, und ging dem Geräusch nach. Wurzelwerk und Kieselsteine machten den Untergrund unter meinen Schuhsohlen uneben, die Büsche wurden niedriger, ich warf mich hinter einen großen Felsen und entdeckte Silo, der am hellgrünen Waldrand stehengeblieben war und Zeichen in Richtung der beiden Seiten der Schlucht gab.

Ich drehte mich gerade rechtzeitig um, um zu sehen, wie Pfeile und Wurfspeere wie ein Hagelschauer auf die zwei Kohorten von Caepio niedergingen. Die wenigen Legionäre, die nicht sofort getötet wurden, bedeckten ihre Köpfe mit den Schilden, sodass ihre Unterkörper ungeschützt der Flutwelle von Marsern ausgeliefert war, die mit gezogenem Schwert aus dem Gestrüpp hinabgestürzt kamen.

XVII

»Armer Caepio«, sagte Silo und blickte ins Tal hinab. Ich wandte ein, dass es unter diesen Umständen ein wenig zu spät sei, Mitleid mit dem Freund aus Kindheitstagen zu haben.

»Damit magst du recht haben«, erwiderte der Marsergeneral. »25 Jahre zu spät. Wir Menschen sind das, zu dem wir gemacht werden. Früher war Caepio bloß ein gutmütiger Junge mit einem viel zu strengen Vater. Jetzt ist er mein Feind.«

Silo seufzte.

»Quintus Servilius hatte mit seinem Sohn ebenso wenig Geduld wie mit dem Rest der Welt. Der arme Caepio fürchtete sich vor ihm, deshalb hing er Drusus und mir unaufhörlich an den Fersen. Kinder können grausam sein. Erst als Erwachsener sieht man ein, dass man sich anständiger hätte verhalten sollen. Wer weiß, vielleicht entwickelte sich Caepios Hass auf die Italer aufgrund dessen, was ich ihm damals antat.«

»Der Hass auf Drusus entstand offenbar erst, als dieser seine Schwester während der Scheidung unterstützte.«

Silo nickte.

»Caepio ging davon aus, Drusus würde Livia aufgrund der Schmach, die sie und ihr Liebhaber über die Familie gebracht hatten, auf die Straße werfen. Aber da irrte er sich. Seine Schwester war vermutlich der einzige Mensch, den Drusus liebte. Außerdem war Caepio nicht mehr von Nutzen. Er bekleidete kein politisches Amt mehr.«

»Was sagt das über Drusus' Freundschaft aus?«

Silo warf mir ein unergründliches Lächeln zu.

»Was wird nun aus Caepio?«, erkundigte ich mich.

»Er ist hoffentlich gemeinsam mit seinen Männern gestorben. Ich habe kein Lust, ihm nach solch einem unwürdigen Sieg in die Augen zu schauen.«

Ein marsischer Legat marschierte uns entgegen, als wir uns dem Boden der Schlucht näherten.

»Salve, General. Wir haben den Anführer der Römer für dich aufgespart.«

Silo presste seine Kiefer zusammen.

Caepio kniete inmitten der Leichen seiner Männer. Das Ausmaß der Katastrophe wurde ihm erst jetzt allmählich bewusst. Sein eigenes Schicksal hatte er nicht vorhergesehen. Seine Stimme war fest, sein Tonfall gekränkt.

»Das hier wird dir nichts nützen. Der größte Teil meines Heers befindet sich noch im Lager.«

»So wie es auch Marius macht«, sagte Silo.

»Er hat sich schon einen Monat lang nicht gerührt. Wir dachten, das wäre die günstigste Gelegenheit für uns, um dich in einen Hinterhalt zu locken.«

»Marruvium und Corfinium wurden also nicht ausgelöscht?«

»Kling nicht so enttäuscht, Caepio. Denk an all die Frauen und Kinder, die dort leben.«

»Was ist mit deinen eigenen Kindern?«

»Das dürfte von deinem Legaten und seinem Gewissen abhängen. Denn das waren nicht meine Kinder. Ihre Mutter starb bei ihrer Geburt. Und ihr Vater fiel kürzlich.«

Jetzt fing Caepio an, zu begreifen.

»Und Mutilus?«

»Soweit ich weiß, hat er das Heer des Juniorkonsuls in einen Hinterhalt gelockt. Zwei Drittel der Römer fielen. Der Konsul entkam nur, weil er lungenkrank war und zwischen den Zivilisten auf einer Bahre abtransportiert wurde.«

Caepio entdeckte mich. Dieser Anblick verlieh ihm neuen Mut.

»Das hier ist deine Schuld, du Verräter.«

Er versuchte, auf die Beine zu kommen, wurde aber von den Wachen nach unten gezwungen.

»Hättest du auf ihn gehört«, erwiderte Silo, »würdest du jetzt nicht im Staub knien.«

Caepio sank zusammen und fing zu weinen an.

»Du hast Recht«, schluchzte er. »Es ist meine eigene Schuld, dass ich dein Gefangener bin.«

Ein Marser in der Uniform eines Legaten zog sein Schwert und reichte es Silo, der eine Grimasse schnitt und über die Klinge strich.

»Wir machen keine Gefangenen.«

Caepios Blick löste in mir Unwohlsein aus. Ich konnte nur raten, was in Silo vor sich ging.

»Das kann nicht dein Ernst sein. Wie oft habe ich dich davor bewahrt, über die Wurzeln auf dem Esquilin zu stolpern?«

»Du hast mich nicht gerettet. Du bist nur langsam gelaufen.«

Caepio musste zweimal schlucken, bevor er fortfahren konnte.

»Du hast aber doch nicht all die verrückten Streiche vergessen, die wir gemeinsam ausgeheckt haben? Was ist mit dem Eimer Wasser, den wir damals über der Tür zum Tablinum angebracht hatten? Drusus' Vater bekam ihn gleich über den Kopf. Oh, wie wütend der wurde.«

»Drusus und ich haben die Schuld auf dich geschoben. Dein Vater verdrosch dich derart, dass du eine Woche lang nicht gehen konntest.«

»Ach, ich vergebe dir. Du hast doch nicht ernsthaft vor, mich umzubringen? Mich, deinen alten Freund? Lass mich hier zurück, ich kehre erst dann zurück, wenn du weit weg bist. Ich schwöre, dass ich mein Heer zurück nach Rom führen und deine Sache im Senat vorbringen werde.«

»Wenn du es selbst nicht schaffst«, flüsterte der Legat Silo zu, »dann lass mich es machen. Aber es muss jetzt getan werden.«

»Nein, warte«, rief Caepio. »Wir … Philippus und ich … wir hatten einen Spion in Drusus' Haus. Willst du nicht wissen, wer es war?«

Silo ließ das Schwert an seiner Seite baumeln und schaute weg.

»Es war Servilia«, fuhr Caepio fort.

»Servilia?«, stieß ich aus. »Das ist nicht möglich!«

»Doch, es stimmt aber. Sie schickte mir völlig überraschend einen Boten mit einer Anweisung, was ich tun sollte, wenn ich Drusus' Pläne erfahren wollte. Als sie mit ihrem Leibwächter auf die Straße ging, folgte Varius ihr. Jedes Mal ergab sich eine Möglichkeit, ihm eine Wachstafel zukommen zu lassen.«

»Warum hätte sie ihren Onkel verraten sollen?«

»Keine Ahnung. Ich kenne die Göre nicht. Aber sie bestätigte alles, was Mamercus berichtete. Deshalb vertraute Philippus ihm. Wenn die gleichen Nachrichten von zwei unabhängigen Quellen stammten, mussten sie richtig sein.«

Der Legat nahm das Schwert aus Silos Hand.

»Ich kann dir auch verraten«, rief Caepio im schrillen Tonfall, »wer Drusus niedergestochen hat.«

»Das weiß ich bereits.«

Ein Schauspieler mit solch einem Gesichtsausdruck, der sich nun auf Caepios Gesicht ausbreitete, hätte auf dem Forum tosendes Gelächter ausgelöst. Doch in Silos Stimme war kein Vergnügen zu vernehmen.

»Es war Mutilus.«

Der Legat hob das Schwert.

»Mutilus …«, konnte Caepio noch sagen, bevor die Klinge mit einem schwirrenden Geräusch seinen Kopf vom Körper trennte.

Zwei rote Strahlen spritzten pulsierend auf Silos Brust. Er ließ sich beflecken, als würde das Blut seine Schuld wegspülen können.

Caepios Körper fiel in sich zusammen wie ein leerer Sack. Sein Kopf rollte zwischen meine Füße. Seine Augen starrten mich mit einem Ausdruck an, als wäre er in den Tod mit einer Frage auf den Lippen – und nicht mit einer Antwort – gegangen.

Silo ließ sich auf einen Stein hinabsinken und stützte den Kopf in die Hände. Die rostrote Flüssigkeit, die langsam durch den Stoff der Tunika sickerte, hinterließ auf seinem Brustkorb einen großen, dunklen Fleck, der dem Umriss eines Kontinents ähnelte. Die Soldaten begannen schweigend, die Rüstung des Gefallenen einzusammeln.

»Du hast nicht darauf reagiert, als Caepio erzählte, dass Servilia Drusus ausspioniert hat«, sagte ich. »Du wusstest es bereits.«

Das Bedürfnis, sich von der Leiche am Boden abzuwenden, ließ ihn antworten.

»Drusus vermutete es. Durch den Lüftungsschacht in Claudianus' Zimmer verfolgte die Göre unsere Treffen. Anstatt sie zu bestrafen, fingen Drusus und ich an, zuvor abgesprochene Gespräche zu führen.

Wir fütterten sie mit falschen Angaben. Wenn wir sicher sein wollten, dass sie nicht zuhören konnte, sorgte Drusus dafür, dass Claudianus zu Hause schlief.«

Selbst seine Nichte hatte Drusus politisch instrumentalisiert.

»Was geschieht jetzt mit mir?«, fragte ich.

Silo blickte auf.

»Das ist eine gute Frage.«

XVIII

Mein Vater weckte mich kurz vor Tagesanbruch und kroch nach draußen ins Freie. Noch halb im Schlaf verweilend konnte ich ihn stöhnen hören, während er sich reckte und streckte und dann sein Gesicht den ersten Sonnenstrahlen zuwandte. Er schob eine Hand ins Zelt und zog mich an einer Ferse nach draußen.

So weit das Auge reichte, standen Zelte in langen, gleichmäßigen Reihen unter dem weißblauen Himmel. 40 000 Legionäre und ein gigantisches Gefolge atmeten im Schlaf um uns herum.

Wir machten uns auf den Weg zur Via Principalis in Richtung zum Haupttor.

»Warum machen wir das erst jetzt? Wir haben hier vierzehn Tage lang gelegen.«

Im Laufe des Jahres, das seit unserer Abreise aus Rom vergangen war, hatte ich angefangen, alles zu hinterfragen. Warum durften wir Ärzte nur Offiziere behandeln, während die gemeinen Soldaten allein klarkommen mussten?

Was war tatsächlich unsere Aufgabe in Gallien? Wann durften wir am Kampf teilnehmen?

»Es ist so viel geschehen«, entgegnete Vater leise.

So war es. Insbesondere was ihn anbelangte. Unser General, der praktisch Analphabet war, war mit Mitteilungen beschäftigt. Er nutzte Vater als Schreiber, und es waren beunruhigende Nachrichten, die zwischen dem Feldherrnzelt und dem Senat in Rom hin- und hergeschickt wurden.

»Denkst du, Quintus Servilius ist wahnsinnig geworden, oder ist er einfach nur dumm?«, fragte ich.

»Sch …! Warte, bis wir außerhalb des Lagers sind.«

Wir passierten die Wache am Tor und erreichten die nahe gelegene Römerstraße. Meine Frage war rhetorisch gewesen. Wir wussten beide, das Quintus Servilius vollständig verrückt war.

Der Weg schlängelte sich durch die sonnenverbrannte Landschaft. Hie und da ragten zwischen dem gelben Gras sandfarbene Felsformationen hervor. Wir liefen schnellen Schrittes auf die Küste zu, mit der aufgehenden Sonne in unseren Augen, bis wir eine Stadt erblickten. Massilia schmiegte sich an einen Felsvorsprung und war von drei Seiten von Wasser umgeben. Die Dächer wanden sich in einer ungleichmäßigen Spirale bis zu einer Zitadelle auf der Felsspitze hinauf.

Wir erreichten das Tor zur Mittagszeit. Von einem kleinen Marktplatz aus verzweigten sich die schmalen Straßen der Stadt wie krumme Finger an der Hand eines alten Mannes. Es war gut zu wissen, wo man hergekommen war, wenn man in einer Sackgasse oder am Fuße einer Treppe stand, die weiter oben in eine andere Straße mündete, welche in die entgegengesetzte Richtung verlief.

Schließlich standen wir vor einer hohen Mauer mit einer niedrigen Tür. Das Fenster darüber war verriegelt.

»Hier muss es sein«, sagte Vater.

»Bist du dir sicher? Schließlich haben uns bloß zehn verschiedene Menschen den Weg hierhin gewiesen. Vielleicht sollten wir noch ein paar andere fragen?«

Heute bewundere ich die Gelassenheit meines Vaters. Ich muss eine Zumutung für ihn gewesen sein.

Eine Frau mit einem Kind auf ihrem Arm öffnete. Als Vater sich ihr vorstellte, fiel sie ihm um den Hals.

»Onkel Demetrios!«, heulte sie. »Mikon, komm und schau, es ist mein Onkel Demetrios, der gekommen ist. Mein Onkel, den ich noch nie zuvor gesehen habe. Und das muss der kleine Demetrios sein. Was bist du nur für ein hübscher Junge. Du wirst eine wahre Freude für die Mädchen sein, wenn du erwachsen bist.«

Ich konnte meine Kusine Diomache auf Anhieb gut leiden. Sie war Ende dreißig und hatte ein hübsches, rundes Gesicht, aus dem nur selten das Lachen verschwand. Ihre Lebhaftigkeit schien die passende Ergänzung zum ruhigen Wesen ihres Mannes zu sein. Ihr Heim bestand aus zwei spartanisch eingerichteten Räumen.

Wir ließen uns am Tisch in der Küche nieder und redeten über Diomaches Mutter, die sich als nicht mehr ganz junge Frau allein auf den langen Weg von Athen nach Massilia gemacht hatte. Wie immer, wenn die Sprache auf seine verstorbene Schwester kam, wurden Vaters Augen feucht und seine Stimme brüchig. Ich rollte mit den Augen. Diese Geschichte hatte ich wirklich zu oft gehört, als dass sie mich noch fesseln konnte. Schließlich erkundigte sich Diomache, was uns nach Massilia geführt hatte.

Vater erzählte, wie das Heer, nachdem es Rom verlassen hatte, im Eilmarsch Italien hinauf und entlang der Südküste Galliens bis zu den Pyrenäen gezogen war. Es hatte geheißen, die Barbaren, die wir suchten, hätten sich dort niedergelassen, doch sie waren längst weiter nach Norden geflüchtet. Quintus Servilius hatte beschlossen, den ganzen Winter dort auszuharren, anstatt sie zu verfolgen.

»Möchtest du nicht von dem Gold erzählen?«, fragte ich.

Der sagenumwobene Goldschatz von Tolosa war, der Überlieferung zufolge, vor langer Zeit von dem Gallierkönig Brennus aus den prächtigsten Tempeln in Griechenland geraubt, auf tausend Wagen verladen und den langen Weg zurück nach Gallien gebracht worden. Allerdings konnte sich erstens jeder Reisende in Griechenland selbst von den immer noch vorhandenen Reichtümern in den Tempeln überzeugen, und zweitens wurde Tolosa im Lauf der letzten Jahrhunderte ein halbes Dutzend Male eingenommen und hatte jedes Mal seine Eroberer enttäuscht.

»Quintus Servilius glaubte fest daran, dass die Geschichte wahr war«, berichtete ich. »Er lief herum und stöberte in den menschenleeren Straßen Tolosas herum. In den verlassenen Häusern. In Tempeln aus Stein und Holz. Er fand nichts. Bis ihm einfiel, das Wasser aus den Seen mit den Tempeln zu lassen. Auf dem Boden, unter einer Schlammschicht, lag das Gold. 100 000 Unzen Gold und 110 000 Unzen Silber. Ein Berg aus Edelmetall.«

Diomaches Mund hatte sich zu einem O geformt, durch ihre lebhafte Mimik hatten sich die Augenbrauen bis fast zum Haaransatz hinaufgezogen.

»Der Konsul ließ das Ganze auf 350 Wagen verladen und nach Rom bringen. Was glaubt ihr, was dann geschehen ist?«

Diomache schaute Mikon an, der mit den Schultern zuckte. Vater räusperte sich.

»Alles verschwand auf dem Weg. Zusammen mit den tausend Soldaten, die den Schatz eskortierten.«

»Aber wohin?«

»Das weiß keiner. Doch es gibt Gerüchte, dass die Wagen an einen geheimen Ort gebracht wurden. Das größte Vermögen, das Rom jemals erbeutet hat, verwandelte sich in Quintus Servilius' eigene Altersvorsorge. Und nun will er noch nicht einmal den Befehlen Folge leisten, die er vom Senat erhält.«

Vater wollte mich unterbrechen, doch ich hatte mich warm geredet.

»Der neue Seniorkonsul, Gnaeus Mallius, ist aus Rom aufgebrochen. Doch Quintus Servilius wird ihm nicht gehorchen, denn Mallius ist Plebejer. Quintus Servilius lässt sich nicht von jemandem aus den unteren Schichten herumkommandieren. Das hat er dem Senat mitgeteilt.«

»Woher weißt du das alles, Junge?«, erkundigte sich Diomache.

»Vater ist der Schreiber von Servilius.«

Mein Vater unterbrach mich und entschuldigte sich dafür, dass wir aufbrechen müssten.

»Das Heer bricht morgen auf. Wir sollten vor Sonnenuntergang zurück sein. Es war eine Freude, dich endlich kennengelernt zu haben, liebe Diomache. Und auch dich, Mikon.«

Er umarmte seine Familie, der er heute zum ersten Mal begegnet war, und die er nicht wiederzusehen glaubte. Diomache blickte auf, als ob sie über etwas nachdächte.

»Aber wir haben doch noch ein Geschenk für Demetrios.«

»Ein Geschenk«, wiederholte ich, ohne darüber nachzudenken, dass sie durch unseren unangemeldeten Besuch kaum etwas hätten vorbereiten können.

Es hatte mich allerdings auch nicht überrascht, dass sie Vater sofort wiedererkannt hatte, obwohl sie ihm nie zuvor begegnet war.

Im Boden des Schlafzimmers öffnete sie eine Kellerluke.

Aus der Tiefe schlug mir ein Geruch von Feuchtigkeit und Meerwasser entgegen.

»Geh nur hinunter, mein Junge. Es sind nur zehn Stufen.«

Die Luke fiel über mir zu, bevor ich den Fuß auf den kalten Steinboden gesetzt hatte. Ich tastete mich durch die Dunkelheit zurück und stieß an die Innenseite der Luke.

»Das Leben ist dein Geschenk.« Vaters Stimme klang entfernt und brüchig. Nicht nur aufgrund des Hindernisses aus Holz zwischen uns. »Die größte Gefahr für dich besteht darin, mit Quintus Servilius als General in den Krieg zu ziehen.«

Meine lautstarken Proteste verhallten zwischen den Mauern des feuchten Kellers. Vater wartete, bis ich mich beruhigt hatte.

»Diomache und ich sind uns einig darin, dass das hier die beste Lösung für dich ist. Du wirst herausgelassen, wenn das Heer weitergezogen ist. Lebwohl, mein Junge.«

XIX

Marser und Römer standen sich am nördlichen Ufer des Fucinersees gegenüber. Die 30 000 Mann der Marser, die auf einem flachen Hügel standen, konnten auf die 20 000 Mann von General Marius blicken, der eine Schildburg mit der Breite von drei Häuserblöcken oberhalb des schmalen Landstreifens hatte errichten lassen, der zwischen dem sumpfigen Ufer des Sees und den bewachsenen Hügeln und Schluchten am Fuße des Berges lag. Ein kalter Wind kündigte den Winter in dem sandfarbenen Marschland an.

»Testudo«, sagte Silo und betrachtete die zahllosen langen Speere, die zwischen den römischen Schilden hervorragten. »Die Schildkröte, eine Verteidigungsposition. Will Marius etwa nicht angreifen?«

Silos selbstbewusste Aura war verschwunden. Sein ehemals aufrechter Rücken war gebeugt vor Sorgen, sein unergründliches Lächeln verblasst. Ein paar Tage zuvor war ich in dem Zelt, in dem man mich unter ständiger Beobachtung hielt, aufgewacht und sah, wie er dasaß und mich anschaute. Sein Blick war finster, seine Hände zitterten wie die Flügel eines frisch geschlüpften Vogelkükens. Nachdem er eine Weile dort gesessen hatte, verließ er mich, ohne ein Wort gesagt zu haben.

Ein Bürgerkrieg ist die grausamste Form eines bewaffneten Konflikts, den es gibt. Brüder töten Brüder und Familien fallen auseinander. Jahrelange Freundschaften enden in Hass und Verzweiflung. Silo konnte nicht länger vor sich verheimlichen, dass er eine Mitschuld an dem Leiden Italiens hatte. Wie ein Büßergewand trug er die Tunika mit den bräunlichen Flecken von Caepios Blut.

»Weshalb möchtest du meine Meinung hören?«, fragte ich ihn.

»Weil du Marius kennst. Weil du scharfsinnige Antworten gibst. Und weil auch dein Leben davon abhängt, ob ich heute die richtigen Entscheidungen fälle.«

Die Situation war offenkundig. Zu lügen wäre töricht gewesen.

»Der General ist durch den See auf der einen Seite und die Hügel auf der anderen Seite geschützt. Du kannst ihn nicht umzingeln. Würdest du ihn direkt angreifen, liefen deine Männer gegen seine Schildburg. Er wird dich zurückdrängen und deine Truppen niederschlagen, Zug um Zug.«

Ich nickte in Richtung der Stadt auf der Hügelspitze am Seeufer ein paar Meilen hinter uns.

»Marruviums Tor ist zu schmal, um alle aufzunehmen. Dein Heer würde sich auflösen und die Stadt belagert werden. Deine einzige Möglichkeit besteht darin, Marius zu einem Angriff zu provozieren.«

Silo schien eine Art Trost darin zu finden, dass ich seine eigene düstere Vorahnung bestätigte.

»Danke für deine Ehrlichkeit.« Er reichte mir eine Hand. »Du sollst wissen, dass ich deine Gesellschaft zu schätzen weiß. Sollten wir uns nicht wiedersehen, bitte ich dich, Drusus' Mörder zu überführen. Mein Freund verdient es, gerächt zu werden. Dasselbe gilt auch für die Opfer in diesem Krieg.«

»Du verstehst es, deine Verantwortung auf andere abzuwälzen.«

Durch diese kurze Bemerkung war sein Lächeln zurückgekehrt. Es war das letzte Mal, dass ich es sah.

Silo schwang sich in den Sattel und ritt davon, bis er vor dem Heer der Marser stand. Er schaute nach oben, als suchte er nach einer göttlichen Eingebung, bevor er sich in die unmögliche Aufgabe stürzte, den besten Strategen seiner Zeit zu einem der törichtsten Anfängerfehler aus dem Militärhandbuch zu bewegen.

»Ich suche General Marius«, rief er zur Mauer aus Schilden und Speeren hinab. »Traust du dich, mit mir zu reden?«

»Hier bin ich, du schlitzäugiger Grünschnabel.«

Marius hatte die gleiche Absicht wie Silo. Ein Raunen der Empörung lief durch die Marser, als sie vernahmen, wie respektlos ihr General angesprochen wurde.

Ich selbst empfand nur Scham darüber, mich zwischen den Feinden des Generals zu befinden. Glücklicherweise war Marius zu weit weg, um mich sehen zu können.

»Wenn du tatsächlich so ein großer Heerführer bist«, brüllte Silo. »Dann komm und kämpfe.«

»Wenn du ein ebenso großer Heerführer bist, dann zwing mich zum Kampf«, erwiderte Marius.

»Ich habe gehört, dass du ein mutiger Mann seist. Dann rede nicht so unwürdig.«

»Und ich habe gehört, du seist ein Waschlappen, mit dem ich mir den Arsch abwischen kann!«

Die Marser brüllten wütend. Angesichts dieser Unverschämtheiten eines unterlegenen Feindes konnten sie kaum ihre Disziplin bewahren. Silo kämpfte einen aussichtslosen Kampf, um dann noch eine gröbere Beleidigung herauszubringen.

»Du primitiver Dreckskerl«, rief er.

»Du schwanzlutschender, heulender Hurensohn einer billigen, durchgefickten Straßenhure …«, fing Marius an. Der Rest ging im Gebrüll unter, als die Reihen der Marser aufbrachen und sie an ihrem Anführer vorbeistürmten. Alle sechs Legionen stürzten in besinnungsloser Raserei auf Marius' Schildburg zu. Die römische Schildkrötenformation wurde einem mächtigen Druck ausgesetzt. Das Gewicht der aufgespießten Körper der Feinde zwang die Speere zur Erde, die Legionäre mussten rasch die Schwerter ziehen. Es war für die Römer schwer, die Flutwelle aus Fleisch und Muskeln einzudämmen. In den Zwischenräumen zwischen den Schildformationen konnte eine gewisse Anzahl an Marsern eindringen. Sie wurden umgehend von der zweiten Linie der Römer niedergeschlagen. Hinter den Schilden erklangen, mit regelmäßigen Unterbrechungen, die Pfiffe der Zenturionen als Signal, dass die zehn Mann tiefen Reihen die Frontkämpfer austauschen sollten, damit frische Kräfte nachrücken konnten. Das römische Heer zermalmte geduldig den Feind, so wie ein Mühlrad Getreide mahlt.

Ich blieb bald allein auf dem Hügel zurück und lief schließlich querfeldein, zurück in Richtung Marruvium. Der Kampflärm wurde allmählich zu einem leisen Grollen in der Ferne. Die Bewohner der Stadt waren zu sehr damit beschäftigt, der Schlacht zu folgen, um auf eine einsame Gestalt zu achten, die eine halbe Meile von ihnen entfernt vorbeilief.

Südlich der Stadt lag ein Weinanbaugebiet. Es war in Parzellen von vielleicht zehnmal 20 Schritt unterteilt und von einer mannshohen Mauer umgeben, die ich überwinden musste, um weiterzukommen. Tausende Trauben, vergessen im Chaos des Krieges, hingen dort und verfaulten an den Weinstöcken. Dieser süßliche Duft war schwer und betäubend wie billiges Parfüm.

Die Landschaft verengte sich zu einem unbefestigten Weg zwischen dem Seeufer und einer hohen Wand aus Felsen. Dort traf ich zu meiner Überraschung auf eine Legion Römer, die auf dem Weg nach Norden war.

»Bringt den Bauern hierher«, rief ihr Anführer.

Wie ein entlaufener junger Bulle wurde ich von zwei Männern auf ihren Pferden eingefangen.

XX

Der Heerführer wirkte wie ein Familienvater mit seinen Kindern auf einem Ausflug. Er trug einen breitkrempigen Filzhut und eine langärmlige Tunika als Schutz gegen die Sonne.

»Was ist dort oben los?«, erkundigte er sich und beugte sich weit im Sattel vor.

»General Marius kämpft gegen das Heer der Marser«, antwortete ich.

»Verdammte Scheiße. Sitzt er in der Klemme?«

»Im Gegenteil. Es kommt bald ein Strom von marsischen Flüchtlingen hierher. Ihr einziger Fluchtweg führt durch die Weingärten hinter der Stadt.«

Der Heerführer nahm den Hut ab und kniff die Augen zusammen. Sein blondes Haar war kurz geschoren, das bleiche Gesicht mit Sommersprossen übersät. Seine kräftigen Oberschenkelmuskeln drückten gegen den Rumpf des Pferdes. Sulla ähnelte nicht mehr länger einem Trunkenbold. Das Leben im Feld hatte ihn den Tod seines Sohnes vergessen und in ihm den Soldaten erwecken lassen. Die Verwandlung erschien mir unwirklich.

»Habe ich dich nicht schon mal gesehen?«, fragte er.

»Ich bin der griechische Arzt Demetrios.«

Es dauerte einen Augenblick, bis sein Gedächtnis die verstaubte Erinnerung an unsere Begegnung und das kleine private Fest, zu dem er mich eingeladen hatte, hervorgerufen hatte.

»Was zum Hades machst du hier?«

Ich erzählte ihm von meinen Erlebnissen, doch er hatte nicht die Geduld, mir zuzuhören.

»Wir sollten die Rückseite der Weingärten dort decken«, rief er seinem Legaten zu. »Es ist bald Zeit zum Abschlachten.«

Die Zenturionen gaben seinen Befehl weiter. Die Legionäre liefen eilig an uns vorbei. Sulla sprang vom Pferd ab und umarmte mich, als ob wir alte Freunde wären.

»Schön, dich wiederzusehen. Metrobios müsste hier sein. Du hast ihn mit deiner Leidenschaft für das griechische Drama beeindruckt. ›Der hübsche Bulle von einem Arzt‹ nannte er dich, die kleine Schwuchtel. Er sollte dich jetzt mal sehen. Du ähnelst einem Haufen Scheiße.«

Der Wind, der durch das hohe Gras fegte, hatte die Wolken hinweggeblasen. Die stechende Herbstsonne schien über die Wiese, die nach Moos und Feuchtigkeit duftete. Sulla kletterte die Felsen hinauf und setzte sich auf einen Vorsprung mit Aussicht auf die Weingärten und Marruvium. In seinem breiten Suburadialekt berichtete er, unter häufiger Verwendung von fünf oder sechs immer wiederkehrenden Flüchen, wie er als Legat für den Seniorkonsul weiter südlich gekämpft hatte. Dieser hatte, verstand ich, konsequent Sullas Ratschläge ignoriert und war schließlich so müde davon, auf sie zu hören, dass er Sulla eine einzige Legion gegeben hatte sowie den Befehl, soviel Verwüstung wie möglich anzurichten. Nun war er hier gelandet, wo es endlich danach aussah, dass etwas los war.

»Hast du nicht vor, Marius zur Hilfe zu kommen?«, fragte ich.

»Ich möchte nicht das Leben meiner Männer in einer Schlacht aufs Spiel setzen, bei der Marius bereits die Ehre zufällt, den Sieg errungen zu haben. Außerdem würde es dem alten Scheißkerl ähnlichsehen, mich später dafür anzuklagen, ihm diesen Sieg geraubt zu haben.«

»Marius hat wohl keine hohe Meinung von dir.«

Sulla riss einen Grashalm ab und kaute auf dessen Ende herum. Er schaute mich an und knirschte mit den Zähnen. Mit einer ärgerlichen Grimasse schmiss er den Grashalm weg.

Dann konnte er nicht mehr länger seine Zunge im Zaum halten.

»Ich werde dir etwas über deinen Freund Marius erzählen«, entfuhr es ihm. »Während des Feldzugs gegen die Kimbern hielt er mich zurück. Ich hätte ihm auf dem Schlachtfeld helfen können. Aber stattdessen schickte er mich los, um etwas auszukundschaften, oder hinaus, um Vorrat oder sonst irgendetwas zu holen. Ich bekam alle möglichen Drecksaufgaben. Das Problem war, dass mich die Männer mochten. Ich war beinah so beliebt wie er. Damit kam er nicht zurecht. Schließlich unterstellte er mich dem Kommando seines Stellvertreters Catullus.«

»Stimmt, du warst der Legat von Catullus.«

Ich dachte dabei an den Getreideschwindel. Daran verschwendete Sulla allerdings keinen Gedanken.

»Marius schickte uns beide in die Berge hinauf, wo wir zusammen krepieren sollten. Catullus war nicht viel wert, dieser erbärmliche Waschlappen. Er saß in seinem Zelt und jammerte die meiste Zeit. Ich allein musste die verdammten Bergbauern niederschlagen. Mir gelang es, ihren Wintervorrat zu erobern. Es war genug für das gesamte Heer. Ich bot Marius die Hälfte an. Aber er sagte nur, dass ein Heerführer keine Geschenke von einem Untergebenen annehme.«

Ich konnte nicht glauben, dass der General absichtlich seine Männer hungern ließ.

»Glaub, was du willst. Marius hasst alle, die ihm ebenbürtig sind.«

»So wie Konsul Lupus?« Ich rieb mir die Narbe an der linken Hand, wo mein kleiner Finger gesessen hatte. »Ich habe gehört, dass du seine Kandidatur unterstützt hast.«

Sulla verzog verärgert das Gesicht.

»Scaurus bot mir einen Handel an. Und Lupus, dieser blutdürstige Verrückte, gehörte dazu. Wie Scheiße zu einem Schafsfell.«

»Scaurus wollte Lupus als Konsul haben?«

»Die Wege des Senatsvorsitzenden sind unergründlich. Als Belohnung für meine Unterstützung wurde ich Legat beim Seniorkonsul.

Keiner rechnete damit, dass der lungenkranke Schwächling das Feld-
leben überleben würde. Aber wie alle Idioten ist er zäh, und nun ist
der Krieg bald vorüber.«

Ich wandte ein, dass die Marser stärker als jemals zuvor seien und die
Samniten einen Sieg nach dem anderen errungen hätten.

»Genau. Daher haben die Schlappschwänze im Senat eingesehen, dass
dieser Krieg hier nicht zu gewinnen ist. Sie haben sich überlegt, allen
Italern die Bürgerrechte anzubieten, die gescheit genug sind, sich neutral zu verhalten. Bei Jupiters Arschloch, ganz Norditalien wird bald
römisch sein.«

Das Kampfgetümmel von der anderen Seite Marruviums nahm zu.
Sulla kniff die Augen zusammen und streckte seinen Hals.

»Jetzt beginnt die Vorstellung.«

Die ersten Marser taumelten unbewaffnet und erschöpft über die
Mauern der Weinfelder. Kurz darauf strömten weitere Flüchtende
hinterher wie eine Sturmflut, die über einen Deich bricht. Kein Einziger von ihnen überlebte das Aufeinandertreffen mit Sullas Legion.

Mal lachte Sulla, dann wieder schüttelte er den Kopf und schnaubte,
als würde er einer schlechten Komödie zusehen.

»Das erinnert mich eher an Plautus als an Menander«, murmelte er.

Sullas Legion stapfte in gleichmäßigem Marschtritt über die Felder,
die ich selbst zuvor am Tag passiert hatte. Hinter uns riefen die Einwohner Marruviums Schimpfworte von den Palisaden herab. Die
Soldaten übertönten sie mit Schmähgesängen, die alle erfolgreichen
Heerführer als Zeichen ihrer Popularität gern hören:

> »Der Sulla ist ein Hurenbock,
> Das weiß er selbst am besten.
> Doch für den Gegner stets ein Schock,
> Im Osten wie im Westen.
> Wenn des Feindes Blut geflossen,
> Die Siegesschale ausgesoffen,
> Kniet er vor Fortuna nieder
> Und singt ihr zärtlich Dankeslieder.«

Das Lied sagte mir, dass Sulla den Ruf hatte, Glück im Kampf zu haben. Das würde ihn bei zukünftigen Rekruten in keinem schlechten Licht erscheinen lassen.

Auf dem Schlachtfeld begegnete uns ein sonderbarer Anblick. Überall lagen tote und verwundete Marser herum, aber die Römer, die in der Dämmerung umherliefen und die Waffen der Feinde einsammelten, sahen nicht wie Sieger aus.

Sulla hielt zwei Soldaten an, die dabei waren, einem toten marsischen Offizier die Finger abzuschneiden, um an seine Goldringe zu kommen.

»Hat Marius etwa nicht gewonnen?«, fragte er.

»Doch, das schon«, seufzte der eine.

Die zwei breitschultrigen Männer fingen an, im Takt zu schluchzen.

»Was im Hades ist dann los, ihr Klageweiber?«

»General Marius wurde von einem Speer am Kopf getroffen«, gaben sie zur Antwort. »Er liegt im Sterben.«

XXI

Die Offiziere in Marius' Zelt waren in einem erbarmungswürdigen Zustand. Selbst bei Pestepidemien hatte ich hoffnungsvollere Menschen erlebt.

Marius lag auf dem Feldbett mit einer tiefen Delle im blanken Helm.

»Hat keiner von euch daran gedacht, ihm den Helm abzunehmen?«

»Was sollte das nutzen?«, seufzte ein Tribun. »Er wird den Morgen sowieso nicht überleben.«

»Raus mit euch, ihr verdammten Schwachköpfe«, rief Sulla. »Macht euch nützlich. Nehmt Marruvium ein, bevor seine Bewohner fliehen. Los jetzt, ihr Schlappschwänze!«

Die Offiziere schlichen sich davon. Ich schickte ein paar Sklaven los, um Wasser und saubere Baumwolltücher zu holen. Die größte Gefahr bestand darin, dass der Speer einen Bruch der Schädeldecke verursacht hatte. Daher war es unmöglich, zu sagen, ob Marius durchkommen würde.

Sulla wanderte im Zelt auf und ab wie ein Vater vor einer Kammer, in der ein Kind geboren wird. Sein kurzes, blondes Haar klebte an der Stirn. Seine graublauen Augen glühten.

»Marius war der einzige anständige Heerführer in Rom«, murmelte Sulla. »Die Götter wissen, dass ich wahrlich kein Bewunderer des alten Arschlochs bin, aber das hier ist eine verdammte Scheiße. Wir sind erledigt.«

Ich erinnerte ihn daran, dass er nun der ranghöchste Offizier war. Die Aussicht auf die Einnahme der Hauptstadt der Marser bot die Möglichkeit für Ehre, die kein römischer Adliger, der auf sich hielt, außer Acht lassen konnte.

Sulla starrte mich mit einem wilden Blick an, sprachlos darüber, dass er das übersehen hatte.

»Du hast Recht. Jemand muss die Führung über die Schwächlinge da draußen übernehmen. Sie wissen ja überhaupt nicht, was sie tun sollen.«

Im Morgengrauen kehrte er zurück und berichtete, dass alles für die Belagerung von Marruvium vorbereitet sei. Er klang, als verkündete er das Ende des Bürgerkriegs.

»Ich habe um die gesamte beschissene Stadt einen Belagerungswall errichten lassen. Da kommt keiner dieser Arschficker durch. Lebt der alte Idiot immer noch?«

Ich erklärte ihm, dass ich gezwungen gewesen sei, die Schädeldecke zu öffnen. Marius hätte innere Blutungen im Kopf gehabt. Der Druck, den die Blutung verursachte, habe das Gehirn zusammengepresst, was auf längere Sicht hin tödlich gewesen wäre.

Eine Trepanation ist ein derart riskanter Eingriff, dass ihn mein Vater nur ein einziges Mal in seinem Leben durchführte, bei einem Senator aus dem Bekanntenkreis von Cornelia Graccha. Glücklicherweise starb er erst einige Tage später, sodass man die Schuld seiner Familie zuschieben konnte, da sie es unterlassen hatte, Spes, der Göttin der Hoffnung, ein weißes Schaf zu opfern.

»Zunächst lassen wir den Bohrer durch Vulcanus segnen«, hörte ich Vaters ruhige Stimme salbungsvoll sagen, »danach rasieren wir die Haare des Patienten ab. Wir schneiden ein Kreuz in die Kopfhaut, ziehen die Haut zurück und legen die Schädeldecke frei. Anschließend bohren wir.«

Ich folgte seinen Anweisungen.

Nachdem der Bohrer kurz in die Flamme gehalten worden war, wurde er auf der Vorrichtung für die Trepanation befestigt, einem kleinen, handbetriebenen Werkzeug. Solch ein Eingriff verläuft ungefähr auf die gleiche Weise wie das Bohren eines Lochs in eine Holzplatte, doch das Blut, das unter der freigelegten Kopfhaut herausströmt, erschwert diesen Vorgang deutlich.

Ein paar Offiziere mussten Marius festhalten. Obwohl er bewusstlos war, ließ der Schmerz sein Bein zusammenzucken. Andere kamen hinzu und bildeten einen Kreis um das Bett. Man konnte sich fragen, ob überhaupt irgendeiner der Offiziere bei der Belagerung Marruviums zugegen war.

Kurz darauf begann dunkelrotes Blut aus dem unteren Rand des Lochs herauszuströmen, als Zeichen dafür, dass die Schädeldecke durchbohrt war. Ich hoffte, dass es nicht notwendig werden würde, die blassrote Hirnmasse freizulegen. Denn mein Vater hatte die Theorie, dass in diesen sonderbaren Windungen des Organs die Lebenskraft des Körpers steckte, und dass sie verdunsten würde, wenn man das Kranium öffnete. Er hatte zweifelsohne Recht, denn ich hatte immer noch keinen Patienten mit einem offenen Schädelbruch gesehen, der seine Verletzung mehr als einen Tag lang überlebt hatte.

Der Blutstrom verringerte sich zu einem stetigen Tropfen. Schließlich versiegte er völlig. Marius atmete leichter. Ich nahm das als ein gutes Zeichen, legte die kleine gebogene Bronzeplatte, die der Lagerschmied angefertigt hatte, auf die Stelle über der Öffnung und nähte die Haut zusammen.

»Jetzt müssen wir abwarten«, sagte ich zu den blassen Gesichtern, die über dem Bett hingen. »Er kann in einer Stunde, einem Tag oder einer Woche aufwachen. Oder gar nicht.«

Die Offiziere schlichen sich davon, enttäuscht darüber, dass der General nicht sofort gesund und munter von seinem Krankenlager aufgesprungen war. Nur Sulla blieb zurück.

»Was glaubst du?«, fragte er. »Überlebt der alte Mistkerl?«

»Das sollten wir hoffen.«

»Weshalb sollten wir das eigentlich?«

Sulla hatte sein Gleichgewicht wiedergefunden. Ein kleines, munteres Lächeln flackerte in seinen graublauen Augen auf.

»Du hast selbst gesagt, dass Marius der einzige anständige Heerführer in Rom ist.«

»Und was ist mit mir?«, erkundigte er sich.

»Ich sah dich nur eine Horde Männer abschlachten, die Marius zufälligerweise in deine Richtung getrieben hatte.«

Es ist ein schlechter Einfall, in einem Gespräch mit einem Patrizier Respektlosigkeit aufkommen zu lassen, doch ich verspürte keinen Drang, Sullas Selbstvertrauen zu unterstützen. Dazu war er selbst ausgezeichnet in der Lage.

»Das erste Mal, als Marius die Marser besiegte, waren sie mit dem Plündern von Leichen beschäftigt. Hier bei Marruvium trieb er sie in die Enge und ärgerte sie so lange, bis sie ihn in einem beschissenen Gelände angriffen.«

»Man kann Marius nicht vorhalten, dass das Glück auf seiner Seite war.«

Ich hatte einen wunden Punkt getroffen.

»Du hast Recht«, erwiderte Sulla vorsichtig, »mit dem Glück sollte man nicht spaßen. Aber jetzt, wo der alte Mistkerl außer Gefecht gesetzt wird, habe ich die Möglichkeit, mich bemerkbar zu machen. Zum Beispiel, um nach Süden zu marschieren und den Samniten gehörig ein paar Hiebe zu verpassen. Hast du Lust mitzukommen? Es kann dir nicht schaden, Feldarzt eines siegreichen Generals zu sein. Denn der kann ich werden, jetzt, wo ich ungehindert operieren darf.« Er warf einen Blick auf Marius' reglosen Körper. »Das Wortspiel tut mir leid.«

»Ich kann meinen Patienten nicht verlassen.«

Sulla schaute von Marius zu mir und schüttelte den Kopf.

»Dann bleib hier bei deinem hochgeschätzten General. Vielleicht änderst du deine Meinung nach einer Nacht neben seinem schlaffen, reglosen Körper. Pace.«

Ich betrachtete den alten Mann auf dem Feldbett.

Marius' Versprechen, mich freizulassen, war nicht viel wert, sollte er nicht überleben. Die Wahrscheinlichkeit dafür war, das musste ich zugeben, äußerst gering.

Aber genau da fing Marius an, sich zu bewegen, als hätte er nur darauf gewartet, dass Sulla gehen würde. Die Sprache ist oftmals das Erste, was nach einer Hirnblutung Schaden nimmt, und ich musste mein Ohr ganz dicht an seinen Mund halten, um ihn verstehen zu können.

»Sulla … gefährlich«, flüsterte er. »Kenne ihn … hört nicht auf … mit seinen … Ambitionen.«

»Mir fällt es schwer, aus ihm schlau zu werden«, sagte ich, »aber ich bin mir sicher, dass er alles tun würde, um Rom zu retten. So wie jeder andere Römer auch.«

Marius packte mein Handgelenk, die Augen flackerten in dem erschlafften, faltigen Gesicht auf.

»Zieh los … mit ihm. Will wissen … was er … vorhat.«

Sein Blick richtete sich auf eine große Kiste in einer Ecke des Zeltes.

»Nimm das Geld … aus der Kriegskasse. Bestich … die Boten. Schick Nachrichten … zu Scaurus.«

»Es wäre besser, ich bliebe hier und pflegte dich.«

»Das ist … ein BEFEHL!«

Ein Legat kam herein, während ich das Geld zählte. Er lief umgehend nach draußen, um die Botschaft von der Genesung des Generals zu verbreiten. Mit einem an die Brust gedrückten Beutel kniete ich neben der Bahre nieder.

»General, ich werde selbstverständlich die Aufgabe ausführen, die du mir aufgetragen hast. Ich möchte lieber sterben, als dein Vertrauen zu verlieren.«

Der große General war eingeschlafen.

XXII

Der Schein des brennenden Marruviums erleuchtete den Nachthimmel der Umgebung. Die belagerte Stadt würde wie üblich bei solchen Gelegenheiten dem Erdboden gleichgemacht. Ihre männlichen Bewohner würden hingerichtet werden, denn das Gesetz verbot es, Verräter als Sklaven zu verkaufen. Frauen und Kinder würden nackt hinaus in den anbrechenden Winter gejagt. In wenigen Jahren würde ein zufällig Vorbeikommender nicht ahnen, dass an jener Stelle ein stolzes und freiheitsliebendes Volk gelebt hatte, das den Namen Marser trug.

In Sullas Lager herrschte eine Betriebsamkeit wie in einem Ameisenhaufen. Selbst die Wachposten waren mit dem Packen beschäftigt. Im

Zelt des Feldherren war Sulla dabei, die letzten Zeilen eines Briefes an den Senat zu diktieren. Ich setzte mich in den Vorraum und wartete.

»… Ich habe Marruvium belagert. Es dauerte nicht lange, bis der beschissene Ort fiel. Marius ist schwer verwundet. Das alte Narbengesicht ließ Silo in die Berge entkommen. Glücklicherweise nur mit ein paar tausend Mann. Es ist nur eine Frage der Zeit, bis sie eingeholt werden. Ich marschiere nach Süden, um den verdammten Samniten eine ordentliche Tracht Prügel zu versetzen. Mit ergebensten Grüßen und so weiter, Lucius Cornelius Sulla. Hast du alles?«

»Gewiss, mein Feldherr«, antwortete der Schreiber. »Darf ich ein paar Änderungen für die endgültige Version des Briefes vorschlagen?«

»Was für Änderungen?«

»Fangen wir bei den Schimpfwörtern an.«

»Habe ich geflucht?« Die Wachstafeln klapperten, als Sulla den Brief an sich riss. »Nun dann, streich sie einfach.«

»Und dann die erniedrigenden Kommentare über Marius. Es könnte jemanden vor den Kopf stoßen, wenn ein führender Senator und ehemaliger Konsul als ›Maultiergeneral‹ und ›Narbengesicht‹ bezeichnet wird.«

»So nennen ihn doch alle seiner Männer. Die Trottel meinen es liebevoll.«

»Nichtsdestoweniger handelt es sich hierbei um ein offizielles Schreiben.« Die Stimme des Schreibers klang verärgert, und was er sagte, war besserwisserisch und eher kühl. »Außerdem würde ich weniger poetische Umschreibungen verwenden. Berichte an den Senat werden in einer neutralen Sprache verfasst. Es würden zweifellos Fragen auftauchen, ob die Marser tatsächlich mit bis zu den Ohren hochgezogenen Gewändern wegliefen wie verängstigte Weiber. Schließlich würde ich noch offensichtliche Unwahrheiten vermeiden. Viele, darunter ich selbst, können bezeugen, dass sich der Herr nicht in vorderster Linie während der Schlacht befunden hat.«

Eine unheilvolle Stille breitete sich in dem Vorzelt aus.

Als Sulla wieder sprach, war seine Stimme voll von unterdrücktem Zorn.

»Stimmt es, dass ich dich prahlen gehört habe, mit dem alten Narren verwandt zu sein?«

»Ganz richtig, General Marius ist der Onkel meiner Mutter väterlicherseits, doch meine Einwände rühren von meinem eigenen Namen und Ruf her. Rasch könnte es heißen, dass ich durch meine Nachlässigkeit meinen Feldherrn hätte in Ungnade fallen lassen.«

Eine gespannte Stille füllte die Pause aus.

»Schreib, was du willst«, sagte Sulla schließlich. »Ich lese es durch, wenn ich zurückkomme.«

Er zog den Vorhang zur Seite und wäre beinahe mit mir zusammengestoßen.

»Demetrios? Beim Hades, es hat ja nicht lange gedauert, bis du zur Vernunft gekommen bist.«

»Ich hoffe, dein Angebot steht noch immer, Sulla.«

»Nenn mich Sulla Felix, den Glücksbringer. Den Glücklichen. Das machen alle meine Männer. Du bekommst dein eigenes Zelt direkt hinter meinem. Mit einem guten Arzt an der Hand kann mein Verhältnis zu Fortuna nur noch besser werden.«

»Du wirst die Göttin des Glücks auch brauchen, wenn du nur mit einer Legion gegen die Samniten ziehst. Selbst Alexander der Große wäre für so etwas nicht kühn genug gewesen.«

»Keine Sorge. Mein Heer besteht aus vier Legionen, nicht nur aus einer einzigen.«

Sulla hatte nur 5000 Mann gehabt, als ich vor anderthalb Tagen südlich von Marruvium auf ihn gestoßen war. Er konnte meine Gedanken lesen.

»Ich nehme drei von Marius' Legionen mit. Doch es mussten viele Räder geölt werden, bis ich das Vertrauen dieser Trottel gewinnen konnte. Meine Männer brauchten eine Nacht lang, um ihnen zu erzählen, dass es sich für sie mehr lohnt, der aufgehenden Sonne zu folgen und nicht der untergehenden.«

Er grinste über seine eigene Metapher und klopfte mir mit der flachen Hand auf den Rücken. Es fühlte sich an, als würde ich mit einem Brett geschlagen werden.

»Bleib hier und behalte meinen Schreiberling im Auge. Ich bin in ein paar Stunden zurück.«

»Ich bin Quästor, kein Schreiberling«, erklang es aus dem Inneren des Zeltes.

»Dein Griffel und Maul sind jedenfalls das Einzige, was du zu nutzen verstehst«, brüllte Sulla zurück.

»Auf Knien danke ich dem Feldherrn für sein Vertrauen.«

»Der Hades soll dieses kleine Arschloch holen«, murmelte Sulla auf dem Weg nach draußen.

Der Schreiber saß über das Pergament gebeugt, als ich hineinging. Er war schmächtig gebaut, hatte eine flache Brust und dünne Arme. Seine Stirn war hoch und sein dunkles Haar begann, am Scheitel dünner zu werden.

»Du bewunderst deinen Heerführer nicht sehr«, stellte ich fest.

»Sulla ist ein dummer Plebejer. Trotz seiner adligen Abstammung.«

Der Quästor schrieb seinen Satz zu Ende, blickte auf und zeigte sein weiches Gesicht mit einer schmalen Nase darin. Er war jünger als ich, sprach jedoch mit der Selbstsicherheit und Ausdrucksweise eines alten Senators. »Du heißt doch Demetrios, nicht wahr? Bist du Grieche? Darf ich dir eine Frage stellen?«

Ohne auf eine Antwort zu warten, fing er an, mir zu erklären, dass es innerhalb der griechischen Rhetorik drei grundverschiedene Richtungen gebe.

»Die forensische Rhetorik bedient sich der reinen Empirie und der Methode logischer Schlussfolgerungen: ›Der Angeklagte hatte sowohl ein Motiv als auch die Möglichkeit, also war er es, der den Mord beging‹. Verstehst du?«

Er legte die Feder weg und setzte die Fingerspitzen aufeinander, vergnügt darüber, eine Gelegenheit gefunden zu haben, seinen Intellekt herauszulassen.

»Dann haben wir die deliberative Form. Sie versucht, Fragen über die Zukunft zu beantworten und nutzt dazu hauptsächlich Beispiele. War es klug, Karthago zu erobern? Gewiss, es verschaffte Rom ein Imperium und ungeahnte Reichtümer. Also würde es sich eher bezahlt machen, die italischen Völker zu vernichten als sie zu Bürgern zu machen. Das ergibt einen Sinn, nicht wahr?«

»Wenn du das sagst.«

»Das bin doch nicht ich, der das sagt, sondern Roms weise Väter. Schließlich gibt es noch die epideiktische Form, die Festrede. Sie kann sich an einen Verstorbenen, aber auch an einen Lebenden richten, der große Dinge vollbracht hat. Die Festrede bedient sich weder der Beispiele noch der Logik, sondern des Vergleichs: Dieser Mann ist das fleischgewordene Pflichtgefühl, der Inbegriff eines erfahrenen Kriegers, mutig und mächtig wie Mars, vergebend und umfassend wie Venus. Kommst du immer noch mit?«

Er lehnte sich zurück.

»Welcher der drei Formen sollte ich mich in diesem Brief bedienen, um dem Senat jenen Eindruck von der Schlacht bei Marruvium zu vermitteln, die mein Feldherr wünscht?«

Er verschränkte die Arme. Seine hellbraunen Augen betrachteten mich abwartend unter den halb heruntergezogenen Augenlidern.

»Ich würde es mit Fiktion versuchen.«

Der Quästor sprang auf und reichte mir die Hand.

»Glänzende Antwort. Du bist Arzt? Wurdest du in dem berühmten Asklepieion auf Kos ausgebildet?«

»Mein Vater brachte mir alles bei.«

»Also, die zweitbeste Möglichkeit. Mach dir keine Sorgen, das sollte uns nicht entzweien. Wir zwei sind die beiden einzig gebildeten Menschen hier in diesem Lager. Glaub mir, es gibt hier eine Menge zweifelhafter Elemente, die sich nach nichts anderem sehnen, als Leute wie uns an einem Haken kopfüber baumeln sehen zu können. Die unser Geld stehlen und uns verletzt im Schmutz liegenlassen würden. Oder die uns anderen unvorstellbaren Erniedrigungen aussetzen würden!«

Er schwieg einen Moment lang, während er an die Demütigungen dachte, die man ihm früher angetan hatte. Dann war er wieder vollkommen präsent und mit dem gezwungenen Selbstvertrauen eines Ausgestoßenen fuhr er fort: »Wenn du klug bist, hältst du dich an mich. Du darfst mich übrigens Cicero nennen.«

XXIII

Der unregelmäßig geformte Platz hinter dem Stadttor von Massilia diente sowohl als Markt wie auch als Versammlungsort für die Bevölkerung der Stadt. Hier traf man sich, um Besorgungen zu machen, die griechischen Götter in den Tempeln zu verehren und um jene Sorte provinziellen Klatsch und Tratsch auszutauschen, die in einem altklugen Zwölfjährigen nur tiefste Verachtung auslösen konnte. Aber es war auch hier, wo offizielle Mitteilungen verkündet wurden, daher verbrachte ich die meiste Zeit des Tages auf dem Marktplatz, wartete auf Neuigkeiten über Quintus Servilius' Kriegszug und beobachtete die Menschen in ihrer rastlosen Emsigkeit.

Diomache und Mikon behandelten mich mit einer Geduld, an die ich immer noch mit Bewunderung denke. Ich begegnete ihnen mit einer Mauer des Schweigens, die weniger geduldige Menschen dazu gebracht hätte, ihre Beherrschung zu verlieren. Schweigend ging ich morgens aus dem Haus, schweigend kam ich nach Sonnenuntergang zurück. Ich schluckte das Essen herunter, das mir vorgesetzt wurde, kroch ohne ein Wort ins Bett, und ging am nächsten Morgen wieder auf den Markt zurück.

Nach zwei Monaten wurde meine Hartnäckigkeit belohnt. Von meinem Aussichtspunkt auf der Treppe des Zeustempels sah ich ihn auf einmal. Sein wilder Blick und seine verschwitzte Tunika unterschieden ihn von den ordentlich gekleideten Bewohnern der Stadt. Er galoppierte direkt durch das geöffnete Tor, hielt brutal das Pferd an und sprang aus dem Sattel. Er schnappte sich den Erstbesten, der vorbeilief, und da dieser seine Frage nicht beantwortete, packte er sich den Nächsten. Im Nu hatte sich um ihn ein Menschenauflauf versammelt. Ich zwängte mich durch die Neugierigen nach vorne in die erste Reihe.

»Die Römer sind besiegt«, schrie der Mann. »Es war ein Massaker. Es gibt nur eine Handvoll Überlebende.«

»Wo, wo?«, wollte die Menge wissen.

»Bei Arausio, einem kleinen Marktflecken ein paar Meilen nördlich von Arelate. Ich komme gerade von dort. Die Ältesten von Massilia müssen über die Bedrohung durch die Barbaren beraten. Rom kann uns nicht mehr länger verteidigen.«

Aus den entlegensten Ecken kamen die Einwohner angelaufen und schlossen sich dem Auflauf an. Das Pferd des Mannes blieb allein zurück und schnaubte. Ich packte seine Zügel, kletterte auf seinen Rücken und zwang es herum, aus dem Tor hinaus.

Oft sind die unüberlegtesten Pläne die erfolgreichsten. Keiner versuchte, mich aufzuhalten. Kurz nachdem ich in der Dämmerung Arelate passiert hatte, sackte das erschöpfte Pferd zusammen. Ich lief zu Fuß weiter und erreichte Arausio im Morgengrauen.

Der Bote hatte völlig untertrieben. Arausio erwies sich als richtige Stadt, mit Mauern, Toren, einem Forum und sogar einem Aquädukt, welches das Wasser zu einem halben Dutzend Brunnen leitete. Die Bewohner waren nach Süden geflüchtet, aber einen Tag nach der Schlacht waren tausende Neuankömmlinge da.

Auf dem Forum der Stadt herrschte eine aufgeheizte Stimmung, die an Panik grenzte. Ein paar Zenturionen wiesen einigen Karren mit Verletzten, die zu schwer verwundet zum Laufen waren, die freien Plätze zu. Die Sonne schien von einem wolkenlosen Himmel; es war warm und der Geruch von Blut lag schwer in der Luft. Ich erkundigte mich, ob jemand den griechischen Schreiber und Leibarzt von Quintus Servilius gesehen hatte. Ein verbitterter Veteran mit einem Arm in einer Schlinge deutete auf einen Landsitz ein wenig außerhalb der Stadt.

Der Boden der Scheune war mit so vielen Verwundeten übersät, als hätte jemand einen dicken, bunten Teppich auf dem großen, überdachten Areal ausgebreitet. Mitten in diesem offenen Raum entdeckte ich meinen Vater neben einer Bahre kniend. An einem seiner Oberschenkel trug er einen Verband, stramme, über Kreuz gewickelte Stoffbahnen, die ich als sein eigenes Werk erkannte. Sie würden, sagte er mir, eine nur oberflächliche Verletzung bedecken, die ihm kaum Beschwerden verursachte. Zum ersten Mal, seitdem wir Rom verlassen hatten, überwältigten mich meine Tränen. Ich verstand nicht, warum.

»Weine nur, mein Junge. Du hättest nicht herkommen sollen. Warum bist du nicht in Massilia geblieben? Diomache und Mikon haben sich gut um dich gekümmert.«

Ich ignorierte die Vorwürfe meines Vaters und bat ihn, mir zu erzählen, was während der Schlacht geschehen war. Zunächst weigerte er sich, aber als sein Patient ansetzte, seine eigene Geschichte zu erzählen, setzte Vater zu einer Darstellung an, bei der er die Gräuel selbst dosieren konnte.

»Als ich dich in Massilia zurückgelassen hatte, kehrte ich ins Lager zurück. Quintus Servilius tobte. Er hatte den ganzen Tag lang nach mir suchen lassen. Er wollte sogar schon einen Brief an den Senat schicken.«

Ich versuchte, Vater ein wenig trinken zu lassen. Er schob den Becher zur Seite. Es war nicht der Durst, sondern die Verzweiflung, die seine Stimme versagen ließ.

»Wir marschierten nach Norden. Nach acht Meilen entdeckten wir ein Tal, dass das perfekte Schlachtfeld darstellte. Es war lang, schmal und unbewohnt. Sollte es schief gehen, hätten wir uns nach Arausio zurückziehen können. Als die Bewohner von dieser Absicht erfuhren, verschwanden sie schleunigst aus der Stadt. Das hätten wir auch machen sollen.«

»Konsul Mallius kam mit seinen acht Legionen aus Rom. Es waren neu ausgerüstete Rekruten. Es wäre klug gewesen, sie mit unseren erfahrenen Soldaten zu mischen. Aber das lehnte Quintus Servilius ab. Er wechselte mit seinem Lager ans Westufer des Flusses. Das Gelände war derart unvorteilhaft, dass er sich schließlich wieder am östlichen Ufer niederließ, jedoch am nördlichsten Ende des Tals. Er sagte, man würde noch einsehen, dass er Recht habe, wenn man erst die Barbaren ohne die Hilfe des Plebejerkonsuls geschlagen hätte. Dieser Narr!«

Ich erkannte meinen Vater kaum wieder. Nur selten hatte ich gehört, wie er seine Stimme erhob, und ich hatte ihn niemals zornig gesehen. Nun zitterte sein Körper vor Raserei. Mit seinen Fäusten hämmerte er auf den Boden.

»Mallius hatte 55 000 Mann unter Waffen. Quintus Servilius knapp 40 000. Als die Barbaren ankamen, zeigte es sich, dass sie über 250 000 Männer, Frauen und Kinder waren. Mindestens 120 000 von ihnen waren Krieger. Hätten wir gemeinsam unter einem fähigen General gekämpft, hätten wir sie schlagen können. Aufgeteilt hatten wir keine Möglichkeit.«

Als der Sieg errungen war, zogen sich die Kimbern zurück – für sie war es das erste Mal, dass sie auf ein römisches Heer trafen –, ohne daran zu denken, die Toten zu plündern.

Ihr primitives Gemüt war völlig von dem Gedanken an das Land gefesselt, auf dem sie sich niederlassen wollten. Es war der gleiche Wunsch, der sich zwei Jahre später bei dem Kampf mit General Marius wiederholte.

In der Dämmerung konnten die Überlebenden – von denen es einige gab – unbehelligt ihren verwundeten Kameraden zurück nach Arausio helfen. Alle, die noch laufen konnten, flüchteten weiter in südliche Richtung. Während mein Vater seine Geschichte erzählte, sah ich allein neun voll beladene Wagen an dem Behelfslazarett vorbeiziehen. Ich schlug vor, dass wir versuchen sollten, mit einem von ihnen fortzukommen.

Vater machte eine abwehrende Handbewegung und rief: »Was ist mit all den Verletzten? Sollen wir sie hier zurücklassen? Hast du den Eid vergessen, den du vor unserer Abreise abgelegt hast?«

In seinem Blick blitzte die Leidenschaft auf, die Quintus Servilius beinah ausgelöscht hatte. Vater hatte nicht vor zu flüchten, bevor er jedem geholfen hatte, der Hilfe benötigte. Ungeachtet des eigenen Risikos.

»Jedes einzelne Leben, dass wir hier in Arausio retten können, ist eine Stimme mehr in Rom. Eine Stimme, die von Quintus Servilius' Unfähigkeit berichten kann. Das verstehst du doch, oder?«

XXIV

Als Mitglied in Sullas Stab bekam ich reichlich Gelegenheit, Bekanntschaft mit seinem wechselhaften Temperament zu machen.

Es lag ihm viel am Wohlbefinden der Truppe. Er war besessen davon, sie gut bei Futter zu halten, wie er es nannte. Die Männer schätzten seine Fürsorge und seine direkte Art. Auch Marius' drei Legionen lernten schnell, ihren neuen General zu mögen, der viel eher als ihr ehemaliger geneigt war, dass sie sich auf Kosten der lokalen Bauern vergnügen konnten. Das Heer hinterließ in der Landschaft eine 20 Meilen breite Schneise der Verwüstung, was ich eifrig in meinen Briefen an Scaurus beklagte.

Als die Kälte des Winters die Kampfhandlungen stocken ließ, verwandelte sich Sulla wieder in jenen Trunkenbold, dem ich in Rom begegnet war. Wenn er sich zu Tisch begab, war es ihm nicht möglich, irgendetwas ernst zu nehmen. So hart er arbeiten konnte, wenn es die Situation verlangte, so ausschweifend und trinkfest war er in fröhlicher Runde. Das ausgiebige Kontingent an Huren im Gefolge sorgte dafür, dass sich die Abendmahlzeiten im Zelt des Feldherrn zu Orgien entwickelten, bei denen die Teilnehmer weder zwischen Stand noch Geschlecht unterschieden. Sulla selbst war außerstande, diesen Verlockungen zu widerstehen und hemmungslos in seiner Leidenschaft. Doch er war trotz des wilden Nachtlebens bei Sonnenaufgang wach, offensichtlich unbeeinflusst von den großen Mengen an Wein, die er zu sich genommen hatte. Im Gegenteil, die Ausschweifungen erfüllten ihn mit Draufgängertum.

Nur ein einziges Mal im Laufe des Winters befand er es für notwendig, die Truppen zu disziplinieren. Ein Spähtrupp hatte den Fehler begangen, eine römische Kolonie zu überfallen. Die römischen Bürger, erklärte Sulla, hätten genug Probleme mit den verdammten Italern und sollten nicht ihre eigenen Soldaten fürchten müssen. Er erstattete den Verlust der Kolonie mit Geld aus der Kriegskasse und bestrafte die Schuldigen, indem er sie nackt ausziehen ließ und sie über einen zugefrorenen See jagte, bis das Eis nachgab. Er verschonte nur den Jüngsten von ihnen, weil er, wie er sagte, ein solch hübscher Bursche sei.

Das taktische Ziel des Frühjahrs bestand in der Einnahme von Pompeji. Das Heer marschierte nach Westen um den Gipfel des Vesuvs herum und schlich sich an der Stadtmauer entlang, sodass die Bewohner nicht merkten, was vor sich ging, bevor die Katapulte einen furchtbaren Regen aus brennenden Ölkrügen auf die befestigte Stadt schleuderten, die niemals zuvor einen derart zerstörerischen Angriff erlebt hatte.

An einem herrlichen Frühlingsmorgen folgten Sulla und ich dem Beschuss vom Hauptlager aus, das ein Stück oberhalb am Berghang lag. Von Misenum im Norden bis nach Stabiae mit dem gewaltigen Vorgebirge, das halb verborgen im Dunst in südlicher Richtung lag, breitete sich vor uns die halbmondförmige Bucht von Neapolis aus. Die Landschaft war graubraun wie ein Bärenfell. Hinter uns schimmerte der Kegel des Vesuvs weiß in der Sonne.

»Warum stürmst du nicht die Stadt und bringst es hinter dich?«, erkundigte ich mich.

»Ich will, dass sich die Dreckskerle bedingungslos ergeben.« Sulla lächelte unter seinem breitkrempigen Filzhut.

»Ich kann keinen der Männer entbehren, die bei einer Erstürmung fallen würden.«

»Aber du kannst sehr wohl zwei Drittel des Heeres entbehren, die auf einem Plünderungszug sind?«, entgegnete Cicero, der ein paar Schritte entfernt an einer Palisade lehnte.

Ich hatte den jungen Quästor, der keine Angst davor hatte, seinem Heerführer zu widersprechen, schätzen gelernt. Cicero war eingebildet und rechthaberisch bis an die Grenze des Unerträglichen, eitel wie ein junges Mädchen und schwächlich wie ein schwindsüchtiger, alter Mann – aber auch im Besitz einer besonderen Integrität, um die man ihn beneiden konnte.

Er war zudem sehr gerissen. Ein guter Arzt erlangt rasch Respekt unter den Legionären, und Cicero gelang es, sich von Beginn an mit mir anzufreunden, wodurch ihm viele Demütigungen erspart blieben, denen er vor meiner Ankunft ausgesetzt war. Seine spitze Zunge hatte ihn jedoch im Laufe des Winters mehrmals in Schwierigkeiten gebracht.

»Der Vorteil einer Belagerung ist«, erklärte Sulla, als redete er mit einem Kind, »dass ein Teil der Kampftruppe andere anfallende Arbeiten erledigen kann.«

»So wie Bauern im Umkreis von vielen Meilen abzuschlachten? Als ich klein war, erzählte mir meine Amme, dass sie in einem Traum gesehen hatte, ich würde ein großer Segen für Rom sein. Solch eine Art der Kriegsführung hatte ich allerdings nicht von meinem Schicksal erwartet.«

»Sei nicht so scheinheilig, du Grünschnabel. Man kann kein Garum herstellen, ohne Fisch zu entschuppen. Frag nur deinen guten Freund Demetrios.«

»Mir gefällt es auch nicht, wenn tausende Unschuldige ohne Grund sterben«, wandte ich ein.

»Würde es dir gefallen«, entgegnete Cicero trocken, »wenn es einen Grund geben würde?«

Zu Ciceros Charaktereigenschaften zählte leider nicht das Fingerspitzengefühl.

Sein Scharfsinn war wie eine giftige Schlange, die wahllos nach Freund und Feind schnappte.

»Als die Griechen Troja belagerten«, fuhr ich fort, »ließen sie die Bevölkerung im Umland Essen und Wasser holen.«

»Ja, und deshalb dauerte der Krieg auch zehn Jahre«, sagte Sulla. »Weshalb glaubst du wohl, lassen mich die Mistkerle im Senat das Kommando behalten, obwohl ich nur ein Legat bin? Weil ich Resultate vorweisen kann. Ich habe den Ruf erlangt, ein blutrünstiger Verrückter zu sein und die Samniten sind vollkommen eingeschüchtert. Auf diese Weise gewinnt man Kriege.«

»Perikles gewann seine Schlachten, ohne Zivilisten zu verletzen.«

»Der alte Schuft verwüstete das Umland von Sparta, genauso wie ich es hier mache. Kennst du etwa eure Geschichte nicht? Wie lang ist die befestigte Straße von Athen nach Piräus?«

Der plötzliche Themenwechsel überrumpelte mich. Ich kannte die Antwort nicht.

»Welche Farben benutzte man für den Fries der Akropolis? Wie viele Stufen sind es hinauf bis zum Heiligtum in Delphi? Ist der Asklepiostempel in Epidauros rund oder viereckig?«

Ich fing an, seinen Hintergedanken zu verstehen.

»Abgesehen von einem kurzen Besuch in Massilia habe ich mein ganzes Leben lang in Rom gelebt, Sulla.«

»Also bist du eher Römer als Grieche. Vielleicht solltest du dann besser deine Klappe halten, wenn du nicht weißt, wovon du redest.«

Als unfreiwilliger Exilant hatte mein Vater starke Gefühle für sein Vaterland gehegt, und es in seiner eigenen bescheidenen Art gegen jedweden verbalen Angriff verteidigt.

Hingegen ist Heimatliebe in der zweiten Generation nur noch eine undeutliche Illusion. Was zur Folge hatte, dass ich von Griechenland nur eine vage Vorstellung hatte. Gerade deshalb schmerzten Sullas Worte wie Brennnesseln in mir.

»Auf der anderen Seite«, fuhr er fröhlich fort, »kommst du auch nicht weit mit dem, was du *tatsächlich* weißt. Du hast es zum Beispiel nicht vermocht, sehr viel für den Schlappschwanz Drusus zu tun. Er krepierte mitten in seiner eigenen Scheiße, obwohl du wie ein Schwein geschuftet hast, um ihn zu retten.«

»Ich wurde einen Tag zu spät herbeigerufen. Aber ich werde das Verbrechen aufklären. Ich weiß bereits, wer Drusus in dessen eigenem Atrium niedergestochen hat. Sobald ich zurück in Rom bin, werde ich den eigentlichen Mörder enttarnen.«

Sulla schwieg, die graublauen Augen funkelten im Schatten seines Filzhutes. Er öffnete den Mund, um mir noch eine Frage zu stellen, wurde aber von einem Späher unterbrochen, der sich reitend dem Haupttor des Lagers näherte.

»Sulla Felix, ein großes Heer von Samniten ist auf dem Weg hierher. Sie haben Kurs auf das Lager genommen.«

»Verdammte Scheiße. Wie viele sind es? Wie weit sind sie weg?«

»25 000 Mann. Höchstens zwei Stunden.«

»Es sieht so aus«, sagte Cicero höhnisch, »dass dein Ruf als blutrünstiger Verrückter die Samniten doch dazu provoziert hat, sich deiner zu entledigen.«

Sulla sprang von der Palisade hinunter und bellte nach rechts und links seine Befehle. Reiter wurden ausgesandt, um diejenigen Männer zurückzurufen, die auf Plünderungszug waren. Er sprach lange mit dem Letzten von ihnen, der dann in Richtung des kleinen Fischerdorfs Herculaneum verschwand.

»Sind da etwa auch welche draußen, um diesen kleinen Marktflecken zu plündern?«, erkundigte sich Cicero. »Dann musst du ziemlich am Ende sein. Dort kann es nicht viel zu holen geben.«

»Halt die Klappe, du Trottel!«, schrie Sulla. »Glaubst du, das hier ist ein Spiel? Unabhängig davon, ob es dir gefällt oder nicht, bist du ein Teil meines Heeres. Wenn die Samniten uns aufreiben, wird deine Amme lange auf denjenigen warten müssen, den du Rom bringen solltest.«

Anderthalb Stunden später marschierte das Samnitenheer in einer unendlich lang wirkenden rotbraunen Kolonne um den Berg herum. An seiner Spitze erkannte ich Mutilus' mächtigen Körper und seinen verbissenen Gesichtsausdruck. Die Samniten legten sich wie ein breiter Streif über die Landschaft.

Hier und da ragten Fahnen und Regimentsabzeichen aus der Masse hervor, die sich, wie Pflöcke, die man zufällig in einen gigantischen Tierkadaver gerammt hatte, gegen den Himmel richteten. Die Samniten schleiften Stämme ihres eigenen Belagerungswalls auf den Berg bei Pompeji hinauf und begannen damit, eine Befestigung rund um das Lager zu errichten.

»Wenn die Plünderungstruppen zurückkehren«, sagte Cicero, »werden sie vor einer stabilen Ringmauer stehen, ohne uns zur Unterstützung eilen zu können.«

Der Quästor war jetzt weder spitzzüngig noch sarkastisch. Seine Zunge benötigte er nun meist dazu, um die Lippen zu befeuchten. Sulla betrachtete seine eigenen knapp 7000 Mann mit dem Gesichtsausdruck eines Bauern, der seine ausgemergelte Viehherde inspiziert.

»Was ist los, Sulla Felix?«, fragte ich.

»Halte deine Medikamente bereit, Demetrios. Man wird sie brauchen.« Er umarmte mich, und ich spürte, wie seine Arme an meinem Rücken zitterten.

»Wir müssen jetzt Abschied nehmen, du Bulle von einem Arzt. Von uns wird gewiss keiner mehr den Sonnenuntergang erleben. Metrobios wird wegen uns Rotz und Wasser heulen. Die schwachsinnige Schwuchtel.«

XXV

Die Tage in Arausio waren sozusagen mein Examen. Alles, was mir mein Vater beigebracht hatte, konnte ich anwenden. Die Zeit ging in dem Strom aus Blut und Eiter unter.

Die Verletzungen reichten von tiefen Schnitt- und Stichwunden, über gebrochene Knochen, zertrümmerte oder abgeschlagene Glieder bis hin zu Augenverletzungen und Schrammen. Vater teilte die Verwundeten in drei Kategorien ein: Diejenigen, die sofort behandelt werden mussten, diejenigen, die warten konnten, und diejenigen, die aufgegeben werden mussten.

Ich begann als sein Assistent, arbeitete jedoch rasch selbstständig; vom Morgengrauen bis das Licht verschwand, begleitet von einem konstanten Chor aus Klagen und Schreien. Sklaven steuerten die Karren unablässig in südliche Richtung nach Arelate, Nemausus und Massilia und wieder zurück.

Eines Nachmittags, als der Boden in der Scheune fast leer war und ich neben einem Patienten kniete, der am selben Abend nach Massilia verlegt werden sollte, tauchten ein paar Militärstiefel in meinem Blickfeld auf und eine gebieterische Stimme fragte, wo sich der befehlshabende Offizier befände.

»Hier gibt es keine Offiziere mehr«, entgegnete ich und blickte auf. Die weinrote Tunika des Legaten war unterhalb des Harnischs sauber, sein blank polierter Helm glänzte.

»Keine Offiziere?«, wiederholte er.

»Soweit ich weiß, sind sie tot. Mit Ausnahme derjenigen, die ihre Beine in die Hand nahmen, bevor die Schlacht anfing.«

»Was bildest du dir ein, du Grünschnabel?«

Der Legat packte mich fest am Arm und begann, mich hinter sich herzuziehen. Am Tor begegneten wir Vater, der aus dem Operationszimmer kam und auf dem Weg zurück ins Tablinum des Landsitzes war.

»Kann ich dem Herrn helfen?«, erkundigte er sich höflich.

Ich bemerkte zum ersten Mal, dass Vater nicht gesund aussah. Sein Gesicht war blass und verschwitzt. Der graue Bart verlor Haare, die restlichen Büschel sahen aus, als wären sie mit schlechtem Leim angeklebt worden.

»Was ist das hier für ein Ort?«, fragte der Legat. »Warum gibt es hier keinen befehlshabenden Offizier? Und wer ist dieser unverschämte Junge?«

Vater erklärte die Umstände unseres behelfsmäßigen Lazarettes und fragte erneut, ob er helfen könne.

»Quintus Servilius, Kommandant des römischen Heers, macht hier Rast. Er und sein Stab benötigen frische Reitpferde.«

»Was führt den Feldherrn hierher?«, fragte Vater.

Der Legat räusperte sich und ließ mich los.

»Er beschloss, in der Gegend zu bleiben, bis er sich einen Überblick über die Gefahr verschafft hat. Jetzt, wo die Barbaren keine Bedrohung mehr darstellen, ist er auf dem Weg zurück nach Rom, um Bericht zu erstatten.«

Quintus Servilius hatte sich in den Wäldern versteckt gehalten, bis er sich sicher war, dass die Gefahr vorüber war. Der Legat räusperte sich erneut. Obwohl er die eigene Version der Begebenheiten einstudiert hatte, steckte ihm die schamlose Lüge im Hals fest.

»Hier gibt es nur Ochsenkarren«, sagte Vater.

»Du erwartest doch nicht«, rief der Legat, »dass der Feldherr in einem Ochsenkarren reist?«

»Nein, die könnten wir auch nur schwerlich entbehren.«

»Keine Scherze, ja.«

Der Legat starrte uns unentschlossen an, schüttelte zornig den Kopf und zog von dannen. Vater kam in die Scheune hinein.

Ich ergriff indes unser bestes Skalpell und folgte dem Legaten durch das Tor in die Geisterstadt. Er lief die Hauptstraße entlang bis zu dem kleinen Forum.

Mitten auf dem Platz standen acht bis zehn römische Offiziere um einen Brunnen herum. Vier erschöpfte Pferde soffen gierig aus einem Becken, während die Offiziere gedämpft miteinander redeten. Inmitten der Menge erkannte ich Quintus Servilius' Helm mit dem roten, abstehenden Rosshaar wieder.

Ich maß den Abstand ab. Ich hätte die 50 Schritte im Nu zurücklegen können. Hätte mühelos zwischen ihnen hindurchschlüpfen und dicht an den Feldherrn herankommen können, bevor mich jemand hätte aufhalten können.

Das Skalpell lag gut in meiner Hand. Ein Schnitt von unten nach oben wäre das Beste, beschloss ich. Mit ein wenig Glück könnte ich die Luftröhre durchtrennen. Würde ich in dieser Bewegung die Hand nach links führen, träfe ich die Halsschlagader. Ein ausgewachsener Mann mit durchgeschnittener Halsschlagader würde augenblicklich verbluten. Mitten in der Verwirrung würde ich entkommen können, doch das spielte keine Rolle für mich. Ich hätte gern die Ehre für den Mord an dem Mann erlangt, der am Tod von 80 000 Mann schuld war.

Nun hatte der Legat die Gruppe erreicht. Sie versammelten sich um ihn, um ihm zuzuhören.

Quintus Servilius' breiter Mund verzog sich zu einer irritierten Grimasse, als er die schlechten Neuigkeiten erfuhr.

Mein Kopf war leicht wie Luft. Ich trat hinaus auf das Pflaster des Forums, federte mit den Knien und wollte loslaufen.

Dann umschlossen ein paar kräftige Arme meinen Brustkorb. Sie zwangen mich nach hinten und zur Seite, durch eine Tür in ein verlassenes Wirtshaus hinein, hinunter auf den staubigen Fliesenboden.

»Ich kann nicht zulassen, dass du das tust«, röchelte Vater.

»Lass mich los! Findest du denn nicht, dass er das verdient hat?«

»Du verdienst etwas Besseres.«

Wir wälzten uns zwischen den Tischen hin und her. Becher und Schemel fielen um. Ich riss mich los und eilte zur Tür.

Die Offiziere waren dabei, auf ihre Pferde zu steigen. Quintus Servilius ritt allein an der Spitze und schaute verärgert über die Schultern. Ich würde ihn immer noch zu Fuß einholen können. Vom Sattel aus könnte er mich nicht daran hindern, das Skalpell tief in seinen Oberschenkel zu rammen. Mit ein wenig Glück würde ich eine Arterie treffen. Ich warf einen letzten Blick in die Schankstube.

Vater lag bewusstlos da, die Arme zur Seite gelegt. Sein verletztes Bein war unter den festsitzenden Lagen überkreuzter Stoffbahnen, die nicht mehr weiß, sondern von dem geronnenen Blut und Eiter schlammfarben waren, stark angeschwollen. Mit zwei Schritten war ich bei ihm und schnitt den Verband auf.

Sein Bein war vom Knie bis zur Leiste schwarz. Unter der Tunika trat ein Geflecht aus Adern hervor, das quer über seinen Unterleib verlief. Es stank süßlich nach verwesendem Fleisch.

Der eng anliegende Verband hatte es ihm ermöglicht, sich zu bewegen. Es hatte ihm ein paar Tage mehr Zeit für die Verwundeten gegeben. Die Schmerzen mussten unerträglich gewesen sein.

Genau betrachtet war er bereits tot.

XXVI

»Im-pe-ra-tor, Im-pe-ra-tor, Im-pe-ra-tor«, erklang der rhythmische Ruf durch die blaurote Dämmerung zu der einzelnen Gestalt hinauf, die auf einem Felsvorsprung stand. Sulla Felix erhob sein Schwert, drehte sich langsam um und empfing die Huldigung der Soldaten. Der Kreis, den die Männer um ihn gebildet hatten, versperrte den Weg durch die felsigen Hügel zum Tor von Nola.

Um die befestigte Stadt hatte sich im Laufe des Tages ein weiterer Wall gebildet, diesmal jedoch aus Menschenfleisch. Entlang der Mauern lagen tausende verstümmelte Leichen. Das Blut, das meterhoch gegen die uneinnehmbare, graue Steinmauer gespritzt war, umzog das Fundament wie ein Wassergraben.

Noch am selben Vormittag hatte Sulla die eingekesselten Männer in dem Lager am Vesuv versammelt und eine improvisierte Brandrede auf der Rednertribüne des Platzes gehalten.

»Männer«, hatte er gerufen, »zusammen mit mir konntet ihr reichlich plündern und wart militärisch erfolgreich. Seid ihr mit diesen Bedingungen zufrieden gewesen?«

Die Soldaten schauten einander an und antworteten, dass sie das ganz gewiss gewesen seien.

»Eure Kameraden sind draußen, um mehr Beute für uns herbeizuschaffen. Und genau jetzt wollen uns diese verdammten Samniten überrennen. Sie versuchen, uns zu belagern. Was haltet ihr davon?«

Es waren sich alle einig darin, dass dies zu dreist sei.

»Als ob das noch nicht genug wäre, nehmen die Mistkerle jene Baumstämme, die wir selbst gefällt haben, um einen Belagerungswall zu errichten. Sollen wir ihnen das erlauben?«

»Nein!«, erklang die Antwort wie aus einem Mund.

»Sollen wir die Schlappschwänze aufhalten?«

»JA!«

»Ich kann euch nicht hören!«

»ANGRIFF, SULLA FELIX!«

Wie ein Mann strebte das kleine Heer geschlossen durch das Lagertor nach draußen. Trotz der geringeren Anzahl der Römer fielen weit mehr Samniten, da sie unvorbereitet und noch dabei waren, ihr Lager zu errichten. Erst nach einer Stunde hatten sie genügend Truppen versammelt, sodass Sulla zurückweichen musste.

Doch bevor er sich zurückzog, entstand eine Unruhe in der Nachhut der Samniten, denn die Truppen mit den Plünderern kehrten heim und griffen sie jetzt hinterrücks an.

Ich stand auf der Palisade und beobachtete, wie sich die zwei kleinen Truppen von Römern tief in den weitaus übermächtigeren Feind bissen: So wie ein Bienenschwarm einen Bären in die Flucht schlagen kann, glückte es ihnen, die Samniten den Berg hinunterzudrängen und von Pompeji weg, von wo aus immer noch Rauchsäulen in der Mittagssonne aufstiegen.

Später am Nachmittag, nachdem ich mich im Lager am Vesuv um die Verletzten gekümmert hatte, ritt ich im Fahrwasser des Gefechts hinaus. Ich fand Cicero, der an der Außenseite einer Palisade mit einer Hand auf dem Boden und einer auf der Stirn dalag.

»Bist du verletzt?«, fragte ich.

Der Quästor sprang auf und schaute um sich herum. Zu seiner Erleichterung entdeckte er, dass ich allein war.

»Verwundet? Das kann man glücklicherweise nicht sagen. Was sollte mein Vater nur machen, wenn ihm das Schicksal seinen ältesten Sohn in solch jungen Jahren nehmen würde?«

»Du hast nicht an der Schlacht teilgenommen?«

»Als Quästor hätte ich mich schlecht weigern können. Aber ich hielt mich im Hintergrund, damit meine Hände unverletzt blieben, falls mein Herr sie brauchte, um einen Brief schreiben zu lassen.«

Ich trieb das Pferd an.

»Wo willst du hin?«, erkundigte er sich.

»Meine Arbeit fortsetzen.«

»Vielleicht sollte ich mitkommen? Ich meine, nach der Kraftanstrengung des Vormittags gibt es keinen Grund mehr zu bleiben. Der Anblick und Geruch der Verletzten ...«

Er hielt inne und konzentrierte sich, um seinen Brechreiz zu unterdrücken.

»Es wird da draußen nicht besser«, antwortete ich.

Er schaute sich um. Zur Wahl stand, im Lager bei den Verwundeten zu bleiben oder mit mir nach draußen ins Ungewisse zu kommen.

»Ich kann mich etwas auf Abstand halten. Aber versprich mir, dass du in keinen Hinterhalt gerätst.«

In seinen hellbraunen Augen lag eine unausgesprochene Bitte.

Erst spät am Nachmittag hatten die Samniten die Steinbastionen von Nola erreicht. Sie hatten zu keinem Zeitpunkt während des 30 Meilen langen Rückzugs damit aufgehört, sich zu verteidigen. Die Felder waren übersät mit verstümmelten Leichen. Die kleine Zahl von Verwundeten zeugte von der Gewalttätigkeit des Kampfes.

Bei Nola hätte alles beendet werden können, wären die Bewohner so vernünftig gewesen, ihre Verbündeten hereinzulassen. Doch der Schrecken beim Anblick der samnitischen Truppe auf wilder Flucht vor den Römern behinderte das klare Denken. Sie öffneten nur ein einziges Seitentor.

Vor dem schmalen Zugangsweg wurden die Samniten haufenweise niedergemetzelt.

Ein paar Tausend hatten bei den Kämpfen an den Hängen des Vesuvs ihr Leben lassen müssen. Weitere 3000 fielen während der langen Flucht. Und 18 000 Samniten starben vor Nola.

Mit meinem Arztkasten auf dem Rücken kletterte ich an der Rückseite des Felsvorsprungs nach oben und packte Sulla. Er stank nach eigenem Schweiß und dem geronnenen Blut seiner Gegner.

»Sulla Felix, bist du unverletzt?«

Es war ihm nicht in den Sinn gekommen, dass auch er hätte verwundet werden können.

»Welch ein Tag! Das ist der größte, beschissenste Sieg, den Rom seit der Schlacht in der Po-Ebene gewonnen hat. Und ich war es, der ihn errungen hat!«

Etwas weiter unten auf dem Weg streckte er seine Hände den nächsten Soldaten entgegen. Alle wollten ihn berühren, damit sein Glück auf sie übergehen konnte. Immer mehr kamen dazu, sie drückten uns gegen die Felswand. Die raue Oberfläche rieb unsere Handinnenflächen blutig auf. Der erschöpfte Heerführer stolperte über einen Findling, taumelte ein paar Schritte vorwärts und fiel auf die Knie. Die Legionäre stürzten sich auf ihn wie Insekten auf Honig. Die begeisterten Männer waren drauf und dran, ihren General auf der Höhe seines Triumphes zu zerquetschen. Ich holte mit der Faust nach rechts und links aus, wurde aber jedes Mal weggestoßen. Ich bemerkte einen Zenturio, der auf seinem Pferd vorbeiritt und berichtete ihm von dem Geschehen.

»Genug jetzt. Zur Seite. Zur Seite!«

Der Zenturio ritt in die Menge hinein und schwang dabei einen Holzpflock wie eine Keule. Ein paar von den Soldaten wurde der Schädel eingeschlagen, bevor die Männer den Ernst des Befehls erkannten und sich zurückzogen.

Sulla lag reglos da mit dem Gesicht im Staub. Ich drehte ihn herum und brachte ihn in eine sitzende Position.

Er gab eine Mischung aus der Breiration des Heeres und der guten kampanischen Erde von sich. Benommen schaute er zu dem Offizier auf.

»Wer bist du?«, stöhnte er.

»Zenturio Lucullus.«

Unter dem Helm des Mannes ragten dunkle Locken hervor, mitten in dem kantigen Gesicht saß eine große, unförmige Nase.

Der Zenturio war wahrlich keine Schönheit, doch Sulla sah ihn ehrfürchtig an.

»Lucullus, Fortuna hat dich geschickt. Jetzt lächelt sie dich an. Ich ernenne dich zum Militärtribun. Das ist die Belohnung dafür, dass du deinen General vor diesem verdammten Fußvolk gerettet hast.«

»Danke, Sulla Felix.« Lucullus schaute sich um. »Es war dein Leibarzt, der mich gewarnt hat.«

»Demetrios?« Sulla betrachtete mich, als wäre ich vom Himmel hinabgestiegen. »Dann warst du es, der mich gerettet hat?«

Ich untersuchte ihn und stellte fest, dass er mit einer Schramme auf der Stirn dem Gefecht entkommen war.

»Selbstverständlich bin ich unverletzt. Ich bin Sulla Felix, Fortunas verfluchter Liebling.«

Am Wegesrand stand eine schmächtige Gestalt und hielt ihr Pferd an. In Ermangelung von etwas Besserem suchte Sulla bei ihm Anerkennung.

»Cicero, du Grünschnabel. Gibst du jetzt zu, dass ich Marius ebenbürtig bin?«

Der junge Quästor, der den verdreckten Heerführer anstarrte, musste seine Worte herauspressen: »Der Onkel meiner Mutter hätte sich zurückgezogen, als der Sieg bei Pompeji sicher war. Es war grob fahrlässig, den Feind so weit ins Land hinein zu verfolgen.«

XXVII

Im Laufe der Nacht gelangten die Männer zurück ins Lager am Vesuv und ließen den Tag mit improvisierten Festen rund um die zahllosen Feuer ausklingen. Dort sangen und tranken sie mit den Huren aus dem Gefolge. Ich selbst war damit beschäftigt, die Verletzten zu pflegen. Die übrigen Ärzte des Heeres nahmen auch an den Festlichkeiten teil.

Als ich mich in mein Zelt begab, war das Lager ruhig und der Himmel begann, langsam heller zu werden. Von den Lagerfeuern waren nur noch dünne Rauchsäulen übrig. Ich musste über die Schlafenden, die überall herumlagen, wo sie sich hatten fallen lassen, hinübersteigen.

In der Regel ist es kein Problem, sich den Weg durch ein römisches Militärlager zu bahnen. Die Via Principalis führt üblicherweise quer durch das Lager vom Haupttor zum Forum. Auf der einen Seite liegen die großen Zwanzigmannzelte der einfachen Legionäre, auf der anderen Seite die der Offiziere, der Hilfstruppen und die Quartiere des Reiterheeres, die sich alle entlang viereckiger Bodenparzellen erstrecken. An diesem Morgen verirrte ich mich jedoch mehrmals. Ich fand schließlich mein Zelt und bückte mich durch die Öffnung. Ich prallte gegen eine Wand aus fremdem Körpergeruch. Ein Schlag traf mich ins Gesicht, ich schrie auf und begann einen ungleichen Kampf gegen einen sehnigen Körper, der mich niederwarf und sich rittlings auf mich setzte. Eine Messerklinge an meinem Hals ließ mich verharren. Ich starrte nach oben zu einer undeutlichen Gestalt im Halbdunkeln des Zeltes.

»Wehe, du gibst einen Mucks von dir«, flüsterte eine heisere Stimme, die klang, als würde man über Sand laufen. »Diesmal würde ich es zu Ende bringen.«

»Varius?« Meine eigene Stimme klang fremdartig und hell. »Was machst du hier?«

»Ich bin nur ein Werkzeug. Hast du das nicht das letzte Mal gesagt, als wir uns begegnet sind? Ich tue, was mir aufgetragen wird. Ich gehorche bloß Befehlen. Insbesondere, wenn es mir so gut passt wie in diesem Fall.«

Das Messer wurde fester gegen meinen Hals gedrückt.

»Dann ist es also Drusus' Mörder, der dir befohlen hat, mich umzubringen? Wer ist es?«

Sein Lachen war voller Verachtung. Er hatte nicht im Sinn, noch mehr seiner fremdartigen Grammatik an mich zu verschwenden.

»Lebewohl, Grieche.«

Dann spannten sich die Muskeln in dem Körper über mir an. Mit einem Knirschen fuhr ein Stück glänzendes Metall durch Varius und kam nur einige Fingerbreit vor meinem Gesicht zum Stehen. Eine dickflüssige, warme Welle spritzte wie ein träge fließender Wasserfall auf mein Gesicht und in meinen Mund. Varius, der von Krämpfen durchgeschüttelt wurde, stieß ein halbgequältes Fauchen aus wie ein Raubtier, das man in die Enge getrieben hat.

Der Tote auf meinem Brustkorb rutschte zur Seite und im Gegenlicht des Zelteingangs tauchte der Umriss einer Gestalt auf. Sulla kam ganz herein und ließ den Zeltvorhang zurückfallen. Von dem stechenden Schein der Morgensonne blieb nur ein dünner Lichtstreifen übrig, der auf das schmale, verzogene Gesicht von Varius fiel.

»Ruhe in Frieden, kleines Frettchen.«

Sulla kniete nieder und zog mit einem Ruck das Schwert aus dem widerwärtigen Körper heraus.

Ich drehte mich um und spuckte das Blut gegen die Zeltwand. Ich betastete meinen Hals. Zwischen Kinn und Kehle berührte ich die feuchten Ränder der frischen Wunde, die sich wie ein Fischmaul anfühlte.

»Das gibt eine niedliche Narbe«, sagte Sulla. »Du wirst einem besiegten Gladiator ähneln, dem man erlaubt hat weiterzuleben.«

Benommen folgte ich ihm nach draußen ins Licht.

Er setzte sich in die Hocke und wischte sein Schwert in dem mit Tau benetzten Gras ab.

»Danke, Sulla Felix. Du hast mir das Leben gerettet.«

»Bedank dich lieber bei Fortuna«, sagte er. »Hätte ich dich nicht schreien gehört, wärst du erst spät am Vormittag gefunden worden. Was meinte Varius damit, dass er nur ein Werkzeug sei? Hat ihn Philippus geschickt?«

»Nein, er hatte einen neuen Patron. Eine Frau.«

Er richtete sich auf und musterte mich mit zusammengekniffenen Augen.

»Wenn eine Frau versucht, dich zu fassen zu bekommen, solltest du lieber auf der Hut sein. Sie hören in der Regel nicht auf, bevor sie ihren Willen haben.«

XXVIII

»Du musst nach Rom zurückkehren.«

Das war der immer wiederkehrende Kehrreim meines Vaters, nachdem ich die letzten Verwundeten zusammengenäht und sie in südliche Richtung losgeschickt hatte. Für uns wäre auf den Karren kein Platz mehr gewesen, doch ein beherzter Wagenlenker hatte versprochen, am nächsten Tag zurückzukehren.

»Du musst nach Hause reisen. Sempronia wird sich um dich kümmern.«

»Die alte Eselin weiß doch gar nicht mehr, dass es mich noch gibt.«

Wir saßen im Schein einer einzelnen Öllampe. Wir wussten beide, was ihn erwartete. Seine leise, ermahnende Stimme verhallte im Gebälk der Scheune, wo die Tauben nach der Unruhe der vergangenen Tage wieder ihre gewohnten Plätze eingenommen hatten. Ich trocknete den kalten Schweiß von seinem blassen Gesicht.

»Du musst nach Rom zurückfahren. Du musst aufhören, an Rache zu denken. Der Senat wird sich um Quintus Servilius kümmern. Selbst wenn sie sich entscheiden, sein Versagen auf dem Schlachtfeld zu übersehen, werden sie ihm niemals verzeihen, dass er den Schatz von Tolosa für sich behalten hat. Sie verhängen die schwerste Strafe des Gesetzes über ihn.«

»Solch ein Heerführer, der an dem Tod von 80 000 Mann schuld ist, wird wegen Betrugs ins Exil geschickt? Nennst du das etwa Gerechtigkeit?«

»Das ist die einzige Form der Gerechtigkeit, die jemand wie wir erwarten können«, antwortete Vater. »Unser Leben ist so bedeutungslos wie ein Sandkorn in der Wüste. Daher bin ich auf deinen Einsatz so stolz. All die Verletzten, die ohne deine Hilfe gestorben wären, werden nun heiraten und Familien gründen. Ihre Kinder werden mit der Zeit selbst Kinder haben, die dann wiederum Kinder bekommen werden, über unzählige Generationen hinweg. Dank dir. Sie werden leben und arbeiten, lieben und sterben, so wie es die Götter vor Urzeiten bestimmt haben. Dieses Wissen ist die Belohnung für deine Arbeit, mein Sohn. Und das ist mehr wert als irgendein Goldschatz.«

Hier hätte ich einwenden können, dass die Nachkommen, die die römischen Legionäre in die Welt setzten, mit Lagerhuren und Sklavinnen gezeugt worden seien, und dass die Mädchen das Schicksal ihrer Mütter teilen würden, während die Jungen beim Heer endeten, wo sie blindlings drauflos morden würden. Doch ich war damals einerseits noch nicht so desillusioniert, andererseits hatten mir die Tränen den Hals zugeschnürt.

»Es ist wichtig, dass du nach Rom zurückgehst«, fuhr Vater fort. »Im Hause von Sempronia ist es anders. Dort kannst du von Nutzen sein.

Und das ist das Beste, was ein Mensch erwarten kann. Nützlich zu sein.«

»Als Sklave bei einer alten Frau? Als Heilkundiger bei vollgefressenen Reichen? Als Trost für verbrauchte Matronen, die sich an ihr Leben klammern? Das nennst du nützlich?«

Es ist möglich, dass meine Einwände nicht so wohlformuliert waren, wie ich sie jetzt erinnere. Das Ergebnis war dasselbe. Der Fieberwahn hatte meinen Vater erfasst, er klang, als könnte er mich nicht hören.

»Fortuna hat große Pläne mit dir. Aber du kannst es nicht allein schaffen. Sempronia ist die Einzige, die dir helfen wird. Die Einzige!«

Ich zweifelte stark daran, dass unsere verbitterte, alte Domina einen Finger für mich krumm machen würde. Ich wollte selbst mein Schicksal bestimmen. Ich wollte mein eigener Herr sein.

Hätte ich damals gewusst, was ich jetzt weiß, wäre ich kaum so übertrieben selbstsicher gewesen.

Doch die Raserei, die in mir wie ein vergiftetes Samenkorn keimte, hätte gewiss unter allen Umständen verhindert, einem anderen Wege zu folgen als jenem, den ich wählte.

XXIX

Die überlebenden Samniten flüchteten hinauf in die Berge und besetzten einen schmalen Pass. Sulla schien die Aufgabe, sich zu ihnen durch ein breites, fruchtbares Tal vorzukämpfen, wo ein Heer beim Vormarsch völlig ungeschützt wäre, unmöglich zu sein, sodass er sie nicht weiter verfolgte. Stattdessen nahm er einen 20 Tage dauernden Eilmarsch durch Kampanien in Kauf, gelangte über einen anderen Pass nach Samnium und fiel den Samniten in den Rücken. Die Überlebenden flüchteten in alle Richtungen, während Mutilus in Aesernia Zuflucht suchte.

Sulla musste nun einsehen, dass es schwerer war, eine belagerte Stadt wie Aesernia zu erobern, die einen geschickten Anführer hatte. Bei diesem Vorhaben stand Fortuna nicht auf seiner Seite. Sie war ihm jedoch gewogen, als er die Hirpiner angriff.

Deren Hauptstadt, Aeclanum, die auf Verstärkung von ihren Nachbarn wartete, erbat Zeit, um über die Bedingungen für die Kapitulation zu beraten. Sulla gab ihnen eine Stunde, die er benötigte, um

das ölgetränkte Brennmaterial an den Holzpalisaden entlang aufzu-
stapeln. Als die Zeit abgelaufen war, ließ er es anzünden.

Aeclanum wurde geplündert, weil, wie Sulla sagte, es sich notgedrun-
gen ergeben hatte und nicht aus Wohlwollen heraus. Sämtliche Einwohner wurden geköpft. Männer, Frauen und Kinder warteten auf
ihren Tod in langen Reihen voll herzzerreißender Resignation. Geier
und Raben erfüllten die Luft mit erwartungsvollen Schreien, während
der Berg von geköpften Leichen um die Hinrichtungsstätte herum
anwuchs. Sulla enttäuschte die Aasfresser, denn er beschloss, das logistische Problem mit dem Abtransport der Toten zu lösen, indem er
die Stadt bis auf die Grundmauern niederbrennen ließ. Der Gestank
von verbranntem Fleisch lag wie ein undurchdringlicher Nebel über
der Landschaft, während das Heer abzog mit der Hitze der Flammen
im Rücken.

Bovianum, das drei einzelne Zitadellen hatte, die durch hohe Steinmauern miteinander verbunden waren, wurde gemeinhin als uneinnehmbar betrachtet. Sulla bezwang es, indem er sein Hauptheer
am Fuße des nördlichen Turmes aufstellte, während er den Südturm
durch eine einzige Legion mit Brandgeschossen bewerfen ließ. Der
Rauch verwirrte die Verteidiger, die sich aufteilten und dem Angriff
nicht mehr standhalten konnten.

Niemand konnte Sulla vorwerfen, nicht einfallsreich genug zu sein;
die Hinrichtungen erfolgten diesmal durch Kreuzigungen. Die Hügel
in der Nähe der Stadt wurden kilometerweit mit tausenden Kreuzen
übersät. Unsere Ohren fühlten sich an, als wären sie mit einer zähen
Flüssigkeit gefüllt, nachdem die Klageschreie nach einigen Tagen allmählich erstarben.

Diese außergewöhnlichen Vorführungen an Grausamkeit veranlass-
ten viele dazu, sich zu ergeben, darauf hoffend, nur den sporadischen
Plünderungen und Vergewaltigungen ausgesetzt zu werden, die jedes
eroberte Volk peinigten.

Der Widerstand im Süden bröckelte. Spät im Sommer konnte das
Heer nach Aesernia zurückkehren, wo Mutilus immer noch einge-
schlossen war. Ich musste zugeben, dass Sullas Taktik den Krieg vermutlich verkürzt hatte, wenngleich der Preis an Menschenleben hoch
gewesen war.

Eines Abends Anfang Oktober wurde ich ins Zelt des Feldherrn gerufen. Lucullus, der inzwischen nur noch selten von Sullas Seite wich, erteilte mir den Befehl, im Vorzelt zu warten. Ich stand im Dunkeln und lauschte den erregten Stimmen im Inneren des Zeltes.

»Das kannst du nicht machen«, erklang es schrill.

»Selbstverständlich kann ich das, du Grünschnabel.«

»Ich bin ein Nachkomme der Könige der Volsker und verwandt mit ...«

»Marius«, brüllte Sulla, »ist bloß ein lahmer Krüppel. Ich habe diesen Krieg hier für Rom gewonnen, und ich setze meine verdammten Offiziere ab, wie es mir passt. Scher dich fort, bevor ich dich rausschmeiße.«

Cicero stürmte nach draußen, ohne mich zu bemerken. Sein Mund war verzogen, seine Augen mit Tränen angefüllt. Es vergingen einige Augenblicke, bis mich Sulla hereinrief. Er stand allein im Fackellicht da und studierte eine Karte von Asien, die auf dem Tisch ausgebreitet war. Ihre Ecken waren durch zwei Schwerter beschwert.

»Weißt du etwas über König Mithridates von Pontos?«, fragte er mich.

»Er ist ein Kriegerkönig im Osten«, antwortete ich. »Sein Reich erstreckt sich von der Küste des Schwarzen Meeres bis weit nach Asien hinein. Wieso?«

»Mithridates ist ein altes, zänkisches Weib. Er hat den Bürgerkrieg ausgenutzt, um unsere Kolonien in Asien zu ergattern. Es ist höchste Zeit, etwas gegen ihn zu unternehmen.«

»Wenn du das sagst, Sulla Felix.«

»Sobald wir Aesernia besetzt und Mutilus gefangen genommen haben, werde ich mich als Konsul aufstellen lassen. Es gibt nichts, was die Römer mehr lieben als einen siegreichen Feldherrn. Ich rechne damit, gewählt zu werden. Ich würde noch beliebter werden, wenn ich Mithridates eine Tracht Prügel verpassen könnte. Möchtest du mein Leibarzt bei dieser Unternehmung sein?«

»Ein Eroberungskrieg im Osten wäre das Letzte, was Rom gerade jetzt gebrauchen könnte, Sulla.«

Er betrachtete mich und schüttelte den Kopf.

»Du bist genauso störrisch wie dieser Rotzlöffel von Cato. Hast du Varius vergessen, das widerliche, kleine Frettchen? Seine Patronin hat

gewiss noch weitere Handlanger. Es wäre eine Verschwendung deiner Fähigkeiten, wenn du einem Auftragsmörder in die Arme laufen würdest, sobald du durch das Capena-Tor kämst. Komm lieber mit mir.«
Sein Vorschlag war ebenso vernünftig wie wohlmeinend. Unabhängig davon wie wechselhaft und launisch er sein konnte, so war seine Freundschaft so fest wie ein Felsen, wenn man sie erst einmal gewonnen hatte.
Eine Einzelheit störte mich dennoch.
»Woher kennst du Drusus' kleinen Neffen Cato, Sulla Felix?«
Sulla blieb stehen und trommelte mit den Fingern auf die Karte.
»Ich begegnete ihm vermutlich in jener Nacht, in der Drusus starb.«
»Cato war, lange bevor du und die anderen ankamen, zu Bett gebracht worden.«
»Dann habe ich ihn eben ein anderes Mal getroffen.«
Ich spürte den gleichen hartnäckigen Starrsinn in meinem Körper wie damals, als mich mein Vater zum zehnten Mal aufforderte, zu Sempronia nach Rom zurückzukehren.
»Wann, Sulla Felix? Du hast selbst erzählt, es war in der Mordnacht das erste Mal, dass du Drusus besucht hattest. Und die Kinder sind niemals nach draußen gekommen.«
Seine Augen glühten wie Kohle und sahen mich lange an.
»Bei allen Dämonen des Hades, du bist zwar nicht der Schlaueste, Demetrios«, sagte er schließlich, »aber du hast Recht. Es war nicht das erste Mal, dass ich Drusus besuchte. Es lohnt sich immer, mit einem Volkstribun befreundet zu sein.«
»Offenbar heimlich. Keiner der anderen, mit denen ich sprach, hat erwähnt, dass ihr euch kanntet. Noch nicht einmal die Sklaven in seinem Haus. Und ganz gewiss nicht die Kinder.«
Das Thema langweilte ihn. Er begann von Neuem, die Karte von Asien zu studieren.
»Das will ich gern glauben. Der kleine Rotzlöffel von Cato sagte, ich solle seinen Onkel in Frieden lassen und mich an ›meine übliche Gesellschaft von Huren und Schauspielern‹ halten. Die anderen Kinder waren besser erzogen. Sie verachteten mich nur in aller Stille. Andererseits gab es vielleicht nicht so viel, wofür man mich hätte respektieren können. Damals.« Er blickte auf und betrachtete mich mit sei-

nem animalischen Grinsen. »Das große Mädchen traf ich nie. Sie war draußen, um Pilze zu suchen, die paar Mal, als ich zu Besuch war.«

»Servilia? Pilze?«

»Ja, Drusus liebte Pilzgerichte. Die Göre wollte sich wohl bei ihrem Onkel einschmeicheln. Sie borgte seinen Leibwächter aus, einen Berg von Gladiator, und machte einen Ausflug in die kleinen Wälder am Fuße des Janiculum. Dort gedeihen offenbar massenweise Pilze.«

»Kann Servilia einen giftigen von einem essbaren Pilz unterscheiden?«, fragte ich heiser.

»Ansonsten wäre das Pilzesammeln ein gefährlicher Zeitvertreib. Jetzt hör mal gut zu: Ich redete Drusus nach dem Mund. Als es so aussah, dass er sein Gesetz durch die Volksversammlung bekäme, lobte ich ihn dafür ordentlich. Am selben Abend wurde der Idiot ermordet. Ich war davon überzeugt, dass nach diesem Fiasko die Überreste meiner politischen Laufbahn in Scherben liegen würden. Möchtest du noch mehr wissen?«

Ich fühlte mich, als stünde ich an Deck eines Schiffes bei hohem Seegang. Sulla schaute mich mit zur Seite gelegtem Kopf und einem fragenden Gesichtsausdruck an.

»Also«, sagte er abschließend, »wenn du nicht mit nach Asien willst, werde ich dich nicht aufhalten. Scher dich nach Rom, wenn das so wichtig für dich ist.«

XXX

Aesernia erhob sich hinter mir, uneinnehmbar und ohnmächtig zugleich. Mutilus war jetzt weder Sklave oder Gladiator noch General, sondern ein Gefangener in einer belagerten und aufgegebenen Stadt.

In Beneventum, einer Handelsstadt an einem Kreuzweg, ergatterte ich eine Fahrgelegenheit auf einem Ochsenkarren. Dessen unregelmäßiges Schaukeln erinnerte mich an die Reise von Arausio nach Massilia. Vaters Bein war derart angeschwollen, dass meine Finger im Gewebe Abdrücke hinterließen wie in einem aufgegangenen Brotteig. Seine Haut fiel in Fetzen von ihm ab.

»Du musst zu Sempronia zurückkehren«, sagte Vater und drückte meine Hand. »Sie kennt unsere Familie. Sie wird sich um dich kümmern.«

Ich nickte und biss die Zähne zusammen. Seine glasigen Augen starrten ins Nichts und seine Stimme verlor sich zusammen mit seinem restlichen Bewusstsein im Fieber. Auf halber Strecke zwischen Arelate und Massilia fing seine Hand an, kalt zu werden. Der Kutscher und ich begruben ihn unter einem Hügel bei einer Zypresse, mit Aussicht auf das Meer.

»Lass mich dich nun nach Massilia fahren«, sagte der Kutscher ruhig.

»Nein«, entgegnete ich.

Quintus Servilius hielt sich nicht in Massilia auf. Er befand sich in Rom.

Meine Heimreise, die mich durch ein Italien führte, in dem es nur so von römischen Truppen zu wimmeln schien, gab mir Gelegenheit, darüber nachzudenken, was mir alles widerfahren war.

Ich dachte darüber nach, während ich in einer Herberge in Capua daniederlag und die Dysenterie behandelte, die den Kot wie Wasser aus mir herauslaufen ließ. Ich dachte darüber nach, als ich an einer Steinmarkierung der Via Appia vorbeikam, die unter dem eisenfarbenen Himmel in Richtung des Horizonts zeigte. Ich dachte darüber nach, während ich mich dem Capena-Tor mit seinen zwei Bögen näherte, wo mir ein geschwätziger Handelsmann erzählte, dass Sulla Aesernia gestürmt habe und der Anführer der Samniten tot sei. Der Bürgerkrieg war vorbei. Rom hatte gewonnen.

Wie damals, als ich aus Arausio heimgekehrt war, wurde ich in jenem Augenblick von Zweifeln erfasst, als meine Füße das abgenutzte Pflaster des Forums betraten. Die Reise war lang gewesen. Das Gerücht von Quintus Servilius' Verbannung hatte mich längst erreicht. Ebenso die Kunde, dass General Marius die Wahl zum Konsul fast einstimmig gewonnen hatte. Und zwar mit einem Wahlprogramm, das nur einen Punkt beinhaltete: Die Errichtung eines Bürgerheeres, das Rom gegen erneute Angriffe der Barbaren verteidigen sollte. Mein Entschluss fiel in jenem Moment, in dem ich die lange Reihe von Freiwilligen sah.

Doch dann rumorte eine andere Frage in meiner Seele: Warum hatte ich Servilia nicht ein einziges Mal geschrieben? Hatte mich der Argwohn zurückgehalten, der bereits während des Marsches mit Silo und

Caepio durch das Hochland der Marser in mir zu keimen begonnen hatte?

Ich warf einen Blick auf das Haus von Drusus auf dem Gipfel des Palatins und begab mich hinauf nach Argiletum. Wie ein Fremder verschwand ich in dem Getümmel von schwer beladenen Sklaven, laut rufenden Händlern und distinguierten römischen Bürgern, eingehüllt in einer Duftwolke aus billigem Parfüm, gegerbtem Leder und halbverwestem Fleisch.

Drittes Buch

I

Mamercus' Frau wirkte sehr jung. Ihre Augen schienen die Hälfte ihres Gesichts auszufüllen. Ihre schlanken Finger kreisten unaufhörlich um den Gürtel der vornehmen Stola. Sie war klein, flink und nervös wie eine Bachstelze.

»Der Senat möchte uns glauben machen, dass der Bürgerkrieg vorbei ist«, sagte sie. »Aber es gibt überall Aufruhr. Jeder Patrizier muss seiner Pflicht gegenüber Rom nachkommen. Mein Mann bekämpft die Aufstände in Samnium.«

Ich hatte gehofft, Drusus' Halbbruder wieder begegnen und seine Reaktion beobachten zu können, wenn ich ihm von meinen Erlebnissen berichtete. Der Empfang im Haus auf dem Aventin war recht kühl gewesen. Die kleine Frau aber betrachtete mich nun mit einem erwartungsvollen Blick. Sie streckte ihre zarte Hand aus, um mich zurückzuhalten.

»Du bist doch der griechische Arzt, von dem mein Bruder erzählt hat?«

»Der Bruder der Herrin?«

»Claudianus. Er erzählte mir, dass euch Mamercus bei Drusus' Begräbnis einander vorstellte.«

Wie viel hatte Claudianus seiner Schwester wohl von unserem Gespräch in der Sänfte erzählt? Ich musste versuchen, mich vorzutasten, und vermeiden, mehr zu verraten, als es Mamercus lieb gewesen wäre.

»Claudianus erwähnte etwas von seinen Adoptivgeschwistern.«

Sie stieß ein höhnisches Lachen aus, das in dem runden Atrium mit seinem meeresblauen Mosaikboden widerhallte.

»Diese verdammten Flegel lassen ihn jede Nacht weinend in den Schlaf fallen.«

»Die Kinder von Drusus' Schwester hatten es selbst nicht leicht gehabt, Herrin Claudia«, antwortete ich.

Sie hatte mir nicht ihren Namen gesagt, doch ich verließ mich auf die althergebrachte Fantasielosigkeit, die dazu führte, dass die römischen Adligen ihren Töchtern die weibliche Form des Familiennamens gaben. Eine Tochter der Corneliusfamilie wird immer Cornelia heißen, während Mädchen der Fabiusfamilie konsequent Fabia genannt werden. Und die drei Töchter von Publius Clodius heißen Clodia, Clodia und Clodia.

»Mein Bruder und ich verloren in jungen Jahren selbst unsere Eltern«, erzählte sie.

»Das hat uns nicht veranlasst, unsere Umgebung zu tyrannisieren. Ich bat Mamercus darum, Claudianus zu adoptieren, als wir uns vermählten. Davon wollte seine Mutter nichts hören. Das war der einzige Grund, weshalb mein Bruder bei Drusus landete. Drusus waren Kinder vollkommen gleichgültig, doch das hatte auch einen Vorteil. Es bedeutete, dass mein Bruder trotzdem die meiste Zeit bei mir sein konnte.«

Claudias Zorn über ihr und ihres Bruders Schicksal war leicht hervorzurufen, jedoch schwer zu steuern. Mit den richtigen Anreizen würde sie Lücken in meinem Wissen schließen können. Sie schlenderte um das Wasserbecken herum, während sie sich über ihren Mann beklagte, der im Großen und Ganzen zwar vernünftig, aber vollkommen von seiner Mutter abhängig sei.

»Aemilia konnte mich noch nie ausstehen. Sie hat beschlossen, dass Claudianus in dem Haus auf dem Palatin wohnen soll. Ich habe ihn seit mehr als einem Jahr nicht gesehen. Das boshafte, alte Weib hält uns voneinander fern!«

Mit einem plötzlichen Zischen aufgestauter Wut bereute sie ihre Offenheit. Stattdessen lenkte sie ihre Aufmerksamkeit wieder dem ursprünglichen Gesprächsgegenstand zu.

»Mein Mann wollte immer gern Kinder haben. Ich habe mich bis jetzt immer damit entschuldigt, dass es verfrüht ist. Aber ich werde bald achtzehn. Wenn er aus dem Krieg heimkehrt, wird er mich bitten, es erneut zu versuchen.«

»Wünscht die Herrin keine Kinder?«

»Würdest du mir als Arzt dazu raten?«

Sie schaute an sich hinunter und rückte ihre Stola zurecht. Ich musterte ihre zarte Gestalt und ihre schmalen Hüften.

»Die Geburt könnte schwierig werden.«

»Wohl eher lebensgefährlich. Du bist aber doch verpflichtet, über die persönlichen Angelegenheiten deiner Patienten zu schweigen?«

Sie lauerte auf meine Antwort wie ein Hund, der darauf wartet, dass man das Stöckchen wirft.

»Mein Eid verbietet es mir, etwas von dem zu verraten, von dem ich bei der Ausübung meines Fachs Kenntnis erlange, und was nicht öffentlich bekannt sein sollte.«

Sie fasste einen Entschluss.

»Meine Mutter wurde dreimal schwanger. Bei der letzten Geburt starben sie und das Kind. Mein Vater starb nur sechs Monate später. Die Angst schwanger zu werden, macht es mir schwer …«, sie suchte nach Worten, »… mit meinem Mann zusammen zu sein. Ich kann nicht … das Bett mit ihm teilen.«

Mamercus musste seiner Frau sehr zugetan sein, wenn er unter diesen Umständen mit ihr vermählt blieb. Ihre Stimme verwandelte sich zu einem Flüstern.

»Du bist Arzt. Vielleicht kannst du für … Vorbeugung sorgen?«

Claudias Angst war weder eingebildet noch übertrieben. Vier von zehn Frauen sterben im Wochenbett aufgrund von Fieber, Blutungen oder dem einfachen Umstand, dass sie zu frühzeitig von Männern, die von Jugend und Unberührtheit besessen sind, geschwängert wurden.

»Hat die Herrin versucht, eine Hebamme zu konsultieren?«

»Ich kann das Haus nicht ohne einen Sklaven meiner Schwiegermutter auf den Fersen verlassen. Wie sollte ich irgendjemanden aufsuchen können, ohne dass sie davon erführe?«

»Dennoch ist das mein bester Rat. Mein Wissen über diese Art Dinge ist zu theoretisch, um zu …«

»Heißt es nicht in deinem Eid«, unterbrach sie mich, »dass du Heilmittel zum Wohle des Lebens und der Gesundheit deiner Patienten verschreiben sollst? Wenn du dich weigerst, und ich im Wochenbett sterbe, wirst du an meinem Tod schuld sein.« Sie ließ mich über ihren Einwand nachdenken, bevor sie fortfuhr. »Silphium soll das Beste sein, habe ich gehört.«

Diese Essenz einer Fenchelart, die man nur bei Kyrene in Afrika finden kann, war eine Importware. Aus ihrem Stängel und aus der Wurzel wurde ein harziger Milchsaft gewonnen. Zwar beugte sie einer Schwangerschaft vor, sie war jedoch unbeschreiblich teuer. Darüber hinaus hatte sie einen wesentlichen Nachteil. »Silphium wird vor allem dazu genutzt, um Fehlgeburten hervorzurufen. Da sich die Herrin schon so gründlich mit der Sache beschäftigt hat, sollte sie auch den betreffenden Abschnitt des hippokratischen Eids kennen. Ich darf keine Mittel verschreiben, die eine Schwangerschaft beenden.«

»Wenn es verhindert, dass ich schwanger werde, ist es doch kein Schwangerschaftsabbruch.«

Claudia war es gewohnt zu bekommen, was sie haben wollte. Ihre großen Augen folgten aufmerksam meinen Überlegungen.

»Vielleicht kann ich dir helfen«, sagte ich schließlich. »Unter einer Bedingung.«

II

Ein wolkenloser Himmel lag über dem taufrischen Gras des Marsfelds. Inmitten einer Menschenansammlung auf dem Übungsgelände am nördlichen Ende der großen Wiese entdeckte ich Marius unter den Kämpfenden. Rufe der Zuschauer mischten sich unter das laute Knallen der Holzschwerter, jedes Mal, wenn der alte General einen gelungenen Ausfall vornahm.

»Da ist er«, stieß Tiro hervor und deutete auf den General. »Siehst du, was ich meinte? Er trainiert mit den jungen Kriegern. Das macht er, seit man ihn auf einer Bahre vom Schlachtfeld zurückbrachte. Anfangs humpelte er und bewegte sich wie ein Greis. Nun ist er fast so schnell wie die anderen. Glaubst du, dass er dich zu seinem Klienten macht, wie er es versprochen hat?«

Tiro kannte meine Kriegsgeschichte in und auswendig, und er fing sogar an, mich zu berichtigen, wenn ich sie nicht korrekt wiedergab. Seine Stimme wechselte gelegentlich zwischen einem gemäßigten Bass und einem heiseren Gellen. Er war beinahe so groß wie ich, und seine Beine schienen zu lang für seinen schmächtigen Körper zu sein.

»Wir werden sehen«, sagte ich.

Sowohl Tiro als auch Aelia waren froh, mich wiederzusehen. Sarpedon, der nicht mehr länger abgemagert war, verhielt sich bei meiner Rückkehr zurückhaltender. Ein heiterer kleiner Bauch ragte unter der blauen Tunika aus fein gewebter Baumwolle hervor. Unter dem zotteligen Bart war seine Haut zwar nur schwach – allerdings durchgehend – verfärbt, dort, wo er damals verbrüht worden war. Als die erste Überraschung verflogen war, bedankte er sich feierlich bei mir.

»Die Stellung als Hauslehrer, die du mir beschafft hast, hat mir Glück gebracht. Das Leben im Hause von Drusus ist herrlich und sicher und die Kinder sind *wunderbar*. Ich setze große Hoffnungen auf Quintus. Er kann rechnen, schreiben und Griechisch sprechen, beinahe so gut wie Tiro hier.«

Tiro ließ den Lehrer seine Schulter streicheln, entfernte dann aber dessen Hand und drückte sie höflich. Sarpedon plauderte noch länger über die Kinder im Hause von Drusus, während Aelia eine Gemüsesuppe über der kleinen Feuerstelle in der Ecke zubereitete.

»Porcia ist ein artiges Mädchen, die niemals die Unterweisungen stört. Der liebe kleine Cato ist ein *hübscher* Bursche, aber er ist störrisch wie ein Esel. Er interessiert sich vor allem für Geschichte. Das hat ihn glücklicherweise dazu gezwungen, lesen zu lernen. Zur Zeit befasst er sich mit Polybios' Meisterwerk über den ersten Krieg gegen Karthago.«

»Und Servilia?«

»Um sie mache ich mir als Einzige Sorgen. Die Sklaven sagen, dass sie früher ein fröhliches und offenes Mädchen war, aber *davon* habe ich noch nichts gemerkt. Sie hält sich meist in ihrem Zimmer auf und weint fürchterlich viel. Aber so ist das in dem Alter. Das ändert sich bestimmt, wenn sie vermählt wird und Kinder bekommt.«

Tiro, der gewiss viel über die Kinder im Hause von Drusus gehört hatte, war viel eher an meinen Erlebnissen interessiert. Ich hatte die blutigsten Einzelheiten ausgelassen, denn ich glaubte damals immer noch, dass es besser für Kinder sei, wenn sie die Wirklichkeit der Erwachsenen nicht kennen würden. Der Junge lag auf dem Bett mit halb geöffnetem Mund und in den Handflächen ruhenden Wangen, seine dunklen Augen waren von völliger, selbstvergessener Konzentration erfüllt.

Schweigend aß Sarpedon seine Suppe, während meine eigene dastand und kalt wurde. Mitten während der Belagerung von Marruvium entschuldigte er sich und machte sich auf den Weg zum Haus auf den Palatin. Lange nachdem die Dunkelheit angebrochen war, wiesen Tiros regelmäßige Atemzüge darauf hin, dass er sich dem Schlaf hingegeben hatte. Aelia legte eine Decke über ihn und setzte sich neben mich auf die Bank unterhalb des Fensters.

»Sarpedon wirkte unzufrieden«, sagte ich.

Aelia lächelte, als hätte ich einen Scherz gemacht, den nur Eingeweihte verstehen.

»Er war sicherlich nur darüber irritiert, dass du Tiros ganze Aufmerksamkeit in Anspruch genommen hast.«

Sie betrachtete mich einen Augenblick und begriff, dass sie weiter ausholen musste.

»Sarpedon ist unglücklich verliebt, der Arme. Ich habe selbstverständlich meinem Sohn beigebracht, wie man sich mit Erfolg eines erwachsenen Mannes erwehrt. Das ist glücklicherweise nicht notwendig gewesen.«

Ich betrachtete mich selbst immer als aufgeschlossen. Sokrates' Frage, ob ein Laster, das keinem anderen schadet, tatsächlich ein Laster sei, habe ich immer mit einem Nein beantwortet. Dennoch spürte ich in meinem Mund den gleichen ekligen Geschmack, wie damals während des Marsches durch das Land der Marser, als Caepio Servilias genaues Alter genannt hatte.

»Lässt du solch einen Mann mit deinem Sohn allein?«

»Wir dürfen nicht wählerisch sein«, verteidigte sich Aelia. »Tiro erhält eine Ausbildung, die eines Patriziersohns würdig ist. Er kann ein Schreiber oder Sekretär für einen reichen Patron werden. Er soll nicht wie ein Tier schuften müssen mit den Händen in einem Bottich voll Pisse.«

Sie wich meinem Blick aus. Mein eigener schwacher Standpunkt verbot es mir, sie zu verurteilen.

»Du arbeitest also immer noch in der Wäscherei am Salutaris-Tor?«

»Was sollte ich sonst tun? Du wunderst dich vielleicht darüber, dass ich nicht mehr stinke? Der Besitzer der Wäscherei starb während des Bürgerkriegs. Sein dreijähriger Sohn erbte alles. Die Witwe beförderte mich zur Aufseherin.«

Sie nahm meine Hand.

»Lass uns nicht streiten. Wir glaubten, du seist tot. Das betrübte sowohl Tiro als auch mich sehr. Wir haben dich vermisst. Mehr, als wir dachten.«

Ihre Finger untersuchten die Narbe, wo sich mein kleiner Finger befunden hatte.

»Darüber hast du nichts erzählt. Wie ist das passiert?«

Ihre Hand streifte zufällig meinen Brustkorb. Sie runzelte ihre Stirn und tastete mit ihren rauen Fingerspitzen das Narbengewebe durch den Stoff der Tunika ab.

»Armer Demetrios. Wie musst du gelitten haben.«

Dieses ungewohnte Mitgefühl trieb mir Tränen in die Augen. Mein Körper bebte in Krämpfen. Sie legte ihre kräftigen Arme um mich, tröstete mich, küsste meinen Hals, meine Wangen und, als ihre Tunika an den Schultern von meinen Tränen durchnässt war, auch meine Lippen. Ihre Zungenspitze, die in meinen Mund glitt, schmeckte salzig.

Ich schob sie von mir weg auf die gleiche behutsame Weise, wie Tiro Sarpedons Annäherungen zurückgewiesen hatte.

»Ich verstehe«, flüsterte sie.

Auf der Innenseite meiner Augenlider hatte sich das Bild eines jungen Mädchens mit blauschwarzem Haar eingebrannt. Ihre grünen Augen wurden in der Mitte der Iris golden, sodass die Pupillen wirkten, als wären sie von einem Goldring umgeben.

Ich stellte mich vor und legte mein Anliegen den breitschultrigen Wachen dar, die die Leute auf Abstand hielten. Einer von ihnen trabte los, um dem General Meldung zu machen. Marius schaute in meine Richtung und winkte mir zu, bevor er mit einem Holzschwert beiläufig einen Mann zu Fall brachte.

»Gaius Marius heißt dich willkommen zurück und bittet dich, sich in fünf Tagen in seinem Haus einzufinden«, bekam ich zu hören. »Dann wirst du bekommen, was dir zusteht.«

Auf dem Rückweg in die Stadt, vorbei an den Badehäusern und den liederlich gebauten Mietshäusern außerhalb der Mauern, war Tiro derart angespannt, dass er zitterte. In fünf Tagen würde er einen Klienten von General Marius kennen. Ich empfand nicht die gleiche Freude, sondern vielmehr eine Art Müdigkeit.

»Ich gehe davon aus, dass es offiziell ist«, sagte ich. »Du darfst das gern deinen Freunden erzählen.«

Das Lächeln verschwand aus seinem Gesicht. Tiro hatte keine Freunde. Er wurde zum Sekretär ausgebildet, während die anderen Gleichaltrigen von Ruhm und Ehre auf dem Schlachtfeld träumten. Mein Herz hatte schon immer für die Ausgestoßenen geschlagen. Vielleicht, weil ich immer gewusst habe, dass ich einer von ihnen bin.

»Ich werde dir alles über den Gebrauch von Waffen beibringen, was ich weiß.«

Er richtete sich auf.

»Würdest du das wirklich tun?«

»Selbstverständlich. Man verbringt doch nicht ein Jahr auf dem Schlachtfeld, ohne etwas aufzuschnappen.«

III

Über dem Feuer brodelte es in einem großen Kupferkessel. Eine gesalzene Kalbshälfte lag bereit auf einem stabilen Eichenholztisch unter dem Gewölbe aus Ziegeln.

Der Koch kam herein, die Hände voller Kräuter. Er fuhr zusammen, als er mich erblickte.

Die Straßen, die wir auf dem Weg zum Palatin passiert hatten, platzten schier vor Menschengewimmel. Sulla hatte Rom erreicht, und die Bewohner der Stadt waren entweder unterwegs zum Marsfeld, um mit eigenen Augen zu sehen, wie riesig das Lager des siegreichen Heeres war, oder sie kamen von dort zurück und erzählten davon. Das galt auch für Mamercus' Mutter Aemilia, die neue, uneingeschränkte Herrscherin über das Haus von Drusus, die am selben Morgen Sarpedon mitgeteilt hatte, dass sie sowohl die Kinder als auch die Sklaven mit auf den Ausflug nehmen wolle. Sarpedon hatte mir davon berichtet.

»Sie werden sich wundern, dass ich nicht auch dort bin«, hatte der Lehrer gejammert. Er hatte versucht, sich loszureißen, doch ich hielt ihn gut fest, sodass wir in dem Getümmel nicht voneinander getrennt wurden. Er konnte sich der Familie anschließen, wenn er mir Zugang zum Haus verschafft hatte. Meine Geduld mit Sarpedon hatte sich verringert, seitdem ich auf seine sexuellen Vorlieben aufmerksam geworden war.

»Salve, Marcus Stercorius«, begrüßte ich den Koch.

»Was machst du hier?«, erkundigte er sich und breitete die Kräuter auf dem Tisch aus.

»Es gibt etwas, was ich dich schon seit Langem fragen wollte. Heute scheint dafür eine gute Gelegenheit zu sein, wo du das Haus doch für dich allein hast.«

Er zurrte die Schürze fest um den Bauch, sodass der Gürtel sein Fettpolster in eine obere und in eine untere Hälfte teilte.

»Du erinnerst dich doch daran, dass ich dich nach dem Abend fragte, an dem dein Patron starb. Warum hast du mir nicht erzählt, dass du das Messerattentat vom Vorratsraum aus gesehen hast?«

Einen Augenblick lang überlegte er, die Wahrheit zu erzählen. Irgendetwas – vielleicht die Angst, die ihm ins Gesicht geschrieben stand – hielt ihn zurück.

»Alle haben die Pflicht, ein Verbrechen gegen den Staat aufzuklären«, fuhr ich fort.

»Der Mord an einem Volkstribun ist eines der schlimmsten Staatsverbrechen, die man sich vorstellen kann. Wir reden hier über die Todesstrafe.«

Das taten wir faktisch allerdings nicht. Staatsverbrechen werden zwar mit dem Tod bestraft. Das Zurückhalten einer Zeugenaussage ist hingegen nicht strafbar, doch der Koch kannte die Unzulänglichkeiten des römischen Rechts nicht. Seine Hände fingen zu zittern an.

»Ich schwieg doch nur, weil …«

Ihm musste weitergeholfen werden wie einem Esel, der auf seinem Weg anhält.

»Weil du die Identität des Messerstechers geheim halten wolltest. Hat der Betreffende dir gedroht?«

Er schaute mich überrascht an.

»Warum glaubst du das?«

»Das spielt keine Rolle. Ich weiß, wer es war.«

»Das kannst du unmöglich wissen.«

»Weil Petronius starb, bevor er es preisgeben konnte?«

»Das war es nicht, was dir Petronius sagen wollte«, platzte es aus dem Koch heraus, bevor er sich die Hände vor den Mund hielt.

Ich schaute ihn einen Augenblick lang an. Was war es dann für eine Nachricht gewesen, für die der Pförtner sein Leben riskiert hatte?

Plötzlich begriff ich, was der Koch meinte, und was er befürchtete: Als ich das Haus am Morgen nach Drusus' Tod verließ, hatte ich Petronius erzählt, dass der Messerstich nicht tödlich, sondern dass Drusus vergiftet worden war. Der kleine Pförtner wusste, dass der Messerstecher nicht der eigentliche Mörder war.

»Du weißt, wer Drusus das Gift gab, das ihn von innen her auffraß«, schoss es aus mir heraus.

»Nein, nein«, flüsterte der Koch. »Petronius war der Einzige, der das wusste. Er weigerte sich, mir zu sagen, wer es war. Du musst mir glauben, ich bitte dich.«

In seinen Augen spiegelte sich Angst wider. Ich verstand sein Dilemma.

»Du bist ein Freigelassener, Marcus Stercorius. Du kannst beruhigt aussagen, ohne der Folter ausgesetzt zu werden. Du musst dir abgewöhnen, wie ein Sklave zu denken.«

Wir wurden von einem Geräusch unterbrochen, als eine Terrakottaschale auf dem Fliesenboden zerbrach.

In der offenen Tür stand Servilia und starrte mich an.

Sie war mit einer safrangelben Stola bekleidet.

IV

Ein verführerisches Lächeln spielte um Servilias Mund, als sie sich gegen die geschlossene Tür lehnte.

Sie verschwendete keine Zeit mit Fragen, sondern zog mich die Treppe hinauf ins Erdgeschoss und weiter nach oben bis ins Dachgeschoss, wo ihre Kammer lag.

»Du bist zurückgekommen«, flüsterte sie und löste den Gürtel ihrer Stola.

Ich stieß mit der Ferse gegen das Bett.

»Warte, Servilia.«

»Du brauchst nicht nervös zu sein. Marcus plaudert nichts aus, und sonst ist kein anderer hier. Sie sind alle auf dem Marsfeld. Nun bin ich froh, dass ich nicht mitgegangen bin.«

Die gelbe Stola glitt mit einer sachten Bewegung auf den Stuhl nieder. Servilias Hüften waren fülliger geworden. Ihre Brüste waren nicht länger klein und zart wie Vogelküken, sondern die perfekt gewölbten Kuppeln einer erwachsenen Frau, die beim Atmen bebten. Das dunkle Zimmer wurde vom Widerschein ihrer hellen Haut erleuchtet, als sie in die Sonnenstrahlen des Fensters unter dem schrägen Dach trat. Sie zögerte, war plötzlich unsicher.

»Willst du mich nicht haben?«

Die Frage bildete den Auftakt zu einem Kapitel in meinem Leben, an das ich immer noch mit Scham zurückdenke. Bereits damals wusste ich, dass ich, anstatt sie näher an mich heranzuziehen, ihr die Stola hätte reichen und sie bitten sollen, sich zu bedecken. Statt sie zu küssen, hätte ich meinen Verdacht darlegen und ruhig ihre Gegenargumente anhören sollen.

Doch die Lust siegte über die Vernunft.

Wie heißes Öl floss es unter meine Haut, als mich ihre Fingerspitzen liebkosten. Sie drückte ihren Schoß gegen meine Hüfte und verwandelte meine Knochen in weiches Wachs. Sie zog mich hinauf zu den Wolken und noch weiter ins dunkle Himmelsgewölbe des Kosmos, von wo aus die Götter des Elysiums uns vergnügt zuschauten. Später ließ sie mich im Halbschlaf zurück.

Als in der Dämmerung die Stimmen der Familienmitglieder im Atrium zu hören waren, kam sie rasch mit den Resten des Abendessens wieder.

»Möchtest du einen Apfel?«, fragte sie.

Die einzigen Früchte, die ich begehrte, waren jene, die auf ihrem Brustkorb emporsprossen.

In der Dunkelheit hörten Raum und Zeit auf zu existieren. Dankbar ließ ich mich von ihr durch diese Leere führen, bis nur noch unsere Sinne den Abstand zwischen unseren Körpern ausfüllten. Ihr Mund wurde zu meinem und meiner zu ihrem, ihr Schoß schmolz zu einem Beben zusammen, das nicht aufhörte, bevor das fahle Morgenlicht durch die Fensterläden kroch und uns eng umschlungen im Bett vorfand.

Ihre Finger untersuchten meine Brust und die Wunde von Varius' Messer an meinem Hals.

»Sind das Erinnerungen an den Krieg?«

»So etwas in der Art.«

Die Irritation über ihre kindliche Fürsorge vereinte sich mit der Verärgerung über meine eigene Schwäche. Sie küsste meine linke Hand.

»Hat mein Ein und Alles seinen kleinen Finger als Liebespfand geopfert?«

»Ich bin nicht dein Ein und Alles.«

Die Anklage kam wie ein unterdrückter Schrei heraus. Sie starrte mich an und versuchte zu verstehen.

»Damals am Nachmittag im Peristyl. Cato beschuldigte dich, einen samnitischen Liebhaber zu haben. Ich dachte nicht weiter darüber nach. Damals wusste ich noch nicht, dass Mutilus Samnit war.

»Mutilus?«

Servilia fing zu lachen an. Ich schubste sie weg und stand aus dem Bett auf.

»Mutilus ist niemals Sklave gewesen«, fuhr ich fort. »Er ist ein samnitischer Adliger und Heerführer. Er hielt sich nur in Rom auf, um auf Drusus aufzupassen, bis das Bürgerschaftsgesetz verabschiedet wurde.«

»Das ist wahr«, räumte sie ein. »Aber ich habe versprochen, seine Identität geheim zu halten. Das war die Bedingung dafür, dass er mich nach draußen begleitete. Hinaus in die Stadt. Ich genoss es, herumzulaufen und das Leben in den Straßen zu spüren. Die Gerüche, die Geräusche, einfach alles. Du kannst dir nicht vorstellen, was diese Ausflüge in die Freiheit für mich bedeuteten.«

»Warum lief der General der Samniten als Sklave getarnt mit einem jungen Mädchen in der Stadt herum?«

»Das weiß ich nicht. Aber er war nicht mein Liebhaber. Glaubst du mir etwa nicht?«

»Servilia«, seufzte ich, »die Nacht, die wir gerade gemeinsam verbracht haben ...«

»Was ist damit?«

Sie lächelte zärtlich. Sie hatte es immer noch nicht verstanden.

»Du warst keine Jungfrau mehr!«

V

»Du hast deinen Vater Caepio – Drusus Feind – darüber unterrichtet, wohin dein Onkel – dein Pater familias – ging und was er plante.

Silo und Drusus wussten das. Deshalb fütterten sie dich mit falschen Angaben.«

»Ach ja?« Servilia wickelte die Decke um sich herum.

»Gibst du zu, deinen Onkel verraten zu haben?«

Sie schaute mich schweigend an, während sich ihr Blick verfinsterte.

»Hast du überhaupt irgendeine Ahnung davon, wie es war, hier in diesem Haus aufzuwachsen?«, fragte sie. »Wir Kinder waren wie die Pest für Onkel Drusus. Er nahm uns einzig und allein auf, damit er vor seinen Anhängern besser dastand. Wir waren ihm nützlich für seine Wahl. Onkel Drusus nutzte alle, die er kannte, politisch aus.«

»Neulich hast du aber nur Gutes über ihn gesagt.«

»Wer erzählt so etwas einem Fremden? Die Wahrheit ist, dass er uns wie Einrichtungsgegenstände behandelte. Und meine schwachsinnigen Halbgeschwister ließen mich nie vergessen, dass mein Großvater ein Heer von 80 000 Mann verlor und er wegen Betrugs verbannt wurde. Die Sklaven waren meine einzigen Freunde. Ich hatte gehofft, mein Vater würde sich um mich kümmern, wenn ich ihm helfen würde. Jetzt ist er im Krieg gestorben und ich bin hier gefangen.«

»Du hättest dich mit Crassus Orator vermählen können und wärst auf diese Weise entkommen.«

»In ein neues Gefängnis? Nein, danke.«

»Doch dein Onkel bestand darauf, dass du dich mit seinem Freund vermählen sollst. Hast du es deshalb getan?«

»Was getan?«

Mein Gesicht brannte. Das Blut, das in meinen Schläfen pochte, übertönte beinah meine eigene Stimme.

»Du hast deinen Onkel verführt.«

Sie zuckte zusammen und starrte mich erschrocken an.

»Was sagst du?«

Ich hob ihre gelbe Stola auf.

»Und das war sicher nicht das erste Mal. Aber in dieser Nacht, in der du ihm das Gift verabreicht hast, gab es einen Zeugen. Was hast du getan, nachdem du deinen Onkel abgefüllt hattest? Hast du ihm ein Pilzgericht serviert? Und als das Gift zu langsam wirkte, hast du deinen samnitischen Liebhaber das Messer benutzen und es zu Ende bringen lassen.«

Sie schaute mich schweigend an. Ihre grüngelben Augen waren durch die aufkommende Verzweiflung zu Schlitzen in der versteinerten Maske des Gesichts geworden.

»Du und Mutilus habt gehört, wie ich zu den Senatoren sagte, dass es zwei Mörder gab«, fuhr ich fort. »Das machte euch nervös, da ihr wusstet, dass es wahr war. *Deshalb* hast du mich aufgesucht.«

»Da liegst du völlig falsch.«

»Ach ja? Dann iss den hier. Ich habe ihn vor ein paar Tagen in den Hainen von Janiculum gesammelt.«

Sie streckte die Hand aus und nahm den kleinen, weißen Pilz, den ich aus meinem Lendenbeutel hervorgeholt hatte. Sie brach den Hut vom Stiel ab und roch an ihm.

»Kennst du diese Sorte Pilz?«, fragte ich.

»Nein, aber er stinkt wie das Parfüm einer Hure. Was soll das alles?«

»Es war solch ein Giftpilz, der deinen Onkel umbrachte. Ich versuchte zu glauben, dass du unschuldig seist. Selbst, als das kleine Wiesel von Varius ausplauderte, dass sein neuer Patron eine Frau sei. Ich habe erst aufgehört, mir etwas vorzumachen, seit ich mit Mamercus' Frau gesprochen hatte.«

»Claudia? Was bildet sich diese Kuh ein?«

»Ein Tag nach dem Mord sah sie euren Pförtner Petronius im Haus auf dem Aventin. Aemilia hielt ihn im Keller versteckt. Claudia hörte, wie er erzählte, dass sich der Mörder immer noch im Haus von Drusus aufhalten würde. Darum verschwand er. Er hatte Angst, das nächste Opfer zu werden.«

»Der Mörder? Hier im Haus?«

»Du kommst doch nur selten nach draußen, nicht wahr? An jenem Abend, an dem Petronius starb, sagtest du, dass du den ganzen Weg vom Palatin gelaufen bist, um mir seine Nachricht für Mamercus zu zeigen. Aber du warst kein bisschen außer Atem. Du, die die Vestatreppe nicht hinaufgehen kann, ohne sich zu setzen und zu verschnaufen! Du und Mutilus habt darauf gewartet, dass mich die zwei Gladiatoren aus dem Weg räumen. Ihr wart sehr überrascht darüber, mich trotzdem am Leben zu sehen. Ihr nahmt mich mit hierher, und du hast deinen Körper eingesetzt, um dich zu vergewissern, dass ich nichts wusste.«

»Hör auf«, stieß sie hervor. »Sag nichts mehr.«

»Du und Mutilus wart Liebende«, sagte ich weiter. »Ihr brachtet Drusus gemeinsam um.«

Sie schüttelte den Kopf.

»Als ich zu lästig wurde, habt ihr versucht, mich aus dem Weg zu schaffen.«

»Das stimmt nicht«, schluchzte sie.

»Ihr bezahltet zwei Gladiatoren dafür, um mich umzubringen.«

»Nein!«, schrie sie. »Sie sollten Petronius bloß in Onkel Drusus' Landhaus bringen.«

Durch das Schluchzen zitterte sie unter der Decke, ihr Gesicht war von dem dunklen Haar verdeckt.

»Du gibst also zu, an Petronius' Tod schuld zu sein?«

Servilia zögerte, überlegte ein letztes Mal, ob sie sich aus ihrer Mitschuld herauswinden konnte. Dann nickte sie.

»Hast du auch Crassus Orator ermordet?«

»Das … ich kann nicht mehr«, flüsterte sie.

»Ich wusste es«, rief ich. »Bei Patrizierkindern muss man mit allem rechnen.«

Eifersucht ist der treueste Anhänger der Minderwertigkeit. Die Kombination aus diesen beiden Gefühlen verschloss mir das Tor zur Vernunft. Wäre Servilia nicht von so vornehmer Herkunft gewesen, hätte ich sie kaum so vorschnell verurteilt.

Ich fragte nach ihrem zweideutigen Geständnis nicht mehr weiter, sondern lief die Treppe hinunter, stieg über den schlafenden Pförtner und öffnete selbst das Tor, erfüllt von Raserei, die mich daran hinderte, die Lücken in meiner Schlussfolgerung zu erkennen.

VI

Als ich die Vestatreppe hinunterging, bemerkte ich ein reges Treiben auf dem Forum. An diesem feuchtgrauen Morgen war ein Heer von Sklaven damit beschäftigt, die Fassaden mit Blumenkränzen zu schmücken. Die Bronzetüren der Tempel standen offen. Auf den Altären brachten die Priester Rauchopfer dar, die die Stadt in einen seltsamen, berauschenden Duft tauchten. Ich fragte einen Priester vor dem Castor- und Polluxtempel, was los sei.

»Sulla Felix hält heute seinen Triumphzug ab.«

»Aber es sieht nach Regen aus.«

»Das mag sein, aber die Vorzeichen sind günstig.« Der Priester warf noch etwas Rauchwerk in das Gefäß aus Kupfer. »Außerdem hat es der Triumphator eilig. Es sind nur noch 20 Tage bis zur Wahl des Konsuls.«

Die leicht geschwungene Via Argentaria führte mich zum Haus von Marius. Meine bevorstehende Freilassung kam mir gleichgültig vor, doch nur als Freigelassener konnte ich eine Mordanklage bei Gericht einreichen.

Ich war früh dran. Eine kleine Gruppe von Klienten wartete vor dem Tor, das mit einem Relief der Medusa verziert war. Die geschuppten Schlangen auf dem Kopf mündeten in zehn kleine Köpfe mit aufgerissenen Mäulern, aus denen gespaltene Zungen hervorstießen. Das Gesicht der Hexe war wie in einem stummen Schrei erstarrt, als hätte Perseus ihr eben erst den Kopf abgeschlagen.

Als wir eingelassen wurden, zog mich die Wache, mit der ich auf dem Marsfeld gesprochen hatte, zur Seite und bat mich, auf der Bank im Atrium zu warten.

Die dunklen Wolken fingen an, sich ihrer Last zu entledigen. Das Wasser plätscherte von der viereckigen Öffnung im Dach ins Becken hinab.

Die Gäste kamen und gingen, in meinem Magen glomm die Unruhe. Als sich Marius spät am Vormittag mit seinem Gefolge zeigte, erhob ich mich und ging ihm entgegen.

»Bleib nur sitzen, Demetrios«, dröhnte er.

Sein Gesicht unterhalb der buschigen Augenbrauen sah wie eine Wachsmaske aus, die man der Sonne zu lange ausgesetzt hatte. Gesichtslähmung ist eine typische Folgeerscheinung einer Hirnblutung. Ich verstand nun, weshalb seine Wachen die Leute auf Abstand hielten.

»Du scheinst in guter Form zu sein, General«, log ich.

»So sehe ich aus, seit du deine Zauberei bei mir angewandt hast. Es nutzt nichts, es zu leugnen. Decumius hat alles gesehen.«

Marius wandte sich an die Wache. Erst jetzt erkannte ich den Legaten wieder, der neben Marius' Bahre gekniet und geweint hatte.

»Ich habe gesehen, wie dieser Mann deine Schädeldecke freilegte und ein Loch hineinbohrte«, murmelte Decumius vor sich hin.

Vielleicht war er sich der Bedeutung seiner Worte nicht sicher. Vielleicht hatte er auch Angst, dass ich ihn mit meinem Zauberstab niederstrecken könnte.

»Du hattest eine Hirnblutung, General«, sagte ich. »Hätte ich das Blut nicht abfließen lassen, wärst du tot.«

»Und danach hast du Geld aus meiner Kriegskasse gestohlen. Das hat Decumius auch beobachtet.«

Hatte Marius vergessen, was er mir versprochen hatte? Hatte die Blutung in seinem Gehirn zu Gedächtnisverlust geführt? In der langen Geschichte der Chirurgie, das verstand ich, waren gewiss noch merkwürdigere Dinge passiert.

»Du batest mich, die Boten des Senats zu bestechen und Nachrichten nach Rom zu schicken. Frag doch nur Scaurus, ob er regelmäßig Briefe von mir erhalten hat.«

»Der Vorsitzende des Senats ist vor zwei Monaten gestorben.«

Das Plätschern im Wasserbecken steigerte sich zu einem ohrenbetäubenden Tosen.

»Ich muss zugeben«, fuhr Marius fort, »dass ich nicht begreife, warum du zurückgekommen bist. Hast du etwa Gerüchte gehört, ich sei gelähmt? Wie du siehst, ist das stark übertrieben. Ich selbst habe meine Bewegungsfähigkeit wiedererlangt. Ohne die Hilfe eines Arztes. Bona Dea! Ich war hilflos wie ein Kind, als du mich verlassen hast wegen … wegen …«

Er schnalzte mit den Fingern.

»Sulla?«

»Ja, genau. Sulla!«

Seine Stimme klang verzerrt vor lauter Hass, die wasserblauen Augen waren erfüllt von verletzter Eitelkeit. Von Enttäuschung. Und von etwas Drittem, das ich nicht herausfinden konnte.

»Du batest mich selbst darum, mit Sulla fortzuziehen«, probierte ich. »Du sagtest, dass er gefährlich sei.«

»Gefährlich? Dieser lächerliche Gnom! Ihm wurde die Ehre zuteil, den Bürgerkrieg gewonnen zu haben. Meine Siege wurden ignoriert. Die Leute sagen, dass ich erledigt bin. Ich, der gegen die jungen Lümmel auf dem Marsfeld kämpft. Gegen zwei oder drei auf einmal. Man lacht mich aus hinter meinem Rücken. Weil ich kein Griechisch spreche. Ich, der ich der DRITTE GRÜNDER Roms bin!«

Er schaute sich um, überrascht von seiner eigenen Stimme, die an den Wänden widerhallte.

»Ich habe jetzt keine Zeit mehr für weiteres Geplauder. Ich bin auf dem Weg zum Forum, um mich den Menschen zu zeigen. Sie sollen mich nicht so leicht vergessen.«

»Du hast mir meine Freiheit versprochen«, sagte ich, als er an mir vorbeilief.

Er drehte sich um und blickte scheel durch das feuchte Halbdunkel.

»Bist du verrückt geworden? Du hast mir nie gehört.« Er schüttelte irritiert den Kopf.

»Das erinnert mich daran, was ich noch sagen wollte. Durch deinen ganzen Unsinn hätte ich es beinah vergessen. Ich habe Sempronia besucht und ihr erzählt, dass du wieder in Rom bist. Wenn dich ihre Leute finden, haben sie das Recht, dich totzuschlagen. Gewiss werden sie dich erst foltern. Als Warnung für den Rest des Haushalts. Decumius, warte damit, ihn auf die Straße zu werfen, bis ich gegangen bin. Ich möchte nicht mit ihm gesehen werden.«

Das Hoftor fiel hinter dem General zu.

»Du musst wissen, dass ich das Leben von Marius gerettet habe«, sagte ich zu Decumius.

»Ohne dich wäre er tot«, antwortete der Legat so leise, dass ihn der Regen fast übertönte. »Das wäre vielleicht das Beste gewesen.«

»Was soll das heißen?«

Decumius packte mich und schob mich nach draußen. Die Tür knallte zu, ich stand allein auf der Straße vor dem Medusa-Relief. Mir kam eine Gruppe von Männern entgegen, die auf dem Weg zum Forum waren. Ich starrte auf die regennasse Wand und versuchte zu begreifen.

Sempronia wusste, dass ich zurück in Rom war.

Ihre Leute suchten nach mir.

Wenn sie mich fänden ...

Auf der anderen Seite des Kapitolhügels, der sich oberhalb der Tempel des Forums auftürmt, hörte man die Trompetenfanfaren, als sich

Sullas Triumphzug vom Marsfeld in Bewegung setzte und sich der Stadt näherte.

VII

Die Menschen suchten in den Basiliken des Forums Unterschlupf. Ich folgte ihnen. Meine Sinne waren in Alarmbereitschaft wie bei einer Bürgermiliz in einer belagerten Stadt. Die anonymen Gesichter waren feindselige Masken. Eine Hand, die mich streifte, ließ mich zusammenzucken. Der Platz unter den Arkaden der Basilica Aemilia war überfüllt. Der Lärm war ohrenbetäubend, Enge und Hitze unerträglich. Ich zwängte mich in eine Ecke.

Die Wassermassen, die sich sturzbachartig ergossen hatten, waren zu einem sanften Nieselregen geworden, als schließlich eine Fanfare die Ankunft des Triumphzuges im Mittelpunkt des römischen Reiches ankündigte. Ein Brüllen erhob sich. Die Menge zog mich mit nach draußen.

Ich erlangte einen Platz in der Nähe des Aufzuges. Wie es die Tradition vorschreibt, gingen die Mitglieder des Senats an der Spitze. Der Bürgerkrieg hatte indes ihre Reihen ausgedünnt. Es waren nur noch halb so viele wie bei Drusus' Begräbnis. Unter den Vorderen lief Marius mit einem unheimlichen, erstarrten Grinsen. Er war vorausschauend genug gewesen und hatte einen Sklaven eine trockene Toga bringen lassen, und daher war er der Einzige, der nicht wie jemand aussah, den man aus einem Fluss gezogen hatte.

Auf die Hornbläser folgten die weißen Ochsen, die auf dem Altar vor dem Jupitertempel geopfert werden sollten. Ihre Hörner waren vergoldet, von ihren kräftigen Nacken baumelten Blumenkränze herunter. Die komplette Priesterschaft der Stadt folgte ihnen, in ihre farbigen Wollroben gehüllt.

Die sanften Töne einer Gruppe Flötenspieler begleitete die Tanztruppe. Sie bestand aus hübschen, jungen Menschen beiderlei Geschlechts. Der Regen hatte zur Freude des Publikums ihre dünnen, weißen Trachten beinah durchsichtig werden lassen.

Ich spürte eine Hand auf meiner Schulter und fuhr zusammen.

»Demetrios!« Sarpedon umarmte mich. »Welch ein fröhlicher Tag. Servilia wurde endlich verlobt. Ist das nicht unglaublich? Zwei Jahre lang hat sie die *vornehmsten* Patrizier abgewiesen. Und dann plötzlich teilte sie heute Morgen mit, dass sie ihre Wahl getroffen habe. Sie wird sich mit Junius Brutus vermählen. Er ist allerdings nicht so begütert wie sie. Mit ihrer Mitgift wird sie immer noch reicher sein als er, vermute ich.«

Servilias Sinn für Strategie war bewundernswert. Niemand würde es wagen, die Gattin eines Nachkommen des Republikgründers des Mordes anzuklagen.

Sarpedon kannte alle Einzelheiten: das Datum der Hochzeit, die Gästeliste, den Blumenschmuck, das geplante Festmahl, die eingeladenen Priester und Auguren, die das Glück des Paares sichern sollten. Ich hörte mit zusammengebissenen Zähnen zu. Er schwieg, und ich folgte seinem Blick. Er hatte einen Jungen in Tiros Alter erblickt.

»Verschwinde«, rief ich, »bevor ich den Leuten erzähle, was du für einer bist.«

»Aber mein lieber Freund, was soll das denn heißen?«

»Aelia weiß es. Tiro weiß es. Ich vermute, dass selbst der kleine Cato, dieser *hübsche* Junge, es weiß.«

Der Lehrer blickte um sich. Die Umstehenden folgten unserem Gespräch mit Interesse.

»Das Verhältnis zwischen einem Jungen und seinem Lehrer ist ein heiliger und weitaus vollkommenerer Pakt als das gewöhnliche Verhältnis zwischen Mann und Frau ...«

»Nicht in Rom«, unterbrach ich ihn. »Und nicht für mich.«

»Dann weiß ich wahrhaftig nicht«, sagte er mit zitternder Stimme, »wie du herumlaufen und dich *Grieche* nennen kannst.«

Ich bereute mein Verhalten und wollte mich entschuldigen, aber Sarpedon war in der Menge verschwunden, bevor ich ihn aufhalten konnte.

Der eintönige Triumphzug an Belanglosigkeiten setzte sich unvermittelt fort. Unter gewöhnlichen Umständen hätte er Wagen mit eroberten Kostbarkeiten enthalten, aber diese glänzten durch Abwesenheit. In diesem Krieg hatte Rom um sein Überleben gekämpft, nicht um seine Schatzkammer zu füllen.

Lucullus, der Sulla vor der Begeisterung der Legionäre gerettet hatte, marschierte mit einer gekreuzigten Puppe auf einer Stange vorbei.

Die Puppe war mit einem samnitischen Harnisch bekleidet. Der Anblick löste ein Raunen unter den Zuschauern aus.

»Was ist das?«, fragte einer in der Menge.

»Das ist Mutilus, der General der Samniten«, antwortete einer der Legionäre, der die Zuschauer von der Strecke des Triumphzuges zurückdrängte.

»Das ist doch nur eine Puppe.«

»Mutilus' Leiche war derart zugerichtet, dass Sulla meinte, es sei zu unwürdig, sie zu zeigen.«

»Schlechter Geschmack hält doch Sulla ansonsten auch nicht zurück.«

Ein scharfer Blick eines Legionärs ließ den Spaßvogel verstummen.

Schließlich kam die Hauptattraktion des Aufzugs, der Triumphator selbst. Der Streitwagen wurde von vier weißen Pferden gezogen und fuhr nur wenige Armlängen entfernt an mir vorbei. Ein Sklave stand gebeugt über Sullas Schulter und rezitierte immer wieder dieselben zwei Worte: Memento mori – Bedenke, dass du sterblich bist.

Diese Erinnerung war in Sullas Fall unnötig gewesen: Der Regen hatte die rote Farbe in seinem Gesicht verschmiert. Der purpurfarbene, golddurchwirkte Mantel hing wie ein nasses Laken an seinen Schultern herab. Jeder Muskel in seinem Körper war angespannt von der Anstrengung, nicht vor lauter Kälte zu zittern.

Hinter ihm folgte eine endlose Reihe von Legionären, ohne Waffen und Panzerhemden, aber in bester Laune; am Ende des Tages würden sie ihren Sold ausbezahlt bekommen. Sie sangen laut und durchdringend eine neue Strophe des Liedes, das ich bei Marruvium gehört hatte:

> »Mütter, Töchter, schließt euch ein
> Und dreht den Schlüssel um.
> Keine kann jetzt sicher sein,
> Denn Sulla kommt nach Rom.«

»Das hat er gut gemacht, unser Freund Sulla«, sagte eine Stimme hinter mir.

Ich drehte mich um und starrte eine Frau mittleren Alters an. Um ihre Augen herum hatte sich die Haut vom Stibium schwarz verfärbt.

Durch die lebenslange Überdosierung von Arsen ähnelte ihre Gesichtshaut einer Keramikglasur mit feinen Haarrissen. Ihr kunstvoll hochgestecktes Haar war mit Henna gefärbt und ihre Stola so gebunden, dass ihre Unterschenkel in einer Weise entblößt wurden, die die meisten schamlos nennen würden.

Es dauerte einen Augenblick, bis ich sie wiedererkannte.

VIII

Das erste Mal, als ich Volumnia begegnet war, hatte sie auf einem zerschlissenen Diwan gelegen, mitten unter Sullas Saufbrüdern. Ich erinnerte mich daran, wie sie ihre Hand um mein Glied geballt hatte, und trat rasch einen Schritt zurück. Sie fragte mit gekünstelter Sorge, ob etwas nicht stimmen würde.

»Du hast einen Ausdruck in deinen Augen wie ein gejagtes Tier. Vielleicht kann ich dir helfen?«

Heute weiß ich, dass alles, was diese Frau tat und sagte, Schauspielerei war. Damals kam mir ihre Anteilnahme indes echt vor. Ich überwand meinen Widerwillen und schilderte ihr in wenigen Sätzen meine Situation.

»Du bist Sklave? Das hätte ich niemals vermutet.«

»Ich bin unter Soldaten und freien Bürgern aufgewachsen. Ich habe meine Domina nicht mehr gesehen, seit ich jung war.«

Meine Stimme überschlug sich vor Angst. »Das macht es umso schlimmer.«

Volumnia zog mich vom Forum weg, durch enge, feuchte Straßen und über kleine, verlassene Plätze. Sie hielt erst an, als wir in einer dunklen Gasse auf dem Hügel von Oppius waren. Sie schloss eine Tür auf, über der eine Figur mit einem riesigen, wie eine Lanze hochgereckten Phallus angebracht war.

»Ein Bordell?«, entfuhr es mir.

»Bist du auch noch wählerisch?«

Im Inneren erleuchteten ein paar Fackeln das niedrige Mauergewölbe. Ein abgenutzter Tisch stand an einer der Wände. Tiefer im Halbdunkel des Raums bemerkte ich eine Reihe von abgeteilten Verschlägen. Ohne Gäste erschien mir der Raum wie eine fremdartige, feindselige Grotte.

»Verzeih mir, Domina«, stieß eine alte Frau hervor. »Die anderen sind zum Forum gegangen um den Triumphzug zu sehen. Ich konnte sie nicht aufhalten.«

»Nun, das war ja vorauszusehen. Solange sie vor heute Abend zurück sind. Heute Nacht gibt es viel Geld zu verdienen.«

»Gehört all das dir?«, fragte ich.

»Das ist nicht mein einziges Geschäft. Ich handele auch mit Antiquitäten.« Volumnia straffte ihren Rücken, als wäre Hehlerei ein ehrbareres Gewerbe als Prostitution. »Du kannst hier bleiben, wenn du dich irgendwie nützlich machen kannst.«

Über dem Gewölbe lag eine Reihe von Kammern, die durch kleine Fenster unter der Decke erhellt wurden und vom Flur nur durch dünne Vorhänge abgetrennt waren. Die Fußböden der Verschläge lagen drei Stufen tiefer, sodass man den Eindruck bekam, sich im Mittelgang einer Sklavengaleere zu bewegen. Strohmatratzen bildeten das einzige Mobiliar.

»Hier arbeiten meine Mädchen«, erklärte Volumnia.

Am Ende des Flurs befand sich ein größeres Zimmer, das mit Decken und Kissen in leuchtenden Farben ausgestattet war. Von einer Wand ragte ein Bett in den Raum hinein. Ein alter Schrank mit Türen im etruskischen Stil stand neben der Zimmertür. Ein großer, polierter Spiegel aus Bronze und ein Schreibtisch mit Schubladen füllten die Wand neben dem Fenster aus, das in Richtung der Gasse lag, durch die wir gekommen waren.

»Für den Anfang kannst du hier schlafen. Dann werden wir sehen, ob später ein Zimmer frei wird.«

Ich versicherte ihr, dass ihr Angebot akzeptabel sei, und dankte für ihre Hilfe. Bei Volumnia kamen einige gelbe Zähne zum Vorschein. Sie setzte sich vor den Spiegel und fing an, ihr Haar zu lösen. Die Stola glitt hinab und gab den Blick auf ihre abgemagerten Oberschenkel frei. Sie zog sich aus und ging ins Bett.

»In meinem Gewerbe schläft man tagsüber. Glücklicherweise bin ich aus dem Alter raus, wo mich ein solch hübscher, junger Mann locken könnte.« Sie zog die Decke unter das Kinn. »Ich weiß aber immer noch, was ich zu tun hätte.«

»Was denn?«, fragte ich.

Sie beugte sich nach vorne und streckte ihre kalte Hand unter meine Tunika.

Du sollst wissen, mein Sohn, dass ich daran gedacht hatte, gewisse Episoden meiner Erzählung wegzulassen – auch diese. Aber ich habe versprochen, dir die komplette Wahrheit zu erzählen, und meine Situation erlaubt es mir nicht, mein Versprechen jetzt zu brechen. Ich schaue dem Tod in die Augen, und ich sorge mich kaum noch darum, das, was sich nicht ändern lässt, herunterzuspielen oder zu verschweigen.

Obwohl man Volumnias sehnige Gestalt in keiner Weise mit Servilias weichen Formen vergleichen kann, nahm ich die Zerstreuung an, die mir angeboten wurde. In ihrer professionellen Umarmung verschwand meine Todesangst. Der Nachmittag schmolz dahin wie Schnee in der Sonne. In der Dämmerung hörten wir Frauenstimmen aus der Gasse unterhalb des Fensters.

»Die Arbeit ruft«, sagte Volumnia und begann sich anzuziehen. »Aber wir wiederholen das hier später. Du bist ja sowohl hübsch als auch ein richtiger Kerl. Wo ist denn nur meine Peitsche?« Sie rückte die erschlafften Brüste in dem Ausschnitt ihrer Stola zurecht.

»Peitsche?«, wiederholte ich.

Durch ihr Lächeln breiteten sich die Falten in ihrem hageren Gesicht wie ein Hautausschlag aus.

Sie holte eine kurze Reitpeitsche hervor und knallte sie gegen den Tisch. Ein Holzspan splitterte ab.

»Ich hatte meinen Mädchen verboten, heute zum Forum zu gehen. Nun bin ich gezwungen, sie zu bestrafen.«

Die Schlangengrube aus widerstrebenden Gefühlen, die das Verhältnis zwischen einem Mann und einer Frau prägen können, ist für einen Außenstehenden nur schwer nachvollziehbar. Ich bitte dich daher, nicht zu versuchen, die Tortur aus gegenseitiger Abhängigkeit verstehen zu wollen, die Volumnia und ich uns gegenseitig zufügten. Ich begann rasch, Ekel bei ihren Liebkosungen zu verspüren, die mir maniert vorkamen und von einem krankhaften Verlangen nach Bestätigung herzurühren schienen. Ihr Mund, ihre Hände und Oberschenkel schienen meinen Körper von Mal zu Mal besser zu kennen, als ich es tat.

Die Angst, das Bordell verlassen zu müssen, lähmte mich. Ich verachtete mich selbst für die mangelnde Fähigkeit, ihr zu widerstehen. Die Scham ließ mich unversöhnliche Streitereien anfangen, deren Varianten schon bald ein Buch hätten füllen können. Wenn ich sie darum bat, mich in Ruhe zu lassen, fragte sie, ob ich denken würde, zu fein für sie zu sein. Ob ein Sklave wie ich glauben würde, dass sie, eine wohlhabende, selbstständige Frau im besten Alter nicht noch andere Angebote habe. Ich entgegnete, dass sie, wenn das der Fall sei, diese doch endlich annehmen solle, damit ich ihre Annäherungsversuche los sei. Ob etwas mit ihrer Zuneigung nicht stimme? Nichts, nur dass sie 30 Jahre zu spät komme und mir Übelkeit verursache.

Volumnia schwang schnell die Peitsche, denn sie hatte Übung darin, sie zu gebrauchen. Wenn sie meine Aufsässigkeit bestraft hatte, pflegte sie meine Wunden und machte mir Vorhaltungen, dass ich ihr mit meiner Unzufriedenheit noch den letzten Verstand rauben würde. Alles, worum sie mich bitte, sei, dass ich ihr ein wenig Ergebenheit entgegenbringen solle. Ob das zu viel verlangt sei? Behandle sie mich etwa nicht gut genug? Versuche sie nicht, mein Leben so angenehm wie möglich zu machen?

Ihre Hand glitt unter meinen Lendenschurz. In einer Mischung aus Entsetzen und Verzweiflung spürte ich meine entstehende Erektion. Ich gab nach und ließ meine Wut an ihrem Körper aus, während sie schrie und heulte.

Ein paar Tage später fing sie an, sich über meine Trägheit zu beschweren. Ich läge nur herum, statt mich nützlich zu machen. Ob das der Dank für ihre vielen Opfer sei?

Welche Opfer? Der Einzige, der etwas opfere, sei ich.

Was ich denn schon opfern würde?

Ich opferte meine Jugend ihrem verbrauchten Körper.

Sie griff nach der Peitsche.

Du kannst mir zu Recht vorwerfen, dass ich der Aufklärung von Drusus' Tod keine Aufmerksamkeit mehr widmete. Wie du dir vorstellen kannst, glaubte ich, dass das Rätsel gelöst war, außerdem war ich machtlos. Es sollte lange Zeit dauern, bis ich begriff, dass alles, was mir in dieser Zeit widerfuhr, in Verbindung mit dem Verbrechen stand.

IX

Mein Leben mit Volumnia spielte sich in einer grotesken Welt aus Gewalt und Körperflüssigkeiten ab. Der Lärm aus der Gaststube, das verworrene Geschrei der Soldaten, die einstudierten Orgasmen der Prostituierten, all das vereinigte sich zu einem unaufhörlichen Hintergrundgeräusch, das unsere Kämpfe begleitete. Die Zeit verstrich mit absurden, abscheulichen Exzessen, wie bei einem nicht enden wollenden Theaterstück eines perversen und fantasielosen Verfassers. Auf dem Dachboden, zwischen Volumnias Hehlerwaren, fand ich einen Zufluchtsort. Kostbare Lampen aus Silber und Bronze, schwere Kommoden und fein gearbeitete Schränke, erlesene Tische aus dem Holz des Zitronenbaums, Statuen in allen erdenklichen Größen, Waffen, Schilde und Kisten mit Schreibutensilien, Schmuck und Besteck ergaben zusammen eine ungleichförmige Landschaft auf dem Speicherboden. Dort konnte ich ein paar Stunden in Frieden verbringen, während ich meine Verzweiflung mit viel saurem Wein hinunterspülte.

Eines Nachmittags war ich auf einem Bett aus Ebenholz eingeschlafen. Ich hatte im Schein einer prächtigen Öllampe aus Silber ein Schauspiel von Aristophanes gelesen. Der Ständer hatte die Form von drei ineinander gewundenen Schlangen und war mannshoch. Auf dem Nacken der Reptilien ruhte eine halbrunde Ölschale.

Ich wurde von Volumnias schriller Stimme geweckt.

»Demetrios! Wo bist du, du versoffener Hund?«

Mit einem Schlag fiel die Lampe um, als ich versuchte, sie auszulöschen. In Windeseile breiteten sich die Flammen aus. Mein Aufschrei rief Crixus herbei, einen stiernackigen Handlanger Volumnias, der auf der Treppe zwischen der Gaststube und dem Bordell Wache hielt. Die kleinen, schuppigen Schlangenköpfe der Lampe funkelten mich mit ihren Smaragdaugen an und streckten ihre Zungen heraus, als wollten sie sich über meine Tollpatschigkeit, die mich mein heimliches Versteck gekostet hatte, lustig machen.

»Verdammter Narr«, rief Volumnia, während Crixus das Feuer löschte.

»Das Schauspiel von Plautus ist zur Hälfte verbrannt. Weißt du, wie teuer Bücher sind?«

Ich bekam ein paar Peitschenhiebe und verzog mich ins Dunkel der halbgefüllten Gaststube, wo ich mich in eine der Nischen verkroch.

Eine Hand auf meiner Schulter ließ mich zusammenzucken.

»Das ist doch der junge Bulle von einem Arzt. Was machst du hier?«

Die Stimme gehörte zu einem schmächtigen Mann Ende dreißig mit einer langen, geraden Nase und wulstigen Lippen.

»Du erkennst mich doch gewiss noch«, stellte er fest.

»Sicher.«

Ich griff nach seinem Becher mit Wein.

»Ich hätte wissen müssen, dass du Volumnias Bordell aufsuchst.« Seine Aussprache war übertrieben deutlich, als versuchte er, sich über eine Schlucht hinweg verständlich zu machen. »Ihre Mädchen sollen die schönsten und willigsten in ganz Rom sein.«

Ich lernte die Frauen des Bordells so gut wie nicht kennen. Denn sie brachten ihre spärliche Freizeit im ewigen Halbdunkel ihrer winzigen Zimmer mit Schlafen zu.

»Dazu kann ich nichts sagen.«

»Tatsächlich? Dann besteht also noch Hoffnung für mich?« Er ergriff meine Hand und ließ seinen Zeigefinger über meine Handfläche kreisen.

»Metrobios?«, entfuhr es mir.

Roms talentiertester Schauspieler, der beim Leichenzug als Volkstribun Drusus aufgetreten war, sonst aber Frauenrollen bevorzugte, nickte.

»Ich weiß, dass du und Sulla unterwegs wart, um Rom zu verteidigen. Wie unglaublich heldenhaft von euch.« Er seufzte. »Sulla schickte einen Boten zu mir, kurz nachdem er sein Lager auf dem Marsfeld aufgeschlagen hatte. Du hast nicht zufällig etwas von ihm gehört? Du hast ihn ja im Stich gelassen, als er Aesernia in Brand stecken ließ. Darüber ist er immer noch erzürnt, nur damit du es weißt. Er ist es nicht gewohnt, versetzt zu werden.«

Metrobios lachte demonstrativ laut auf über seinen eigenen Witz.

»Sulla sagte mir, dass er mich unglaublich vermisst habe«, fuhr er fort. »Vielleicht bereitete es ihm deshalb so großes Vergnügen, mir zu erzählen, dass er die Witwe von Scaurus heiraten wird, *nachdem* wir eine Nacht miteinander verbracht hatten in seinem Feldherrnzelt auf dem Marsfeld.«

Er trocknete seine Augen und schüttete weiter seinen Kummer aus. Ein alternder Schauspieler sei keine passende Gesellschaft für einen zukünftigen Konsul, habe ihm Sulla erklärt.

»Ich verzieh ihm zwar sofort diese harten Worte. Doch es war, als hätte er ein Messer mitten in mein Herz gerammt. Er wird mich noch vermissen. Beinahe so stark, wie ich ihn vermisse.«

Ich wandte mich der einzigen seiner Ausführungen zu, die mein Interesse geweckt hatte.

»Sulla vermählt sich mit der Witwe von Scaurus?«

»Die Hochzeit fand gestern statt. Natürlich gibt es diejenigen, die sagen, dass Caecilia Metella viel zu fein für Sulla sei. Aber sie ist jetzt Witwe und kann sich vermählen, mit wem sie will. Sie war offenbar schon lange heiß auf ihn.«

Er lächelte geheimnisvoll: »Sie sollte allerdings wissen, dass Sulla selbst schon mal eine Braut gewesen ist.«

Er grinste erneut, sah aber ein, dass er sich erklären musste, wenn ich an seiner Freude Anteil haben sollte.

»Bei einem von Sullas kleinen Festen führten er und ich einmal Ennius' Stück über den Tod der Lukretia auf.«

»Mamercus hat mir davon erzählt.«

»Ach ja, der war ja auch dabei. Aber er hat dir offenbar nicht gesagt, dass es Sulla war, der die Schöne spielte. Du weißt doch bestimmt, dass Lukretia immer mit einer Brautstola dargestellt wird? Um ihre Unschuld zu unterstreichen?«

Wir wurden von Volumnias schriller Stimme unterbrochen.

»Was machst du hier?«

Ich fuhr zusammen, doch es war Metrobios, auf den sich ihr Blick richtete.

»Ich«, entgegnete der Schauspieler weihevoll, »trinke mit Demetrios einen Becher Wein. Wir stoßen auf den Erfolg unseres Freundes Sulla an.«

»Euer Freund«, zeterte sie, »kann mir gestohlen bleiben! Als er jung war, verkaufte er seinen Arsch in den Badehäusern. Jetzt ist er sich zu fein, um seine alten Freunde zu kennen. Das hast du doch gewiss auch schon gemerkt, du Schwuchtel.«

Sie packte mich und überließ es Crixus, den Schauspieler vor die Tür zu setzen.

»Es gibt einen Kunden, der eines der Mädchen verprügelt hat. Crixus hatte ihn im Auge, damit er nicht zu weit geht, aber dein kleines Feuer lenkte ihn ab. Nun kannst du den Schaden wieder gutmachen.«

Das Mädchen war jung, eine gallische Sklavin. Ihr waren fast alle Zähne ausgeschlagen worden. Einige Rippen waren gebrochen, eine hatte ihre Lunge verletzt. Der zarte, nackte Körper war auf den Boden geworfen worden wie ein kaputtes Werkzeug.

»Ich tue mein Bestes, um sie zu retten«, sagte ich.

»Unsinn! Ich habe so etwas schon zu oft gesehen, um zu wissen, wie das ausgeht. Sie muss fort von hier. Schmeiß sie in die Cloaca Maxima. Wenn sie hier stirbt, muss alles gereinigt werden. Die verdammten Priester kosten ein Vermögen.«

Meine Mitschuld an dieser Tragödie entzündete in mir die Flamme der selbstgerechten Empörung.

»Das ist ein lebender Mensch, kein Ding.«

»Menschenleben sind hier in dieser Gegend billig. Das weißt du sehr gut, Sklave.«

Der Blick in meinen Augen ließ Volumnia einen Schritt zurückweichen. Ich erinnere mich, dass ich einen Eisengeschmack in meinem Mund verspürte, als meine geballte Faust sie mitten ins Gesicht traf. Sie flog durch den Flur, einen Blutschwall hinter sich herziehend, und sackte an der gegenüberliegenden Wand wie ein Häufchen Elend zusammen.

Ich küsste die sterbende Sklavin auf die Stirn, bevor ich aus dem Fenster kletterte, in den dunklen Hof hinuntersprang und durch Subura und die Nacht streifte.

X

Das Zimmer war geschmackvoll eingerichtet. Das Bett, auf dem ich lag, war weich und warm. Prachtvolle attische Vasen schienen über den grazilen Gestellen, auf denen sie standen, zu schweben. Kunstvoll geformte Liegen waren mit den feinsten Seidenkissen übersät. Den ganzen Raum zierten farbenfrohe Wandbilder von lebensechten Vögeln und üppigen Wäldern.

Ich versuchte zu begreifen, wie ich dorthin gekommen war.

In den von Fackeln beleuchteten Elendsquartieren hatte es von Legionären gewimmelt, die wie Mücken aus den Tavernen herausströmten und wieder in sie hineingingen. Der Lärm war ohrenbetäubend gewesen. Ein Zenturio, dessen Verletzung ich nach der Schlacht bei Nola versorgt hatte, erkannte mich wieder. Zusammen mit einer Meute seiner Kameraden hatte er eine komplette Amphore Wein gekauft, um sie miteinander zu teilen.

Es zeigte sich, dass das Spottlied über Sulla neue Strophen bekommen hatte, die von der Ehe mit Scaurus' Witwe handelten:

»Einsam liegt Caecilia
In ihres Bettes Falten.
Da fragt sie der Sulla,
›Vermisst wohl deinen Alten?‹

Sie sagt geziert: ›Das tu ich‹,
Und löst des Umhangs Ring.
›Doch zumeist vermiss ich
Sein riesengroßes Ding.‹«

Die Strophen wurden immer ordinärer, je weiter die Amphore geleert wurde. Gegen Morgen taumelte ich allein durch den Schmutz der Straßen.

Danach konnte ich mich an nichts mehr erinnern.

Eine Frau mit einem Arm in einer Schlinge kam mit einem Tuch und einer Waschschüssel herein. Sie wrang das Tuch aus. Ihre Lippen waren in kindlicher Konzentration zusammengezogen bei dieser Aufgabe. Erst als sie sich vorbeugte, um mein Gesicht abzutrocknen, bemerkte sie, dass ich wach war.

»Du hättest die Schlinge um den Arm schon längst entfernen können«, sagte ich.

»Du erkennst mich noch?«

»Ich vergesse niemals einen Patienten. Selbst nicht, wenn es lange her ist, dass ich deinen Arm behandelt habe.«

Als die dunkle Gesichtsfarbe der Frau zu einer zarten Röte wurde, war ich überrascht.

»Ich muss gestehen: Ich glaube nicht, dass der Arm gebrochen war.«

Ihr Akzent war melodisch und eigenartig. Sie war schmächtig und grazil wie eine Katze. Ihr fülliges und lockiges Haar fiel über ihre Schultern hinab. Mein Schweigen veranlasste sie dazu, das Gespräch fortzusetzen.

»Mein Dominus kaufte mich, als seine Frau starb. Ich sollte nicht arbeiten, sondern mit ihm schlafen. Er verhielt sich gut mir gegenüber, größtenteils. Er liebte mich auf seine Art. Er ließ mich in Ruhe, nachdem der Arm in die Schlinge gelegt wurde. Wie du es ihm gesagt hast. Bis …«

Sie schwieg und schlug die Augen nieder. Meine innere Stimme vollendete den Satz: *Bis zu jener Nacht, als ich über die Gartenmauer kletterte und mich durchs Haus schlich.*

»Es war ein Unglück«, sagte ich. »Dein Dominus stürzte in sein eigenes Schwert.«

»Das weiß ich. Aber sie waren sich sicher, dass er ermordet worden war. General Marius und der Senatsvorsitzende. Zwei Zeugen hatten dich gesehen. Ich sagte aber nur, dass ein Dieb meinen Dominus umgebracht hatte.«

»Aber du sagtest nicht, wer ich war?«

»Du bist Arzt, kein Dieb.«

Mein paranoides Misstrauen führte dazu, dass ich in jeder harmlosen Bemerkung eine verborgene Bedeutung erkennen wollte. Ich streckte mich nach meinen Sachen aus, die auf einem Stuhl lagen. Sie begriff, was sie in mir ausgelöst hatte und suchte eifrig nach etwas, um mich zurückhalten zu können.

»Lydia fand dich heute Morgen an der Türschwelle.«

»Lydia?«

»Lydia ist meine Haushälterin. Sie kümmert sich um alles. Nach dem Tod des Herrn.«

»Was ist mit seinen Erben?«

»Es gibt keine Erben. Der Dominus hinterließ mir alles. Haus und Sklaven. Und die Möbel. Und eine Menge Geld.«

»Aber du bist selbst Sklavin?«

»Der Dominus verfügte in seinem Testament meine Freilassung. Scaurus sagte, dass mein Herr vorgehabt hatte, sich mit mir zu vermählen. Scaurus ist der Ex ... Exe ...«

»Exekutor?«

Sie nickte.

»Du bist eine unverheiratete Frau aus einem fremden Land«, erklärte ich. »Du darfst keinen Besitz in Rom erwerben.«

»Das ist alles kompliziert. Es hat irgendetwas mit Vermögenswerten zu tun. Scaurus kümmert sich darum.«

»Scaurus ist tot.«

Sie zuckte mit den Schultern, als ob das nichts zu bedeuten hätte.

»Woher kommst du?«

»Ich weiß es nicht. Es war eine sehr lange Reise.«

Nach und nach eröffnete sie mir ihre Geschichte: Sie hieß Rachel. Ihre Familie hatte sie an eine vorbeiziehende Karawane verkauft. Die Reise hatte sie durch wilde Berge und fremdartige Landschaften geführt, bis die Karawane den Hellespont erreicht hatte und dann auf dem Meer weiterfuhr. Ihre exotische Schönheit hatte ihr eine gute Behandlung eingebracht, in Erwartung eines einträglichen Verkaufs in Rom. Senator Domitius hatte diese Erwartung erfüllt.

»Ich hoffe, du bleibst hier.« Ihre dunklen, mandelförmigen Augen betrachteten mich. »Du warst gut zu mir. Du hast begriffen und mir geholfen. Obwohl der Arm nicht gebrochen war. Seit ich dir begegnet bin, verspüre ich kein Heimweh mehr. Ich bat meinen Gott, dass er dich zu mir zurückbringen soll. In meiner Heimat gibt es nur einen Gott. Dafür ist der sehr mächtig.«

Ich erklärte, dass ich auf der Flucht sei und mich jeder Römer, dem ich auf der Straße begegnete, erschlagen dürfe.

»Aber dann musst du hier bleiben.« Sie klatschte spontan in ihre Hände, als hätte ich ein Zauberkunststück aufgeführt. »Lass mich dir das Haus zeigen.«

Senator Domitius hatte einen guten Geschmack gehabt. Die Bodenmosaiken waren von erlesener Qualität. Überall waren kostbare

Kunstgegenstände diskret in Nischen und auf Säulen platziert worden. Einige Nischen waren jedoch leer. An den Wänden sah man Spuren von Fresken, die wohl erst kürzlich entfernt worden waren.

»Deine Haushälterin Lydia, die sich um alles kümmert, seit wann ist sie hier?«

»Lange vor mir. Ich glaube, sie ist ihr gesamtes Leben hier. Sie kennt das Haus.«

Als wir schließlich in die Küche kamen, stellte es sich heraus, dass es sich bei Lydia um eine unscheinbare, dickliche Frau handelte, die nur kurz das Rupfen eines Huhns unterbrach, um mir widerwillig zuzunicken. Das Haar hing ihr strähnig in die Stirn wie welkes Laub. Ich bat um die Erlaubnis, mit ihr allein sprechen zu dürfen.

»Du hast es gut hier, Lydia«, sagte ich, als Rachel gegangen war. »Das Haus ist nicht so groß. Die Arbeit dürfte zu schaffen sein.«

Lydia konzentrierte sich auf das Huhn.

»Die anderen Sklaven machen sauber«, murmelte sie, als die Stille beklemmend zu werden begann. »Ich bereite das Essen zu und verwalte das Geld. Die Domina interessiert sich nicht für so etwas.«

»Es muss herrlich sein, eine Domina zu haben, die nicht darauf achtet, wenn ein paar Kleinigkeiten ab und zu verschwinden.«

Ihre bleiche Hand bewegte sich unaufhörlich in einer kreisenden Bewegung über dem Huhn. Die Federn schwebten in einen Eimer auf dem Boden.

»Die Domina kümmert es nicht. Wieso mischst du dich da ein?«

»Wenn du unzufrieden bist, kann ich mit ihr reden, ob sie dich freilässt.«

»Ja, das könnte dir so passen. Dann würde ich wie eine Bettlerin auf der Straße leben.« Diese Zukunftsaussicht führte bei der Haushälterin zu einer Verteidigungshaltung. »Freiheit ist eine schädliche Gabe, wenn man arm ist. Von klein auf habe ich hier im Haus geschuftet. Der Senator hat nie hinter mir hergeschaut. Und dann spaziert hier so ein kleines Luder vom Sklavenmarkt herein und verdreht ihm den Kopf. Sie war weniger als ein Jahr hier, als er starb. Was wäre wohl aus ihr geworden, wenn ich nicht hier gewesen wäre? Man versucht zu helfen, und dann wird man des Diebstahls bezichtigt. Aber der Herr kann beruhigt sein. Ich werde es schon sein lassen, solange er hier ist.«

Ich fand Rachel auf einer Bank im Garten. Die Bäume bogen sich unter der Last der Feigen und Äpfel. Im Schatten zwischen den Rosenbüschen und Kräutern schlängelten sich schmale Pfade entlang wie zufällig hingeworfene Stoffbahnen. Ich betrachtete den Überfluss, der durch einen glücklichen Zufall in die Obhut der exotischen Sklavin gelangt war. Rachel flocht einen Kranz aus getrockneten Blumen.

»Ich habe sie vom Sommer aufgehoben«, sagte sie. »Falls du kommen würdest.«

Ich lächelte. Wie habe sie wissen können, dass ich wiederkommen würde?

»Das habe ich bereits gesagt«, antwortete sie ernsthaft. »Mein Gott ist sehr mächtig.«

Wir nahmen ein reichhaltiges Mahl mit gebratenem Huhn und frischem Gemüse ein, auf Seidenkissen sitzend an einem niedrigen Tisch im Atrium. Lydia sorgte dafür, dass mein Becher immer voll war, und meine neuerliche Schwäche für Wein tat das Übrige dazu. Ich prahlte damit, mit Marius und Sulla bekannt zu sein. Ich erzählte von der Bedrängnis, in die ich hineingeraten war. Als ich aufgehört hatte, mich meines Missgeschicks wegen selbst zu bemitleiden, musste mir Rachel ins Schlafgemach helfen, mich ausziehen und mich ins Bett legen.

»Danke, Rachel. Wo wirst du nun schlafen?«

»Im Bett«, antwortete sie, während sie in der Dunkelheit herumschwirrte.

»Aber hier liege ich doch.«

»Genau.« Das nackte Mädchen legte sich neben mich. »Darauf habe ich lange gewartet.«

XI

Ich erwachte spät am Vormittag, Rachels Kopf lag auf meiner Brust. Sie duftete nach unzähligen Kräutern.

»Hast du gut geschlafen?«, erkundigte sie sich.

Ich nickte.

Im Laufe der Nacht hatte ich sie befriedigt, während sie auf mir gelegen und ihre kleinen Brüste auf mein Gesicht gedrückt hatte. Bei Tageslicht sah die Situation anders aus.

»Ich möchte nicht schuld daran sein, wenn du in Schwierigkeiten gerätst, Rachel.«

»Ach was, du bleibst einfach im Haus, dann gibt es keinen Ärger. Hier
sind wir glücklich. Hier kann uns keiner etwas anhaben. Oder hast du
vielleicht ein anderes Versteck?«

Sie las die Antwort in meinem Gesicht.

»Gut«, lächelte sie. »Ich nehme jetzt ein Bad. Danach essen wir.«

Wenn überhaupt, respektieren die Römer die Unverletzlichkeit des
Hauses. Die einzig allgemein akzeptierte Lebensweise für eine Patri-
zierwitwe ist die ehrbare Isolation unter der Aufsicht eines Exekutors.
Im juristischen Sinne wurde Rachel zwar als Witwe angesehen, doch
kein Freier würde im Traum daran denken, ihr die Tür einzurennen.
Als ehemalige Sklavin lebte sie in einem sozialen Vakuum. Ein poten-
zieller Ehemann würde ihr Schicksal teilen und könnte nicht in der
feinen Gesellschaft verkehren und nur mehr recht als schlecht aufstei-
gen. Für einen Römer waren das betrübliche Aussichten. Für einen
Sklaven auf der Flucht war das ideal.

Ich begann, mich mit dieser neuen Situation anzufreunden, als die
Haushälterin Lydia ihr bleiches Gesicht ins Schlafzimmer herein-
steckte.

»Hier ist ein Herr, der mit dem Herrn reden möchte«, sagte sie.

»Keiner weiß, dass ich hier bin.«

»Der Triumphator Sulla Felix muss es wissen, denn er ist es.«

Ich schüttete mir etwas Wasser ins Gesicht aus einer fein gearbeiteten,
hüfthohen Wasserschüssel aus Silber, deren Fuß aus drei kleinen tanzenden Nymphen geformt war. Ich streifte mir die Tunika über den
Kopf. Ich bemühte mich, auf dem Weg ins Atrium meine Atmung
unter Kontrolle zu bringen. In der Tat stand Sulla in seiner weißen
Toga da und wartete. Die Wangen seines sommersprossigen Gesichts
waren gerötet, sein helles Haar war in kunstvolle, kurz geschnittene
Locken gelegt.

»Sulla Felix. Was für eine freudige Überraschung.«

»Freu dich nicht zu früh. Es sei denn, du kannst mir eine wirklich gute
Erklärung für all das hier geben.«

Aus der Falte seiner Toga zog er einen Stapel Briefe hervor. Sie trugen
alle meine Handschrift.

»Kannst du dir vorstellen, wie überrascht ich war, als ich zu meiner neuen Frau zog und unter den Papieren ihres verstorbenen Schlappschwanzes von Mann diese Berichte hier fand? Darin steht alles, was ich während des Feldzugs gegen die Italer tat. Verschickt von meinem eigenen verdammten Leibarzt?«

Ich dachte darüber nach, warum Scaurus meine Briefe nicht an Marius weitergegeben hatte. Vielleicht wollte er warten, bis der alte General wieder in besserer Verfassung war. Vielleicht wollte er sie politisch ausnutzen. Es gab viele Möglichkeiten und keine Antwort.

»Du kannst dich später erklären. Lass uns jetzt von hier fortgehen.«

»Wohin, Sulla Felix?«

»Zum Haus von Sempronia. Ich glaube, dass du etwas mit ihr zu bereden hast.«

XII

Das Haus meiner Kindheit war kleiner, als ich es in Erinnerung hatte. Risse im Putz der Atriumwände ließen die Mauersteine hervortreten. Das viereckige Becken mit dem Mosaik von Tiberius Gracchus' Erstürmung Karthagos war undicht. Nur eine Pfütze war übrig geblieben, in der sich der graue Himmel spiegelte. Ein paar gelbbraune Blätter trieben darin.

Ich hatte einen Blick auf meine Domina erhascht, bevor sie sich mit Sulla ins Tablinum zurückzog: eine dünne, alte Frau mit zu einem Knoten gebundenen grauen Haar. Ihr Gesichtsausdruck war eine eigenartige Mischung aus Freude, Trauer und Verärgerung. An der Eingangstür hatte Samos Aufstellung genommen. Der Pförtner war abgemagert wie ein Bettler, ebenso gealtert wie seine Domina und zu eingeschüchtert, um zu grüßen.

Der Aufenthalt in Volumnias Bordell kam mir wie ein hässlicher, aber flüchtiger Fieberwahn vor. Auch der Tag bei Rachel war verflogen wie ein Rausch. Angst hatte mich gepackt. Jetzt wartete nur noch der Tod auf mich. Ich lehnte mich an die feuchte Mauer und spürte nur noch Erleichterung.

Sulla kam allein zurück, die linke Hand um die Schulterfalte der Toga geballt.

»Steh auf!«, kläffte er. »Worauf wartest du?«

»Aber Sempronia …«

»Es ist wahr, was sie über das verbitterte, alte Weib sagen. Ich bin ein verdammtes Vermögen losgeworden.«

Ich folgte ihm auf die Straße.

»Ein Vermögen? Für was?«

»Für dich.« Er ging noch einen Schritt weiter, bevor er bemerkte, dass ich vor der Eingangstür des Hauses stehen geblieben war. »Meinst du nicht, dass ich noch etwas anderes zu tun habe, als auf einen beschissenen Sklaven zu warten?«

Ich nickte und folgte meinem neuen Dominus, der durch die Stadt marschierte und das Forum in Richtung des Saturntempels überquerte. Auf der Treppe, im Schatten der hohen Säulen der Fassade, stand ein mit einer Toga bekleideter Senator und sah einem Schreibsklaven zu, der dabei war, einen Tisch aufzustellen.

»Bist du Bibulus, der Ädil der Stadt«, fragte Sulla, »der Vorsitzende des Sklaventribunals?«

»Und du bist Lucius Cornelius Sulla Felix«, stellte der Senator fest. »Salve, Triumphator.«

Der Schreiber setzte sich hinter den Tisch und breitete eine dicke Schriftrolle aus.

»Das hier ist mein Sklave Demetrios«, sagte Sulla. »Er kommt, um gemäß des Dekrets des Senats über die Freilassung von Sklaven, die gegen die Italer gekämpft haben, sein Recht einzufordern.«

»Ich habe nicht …«, fing ich an.

»Bring mich nicht dazu, es zu bereuen«, unterbrach mich Sulla.

Der Schreibsklave saugte an einem Federkiel, bevor er ihn in das Tintenfass tauchte.

»Der Sklave Demetrios?«, wiederholte Bibulus. »Und als Freigelassener nimmt er gewiss deinen Namen an?«

»Das will ich wohl meinen«, grunzte Sulla.

»Schreib: Lucius … Cornelius … Demetrianus.«

Als ich Sulla meine Freilassung unterzeichnen sah, gaben meine Beine nach.

»Jetzt ist keine Zeit, um zu schlafen, Demetrios. Wir müssen weiter. Pace, Bibulus.«

»Pace, Sulla Felix.«

Sulla bestellte zwei Becher Wein am Tresen der Taverne. Er entdeckte eine Nische und stieß mit mir an. Als er einen großen Schluck genommen hatte, konnte er sich nicht mehr länger zurückhalten.

»Du hättest deine Fresse sehen sollen«, feixte er. »Dafür hat sich all das Geld gelohnt. Hat mich an den alten Scaurus verpetzt, stell dir das mal vor. Du böser Junge.«

Ich fiel auf die Knie mitten auf dem Mosaikboden der Taverne und bat um Vergebung.

»Steh auf«, sagte er. »Der alte Gauner starb sicherlich an dem Ärger darüber, dass ich so erfolgreich war. Dann ist es also faktisch dein Verdienst, dass ich solch eine vortreffliche, kleine Frau gefunden habe. Oder genauer gesagt, dass sie mich gefunden hat.«

»Caecilia Metella? Hat sie dich gefunden?«

»Vergiss es, Demetrios. Es geht hier um dich. Du musst auch heiraten.«

»Ich? Wieso?«

»Das Bürgerrecht, dass der Senat den Sklaven zugesteht, entspricht nur dem latinischen Bürgerrecht. Du hast also kein Stimmrecht.«

»Was soll ich mit dem Stimmrecht?«

»Es ist deine verdammte Pflicht, bei den Wahlen zum Konsul für deinen Herrn zu stimmen. Und die Latiner erhalten nur Stimmrecht, wenn sie sich mit einer Römerin vermählen. Aber keine Sorge, ein Weib namens Volumnia wäre dazu mehr als willig. Du wirst dich kaum an sie erinnern. Du bist ihr vor dem Bürgerkrieg begegnet. An jenem Abend, als wir beide aufeinanderstießen. Einst war sie auch eine Sklavin, aber nun ist sie die Witwe eines Römers. Das macht den ganzen Unterschied aus.«

Mir wurde klar, dass dies der Preis für meine Freiheit war. Sulla zögerte nicht lange, um mir zu erzählen, warum das so war.

»Seit meinem Triumph rennt mir das alte Weib die Türen ein. Heute Morgen kam sie zu mir und sagte, dass du von ihr abgehauen seist und ich ihr helfen solle, dich zu finden. Nun ja, der alten Freundschaft wegen sagte ich Ja. Nur, um sie loszuwerden. Eine halbe Stunde später kam so ein anderes Weibsbild angelaufen und verriet mir, wo du dich versteckt hältst. Ist das nicht merkwürdig?«

»War das eine Haushälterin namens Lydia?«

Er stellte den Becher mit einem Knall ab.

»Woher weißt du das, zur heißen Hölle des Hades? Nun, dank der fetten Schlampe bist du bald ein gemachter Mann. Ich dachte mir: ›Das Schicksal hat bestimmt, dass Demetrios Römer werden soll‹. Volumnia ist zwar alt und hässlich, aber sie ist so reich, dass du dich nie wieder um Geld sorgen musst. Siehst du, wie vortrefflich Fortuna alle Probleme löst?«

XIII

Die engen Häuserreihen der Straßen schienen über mir zusammenzustürzen. Der Wein versuchte, sich wieder den Weg hinauf in meinen Schlund zu bahnen. Der einzige Gedanke, den mein Gehirn fassen konnte, war, dass Volumnia fürchterlich Rache an mir nehmen würde. Die Enge und der Lärm drückten auf meine Schädeldecke. Ich erkannte den Treppenaufgang meines Hauses wieder.

Aelia öffnete sofort. Ohne ein Wort zu sagen, schlang sie ihre Arme um mich und zog mich nach drinnen. Dann standen wir lange mitten im Zimmer. Die Wärme ihres Körpers drang allmählich durch meine Haut, die von kaltem Schweiß bedeckt war.

»Wo bist du gewesen? Warum haben wir von dir nichts gehört?«

Ich schilderte die Begegnung mit Marius, den Aufenthalt im Bordell, meine Flucht und meine Freilassung. Aelia biss sich auf die Lippen und versuchte, etwas zu sagen. Es gelang ihr nicht. Schließlich fand sie einen anderen Weg, es auszudrücken.

»Erinnerst du dich, was ich dir über meinen dritten Mann gesagt habe?«

»Derjenige, der versuchte, dich an ein Bordell zu verkaufen?«

»Genau der. Es war Volumnia, an die er mich verkaufen wollte.«

Sie hatte ihr Schicksal, das ihr bevorstand, vor Augen gesehen, wäre ihr Mann nicht bei Zeiten gestorben wäre. Nun sah sie meins. Der Schmerz in ihrem Blick war kaum auszuhalten. Dann lächelte sie, als hätte sie aus der Verbindung zwischen ihr, Volumnia und mir den Lehrsatz des Pythagoras abgeleitet. Allerdings hatte sie vielmehr den gordischen Knoten gelöst.

»Du kannst dich mit mir vermählen«, sagte sie.

Mein Gesichtsausdruck ließ sie zusammensinken.

»Bin ich vielleicht nicht gut genug?«

»Ganz im Gegenteil, Aelia. Du bist viel zu gut für eine Pro-forma-Ehe. Was wird Tiro dazu sagen?«

»Um Tiro musst du dir keine Sorgen machen.« Sie atmete tief ein. »Dein Patron benötigt deine Stimme bereits übermorgen. Du musst eine Römerin heiraten. Entweder mich oder Volumnia.«

Das Gerücht, ein neuer Klient des Triumphators Sulla wolle sich am Tag vor der Wahl vermählen, hatte sich in Windeseile verbreitet und wurde als gutes Omen für beide Ereignisse betrachtet. Als ich in den Hof unseres Hauses trat, nachdem ich den Vormittag damit verbracht hatte, ein weißes Schaf auf dem Markt zu bekommen, konnte man den Lärm der festlich gestimmten Gäste schon von Weitem hören.

Aelia lächelte mich unter ihrem safranfarbenen Schleier an, der an ihrem hochgesteckten Haar befestigt war und auf dem ein Kranz aus Myrte und Orangenblüten saß. Sie trug eine Brautstola mit Haube in den traditionellen Farben, und um ihre Hüfte schlang sich ein wollenes Band. Gelb stand ihr. Zum ersten Mal bemerkte ich, wie hübsch sie war.

Das Coemptioritual verlangt weder die Anwesenheit eines Priesters noch eines Beamten. Ich selbst opferte das Schaf, das nur sehr kurz zuckte, während das Blut auf das Pflaster spritzte. Aelia und ich reichten einander die Hände über dem toten Tier.

»Ubi tu Gaius, ego Gaia«, sagte sie laut.

Der Tradition zufolge ist es nur die Frau, die dieses uralte Eheversprechen abgibt, doch bevor mich jemand zurückhalten konnte, hatte ich auf Griechisch geantwortet: »So wie du Gaia bist, bin ich Gaius.«

Die Gäste schmunzelten und klatschten. Aelia steckte mir den Ring aus Eisen an den dritten Finger meiner linken Hand. Ein Kuchen, der aus dem feinsten Mehl gebacken war, wurde herumgereicht. Da der Bäcker aus dem Laden unterhalb der Treppe einer der fünf offiziellen Zeugen war, gab es für alle reichlich.

Die Gäste warfen Nüsse hinter uns her, als wir spät am Nachmittag die Treppe hinaufbegleitet wurden. Vor der Tür im siebten Stock hatte jemand ein weißes Gewand ausgebreitet und es mit Blättern und Zweigen bedeckt. Ich stemmte Aelia hoch, trug sie über die Türschwelle und stieß die Tür zu.

Die Gäste stiegen mit Tiro in den Hof hinunter, wo der Weinhändler zwei Amphoren aufgestellt hatte.

Aelias Brüste pressten sich an mich. Ich legte eine Hand unter ihren Nacken. Das weiche, dunkle Haar kitzelte an meinen Fingerspitzen. Sie ließ die Rundung ihres Hinterkopfs zutraulich in meine geöffnete Hand sinken.

»Danke«, flüsterte sie.

»Ich habe dir zu danken. Du hättest dir nicht so viel Mühe machen müssen.«

Ihre Zunge suchte meine und spielte einen Augenblick mit ihr. Ich legte meine andere Hand auf ihre Hüfte.

»Wenn man einen guten Mann heiratet, ist das Grund genug, dies zu feiern.«

»Wer sagt, dass ich ein guter Mann bin?«

»Ich!«

Meine Finger glitten weiter nach unten. Sie fingen an, die Stola nach oben zu ziehen und über ihre warme Haut zu fahren.

»Was ist das?«, entfuhr es mir.

Sie entzog sich und verschwand in einer dunklen Ecke des Zimmers.

»Du bist doch Arzt.« Ihre Stimme klang schwach. »Und du hast selbst Narben. Ich hätte nicht gedacht, dass das wichtig ist.«

Ich zog Aelia ins Licht. Die Brandwunde, die auf ihrem Oberschenkel von der Hüfte bis zum Knie verlief, war längst zu einem gewölbten Streifen aus hellrotem Narbengewebe verheilt.

»Es passierte, als ich 14 Jahre alt war. Das Haus, in dem ich mit meiner Mutter wohnte, brannte nieder. Ich wurde von einem griechischen Arzt und seinem Sohn gerettet. Mein Bein brauchte ein halbes Jahr, um zu verheilen.«

Fortuna gefällt es, mit den Menschen zu spielen. Über manche schüttet sie ihre Wohltaten aus, während andere ihren wechselhaften Launen ausgesetzt sind. Jetzt hatte sie mich in die Arme meiner allerersten Patientin geführt.

Ich sackte auf dem Boden zusammen und begann zu weinen.

In der siebten Strophe des hippokratischen Eids heißt es: ›Ich werde niemandem vorsätzlich Schaden zufügen, oder ein sexuelles Verhältnis zu einem Patienten eingehen, sei es eine Frau oder ein Mann, ein Kind oder ein Sklave‹. Diesen Eid hatte ich mit Rachel gedankenlos gebrochen. Nun rächte sich die Göttin des Glücks. *Wirst du es wagen, mit deiner Frau ins Bett zu gehen*, schien sie mich herauszufordern, *und dich bewusst dem Fluch des Eids auszusetzen?*

Epikurs Feststellung, dass die Angst vor den Göttern auf Unwissenheit über die wahren Ursachen von Naturkatastrophen, Krieg und Elend beruhe, kam mir immer bedeutungsvoller vor als die gewöhnliche Erhabenheit der Priester. Jetzt berührte die Göttin selbst meine Schulter. Oder war es nur Aelia, die sich vorbeugte und mich schüttelte?

»Demetrios, was ist denn los?«

»Ich bin kein guter Mann«, schluchzte ich. »Ich hätte dich nicht heiraten dürfen. Ich bin in eine andere verliebt, aber sie ist eine Lügnerin und Mörderin. Gemeinsam mit ihrem Liebhaber hat sie ihren Onkel umgebracht, der Volkstribun war. Sie hat außerdem einen Sklaven ermordet, der Zeuge des Verbrechens war. Sie hat versucht, mich zu ermorden, und doch kann ich nicht aufhören, sie zu lieben.«

»Ist es Servilia Caepionis, über die du sprichst?«

»Woher weißt du das?«

»Gibt es noch einen anderen Volkstribun, der kürzlich ermordet wurde?«

Ich brauchte lange Zeit, um Aelia alles zu erklären. Die Fackel war fast heruntergebrannt, als ich fertig war.

»Wieso glaubst du«, fragte sie am Ende, »dass ein 14-jähriges Mädchen ihren Onkel verführt und vergiftet hat?«

»Sie gab es zu.«

»Soweit ich das verstanden habe, gab sie nur zu, dass sie zwei Gladiatoren bezahlte, um den Sklaven zu Drusus’ Landhaus zu bringen. Das hätte sie ebenso gut tun können, weil sie wusste, dass er in Gefahr war.«

»Sie verriet ihren Onkel, ihren Pater familias.«

»Um ihres Vaters willen, weil sie hoffte, er würde ihr helfen. Man könnte meinen, du hättest nicht zugehört.«

»Sie leugnete nicht, eine Mitschuld an Drusus’ Tod zu haben.«

»Ja, und es wäre interessant zu wissen, wieso nicht. Das hast du sie nicht gefragt, oder?«

Ich starrte meine Frau an. Wie konnte sie Servilia nur verteidigen?

»Ich kenne die Verhältnisse der Frauen in Rom«, sagte sie. »In vielerlei Hinsicht sind adlige Frauen schlechter gestellt als Plebejer. Ich kann zumindest kommen und gehen, wann ich will.«

»Nicht mehr länger. Jetzt bist du verheiratet und musst aufhören zu arbeiten. Der Tradition zufolge wirst du dich um unser Heim kümmern und ich versorge dich und Tiro.«

»Ich lege Wert darauf, allein zurechtzukommen.« Sie schaute mich mit zusammengekniffenen Augen an. »Wir können über Traditionen diskutieren an dem Tag, an dem du es dir leisten kannst, uns zu versorgen. Bis dahin gehe ich weiterhin in die Wäscherei. Und du kannst auf dem Boden schlafen, so wie du es üblicherweise tust.«

XIV

»Als Juniorkonsul hat das römische Volk Pompejus Rufus gewählt.« Der Ausrufer senkte die Schriftrolle und schaute über die Masse der nach oben starrenden Gesichter. »Als Seniorkonsul: Lucius Cornelius Sulla Felix!«

Ein ohrenbetäubendes Gebrüll erhob sich über dem Marsfeld. Die Leute umarmten einander und begannen zu tanzen. Bis zum Tag der Wahl des Konsuls hatte sich die hysterische Furcht verbreitet, dass die Italer die Macht in Rom übernähmen, würde Sulla Felix nicht gewählt werden.

Sulla und sein Juniorkonsul schritten durch das Tor nach draußen, das die Villa Publica, Roms offizielle Wahlstätte, umgab. Die zwei weiß gekleideten Gestalten gingen die Treppe zum Podest vor dem flachen grauen Gebäude aus Tuffstein hinauf. Sulla streckte die Hände in den wolkenlosen Herbsthimmel. Diese demütige Geste trieb den Beifall zu neuen Höhen an.

Mitten im Jubel sah ich den Verlierer, General Marius, mit seinen Anhängern still die Szene verlassen. Am Morgen, als die Kandidaten vorgestellt worden waren, war einer nach dem anderen auf das Podium gegangen, während der Ausrufer ihre Namen verkündete. Sulla hatte großen, aber keinen überzeugenden Beifall geerntet. Als Marius als Ältester zum Schluss aufgerufen worden war, hatte ihm Sulla eine Hand gereicht und die andere auf seine Schulter gelegt, wie ein Patron, der seinen Klienten begrüßt. Das führte zu dem Eindruck, dass Marius gekommen war, um Sulla zu unterstützen, und nicht, um sich selbst aufstellen zu lassen.

Roms männliche Bewohner werden in 45 Wahlmännerkollegien, den sogenannten Zenturien, aufgeteilt. Allerdings hatte keine der zehn neu eingerichteten Zenturien für italische Wähler die Möglichkeit zur Stimmabgabe erhalten, da die Wahl abgebrochen wurde, als eine Mehrheit für Sulla und seinen Mitbewerber erreicht worden war, und das war der Fall, nachdem die ersten 33 Zenturien abgestimmt hatten. Etrusker, Umbrer und tausende andere enttäuschte Erstwähler hatten sich zu ihren Wagen und Pferden am Rand des Marsfeldes begeben.

Bereits bevor meine eigene Zenturie anfing abzustimmen, wurde mir eine Münze in die Hand gedrückt und Sullas Name ins Ohr geflüstert. Am Wahlort, der in zehn Pfade mit Hecken aus Baumstümpfen aufgeteilt war, wurden mir am Eingang eine Wachstafel und ein Griffel ausgehändigt. Die Wähler standen Schulter an Schulter in dichten Reihen. Es war nicht schwer, zu erkennen, was andere schrieben. Brutal aussehende Rüpel hatten sich der Tafeln anderer bemächtigt, sie sauber gemacht und mit großen, ungelenken Buchstaben SULLA daraufgeschrieben. Wehe dem, der es wagte, das zu korrigieren.

»Da bist du ja, Demetrios«, rief Sulla. »Hast du für mich gestimmt?«

»Die Abstimmung blieb mir verwehrt«, erwiderte ich.

Er legte den Kopf zur Seite und schaute mich fragend an. Dann begriff er das Gesagte.

»Du hast aber wohl keine Magenschmerzen davon bekommen, dass ich die Räder der Demokratie ein wenig eingeölt habe? So etwas geschieht bei jeder Wahl. Komm nun mit mir zum Empfang des Siegers. Oder musst du vielleicht nach Hause zu deiner Frau?«

»Ja, Aelia wartet mit dem Abendessen.«

»Aelia? Wer im Hades ist Aelia?«

Ich erklärte, dass ich mich entschieden hatte, eine Römerin zu heiraten, die eher meinem Alter entsprach als Volumnia. Während ich sprach, wurde Sulla blass und fing zu schwitzen an. Plötzlich entriss er einem seiner Anhänger einen Stock. Einen Augenblick lang dachte ich, er wollte mich schlagen. Stattdessen begann er, hysterisch zu lachen.

»Ist etwas nicht in Ordnung, Sulla?«

Er schmiss den Stock weg und trocknete sich die Stirn.

»Diese Schlampe von Volumnia *ersuchte* mich eigentlich nicht darum, mit dir vermählt zu werden; sie erpresste mich. Sie kennt einiges aus meiner Vergangenheit, was sie am besten für sich behalten sollte.«

Ich bat ihn um Entschuldigung. Hätte ich gewusst, dass ich ihn in Verlegenheit brächte, wäre ich natürlich seinem Rat gefolgt. Gern würde ich mich Volumnia unterwerfen, wenn dies meinem Patron helfen würde.

»Halt jetzt deinen Mund. Es ist mein eigener Fehler. Ich hätte es dir erzählen sollen. Aber du solltest dich von nun an immer vorsehen. Das verrückte Weib verträgt keine Enttäuschung.«

Heute weiß ich, dass ich seine Warnung hätte ernst nehmen sollen. Volumnias Boshaftigkeit war grenzenlos und ihre Rache furchtbarer, als ich es mir hätte vorstellen können.

XV

Mein Status als Klient von Roms Seniorkonsul stärkte meinen Ruf als Arzt. Mein Kundenkreis wuchs an. Längst war nicht mehr nur die Rede von Plebejern, sondern auch von Wohlhabenden aus dem Adelsstand. Einmal bemühte sich sogar ein Senator in meine Konsultation, obwohl das anscheinend aus Neugier geschah. Zum ersten Mal in meinem Leben erhielt ich einen Lohn, der der Rede wert war. Als eine der größeren Wohnungen im zweiten Stock frei wurde, zogen wir dort ein.

»Die Miete ist doppelt so hoch wie die alte«, sagte ich zu Aelia, »aber wir haben dreimal so viel Platz. Hier im vorderen Zimmer kann ich meine Konsultationen abhalten. Und dann haben wir sowohl ein Speisezimmer, wo Tiro schlafen kann, als auch unsere eigene kleine Kammer.«

»Und wenn sich das Glück wendet?«, gab sie zu bedenken.

»Unser Glück ist an Sulla gebunden, und er ist der glücklichste Mann in Rom.«

»Die Möbel werden so weit auseinander stehen, dass wir uns anschreien müssen.«

»Wir kaufen neue.«

In dieser Nacht teilten Aelia und ich zum ersten Mal das Bett. Es war aber nur vom Schlafen die Rede. Ich fürchtete immer noch den Zorn Fortunas, und an jedem Markttag opferte ich ein Huhn oder eine Taube in ihrem Tempel am Viehmarkt.

Erst im Sommer begab ich mich wieder zu dem Haus in der Nähe des Forums, wo der verstorbene Senatsvorsitzende Scaurus gewohnt hatte. Dort war Sulla eingezogen, und ich wollte ihm für die Segnungen danken, die seine Unterstützung mir gebracht hatte. Auf dem Weg dorthin machte ich mich darüber lustig, wie schnell die Zeit vergangen war, als ich mich selbst noch ausschließlich als Nachkomme der stolzen Makedonier betrachtet hatte. Jetzt war ich Römer, mit einem Bürgerring am Finger und vier feinen Togen im Schrank. In meinem Eifer mich anzupassen, kleidete ich mich nur in Weiß, ein Luxus, den ich mir nur leisten konnte, weil meine Frau in der Wäscherei arbeitete.

Auf dem Forum herrschte wie üblich ein Durcheinander aus Händlern, Sklaven und Bürgern, die zwischen den Tempeln und farbenprächtigen Statuen umherschwirrten. Die Luft war frisch und klar, die Mauersegler schwirrten laut zwitschernd über die Dächer. Ich folgte ihrem Flug und versuchte, das Haus von Drusus oben auf dem Palatinhügel zu ignorieren.

Vor Sullas neuer Wohnstätte, in Scaurus' altem Haus am Forum, standen zwölf weiß gekleidete Liktoren, vom Staat angestellte Leibwächter für die öffentlichen Würdenträger. Ich musste ihrem Hauptmann 20 Denare bezahlen, um hereingelassen zu werden. Die Marmorwüste des Atriums war voll mit Klienten, die darauf warteten, zum Konsul vorgelassen zu werden. Ich stellte mich hinten in die Schlange, wurde aber rasch nach vorne gewinkt.

»Sulla möchte dich gern sehen«, sagte Lucullus.

Er war im Gesicht fülliger geworden und hatte einen Bauch bekommen, doch jedes vernünftige menschliche Wesen würde immer noch die Beine in die Hand nehmen, wenn er die Keule schwingen würde. Ich ging hinter ihm her durchs Atrium, während uns Proteste über die schamlose Bevorzugung um die Ohren flogen.

Sulla schaute von seinem Tisch auf, der mit Papieren übersät war. In dem kleinen Tablinum roch es säuerlich nach Feuchtigkeit und Alter. »Wo zum Hades bist du den ganzen Winter über gewesen?«, fragte er.

»Ich hatte viel in meiner Praxis zu tun.«

»Zu beschäftigt, um deinem Patron einen Besuch abzustatten und mich gegen Marius' Gemeinheiten zu verteidigen?«

Der Name des alten Generals machte mich unruhig.

»Hat Marius nach mir gesucht?«

»Bist du verrückt, du Mistkerl? Es ist *mein* Kopf, den das alte Arschloch haben will. Den ganzen Winter über hat eine Bande seiner Veteranen das Forum terrorisiert. Ich kann nicht einen Schritt vor die Tür setzen ohne meine Leibwächter. Ich, der Konsul! Im Senat hat er einen seiner Klienten als Volkstribun sitzen, den kleinen Dreckskerl von Sulpicius. Ich werde dir zeigen, womit ich mich herumzuschlagen habe. Warte im Garten auf mich.«

»Vielleicht sollte ich an einem anderen Tag wiederkommen?«

»Geh und warte, habe ich gesagt!«

XVI

Auf einer Bank unter zwei Zypressen saßen ein paar Frauen mit ihrem Nähzeug. Sie blickten auf, als sie mich hörten.

»Entschuldigung«, sagte ich, »es war nicht meine Absicht zu stören.«

»Nein, geh nicht«, entgegnete die Älteste. »Komm hierher. Ich kenne dich doch.«

Sie war Ende 20 und hatte langes, rotbraunes Haar, breite Hüften und üppige Brüste. Durch ihr Lächeln kamen ihre gepflegten Schneidezähne mit dem schmalen Zwischenraum zum Vorschein.

»Mein Name«, sagte ich, »ist Lucius Cornelius Demetrianus, Herrin Caecilia.«

In meiner Brust hüpfte das Herz immer noch vor Freude, wenn ich mich mit meinem römischen Namen vorstellte.

»Dachte ich es mir doch«, erwiderte sie und kicherte. »Ich begegnete dir hinter dem Busch da drüben. Du hast hier gesessen und mit meinem Mann und Crassus Orator geredet. Wie verlief deine Reise zu den Marsern?«

»Ich bin schon seit einer Weile zurück«, antwortete ich und hielt meine verletzte Hand hoch.

»Erzähl mir vom Krieg. Waren die Samniten tatsächlich so blutdürstig, wie man sich erzählt?«

»Sie waren ziemlich kriegerisch, ja. Doch ich möchte zwei so anmutige Frauen damit nicht langweilen. Besonders nicht, da ich nur eine von ihnen kenne.«

»Unsinn, das hier ist doch die Tochter meines Mannes. Bist du ihr nicht schon früher einmal begegnet?«

Caecilia drehte sich um und schaute zu der blonden, jungen Frau. »Das hier ist der Arzt, von dem ich dir erzählt habe. Hatte ich nicht Recht?«

Die Frauen kicherten über ihren vertraulichen Scherz.

»Ich wusste nicht, dass Scaurus eine Tochter hatte«, bemerkte ich.

»Nicht Scaurus, du Dummkopf. Du kannst doch sehen, dass Cornelia viel zu hübsch ist, um zur Familie des alten Ziegenbocks zu gehören. Außerdem glaubst du doch wohl nicht, dass ich so alt bin, um eine erwachsene Tochter zu haben, oder? Sie ist die Tochter meines *neuen* Manns. Nicht wahr, Cornelia?«

Cornelia, die kaum älter als 17 Jahre sein konnte, errötete bis zum Ansatz ihres langen, hellen Haares und schlug die Augen nieder. Sie war anmutig und zart wie ein Reh.

»Ganz Rom hat sich gewiss darüber gewundert, wie die neue Ehe der Herrin zustande kam.«

»Ach, das geschah ganz ohne eine Spur von Mystik. Scaurus fragte mich, wer mein Erbe verwalten solle, wenn er nicht mehr hier sei, um weiter auf mich aufpassen zu können. Ich wählte Sulla. Ihn konnte ich schon immer gut leiden.«

Ich verstand, was Sulla damit gemeint hatte, dass Caecilia ihn gefunden hatte, und nicht umgekehrt. Es war höchst ungewöhnlich, dass eine Frau die Erlaubnis erhielt, ihren Exekutor selbst auszusuchen. Scaurus musste mehr als nur eine Schwäche für seine junge Frau gehabt haben.

»Er sorgte sehr gut für mich, der alte Scaurus«, fuhr sie fort. »Darüber sprachen er und Sulla, als sie sich hier im Garten trafen. Das war am Abend, nachdem der Volkstribun gestorben war.«

»Sulla und Scaurus trafen sich hier? Am Tag nach dem Mord?«

»Oh, jetzt habe ich bestimmt zu viel gesagt.«

»Sulla ist mein Patron, Herrin Caecilia. Wir haben keine Geheimnisse voreinander.«

Sie legte einen Finger auf ihren Mund und lächelte. Wie bei unserer ersten Begegnung hatte ich den Eindruck, dass ihre gedankenlose Plauderei kein Zufall war.

»Demetrios«, erschallte ein Ruf hinter mir. »Wo im Hades bist du?«

Sulla entdeckte uns und setzte sein listiges Lächeln auf.

»Hallo, mein Mädchen«, sagte er zu seiner Tochter. »Willst du nicht endlich mal auf dein Zimmer gehen? Dein Hauslehrer vermisst dich.«

Das junge Mädchen zog von dannen.

»Du hättest gern noch etwas damit warten können«, sagte Caecilia zu ihrem Mann und gab ihm einen Klaps auf die Schulter. »Demetrios und ich waren gerade dabei zu beratschlagen, wie wir dich betrügen könnten.«

Sulla taxierte mich mit seinen glühenden, graublauen Augen.

»Was höre ich da, Demetrios? Missbrauchst du meine Gastfreundschaft?«

Ich wurde von einem Hustenanfall gequält und konnte nicht antworten. Der Konsul klopfte mir auf den Rücken.

»Das war nur ein Witz, Demetrios. Solange ich Caecilia noch regelmäßig besteige, wird sie sich vor so etwas hüten.«

Sowohl er als auch Caecilia schütteten sich vor Lachen aus. Ich war perplex über ihren derben Tonfall.

»Also, jetzt entführe ich deinen Liebhaber, Schatz.« Sulla trocknete sich die Augen. »Wir müssen hinüber zum Senat.«

»Zum Senat?«, entfuhr es mir.

»Habe ich dir nicht versprochen, dir zu zeigen, womit ich zu kämpfen habe?«

XVII

Das Senatsgebäude lag nur ungefähr 300 Fuß von Sullas Haustür entfernt. Die kurze Wegstrecke die Via Sacra hinunter, vorbei an der Behausung der Vestalinnen im Domus Publicus und durch das Gewimmel des Forums legten wir in wenigen Minuten zurück.

Zwölf Liktoren marschierten vor uns her und schubsten brutal alle Bürger zur Seite, die nicht schnell genug aus dem Weg gingen. Die traditionellen Amtszeichen – schwere Rutenbündel mit dem Amtsbeil, die mit roten Lederriemen fest zusammengebunden waren – schlenkerten bei jedem Schritt gegen ihren Rücken. Der Aufzug bog nach rechts ab, vorbei an der kreisrunden Vertiefung der Comitia, dem Ort der Volksversammlung, und hielt vor dem Seitengebäude des Senats an. Sulla ließ die Leibwachen draußen zurück, stieg die Treppe hinauf und lief durch den Gang mit den großen Regalen.

Durch ein Fenstergitter unterhalb des Daches fiel die Sonne schräg auf eine Wand des Konsulariums. Die unpersönliche Ausstrahlung des Raums spiegelte den behelfsmäßigen Charakter des Amtes wider: Zwei große Schreibtische, eine Reihe halb leerer Regale und einige unbequeme Stühle bildeten die einzigen Einrichtungsgegenstände. Sulla ging eine Treppe hinauf, öffnete eine Tür und gab mir ein Zeichen, ihm zu folgen.

Ich stand an der Schwelle zum Versammlungssaal des Senats. Auf niedrigen Absätzen, die stufenweise an den zwei länglichen Seitenwänden zum Boden hin abfielen, saßen aufgereiht die togabekleideten Senatoren.

Ich duckte mich, als ich Marius in der vordersten Reihe auf der gegenüberliegenden Seite entdeckte.

Sulla ging weiter und setzte sich auf einen Stuhl ohne Lehne auf ein Podest in der Nähe der schmalen Rückwand. Am anderen Ende des Saals standen die Bronzetüren zum Forum hin offen. Eine Horde Neugieriger hatte sich hinter dem roten Seil versammelt, das den Eingang absperrte.

»Der Volkstribun Publius Sulpicius hat um das Wort gebeten«, sagte Sulla, nachdem ein Priester sein Ritual durchgeführt und das Treffen für eröffnet erklärt hatte. Ein kleiner, rothaariger Mann erhob sich von der Bank vor dem Podest des Konsuls. Seine Körpersprache strahlte eine unterwürfige Höflichkeit aus, die dem selbstsicheren Lächeln in seinem Gesicht widersprach.

Ich gebe gern zu, dass ich nicht alles verstand, was in den folgenden Stunden gesagt wurde. Die Debatte handelte davon, wer das römische Heer gegen König Mithridates, der die römischen Kolonien in Asien erobert hatte, anführen sollte. Es gab viele Meinungen dafür und dagegen. Alle durften ausreden, unabhängig davon, wie langweilig oder bedeutungslos ihr Beitrag auch war. Tauben gurrten im Dachgebälk. Die Zeit verstrich.

Die Senatoren wurden immer lauter. Die Stimmung näherte sich unmerklich ihrem Höhepunkt, der erreicht wurde, als Volkstribun Sulpicius eine Frage stellte, die er mehrmals wiederholen musste, um gehört zu werden: Wie würde der Seniorkonsul, sollte er das Kommando erhalten, den Feind angreifen wollen?

»Ich zermalme Mithridates an der Grenze zwischen Asia Minor und Bithynien«, antwortete Sulla.

»Ein schlechter Plan!«

Sulpicius zog aus der Falte seiner Toga eine Schriftrolle hervor. Die Senatoren, die spürten, dass etwas im Gange war, geboten sich gegenseitig zu schweigen. Der kleine Volkstribun wartete, bis sich Stille in der Versammlung ausgebreitet hatte, bevor er fortfuhr.

»Ein schlechter Plan, weil wir dann hinter den Linien des Feindes kämpfen werden. Dieser Bericht erzählt davon, dass Mithridates Griechenland überfallen hat. Athen hat den Hafen von Piräus der Invasionsflotte zur Verfügung gestellt.« Sulpicius musste erneut seine Stimme erheben, um sich Gehör zu verschaffen. »Wenn der Konsul nicht besser unterrichtet ist, sollte der Senat das Kommando einem kompetenteren General überlassen. Ich werde diese Frage in der Volksversammlung stellen.«

Der Volkstribun reichte Sulla die Schriftrolle, machte auf dem Absatz kehrt und marschierte quer durch den Saal. Er schritt an dem roten Tau vorbei und ließ sich von der Menge draußen verschlucken.

Sulla stürmte durch die Tür hinaus ins Konsularium. Als ich ihm folgte, warf ich einen Blick zurück auf General Marius, der sich als Einziger nicht erhoben hatte. Unter seinen buschigen Augenbrauen betrachteten seine wasserblauen Augen ruhig das im Saal herrschende Chaos.

XVIII

»Das hier ist ein Bericht des Heeres. Wie hat ihn der kleine Mistkerl bloß zu fassen bekommen?« Sulla wedelte mit der Schriftrolle umher.

»General Marius hat überall im Heer Verbindungen. Sagtest du nicht, dass er Sulpicius in der Tasche habe?«

»Aber was zum Hades versucht er, damit zu erreichen?«

Ein gewaltiges Getöse unterbrach uns. Wir sahen hinauf zum Fenstergitter unter dem Dach. Es klang, als würde eine Flutwelle draußen auf der Straße vorbeiströmen. Wir liefen durch das Gebäude hinaus auf die Treppe. Die Leibwächter waren verschwunden.

Auf dem Rostrum stand der rothaarige Volkstribun und rief der erregten Menschenmenge etwas zu.

Aus den umliegenden Straßen ergoss sich ein Strom aus Plebejern, Veteranen und Armen zum Forum wie in einem Sturm auf die wankende Zitadelle der Demokratie.

»Das Ganze ist geplant gewesen«, rief Sulla. »Beim Hades, das ist ein Staatsstreich.«

Er lief die Treppe hinunter und stürzte sich in die Menge hinein. Nach kurzem Zögern folgte ich ihm.

»Meine lieben Römer«, rief Volkstribun Sulpicius vom Rostrum herab, »Griechenland ist gefallen. Horden aus dem Osten stehen nur wenige hundert Meilen vom Rubikon entfernt. Ihr habt Sulla Felix zu eurem Konsul gewählt, in der Hoffnung, dass sein viel gerühmtes Glück auf euch übergehen würde. Aber Glück kann Unfähigkeit nicht aufwiegen. Wird dieser Emporkömmling in der Lage sein, sein Amt auszuführen? Ist er würdig, euch in den Krieg zu führen? Oder sollte eure Volksversammlung einen anderen, erfahrenen General wählen? Einen General, der in seinem ganzen Leben keine einzige Schlacht verloren hat?«

Ein Gebrüll, das keinen Zweifel an der Meinung der Leute zuließ, hallte zwischen den Mauern des Forums wider. Überall um mich herum erkannte ich Veteranen von Marius.

»Sulpicius, du kleines Arschloch.« Sulla war auf den Rand der Rednerbühne geklettert und hatte Halt gefunden auf einer der sechs Schiffssteven, die an der Seite herausragten. »Zieh ab, oder es wird dir schlimm ergehen!«

»Droht mir etwa der Konsul?«, rief Sulpicius. »Muss ich um mein Leben fürchten, weil ich die Wahrheit sage? Hast du dir vorgenommen, mich umzubringen, so wie du Marcus Livius Drusus ermordet hast?«

Ich verharrte wie ein Jagdhund, der Wild gewittert hat.

»Volkstribun Drusus«, fuhr Sulpicius fort, der der Ansicht war, dass das Gedächtnis der Menge wieder aufgefrischt werden müsste, »der mit einem Messer in seinem eigenen Atrium ermordet wurde. Ich beschuldige diesen Mann dort, hinter der Tat zu stecken.«

Er deutete auf Sulla, der überrumpelt war und versuchte, auf der glatten Bronzeoberfläche des Schiffsrumpfs sein Gleichgewicht zu halten. »Weshalb hätte der Konsul solch ein Verbrechen begehen sollen, fragt ihr?« Sulpicius zauberte eine weitere Rolle hervor. »Aufgrund dieses Dokuments! Als Gegenleistung für das Bürgerrecht geloben die Anführer der Italer in diesem Pakt, der vor dem Bürgerkrieg eingegangen wurde, Drusus bei allen zukünftigen Wahlen die Stimmen der Italer zu geben! Eine Gegenleistung, die ihnen das Stimmrecht zusichert, aber eine Bedrohung für alle anderen Kandidaten, die Konsul werden wollen. Und wer ist jetzt Konsul?«

Alle schauten Sulla an. Sulpicius faltete die Schriftrolle auseinander und drehte den Text zum Publikum, das zwar keine Möglichkeit hatte, ihn lesen zu können, aber mit Freuden seine Worte für bare Münze nahm.

»Seht her: die Unterschriften sämtlicher Mitglieder von dem, was die Italer den Großen Rat nennen. Eine Bedrohung der Macht des Senats. Eine Bedrohung von Sulla Felix' Macht!«

Sulpicius' Anklage war ein Scheinargument ohne logischen Zusammenhang, dazu gedacht, die Menschenmenge zu verführen, die auch sogleich einen kollektiven Aufschrei der Verärgerung ausstieß.

Hunderte Hände streckten sich nach dem Konsul aus. Hätten sie ihn erwischt, wäre er in Stücke zerfetzt worden wie ein Fuchs in einem Hundezwinger. Aber das Gewicht der vielen Menschen, die sich an den Schiffsbug klammerten, war zu viel für das morsche Holz, das alles zusammenhielt. Mit einem lang gezogenen Krachen gab es nach. Der Bronzekoloss stürzte mit einer Staubwolke und einem Chor aus Schreien auf die Erde. Arme und Beine strampelten im Todeskampf unter dem glänzenden Metall, Sägemehl wurde in die Luft gewirbelt, Sulla war unverletzt, versuchte aufzustehen, fiel aber in die blutige Pfütze. Ich verteilte eine Handvoll Blut in seinem Gesicht und richtete ihn auf.

»Er ist verletzt! Mein Freund ist verletzt, lasst uns durch!«

Die Leute wichen zur Seite und stießen uns weg. Wir schoben uns an ihnen vorbei, bis wir im Freien waren. Sulla wischte sich mit der Hand übers Gesicht und schaute verwirrt auf seine Handinnenfläche.

»Der Konsul«, erschallte ein Ruf hinter uns. »Da ist er!«

XIX

Ohne uns umzudrehen, flüchteten wir die Via Argentaria hinauf. Ich erkannte das Tor mit dem Medusarelief wieder und zog Sulla in eine Gasse hinein.

Ich stieß gegen eine Holzpforte, die knarrend aufsprang. Wir ließen sie hinter uns ins Schloss fallen.

»Wo sind wir?«, fragte Sulla.

»Im Haus von General Marius«, antwortete ich. »Die Hintereingänge der Villen sind selten verschlossen, weil die Sklaven ständig ein- und ausgehen. Ich dachte, es wäre einen Versuch wert.«

»Du hast mir zum zweiten Mal das Leben gerettet.«

»Um sich zu bedanken, ist es noch zu früh. Der General kann jederzeit zurückkommen.«

Wir tasteten uns durch einen dunklen Gang und erreichten das Atrium, wo das Sonnenlicht friedlich durch die Dachöffnung schien. Ein paar Spatzen, die ihr Nest direkt unterhalb der Dachsparren hatten, übertönten fast den Lärm der Menge, die draußen auf der Straße vorbeilief.

»Sulla? Was machst du hier?«

Eine Frau, vielleicht Ende dreißig, kam aus der entlegensten Ecke des Hauses herbeigelaufen, ihr langes, blondes Haar flatterte. Sie war stämmig und vollbusig, bewegte sich aber geschmeidig. Sie blieb stehen und sah Sulla ins Gesicht.

»Das ist nicht mein Blut, Julia«, sagte Sulla. »Marius hat das Forum mit seinen beschissenen Rüpeln terrorisiert. Er und Sulpicius haben schon lange die Senatsmitglieder an ihren Eiern gepackt. Heute haben sie zugedrückt.«

Die Frau rang die Hände und erklärte, dass ihr Mann nicht er selbst sei und wir ihm vergeben müssten, und ihr obendrein, da sie ihn nicht habe zur Vernunft bringen können. Einen Augenblick lang stand sie unentschlossen da.

»Ich muss dir etwas zeigen. Komm und sieh selbst.«

Wir gingen an Marius' Tablinum vorbei, in dem eine prachtvolle Öllampe aus Silber neben einem massiven Schreibtisch stand. Der Ständer hatte die Form von drei ineinander verschlungenen, mannshohen Schlangen. Auf den Nacken der Reptilien ruhte eine runde Ölschale. Aus den schuppigen Köpfen hingen silberne Zungen heraus. Die Smaragdaugen funkelten mich mit ihrem grünen Licht an.

»Demetrios, kommst du mit?«, rief Sulla.

Die Frau lief zielgerichtet fünf Schritte vor uns durch den Garten.

»Woher kennst du Marius' Ehefrau?«, flüsterte ich.

»Julia ist die Schwester meiner ersten Frau. Marius war wohlhabender und entschied sich als Erster. Ich bekam die verwöhnte kleine Schwester. Die kleine Schlampe hatte nichts anderes im Kopf als Wein und Feste.«

»Man sagt, dass das früher auch hauptsächlich deine Neigungen waren.«

»Nur weiter so, Demetrios«, lächelte Sulla. »Du sprichst mit Roms Konsul.«

Marius' Ehefrau führte uns eine Kellertreppe hinab und öffnete eine Tür. Der Gestank von Verwesung und Exkrementen schlug uns entgegen. Mit zitternden Händen zündete sie eine Öllampe an.

»Julia, was im Hades ist das hier?«

»Sulla Felix?«

Die heisere Stimme, die aus der undurchdringlichen Finsternis des Kellerraums kam, ließ uns zusammenfahren.

»Ja, ich bin's. Wer ist da?«

Sulla nahm die Lampe und hob sie hoch.

Ein paar leere Augenhöhlen starrten uns an.

»Decumius!«, stieß Sulla aus.

Durch den zotteligen Bart war Marius' Legat kaum wiederzuerkennen. Sein zahnloser Mund formte Sullas Namen wieder und wieder, während er auf allen vieren angekrochen kam. Seine Glieder hatte man gebrochen, sie waren nicht richtig zusammengewachsen und erneut gebrochen worden. Am Ende seiner kraftlosen Arme streckten sich uns verkrüppelte Finger ohne Nägel entgegen.

»Was hat dieses niederträchtige Schwein mit dir gemacht?«

Decumius stieß ein paar tierähnliche Laute aus. Es dauerte einen Moment, bevor ich begriff, dass er weinte.

Sulla fiel auf die Knie, drückte den Kopf des Legaten an seine Brust, fuhr mit seinen Fingern durch das verfettete Haar, als würde er mit einem Kind dasitzen.

»Mein Mann überraschte Decumius, als er dabei war, dir zu schreiben«, erklärte Julia. »Sie peitschten ihn aus, bis er halb tot war, doch er verriet nichts. Mein Mann ließ den Armen hier in den Keller bringen, wo sie ihn monatelang misshandelten. Ich konnte die Schreie bis in unser Schlafzimmer hören.«

»Was hast du mit dem Legaten von Marius zu tun?«, erkundigte ich mich. Sulla rang darum, seine Fassung wiederzuerlangen, bevor er antworten konnte.

»Decumius hat sich vor der Wahl an mich gewandt. Er hatte Angst, dass Marius verrückt werden könnte. Das Letzte, was er mir schrieb, war, dass der Alte herumbrülle, er wolle die ganze Stadt wegen des Verrats an ihrem dritten Gründer bestrafen.«

Das ironische, selbstsichere Lächeln, das Sulla normalerweise zeigte, war verschwunden. Er hatte sogar zu fluchen aufgehört.

»Das ist noch nicht alles«, sagte Julia. »In den vergangenen Tagen wimmelte es hier im Haus von Liktoren. Mein Mann baut ein Heer aus Plebejern und ehemaligen Sklaven auf. Vorgestern hörte ich ihn mit Sulpicius darüber sprechen, dich umbringen zu wollen, Sulla.«

»Wäre Demetrios nicht gewesen, hätte man bereits meine Leichenteile über das ganze Forum verteilt.«

Sulla richtete sich auf.

»Wenn Marius die Liktoren gekauft hat, muss ich nach Capua und mein Heer holen. Mir reichen zwei Legionen, um den alten Schwachkopf und seine Verbrecher zu zermalmen. Komm, hilf mir dabei, Decumius von hier fortzubringen.«

Der Legat stieß einen Schrei aus, als wir versuchten, ihn hochzuheben. Es zeigte sich, dass seine Oberschenkelknochen an jenem Morgen gebrochen worden waren.

»Demetrios, kannst du etwas für ihn tun?«

»Das wird schwer. Selbst wenn er sich erholt, wird er den Rest seines Lebens ein Krüppel bleiben.«

Sulla saß ratlos da, den Kopf des Armen in seinem Schoß liegend.

»Tötet mich«, flehte Decumius, »ich bitte euch.«

Wie in Gedanken drückte Sulla seine Hand an Decumius' Kehle zu.

»Du darfst ihn nicht umbringen«, stieß Julia aus.

»Schau ihn doch an. Es wäre eine Erlösung für ihn.«

Julias Augen waren vor lauter Schreck aufgerissen. Was, wenn Marius dächte, sie hätte etwas mit dem Tod des Legaten zu tun? Seine Ehefrau würde sich niemals mehr sicher fühlen können.

»Zwischen all den Verletzungen werden Marius ein paar weitere blaue Flecken kaum auffallen.«

Der Mann auf dem Boden begann zu zucken. Als er schließlich unbeweglich dalag, legten wir ihn auf die Bank in dem stinkenden Verlies. Jeder, der Decumius auffände, würde glauben, sein misshandelter Körper hätte aufgegeben.

Das Abendlicht tauchte den verwilderten Garten in ein unwirkliches, orangefarbenes Licht. Auf der anderen Seite der Mauer maunzte sehnsüchtig ein Kater. Ich blieb an der Tür zum Arbeitszimmer stehen.

»Diese Öllampe aus Silber«, erkundigte ich mich, »wo hat Marius sie her?«

»Das weiß ich nicht«, antwortete Julia. »Er schaffte sie vor ein paar Monaten an. Er hat sich sonst nie für Kunsthandwerk interessiert. Ich erkenne meinen Mann kaum wieder.«

»Du und dein Kind solltet lieber mit uns kommen«, sagte Sulla. »Ihr könnt nicht in diesem Haus bleiben.«

»Marius junior ist kein Kind mehr. Er ist mit seinem Vater auf dem Forum. Er führt den Pöbel an.«

Sulla war mit einem Mal ratlos. Ich, der Marius hatte über seinen Sohn reden hören, wie dieser aus Missgunst den Schädel seines Freundes eingeschlagen hatte, war indes kaum überrascht.

»Marius war immer fort, während der Junge heranwuchs«, sagte Julia.

»Erst in Spanien, dann in Afrika. Der Feldzug gegen die Kimbern dauerte fünf Jahre. Danach marschierte er sofort nach Asien. Als er schließlich heimkehrte, brach der Bürgerkrieg aus. Mein Sohn vergöttert seinen Vater, kennt ihn aber kaum. Er ist glücklich, nun mit ihm zusammen sein zu können.«

»Bei solch einem Lehrmeister mag man sich nicht vorstellen, was aus dem Jungen werden wird.«

»Insbesondere, wenn es sonst niemanden gibt, der sich um ihn kümmert.«

Für eine Mutter, die es vermied, der Wahrheit über ihren einzigen Sohn in die Augen zu sehen, war es schwer, dagegen etwas anzubringen.

XX

Der Hügel des Kapitols besitzt zwei Erhebungen. Auf der westlichen Erhebung befindet sich der Jupitertempel, umgeben von Statuen, Altären und weiteren Heiligtümern. Auf der östlichen, die Arx genannt wird, liegt der Tempel der Juno Moneta. Von Marius' Haus führte ein schmaler Pfad die Klippen hinauf zur Mauer der Zitadelle und dann weiter bis zur Gemonischen Treppe. Schweigend erklommen wir sie. Erst als wir das Fundament der Mauer erreicht hatten, fing ich zu reden an.

»Mutilus sagte einmal zu mir, dass Drusus wie alle Römer einen Preis habe. Durch die Unterstützung der Italer bekam er das, was sich ein römischer Politiker am meisten wünscht.«

Sulla folgte meinem Gedankengang.

»Mit den Stimmen ganz Italiens im Rücken konnte sich Drusus sicher sein, zum Konsul gewählt zu werden.«

»Aber nicht mit dem bestehenden Wahlsystem.«

»Drusus plante als Nächstes eine Wahlreform.«

Wir ließen die Pläne des ermordeten Volkstribuns sacken, während wir uns den Weg durch das Gestrüpp des wenig begangenen Pfads bahnten. Nur die Götter wussten, wozu Drusus seine Macht noch genutzt hätte. Vielleicht ließen sie ihn deshalb durch irgendjemanden umbringen.

»Scaurus half bei der Leichenwaschung nicht mit«, sagte Sulla, der an dem Morgen nach dem Mord ins Haus von Drusus zurückgekehrt war. »Er nutzte die Gelegenheit, um Drusus' Papiere durchzusehen. Er stieß auf den Pakt mit den Italern, von dem Sulpicius sprach. Das Schreiben war in einer Schriftrolle versteckt.«

»Suchte er gezielt danach?«

»Auf alle Fälle hörte er mit dem Herumschnüffeln auf, als er es gefunden hatte. Er war auch an einem Buch interessiert. Es handelte von Tiberius und Gaius Gracchus.«

In dem Gesamtbild tauchten ein paar neue Punkte auf.

»Dieses Buch wurde von meinem Vater geschrieben«, sagte ich. »Scaurus und Crassus Orator nutzten es, um sich meiner Hilfe zu versichern. Ich habe nie verstanden, warum ausgerechnet ich derjenige sein sollte, der die Reise zu den Marsern unternehmen musste.«

»Ich glaube, das hing mit deiner anfänglichen Behauptung zusammen, dass Drusus zwei Mörder habe. Darüber haben sie oft geredet. Ich begriff nicht, wieso, aber es machte mich neugierig, dich kennenzulernen. Ich beobachtete Scaurus' Haus und sah dich zu Besuch kommen. Deshalb bin ich dir gefolgt.«

Die Konturen der zwei verstorbenen Senatoren begannen sich schärfer abzuzeichnen. Sullas war hingegen immer noch unklar.

»Erzähl mir, worüber du und der Senatsvorsitzende diskutiert habt, als ihr euch an dem Abend nach dem Mord traft.«

Sulla strauchelte, verlor Halt, doch es gelang ihm, sich an ein paar Wurzeln festzuhalten. Eines seiner Beine hing über den Vorsprung oberhalb der Steinbrüche herunter. Gemeinsam kämpften wir gegen die Schwerkraft an. Langsam erlangte er sein Gleichgewicht zurück.

»Woher weißt du das?«, fragte er außer Atem.

»Caecilia erzählte es mir heute Vormittag.«

Er überlegte, wie viel er mir erzählen sollte.

»Nun, wenn meine Frau schon damit angefangen hat, kannst du ebenso gut auch den Rest hören. Caecilia hatte Scaurus schon lange damit gequält, sie abzusichern. Er konnte nicht Nein sagen. Du weißt, alte Männer und junge Frauen. Ich war gelinde gesagt überrascht, als mich der Senatsvorsitzende darum bat, seinen Nachlass zu verwalten. Ich kann sehen, was in dir vorgeht. Es ist so offensichtlich, als würde man einen Fuchs Hühner bewachen lassen. Aber es gab Bedingungen.«

»Du solltest die Kandidatur des verrückten Lupus für den Posten des Konsuls unterstützen. Und du solltest dem Seniorkonsul als sein Legat in den Krieg folgen. War er es nicht, den du einen lungenkranken Schwächling nanntest?«

Wieder griff Sulla meinen Gedankengang auf.

»Der alte Ziegenbock hoffte, ich würde auf dem Schlachtfeld sterben.«

Es dauerte nicht lange, bis sich Sulla selbst die nächste Frage stellte.

»Warum er mir dann anbot, Exekutor zu werden? Scaurus hatte den Wunsch seiner jungen Frau erfüllt. Gleichzeitig glaubte er, sich eines lästigen Zeugen entledigt zu haben. Er rechnete nicht damit, mich wiederzusehen. Meine Briefe vom Schlachtfeld müssen für ihn ein Misserfolg gewesen sein.«

»Wie der Vorsitzende des Senats Glücksspiel mit der Zukunft Roms spielen«, fragte Sulla, »und mitten im Krieg zwei nichtsnutzige Idioten zu Konsuln ernennen konnte?«

»General Marius stand bereit, um den Posten eines Konsuls zu übernehmen.« Und ich fuhr fort: »Wäre er nicht verwundet worden, hätte sein Sieg die Grundlage für ein Triumvirat mit uneingeschränkter Macht gebildet.«

»Dann waren es also Marius, Scaurus und Crassus Orator, die zusammen Drusus ermordeten?«

»Dann hätte mich Marius wohl kaum darum gebeten, an der Aufklärung mitzuhelfen. Und außerdem wäre es für sie auf jeden Fall bequemer gewesen abzuwarten, bis Drusus' Gesetzesvorhaben umgesetzt worden wären.«

Sulla wartete auf meine Schlussfolgerung.

»Ich bin mir nicht sicher, dass Drusus aufgrund seiner politischen Überzeugungen starb«, sagte ich schließlich. »Ich bin noch nicht einmal sicher, dass er in seinem Tablinum Verkehr mit einer Frau hatte, in der Nacht vor seinem Tod.«

Sullas graublaue Augen waren rund wie Kugeln. Wortlos öffnete und schloss er seinen Mund wie ein gestrandeter Fisch.

»Heute Abend«, fuhr ich fort, »sah ich in Marius' Haus eine Lampe, die ich neulich unter Volumnias Hehlerwaren auf dem Dachboden über ihrem Bordell gesehen habe. In welcher Verbindung stehen Volumnia und Marius zueinander? Und was weiß sie über dich, was nicht herauskommen darf?«

Ich hätte schwören können, dass Sulla errötete. Doch in der Dämmerung war das schwer zu erkennen.

»Du bist wahrscheinlich schon selbst darauf gekommen, dass meine Jugend bei Weitem nicht so vornehm war wie die der Kinder im Haus von Drusus.«

Allein sein Akzent aus Subura hatte mir das verraten.

»Es gibt weitaus mehr Gründe, die Kinder von Drusus' Schwester zu bemitleiden«, sagte ich, »als sie zu beneiden.«

»Aber nur, wenn man nicht weiß, wovon man spricht. Sie kannten zumindest ihre Mutter. Sie mussten nicht allein in dieser Stadt zurechtkommen. Sie mussten niemals hungern, weil ihr Vater alles Geld versoffen hatte und alles vögelte, dessen er habhaft werden konnte. Von seiner gallischen Sklavin bis hin zu den Jungen in den Badehäusern. Selbst seine eigene uneheliche Tochter besprang er.«

Er musste sich kräftig räuspern, bevor er fortfahren konnte.

»Wenn mein Vater seinen Rausch ausschlief, schlich ich mich davon. In die Bäder beim Marsfeld. Das war einfach. Man musste nur die Hand ausstrecken und die Tunika hochziehen. Die alten Säcke fanden, ich sei ein hübscher Bursche. Ich hasste sie. Und ich hasste das, wozu sie mich zwangen. Aber für das Geld konnte ich mir das Essen kaufen, das ich zu Hause nicht bekam. Später hatte Vater den Einfall, sich wieder zu vermählen. Clitumna war eine reiche Witwe. So reich, dass seine Gesundheit nicht ausreichte, um ihr Vermögen zu versaufen. Als sie ihn begraben hatte, überschüttete sie mich mit ihrer Liebe. Clitumna brachte mir alles bei, was sie über Sex wusste. Sie sah in mir einzig die Jugend und Schönheit, die sie selbst verloren hatte. Sie verliebte sich in mich, doch ich wurde mehr und mehr von ihrem verwelkten Körper abgestoßen. Ist es nicht sonderbar, wie es den Göttern gefällt, uns zu peinigen? Sie starb und hinterließ mir ihr restliches Vermögen. Deshalb konnte ich mir einen Platz im Senat kaufen.«

»Und Volumnia?«

»Ich kenne sie von klein auf. Alles, was ich dir eben erzählt habe, weiß Volumnia. Und noch mehr. Sie kann meine Laufbahn zerstören, noch bevor sie richtig begonnen hat.«

»Weiß Metrobios auch alles über dich?«

»Auf Metrobios kann man sich verlassen.«

Die graublauen Augen funkelten.

Kann ich mich auf dich verlassen?, schienen sie zu fragen.

Von der Gemonischen Treppe aus blickten wir über die Stadt. Vom Tumult des Tages war der Schiffsbug als einzige Spur übrig geblieben, der immer noch am Fuße des Rostrums lag wie ein von einem Kind achtlos weggeworfener Beutel.

Nur ein paar verwilderte Hunde streiften kläffend zwischen den Statuen umher.

»Überleg mal, was die Leute zu tun bereit sind, um die Macht in dieser beschissenen Stadt zu erlangen«, sagte Sulla. »All das für eine Ansammlung baufälliger Hütten, die verstreut zwischen ein paar Hügeln und einem Sumpf liegen. Man sollte den ganzen Mist niederbrennen und etwas Ordentliches errichten.«

Seine ihm eigene und sorgfältig gepflegte Vulgarität war zurückgekehrt.

Ich fing an, die Treppe in Richtung Forum hinunterzugehen.

»Wo willst du hin?«, fragte er.

»Nach Hause. Politik ist nichts für mich.«

»Demetrios, denk nach. Warum hast du mich gerade heute besucht? Warum habe ich dich mit in den Senat genommen? Wieso hast du mich den Klauen des Pöbels entrissen? Kannst du es nicht erkennen? Fortuna hat dich geschickt, um wieder mein Leben zu retten, genau wie bei Nola. Es ist ihr verdammter Wille, dass du mir nach Capua folgen sollst.«

»Fortuna ist mir ein wenig zu launenhaft. Ich habe eine Familie, um die ich mich kümmern muss.«

»Was glaubst du, wie lange du hier in Rom überleben wirst, wenn Marius an die Macht kommt?«, rief Sulla hinter mir her.

XXI

Ich erstarrte beim Anblick der dunklen Gestalt, die auf einem Stuhl mitten in meinem Sprechzimmer saß.

»Es ist viel Zeit vergangen, seit wir uns das letzte Mal gesehen haben, Lucius Cornelius Demetrianus.«

Volumnia war nicht mehr abgemagert. Im Gegenteil, sie schien unaufhörlich gegessen zu haben, seit ich ihr das letzte Mal gegenübergestanden hatte.

Ich lief zu Aelia, die leichenblass in der Tür zum Zimmer aufgetaucht war.

»Sie kam heute Nachmittag.«

Meine Frau klammerte sich an mich. »Sie wollte nicht gehen, bevor sie mit dir geredet hat.«

»Warum hast du keine Hilfe gerufen und sie hinausgeworfen?«, flüsterte ich ihr zu.

In diesem Moment trat eine mächtige Gestalt aus dem Dunkel hervor. Volumnia hatte Crixus mitgenommen. Ich hob einen Schemel auf und stellte mich in Verteidigungshaltung auf.

»Du irrst dich, Demetrios«, sagte Volumnia.

»Ich respektiere Männer, die sich zu wehren verstehen. Besonders, wenn sie obendrein noch so männlich sind. Aber mir fällt es schwer, eine schlechte Entscheidung zu akzeptieren. Zusammen mit mir hättest du reich werden können. Ein Bordell zu betreiben, ist ein lohnendes Geschäft.«

»Ich kümmere mich lieber um meinen eigenen Beruf. Und um meine Frau.«

»Nicht genug, um sie zu schwängern, wie es aussieht. Aelia ist immer noch so dünn wie eh und je.«

Mir wurde klar, warum Volumnia zugenommen hatte. Unter der langen, weiten Tunika wölbte sich ihr Bauch nach vorne wie ein neuer, eigenständiger Körperteil.

»Du kennst Aelia nicht«, sagte ich.

»Hat sie dir das weisgemacht? Tja, das ist der Fluch einer Bordellmutter. Weder Kunden noch ehemalige Angestellte wollen einen wiedererkennen.«

Aelia konnte mir nicht in die Augen schauen. Sie ließ meine Schulter los und schlich sich an der Wand entlang fort. Volumnia streichelte über ihren Bauch.

»Ich muss zugeben, dass ich selbst geglaubt hatte, zu alt für eine Schwangerschaft zu sein. Man könnte es als ein Wunder auffassen. Oder als ein Zeichen der Götter, zu wem du wirklich gehörst, Grieche.«

»Ich bin nicht mehr länger Grieche. Was willst du? Warum bist du hier?«

»Wir beide ähneln uns mehr, als du das wahrhaben möchtest. Wir beide sind stur. Ich bin mir sicher, dass dein Kind dir ähneln wird. Aber das kannst du selbst herausfinden. Ich habe mit dem Besitzer des Gebäudes gesprochen. Mit ein wenig Überredung war er bereit, es mir zu verkaufen. Ich bin deine neue Vermieterin. Wir sehen uns jedes Mal, wenn die Miete fällig ist.«

Sie watschelte in Richtung der Tür.

»Ich verlasse Rom bereits heute Abend«, sagte ich.

»Dann werde ich kommen und deiner Frau Gesellschaft leisten. Du hast doch nichts dagegen, nicht wahr, Aelia? Wir haben so viele alte Erinnerungen aufzufrischen.«

XXII

Die Flammen leuchteten grell aus den augen- und mundförmigen Öffnungen der Steinlaternen. Der kalte Nachtwind zerrte an meiner Kleidung wie Hunderte suchender Hände. Die Straße vor Sullas Haus war übersät mit den Resten eines Lagerfeuers, die Bronzetür war verrußt wie ein Kohlenbecken.

Ich klopfte gegen sie. Wir warteten so lange, dass wir schon anfingen zu glauben, vergeblich gekommen zu sein. Ein schwarz gelockter Kopf zeichnete sich als Umriss am Sternenhimmel über der Mauer ab. »Es ist Demetrios«, sagte Lucullus und schaute sich um. »Die Straße ist leer.«

Der Riegel wurde geräuschvoll zurückgezogen. Durch das geöffnete Tor rollte ein überdachter Wagen heraus. Sulla selbst zog die Pferde. Er trug eine Wolldecke über dem Arm. Drinnen im fackelerleuchteten Atrium liefen Sklaven und Soldaten mit großen Reisesäcken und Waffen hin und her.

Sulla schaute zu Aelia und Tiro herüber.

»Wer im Hades sind die beiden?«

»Meine Frau und mein Sohn. Ich hatte gehofft, sie wären in deinem Haus in Sicherheit.«

»In Sicherheit? Siehst du die Reste des verfluchten Feuers dort? Als mich der Pöbel von Marius heute Nachmittag nicht zu fassen kriegte, kamen sie hierher und versuchten, den ganzen Mist in Brand zu setzen. Glücklicherweise war Lucullus mit einigen treuen Männern hier.«

Lucullus half hinten zwei mit Mänteln bekleideten Frauen auf den Wagen hinauf. Eine von ihnen war Sullas blonde Tochter.

»Demetrios?«, sagte die andere und zog ihre Kapuze zurück.

»Herrin Caecilia. Fahrt ihr auch fort?«

»Ja, Cornelia und ich müssen mitten in der Nacht flüchten wie die erbärmlichsten Sklaven. Wir haben nur das Allernötigste dabei. Ist das nicht furchtbar?«

Sulla reichte seiner Frau eine Decke und küsste sie.

»Lebwohl, mein Schatz. Pass gut auf dich auf. Und auf mein kleines Mädchen.«

Er lief zurück ins Atrium.

»Kopf hoch, mein kleiner Sulla«, rief Caecilia ihrem Mann hinterher und wandte sich an mich. »Wir machen nur eine Fahrt aufs Land. Dann sind wir auch Mucia und all ihre Klagen los.«

Sie wartete schweigend auf meine Reaktion. Ich hatte das Gefühl, als wäre ich in die Seite gestochen worden, ohne es bemerkt zu haben.

»Mucia?«

»Die Witwe von Crassus Orator. Sie kam zu allen passenden und unpassenden Tageszeiten angerannt und beschuldigte meinen Mann, ihren Ehemann ermordet zu haben.«

»Sie wirft Sulla vor, Crassus Orator umgebracht zu haben?«

»Nein, das galt Scaurus.« Caecilia kicherte. »Mucia war mehrmals pro Monat hier, als ihr anderen im Krieg wart. Am Anfang war es noch interessant, doch allmählich wurde es eintönig. Als Scaurus sie nicht mehr hereinließ, blieb sie stattdessen draußen auf der Straße stehen und rief etwas von einer Mohntinktur oder etwas in der Art. Die arme Frau ist gewiss ein wenig verrückt.«

Der Kutscher schwang die Peitsche und der Wagen rollte über das Pflaster hinweg.

Sulla kam heraus, um ihnen zu winken.

»Verdammter Mist. Ich bin Konsul, kann aber noch nicht einmal meine eigene Familie beschützen.«

»Was ist mit *meiner* Familie?«

Wir sahen zu Aelia und Tiro, die am Rand des Fackelscheins niederkauerten.

»Nimm sie mit nach Capua.«

Die Reise in südliche Richtung sollte auf Pferderücken vor sich gehen. Die Zeit war zu knapp, um auf Nachzügler zu warten. Wir könnten auf Marius' Truppen stoßen. Und wenn wir davonkämen, würden wir unser Dasein in einem Heerlager fristen.

»Vielleicht gibt es noch eine andere Möglichkeit«, sagte ich.

»Wir warten vor dem Capena-Tor auf euch«, rief uns Sulla nach, »aber nur bis Tagesanbruch. Wenn du zu spät kommst, musst du allein zurechtkommen.«

In einer schmalen Straße in Cispius hielt ich an und klopfte an eine Tür ohne Namen.

»Wer wohnt hier?«, fragte Aelia.

»Eine Freundin«, antwortete ich. »Hoffentlich.«

Eine Luke in der Tür wurde geöffnet, ein paar farblose Augen starrten mich an. Die Luke fiel wieder zu. Aelia, Tiro und ich schauten einander an in der Dunkelheit.

»Welche Freundin?«, erkundigte sich Aelia.

»Als ich aus Volumnias Bordell flüchtete, strandete ich in diesem Haus hier. Die Besitzerin heißt Rachel.«

Der Riegel klapperte und die Tür ging auf. Wir drängten nach drinnen. Im Atrium stand Lydia und hielt mir eine Fackel wie eine Waffe entgegen.

»Die Domina ist krank. Sie kann das Bett nicht verlassen.«

»Ich muss trotzdem mit ihr sprechen. Meine Frau und mein Sohn können hier warten.«

Die grauhaarige Haushälterin schaute überrascht zu Aelia und Tiro, führte mich aber ohne Proteste durchs Haus zum Schlafzimmer. Rachel lag auf dem Bett inmitten von unzähligen Kissen. Sie konnte sich nur mit Mühe aufsetzen.

»Du bist zu mir zurückgekommen«, lächelte sie.

Ich setzte mich und erklärte ihr, was seit dem Morgen, an dem mich Sulla abgeholt und mich fortgebracht hatte, geschehen war.

»Ich bin jetzt in Schwierigkeiten und muss fort«, schloss ich. »Kann meine Familie bei dir wohnen?«

Rachel zog die Bettdecke unters Kinn. Ihre mandelförmigen Augen betrachteten mich, als suchten sie etwas.

»Wie lange wirst du weg sein?«

»Einen Monat oder zwei, bis alles wieder gut ist.«

»Du kommst zurück?«

Die Augen hatten noch immer nicht das gefunden, wonach sie suchten.

»Selbstverständlich komme ich zurück, Rachel.«

»Das ist gut«, lächelte sie. »Nun, dann kann deine Familie bleiben.«

Im Atrium nahmen wir rasch voneinander Abschied. Tiro klammerte sich fest an mich.

»Du hast mir nie beigebracht, ein Schwert zu führen«, sagte er. »Das musst du machen, wenn wir uns wiedersehen.«

Ich nickte und spürte den Kloß in meinem Hals. Aelia ging mit mir auf die Straße hinaus. Ich ahnte, was sie sagen wollte und versuchte, sie zurückzuhalten.

»Als mein Mann mich an Volumnia verkaufen wollte, konnte ich nichts dagegen tun, wie ich schon sagte. Ich wünschte, ich wäre stark genug gewesen ...«

Ihre Stimme kippte und versagte ihr. Sie brauchte einen Augenblick, um sich zu fassen. Nun gab es keinen Weg mehr zurück.

»Ich hielt mich in dem Bordell nur etwas über ein Jahr auf«, fing sie an.

»Es war die schlimmste Zeit in meinem Leben. Es war zu furchtbar, um darüber sprechen zu können. Ich habe immer noch Albträume davon. Als mein Mann niedergestochen wurde, nahm Volumnia all meinen Besitz, als Bezahlung für meine Freilassung. Sie rechnete damit, dass ich zurückkäme. Es gibt nicht viele Frauen, die mit solch einer Situation zurechtkommen. Ich hatte Glück, Arbeit in der Wäscherei zu finden. Ich kann gut verstehen, wenn du zornig bist ...«

Manchmal muss man sich schweigend zärtlich umarmen, wenn Worte nur Unruhe bringen würden. Aelia verstand das und nahm mich immer wieder in die Arme. Sie umschloss mein Gesicht mit ihren Händen und küsste mich, bevor sie sich losriss.

»Warte, Aelia. Du musst wissen, dass ...«

»Erzähl es mir, wenn du zurückkommst.«

Als sie die Tür zumachte, krähte ein Hahn in einem nahegelegenen Garten. Ich lief in Richtung des Capena-Tors, während mir das Herz bis zum Hals schlug und in meinem Magen ein Stein lag. In weniger als einem Monat war ich auf dem Weg zurück, als Teil von Sullas aus 30 000 Mann bestehendem Heer.

XXIII

Mein Vater kam mehr als zwanzig Jahre, bevor ich geboren wurde, nach Rom. Als Kind aus einer privilegierten Familie im wohlhabenden Korinth, war er vom Schicksal verwöhnt worden. Sein großer Bruder war Erbe des kleinen Handelsimperiums der Familie, während mein Vater meist tun und lassen konnte, was er wollte, und er verbrachte den Großteil seiner Zeit im großen Garten des Hauses.

Er war ein intelligenter Junge. Sein Lehrer war überzeugt davon, dass er ein hervorragender Gelehrter werden würde. Als seine Mutter ein Mädchen gebar, ein liebliches kleines Ding mit blondem Haar und blauen Augen, wurden Bruder und Schwester unzertrennlich, trotz des Altersunterschieds von acht Jahren.

Wenn Vater bei einer der seltenen Gelegenheiten über seine Schwester sprach, verfiel er bald in Melancholie, die ihn tagelang gefangen hielt. Nur ein einziges Mal hatte er ihren Namen erwähnt: Philomela. Einmal wurde Philomela krank. Mehrere Tage lang schwebte sie zwischen Leben und Tod. Mein Vater suchte verschiedene Ärzte auf, sortierte ihre vielen Ratschlägen aus und fand die richtige Behandlung. Er saß den ganzen Tag an ihrer Bettkante und ließ sie nicht aus den Augen. Vielleicht trug seine Fürsorge zu dem Entschluss bei, der bezüglich seines zukünftigen Werdegangs getroffen wurde. Als er an Bord des Schiffs ging, das ihn quer über das ägäische Meer fortführen sollte, wurden er und Philomela einander entrissen.

Die ärztliche Heilkunst hat eine lange und glorreiche Geschichte in Griechenland. Diese heilige Tradition, dem Wissen aus Erfahrung und den Segnungen des Mitgefühls zu folgen, verläuft von Asklepios, der zum Gott erhoben wurde, über die magischen Rituale in Epidauros bis zu Hippokrates auf Kos, der die moderne ärztliche Kunst begründete. An die Jahre unter den Apollo geweihten Pinien und Zypressen im Asklepieion von Kos erinnerte sich Vater als an die besten in seinem Leben.

Auf den Karten des hellenischen Seereichs liegt Kos in der äußersten südöstlichsten Ecke, so weit von Makedonien entfernt, wie man nur kommen konnte. Das war gewiss auch der Grund dafür, dass er nichts von dem hörte, was man den Vierten Makedonischen Krieg nannte, bevor dieser vorbei war. Es war keiner der großen historischen Konflikte, sondern eine römische Strafaktion gegen einen Abenteurer, der behauptete, ein Nachkomme des makedonischen Königshauses zu sein, wofür man die ersten drei Makedonischen Kriege brauchte, um es auszulöschen. All dies hätte für meinen Vater keinerlei Bedeutung gehabt, wäre nicht seine Heimatstadt so unvorsichtig gewesen, den Anwärter auf den makedonischen Thron zu unterstützen. Als Strafe hatte Rom Korinth den Krieg erklärt. Mein Vater machte sich umgehend mit einem der letzten Schiffe, die in Richtung Kernland segelten, auf.

»Die Reise wurde ein wenig unbehaglich«, sagte er mit seinem üblichen Hang zur Untertreibung.

Das Schiff kam in die ersten Herbststürme hinein. Zehn Tage lang wurden sie auf dem Meer kräftig durchgeschüttelt. Selbst die zähesten Seeleute krochen unter Deck, von den Schrecken der Seekrankheit niedergestreckt. Der Laderaum war voll von Meerwasser und Erbrochenem. Man sagt, dass nur Schlaf gegen Seekrankheit helfe. Doch den bekamen sie nicht, so wie sie zwischen den Planken hin und hergeworfen wurden, begleitet vom nicht endenden Heulen des Sturms in ihren Ohren.

Als sie an einer einsamen Küste an Land getrieben wurden, war das Schiff dem Untergang geweiht. Halb mit Wasser gefüllt und ohne Mast kam es auf einer Klippe zur Ruhe. Die Überlebenden scheuerten sich an den Felsen die Hände auf. Sie trafen auf eine Gruppe freundlich gesinnter Hirten, die ihnen Ziegenmilch gaben. Mein Vater bemerkte an ihnen zwar den schwachen Duft von schwarzem Bilsenkraut, dachte aber nicht weiter darüber nach. Bis er einige Tage später erwachte und am rechten Fuß mit den Seeleuten, dem Kapitän und den übrigen männlichen Reisenden an einer langen Kette festgebunden war. Die Hirten hatten sie als Sklaven verkauft.

Unter der brennenden Sonne Thessaliens schürften sie ein Jahr lang Silber. Die Familienväter unter ihnen starben rasch, geplagt von ihren Sorgen über das Schicksal, das Frauen und Kinder erdulden mussten. Wenig später starb der Kapitän. Die Seeleute fielen dann einer nach dem anderen und reihten sich in den endlosen Strudel aus menschlichem Treibgut ein, das die Silbermine aus ihrem gigantischen Felsenschlund spie.

Die Mine war seit Generationen in den Händen ein und derselben Familie gewesen. Der Besitzer weigerte sich zuzugeben, dass sie nicht mehr länger einträglich war. In den Städten wurde das Silber für den Weiterverkauf verarbeitet, in den Bergen züchtete man Ziegen, die die Wachen verzehrten, und auf den Feldern wurde das Getreide angebaut, aus dem der dünne Brei für die Sklaven gekocht wurde. Ganz Thessalien war vom Silber abhängig, dem einzigen Exportgut des Landes. Es war sinnlos, mit dem Schürfen aufzuhören, und die Sklaven mussten mit der Peitsche angetrieben werden, um härter zu arbeiten. Allerdings war man zu geizig, um ausreichend Wachen aufzustellen, sodass es nur eine Frage der Zeit war, bis die Gefangenen aufbegehrten.

Ein Steinschlag, der drei von den sieben Wachen begrub, löste den Aufruhr aus. Am selben Abend waren sowohl die überlebenden Wachen wie auch der Besitzer und seine Familie ausgerottet. Das Gleiche galt für die Bevölkerung einer benachbarten Kleinstadt. Welche Rolle mein Vater bei diesem Massaker spielte, habe ich nie erfahren, aber sein Entschluss, allein nach Süden zu fliehen, war sicherlich klug. Wie alle Sklavenaufstände wurde auch dieser mit harter Hand niedergeworfen. Wahrscheinlich war mein Vater der einzige Überlebende. Zu Fuß und wie ein Bettler gekleidet erreichte er erst im Winter sein Ziel. Er kam zu spät. Roms Belagerung von Korinth war vorüber. Von Weitem konnte man die traurigen Überreste der auf einer Felsspitze gelegenen Stadt sehen. Die farbigen Tempel und die sandfarbene Ringmauer hatten sich in einen Steinbruch verwandelt. Der Gestank von verbranntem Fleisch hing zwischen den verrußten Mauern. Die wenigen Überlebenden schlichen zwischen den Ruinen umher wie jämmerliche Geisterwesen an der Grenze zum Hades.

Mein Vater traf auf einen alten Nachbarn, der sich an einem Feuer wärmte. Der Mann berichtete, dass Großvater einen weisen Entschluss getroffen und für seine Familie freies Geleit aus der Stadt erkauft habe. Das habe zwar all ihr Vermögen gekostet, dafür aber ihr Leben gerettet. Sie seien hinauf in die Berge des Peloponnes geflüchtet, hieß es.

Vaters Beine gaben unter ihm nach. Er warf auf der Stelle all sein Essen ins Feuer, als Dankopfer an Zeus.

Der Nachbar beklagte sich über Vaters gedankenloses Verhalten, denn Brot und Käse waren Mangelware, und er meinte, Zeus hätte sich auch mit der Kruste zufrieden gegeben. Er erzählte weiterhin, wie die Römer die ausgehungerten Verteidiger nach einem Jahr Belagerung überwältigt und sie auf der Agora zusammengetrieben hatten, wo sie sich in langen Reihen aufstellen lassen mussten. Die Männer seien auf der Stelle hingerichtet, die Frauen seien als Sklavinnen abgeführt worden.

»Wie bist du entkommen?«, fragte mein Vater ihn.

»Ich versteckte mich in den Latrinen, bis sie abgezogen waren«, antwortete der Nachbar. »Die Römer machen sich nicht gern die Finger dreckig. Übrigens war der Entschluss deines Vaters vielleicht doch nicht so klug gewesen. Irgendjemand erzählte mir, dass deine kleine Schwester vor drei Monaten allein zurückgekehrt ist.«

XXIV

Zehn Meilen von Rom entfernt trafen wir auf eine Delegation des Senats. Sulla willigte ein, ein Lager zu errichten und auf eine Einladung zur Verhandlung zu warten. Sobald die Delegation außer Sichtweite war, marschierte er wieder los.

Ich folgte dem Hauptheer durch die Porta Esquilina, wo es zu einem kurzen Zusammenstoß auf dem Marktplatz kam. Die Verteidiger – eine Mischung aus Liktoren und Freigelassenen – waren schnell in die Flucht geschlagen. Die Bewohner der umliegenden Häuser gaben ihrem Unmut Ausdruck, indem sie Einrichtungsgegenstände und Dachziegel auf die Legionäre herabregnen ließen, weshalb diese unter ihren Schilden Schutz suchen mussten. Sulla warf eine Fackel in ein freistehendes Haus. Als das Holzwerk Feuer fing, erschallte seine Stimme über den Platz.

»Sollte irgendjemand auch nur einen einzigen verdammten Stein auf das römische Heer werfen, brenne ich die ganze Stadt nieder. Zwingt mich nicht dazu, euch zu zeigen, dass ich es ernst meine.«

Eine Legion nahm auf dem Platz Aufstellung. Zwei weitere wurden in unterschiedliche Richtungen geschickt. Ich folgte derjenigen, die nach Westen abzog. Überall, wo wir hinkamen, rannten die Leute planlos umher wie geköpfte Hühner auf einem Hof. Schreie erschallten zwischen den Hauswänden.

Die Tür von Rachels Haus war von innen verriegelt. Keiner reagierte auf mein Klopfen.

Ich erinnerte mich daran, wie ich einst über die Gartenmauer geklettert und durch das Gewirr der namenlosen Gassen des Viertels geirrt war, bis ich schließlich die richtige fand. Damals war die Nacht auf einen Sonnenuntergang gefolgt, der einem riesigen Brand glich.

Der Garten war immer noch üppig, wenngleich Unkraut die kleineren Beete überwuchert hatte. Grashalme ragten zwischen den Fliesen hervor. Das Haus war still wie eine Grabkammer, das Atrium seiner Kunstgegenstände beraubt.

Die Tür von Rachels Schlafgemach ging auf.

»Lydia?«, sagte ich. »Wo ist meine Familie?«

Ein Krug fiel krachend zu Boden. Sein Inhalt mit Erbrochenem spritzte auf das feine Bodenmosaik.

»Stimmt etwas nicht, Lydia? Wie siehst du denn aus?«

»Deine Frau«, flüsterte die grauhaarige Haushälterin, »liegt im Sterben.«

Aelias Zimmer hatte ein Schloss an der Außenseite der Tür. Es war eine kleine und schmale Kammer ohne Fenster. Ein säuerlicher Geruch lag in der Luft über der flachen Strohmatratze.

Aelia war blass und erschöpft. Ihre Atmung war derart schwach, dass ich einen Augenblick lang glaubte, sie sei tot. Sie hatte um ihre Augen und ihren Mund hellrote Flecken.

»Ihr ging es schlechter, kurz nachdem du Rom verlassen hattest.« Lydia nestelte an dem Gürtel ihrer Tunika. »Seitdem hat sie nur ganz wenig gegessen. Eines Morgens fand ich sie: Sie war im Atrium in Ohnmacht gefallen. Ich brachte sie hierher, damit sie sich selbst keinen weiteren Schaden mehr zufügen konnte.«

Ich schnupperte an dem Teller mit Essen, der auf dem Tisch stand.

»Das ist ihr Abendessen von gestern.« Lydia ging einen Schritt zur Tür. »Sie hat es nicht angerührt, die Arme.«

»Vielleicht, weil ein einziger Bissen ein Pferd töten könnte.« Ich hatte nie zuvor ein Messer gezogen, um einen anderen Menschen damit zu bedrohen, doch jetzt hielt ich den Schaft so fest umschlossen, als würde es sich dabei um eine lebendige Schlange handeln. »Wo ist Tiro?«

Lydia versuchte, die Tür von außen zuzuwerfen. Ich schob meinen Fuß dazwischen und drückte sie auf. Die Haushälterin flog durchs Atrium und hinterließ eine Spur umgestürzter Möbel, die mir den Weg versperrten, sodass es ihr gelang, in den Garten zu flüchten.

In der Nähe waren Sullas Truppen auf einige von Marius' Liktoren gestoßen. Der schwache Kampflärm war das einzig hörbare Geräusch. Ich trat in die Dunkelheit hinaus.

»Du kommst hier nicht raus, Lydia.«

Etwas Schweres traf mich am Hinterkopf. Ich taumelte vornüber, das Messer fiel aus meiner Hand und schlitterte über die Fliesen, ein paar Füße liefen an mir vorbei, ich streckte mich instinktiv aus und packte ihren Knöchel. Lydia fiel, trat nach meinem Gesicht, ich erwischte ihre Tunika, hielt ihr käseweißes Bein mit einer Hand fest und zog sie mit der anderen näher heran.

Das Messer hinterließ eine Blutspur auf meiner Wange.

Ich zwang ihr Handgelenk zur Seite, schlug ihre Handknöchel immer wieder gegen die Fliesen. Ihre andere Hand suchte nach meinen Augen, ihre schmutzigen Nägel bohrten sich in meine Wange, ich warf mein Gesicht hin und her. Und versetzte ihr bei einer Gelegenheit einen Kopfstoß mitten in ihr Gesicht.

Sie ließ mich mit einem Schrei los, ich setzte mich quer auf sie und zischte: »Sprich oder stirb!«

Meine Drohung war sinnlos. Das Messer lag einige Armlängen von mir entfernt. Ein Geräusch ließ mich aufschauen.

»Aelia«, rief ich, »bleib, wo du bist.«

Ein weißer, gleißender Schmerz bemächtigte sich meines Körpers, als Lydias Knie mich im Schritt traf. Sie kam auf die Beine und entkam über die Gartenmauer. Halb benommen versuchte ich, ihr zu folgen. Aelia sank auf den Fliesen zusammen.

»Du darfst dich nicht anstrengen.« Ich half ihr, sich hinzulegen. Die Einnahme von Bittermandel hatte ihren Rachen anschwellen lassen. Die kleinste Anstrengung konnte sie umbringen.

»Ich bin so durstig.«

Ich holte Wasser aus dem Brunnen im Garten und legte sie auf einen Diwan. Sie leerte einen halben Becher mit kleinen Schlucken. Ich hielt ihre Hand, bis sie in den Schlaf fiel.

Rachel erwachte mit einem Ruck. Ich hatte meine Skrupel überwunden und die Schneide des Messers gegen ihren Hals gedrückt. Wir sind alle Sklaven der Umstände.

»Wenn du lügst, geht es dir schlecht«, sagte ich. »Wo ist Tiro?«
Ihre dunklen Augen starrten mich aus den Tiefen der Kissen an. Sie
vermied es, Unschuld vortäuschen zu wollen.
»Ich weiß es nicht. Lydia kümmerte sich darum. Sie kümmert sich
um alles.«
»Warum sollte Aelia sterben?«
»Frag Lydia.«
»Das war doch nicht Lydias Einfall. Nicht wahr?«
Ein schmales, rotes Rinnsal lief auf den dunklen Samtstoff herab.
»Es war deinetwegen. Alles geschah deinetwegen, Demetrios.«
»Wovon redest du?«
»Wäre deine Frau bei deiner Rückkehr tot gewesen, hätte ich dich
vielleicht endlich für mich allein gehabt.«
Ich ließ sie los. Sie rollte zur Seite, zog die Decke bis unter das Kinn
hoch und schluchzte in die Kissen hinein.
»Woher habt ihr das Gift bekommen?«
»Lydias Helfershelfer kann viele Dinge besorgen. Sie half uns.«
»Sie?«
Rachel nickte und sagte, dass sie den Namen der Frau nicht kenne. Das
spielte auch keine Rolle. Ich wusste, an wen ich mich zu wenden hatte.
»Wir hatten kein Geld. Viele Monate lang nichts. Als Scaurus noch
lebte, kam das Geld herein, wie es sich gehörte. Nach seinem Tod pas-
sierte nichts mehr.«
Ich hatte das Verhältnis zwischen der freigelassenen Sklavin und ihrer
Haushälterin falsch gedeutet. Rachel hatte den Verkauf der Kunstgegenstände als Mittel zum Überleben akzeptiert. Das Einzige, was Lydia aus eigener Initiative unternommen hatte, war, mich bei Sulla zu
verraten.
»Dein Erbe kann unmöglich aufgebraucht sein«, wandte ich ein. » Du
hättest die Einsetzung eines neuen Exekutors einklagen können.«
Weder Rachel noch Lydia besaßen den Mut, vor einem vornehmen
Römer Gerechtigkeit zu verlangen. Sie hatten lieber ihre Einrichtung
verkauft.
»Du hattest hier alles in deinem kleinen Elysium. Warum konntest du
meine Frau nicht in Ruhe lassen? Warum wolltest du dir etwas aneig-
nen, was nicht dir gehörte?«

»Aber du *gehörst* zu mir.«

Sie schlug die Decke zur Seite. Ihre Brüste waren auf die doppelte Größe angewachsen und ruhten auf einem großen, gewölbten Bauch. Schwangerschaftsstreifen hinterließen blasse Spuren auf der Haut. Der hervortretende Nabel zeigte anklagend auf mich.

»Es dauert nicht lange, bis deine Frau tot ist. Dann kannst du bei mir bleiben. Ich werde dich lieben.«

Rachels Eltern hatten sie verkauft. Der Sklavenhändler hatte sie wie eine kostbare Handelsware behandelt. Die einzigen Beispiele für echte Gefühle, die sie kennengelernt hatte, waren die unerwünschten Annäherungsversuche von Senator Domitius. Auf solch steinigem Boden wächst kein Gras mehr. Ich hatte mir geschworen, sie zu hassen. Doch das Einzige, was ich nun fühlte, war Mitleid.

Sie sah mir lange in die Augen und zog schließlich die Decke bis unters Kinn.

»Diesmal werde ich dich nicht darum bitten, zu mir zurückzukommen.«

XXV

Ein Bote klopfte an die Tür von Volumnias Bordell und überbrachte ihr eine Nachricht. Sie öffnete sie und folgte ihm nach. Weiter unten in der Straße verließ ich die Nische, wo ich mich verborgen und alles beobachtet hatte.

An der unebenen Fassade des Bordells konnte man leicht hinaufklettern. Die Sohlen der Soldatenstiefel passten mühelos zwischen die Mauerritzen, aus denen Wind und Wetter den Mörtel herausgelöst hatten. Mit einem Messer schob ich die Haken der Fensterläden nach oben.

Ein hüfthohes Wasserbecken aus Silber, getragen von einem Sockel aus drei kleinen, tanzenden Nymphen, stand in einer Ecke von Volumnias Zimmer. Zuletzt hatte ich es in Rachels Schlafzimmer gesehen.

Ich warf einen Blick in den Schrank mit den etruskischen Türen.

Früher am Tag war ich bei Sulla gewesen. Das Atrium lag verlassen da. Mobiliar und Papiere waren in Kisten und Körben verstaut wie bei einer Flucht.

»Es ist schön, dass mich nicht alle im Stich gelassen haben«, hatte er gesagt.

»Wer hat dich denn im Stich gelassen, Sulla Felix?«

Ich folgte ihm ins dunkle Tablinum.

»Der ganze Senat. Am Anfang waren die Mistkerle selbstverständlich eifrig damit beschäftigt, sich bei mir einzuschmeicheln. Jetzt können sie mir kaum noch in die Augen schauen. Sieh dir nur Sulpicius an.«

»Sulpicius?«

Sulla griff nach einem Krug, den ich beinah umgestoßen hätte, und hob den Deckel.

Darin lag der Kopf des kleinen Volkstribuns, bis zum roten Haaransatz in Essig getaucht.

»Der kleine Drecksskerl wurde von einem seiner eigenen Sklaven verraten. Ich ließ das Klatschmaul als Dank dafür frei. Doch danach ließ ich den Verräter vom Tarpejischen Fels hinunterwerfen. Das gab dem Senat etwas zum Nachdenken.«

Er legte den Deckel wieder auf den Krug.

»Diese verdammte Republik hat ihre Fähigkeit verloren, sich selbst zu regieren. Aber ich habe dafür gesorgt, dass mein Verwandter Cinna und der Schlappschwanz Octavius für das nächste Jahr Konsul werden. Ich verbreitete das Gerücht, ich sei gegen ihre Kandidatur. Dann wurden sie mit überwältigender Mehrheit gewählt. Wieso bist du übrigens hierher gekommen? Üblicherweise hat dein Besuch einen Grund.«

»Als du dich mit Scaurus' Witwe vermählt hast, hast du auch seine Pflichten als Exekutor übernommen. Eine deiner Klientinnen ist die Witwe von Senator Domitius. Sie hat kein Geld erhalten, seit Scaurus tot ist.«

Viele andere hätten wohl Rachel aufgegeben. Aber das Kind, das sie in sich trug, war schuldlos, und ich zweifelte nicht daran, dass es von mir war.

»Warum im Hades scherst du dich um die Witwe von Domitius?«

Ich hatte mir eine Erklärung zurechtgelegt, in der ein erfundener Mittelsmann, ein Schiffbruch und ein skrupelloser Sklavenhändler vorkamen.

Doch das erwies sich als überflüssig.

»Nein, wie furchtbar. Ich veranlasse, dass sich jemand darum kümmert. Ich habe nämlich auch eine Kleinigkeit, um die ich *dich* bitten möchte.«

»Ich soll mit dir nach Griechenland kommen?«

Sein Lachen traf mich wie ein Stein aus einer Wurfschleuder.

»Oh nein, ich habe keine Lust, mir den ganzen Feldzug lang deine griesgrämige Fresse anzuschauen. Die Briefe, die du Scaurus geschrieben hast, haben mich davon überzeugt, dass du zu etwas anderem besser zu gebrauchen bist. Du sollst mir monatlich Bericht erstatten. Über alles, was hier in Rom geschieht. Ein Bote holt den Brief an deiner Tür ab, am ersten Tag jedes Monats. Du wirst gut bezahlt werden.«

Als mein Patron hätte er das Recht gehabt, meine Unterstützung unentgeltlich einzufordern. Ich durfte mich weder beklagen noch dagegen wehren. Aber ich konnte eine Gegenleistung erbitten.

Volumnia kam bei Anbruch der Dämmerung zurück. Sie knallte mit der Peitsche, als sie durch den Flur ging, um die Mädchen aufzuwecken. Lautstark warf sie die Tür ihres Zimmers hinter sich zu und trat dicht vor mich hin.

»Demetrios?«

Sie warf sich um meinen Hals. Sie war nicht betrunken, sie war vollkommen besoffen. Es gelang ihr, mein ganzes Gesicht abzuküssen, bevor ich sie aufs Bett abdrängte, wo sie sich mit ausgestreckten Armen von einer Seite auf die andere rollte und irgendetwas von unserem unbändigen Liebesspiel faselte, von dem ich nur noch nicht genug bekommen hätte. Wenn erst der Kleine da sei, könnte ich meine Lust ausleben, so oft ich wollte. Sie richtete sich auf ihren Ellbogen auf und streichelte ihren Bauch, der zu platzen schien.

»Ich hörte von dem Pech mit dem Tod deiner Frau. Das ist schade. Aber sie ist ja nie sonderlich lebhaft gewesen.«

»Aelia ist nicht tot.«

Volumnia versuchte, sich zu konzentrieren.

»Diese nichtsnutzige Schlampe«, murmelte sie vor sich hin.

»Nun bist du ungerecht«, erwiderte ich. »Lydia *versuchte* in der Tat, Aelia das Gift einzuflößen. Doch ich kam zurück, bevor es ihr gelang. Jetzt suche ich nach Tiro.«

»Der Junge?« Volumnia lachte hohl. »Er hat sich bestimmt zum Heer gemeldet.«

Ich hielt eine Rechnung hoch, die ich in ihrer Schreibtischschublade gefunden hatte.

»›T., Sklave, verkauft an: M. Tul. Arp. 120 Sest.‹ Du hast Tiro als Sklaven verkauft.«

Ich steckte die Rechnung in meine Tunika und ging einen Schritt auf die Tür zu.

»Aelia!« Volumnia spie den Namen auf den Boden aus und gab sich dem übertriebenen Selbstmitleid einer Betrunkenen hin. »Die kleine Göre war sich zu fein, um für Geld die Beine auseinander zu machen. Das hätte ich mir mal erlauben sollen. Kannst du dir vorstellen, wie das Leben einer Frau in dieser Stadt ist, wenn man bloß die Tochter einer gallischen Sklavin ist? Mein Dominus brachte mir die Pflichten einer Frau bei, als ich neun Jahre alt war. Und es kümmerte ihn nicht, dass ich seine eigene Tochter war. Als ich schwanger wurde, verprügelte er mich, bis ich das Kind verlor.«

Platon hat in ›Der Staat‹ einen Gefangenen geschildert, der in einer Höhle mit dem Rücken zum Eingang gefesselt ist. Alles, was der Gefangene sieht, sind die Schatten der Wirklichkeit, die an die Rückwand der Höhle geworfen werden. Der Vater der Philosophie nutzte dieses Gleichnis, um das Verhältnis zwischen der fassbaren Welt und der flüchtigen Sphäre der Vorstellungen zu beschreiben, aber wir Menschen haben eine ebenso unklare Vorstellung von dem Innenleben unseres Gegenübers. Ich hatte vollkommen den Gedanken verdrängt, dass Volumnias Charakter das Ergebnis ihrer Vergangenheit war, hatte vergessen, dass kein Mensch abgestumpft geboren wird oder sich selbst als böse betrachtet. Aus unserem eigenen Blickwinkel heraus sind wir alle unschuldige Opfer des Schicksals.

»Wie gelangte die Silberlampe mit den Schlangen aus deinem Lager auf dem Dachboden denn in General Marius' Haus?«, fragte ich.

»Marius?« Sie zögerte. »Ich habe Kunden in allen Gesellschaftskreisen.«

»Du kennst Sulla von klein auf und machst nun Geschäfte mit seinem ärgsten Feind?«

»Sulla?« Sie spuckte wieder auf den Boden. »Dieser Mistkerl. Heute ließ er mir eine Nachricht zukommen, das erste Mal, seitdem er

Konsul ist. Ich lief zu ihm wie ein Mädchen mit Liebeskummer. Nur, um eine Stunde lang in seinem Atrium zu warten und wieder heimgeschickt zu werden. Und das in meinem Zustand.«

»Ich bat ihn darum, als ich ihn heute Vormittag besuchte.«

»Dann bist du also Sullas neuer Busenfreund?« Sie schüttelte langsam den Kopf. »Bei Marius weiß man zumindest, woran man ist. Ich kenne ihn.«

»Kennst du auch die hier?«

Ich hielt eine kleine Handvoll Pilze vor ihr Gesicht, die ich aus meinem Gürtelbeutel hervorgeholt hatte. Ich hatte erneut einen Ausflug in den Hain von Janiculum unternommen, wo das feuchte Unterholz von diesen giftigen Gaben des Herbstes übersät war.

»Die da?«, näselte sie. »Das ist doch nur eine Handvoll Egerlinge.«

»Dann hast du nichts dagegen, sie zu probieren?«

»Ich vertrage keine Pilze.«

»Das kann ein Problem sein, wenn man jemanden vergiften möchte. Andere Gifte sind leichter zu verbergen. Bittermandel zum Beispiel.«

»Du redest dummes Zeug, Demetrios.«

»Ach ja?« Ich zog das Messer hervor und hielt es gegen ihren Hals. Es wurde mit jedem Mal leichter. »Dann öffne deinen Mund, Volumnia. Und iss.«

Vielleicht war es Angst, die in ihren Augen aufflackerte. Vielleicht war es Hass. Oder vielleicht nur Gerissenheit. Sie öffnete den Mund und schlug mir im gleichen Augenblick mit ihrer Linken ins Gesicht. Dann traf der Knauf ihrer Reitpeitsche meine Schläfe und die Welt zersplitterte in tausend Stücke.

Ich fiel zur Seite und nahm kaum noch den Widerstand wahr, auf den mein Messer traf.

Ihre Gestalt taumelte mit der Hand am Hals im Zimmer herum. Das Blut, das zwischen den Fingern hindurchsickerte, hinterließ auf Decken und Kissen dunkelrote Flecken, die wie Blüten aussahen. Volumnia stieß das Wasserbecken mit den tanzenden Nymphen um, drehte sich um die eigene Achse und starrte mich an, versuchte, zu mir zu laufen, fiel aber über die Schale und zappelte, unaufhörlich in Todesangst schreiend. Auf der Treppe waren schwere Schritte zu hören. Als die Tür aufsprang, hing ich über dem Fenster.

Crixus stolperte über den Körper am Boden. Ich stieß mich ab und landete weich im Schlamm vor der Eingangstür.

Volumnias heiseres Schreien erschallte zwischen den Hauswänden.

XXVI

Vater fand seine Schwester erst, als er die Ruinen auf dem Berg von Korinth verließ. Nicht weit davon entfernt, an einer schmalen Landenge, lagen die beiden Häfen von Korinth. Der eine von ihnen war zum Ionischen Meer hin ausgerichtet, der andere zum Ägäischen Meer. Die Römer hatten sie während der Belagerung genutzt, daher waren sie unversehrt geblieben und sogar gut besucht.

Philomela war ein Kind gewesen, als Vater nach Kos aufgebrochen war. Jetzt war sie 19 Jahre alt. Vielleicht hatte er übertrieben, als er mir erzählte, dass sie damals immer noch hübsch gewesen sei. Denn das, was sie erlebt hatte, hätte die meisten anderen viel schneller altern lassen. In dem Bordell, in dem sie arbeitete, war sie dank ihres blondes Haares eine der begehrtesten Attraktionen. ›Sagt ein Seemann, er sei nicht in Philomela verliebt gewesen, dann war er niemals in Korinth‹, hieß es in einem Sprichwort.

Vater musste natürlich für den Zutritt bezahlen. Alles, was er sich auf seinem Weg von Thessalien erbettelt hatte, opferte er für den Besuch. Philomela lag ausgestreckt auf einem weichen Bett, nackt und mit leicht gespreizten Beinen, während sie gemächlich einen Kuchen aß. Sie erkannte ihn wieder, sprang aber nicht auf, um ihn zu umarmen.

»Hier kannst du nicht bleiben«, sagte Vater. »Meine Schwester gehört nicht ins Bordell.«

»Das ist der einzige Ort, an dem man sicher sein kann«, antwortete sie. »Hier bezahlen die Römer, anstatt zu plündern. Die Wachen passen auf mich auf, und ich bekomme so viel Essen, wie ich mag.«

Er verschob diese Diskussion auf später und fragte stattdessen, ob sie wisse, was aus ihrer Familie geworden sei.

»Vater führte uns in die Berge, doch wir kamen nicht weit, als wir auf eine Horde Soldaten trafen.« Philomelas Stimme war tonlos, als würde sie eine Einkaufsliste herunterbeten. »Sie nahmen uns in ihr

Lager mit. Sie trennten die Männer von den Frauen. Ich verstand nur soviel, dass sie unseren Vater und Bruder als Sklaven verkaufen wollten. Mutter und mich vergewaltigten sie. Mit Mutter waren sie offenbar nicht zufrieden. Sie peitschten sie aus und misshandelten sie, bis sie nicht mehr aufstehen konnte. Zum Schluss schnitten sie ihr die Brüste ab und warfen sie ins Feuer. Ich glaube nicht, dass sie tot war. Sie zuckte noch, während sie verbrannte.«

Verständlicherweise sparte Vater solche Einzelheiten aus, als er mir die Geschichte erzählte.

Das Ende der Familie, das Gewerbe der Schwester und vieles andere schnappte ich heimlich auf, wenn sich nachts die erwachsenen Sklaven in Sempronias Haus unterhielten.

Vater fiel auf die Knie, zerriss seine ohnehin armseligen Lumpen und verfluchte die Römer weit weg in den Hades.

»Das waren nicht die Römer«, sagte Philomela. »Die Römer sind nur aufs Geld aus. Es waren die Spartaner.«

Vater sprang auf, als wollte er diese griechischen Aasgeier verdrängen, die sich immer niederließen, nachdem die Raubtiere von Römern die Arena verlassen hatten. Philomela lachte über ihn.

»Die Spartaner gehen auch ins Bordell. Hier bekomme ich das Geld zurück, das sie für den Verkauf unserer Familie bekamen.«

»Wie kannst du dich selbst derart erniedrigen?«

»Es sind die Männer, die sich erniedrigen. Mich beten sie an.«

»Das ist ein hartes Leben für eine junge Frau.«

»Es ist nicht so hart, wie auf einen Mann, ein Haus und eine Horde Kinder aufzupassen.«

Vater fand schließlich ein Argument, das sie überzeugte.

»Du bekommst aber nur einen kleinen Teil von dem, was die Kunden bezahlen. Dein Zuhälter nimmt den Rest.«

XXVII

Dass Tiro für 120 Sesterzen verkauft worden war, ging eindeutig aus Volumnias Rechnung hervor. Mit einer Erklärung von fünf männlichen Zeugen konnte ich den Besitzer dazu zwingen, ihn für denselben Preis zurückzukaufen – es war jener Betrag, den ich aus Volumnias Kiste entwendet hatte.

Arp. war früher einmal die Abkürzung für Arpinum, einer tristen Kleinstadt in der entlegensten Ecke Latiums. Nachdem ich dort eine Nacht in einer Herberge verbracht hatte, fand ich heraus, dass M. Tul. nichts anderes als der Name des größten Grundbesitzers der Gegend sein konnte, Marcus Tullius.

Mein Eindruck von Tullius' Ländereien wird auf immer mit den tristen bräunlichen Äckern verbunden sein, die sich vor den Umrissen der zerklüfteten Berge hinzogen und am Horizont von dem tief hängenden Nebel verschluckt wurden, der mit dem grauen Himmel eins zu werden schien.

Der Weg war ein einziger Morast. Mein Pferd wieherte protestierend, während es sich vorwärts kämpfte. Obwohl sich das Anwesen als riesig und gut bewirtschaftet erwies, freute ich mich, wieder von dort wegzukommen.

Ich war sehr überrascht, als Tiro, nachdem er mich umarmt und meine Hände geküsst hatte, erklärte, dass er nicht mehr nach Rom zurückkehren wolle.

»Ich habe es gut hier«, sagte er. »Mein Dominus hat mir aufgetragen, auf seine Bibliothek aufzupassen und seine Buchführung zu machen. Er ist gut und freigiebig, und sein Sohn ist ein belesener Mann. Das, was mir Sarpedon beibrachte, wird hier sehr geschätzt.«

»Aber du bist Sklave.«

»Arme Leute wie wir werden immer von anderen unterdrückt«, antwortete der Junge. »Ob ich von einem Dominus oder Patron abhängig bin, läuft für mich aufs Gleiche hinaus.«

Mir fiel es schwer zu glauben, dass sich Tiro ohne Weiteres einem Schicksal unterwerfen wollte, wogegen ich die meiste Zeit meines Lebens angekämpft hatte.

»Ich habe dir nie beigebracht, ein Schwert zu führen«, sagte ich.

»Was soll ich damit? Mein Dominus beschützt mich.«

Ich sah auf die endlosen Felder hinaus.

»Hier ist es grau im Herbst«, sagte er und folgte meinem Blick, »aber ich konnte noch den Spätsommer erleben. Im kommenden Jahr können du und Mutter mich besuchen und sehen, wie schön es hier ist.«

»Ich sollte zumindest deinem Dominus mitteilen, dass er kein Recht hatte, dich zu kaufen«, entgegnete ich.

»Kannst du das nicht bleiben lassen? Er würde mich sofort freilassen. So wie es jetzt ist, brauche ich nicht darüber nachzudenken, wann die nächste Mahlzeit auf den Tisch kommt. Ich kann mich auf meine Pflichten konzentrieren, ohne mich um etwas anderes kümmern zu müssen. Besser kann es mir doch kaum gehen. Volumnia tat etwas Gutes, als sie mich verkaufte, auch wenn das nicht ihre Absicht war.« Er war kein Kind mehr. Ich musste seinen Entschluss respektieren.

Im Laufe des Nachmittags, den Tiro und ich zusammen verbrachten, lernten wir einander besser kennen als in der gesamten Zeit davor. Wir redeten von seinem Vater, dem Soldaten, den er nie kennengelernt hatte, über Aelias Mann, der sie an Volumnia verkauft hatte, und wie Tiro bei ihm in weitaus schlimmerer Sklaverei als bei seinem jetzigen Dominus gelebt hatte, und über viele andere Dinge, die vertraulich sind, selbst für dich, mein Sohn. Aber glaube mir, wenn ich dir sage, dass Tiro ein großartiger Mensch ist, und mich betrübt es, dass ihr euch niemals kennenlernen werdet.

Er schrieb einen langen Brief für Aelia, und wir umarmten uns zum Abschied.

»Denk dran«, sagte ich, »dass du jederzeit wieder frei sein kannst, wenn du das möchtest. Die Erklärung der Zeugen beweist deine Bürgerschaft.«

Sorgfältig rollte Tiro die Zeugenerklärung zusammen.

»Nimm sie und auch das Geld mit. Sonst gerate ich nur in Versuchung, sollte ich eines Tages einer ungerechten Strafe ausgesetzt sein. Leb wohl, Demetrios.«

Ich dachte, dass meine roten Augen der Grund dafür waren, dass sich alle nach mir umdrehten, als ich in die Herberge zurückkehrte. Am nächsten Morgen war jedoch klar, dass sich die freundliche Stimmung, die bei meiner Ankunft geherrscht hatte, in Argwohn umgeschlagen war.

Ich bezahlte und eilte davon. Es kribbelte auf meiner Kopfhaut, während ich den gewundenen Weg entlangritt, der dem Fluss Liris durch die einsame Landschaft folgt.

An einer kleinen Brücke versperrten mir drei mit Mänteln bekleidete Reiter den Weg. Ich hatte gelernt, mit dem Messer umzugehen, und mit der Hand auf der Scheide ritt ich vorwärts, hielt in angemessenem

Abstand an und bat sie, sich zu erkennen zu geben. Der größte von ihnen zog die Kapuze zurück. Ich wäre beinah vom Pferd gefallen. Es war Mutilus.

XXVIII

Gemeinsam flüchteten Vater und Philomela über die Bucht von Saronikos nach Athen. Als sie in Piräus an Land gingen, spürten sie bereits, dass sie in eine andere Welt gekommen waren. Sowohl Athen als auch seine Hafenstadt gediehen, seitdem Korinth als Handelszentrum nicht mehr existierte. Im Hafen wimmelte es von Schiffen, die Lagerhallen waren übervoll mit Kostbarkeiten, die Tempel waren reich verziert und die Leute freundlich und wohlgenährt.

Angesichts der Tatsache, wie kurz der Aufenthalt von Vater in Athen war, ist es bemerkenswert, wie viel ich über diese Stadt gehört habe. Er und Philomela liefen einen langen Weg zwischen den Hauswänden entlang. In der Ferne schimmerte die goldene Statue der Athene zwischen den glänzenden Dachziegeln der Akropolis hervor. Entlang der Strecke boten tausende Händler, in unzähligen Sprachen und Dialekten, ihren Überfluss an Waren, Schmuck und Essen feil. Am Himmel kreisten schreiende Möwen. Das Stadttor war reich verziert in kräftigen Farben. Drinnen in den engen, hügeligen Straßen lächelten die Bewohner den Neuankömmlingen entgegen.

Vater wollte als Erstes eine günstige Unterkunft finden, wo sie eine Mahlzeit und ein Bett für die Nacht bekommen konnten. Er müsse am kommenden Morgen ausgeruht sein, sagte er, wenn er Patienten finden wolle. Philomela wollte aber lieber gleich die restliche Stadt sehen, und wie in ihrer Kindheit beugte er sich ihrem Wunsch. Gemeinsam schlenderten sie am langen Säulengang der Stoa von Eumenos entlang, bewunderten die Dachkonstruktion des Odeions mit ihren uralten Eichenstämmen und wohnten dem Prolog eines Stückes im Dionysostheater bei. Als die Aufpasser anfingen, Eintritt zu verlangen, mussten sie gehen. Sie hatten nicht genug Geld dabei.

Auf der Akropolis leuchteten die Friese des Parthenons in der Nachmittagssonne. Überall standen lebensechte Statuen in großer Farbenpracht. Vor der dreißig Fuß hohen Statue der Athene, einer Landmarke für Seeleute aus aller Welt, legten sie ihre Köpfe zurück und staunten beim Anblick dieses bronzeschimmernden Wunders. Die Aussicht über die Stadt, das Tal und die Bucht, die im Sonnenlicht funkelte, ließ sie verstummen. Philomela glaubte fest daran, am Horizont den Berg von Korinth sehen zu können. Sie umarmte Vater und dankte ihm mit Tränen in den Augen, dass er sie zu dieser Fahrt überredet hatte.

In der Dämmerung gingen sie Hand in Hand den Panathenäenweg entlang zur Agora. Philomela schien genau zu wissen, was sie tat, als sich Vater erschöpft im Schatten ausruhte, während sie mit den Händlern redete, die angefangen hatten, ihre Stände abzubauen. Sie kam mit einem togabekleideten Römer zurück.

»Ist er das?«, fragte er.

»Er wurde in der Schule von Hippokrates auf Kos ausgebildet«, antwortete sie. »Er ist der beste Arzt von ganz Athen.«

Der Römer fragte Vater aus, welche Krankheiten er behandeln könne, wie viele Patienten er geheilt habe und ob er die Kunst der Chirurgie beherrsche. Er wollte jede Einzelheit wissen, und Vater, der glaubte, seinem ersten Patienten in der Stadt gegenüberzustehen, antwortete auf alles.

»Ausgezeichnet«, sagte der Römer schließlich und reichte Philomela einen vollen Lederbeutel, den sie mit glänzenden Augen entgegennahm. »Dann sind wir uns einig. Komm mit, Sklave.«

»Ich bin kein Sklave«, erwiderte Vater.

»Jetzt bist du es.«

Philomela umarmte ihn, bevor er weiter protestieren konnte.

Als Ärzte ausgebildete Sklaven stünden hoch im Kurs, sagte sie, und jetzt könne sie sich ein eigenes kleines Haus kaufen und einer vernünftigen Tätigkeit nachgehen, vielleicht sogar mit einem starken jungen Mann, der ihr zur Hand gehe.

In Kürze würde sie genug verdient haben, um sich sogar ein paar Mädchen zu kaufen, damit sie nicht mehr arbeiten müsse, und so könne sie dann jeden Tag ins Theater gehen.

»All das habe ich dir zu verdanken«, fuhr sie fort, »aber ich bin traurig, dass du nun wegen mir zum Sklaven geworden bist. Aber wenn du darüber nachdenkst, wirst du sicherlich einsehen, dass dies die beste Lösung ist.«

Philomela hatte sich bereits in jungen Jahren jenen Zynismus zugelegt, der eine wesentliche Voraussetzung war, um in diesem schwie-
rigen Beruf zurechtkommen zu können. Sie errichtete ein blühendes
Geschäft und war innerhalb von wenigen Jahren die Besitzerin des
besten Bordells in ganz Attika geworden. Leider erschwerten die Vor-
urteile der Athener ihren Ruhestand, daher zog sie in die entlegenste
griechische Kolonie, die sie finden konnte, und ließ sich als 40-Jährige
in Massilia nieder. Sie lebte in einem nicht übermäßigen, aber behaglichen Luxus und konnte sich ihre Liebhaber unter den vornehmsten
Männern der Stadt auswählen. Mit einem von ihnen bekam sie eine
Tochter, die sie Diomache nannte. Bei ihr ließ mich Vater zurück.

Die Reise meines Vaters nach Rom verlief im Laderaum eines Han-
delsschiffs. Nach einem ereignislosen Monat fand er sich auf dem
Sklavenmarkt auf dem Forum Boarium wieder und betrachtete die
vielen Hände, die sich in den Himmel streckten, um für ihn zu bieten.
Es war die berühmte Cornelia Graccha, die ihn kaufte.

XXIX

»Ich lag verletzt danieder während der Belagerung von Aesernia«,
erzählte Mutilus. Die Flammen unseres Lagerfeuers tänzelten in den
Nachthimmel hinauf. Die Funken schwirrten wie Fliegen aus Feuer
durch die Luft.

Er berichtete, dass es ein treuer Offizier gewesen sei, der sich mit
Harnisch und Helm des Samnitengenerals bekleidet in die Flammen
gestürzt habe, als die Stadt fiel. Er sei da schon längst durch einen
unterirdischen Gang, der in die Berge führte, weggebracht worden.
Sofort habe er einen neuen Aufstand vorbereitet. Für so etwas sei es
von großem Vorteil, tot zu sein.

Sein Kiefer war von einem dunkelbraunen Vollbart bedeckt. Seine
struppige Mähne bedeckte seinen Nacken wie eine Kapuze. Dennoch
hatte ich umgehend seinen verbissenen Gesichtsausdruck wiedererkannt.

»Du kannst Rom unmöglich besiegen«, sagte ich.

»Mit den richtigen Verbündeten lässt sich das alles machen. Die Bürgerschaft, die die Römer den Italern angeboten haben, hat mehr Zorn
als Freude ausgelöst. Die Unzufriedenheit schwelt überall in Italien.

Sie kann rasch lichterloh brennen. Es ist jedes Mal dasselbe, wenn ein Volkstribun ermordet wird.«

»War denn Drusus nicht der Erste?«

Mein plumper Versuch, ihn zum Weitersprechen zu bewegen, wurde mit einem augenzwinkernden Lächeln erwidert.

»Tiberius und Gaius Gracchus waren auch Volkstribune. Das weißt du ganz genau. Alle kannten ihre Mörder, aber sie wurden nie bestraft. Was kann man anderes von einem Volk erwarten, das auf einen Brudermord fußt?«

In seinen engstehenden Augen loderte es mit dem Lagerfeuer um die Wette. Er hatte sich warm geredet. Das konnte lange gehen, wenn ihn keiner unterbrach.

»Warum bist du Servilia überallhin als Sklave gefolgt?«

Die Frage brachte die Glut in ihm zum Erlöschen.

»Ich hatte einmal eine Tochter, die heute in Servilias Alter wäre. Wären sie und ihre Mutter nicht von einem römischen Spähtrupp vergewaltigt und ermordet worden.«

Das Knistern des Lagerfeuers hörte sich an, als würde einer Zweige niedertrampeln.

Mir war seit Langem bewusst, dass ich Mutilus Unrecht getan hatte. Servilia hatte ich noch größeres Unrecht zugefügt, doch sie saß mir jetzt nicht gegenüber.

»Verzeih mir, Mutilus«, sagte ich schließlich.

Es schien dafür nicht genügend Worte zu geben. Der große Mann schaute mich an und nickte einmal. Besser spät als nie.

»Jetzt sollst du sehen, was ich für dich habe.«

Er zog aus der Satteltasche die röhrenförmige Hülle heraus, die ich im Land der Marser bei mir getragen hatte und die ich Silo im Tempel von Corfinium überreichte.

»Es ist ein seltsames Buch, das dein Vater geschrieben hat. Gewiss habe ich noch nicht alle Geheimnisse des Buches ergründet. Allerdings bin ich auch nicht so schlau wie du.«

»Ich habe es noch gar nicht gelesen«, sagte ich.

Meine Finger glitten über das abgenutzte, rotbraune Leder.

»Dann ist es höchste Zeit. Der Name von Drusus' Mörder steht in diesem Buch. Ich hoffe, es wird dir die Augen öffnen.«

Die zwei Männer folgten ihm schweigend in die Finsternis. Ich nahm den Deckel der Lederhülle ab und zog die Schriftrolle heraus. Ihre Kanten waren eingerissen und der Papyrus war brüchig. Nur mit Mühe ließ sie sich entfalten. Ich holte tief Luft und begann zu lesen.

XXX

Obwohl ich dir versprochen habe, dir die ganze Wahrheit zu erzählen und nichts ungesagt zu lassen, fordert die Zeit ihren Tribut. Ein Historiker wird dir sicherlich all das berichten können, wozu ich jetzt nicht mehr komme, denn ich fürchte, dass mich der Henker holt, bevor ich zu Ende geschrieben habe. Das Wichtigste ist für mich, dass du die Römer auf die gleiche Weise kennenlernst, wie ich es tat. Rom beherrscht die Welt, und unabhängig davon, wo du dich niederlassen wirst, wird seine Macht dein Leben bestimmen.

Ich schicke dir nun das dritte Buch meiner Erzählung – auf denselben Wegen, auf denen dich hoffentlich die ersten beiden erreicht haben – und füge außerdem noch das Buch über das Leben der Gracchusbrüder bei. Mein Vater schrieb es auf Befehl seines Dominus, zum Ärger seiner Zeitgenossen und er zahlte dafür persönlich einen hohen Preis. Aber wenn du glaubst, dass die Ereignisse, die vor mehr als 40 Jahren stattfanden, keine Bedeutung mehr haben, dann irrst du dich.

Jene Sempronia, die in dem Buch meines Vaters noch ein junges Mädchen ist, ist niemand anderes als meine Domina, deren Zorn ich so sehr fürchte. Jener Marcus Livius Drusus, der erwähnt wird, war der Vater des ermordeten Volkstribuns. Sowohl dein als auch mein Schicksal sind mit diesen Ereignissen so stark miteinander verbunden, dass du es dir kaum vorstellen kannst.

Ich muss zugeben, dass mir das Buch nicht half, den Namen des Mörders zu erraten, obwohl ich zwischen den Zeilen viele Spuren entdeckte, die mich bei meiner Suche weiterbrachten. Wenn ich es heute lese, erkenne ich jedoch deutlich, was Mutilus meinte. Mir tut es nur leid, dass das Wissen zu spät kam, um mein Leben zu retten.

Ich bete zu den launischen Göttern, dass du das Buch mit besseren Augen lesen wirst als ich.

Dies ist die wahrhaftige Erzählung über Tiberius und Gaius Gracchus;
über ihr Wirken zum Nutzen der Republik und des römischen Volkes;
über den Widerstand, dem sie von Männern wie Marcus Livius Dru-
sus und Konsul Opimius ausgesetzt waren, und über ihren viel zu
frühen Tod. Geschrieben von dem Arzt Demetrios, der das Geschehene
bezeugen kann.

Tiberius und Gaius Gracchus waren die Söhne von Tiberius Gracchus; ein Mann, der, obwohl er zweimal dem Staat als Konsul gedient
und zwei Siege errungen hatte, weitaus mehr wegen seiner persönlichen Qualitäten als wegen seiner Auszeichnungen geschätzt wurde.
Es wurde als große Tragödie betrachtet, als er in seinem 55. Lebens-
jahr starb. Er hinterließ seiner Gemahlin Cornelia nicht weniger als
zwölf Kinder als Beweis seiner großen Zuneigung.

Cornelia verwaltete sein Erbe mit großer Weisheit und erzog seine
Kinder mit bewundernswerter Fürsorge. Jedoch erleichterten ihr die
Götter diese Aufgabe, indem nur drei von ihnen zu Erwachsenen he-
ranwuchsen: die Jungen Tiberius und Gaius sowie deren Schwester
Sempronia. Ihre Gesundheit lag Cornelia so sehr am Herzen, dass sie
sich einen Leibarzt zulegte. Damit banden sie mich an ihr Haus.

Bereits vor Erreichen seines 20. Lebensjahres hatte Tiberius, der Älteste, solch einen guten Ruf erlangt, dass er zum Auguren gewählt
wurde und gelernt hatte, die Zeichen ebenso überzeugend zu deuten
wie der Pontifex Maximus selbst. Der Vorsitzende des Senats, Appius Claudius, der viel von dem jungen Mann hielt, lobte ihn in aller
Öffentlichkeit und bot ihm die Hand seiner Tochter an, was Tiberius
dankbar annahm. Anschließend diente er als Soldat in Afrika unter
Scipio Aemilianus in jenem Krieg, in dem Roms Erzfeind Karthago
schließlich besiegt wurde.

Karthago war schon lange keine Großmacht mehr, sondern war im
Krieg gefügig gemacht und durch Abgaben versklavt worden, doch
die Stadt bot eine verzweifelte Verteidigung auf, und die Belagerung
dauerte vier Jahre. An jenem denkwürdigen Abend, als die Nachricht
vom Sieg Rom erreichte, saß die Familie beim Abendessen im Triklinium des Hauses versammelt. Sie wunderten sich bereits über die
Unruhe und die lauten Freudenschreie, die man auf der Straße hören

konnte, als es an die Tür klopfte. Cornelia schaute sich erschrocken um.

- Wer mag das sein?, fragte sie.
- Ich werde nachsehen, Domina, sagte der Pförtner.
- Ja, mach das. Nein, warte. Wenn es nun schlechte Neuigkeiten von Tiberius sind? Dann möchte ich lieber, dass du die Tür für immer verschließt.

Nachdem sie neun ihrer Kinder hatte sterben sehen, lebte Cornelia in ständiger Angst um die verbliebenen.

Der Gast erwies sich jedoch, zur Freude aller, als Tiberius selbst, der mit dem ersten Schiff heimgesegelt war, nachdem er an dem endgültigen Sturm auf den Feind teilgenommen hatte. Die Ankunft dieses Schiffes in der Hafenstadt Ostia war die Ursache für die Aufregung, die wir gehört hatten.

Die Familie fiel Tiberius um den Hals. Der junge Mann zitterte vor Freude und Erleichterung.

- Stimmt etwas nicht, Tiberius? Du zitterst ja. Hast du Fieber?, erkundigte sich seine Schwester Sempronia, die damals 17 Jahre alt war.
- Mutter hat einen Arzt als Sklaven gekauft, während du fort warst. Vielleicht solltest du dich von ihm untersuchen lassen.
- Ich bin froh, wieder zu Hause zu sein, antwortete Tiberius, davon möchte ich nicht geheilt werden.
- Erzähl, wie es dir im Krieg ergangen ist, rief der junge Gaius. Der Blondkopf bebte vor lauter Begeisterung.
- Sei still, Gaius, ermahnte ihn seine Mutter Cornelia, du bist erst zwölf Jahre alt und solltest zu Bett gehen. Du darfst aufbleiben und deinem Bruder zuhören, doch ich möchte heute Abend keinen Ton mehr von dir hören.
- Liebste Mama, sagte Tiberius, ich bringe dir die frohe Kunde, dass Karthago, das dein Vater einst besiegte, nun endgültig geschlagen ist. Ich war der Erste, der die Mauern bei der Erstürmung erreichte und erlangte große Ehre in der Schlacht, die dann folgte.
- Der erste Mann an der Mauer, stieß der kleine Gaius hervor, stellt euch vor, wie gefährlich das gewesen sein muss.

Cornelias Gesichtsfarbe ließ ahnen, dass sie sich das mühelos vorstellen konnte.

Tiberius berichtete dann von dem heldenmütigen Sieg Roms, während er seiner Mutter zuliebe die Bedeutung der zahllosen Gefahren, denen er ausgesetzt gewesen war, weniger betonte.

- Ich habe einen Brief für Mama dabei, schloss er, von meinem Heerführer. Wir haben während des Feldzugs das Zelt miteinander geteilt und sind Freunde geworden. Ich habe ihm von Sempronia erzählt und ihm vorgeschlagen, sich mit ihr zu vermählen.

Sempronia starrte ihren großen Bruder an, als wäre sie aus allen Wolken gefallen.

- Aber Scipio ist mindestens 40 Jahre alt.
- So groß war der Altersunterschied zwischen deinem Vater und mir auch, entgegnete Cornelia.
- Aber ich will keinen alten Mann heiraten.
- Dein Bruder ist das Oberhaupt der Familie. Wenn er es so bestimmt hat, geschieht es so. Und im Übrigen werden wir nicht von Verehrern überschwemmt.

Sempronia war nicht unbedingt eine Schönheit: Mit ihrem roten Haar und der sommersprossigen Haut entsprach sie nicht dem römischen Schönheitsideal.

- Er darf nicht über mich bestimmen. Sempronias Stimme steigerte sich zu einem Kreischen: Diese Vermählung könnt ihr sofort vergessen.
- Sempronia, du tust, was gesagt wurde.
- Nie im Leben!

Solch ein Gekeife erschallte immer mal wieder unter dem Halbdach des Atriums im Hause der Gracchusfamilie, denn Sempronia war ungewöhnlich eigensinnig.

Mutter Cornelia brachte die beiden Jüngsten ins Bett und nahm danach ihren ältesten Sohn mit in ihr Tablinum. Dort erzählte Tiberius die wahre Geschichte, wie Rom seinen mächtigsten Feind bezwungen hatte.

Karthago, eine Stadt, die sogar älter als Rom gewesen war, existierte nicht mehr. Auf Befehl des Senats war sie in einem solch monströsen Blutbad erstickt worden, dass die Soldaten die Götter um Vergebung gebeten hatten. Der mächtige, kreisförmige Kriegshafen lag in Trümmern. Die Götzenbildnisse aus Bronze waren eingeschmolzen, die Altäre zu Staub geklopft, die Häuser niedergebrannt, die Gärten verwüstet, die erhabenen Mosaiken auf den öffentlichen Plätzen mit dem Blut der Verteidiger getränkt worden. Jede Frau in der Stadt war vergewaltigt worden, ungeachtet ihres Alters und Standes. Alle Männer waren niedergestreckt worden, bis die Arme der Legionäre ihre Schwerter nicht mehr heben konnten. Von den 250 000 Einwohnern war nur noch ein Fünftel am Leben geblieben. Sie waren als Sklaven verkauft worden, aber erst, nachdem man ihnen ihre Zungen herausgeschnitten hatte, damit sowohl ihre Sprache als auch die Namen ihrer Götter in Vergessenheit gerieten.

Tiberius weinte lange und verbarg sein Gesicht im Schoß seiner Mutter.

Kurz nach der Rückkehr des Heeres aus Afrika wurden Sempronia und Scipio Aemilianus miteinander vermählt. Die offensichtlichen Vorteile dieser Verbindung mit dem siegreichen General ließen Mutter Cornelia die Hochzeit befürworten, wie sie einmal spätabends zu Sempronia sagte, als das junge Mädchen geweint und protestiert hatte, bis sie fiebrig geworden war und ein Tonikum bekommen musste:

- Zwar ist Scipio kein Jungspund mehr; aber ein alter Ehemann, der oft von zu Hause weg ist, kann ein großer Vorteil für eine junge Frau sein, die es versteht, ihre Liebhaber mit Bedacht auszuwählen.

Die kluge Rede der Mutter überzeugte die Tochter, garantierte aber, wie sich noch zeigen sollte, keineswegs das Eheglück.

Kurz nach der Hochzeit, während des Feldzugs gegen die keltoiberischen Barbaren in Spanien, nahm Tiberius ohne Begeisterung seine Ernennung zum Quästor entgegen. Die Beharrlichkeit der Keltoiberer führte dazu, dass sich auch dieser Krieg mehrere Jahre hinzog, und als die Barbaren Konsul Mancinus und dessen gesamtes Heer gefangen nahmen, handelte Tiberius an Ort und Stelle ein Friedensabkommen aus, das nicht nur das Leben der 20 000 römischen Soldaten verschonte, sondern auch den stolzen Keltoiberern Frieden mit Rom für alle Zeiten zusicherte. Der Senat weigerte sich allerdings, das Abkommen anzuerkennen, und schickte stattdessen Scipio Aemilianus nach Spanien, um die Barbaren zu zermalmen, so wie er Karthago vernichtet hatte. Tiberius verzieh seinem Freund und Schwager nie dessen Bereitwilligkeit, den Befehl des Senats zu befolgen und ein von ihm geschlossenes Abkommen zu brechen.

Bei seiner Rückkehr war Tiberius müde vom Krieg auf fremdem Boden und verkündete, dass er sein Leben der Bekämpfung der Ungerechtigkeit in Italien widmen wolle. Seine respekteinflößende, große und schlanke Gestalt wanderte rastlos im Atrium hin und her und seine dunklen Augen funkelten, während er über die Ungerechtigkeiten sprach, deren Zeuge er auf seinem Weg durch Etrurien geworden war, wo die Kriege den Bewohnern riesige Gebiete verödet zurückgelassen hatten. Die Städte des stolzen Etruskervolks lagen in Ruinen, und diejenigen Nachkommen der Priesterkönige – der Lukomonen –, die nicht durch Hunger und Krankheit umkamen, waren nun Klienten von reichen Römern, die auf ihren enormen Landgütern ertragreiche Pflanzen wie Wein und Oliven anbauten anstelle von Getreide, das die wichtigste Nahrungsquelle des Menschen darstellt.

- Es ist traurig, aber so ist es schon immer gewesen, seufzte seine Mutter, die aus einer von Roms reichsten Adelsfamilien stammte.
- Unsinn, entgegnete ihr Sohn. Vor weniger als sechzig Jahren konnte sich Italien selbst mit Getreide versorgen. Heute würden wir verhungern, wenn die Schiffe aus Sizilien nicht mehr in Ostia einliefen. Wenn man das Land seiner freien Männer beraubt, werden am Ende keine Bürger übrig bleiben, um im Heer zu kämpfen. Das muss dir doch Sorgen bereiten, du, die eine Tochter eines Generals ist.
- Man soll mich lieber als Tochter eines Generals kennen, denn als Mutter eines mutigen, aber toten Sohnes. Lass den Senat eine Lösung für diese Probleme finden, und misch dich nicht in die Politik ein, Tiberius.
- Der Senat? Dessen Mitglieder haben ihr ganzes Leben hindurch so viel Boden aufgekauft, dass nun siebzig der reichsten Senatoren die Hälfte Italiens besitzen.
- Unmöglich. Es ist per Gesetz verboten, mehr als fünfhundert Morgen Land zu besitzen.

- Mama, sagte Tiberius und schüttelte den Kopf. Als ich Kind war, betrachtete ich dich als den weisesten Menschen. Enttäusch mich jetzt bitte nicht.

Über Tiberius' Kampf für eine Landreform möchte ich nichts anderes berichten, als dass der Senat seinen Versuch, den reichen Senatoren ihr unrechtmäßig erworbenes Land zu entreißen, unbarmherzig bekämpfte.

Tiberius war mit überwältigender Mehrheit zum Volkstribun gewählt worden, aber das geschah mit den Stimmen der Plebejer und verschaffte ihm nicht viele Verbündete unter den Adligen. Jahrelange Freundschaften erlitten einen nicht wieder gutzumachenden Schaden während der erhitzten Debatten auf dem Forum, und der harte Widerstand hinterließ auch bei Tiberius seine Spuren, der nach einem halben Jahr vergeblichen Kampfes für Gerechtigkeit einsehen musste, dass er so viele machtvolle Feinde hatte und, wenn er am Leben bleiben wollte, in seinem Amt verbleiben musste, das ihm Immunität verlieh. Zum ersten Mal in der Geschichte Roms ließ er sich erneut für das Volkstribunat aufstellen, sogar noch bevor sein Amtsjahr beendet war.

Es war Hochsommer und viele von Tiberius' treuen Wählern waren nicht in der Stadt. Als sich allmählich der Wahltag näherte, zeigte es sich, dass die Wiederwahl von Tiberius nicht sicher war.

- Wir müssen einen Auguren hinzuziehen, sagte er am Morgen vor der Abstimmung, denn Tiberius maß Omen eine große Bedeutung zu.

Der Augur kam mit fünf heiligen Hühnern in einem Käfig und streute Futter auf die Fliesen des Atriums. Kämen die Hühner sofort aus dem Käfig und fingen zu fressen an, wäre das ein gutes Vorzeichen; ebenso, wenn die Vögel nach rechts liefen. Gingen sie indes nach links, wäre das ein schlechtes Zeichen. Doch die Hühner weigerten sich, den Käfig zu verlassen, so heftig der Augur ihn auch schüttelte. Schließlich fiel ein einziges Huhn heraus, hob einen Flügel, streckte ein Bein aus und ging durch die Tür zurück in den Käfig.

- Die Zeichen sind zweideutig, lautete die Schlussfolgerung des Auguren.

Dies versetzte Tiberius in eine finstere Stimmung. Er strahlte aber, als er die große Anzahl an Anhängern sah, die die Nacht vor seinem Haus verbracht hatten.

- Liebe Freunde, es ist eine Freude, euch zu sehen, sagte er, trat einen Schritt nach vorne und stieß mit dem Fuß gegen die Türschwelle, sodass der Fußnagel der großen Zehe aufplatzte und sich ein dunkler Blutfleck auf dem Leder der Sandale bildete.

Trotz dieses düsteren Vorzeichens lächelte er zuversichtlich, und wir begaben uns alle zur Zitadelle des Kapitols, wo man damals die Wahlen der Amtsträger abhielt.

Sein Gefolge schlängelte sich durch die enger werdenden Straßen, kam aber nicht weit, denn zwei Raben, die auf dem Dach eines Hauses miteinander kämpften, zogen die Aufmerksamkeit auf sich. Bei ihrem Kampf um einen Brotkrumen löste sich ein Ziegel, der vor Tiberius' Fuß auf den Boden fiel. Tiberius starrte auf die Reste des Ziegels und flüsterte mir zu: Jetzt bin ich mir sicher, Demetrios, heute wird etwas Schlimmes geschehen. Lauf zurück und hol meinen alten Kriegshelm. Er hat mir oft mein Leben gerettet und kann es vielleicht auch heute wieder tun.

Leider ist die Deutung der Omen eine ungenaue Wissenschaft, die allerhand Auslegungen zulässt. Wäre Tiberius nicht solch ein gläubiger Mann gewesen, hätte der Tag ganz anders enden können. Ich vertraute jedoch auf die Auslegung meines Herrn und rannte, so schnell mich meine Beine tragen konnten, zurück ins Haus.

In der Zwischenzeit stieg das Gefolge von Tiberius den gewundenen Pfad hinauf zum Platz vor dem Eingang des mächtigen Jupitertempels auf der Spitze des Kapitolhügels. Die Zitadelle, in der sich unzählige Statuen, Altäre und Heiligtümer befanden, war bereits voll von Menschen.

Als die Versammelten Tiberius entdeckten, johlten und klatschten sie. Es war ein schöner, wolkenloser Sommertag und alles schien in bester Ordnung zu sein. Aber als der Wahlvorgang beginnen sollte, kam Unruhe auf; eine Delegation von Senatoren war, zum Unmut der Menge, angekommen, und als sie sich einen Weg zum Wahlort mitten auf dem Platz bahnen wollten, verwehrten ihnen die Anhänger von Tiberius den Zutritt.

Genau in diesem Augenblick kam ich mit dem Helm von Tiberius an. Ich befand mich hinter der erregten Schar von Senatoren, die versuchte, unterstützt von Freigelassenen und Klienten, nach vorne zu drängen.

Nicht mehr als zwanzig Schritt entfernt entdeckte ich Tiberius und hob den Helm mit gestrecktem Arm hoch. Er winkte mit der Hand und wies auf seinen Kopf als Zeichen, dass ich ihm den Helm zuwerfen sollte, doch die Senatoren deuteten seine Geste anders.

- Er möchte sich durch seine Anhänger krönen lassen, rief einer von ihnen.
- Tiberius will sich zum König von Rom krönen lassen!, schrie ein anderer.

Eine Gruppe von Senatoren brach aus und bahnte sich einen Weg zu Tiberius. Als seine Anhänger das sahen, griffen sie nach allem in ihrer Reichweite, was man zur Verteidigung verwenden konnte. Die ganze Zitadelle war in Aufruhr, und die Senatoren bekamen vom Forum Verstärkung, wo ein Trupp von Sklaven mit nagelbespickten Keulen bewaffnet gewartet hatte. Tiberius und seine Anhänger wurden nach unten in die südliche Ecke der Zitadelle gedrängt. Viele von ihnen stürzten über die Mauern in den sicheren Tod auf den Felsen am Fuße des Hügels.

Tiberius selbst versuchte, im Jupitertempel Zuflucht zu suchen, doch die Priester hatten die Tore bei den ersten Anzeichen von Unruhe geschlossen, und ein Sklave zerschmetterte mit einem Stab seinen Kopf.

Viele haben seitdem behauptet, dass Tiberius einen Staatsstreich geplant hätte und die Senatoren, die das verhinderten, Helden wären. Aber die Wahrheit ist, dass alles, was an diesem schicksalsschwangeren Tag geschah, auf Missverständnissen und Zufällen beruhte. Tiberius' Anhänger kamen alle unbewaffnet und in gutem Glauben zum Kapitol.

Mehr als dreihundert von ihnen wurden in den Tod gestürzt und später in den Tiber geworfen, als wären sie Verräter oder Staatsfeinde. Auch die Leiche von Tiberius verschwand in dem Strom, und seine weinende Mutter suchte ihn vergeblich unter den Toten, die danach noch tagelang an den Flussbiegungen angeschwemmt wurden.

Neun Jahre später redete ein neugewählter Volkstribun namens Gracchus wieder von Gesetzen, die das Volk in Ekstase versetzten und den Senat in ohnmächtige Raserei. Diesmal hieß er Gaius mit Vornamen.

- Meine lieben Freunde, sagte die kleingewachsene, blonde Gestalt mit donnernder Stimme, die man noch in den entferntesten Ecken des Forums hören konnte. Ich danke euch von ganzem Herzen, dass ihr für mich gestimmt habt. Als mein Bruder starb, hatte keiner geglaubt, dass ich eines Tages hier stehen würde.

Gaius selbst hatte indes kaum daran gezweifelt. Die vergangenen neun Jahre hatte er dazu genutzt, um sein beachtliches Redetalent zu schulen, sodass er jetzt Roms vorzüglichster Orator war. Aber er hatte dies in aller Heimlichkeit getan, denn der Name Gracchus war, dank der Propaganda des Senats, zu einem Synonym für Aufruhr und Verrat geworden.

In Vorbereitung der Wahl hatte Gaius fünf Versprechen abgegeben: Er wollte den Kampf seines Bruders für die Neuverteilung des Grunds fortsetzen, was insbesondere bei allen außer den Reichen populär war; er wollte das Mindestalter für die Anwerbung auf siebzehn Jahre anheben, was die Kleinbauern freute, die darüber aufgebracht waren, dass ihre Söhne immer früher zum Heer sollten; er wollte die Zahl der Mitglieder im Senat auf sechshundert erhöhen, was den Händlern gefiel, da sie die Macht mit den Patriziern teilen wollten. Schließlich wollte er der Bevölkerung Italiens das römische Bürgerrecht verleihen sowie die Zusicherung für regelmäßige, günstige Getreidelieferungen. Das war vor allem unter den Ärmsten beliebt, und so gelang es Gaius, den umstrittensten seiner Gesetzesvorschläge unter einem Haufen attraktiver Initiativen zu verbergen, denn die Vergabe der Bürgerrechte an die Italer war den Römern keine Herzensangelegenheit.

Gaius stand mit seinen Rednerfähigkeiten in nichts seinem verstorbenen Bruder nach, vielmehr übertraf er ihn noch; wo Tiberius in einem erhabenen Tonfall gesprochen hatte, immer auf ein und derselben Stelle stehend, lief Gaius energisch vor und zurück und gestikulierte, sodass der Saum seiner Toga oftmals von der Schulter rutschte. Und wo Tiberius wohlüberlegt und langsam geredet hatte, ließ sich Gaius von seinen Worten mitreißen und konnte einen beinah hypnotischen Effekt bei seinen Zuhörern auslösen. Mehr als einmal habe ich an die beiden Brüder gedacht – den großen, dunkelhaarigen Tiberius und den kleinen, blonden Gaius – und an die Worte, die ihre Mutter gebrauchte, als sie Sempronia zur Hochzeit mit Scipio überredete. Gaius ließ sich noch einige Zeit bejubeln, woraufhin wir uns in Begleitung einiger weniger Leibwächter nach Hause begaben.

- Warum aber den Italern das Bürgerrecht anbieten, Dominus?, fragte ich.
- Ist es denn nicht angemessen, dass diese Menschen römische Bürger werden?
- Die Frage ist nicht, ob es angemessen, sondern ob es möglich ist.
- Demetrios, der größte Fehler meines Bruders war, dass er sich keine ausreichend große Anhängerschaft zugelegt hatte. Wenn ich die ganze Bevölkerung Italiens hinter mir habe, kann mir der Senat nichts anhaben.
- Ich glaube nicht, dass das römische Volk zu solch einem Schritt bereit ist.
- Das spielt jetzt keine Rolle. Es muss noch viel getan werden, bis wir so weit sind.

Als Erstes wurde das Gesetz über die neuen Senatsmitglieder angenommen, und Gaius wurde die Aufgabe übertragen, diese auszusuchen.

Er gründete neue Kolonien in den überseeischen Provinzen, denn es gab in Italien nicht mehr genügend Boden. Schließlich richtete er die Kornkammer des Staates ein, die seither jede Hungersnot verhindert, selbst in den schlimmsten Trockenperioden. Diese Vorhaben wurden mit einer Energie und Effektivität durchgeführt, die alle im Umfeld von Gaius faszinierte. Man sah ihn in der Gesellschaft von Händlern, Handwerkern und Gesandten. Er behandelte alle, hoch- oder niedergestellt, mit der gleichen zuvorkommenden Höflichkeit und machte dadurch jedweden Verdacht zunichte, er sei machtbesessen.

So verstrich das erste Halbjahr seines Tribunats, und bei der Abstimmung im Juli, die nun wohlweislich wieder auf dem Marsfeld stattfand, wählte das Volk unaufgefordert Gaius Gracchus zum Volkstribun. Anfang September begann er dieses Amt damit, indem er vorschlug, zunächst nur den Bewohnern Latiums das römische Bürgerrecht zuzugestehen.

Das war sein erster großer Fehler, denn nun setzte der Senat zum Gegenzug an. Unter den Kollegen von Tribun Gaius Gracchus gab es einen Mann, der bis dahin keinerlei Aufmerksamkeit erregt hatte: Marcus Livius Drusus. Dieser vornehme Senator, der mit seinem Reichtum und seinen rednerischen Fähigkeiten die meisten seines Ranges übertraf, hatte sechs Monate lang schweigend auf der Bank der Tribunen gesessen.

- Darf ich ein paar Worte zu diesem Gesetz sagen?, fragte er freundlich.

Gaius überließ den Platz in dem überfüllten Senat seinem Kollegen.

- Liebe Freunde und Senatoren, fing Drusus an. Es gibt überhaupt keinen Grund, so weit zu gehen, den Latinern die Bürgerrechte zu geben. Gewiss haben sie uns viele Dienste erwiesen, aber macht sie das allein schon zu römischen Bürgern? Wenn man vom Stimmrecht absieht, genießen sie dann nicht schon dieselben Privilegien wie wir anderen?

- Sie haben kein Berufungsrecht bei Gericht, erwiderte Gaius. Sie haben keine Steuerfreiheit oder Immunität vor körperlicher Bestrafung.

- Dann lass sie uns ihnen geben. Das ist nur angebracht. Aber viele Latiner leben hunderte Meilen von den Steinmauern Roms entfernt. Erspart diesen armen Menschen doch die lange Reise mitten in der Hitze des Sommers. Sie werden sowieso die anderen Privilegien weitaus mehr zu schätzen wissen.

Der Senat unterzeichnete dann Drusus' Vorschlag, der daraufhin weiter zur Volksversammlung ging, wo er angenommen wurde.

So entstand der Status als Bürger ohne Stimmrecht, den wir heute als latinisches Bürgerrecht kennen, und Drusus nutzte die gleiche Taktik gegen Gaius Gracchus immer wieder: Wenn Gaius zwei neue überseeische Kolonien errichtet hatte, schlug Drusus vor, dass man zwölf errichten solle. Wenn Gaius gegen eine minimale Pacht Land unter den Armen verteilte, schlug Drusus vor, dass die Pacht ganz entfallen solle. Ferner ließ Drusus immer andere seine Gesetzesvorschläge einbringen, während Gaius darauf bestand, selbst für die seinigen einzustehen, und er hierdurch wie ein übereifriger Pedant erschien. Aber trotz Drusus' scheinbar grenzenloser Großzügigkeit wurden keine neuen Kolonien gegründet, und die Bauern entrichteten dem Staat immer noch Tag für Tag die Pacht für ihren Boden.

Gaius' zweiter großer Fehler war der Vorschlag, eine römische Kolonie im ehemals so mächtigen Karthago zu gründen, das seit jenem Tag in Ruinen lag, als sein Bruder als Erster dessen Mauern bezwungen hatte.
Zu Gaius' Überraschung hatten weder der Senat noch Drusus den geringsten Einwand dagegen, und Gaius bereitete sich darauf vor, wie er es üblicherweise tat, selbst die Kolonisierung anzuführen.
  - Was willst du denn in Afrika?, fragte seine Mutter nervös. An diesem schrecklichen Ort, der deinen Bruder beinah das Leben gekostet hat?
  - Wie Tiberius bin auch ich hier in Rom in größerer Gefahr. Ich brauche einen Propagandasieg über den Senat, und der Wiederaufbau von Karthago ist dazu das beste Mittel.
  - Warum bist du so besessen davon, den Senat besiegen zu wollen?
  - Mutter, hast du vergessen, dass der Senat meinen Bruder umbrachte? Alles, was ich tue, dient dem Zweck, dieser Ansammlung von Verbrechern die Macht zu entreißen.
  - Macht und Ehre sind flüchtige Dinge, die weder einem Mann in seinem Grab noch einer Mutter ohne ihre Söhne nützen. Ich hätte lieber, dass du ein abgeschiedenes Leben führst, als dass ich als die Mutter der verstorbenen Gracchusbrüder bekannt werde.
  - Du hast mehr Grund, dich um deine Tochter zu sorgen als um mich. Seit Scipio Aemilianus' Tod hat sie zwielichtige Freunde.
Sempronias Mann war unter mysteriösen Umständen gestorben, vier Jahre nach dem Sturz von Tiberius.
Es hieß, Scipio wurde mit einem langsam wirkenden Gift ermordet, das bei ihm zu Krampfanfällen, zu blutigen Durchfällen und Augen, die so schwarz wie Tinte waren, führte. Der Todesfall wurde niemals aufgeklärt.
  - Was meinst du damit, dass sie ›zwielichtige Freunde‹ hat?, fragte Cornelia.

- Sie nimmt an Orgien bei Appius Claudius teil, bei denen gefallene Aristokraten mit ihren Körpern reichen Plebejern zu Diensten sind.
- Ich weigere mich, so etwas von meiner Tochter zu glauben.
- Glaub, was du willst, aber wenn du wirklich so um mich besorgt bist, kannst du mir deinen Leibarzt für die Reise borgen.

Daher befand ich mich eine Woche später zusammen mit Gaius auf einem Schiff mit Kurs auf die Ruinen von Karthago.

Nach dem Fall von Karthago hatte man dort überall Salz ausgestreut, sodass nichts mehr wachsen konnte, und man hatte die Stadt mit einem Fluch belegt. Doch die Regenschauer der dazwischenliegenden Jahre hatten die Erde gereinigt, und Gaius hatte Priester mitgebracht, die beim Landgang den Fluch aufhoben.

Das angenehme Klima und das fruchtbare Umland erleichterten die Aufgabe für die Kolonisatoren. Unter der Leitung von Gaius schritt der Wiederaufbau rasch voran, und bereits nach drei Monaten konnten wir nach Rom zurückkehren. Dort hatte das Volk inzwischen in Marcus Livius Drusus seinen neuen Liebling gefunden, der sich all seinen Wünschen beugte mit einem willigen Senat im Rücken. Gaius sah sich gezwungen, aus dem Haus der Familie auf dem Palatin auszuziehen und im Elendsviertel Subura zu wohnen, in dem Versuch, das Volk davon zu überzeugen, dass er immer noch auf dessen Seite war. Doch dann beging er seinen dritten großen Fehler: Obwohl man meinen sollte, dass er seine Lektion gelernt hatte, als er versuchte, den Latinern die Bürgerrechte zu verleihen, fing er nun an, davon zu reden, dass alle Italer römische Bürger werden sollten. Dieser unpopuläre Vorschlag kostete ihn die Wiederwahl als Volkstribun. Als Gaius seine Gegner über seine Niederlage jubeln sah, ging sein Temperament mit ihm durch, und er rief ihnen zu: Ihr würdet nicht so laut lachen, wenn ihr das Schicksal sehen könntet, das euch erwartet.

Viele der Umstehenden hörten das, und in kürzester Zeit verbreitete sich in Rom das Gerücht, dass Gaius beabsichtige, die Italer die Macht übernehmen und jeden Römer umbringen zu lassen, der Widerstand leiste. Es nutzte nichts, dass sich Gaius mit einer Schar Männer umgab, deren römische Herkunft im besten Falle zweifelhaft war, und dass Cornelia, die mehr als alles andere um das Leben ihres Sohns fürchtete, sie aus eigener Tasche bezahlte.

Nun spürte der Senat, dass die Zeit gekommen war, um die Gesetze von Gaius Gracchus zu annullieren. Dies war von Anfang an sein Plan gewesen, und um ihn durchzuführen, nutzten sie wieder Marcus Livius Drusus. Dieser Erzschurke verurteilte nun Gaius' leichtsinnige Gesetze, die offensichtlich nur das Ziel gehabt hätten, Rom ins Unglück zu stürzen.

- Ich werfe mir selbst vor, es nicht rechtzeitig erkannt zu haben, polterte Drusus der großen Menschenmenge unter dem dunklen Himmel auf dem Forum zu. Ich hätte misstrauisch werden müssen, als die Gründung der Kolonie in Karthago den Göttern derart heftig missfiel, dass sie die Standarte des Heeres während des Landgangs abbrechen ließen, und als der Wind die Opfergaben vom Altar wegfegte und sie im Sand verstreute; oder als das nächtliche Geheul der Schakale die armen Kolonisten vor lauter Schreck in den Wahnsinn trieb.

Die Menschenmenge erschauderte und sie hoben ihre geballten Fäuste mit gestrecktem Zeige- und kleinem Finger in die Luft, um diese furchtbaren Zeichen abzuwehren. Gaius stand mit zusammengebissenen Zähnen da und hörte geduldig Drusus' Lügen zu.

- All dies zeigt, fuhr Drusus fort, dass die Kolonisierung von Karthago aufhören muss, und dass unsere Mitbürger, die unter der gnadenlosen Sonne Afrikas ein kümmerliches Dasein fristen, umgehend nach Hause geholt werden müssen.

Gaius tat alles, um seine erregten Kameraden zu beruhigen, damit der Senat keinen Anlass haben konnte, zu den Waffen zu greifen, wie er es bei seinem Bruder getan hatte. Aber als ein Hilfspriester, ein törichter Mann namens Antyllius, die Reste der Eingeweide eines Opfertieres in einer Schüssel forttrug, sagte er, als er an Gaius vorbeiging: Verschwinde, du Schurke, und lass einen ehrlichen Mann vorbei.

- Mit wem sprichst du?, fragte Gaius' Freund Flaccus.
- Ich rede mit dem Schwein dort, dem du hinterherläufst wie ein blökendes Schaf seinem Hirten, äffte Antyllius ihn nach.

Bevor ihn jemand aufhalten konnte, hatte Flaccus, der eine aufbrausende und leicht erregbare Natur war, seinen Griffel durch Antyllius'

Herz gejagt. Der Hilfspriester ließ die Opferschüssel los, die Eingeweide des Tieres bespritzten die Umstehenden, die erschrocken zur Seite sprangen. Er starrte ungläubig an seiner Brust hinunter, wo sich rasch ein dunkelroter Fleck auf dem weißen Stoff der Toga ausbreitete. Er versuchte, das Schreibgerät herauszuziehen, doch seine Hände glitten an dem blutigen Metall ab. Schließlich fiel er nach hinten und schlug sich die Schädeldecke auf dem Pflaster auf.

Einige Zuschauer liefen ins Senatsgebäude, um die Senatoren zu unterrichten, und kurz darauf stürmten diese durch die Bronzetüre nach draußen und die Treppe hinunter mit Konsul Opimius an der Spitze. Dieser große, primitive Mann, der ansonsten leicht zur Gewalt neigte, hatte sich bislang im Streit mit Gaius Gracchus zurückgehalten, doch nun starrte er mit unverhohlener Schadenfreude seine Gegner an und sagte: Gaius Gracchus, du hast den Priester des Senats ermordet, während er seine heiligen Pflichten ausführte.

- Antyllius beleidigte einen Volkstribun, entgegnete Flaccus, denn Gaius starrte immer noch ungläubig auf die Leiche, außerstande zu begreifen, was er sah.
- Eine Beleidigung ist keine Entschuldigung, um zu den Waffen zu greifen, rief Opimius. Und Gaius Gracchus ist kein Volkstribun mehr. Er ist bloß ein einfacher Mörder.

Es ist schwer zu sagen, was geschehen wäre, wenn sich die schweren Wolken, die seit dem Morgengrauen über der Stadt gehangen hatten, nicht geöffnet hätten. Das Forum wurde von solch einem heftigen Regenschauer verschluckt, wie es niemand mehr seit fast zehn Jahren gesehen hatte. Die Menge lief auseinander, und Gaius und sein Gefolge begaben sich nach Subura, wohin ihnen die Senatoren und ihre Handlanger nicht zu folgen wagten.

Das Haus in Subura war ein gepflegtes Anwesen, in dem Gaius Gracchus die zwei untersten Etagen gemietet hatte. Es war eine bescheidene, aber geräumige Wohnung, und die vielen kleinen Zimmer waren an diesem Abend von den Anhängern und Leibwächtern von Gaius bevölkert, die unentschlossen umherliefen, gedämpft miteinander sprachen oder dem Regen lauschten, der gegen die Fensterläden trommelte.

Nach Einbruch der Dunkelheit kam Sempronia mit einem kleinen Gefolge und verlangte, ihren Bruder zu sehen. Sie wurde ins Tablinum geführt, wo sich Gaius mit seinen engsten Ratgebern beredete.

- Ich hoffe, du bist jetzt zufrieden, da du das Herz deiner Mutter gebrochen hast, rief Sempronia.
- Mutter, stieß Gaius hervor. Ist ihr etwas zugestoßen?
- Nein, aber nur dank dem Senat, der Liktoren vor ihrer Tür postiert hat.
- Die Rüpel stehen nicht da, um sie zu beschützen, sondern um mich zu ergreifen, sollte ich mich dorthin wagen.
- Und anstatt deine wohlverdiente Strafe mit erhobenem Haupt anzunehmen, hast du dich entschieden, dich hier in Subura zu verstecken, zwischen dem Pöbel, den du so sehr schätzt?
- Es reicht, Sempronia, rief Gaius. Ich werde es nicht hinnehmen, dass du, deren Ehemann durch Gift starb, mich, der niemals Blut an seinen Händen hatte, zurechtweist.
- Du weißt ebenso gut wie ich, was Scipio getan hätte, wenn er weitergelebt hätte. Du solltest mir danken, du Schuft!

In diesem Moment nahm Gaius uns andere wahr. Er schickte uns nach draußen, und die beiden Geschwister setzten ihre Diskussion hinter verschlossener Tür fort. Als sie endlich aufgehört hatten, scharte Sempronia ihr Gefolge um sich und ging fort. Gaius schien in besserer Stimmung zu sein, als man es hätte erwarten können.

- Liebe Freunde, sagte er mit einem Lächeln, mit einer einzigen Sache hat dieser streitsüchtige Besen Recht. Indem wir uns verstecken, machen wir uns selbst zu Schuldigen. Morgen begeben wir uns zum Forum und schauen unseren Mitbürgern in die Augen.

Gaius' Unterstützer versuchten, ihn von diesem Vorhaben abzubringen, denn nachdem die Senatoren schon gegen seinen Bruder zu Gewalt gegriffen hatten, würden sie auch diesmal nicht davor zurückschrecken. Gaius beruhigte sie jedoch und sagte:

- Meine Schwester kam nicht nur zum Streiten hierher, obwohl ihr das am meisten Freude im Leben bereitet. Der Senat hat sie im geheimen Auftrag hierher geschickt, um eine Einigung zu erzielen: Wenn ich freiwillig die Schuld am Tod des Priesters anerkenne und ins Exil gehe, kann ich nach einem Jahr zurückkehren und meine Tätigkeit wieder aufnehmen, denn der Senat traut sich aus Furcht vor dem Zorn des Volkes nicht, mich umzubringen.

Der Rest der Nacht verging mit Diskussionen, inwieweit dieses Angebot eine Falle war oder nicht. Der reuige Flaccus konnte allerdings nicht akzeptieren, dass Gaius die Verantwortung für ein Verbrechen übernehmen sollte, das er nicht begangen hatte, und er schickte seinen jüngsten Sohn zum Senat, um Flaccus' Schuld zu bekennen und im Auftrag seines Vaters zu verhandeln. Der Junge brachte die Sache des Vaters mit großer Überzeugung und Demut vor, doch die Senatoren empörten sich darüber, weil sie gehofft hatten, das Exil von Gaius zu nutzen, um die Stimmung gegen ihn zu wenden, damit sie ihn gerichtlich belangen konnten. Dieser Plan wurde durch Flaccus' Schuldeingeständnis vereitelt, und der Senat schickte stattdessen eine große Schar an bewaffneten Männern auf die Straße, um ihn zum Schweigen zu bringen, während sie den Jungen, der vollkommen unschuldig war, heimlich hinrichten ließen.

Die zwei gegnerischen Truppen trafen auf dem Aventin aufeinander, doch da es unter den Leuten des Senats vortreffliche Bogenschützen gab, kam es kaum zum direkten Kampf; die Pfeile regneten auf Gaius Gracchus' kleinen Trupp nieder, verletzten und töteten viele, und ließen den Rest kopflos durch die menschenleeren Straßen flüchten. Flaccus suchte Schutz in den Bädern vor dem Fontinalis-Tor, wo er aufgespürt und getötet wurde. Gaius Gracchus nahm nicht an den Kämpfen teil, wie behauptet wurde, sondern flüchtete in den Tempel der Diana, der Schutzgöttin der Sklaven, wo er sich mit einigen wenigen Anhängern bis zum Anbruch der Dunkelheit versteckte.

In der dunklen, feuchten Krypta unter dem Altar wurde Gaius von Mutlosigkeit gepackt, und er versuchte, sich die Pulsadern aufzuschneiden. Pomponius und Licinius, zwei seiner treuesten Unterstützer, riefen mich hinzu, um seine Verletzung zu verbinden.

- Was habe ich bloß getan, dass ich so verhasst bin, weinte Gaius. Ich wollte doch nur dem Volk Roms Gerechtigkeit bringen.
- Du weißt sehr gut, warum dich die Senatoren hassen, antwortete Licinius. Du hast versucht, ihnen die Macht zu entreißen.
- Aber sie nutzen ihre Macht nur, um sich selbst zu bereichern, und nicht zum Wohle des Volkes. Ist es hinnehmbar, dass 300 Mann

eine ganze Republik besitzen? Ist es angemessen, dass eine Handvoll Männer Macht über Millionen ausübt?

- Nein, aber niemand hat darin etwas Ungerechtes gesehen, bevor du und dein Bruder darauf aufmerksam gemacht habt, sagte Pomponius. Jetzt kann die Wahrheit nicht länger verborgen werden. Wenn wir nach Karthago fliehen, können wir ein Heer von tausenden dankbaren Kolonisten aufbauen und zurückkehren, um diese Schurken zu zermalmen. Wir übernehmen die Macht in Rom und stellen einen neuen Senat auf aus guten, rechtschaffenen Bürgern.

- Du hast Recht, Pomponius. Du und Licinius solltet mit nach Afrika kommen und mir helfen.

- Aber Dominus, wandte ich ein, du willst doch wohl keinen Aufstand anzetteln und die Republik stürzen, die seit fast vierhundert Jahren besteht?

Die drei Männer starrten mich an und Gaius sagte: Du solltest lieber zum Palatin gehen und dich vergewissern, dass es meiner Mutter gut geht. Er überhörte meinen Protest und fuhr fort: Diesmal wirst du nicht mit mir nach Karthago kommen, sondern hier in Rom bleiben und meine Rückkehr vorbereiten. Tröste meine Mutter, die außer sich vor Angst sein muss. Geh jetzt, treuer Demetrios, und lass mich hier allein mit meinen Freunden, damit wir ungestört miteinander reden können; und sorg dafür, dass so viele wie möglich die Wahrheit über das Handeln von mir und Tiberius hören.

Das war der letzte Wunsch meines Herrn, dem ich mit der Herausgabe dieses Buchs nachkomme; denn Gaius Gracchus erreichte Afrika nie. Er und seine Freunde wurden entdeckt, als sie sich spät am Nachmittag durch das Stadttor schlichen auf dem Weg nach Ostia, wo sie auf eine Fahrgelegenheit auf einem Schiff hofften. Es gelang ihnen, die Tiberbrücke zu überqueren, aber Licinius und Pomponius wurden getötet, als sie versuchten, ihre Verfolger aufzuhalten. Gaius selbst flüchtete durch das Seemannsviertel Transtiberim, wo ihn die Leute beklatschten und ihm zujubelten, als wohnten sie einem Wettlauf bei, doch keiner wollte ihm ein Pferd borgen, obwohl er darum bat. Er hatte immer noch einen kleinen Vorsprung, als er den heiligen Hain am Fuße des Hügels von Janiculum erreichte, und dort rammte er sich sein eigenes Messer in die Brust. Es lügen diejenigen, die behaupten, dass Gaius sich nicht getraut hätte, sich selbst das Leben zu nehmen, sondern einen Sklaven dies tun ließ, denn er war ganz allein auf seiner Flucht. Einer der Freunde von Konsul Opimius, ein brutaler Schuft namens Septimuleus, fand ihn, trennte ihm den Kopf vom Körper ab und brachte ihn dem Konsul, der versprochen hatte, das Gewicht des Hauptes in Gold aufzuwiegen. Doch Septimuleus betrog seinen Freund und Konsul, denn er entfernte das Gehirn und füllte den Hohlraum mit Blei aus, sodass der Kopf zweiunddreißig Pfund wog.

So skandalös behandelte der verbrecherische Senat die unantastbaren Volkstribunen Tiberius und Gaius Gracchus, und angesichts der Schwäche für Präzedenzfälle, die in Rom gehegt wird, befürchte ich, dass solch ein unvorstellbares Verbrechen nicht zum letzten Mal begangen worden ist. Die Italer haben seitdem von Rom nichts mehr gehört, aber ihr Verlangen nach den Bürgerrechten ist nun geweckt, und sie werden nicht eher ruhen, bis sie gleichwertige Mitglieder der Republik sind – oder bis sie in dem Zorn darüber, abgewiesen worden zu sein, die Stadt vernichtet haben.

Was Gaius überstürzte Umsturzpläne betrifft, bin ich sicher, dass er zur Vernunft gekommen wäre, denn er war, obwohl sein Temperament oft mit ihm durchging, ein kluger Mann, der nicht davon träumte, sein Vaterland ins Unglück zu stürzen; und unter allen Umständen kann er nicht für Taten verantwortlich gemacht werden, die er nicht ausführen konnte. Seinen Anhängern erging es schlecht: Insgesamt 3000 wurden gefangen genommen und getötet, ihre Leichen wurden in empörender Weise in den Tiber geworfen, ihr Eigentum wurde zum Vorteil der Schatzkammer verkauft und ihren Frauen wurde verboten, um sie zu trauern.

Cornelia zog sich in ihre Villa nach Misenum zurück, wo sie immer noch ihre Freunde mit großer Gastlichkeit bewirtet; griechische und andere Gelehrte besuchen sie, und sie tauscht Gaben mit Königen aus. Ihre Gäste hören geduldig zu, wenn sie die Absichten ihrer Söhne wiederholt, und sie redet von ihnen, als seien sie immer noch am Leben; sie zeigt niemals Trauer oder Verdruss, und sie erinnert ihre Zuhörer daran, wie sie es immer gesagt hat, dass sie lieber als Mutter der Gracchusbrüder in Erinnerung bleiben wolle, denn als Tochter eines großen Generals.

Einige behaupten, dass das Alter und die Trauer ihr den Verstand geraubt hätten, aber solche Menschen sind außerstande zu verstehen, wie ein edler Geist, ein vornehmes Geschlecht und eine vornehme Erziehung den Mut eines Menschen gegen die Prüfungen des Lebens abhärtet, und dass uns das Schicksal, obwohl es unsere Versuche vereitelt, Elend und Notlagen abzuwehren, nicht der Stärke berauben kann, ihnen mit Gleichmut entgegenzutreten.

Viertes Buch

I

Der Kummer hatte Aelia in eine Mumie verwandelt. Wenn sie nicht auf dem Bett lag und an die Decke starrte, las sie wieder und wieder in Tiros Brief. Nichts von dem, was ich über die guten Lebensumstände des Jungen auf dem Anwesen in Arpinum zu sagen hatte, tröstete sie. Der Verlust besiegte jedes andere Gefühl. Ihr stummer Vorwurf war in die Wohnung über der Wäscherei, die wir nun pachteten, eingezogen wie ein hässliches, ungeliebtes Möbelstück; der Besitzer war mit seiner Mutter, die angegeben hatte, dass das Landleben gesünder für einen Vierjährigen sei als die Aufmärsche und das Militär in den Straßen, nach Lanuvium gezogen.

»Was hat sie gesagt?«, fragte Aelia, bevor es mir gelang, die Tür hinter mir zu schließen. Sie hatte einen neuen Glanz in ihren Augen. Die Frage galt Crassus Orators Ehefrau Mucia, die ich an jenem Tag besucht hatte.

»Sie saß auf einem Stuhl in einer Ecke ihres Atriums, hatte sich den Saum der Stola über ihrem Kopf gezogen und schaukelte hin und her. Die Trauer hat sie irre gemacht, genau wie Caecilia sagte.«

Nach dem Besuch bei Mucia hatte ich ein paar Einkäufe auf dem Forum erledigt, machte einen Umweg über den Viehmarkt und opferte Fortuna ein Huhn, in der Hoffnung darauf, dass mein spätes Heimkommen Aelias Neugier gedämpft haben würde.

»Ja aber, was hat sie denn nun *gesagt*?«

»Der Hausvorsteher erzählte, dass seine Domina immer noch in Trauer um ihren Mann sei und keinen Besuch empfange. Ich sagte, ich sei gekommen, um zu hören, warum Mucia Scaurus des Mordes an Drusus angeklagt habe. Das ließ sie auf die Beine kommen.«

Die Witwe hatte weinend erklärt, wie Crassus Orator in den Monaten vor seinem Tod von den Schmerzen befreit worden sei, die sein Leben phasenweise unerträglich gemacht hätten, dank eines Mittels, das ihm Scaurus gegeben habe. Als es anfing, bei Crassus nicht mehr zu wirken, habe Scaurus stärkere Dosen besorgt.

In der Trauer über den Tod ihres Mannes hatte es Mucia jedoch getröstet, dass er schmerzfrei gewesen war – bis ich ihn untersuchte und

333

etwas von einer Vergiftung erzählt hatte. Die unglückliche Frau fing langsam an, die Gabe des Senatsvorsitzenden in einem anderen Licht zu sehen. Ihr Grübeln hatte monatelang angedauert, bevor sie sich zusammennahm und Scaurus aufsuchte. Sein Verhalten hatte ihren Verdacht bestätigt.

Die einzigen anderen Zeugen – Marius und ich – waren im Krieg und würden vielleicht nicht zurückkehren. Mucia konnte den Vorsitzenden des Senats nicht ohne Beweis anklagen. Alles, was sie tun konnte, war, sich vor seinem Haus auf die Gerechtigkeit der Götter zu berufen.

»Glaubst du vielleicht, dass das wie etwas klingt, was sich eine verrückte Frau ausdenkt?«, fragte Aelia nach.

Eine öffentliche Demütigung ist die letzte Zuflucht der Hilflosen. Mucia war einer jahrhundertealten Tradition gefolgt, in der Hoffnung, dass sich jemand mit weiteren Auskünften bei ihr melden würde.

Meine Frau betrachtete mich mit zur Seite gelegtem Kopf und wechselte das Thema.

»Ich bin froh, dass du dich um die Wäscherei kümmerst.«

Die Mauer des Schweigens, die zwischen uns beiden entstanden war, hinderte sie nicht daran, mir für die vielen Verbesserungen zu danken, die ich eingeführt hatte. Mir kam es zum Beispiel unzweckmäßig vor, dass die Wäscherinnen ihre Arme bis zu den Ellbogen in den Urin tauchten, und hatte Werkzeuge entwickelt, die sie stattdessen nutzen konnten. Die wohlriechenden Kräuter in den Spülbecken hatten uns bei den Kunden beliebt gemacht. Die offenen Steinbottiche, in denen die Kleidung eingeweicht wurde, hatte ich zur Freude des ganzen Viertels abgedeckt.

»Du brauchst dir keine Sorgen zu machen«, sagte ich. »Du sollst dich nur ausruhen und erholen.«

»Ja, aber mir geht es schon viel besser. Möchtest du nicht lieber die Kranken heilen?«

Alle wussten, dass ich ein Klient von Sulla war. Das half mir, als er Konsul war, doch seit seiner Flucht gab es nicht viele, die meine Hilfe suchten. Aelia wandte ein, dass ich, im Gegensatz zu anderen Ärzten, meine Patienten heilte. Aber mit kleinen Gebrechen, die leicht kuriert werden konnten, kam keiner mehr zu mir, und wenn sich die Schwerkranken an mich wandten, war es in der Regel schon zu spät.

»Das ist selbstverständlich ärgerlich.« Sie lächelte, als wäre das sogar günstig. »Aber das verschafft dir mehr Zeit, um den Mord an Drusus aufzuklären. Du glaubst doch nicht mehr länger daran, dass ihn die Tochter seiner Schwester umbrachte? Nicht, nachdem du das hier gelesen hast.«

Ich hatte keine Anstalten gemacht, Vaters Buch zu verstecken. Aelia hatte daran kein Interesse gezeigt. Jetzt hob sie es hoch und wedelte damit umher. Das Buch war die Ursache für ihre plötzliche Besserung.

»Dieses Buch ist voller Spuren, und das weißt du sehr gut. Der Mord an Drusus hat den Bürgerkrieg ausgelöst. Eine halbe Million Menschen sind tot. Mit dem Buch in der Hand kannst du dafür sorgen, dass die Schuldigen bestraft werden.«

Der Mord an Drusus hatte letzten Endes auch dazu geführt, dass Tiro als Sklave verkauft worden war. Wenn Aelia schon nicht ihren Sohn zurückbekommen konnte, konnte sie sich zumindest dafür rächen.

Ich hatte meine Frau zu schätzen gelernt, obwohl ich Fortuna immer noch zu sehr fürchte, um zuzugeben, dass ich Aelia liebte. Daher stand ich wenige Tage später vor einer Tür, um die ich als Erwachsener mein ganzes Leben einen Bogen gemacht hatte.

II

Samos ließ mich im Tablinum warten, das an Möbeln nichts anderes enthielt als einen Tisch, einen Stuhl und eine alte Kiste. Die Wandmalereien – Götter und Göttinnen in rechteckigen Feldern – waren durch das Alter verblasst und durch die Feuchtigkeit fleckig geworden.

Durch kleine Fenster blickte man in den Garten, wo das Unkraut seit Langem Vaters ordentliche Kräuterbeete überwuchert hatte. Die Pinie, die für ein Wechselspiel aus Licht und Schatten gesorgt hatte, war abgestorben. Nun zeichneten die nackten Zweige ein Gittermuster auf die Wege.

»Das hätte ich nicht erwartet«, sagte Sempronia.

Sie war mit einer feinen, aber zerschlissenen Stola bekleidet. Sie hatte um ihre Augen Stabia aufgetragen, als wäre ein alter Liebhaber zu Besuch gekommen. Das weiße Haar war zu einem Knoten hochgesteckt und sollte die Falten des Gesichts straffen. Der Gesamteindruck ihrer Mühen war verstörend.

»Ich, Lucius Cornelius Demetrianus, grüße dich, Sempronia«, sagte ich.

»Lucius Cornelius?« Sie ließ sich die Namen auf der Zunge zergehen und ahnte den Ursprung. »Hat dich Sulla freigelassen?«

Sempronia war erleichtert. Sie versuchte, es mit einem höhnischen Grinsen zu verbergen. Das Resultat ähnelte einer sonderbaren Mischung aus Aufrichtigkeit und Arroganz.

Als Sulla gekommen war, um mich freizukaufen, hatte sie geglaubt, dass all das geschehen würde, um mich zu erschlagen. Sie hatte daher den Preis hoch angesetzt, in der Hoffnung, dass er aufgeben würde. Doch ich konnte mir einen anderen Grund vorstellen, weshalb meine Domina versucht hatte, meinen Tod zu verhindern.

»Die Herrin wollte mich vermutlich selbst bestrafen?«

»Wie kannst du so etwas sagen? Ich war froh, dich wiederzusehen. Und sei nicht so formell. Wir kennen uns doch.«

In ihren Augen leuchtete so etwas wie Hoffnung auf. Mühsam streckte sie ihren Arm aus und berührte meinen Handrücken. Ihre Gesichtsmuskeln, die unter der schlaffen Haut arbeiteten, gaben eine Fülle an Gefühlen preis. Ihre Stimme verriet indes nichts davon.

»Du musst entschuldigen, dass ich dir nichts anbieten kann«, sagte sie, bemüht die Stimmung zu heben. »Ich bin keinen Besuch gewöhnt. Einen Becher Posca vielleicht? Was hat dich hierher gebracht?«

Ich zog Vaters Buch aus der roten Lederhülle hervor.

Sie las die ersten Zeilen.

»Was verlangst du für das Buch?«, erkundigte sie sich finster.

»Ich kann es nicht verkaufen«, sagte ich. »Es gehört Drusus' Erben. Ich bin damit auf dem Weg zu seinem Bruder Mamercus.«

»Warum bist du dann damit hierher gekommen?«

»Aus Dankbarkeit. Du hast mich an einen großzügigen Herrn verkauft, der mir die Freiheit gab.«

Sie zog einen Stuhl zum Fenster und hielt sich den Papyrus vors Gesicht. Ich setzte mich auf die Kiste und wartete. Als sie nach langer Zeit die Schriftrolle sinken ließ, erhob ich mich und zog sie aus ihren krummen Fingern, die nur widerwillig losließen.

»Warum bist du mit dem Buch hierher gekommen?« Die Stimme war von Trauer belegt – oder von Nostalgie. Sie hatte ein Alter erreicht, in dem beides große Schmerzen bereitet. »Dein Vater schrieb es zur Verteidigung meiner Brüder, doch es hätte ihrem Andenken geschadet. Ganz zu schweigen von Mutters. Sie verließ Cumae nur ein einziges Mal, um nach Rom zu fahren und sämtliche Kopien zerstören zu lassen.«

»Es muss nicht leicht gewesen sein, einen indiskreten Sklaven im Haus zu haben. Ich habe sogar daran gedacht, dass es vielleicht geradezu eine Erlösung für dich war, als Quintus Servilius Vater als seinen Leibarzt für den Feldzug requirierte?«

»Das ist wahr«, räumte sie ein. »Aber ich versuchte zu verhindern, dass Quintus Servilius *dich* mitnahm.«

Mein Vater wurde aufgrund seiner Verdienste eingezogen, die ihm sein Wissen eingebracht hatte. Mit dem, was er mir beigebracht hatte, konnte ich seinen Verlust ausgleichen. Ich schaute mich in dem vernachlässigten Tablinum um. Sempronia folgte meinem Blick.

»Wenn du denkst, dass mein Haus ebenso verfallen ist wie meine Gutmütigkeit, kannst du das ruhig glauben. Mutters Erbe ist seit Langem aufgebraucht. Das Testament meines Mannes schrieb genau vor, was zum Unterhalt reichen musste. Die Summe ist jetzt noch lächerlicher als damals, als er starb.«

Als alternde, kinderlose Witwe hatte Sempronia gewiss selten Gelegenheit, ihre Klagen bei jemand anderem als ihren Sklaven herauszulassen. Ich half ihr auf.

»Du wirst doch noch wohlhabende Freunde haben, die dir helfen können? Zum Beispiel Appius Claudius.«

Meine Frage war wie ein Angelhaken, den man auf gut Glück in ein großes Meer geworfen hatte und an dem sogar etwas anbiss.

»Appius Claudius starb vor vielen Jahren. Es ist wahr, dass seine Gastfreundschaft zu seiner Zeit sehr berühmt war. Alle bedeutenden Menschen waren bei seinen Festen. Es war nur verständlich, dass die Leute ein ausschweifendes Leben führten nach dem jahrelangen Krieg gegen Karthago. Wir waren jung, damals. Scaurus war gerade erst 35 Jahre alt geworden. Selbst Marius nahm daran teil, wenn er nicht im Krieg war.«

»Marius muss ein imponierender Mann gewesen sein.«

»Ich bin nie jemanden begegnet, der ihm auch nur bis zu den Riemen der Sandalen reichen konnte. All die engstirnigen Idioten rümpften die Nase über Appius und seine Feste. Aber ihm war das egal. Sein größter Sieg war, als es ihm gelang, Cornelia zu einer Teilnahme zu bewegen. Stell dir vor. Marcus Livius Drusus' Frau als Gast auf einem Bacchanal.«

Sempronia befand sich nun in der Vergangenheit. Jener Drusus, den sie erwähnte, war der Vater des ermordeten Volkstribuns – derjenige Mann, der Gaius Gracchus im Senat entmachtet hatte. Es dürfte die junge und temperamentvolle Sempronia ergötzt haben, die Feinde ihres verstorbenen kleinen Bruders in Verlegenheit gebracht zu haben. Es gab jedoch eine Einzelheit, die mir nicht zu passen schien.

»Die ehemalige Frau des alten Marcus Livius Drusus heißt doch Aemilia«, sage ich, »nicht Cornelia.«

»Sie nahm eine Namensänderung vor, als sie sich mit Aemilius Lepidus vermählte.«

Diese Auskunft überraschte mich sehr, obwohl ich es hätte vermuten können. Eine Namensänderung ist bei einer Frau nichts Ungewöhnliches, wenn sie zum zweiten Mal heiratet. Aemilia wollte einem Skandal aus dem Weg gehen, vielleicht auch, weil sie zu diesem Zeitpunkt schon mit Mamercus schwanger war.

»Vater schreibt«, fuhr ich fort, »dass am Abend vor dem Tod von Gaius Gracchus die Herrin in sein Haus nach Subura kam und sagte: ›Du weißt ebenso gut wie ich, was Scipio getan hätte, wenn er weitergelebt hätte.‹ Was meinte die Herrin damit?«

Sempronias Augen wurden feucht. Dieser Zustand, in den sie die Erinnerung an den letzten Streit mit ihrem Bruder versetzte, hob alle Vorsicht auf.

»Dieser Nichtsnutz von Scipio hätte dem Senat verraten, dass Gaius einen Aufstand plante.«

Ich deutete auf eine andere Stelle im Buch.

»Es handelte sich wohl auch um eine Art Aufstand, über den Gaius mit Pomponius und Licinius im Dianatempel sprach?«

Sempronia zuckte mit den Schultern. Nun musste ich wirklich aufhören.

»Mein Bruder war ein Reformator. Kein Aufrührer. Er hätte niemals etwas getan, was der Republik geschadet hätte. Glücklicherweise starb mein Mann, bevor es ihm gelang, unsere Familie zu besudeln.«

Ich nahm das Stichwort auf und las noch einen Satz.

»›Scipio wurde mit einem langsam wirkenden Gift ermordet, das bei ihm zu Krampfanfällen, zu blutigen Durchfällen und Augen, die so schwarz wie Tinte waren, führte.‹ Warum wurde sein Tod nicht untersucht?«

Jetzt war Sempronia auf der Hut. Sie schaute mich schweigend an.

»Vieles erinnert an die Symptome, die der Volkstribun Drusus hatte«, fuhr ich fort. »Wie die Herrin vielleicht weiß, war ich dabei, als er starb.«

»Dann ist deine Vermutung gewiss besser als meine.«

»Es gibt zudem eine Ähnlichkeit mit einem alten Ammenmärchen, an das mich ein Bekannter erinnerte, wenige Tage nach Drusus' Tod: Eine Gruppe römischer Frauen soll einmal die politischen Rivalen ihrer Männer mithilfe eines Pilzgiftes umgebracht haben, das auf dieselbe Weise wirkte.«

Sempronias Reaktion überraschte mich: Sie sackte in sich zusammen und betrachtete ihre Hände, die wie leblose Vögel in ihrem Schoß lagen. Als sie sprach, lag ein weinerlicher Ton in ihrer Stimme: »Ist das der Grund, weshalb du heute hierher gekommen bist?«

Sie fegte meine Antwort mit einer Handbewegung beiseite und seufzte.

»Die Fehler, die wir in unserer Jugend begangen haben, sind nicht mehr zu ändern. Wir müssen lernen, mit ihnen zu leben.«

Die Hoffnung, die sie zu Beginn des Gesprächs genährt hatte, war verschwunden. Ich hatte das intensive Gefühl, eine Botschaft in einer Sprache erhalten zu haben, die ich nicht verstand.

»Es gibt viele Dinge, die ich anders gemacht hätte, wenn es mir möglich gewesen wäre«, fuhr sie fort. »Scipios Tod gehört nicht dazu. Es freut mich, dich gesund und munter zu sehen, doch nun muss ich dich bitten zu gehen. Wir werden uns nicht mehr wiedersehen. Das hätte keinen Zweck.«

III

»Salve, Demetrios. Was führt dich hierher?«

Drusus' Halbbruder schien gewachsen zu sein. Die Oberarme, die aus den Ärmeln der Tunika herausragten, waren kräftig wie Baumstämme. Das braune Haar war kurz geschnitten, die Augen blutunterlaufen und halb geschlossen. Sein Atem roch nach Alkohol, den man schon vom runden, wasserblauen Atriumbecken aus wahrnehmen konnte.

Ich gab ihm die rotbraune Lederhülle und erklärte, wie das Buch in meinen Besitz gelangt war. Unter Einnahme eines beachtlichen Quantums unverdünnten Weins erzählte er im Gegenzug, wie er bei Ausbruch des Bürgerkriegs als Unteroffizier gedient hatte, doch in dem Maße aufgestiegen war, wie seine Kameraden um ihn herum starben. Er endete als stellvertretender Befehlshaber an der westlichen Front, insofern es überhaupt einen Sinn ergab, von Fronten in einem Krieg zu sprechen, in dem es keinen klar erkennbaren Feind gab.

»Die Belagerung von Asculum war jedoch das Schlimmste. Die Straßen quollen vor Leichen über, als wir schließlich die Stadt eroberten. Der Gestank war entsetzlich.«

Dies war Mamercus' privates Martyrium. Es gab keinen Grund, seine Kriegserlebnisse durch meine eigenen zu ergänzen.

»Wie geht es der Herrin Aemilia?«, erkundigte ich mich.

»Mutter hat genug mit den Kindern im Haus von Drusus zu tun.«

»Und deiner Frau Claudia?«

»Ich erwischte sie, als sie Silphium einnahm. Als Arzt weißt du bestimmt, was das bedeutet.«

Es hätte nichts genützt, die Kenntnis des Abtreibungsmittels zu leugnen.

»Claudia wollte weder verraten, warum sie Verhütung betrieb, noch woher sie es bekam«, fuhr er fort. »Ich suchte eine Handvoll Zeugen, erklärte die Scheidung und schmiss sie noch am selben Tag auf die Straße.«

Das Leben auf dem Schlachtfeld hatte Mamercus härter gemacht. Mit ihrer bescheidenen Mitgift würde Claudia nicht lange allein zurechtkommen können, und kein Römer würde eine Frau heiraten, die Verhütungsmittel einnahm. Ich war mir meiner Mitschuld an ihrem Unglück bewusst und überlegte, was ich tun konnte, um ihr zu helfen.

Mamercus ließ einen Sklaven seinen Becher auffüllen.

»Hast du den Mörder meines Bruders gefunden?«, fragte er.

»Noch nicht. Würdest du mir ein paar Fragen beantworten?«

»Ich werde es versuchen. Obwohl es inzwischen belanglos ist.«

»Wieso?«

Mamercus spürte, dass er mir eine Erklärung schuldig war.

»Ich habe dir vielleicht einen etwas geschönten Eindruck meines Bruders vermittelt. Die Wahrheit ist, dass er arrogant und eingebildet war und ihm andere Menschen vollkommen gleichgültig waren. In diesem Punkt ähnelte er seinem Vater. Im Grunde genommen mochte ich keinen von ihnen.«

»Trotzdem hast du ihm geholfen?«

»Zu jenem Zeitpunkt schien es die beste Möglichkeit zu sein, um Krieg zu vermeiden.«

»Hast du vielleicht auch deshalb versucht, den Verdacht auf Caepio und Philippus zu lenken?«

Mamercus versuchte ein ironisches Lächeln. Es gelang ihm jedoch nur eine trübsinnige Grimasse.

»Ich dachte mir, wenn die beiden des Mordes verurteilt würden, bekämen die Kriegsgegner im Senat die Macht. Das war naiv. Im Übrigen war es auch egoistisch. Ich hatte Angst davor, aufs Schlachtfeld geschickt zu werden. Doch ich habe gelernt, meine Angst zu überwinden. Nun berührt es mich überhaupt nicht mehr, wenn Leute mit heraushängenden Därmen um mich herum vor Todesangst brüllen.«

Er legte den Nacken zurück und trank. Der Sklave füllte unaufgefordert den Becher nach.

»Ist dir aufgefallen, dass ich nicht mehr stottere?«

Im Zusammenhang mit der Metamorphose, die er durchgemacht hatte, schien das unbedeutend zu sein. Doch nicht für Mamercus.

»Der Zenturio meiner ersten Kohorte sagte: ›Es ist nicht gut, dass du wie ein erbärmlicher Tropf auf einem Pferd klingst. Ein Offizier muss in einem Rutsch Befehle geben können‹. Er hatte bemerkt, dass mein Problem die Worte waren, die mit L, M und T anfingen. ›Verwende einfach andere Wörter. Latein ist wie eine Nutte. Es gibt immer drei verschiedene Eingänge‹.«

Mamercus grinste und spülte den Wein hinunter.

»Er half mir dabei, Alternativen für diejenigen Wörter zu finden, die ich brauchte: ›Stellt euch auf‹ anstatt ›Tretet an‹. ›Vorwärts!‹ statt ›Marsch!‹ und so weiter. Nach ein paar Monaten dachte ich nicht mehr drüber nach. Und nach einem Jahr war ich geheilt. Dieser Mann wurde mein bester Freund.« Der restliche Inhalt des Bechers verschwand.

»Er wurde bei Venusia von einem Speer durchbohrt und starb noch in jener Nacht.«

Er betrachtete lange den Boden des Bechers, bevor er fortfuhr.

»Es war auch bei Venusia, als ich Silo begegnete. Er und die letzten Reste des Heers der Marser waren monatelang belagert worden. Sie waren ein armseliger Haufen. Dreckig, verwundet und erschöpft. Der Jugendfreund meines Bruders war nur noch ein Schatten seiner selbst, gebeugt und abgemagert wie ein ausgehungerter Hund. Wir trafen im Niemandsland zu Verhandlungen aufeinander. Er wollte sich nicht ergeben, aber er bat mich, diejenigen seiner Bekannten zu grüßen, die noch am Leben waren. Zum Schluss umarmte er mich und sagte: ›Ich bin froh, dass es ein alter Freund ist, der mich besiegt‹. Ich kannte ihn nicht besonders gut. Aber er hatte es wahrscheinlich nötig, so zu denken.«

Der Sklave nutzte die Pause, um Wein nachzufüllen.

»Dann stürzten wir uns in die letzte Schlacht des Bürgerkriegs. Silo und ich gerieten in einen Nahkampf. Als er mich erkannte, schmiss er seinen Helm fort und senkte das Schwert. Ich erfüllte seinen Wunsch und spaltete seinen Kopf entzwei vom Scheitel bis zum Halsansatz.«

Mamercus leerte den Becher in einem Zug. »Stell jetzt deine Fragen, Demetrios. Sonst höre ich nicht mehr auf.«

Von Petronius und Aelia bis zu Silo und Mamercus gab es in Italien keinen Menschen, hoch- oder niedergestellt, bei dem der Bürgerkrieg keine Spuren hinterlassen hatte. Seine Nachwirkungen würden die Bevölkerung noch über Generationen hinweg prägen. Der Mord an Drusus hatte einen Prozess in Gang gesetzt, der ebenso fatal wie unabwendbar war.

»Ich wollte mich nach dem Vater von Claudianus erkundigen, Appius Claudius«, sagte ich. »Ich würde gern wissen, mit welchen Personen er sich umgab und was in seinem Haus vorging.«

»Diese alte Geschichte? Du solltest lieber Mutter fragen. Sie kannte ihn. Du kannst sie auf dem Palatin besuchen. Ich sage dir aber im Vorhinein, dass ich nicht mitkommen werde. Servilia wohnt mit ihrem Mann Brutus im Haus von Drusus, und ich kann ihn ehrlich gesagt nicht ertragen.«

Ich musste zugeben, dass ich mich auch nicht nach dieser Begegnung sehnte.

»Dann kannst du Mutter heute Nachmittag bei der Debatte auf dem Forum treffen«, schlug er vor. »Wir können zusammen hingehen.«

IV

Die Sänfte schaukelte auf der abfallenden Straße hin und her wie ein Schiff in einem Sturm, vorbei an ockerfarbenen Mauern. Das Pflaster war zwischen den nackten Füßen der Sklaven kaum zu sehen. Draußen, hinter den halbdurchsichtigen Vorhängen, flimmerte die Hitze.

»Es ist ein Glück, dass du dabei bist«, sagte Mamercus.

Ich gab ihm Recht. Der Blick, den ich von Aemilia auf dem aufgewühlten Forum erhaschen konnte, ließ nichts Gutes erahnen. Unter dem Geschrei tausender erregter Stimmen war ihre Sänfte buchstäblich auseinandergerissen worden. Sie hatte das Forum über die Via Sacra verlassen, kaum 30 Schritte von uns entfernt. Der Tumult machte es aber unmöglich, ihr zu folgen.

Es zeigte sich, dass es bei der nachmittäglichen Debatte um einen Vorschlag von Konsul Cinna für eine Reform des Wahlsystems ging, den ich nur unterstützen konnte und der mir als damals neuer Wahlberechtigter noch immer in lebhafter Erinnerung ist. Auch die große Anzahl Italer, die seit Tagesanbruch auf dem Forum gewartet hatte, begrüßte Cinnas Vorschlag.

Leider waren tausende Römer, die aus den Seitenstraßen auf das Forum geströmt waren, uneins gewesen. Unruhen waren nicht zu verhindern gewesen. Sullas ohnehin unpopulärer Konsul war abgesetzt und aus der Stadt verjagt worden.

Die Sklaven setzten die Sänfte im Atrium ab. Das Wasser gluckerte friedlich im Brunnen mit den Nymphen. Spatzen zwitscherten unter dem Dachvorsprung. Die Ahnenmasken starrten uns von den Wänden herab an.

Ein kleiner, dunkelhaariger Mann in einer farbenprächtigen Aufmachung kam uns entgegen. Sein rundliches Gesicht war von einem fast perfekten Oval seines gestutzten Bartes und glänzenden dunklen Haars umgeben, das bis zur Kopfhaut reichte und aussah, als hätte man es gemalt.

»Gut, dass du kommst, Mamercus. Deine Mutter ist verletzt. Sie liegt im Triklinium. Vielleicht stirbt sie sogar.«

In dem letzten Satz schien eine gewisse Hoffnung zu liegen.

Mamercus setzte sich wie ein Läufer in Bewegung. Mir fiel es schwer, ihm zu folgen, während der kleine Mann hoffnungslos zurückfiel.

Das Speisezimmer war mit schlichten Säulenmotiven in roter, gelber und schwarzer Farbe dekoriert. Aemilia lag bewusstlos auf dem mittleren der drei Diwane. Die kastanienbraune Perücke hatte den Aufprall des Schlags gedämpft, der auf ihrem Hinterkopf eine blauviolette Beule hinterlassen hatte.

»Ich benötige kaltes Wasser und saubere Baumwollhandtücher«, sagte ich zu Mamercus, der einen Sklaven losschickte.

Der kleine Mann aus dem Atrium erreichte den Raum und stützte sich gegen den Türrahmen, während er Luft holte.

»Was ist passiert, Brutus?«, fragte Mamercus.

»Aemilia … bestand darauf, dorthin zu gehen … und darauf, dass ich sie beschützen sollte. Ich glaube, sie wurde von einem Stein am Kopf getroffen. Ich war beschäftigt. Anderweitig.«

Mamercus nahm einen Becher Wein von einem Sklaven, der seine Bedürfnisse kannte.

»Du bist abgehauen, du Feigling.«

Brutus ignorierte die Beleidigung und wechselte das Thema. Seine Arme hatten Schwierigkeiten, den Bauch zu umfassen, daher gab er es auf, sie überkreuzen zu wollen, und ließ sie seitlich herunterhängen.

»Das, was wir heute auf dem Forum gesehen haben, war bahnbrechend. Es war der Aufstand des Pöbels gegen den Machtmissbrauch des Adels. Ein wahrer Volksaufstand.«

Er wandte seinen Blick von Mamercus zu mir, in Erwartung, dass ich seine Einschätzung der Ereignisse des Tages bestätigte.

»Ich sah nur einen Haufen Kinder, die sich in einem umzäunten Hof um ihr Spielzeug prügelten«, antwortete Mamercus.

Brutus war unterwürfig, jedoch mit einem hinterlistigen Blick in seinen Augen wie ein Wachhund, der darauf wartet, zubeißen zu können. Es war schwer, sympathische Züge an ihm zu entdecken und unmöglich zu begreifen, warum Servilia ihn unter den vielen ausgewählt hatte, die zweifelsohne um ihre Gunst gebuhlt hatten. Das Unbehagen von Mamercus, mit diesem abstoßenden Männlein verwandt zu sein, erreichte in dem Raum eine beinahe physische Präsenz, als Brutus ihm antwortete.

»Du magst entschuldigen, wenn ich das sage, aber du hast nicht die gleiche Begabung für Politik, wie dein Bruder sie hatte. Ich habe an General Marius geschrieben und ihn gebeten zurückzukehren. Wenn er Konsul Cinnas Sache in der Volksversammlung unterstützt, kann er die Stimmung wenden. Die Leute lieben Marius noch immer.«

»Bist du vollkommen verrückt geworden, Brutus? Selbst wenn Marius' Todesurteil aufgehoben wird, hat er keinen Grund dazu, deinen Freund Cinna zu unterstützen.«

»Wer weiß. In der Politik ist alles möglich.«

Die Diskussion wurde von Kindergeschrei aus dem Gang unterbrochen. Servilia tauchte in der Türöffnung mit einem Säugling im Arm auf. Ihr ungeschminktes Gesicht erhellte sich, als sie mich erblickte – ein Schimmer von Ewigkeit an einem bewölkten Tag.

Sie nahm Brutus und Mamercus wahr und schaute dann das Kind an. Ihre grüngelben Augen füllten sich mit Tränen. Ihre Mundwinkel fielen nach unten, sie machte auf dem Absatz kehrt und lief davon.

Brutus drehte sich um und starrte mich misstrauisch an. Mamercus sah aus, als hätte ihm jemand gerade eben die Pointe eines Witzes erklärt, den er bislang nicht verstanden hatte.

V

Es gibt einen Zeitpunkt, an dem die Angst einen jeglicher Stärke berauben kann. Aelia war der Auflösung nahe, als ich viele Tage später heimkehrte.

Ich erzählte ihr von dem Gespräch mit Sempronia. Über meinen Besuch bei Mamercus. Über den hastigen Rückzug vom Forum. Nur den Sturm der Gefühle, den die kurze Begegnung mit Servilia in mir ausgelöst hatte, behielt ich für mich. Meine Frau hörte mir schweigend zu.

Mamercus hatte mich gebeten, auf seine Mutter aufzupassen, bis es ihr besser ging. Nach einigen Tagen in meiner Gesellschaft drängte es Aemilia danach, ihr Gewissen zu erleichtern und sie gab zu, dass sich Drusus' Pförtner in den Tagen nach dem Mord bei ihr versteckt gehalten hatte. Ich hatte gefragt, ob Petronius noch mitteilen konnte, wer der Messerstecher war, doch das hatte sie verneint, allerdings mit solch mangelnder Überzeugungskraft, dass ich wusste, dass sie log. Ich hatte versucht, den Koch Marcus Stercorius zu finden, und gehofft, aus ihm die Wahrheit herauszupressen, aber es zeigte sich, dass Aemilia ihn fortgeschickt hatte.

»Die alte Frau hat also den einzigen Zeugen der Messerstecherei aus dem Weg geräumt«, sagte Aelia. »Wen versucht sie damit zu schützen?«

»Das habe ich noch nicht herausgefunden. Auf der anderen Seite hatte sie nichts dagegen, über den Giftmörder zu sprechen. Leider wusste sie nicht, wer es war. Petronius war zu ängstlich gewesen, um es zu erzählen. Aber der Schuldige wurde von ihm als ein ›Er‹ bezeichnet. Dessen war sie sich sicher.«

»Dann kann es also nicht die Liebhaberin gewesen sein, die der junge Claudianus sah?«

»Nein, und ich glaube, Aemilia sagte in diesem Punkt die Wahrheit. Sie war eine schlechte Lügnerin.«

Aelia bemerkte wohl die Vergangenheitsform, kommentierte sie aber nicht.

»Es zeigte sich, dass ich nicht weiterkam, auch wenn sie mir gern weiterhelfen wollte. So fing ich an, sie stattdessen über Appius Claudius auszufragen.«

Über dieses Thema hatte die alte Frau keine Bedenken gehabt zu reden. Nach dem Tod seines Vaters mit Tiberius Gracchus auf dem Kapitol, hatte Appius Claudius in jungen Jahren ein beachtliches Erbe und ein riesiges Haus auf dem Palatin erlangt. Aemilia war damals zwar noch ein Kind, doch sie erinnerte sich deutlich an die Meinung ihrer Eltern über den jungen Appius. Bereits zu jener Zeit hatten seine Eskapaden die ganze Stadt aufgebracht.

Aemilia wuchs heran, wurde vermählt, brachte Drusus und seine Schwester zur Welt und erlebte anschließend, wie ihr Mann die Lust an ihr verlor. Appius Claudius hatte mehr Interesse gezeigt. Als sie das erste Mal eine seiner vielen Einladungen dankend angenommen hatte, hatte sie Aemilius Lepidus getroffen, der bald ihr Liebhaber wurde. »Sowohl Sempronia als auch Marius nahmen an den Orgien bei Appius Claudius teil. Die zwei fingen an, sich privat zu sehen. Es gab Gerüchte, dass sie heiraten wollten. Bis Appius' Sklavin Volumnia auftauchte.«

Aelia richtete sich ruckartig auf. Ich hatte ihre volle Aufmerksamkeit. »Aemilia wusste nicht, wo Appius Claudius Volumnia gekauft hatte«, fuhr ich fort. »Einige meinten, dass sie die uneheliche Tochter eines trunksüchtigen Adligen war. Andere behaupteten, sie sei die Tochter einer gallischen Sklavin. Aber sie verdrehte allen Männern den Kopf, die sich ihr näherten. Auch Marius. Er war ganz besessen von ihr.«

»Und dann ließ Appius Claudius Volumnia frei?«

»Nur, um sie selbst zu heiraten. Doch in dem Augenblick, in dem sie ihren Freiheitsbrief erhielt, verschwand sie. Appius trauerte jahrelang um diesen Verlust. Er zog sich aus dem gesellschaftlichen Leben zurück. Schließlich fand er eine junge Frau und konzentrierte sich auf seine Familie. Bis beide innerhalb weniger Monate starben und zwei Kinder zurückließen. Mamercus vermählte sich mit der Tochter. Drusus adoptierte den Sohn.«

Aelias Blick schweifte in die Ferne, während sich die Punkte vor ihrem geistigen Auge zu einem Gesamtbild verbanden von der seit Generationen zerschlagenen Claudiusfamilie, von Volumnias unwiderstehlicher Schönheit und der jungen Aemilia, die durch die Gleichgültigkeit ihres Mannes in die Arme eines Liebhabers getrieben wurde. Das führte dazu, dass sie mich mit einem Blick betrachtete, den ich nicht aushalten konnte.

»General Marius tröstete sich wieder eine Weile mit Sempronia«, sagte ich, »doch er fand schließlich eine nicht so widerspenstige Frau aus der Juliusfamilie. Sulla vermählte sich mit ihrer kleinen Schwester. Er und Marius sind immer Rivalen gewesen, sowohl was die Laufbahn als auch die Frauen betrifft.«

Ich hatte mir das Wichtigste für den Schluss aufgehoben: Das Ammenmärchen, das mir Servilia zum ersten Mal in der Nacht vor meiner Abreise ins Land der Marser erzählte, von einem Pilzgift, über das man sagt, dass das Rezept zur Gewinnung des Gifts in der Corneliusfamilie von einer Frau an die nächste vererbt wird. Wie Sempronia gesagt hatte, war Aemilias ehemaliger Name Cornelia.

»Ich kenne diese Pilzart, aber mein Vater brachte mir bei, dass sein Gift nicht in reiner Form gewonnen werden kann. Diesen Irrtum widerlegte Aemilia. Sie erzählte, wie der zerkleinerte Pilz mit Wein bei niedriger Hitze eingekocht wird, bis man ein fast geruchloses und sehr konzentriertes Gift gewinnt. Aemilia – oder Cornelia – gab zu, dass sie einmal das Geheimnis an eine Frau außerhalb ihrer Familie verriet.«

»An Appius Claudius' Sklavin Volumnia!«

Ich musste gegen mein überstarkes Verlangen ankämpfen, meine hübsche, intelligente Frau küssen zu wollen. Sie las es in meinen Augen und ergriff meine Hände in dem Glauben, dass nun eine der unerklärlichen Ursachen für mein Verhalten gelöst wäre. Ihre Enttäuschung, als ich mich abwandte, ließ eine neue Mauer zwischen uns entstehen.

»Ich soll dich übrigens von Sarpedon grüßen«, sagte ich. »Er lebt immer noch in dem Haus auf dem Palatin und ist der Lehrer der Kinder.«

Aelia lächelte angestrengt. Sie erinnerte sich mit gemischten Gefühlen an den Lehrer und seine Gefühle für Tiro.

Sarpedon hatte mir ohne Weiteres verziehen, was ich zu ihm während des Triumphzuges von Sulla gesagt hatte, und stattdessen nach Aemilia gefragt. Angesichts ihres ohnehin geschwächten Zustands war dieser, da sie die Nahrung verweigerte, ziemlich kritisch.

»Das ist schrecklich«, hatte Sarpedon gesagt, während er sich die verfärbte Haut an der Wange unter dem struppigen Bart rieb. »Sie ist die Einzige, die die armen Kinder noch haben.«

Ich hatte mich erkundigt, ob sich Servilia nicht um ihre jüngeren Geschwister kümmerte. Sarpedon hatte zwischen seinem Mitteilungsbedürfnis und dem Risiko, wegen Indiskretion entlassen werden zu können, geschwankt. Es war ein ungleicher Kampf.

»Sie und Brutus sind zu sehr mit Streiten beschäftigt. Brutus entstammt selbstverständlich einer *vornehmen* Familie, aber Geld hat er dennoch keins. Daher wohnen er und Servilia immer noch hier. Aber sie haben nicht mehr das Bett miteinander geteilt, seitdem der kleine

Brutus geboren wurde. Du hast ihn doch gesehen, oder? Was für ein *hübscher* kleiner Junge.«

»In der Tat.«

Das weinende Kind auf Servilias Arm hätte meins sein können. Jetzt war es stattdessen ein Patriziersohn mit einer Zukunft im Senat. Sarpedons Meinung über die Kinder in Drusus' Haus interessierte Aelia nicht. Doch ich hatte nicht mehr zu erzählen.

»Abgesehen von dem hier: Gestern Nacht kam Mamercus zum ersten Mal zu Besuch, seit Aemilia krank ist. Aber nicht, um zu hören, wie es ihr geht. Er kam, um über Drusus' Liebhaberin zu reden.«

Aelia sah mich abwartend an.

»Er sagte: ›Ich habe nie die Geschichte mit der Frau in Gelb verstanden. Drusus hat nämlich immer Männer bevorzugt‹. Der Volkstribun verbarg seine Neigung, weil ihn das Stimmen gekostet hätte, wäre bekannt geworden, dass er der Liebe unter Männern anhing.«

Meine Frau nickte langsam, als hätte ich eine für sie offenkundige Wahrheit nochmals bestätigt.

»Du wusstest es?«

»Lass es mich so sagen, es ist keine komplette Überraschung für mich. Sonst noch was?«

»Mehr gibt es nicht. Aemilia schlief drei Tage später ein. Mamercus weinte wie ein Kind an ihrer Bahre.«

Keiner von uns konnte ahnen, wie nah wir des Rätsels Lösung waren. Ein Aufstand war alles, was dazu nötig war.

VI

In einer der ersten Frostnächte klopfte es fest und anhaltend an die Tür der Wäscherei. Hinter dem Metallgitter des Gucklochs blitzten im Mondschein zwei glänzende Helme auf.

»Bist du der griechische Wundarzt Demetrios?«, erklang es von dem einen.

»Mein Name ist Lucius Cornelius Demetrianus.« Ich wog mich in einer trügerischen Sicherheit, als ich hinzufügte: »Ich bin römischer Bürger.«

»Unser Herr will dich sehen. Komm, schnell.«

»Wer ist euer Herr?«

»Du fragst zu viel«, unterbrach mich der andere. »Komm jetzt mit, oder wir brennen dein Haus nieder!«

Die Läden waren geschlossen. Das Forum lag verlassen da. Überall in der Stadt hing Furcht in der Luft wie ein unsichtbarer Nebel, doch die Ursache dafür war real: Erst im Herbst hatten 140 000 Italer Rom belagert. Von den Mauern aus hatten die Einwohner auf das Heer gestarrt, das wie ein dichter, rotbrauner Teppich über der Landschaft lag. Der abgesetzte Konsul Cinna war zurückgekehrt, um seine Stellung wieder einzunehmen. Die Stadt ergab sich nach wenigen Tagen. Man sagte, dass General Marius unter den Belagerern umherwandere und vor Rachedurst verrückt geworden sei. Es ging das Gerücht, er plane, alle Männer der Stadt hinrichten zu lassen. Die Frauen sollten vergewaltigt, die Kinder in die Sklaverei geschickt und die Häuser von Italern übernommen werden. Rom würde bald nur noch eine Erinnerung sein.

Die Soldaten trieben mich durch das Tor eines Militärlagers, das wie ein gigantischer, von einem Sturm gefällter Baum die Via Appia versperrte. Vor unseren Gesichtern standen kleine Wolken mit frostigem Atem.

Die Hand, die auf meinem Rücken ruhte, stieß mich brutal durch die Öffnung in das Vorzelt des Heerführers hinein. Mit einem Knall schlug mein Gesicht auf dem gefrorenen Boden auf.

»Ist er das?«, fragte eine der zwei Gestalten über mir.

Ihre Gesichter waren verschwommen. Ihre Füße konnte ich indes erkennen. Das erste Paar trug Soldatenstiefel aus braunem Leder, das andere Sandalen.

»Das kann ich dir sagen.« Die Stimme klang rau und raspelig. »Bleib bloß liegen, Demetrios. Du hast vielleicht geglaubt, ich hätte dich vergessen? Ganz im Gegenteil! Ich habe dich nicht aus meinem Kopf bekommen. Aber es dauerte lange, bis ich mich erholt habe. Nachdem du versucht hast, mich umzubringen.«

Volumnia war mit einer langen, schwarzen Tunika bekleidet. Sie nahm das rote Halstuch ab, das sie um den Hals trug, und zeigte eine unregelmäßige Narbe, die vom Ohrläppchen bis zum Kehlkopf verlief.

»Das war ein Versehen«, sagte ich.

»Halt deine Klappe.« Einen Augenblick lang streifte sie ihren emotionalen Panzer ab. »Du hättest die Gelegenheit ergreifen sollen, die ich dir gab. Nun ist es zu spät. Ich möchte dich nicht mehr haben.«
Nur ungern zeigen wir Menschen einander bedingungslos unsere Gefühle. Daher kommt es auch nur selten vor, dass wir uns wirklich verstehen. Wenn das passiert, nimmt die Einsicht die Form einer überwältigenden, unerwarteten Klarheit an. Volumnia gab mir unbewusst zu verstehen, dass sie die erniedrigenden, zermürbenden und monotonen Dramen, die wir miteinander geteilt hatten, mit Liebe verwechselte. Ihr Leben hatte sie nichts anderes gelehrt, und ihre Schlussfolgerungen waren reichlich simpel: Wäre Aelia tot gewesen, als ich aus Capua zurückkam, und wäre Tiro spurlos verschwunden und Rachel offenkundig für beides verantwortlich, dann würde ich, früher oder später, zu ihr zurückkehren.
»Wenn du mich nicht mehr haben willst, warum lässt du mich dann nicht in Frieden?«
»Das fragst du noch? Du, der sich Arzt nennt?« Sie kämpfte darum, ihre Stimme ruhig zu halten, und zeigte auf ihre Narbe. »Was kann man einer schwangeren Frau Schlimmeres antun, als dass sie ihr Kind verliert?«
Sie ließ die Frage in der Luft hängen, bevor sie sie selbst beantwortete. Doch ich hatte noch nicht das Schlimmste gehört.
»Es war ein Mädchen. Viel zu klein, um überleben zu können. Ich nannte sie Aelia, bevor ich ihre Leiche an die Schweine verfütterte.«
Volumnias ohnehin maskenhaftes Gesicht löste sich auf. Sie lief durch das Vorzelt hinaus und verschwand im Dunkeln. Ich versuchte, ihr nachzurufen. Doch mir kam kein Ton über die Lippen.
Die Soldatenstiefel gehörten einem jungen Mann mit kurz geschnittenem, rotbraunem Haar über den hohen Schläfen. Seine blauen Augen funkelten kalt. Das Gesicht erinnerte mich an ein Bildnis von jemandem, den ich einmal gekannt hatte.
»Salve«, sagte er. »Mein Name ist Marius.«
Es dauerte einen Augenblick, bevor ich begriff, dass es der Sohn des alten Generals war – eine mehr als 40 Jahre jüngere Kopie von ihm.
»Ich habe viel von dir gehört«, fuhr er fort. »Vater hat in den letzten Monaten von nichts anderem gesprochen. Kannst du dir vorstellen,

wie überrascht ich war, als diese Frau dort ankam und erzählte, wo ich dich finden könnte?«

Er zog einen Vorhang zur Seite und bat mich einzutreten.

»Was ist da drinnen?«, fragte ich.

»Mein Vater, selbstverständlich.« Ein schiefes Lächeln breitete sich auf den Lippen von Marius junior aus. »Er erwartet dich sehnsüchtig.«

Ich dachte an den misshandelten Körper des Legaten Decumius, den Sulla und ich im Keller von Marius' Haus entdeckt hatten und verstand, welche grausame Rache sich Volumnia ausgedacht hatte.

»Gnade«, war das einzige Wort, was mein Mund zu formen imstande war.

Marius junior packte mich fest an meiner Tunika und stieß mich durch den Vorhang.

VII

Ich sank auf die Knie auf einen fein gewebten Wollteppich, umgeben von dem wohlbekannten Geruch von Schweiß und Leder. Ich wagte nicht, mich zu bewegen. Irgendwo in dem fackelerleuchteten Inneren spürte ich ein anderes lebendiges Wesen.

General Marius stand neben einem Tisch aus Eichenholz. Sein vernarbtes Gesicht war mit einem mächtigen, rotgrauen Vollbart bedeckt. Das dünne Haar lag um seinen Scheitel wie ein unordentliches, durchlässiges Vogelnest.

»Bona Dea«, rief er. »Wer stört mich?«

Marius ging ein paar Schritte um den Tisch herum, stolperte über eine Teppichfalte und musste all seine Konzentration aufwenden, um sein Gleichgewicht wiederzuerlangen.

Dann entdeckte er mich.

»Demetrios? Bist du das?« Eine Reihe ungepflegter Zähne kam zum Vorschein. »Es wird auch Zeit, Junge. Wo bist du gewesen?«

»In … in Rom, General.«

»Wusstest du nicht, dass ich dich gebraucht habe? Wir marschieren bald los. Es wird ein gewaltiger Schlag. Gigantisch. Es wird Roms Schicksal entscheiden.«

Das Gerücht war also wahr gewesen. Der alte Mann wollte sich an der Stadt rächen, die seinen Rivalen ihm vorgezogen hatte, und die

Einwohner als Sklaven verkaufen. Er zog mich zum Tisch und zeigte mir eine Karte.

»Das ist Griechenland«, stieß ich aus. »Und Asien?«

»Eine große Gefahr droht, Junge. Hast du davon gehört ...« Er schnalzte mit den Fingern. »Wie heißt er noch mal, der Barbar aus Asien, der Kriegerkönig ...«

»Mithridates?«

»Ja, wer denn sonst? Mithridates will unsere griechische Provinz angreifen. Nur ich kann ihn aufhalten.«

»Mithridates *hat* Griechenland bereits angegriffen.«

Marius starrte mich an. Seine Augen füllten sich mit Tränen, sein Mund formte unausgesprochene Worte.

»DECUMIUS!«, rief er dann.

Einen Moment lang wartete ich darauf, dass der Geist des misshandelten Legaten auftauchen würde, wackelnd auf seinen gebrochenen Gliedern.

Stattdessen war es Marius junior, der den Vorhang zur Seite zog.

»Heil, General Marius«, sagte er ernst.

»Wo bist du gewesen, Decumius?«

Ich blickte vom General zu seinem Sohn, der mir einen frostigen Blick zuwarf.

»Draußen die Truppen inspizieren, General. Wir sind bereit, in den Krieg gegen Mithridates zu ziehen.«

»Weißt du nicht, dass er bereits in Griechenland steht? Kann ich mich auf keinen anderen als meinen Leibarzt verlassen? Bona Dea, ich bin nur von IDIOTEN umgeben!«

Der alte Mann schwankte. Er suchte nach einem festen Haltepunkt. Ich bot ihm meine Schulter an.

»Es ist das Beste, du legst dich zur Ruhe, General«, sagte ich. »Du sehnst dich nach Ruhe. Ich gebe dir etwas zur Beruhigung.«

»Du hast Recht. Ich *bin* tatsächlich etwas müde. Was würde ich nur ohne dich machen, Junge.«

Ich half ihm auf das Feldbett und reichte ihm einen Becher Wasser. Er fiel auf die Seite und schlief ein.

Marius junior beugte sich über seinen Vater. Einen Moment lang dachte ich, er wollte dem alten Mann ins Gesicht spucken.

»Jetzt ist Vater auf dem Weg in den Krieg gegen Mithridates. Die meiste Zeit lebt er in seinen alten Triumphen. Seitdem wir zurückgekehrt sind, hat er sich immer weiter entfernt. Kannst du ihm helfen?«

Die ärztliche Heilkunst weiß nur wenig über die Heilung von den Gebrechen des Alters. Das Stadium, das Marius erreicht hatte, verlief normalerweise nur noch in eine Richtung.

»Vielleicht kann sein Gedächtnis mithilfe von Gesprächen wieder verbessert werden«, schlug ich vor. »Manchmal nutzt ein plötzlicher Schock etwas, aber die Wirkung ist in der Regel nur vorübergehend.«

Ich wurde von Mitleid für den hilflosen alten Mann überwältigt; obwohl er einst mächtig war und bewundert wurde, würde er am Ende verachtet und lächerlich gemacht werden. Der dritte Gründer von Rom würde erbärmlich sterben.

Der Sohn sah mich verstört an.

»Vater ist von dem Gedanken besessen, wieder Konsul zu werden. Um das zu erreichen, muss er sich öffentlich zeigen. Es wird deine Aufgabe sein, dafür zu sorgen, dass er dazu in der Lage ist.«

»Warum ich?«

»Wie gesagt, er hat monatelang nach dir gefragt.« Seine eisblauen Augen musterten mich. »Woher kennt ihr beiden euch eigentlich?«

»Ich war der Leibarzt des Generals während der Kämpfe gegen die Kimbern.«

»Du musst damals sehr jung gewesen sein. Hat er dir gegenüber einmal erwähnt, dass er einen Sohn hat?«

»Nicht, soweit ich mich erinnere«, sagte ich, mit all der Überzeugung, die ich aufbringen konnte.

VIII

»Ich kam nach Rom, wenige Tage nachdem dich die Soldaten abgeführt hatten. Wir hatten keine Möglichkeit, dir eine Nachricht zukommen zu lassen.«

Im Schein der Öllampe schienen Tiros Schultern breiter und sein Blick fester geworden zu sein, als das in Arpinum der Fall gewesen war. Er war fast so groß wie ich.

Die Enge des Stadtlebens – Gegenstände auf den Straßen, Menschen und Läden – führen zu einem fokussierenden, auf Einzelheiten gerichteten Blick. Betrachtet man indes eine Wüste oder eine Sumpf-landschaft, entgleiten einem die Einzelheiten aus dem Blickpunkt zugunsten des Ganzen. In den 15 Tagen, die vergangen waren, seitdem Marius der Juniorkonsul von Cinna geworden war, hatte ich gelernt, meine Umgebung wie eine ferne Bergkette zu betrachten. Alles andere wäre unerträglich gewesen.

Auf dem Weg durch die Stadt, über der ein so grauer, feuchter Himmel wie frisch geschmiedetes Eisen hing, lief ich an unzähligen nackten Leichen in verdrehten Körperhaltungen vorbei. Auf dem Forum hatten sich unterhalb eines kleinen Waldes aus Menschenköpfen, die an der Brüstung des Rostrums auf Stangen gespießt worden waren, Scharen von Aasfressern niedergelassen. Die Vögel vertrieben sich die Zeit damit, Fleischbrocken aus den Körpern zu hacken, die man wie Abfall auf das Forum geworfen hatte. Ihr heiseres Schreien war das Einzige, was die Stille unterbrach. Ein Geier mit einem abgerissenen Ohr im Schnabel hatte mich nachdenklich beobachtet, während ich den Platz überquerte.

Anderthalb Monate hatte ich nichts mehr von Aelia gehört. Meine Sorge war nicht geringer geworden, als ich die Tür zur Wäscherei mit Graffiti bemalt sah. Der benachbarte Laden war eine ausgebrannte Ruine. Keiner hatte auf mein Klopfen reagiert.

Ich war auf die verkohlten Dachbalken geklettert, die wild durcheinander im Inneren des Ladens herumlagen, und hatte das flache Dach der Wäscherei erreicht. Ich hastete an den Waschbottichen vorbei, die dunkle Schatten auf die Fliesen des Hofes warfen, die Treppe hinauf zu unserer dunklen, verschlossenen Wohnung. In jenem Moment, als ich die Hand ausstreckte, um zu klopfen, öffnete ein Mann die Tür. Es war Tiro.

»Bist du nicht mehr länger im Haus von Marcus Tullius?«, fragte ich ihn.

Ein Zucken lief über Aelias Gesicht.

»Ich stehe bei seinem Sohn im Dienst«, antwortete Tiro. »Er heißt Cicero und möchte Advokat werden.«

Der Name rief in mir das Bild des schmächtigen Mannes mit weichem Gesicht, hoher Stirn und dunklem Haar, das am Scheitel dünn zu werden begann, ins Gedächtnis.

»Sulla hatte während des Bürgerkriegs einen Quästor …«

»Das war er«, unterbrach mich Tiro rasch. »Er hat viel von Sullas Unverschämtheiten erzählt, die ihn unter Protest zum Rücktritt zwangen. Er hat Philosophie bei dem Akademiker Philon studiert und Rechtswissenschaft bei dem Auguren Mucius Scaevola. Cicero bat seinen Vater darum, mich ausleihen zu dürfen. Ich wohne mit ihm und ein paar Sklaven im Stadthaus der Tulliusfamilie auf dem Palatin.«

Tiro war ausgeliehen worden. Wie ein Einrichtungsgegenstand oder ein interessantes Buch, das einer eingehenderen Betrachtung unterzogen werden sollte.

»Dir sind wohl all die feinen Namen zu Kopf gestiegen, wenn du deine Mutter in dieser Ruine von einem Haus zurücklassen kannst.«

»Mutter und ich haben diesen Ort hier nur ein wenig unattraktiv gemacht. Marcus Tullius wandte dieselbe List an, als eine Räuberbande im Frühjahr Arpinum verwüstete.«

Nicht nur, dass Tiro erwachsener wirkte, er war auch intelligent und einfallsreich. Umso bedauerlicher war es, dass er seine Talente als Sklave verschwendete. Er beugte sich vor und nahm meine Hände über den Tisch. Sein Blick war fest und aufrichtig.

»Es gibt etwas, was ich dich fragen möchte, Demetrios. Du bist meiner Mutter ein guter Mann. Du hast mich immer anständig behandelt. Darf ich dich Vater nennen? Du würdest mir eine große Ehre erweisen, wenn du Ja sagst.«

Als sich Tiro kurz darauf zum Haus seines Dominus auf dem Palatin begab, waren meine Augen noch immer feucht. Ein Kloß in meinem Hals machte es mir schwer zu sprechen. Ich lächelte Aelia an, die am Rand der Bank saß, das Gesicht im Schatten verborgen.

»Hast du gehört, was er gesagt hat?«

Ich erkannte kaum meine eigene Stimme wieder. Aelia klang ebenfalls wie eine Fremde, als sie antwortete, dass dies in der Tat große Worte über einen Mann seien, der lieber einem verrückten Kriegsherrn diene, als seine Familie zu versorgen.

»Aber, du verstehst schon«, erwiderte ich, »dass ich mich Marius nicht aus freiem Willen angeschlossen habe?«

»Dennoch hättest du etwas von dir hören lassen können.«

»Du legtest doch Wert darauf, allein zurechtzukommen.«

Das Gespräch schien einem vorgezeichneten Kurs zu folgen, den keiner von uns einschlagen wollte, von dem wir aber nicht mehr abweichen konnten. Sie erhob sich und lief mit geballten Fäusten hin und her. Ich streckte die Arme nach ihr aus.

»Lass uns nicht streiten.«

»Warum nicht? Was bleibt uns beiden sonst noch übrig? Von jüdischen Sklavinnen und adligen Mädchen fühlst du dich angezogen. Selbst diese Hexe Volumnia bespringst du. Aber mich rührst du nicht an. Ich fühle mich wie eine Aussätzige.«

Meine Angst vor Fortunas Zorn kam mir einen Moment lang unbedeutend vor. Jedoch nur einen Augenblick.

»Du bist anderthalb Monate weg gewesen«, fuhr Aelia fort, »und ich habe von dir kein einziges Wort gehört. Die Barbaren von Marius haben die Leute in den Straßen umgebracht. Ich wusste doch, wie ihr das letzte Mal auseinander gegangen seid. Konntest du dir nicht denken, dass ich beunruhigt war?«

»Selbstverständlich, Aelia«, murmelte ich, »selbstverständlich warst du beunruhigt. Ich dachte mir, du wüsstest, dass ich allein zurechtkommen würde. Ich weiß nicht, was ich mir dabei dachte. Du bist eine einfache Frau …«

»Ein kleines, fügsames Waschweib. Ist es das, was ich bin?« Ihre Stimme steigerte sich zu einem hysterischen Kreischen. »Eine Hausfrau? Ein uninteressantes Weibsbild fortgeschrittenen Alters!«

»Aelia, sei nicht kindisch!«

»Wenn ich kindisch bin, was bist du dann? Du spielst mit Männern Krieg, die dich erst auf die Straße werfen und dann wieder in Gnaden aufnehmen, je nachdem, wie es ihnen gefällt.«

»Ich kann dir sagen«, entgegnete ich verbissen, »dass General Marius ohne mich noch nicht mal allein aus dem Bett aufstehen kann.«

»Marius! Er schert sich um dich nicht mehr als um den Dreck unter seinen Schuhen, nur damit du es weißt!« Aelias Hände zitterten vor Zorn. Sie drehte sich um und öffnete die Tür. »Aber wenn du dich so unersetzlich für den großen General gemacht hast, gibt es keinen Grund mehr, dass du hier bleibst.«

Ich hätte mich entschuldigen können. Ich hätte ihr sagen können, dass ich sie liebte, dass ich sie niemals wieder verlassen würde.

»Ausgezeichnet, wenn es das ist, was du möchtest«, sagte ich stattdessen und erhob mich, schwindelig vor verletztem Stolz.

»Wenn du jetzt gehst, brauchst du nicht zurückzukommen.«

»Gut. Lebwohl.«

»Ich lasse mich von dir scheiden«, rief sie mir nach. »Ich lasse mich von dir scheiden, ich lasse mich von dir scheiden, Lucius Cornelius Demetrianus.«

Durch die dreifache Wiederholung wurde die Scheidung vollzogen. Die Tür flog hinter mir zu.

IX

»Ich, Lucius Cornelius Sulla, der als Quästor Jugurtha von Numidien besiegte, als Legat gegen die Kimbern kämpfte, als Statthalter Kilikien regierte und außerdem die Italer besiegte, habe jetzt, als Prokonsul, König Mithridates geschlagen, Roms größte Bedrohung in unseren Tagen.«

Der Ausrufer, der die offizielle Mitteilung von Sulla mit lauter und klarer Stimme auf dem halb gefüllten Forum vorlas, leierte die Auszeichnungen des siegreichen Herrn in dem überstandenen Krieg herunter und zählte die vielen Volksstämme auf, die wieder unter römische Herrschaft gebracht worden waren. Die Aufmerksamkeit der Anwesenden verringerte sich, und er musste die Stimme anheben, als er zum Schlusspunkt ansetzte.

»... und trotz all dieser Verdienste hat man mich als Staatsfeind bezeichnet, mein Heim niedergebrannt und meine Familie bedroht, die nur mit Mühe fliehen konnte. Man hat Rom verwüstet. Man ließ die Leichen meiner Bekannten nackt in den Straßen zurück. Man hat auf dem Rostrum die Köpfe meiner Freunde auf Stangen gespießt.«

Nur wenige der Toten hatte Sulla persönlich gekannt, aber die Worte und das Wissen um die Dinge, die sich abgespielt hatten, zeigten ihre Wirkung. Das rastlose Murmeln auf dem Forum war von Schweigen abgelöst worden.

»Ich kann den Senat damit beruhigen, dass ich bald zurückkehren werde, um im Interesse Roms und der Verfolgten zu handeln. Niemand wird für etwas verantwortlich gemacht, was er nicht getan hat, doch meine Rache wird die Verantwortlichen treffen: Marius, seinen verbrecherischen Sohn und alle, die sie unterstützt haben. Insbesondere meinen Verwandten, den treulosen Mistkerl Cinna.«

Der Bote rollte den Brief zusammen und folgte einer Schar von Sullas Soldaten zum Senatsgebäude, wo er ihn an das Tor nagelte. Noch bevor er fertig war, blieben Marius und ich allein auf dem Forum zurück.

Die Sonne ging hinter dem Hügel des Kapitols unter. Ihre letzten Strahlen erleuchteten die Fassade des Senatsgebäudes, während sich über dem Forum bereits lange, blaue Schatten ausgebreitet hatten. Der alte General ging langsam zum Curtiusbrunnen und starrte in das dunkle Wasser hinab.

»Auch wenn der Löwe fort«, murmelte er, »ist seine Höhle ein gefährlicher Ort.«

Er wiederholte den alten Kinderreim wieder und immer wieder, wie eine mystische Beschwörungsformel. Der Löwe war nun auf dem Weg nach Hause. Und er selbst war in der Höhle gefangen.

»Du musst dir wegen Sulla keine Sorgen machen«, sagte ich.

»Wie kann ich ihn vergessen? Hast du nicht gehört, was er über mich geschrieben hat?«

Marius deutete mit einem zitternden Finger zurück auf die Rednerbühne. Die wasserblauen Augen in dem faltigen, wilden Gesicht des Mannes starrten leer in den dazwischenliegenden Raum.

»Es war kein persönlicher Brief, General.«

»Bereits in Afrika habe ich es gespürt«, fuhr er fort. »Sullas Hunger nach Ruhm. *Ich* war es, der Konsul war. *Ich* besiegte die Aufständischen. Aber es war Sulla, der ihren Anführer fing. Verhält man sich etwa so? Seinem eigenen Heerführer die Ehre rauben?«

Weitere Beschimpfungen, ob ungewollt oder beabsichtigt, folgten: Sulla habe die Kimbern über die Alpen ziehen lassen, ebenso habe er sich nur mit Julias Schwester vermählt, um ihn, Marius, zu beleidigen. Diese Denkweise war symptomatisch für den an Gedächtnisverlust leidenden General, an dessen Seite ich mich so lange befunden hatte, dass ich ihm kaum noch zuhörte. Mein eigener Zustand war nicht viel besser. Die Zeit, die seit meinem Besuch bei Aelia vergangen war, hatte nur einen schwachen, halb verschwommenen Eindruck bei mir hinterlassen, als hätte ich mich unter Wasser aufgehalten.

Roms Bürger hatten dagegen mit anwachsender Unruhe die Nachrichten über Sullas Siege zur Kenntnis genommen. Nachdem allmählich klar wurde, dass er zurückkehren wollte, hatte Cinna sowohl vom Volk als auch vom Senat Unterstützung erhalten, um ein Heer zu sammeln. Es war ins nördliche Italien gezogen und alle Männer von Rang und Namen waren mitgekommen.

Marius' Blick schweifte auf den Palatinhügel hinauf. Sein sprunghaftes Gedächtnis stieß auf eine zufällige Erinnerung. Er zeigte auf die Häuser auf dem Gipfel.

»Dort wohnt Marcus Livius Drusus. Einer der vornehmsten Patrizier in Rom. Dort war ich zum Abendessen.«

Der Gedanke daran erfüllte den General mit kindlicher Freude, ohne dass er sich an Drusus' Ende erinnerte. Ich redete ihm gewohnheitsmäßig nach dem Mund.

»Ist Drusus Senator, General?«

»Er ist der fähigste Politiker in Rom. Wir stellen uns gemeinsam zum Konsul auf. Das kann nicht schief gehen. Aufgrund seiner Reformen bekommt er alle Stimmen der Italer.«

Ich raffte mich zusammen. Es galt, die wenigen klaren Augenblicke, die Marius noch hatte, auszunutzen.

»Sind der Senatsvorsitzende Scaurus und Crassus Orator mit diesem Plan einverstanden?«, fragte ich.

»Wir haben alle etwas davon.« Marius zählte an den Fingern ab. »Crassus Orator bekommt Drusus' Nichte Servilia. Scaurus erhält ein Sondergesetz, das dem Senatsvorsitzenden das Recht gibt, Ackerland in ganz Italien aufzukaufen. Und ich?« Er lächelte schelmisch, als hätte er ein Spiel gewonnen. »Ich darf Sulla ins Exil schicken. Er kann niemals wieder nach Rom zurückkehren. Das Ganze wurde abgesprochen, nachdem Drusus' Bruder …«

Fingerschnalzen.

»Mamercus?«

»Das wurde vereinbart, nachdem Mamercus gegangen war. Glaubst du mir etwa nicht? Dann schau her.«

Aus einer versteckten Tasche, die an die Innenseite des Ledergürtels genäht war, den er immer um seinen Leib trug, holte er ein kleines, fest zusammengerolltes Dokument hervor. Die wenigen, sorgfältig niedergeschriebenen Zeilen waren eine Zusammenfassung der Bedingungen, die er gerade genannt hatte, ergänzt durch die Unterschriften der Verschwörer.

»Ich trage es immer bei mir«, sagte Marius und schnappte mir das Dokument aus den Händen. »Das ist die Vereinbarung, die mich zum Konsul macht.«

Ich starrte die breitschultrige Gestalt an. War dies der echte General Marius, bloß ohne seine gönnerhafte Maske? Jener Mann, der sich früher und vor seinem Gedächtnisverlust durch seinen grenzenlosen Ehrgeiz sieben Mal den Konsulposten erkämpft hatte? Der Schweiß ließ die Tunika an meinem Rücken festkleben.

Marius ging an den offen stehenden Türen des Vestatempels vorbei. Die ewige Flamme brannte auf dem Altar und erleuchtete das Innere des kleinen, runden Gebäudes.

Er blieb stehen und drehte sich mit einem klaren, musternden Blick zu mir um.

»Gewiss sollte ich nicht laut denken.«

Mein Magen zog sich vor Angst zu einer Faust zusammen. Marius war kein harmloser Greis. Nach Cinnas Abreise war der betagte General die einzige Autorität in der Stadt. Er hatte unbegrenzte Macht. Sein Urteilsvermögen hing von zufälligen Launen ab. Nun erwartete ich sein Urteil.

Er zuckte mit den Schultern und ging weiter. Ich war zu unbedeutend, um bei ihm Besorgnis auszulösen. Er kümmerte sich um mich ebenso wenig wie um den Dreck unter seinen Sandalen. Ich konnte nach Gutdünken auf die Straße geworfen oder in Gnaden wieder aufgenommen werden.

»Was ist mit Scaurus' Haus geschehen?«, hörte ich ihn fragen.

Wieder hatte sein Geist zufällig einen Anhaltspunkt gefunden. Er war vor der Ruine an der Via Sacra stehengeblieben.

»Der Pöbel hat es niedergebrannt«, antwortete ich.

»Ist Scaurus in Ungnade gefallen?«

Eine Hauptthese der Philosophen der Stoa ist, dass der Mensch weder sein eigenes Schicksal noch das eines anderen ändern kann. Das Universum, Vergangenheit und Zukunft bilden ein auf immer festgelegtes Muster, ein von den Göttern erdachtes Manuskript, das unveränderlich ist. In diesem Moment, der aufgeladen zu sein schien wie kurz vor einem Gewitter, wusste ich, dass sich die Stoiker irrten.

»Scaurus ist tot, General.«

»Tot? Seit wann?«

»Es ist mehr als zwei Jahre her.«

Ich erzählte Marius vom Bürgerkrieg, der Niederlage der Italer und Sullas Zeit als Konsul, die mit Straßenkämpfen endete. Sein Blick wurde klarer.

»Ich jagte Sulla, diesen Hund«, murmelte er. »Ja, ich erinnere mich. Aber er entkam. Er kehrte mit einem Heer zurück, nicht wahr?«

»Ja. Du wurdest für vogelfrei erklärt und flohst nach Afrika. Dein Sohn brachte dich zurück.«

»Tatsächlich? Mein Sohn?« Der alte Mann kniff die Augen zusammen und starrte vor sich hin, als versuchte er, vorbeilaufende Schatten im Nebel erkennen zu wollen. »Mein Sohn?«

Wir setzten unseren Weg durch das Capena-Tor zum Militärlager fort. Ich berichtete von Cinna, seiner Belagerung Roms und von den hingerichteten Senatoren, deren Köpfe bis vor wenigen Tagen das Rostrum geschmückt hatten.

Viele von ihnen waren enge Freunde von Marius gewesen. Er verharrte und schaute verloren zur Stadt zurück.

»Du sehnst dich nach Schlaf, General«, sagte ich. Meine Stimme klang sonderbar, fremdartig. »Ich stelle eine Portion Mohntropfen für dich her.«

X

Von meinem Aussichtsposten unter den Pinien auf dem kleinen Platz am Ende der Vestatreppe sah ich die Senatoren kommen und zum Forum gehen. Ich erblickte ihre mit farbenprächtigen Stolen bekleideten Frauen, die sich zu Gesellschaften bei Freundinnen und Familie begaben. Selbst die Sklaven schienen ihre Last leichter zu tragen nach Marius' Tod.

Am Abend des fünften Tages nach diesem Ereignis entdeckte ich einen jungen Mann mit dem Arm voller Schriftrollen und rief ihm zu. Tiro ließ die Papiere fallen und umarmte mich.

»Was für ein Zufall, dass wir uns begegnen«, sagte er.

»Das ist kein Zufall. Als wir uns das letzte Mal sahen, sagtest du, dass Cicero auf dem Palatin wohnt. Ich wusste, du würdest irgendwann die Vestatreppe heraufkommen.«

Tiro wich meinem Blick aus, kniete nieder und fing an, die Schriftrollen aufzusammeln. Er hatte selbstverständlich von der Scheidung gehört. Dies hatte Gebiete aus emotionalem Treibsand entstehen lassen, die wir beide behutsam umgehen wollten.

»Das hier sind Rechtspapiere aus dem Archiv im Saturntempel«, sagte er stattdessen. »Cicero sucht nach einer Sache, die seinen Ruf als Advokat stärkt.«

»Was hat er gefunden?«

»Ein paar Betrügereien.« Tiro zuckte mit den Schultern. »Weder Fisch noch Fleisch. Aber er kann es sich leisten abzuwarten, bis das Richtige auftaucht.«

»Wie wäre es mit einer Mordsache?«

Ciceros Haus war nicht viel breiter als seine Eingangstür, die vom Regen der vergangenen Jahrzehnte Schlieren und von der Sonne feine Risse bekommen hatte.

Drinnen befand sich eines der kleinsten Atrien auf dem Kapitolhügel. Das Wasserbecken maß an jeder Seite nur ein paar Fuß. Die Pfosten des Laubengangs standen so dicht, dass die kleine Öffnung im Dach kaum das Bodenmosaik erhellte, das aus weißschwarzen Quadraten bestand. Tiro las meine Gedanken.

»Ciceros Vater kaufte das Haus vor 30 Jahren. Er hat es nur als Winterwohnsitz genutzt. Die meiste Zeit des Jahres ist er auf seinem Landsitz in Arpinum.«

Eine schrille Stimme unterbrach ihn.

»Bist du das, Tiro? Du hast lange gebraucht.«

Cicero trat aus einem Gang in einer Ecke des Atriums heraus. Er fuhr mit der Hand über die hohe Stirn und richtete sein dünnes Haar, als er mich erblickte.

»Wen hast du mitgebracht?« Seine Stimme wechselte in eine angenehmere Tonlage. »Habe ich dich nicht schon einmal früher gesehen, Bürger?«

»Vielleicht erinnerst du dich nicht mehr an mich, Cicero. Wir begegneten uns bei Sulla, als du sein Quästor warst.«

»Der griechische Arzt«, stieß er erfreut aus. »Was für eine Überraschung. Demeter, nicht wahr?«

»Ich heiße Lucius Cornelius Demetrianus, aber nenn mich ruhig Demetrios.«

Cicero lächelte und nickte.

»Du warst der einzig gebildete Mensch in Sullas Stab. Ich erinnere mich an jenen heroischen Nachmittag, an dem wir das Heer der Samniten vor uns hertrieben und sie vor dem Tor von Nola abschlachteten. Ich habe unnötiges Blutvergießen nie leiden können, aber, bei Jupiter, wenn das Vaterland ruft, dann gehorche ich.«

Ich selbst hatte den Tag in etwas anderer Erinnerung. Mein Gesichtsausdruck ließ ihn das Thema wechseln.

»Du hast bereits meinen Schreiber Tiro getroffen? Wir in der Tulliusfamilie haben immer für eine Ausbildung unserer Sklaven gesorgt. Mein Vater sagt, dass man die Qualitäten einer Adelsfamilie an ihren Untergebenen ablesen kann. Tiros Vater und Großvater haben über Generationen hinweg unserem Geschlecht gedient. Ja, was ist denn, Tiro?«

»Verzeih mir, Dominus«, flüsterte Tiro, »ich hätte es vorher erwähnen sollen. Demetrios ist mein Stiefvater. Er weiß, dass ich hier aus Rom stamme.«

Nach einem kurzen, verlegenen Schweigen ließ sich Cicero zu einer Erklärung herab.

»Viele unserer Geschäftspartner hegen ein gewisses … sagen wir … Misstrauen gegenüber Sklaven, die gekauft wurden anstatt in der Familie aufzuwachsen. Deshalb diese kleine Schwindelei. Nun, genug davon. Dein Name deutet darauf hin, dass es eine Verbindung zur Corneliusfamilie gibt?«

»Lucius Cornelius Sulla kaufte mich frei direkt nach dem Krieg.«

»Dann bist du Sullas Klient?« Er schaute mich erneut an. »Es tut mir leid, das zu hören. Du hast mein tiefstes Mitgefühl. Welchem Umstand verdanke ich deinen Besuch?«

»Tiro hat erzählt, dass du eine Sache suchst, die deinen Ruf als Advokat stärkt. Ich kann dir helfen.«

»Tatsächlich?« Er begann, die Schriftrollen zu untersuchen. »An welche Sache hast du gedacht?«

»An den Mord am Volkstribun Marcus Livius Drusus.«

Cicero hielt inne und drehte sich langsam um.

»Niemand wurde des Mordes angeklagt. Wie sollte ich einen Unbekannten verteidigen?«

»Du sollst niemanden verteidigen, Cicero. Du sollst den Schuldigen anklagen.«

Er ging schweigend eine Runde um das Wasserbecken, während er überlegte, wie er mich abweisen konnte, ohne dabei sein Gesicht zu verlieren. Es verlangt sowohl Mut als auch Überzeugung, um einen Mord vor Gericht zu bringen, wenn man im Falle eines Freispruchs riskiert, auf der Stirn gebrandmarkt zu werden. Ich musste es ihm schmackhaft machen.

»Ich unterschreibe gern die Anklageschrift, wenn du dich der Sache annimmst, Cicero.«

»Ach ja? Nun denn. Aber bevor ich dir meine Antwort gebe, muss ich wissen, wer der Verdächtige ist.«

Ich flüsterte ihm den Namen ins Ohr. Er starrte mich an und zog seine Tunika über dem Herzen zusammen wie ein Schauspieler, der mit einer übertriebenen Geste Schreck und Entsetzen ausdrückt. Danach massierte er sich das Kinn. Schließlich lächelte er.

»Wenn du mit mir zu Abend isst, werde ich dich anhören.«

Die kommenden Stunden verbrachte ich auf einem Diwan im Atrium, während ich erläuterte, warum der Messerstich nicht tödlich gewesen war, wie der eigentlich Schuldige Drusus mit Gift ermordet hatte und wie wir vorgehen sollten, um den Mörder zu entlarven.

»Warum tust du das alles?«, wollte er wissen, als ich fertig war. »Es wird nicht ungefährlich, besonders nicht, wenn du als Kläger auftrittst. Was ist dein eigentlicher Beweggrund?«

Meine Motivation war nicht auf eine einzelne Sache oder eine Obsession begrenzt. Aus der Wut über den sinnlosen Tod von Petronius heraus war ein verzweigtes Gewächs aus Ursache und Wirkung, Erniedrigung und Demütigung, Enttäuschung und Verlust entstanden, das derart verschlungen war, dass ich es kaum noch entwirren konnte. Hätte ich mich zum Beispiel damit zufrieden gegeben, dass der Mörder frei herumlief, wenn ich Aelia nicht verloren hätte? Hätte ich die unzähligen Leiden ignoriert, die diese Schandtat mit sich brachte, wenn ich nicht selbst verstümmelt worden wäre? Jeder Versuch, meine eigenen, tiefer liegenden Beweggründe aufzudecken, musste notwendigerweise zu größerem Schmerz als zu größerer Klarheit führen. Ich rang um eine Erklärung, die Cicero von meinen guten Absichten überzeugen konnte. Er hatte sich in der Zwischenzeit zurückgelehnt und den Teller von sich geschoben.

»Bei Jupiter, ich glaube, es kann gelingen«, murmelte er fern. »Auf alle Fälle sehe ich kein großes Risiko darin, es zu versuchen. Du hast mich überzeugt, Demetrios.«

XI

»Liebe Freunde, das Ganze ist ein verfluchtes Durcheinander.«
Diesmal war es Sulla selbst, der sich an das überfüllte Forum wandte. Die kräftige Sonne Asiens hatte sein Haar fast weiß gebleicht. Sein sommersprossiges Gesicht hatte weitere Furchen bekommen. Mit seinem Feldherrnmantel und schwarzen Lederharnisch bekleidet stützte er sich lässig am Geländer ab, während er sprach.

»Glaubt nicht, dass es mir im Geringsten Spaß macht, meine Heimatstadt zum zweiten Mal zu erobern. Meine Feinde ließen mir keine andere Wahl. Das wisst ihr ebenso gut wie ich.«
Allerdings konnte man weder von Eroberung noch von Widerstand sprechen. Cinnas ungeübte Truppen waren Hals über Kopf vor Sullas kampferprobten Legionären geflohen. Rom hatte die Tore weit geöffnet, als sich sein Heer näherte.

»Es wird nicht lange dauern, bis die Verräter zerquetscht worden sind, und ... ja, und bis die Republik wieder den richtigen Kurs eingeschlagen hat. Ihr könnt alle wieder in Sicherheit leben, ihr guten römischen Bürger. Es herrscht Frieden und für euch besteht keine Gefahr. Sulla wacht über euch. Pace.«
Er ließ eine überraschte Menschenmenge zurück, die eine stundenlange Ansprache erwartet hatte.
Aber Roms neuer Herrscher war kein eifriger Redner und er hasste es, Zeit zu verschwenden. Er versammelte seine Offiziere und marschierte mit ihnen zum Konsularium. Auf dem Weg die Treppe hinauf blieb er stehen und lächelte.
»Demetrios? Ich fing zu glauben an, du seist tot.«

»Salve, Sulla Felix. Es tut mir leid, dass ich dich nicht benachrichtigen konnte.«

Das war jetzt belanglos. So wie auch ich. Er ging weiter.

»Ich hätte dir selbstverständlich von General Marius' letzten Stunden berichtet, wenn ich dazu Gelegenheit gehabt hätte.«

Sulla drehte sich um. Alle um uns herum, die Offiziere hinter ihm, das Volk und die Senatoren, folgten seinem Blick.

»Du warst dabei«, sagte er, »als Marius starb?«

Seine Pupillen glühten in den schmalen, graublauen Augen. Der Mann vor mir strahlte eine kalte, überwältigende Energie aus, die sogar körperlich zu spüren war. Ein Netz aus Lachfältchen breitete sich um seine Augenwinkel herum aus. Einem Augenzeugenbericht von Marius' Sterbebett konnte er nicht widerstehen.

Im Konsularium wies er mir eine Ecke zu. Er selbst setzte sich an der Rückwand hinter einen Schreibtisch. Seine Offiziere stellten sich in einem Halbkreis vor ihm auf, erhielten ihre Befehle und verschwanden dann einer nach dem anderen durch die Tür.

»Pflichten, Pflichten, Pflichten«, stöhnte er, als wir schließlich allein waren. »Ich freue mich, dass ich in etwas angenehmerer Gesellschaft zur Ruhe kommen kann. Ich bekam den Schwanzlutscher Mithridates nicht zu fassen. Musste den Krieg mittendrin abbrechen. Das hast du vielleicht gehört?«

»Nein, Sulla Felix.«

Eines seiner Beine baumelte müde über der Armlehne.

»Ich befreite Athen und Piräus. Aber glaubst du, die Rotzlöffel wären dankbar gewesen? Nein, sie verhöhnten mich von ihren Mauern herab. Nannten mich Hurensohn und riefen, dass mein Gesicht mit Mehl bestäubten Maulbeeren ähnele. Im Gegenzug für diese Erniedrigung zerstörte ich den ganzen Scheißdreck.«

Es dauerte einen Augenblick, bis ich verstand, was ›der ganze Scheißdreck‹ bedeutete. Kein gewöhnlicher Römer würde die Wiege der Demokratie, die Heimat der Architektur und Kultur auf diese Weise bezeichnen. Doch Sulla war kein gewöhnlicher Römer.

»Athen ist zerstört?«

»Nicht völlig.« Er zuckte mit den Schultern, als würden wir über Geschehnisse reden, die uns eigentlich nichts angingen. »Ich hatte zu viele Berichte über die Scherereien hier daheim erhalten, als dass ich meine Arbeit hätte beenden können. Du hattest wohl nicht damit gerechnet, dass du nicht mein einziger Spion in Rom warst? Denn dann wäre ich wirklich beschissen dran gewesen.«

»Es tut mir leid, Sulla Felix.«

Sein Schulterzucken war kaum wahrnehmbar. Sein gesamter Körper strahlte Gleichgültigkeit aus. Nur kleine Anzeichen überzeugten mich davon, dass ich immer noch sein Interesse hatte: der Schimmer in seinen Augen, das Bein, das hin- und herbaumelte.

»Ich habe Lucullus mit ein paar Legionen zurückgelassen, damit sie sich um den Rest kümmern. Er wird schon dafür sorgen, dass mich diese verdammten Griechen nicht vergessen.«

Er stand plötzlich auf. »Aber erzähl jetzt. Wie starb das alte Narbengesicht?«

Während er auf dem Boden hin und her wanderte, erzählte ich von der Belagerung Roms durch Cinna und von Marius' mangelnder Fähigkeit, seine Truppen zu kontrollieren. Schließlich schilderte ich ihm ausführlich die Krankheit und den Tod des Generals, allerdings ohne dabei meine eigene Rolle zu erwähnen.

»Ergab sein verwirrtes Sabbern irgendeinen Sinn?«, fragte Sulla am Ende.

»Für denjenigen, der es versteht zuzuhören, ja. Letztendlich war er es, durch den ich schließlich herausfand, wer Marcus Livius Drusus ermordete.«

Sulla blieb stehen. Dies war eine Information, die er nicht erwartet hatte.

»Und wer, lieber Demetrios, brachte dann Marcus Livius Drusus um?«, sagte er mit einem ironischen Grinsen.

»Das warst du, Sulla Felix.«

XII

Wir standen uns gegenüber wie Gladiatoren in ihrer Ausgangsposition. Durch das Fenstergitter unterhalb der Decke konnte man, gedämpft durch den Lärm der Stadt, das Rufen der Befehlshaber des Heeres auf dem Marsfeld hören.

»Was zum Hades hat bei dir zu dem wahnwitzigen Gedanken geführt, dass ich es war, der Drusus vergiftete?«, fragte Sulla.

»An jenem Abend, als Drusus ein Essen für seine Freunde gab, sah sein Adoptivsohn, wie er mit einer Frau Geschlechtsverkehr hatte. Sie trug einen gelben Schleier, eine Stola und einen Umhang – die traditionelle Kleidung, die Römerinnen bei ihrer Vermählung tragen.«

Sulla trat einen Schritt vor. Sein Körper war angespannt wie ein Bogen. »Was hat das mit mir zu tun?«

»Mamercus hat mir erzählt, dass du an diesem Abend bei dem Fest für deine Freunde an der Aufführung von ›Lukretias Tod‹ teilnahmst. Später berichtete Metrobios, dass du als Lukretia aufgetreten bist. Die Verkleidung bestand aus einer Brautstola, um ihre Unschuld zu betonen. Du verließt das Fest, sobald das Stück zu Ende war, und machtest dich auf den Weg quer durch Rom. Du warst immer noch als Braut verkleidet, weil du keine Zeit hattest, dich umzuziehen.«

»Warum nicht?«

»Du warst damit beschäftigt, zu Drusus zu gelangen. Mamercus hatte dir nämlich von dem Treffen erzählt, das Drusus an jenem Abend mit Marius, Scaurus und Crassus Orator abhielt. Der Pförtner Petronius öffnete dir und ließ dich allein im Atrium zurück. Du hörtest Stimmen aus Drusus' Tablinum, schlichst dich heran und hast an der Tür gelauscht.«

»Wie ungezogen von mir.« Die Ironie in seiner Stimme klang bemüht.

»Und was habe ich gehört?«

»Du hörtest, wie sich Drusus, Scaurus und Crassus Orator der Unterstützung von Marius bei der Machtübernahme von Rom versicherten. Als Drusus seine Gäste hinausbegleitet hatte, lud er dich nach drinnen ein.«

Sulla bemühte sich, grimmig auszusehen, doch die Erinnerung an die letzte Begegnung mit dem Volkstribun ließ ihn unwillkürlich grinsen.

»Du hättest die Fresse des Dreckskerls sehen sollen, als er mich dort stehen sah als Braut und Liebhaber in ein und derselben Person. Darauf hätte ich schon früher kommen sollen. Drusus war wirklich eine verschrobene kleine Schwuchtel.«

»Dann gibst du also zu, dass du Drusus' Liebhaber warst?«

Meine Frage löste ein neuerliches Schulterzucken aus.

»Wieso nicht? Ich habe nie einen Unterschied zwischen Frauen und Männern gemacht. Das bedeutet nicht, dass ich ihn umbrachte.«

»Du hast den Mord bereits zugegeben.«

»*Daran* kann ich mich nicht erinnern.«

»Vorhin fragtest du mich, wie ich auf den sonderbaren Gedanken gekommen war, dass du es warst, der Drusus vergiftete. Aber ich habe nur einigen wenigen erzählt, dass Drusus vergiftet wurde. Du gehörtest nicht dazu. Also sag mir, woher du das wissen kannst, obwohl ganz Rom glaubt, dass er durch einen Messerstich ums Leben kam.«

Sulla erhob die Hand, hielt jedoch mitten in der Bewegung inne. Seine graublauen Augen glühten wie Holzkohle. Die schmalen Lippen öffneten und schlossen sich.

»Früher oder später«, sagte er, »wird dich deine verdammte Schlauheit das Leben kosten, Demetrios.«

XIII

»Es war Selbstverteidigung.« Sulla lief langsam unter dem Fenstergitter auf und ab. »Marius verlangte mein Leben als Bedingung für seine Beteiligung an dem Komplott. So sehr hasste er mich, das alte Arschloch.«

»Ich habe die Vereinbarung gesehen. Sie spricht nur von Exil.«

»Ein lebenslanges Exil ist schlimmer als der Tod«, rief er. »Rom ist der einzige Ort auf dieser erbärmlichen Welt, an dem es sich zu leben lohnt. Was sind die Ebenen in Kappadokien oder die verdammten Berge in Asien gegen die Wärme im Gewölbe einer Taverne? Können es Athens ausgesprochen langweilige Philosophen mit einem Wettrennen im Circus Maximus aufnehmen? Rom ist das Zentrum der Welt. Hier kann ein Mann seinen Ehrgeiz ausleben oder sich volllaufen lassen in Gesellschaft der niedersten und perversesten Kreaturen, die die Götter je geschaffen haben. Die Provinz ist etwas für Pferdehändler oder Bauern. Du weißt genau, wovon ich rede. Ich habe sehr wohl den Ausdruck in deinen Augen gesehen, als ich dich vom Schlachtfeld nach Hause schickte.«

»Das Gift hattest du von Volumnia«, fuhr ich fort. »Euer Verhältnis ist besser, als das jeder von euch dargestellt hat.«

Er nickte und grinste.

»Ich übertrieb ein wenig in jener Nacht auf dem Kapitol. Du warst so verdammt nah dran, die Wahrheit zu erraten.«

»Das tat Scaurus auch. Darum lud er dich zu sich nach Hause ein, an dem Tag nach Drusus' Tod.«

Er zuckte mit den Schultern.

»Bereits als wir neben Drusus' Leiche wachten, fing der Mistkerl von Crassus Orator an, darüber zu sprechen, dass er sich nicht mit dem Volkstribunat zufrieden geben würde. Er wollte Konsul werden. Das passte Scaurus nicht. Crassus war bereits von Mohntropfen abhängig. Ihm eine tödliche Dosis zukommen zu lassen, war für Scaurus ebenso leicht wie sich am Hintern zu kratzen. Ich besorgte sie ihm von Volumnia.«

»Als Dank wurdest du in seinem Testament als Exekutor aufgeführt.«

»Und wurde der Unterbefehlshaber des Heeres. Der alte Ziegenbock rechnete wohl nicht damit, dass ich zurückkommen würde.«

»Aber Fortuna half dir?«

Wie immer, wenn das Gespräch auf die Göttin des Glücks kam, wurde Sulla ernst. Sein sommersprossiges Gesicht verzog sich vor Furcht.

»Du sollst dich nicht über sie lustig machen, Demetrios. Vor der Schlacht bei Nola erzähltest du mir, dass du dabei seist, den Mord an Drusus aufzuklären. Ich wollte dich aus dem Weg räumen und schickte einen Boten zu Varius. Er wartete in Herculaneum auf einen Brief von mir für seine neue Herrin.«

»Volumnia?«

»Wer sonst.«

»Ich kann mir den Rest denken. Nachdem Fortuna bei Nola dein Leben durch mich gerettet hatte, entschiedest du dich um und hieltest Varius im letzten Moment zurück. Du führtest mich auf eine falsche Fährte mit der Lüge, Servilia gehe in den Hainen von Janiculum auf Pilzsuche. Drusus' Schwäche für Pilzgerichte kanntest du durch euer Liebesverhältnis.«

Er setzte wieder sein gerissenes Lächeln auf.

»Nenn es ruhig Liebesverhältnis, wenn dir das gefällt. Doch dieser Mistkerl opferte mich für Marius, ohne zu zögern. Danach steckte er mir seinen Schwanz rein, so als ob alles in schönster Ordnung wäre. Der Mann war ein Schwein. Er verdiente den Tod.«

Sulla zog an einer Kette, die er um den Hals trug. Eine kleine Apollofigur aus Gold kam zum Vorschein. Deren Kopf hatte einen Schraubverschluss, der Körper war hohl wie eine Flasche. Der Kunstfertigkeit nach zu urteilen, musste sie ein Vermögen gekostet haben.

»Ich schüttete das Gift in den Wein, während er mich fickte. Danach leerte er den Becher, als würde er vor Durst umkommen. Das war ein fantastischer Anblick.«

Sulla nahm sein Schwert vom Tisch und befestigte es an seinem Körper. »Wie hast du dir das eigentlich vorgestellt, Demetrios? Willst du meine Schuld vom Rostrum herab verkünden? Das wäre dumm. Tu dir selbst einen Gefallen. Hör auf, dich damit weiter zu befassen. Dann lasse ich dich in Frieden. Wir sind doch trotz allem Freunde. Nicht wahr, du Bulle von einem Arzt?«

Er grinste und musterte mich.

Männer, die Städte verwüsten, dachte ich, *haben keine Freunde.*

Sein Grinsen verschwand.

»Gut«, sagte er und zog blank. »Wenn es das ist, was du haben willst.« Mit drei Schritten war er bei mir, das Schwert blitzte auf, ich sprang zur Seite, das kalte Metall fuhr durch meine Tunika, hinterließ eine blutige Furche auf meinem Rücken und nagelte mich an die Wand. Mit seiner freien Hand packte mich Sulla am Hals und drückte zu.

»Was zum Hades lässt dich glauben«, zischte er in mein Ohr, »dass du das Recht hast, mich zu verurteilen? Du bist nur ein Sklave. Du bist MEIN Sklave. Wie der Rest von Rom.«

Der Geschmack von Eisen stieg in meinem Mund auf. Einen Augenblick lang dachte ich, dass der halb erstickte Schrei von mir käme. Als Sulla den Griff löste, folgte ich dem Geräusch und bemerkte ein paar aufgerissene Augen, die durch das Fenstergitter unter der Decke auf uns herabblickten.

XIV

Tiro zog den Kopf zurück, bevor es Sulla gelang, etwas anderes als einen dunklen Haarschopf zu sehen. Er fluchte, zog mühsam das Schwert aus der Wand heraus, schnitt meine Tunika auf und lief ein paar Schritt nach vorne, während er nach oben starrte.

»Wer ist da oben?«, brüllte er. »Komm heraus, oder ich bringe den Mistkerl Demetrios um.«

Vor dem Fenstergitter fing eine Diskussion an. Sulla richtete seine gesamte Aufmerksamkeit auf die flüsternden Stimmen, erhob das Schwert, legte den Kopf zur Seite. Erst als er die Tür zum Gang zufallen hörte, drehte er sich wieder mir zu.

Er muss auf dem Steinboden des Konsulariums einen Moment lang unentschlossen dagestanden haben, denn als er die Tür öffnete, hatte ich bereits das Regal erreicht, lehnte mich dagegen und stemmte die Füße gegen die Wand. Während er mich mit offenem Mund betrachtete, löste sich das Möbelstück von der Wand und nahm Fahrt auf. Die Schriftrollen fingen an, aus den Fächern herabzuregnen. Mit einem lauten Krach, als würde das Gebäude in der Mitte geteilt werden, stürzte das Regal auf die gegenüberliegende Wand des Ganges und blockierte die Tür.

Sulla bemühte sich vergeblich darum, aus dem Konsularium herauszukommen. Es gab nur noch einen winzigen Spalt zwischen Türrahmen und Regal. Erst als ich auf dem Weg die Treppe hinauf war, sah er mit einem Aufschrei ein, dass er durch die Halle des Senats entkommen konnte.

Ich kam an einem Trupp Liktoren im Laufschritt vorbei. Der Lärm hatte sie aus dem hinter dem Konsularium befindlichen Liktorenkollegium herbeigerufen. Entlang der Ostwand des Gebäudes führt eine Seitenstraße von Argiletum weg. Diese mündet in eine schmale Sackgasse. In der Gasse stand in einer knöcheltiefen Schicht aus Abfall eine Leiter an einer fensterlosen Rückwand. Ein hinabsteigender Mann in einer Toga hatte fast den Boden erreicht. Ich drückte meine Schulter gegen sein Hinterteil, schubste ihn nach oben, kämpfte mich Stufe für Stufe unter seinem Protest hinauf, stieß ihn über den Rand des Dachs und zog die Leiter hinter mir hoch.

Cicero bemühte sich vergeblich, die Falten seiner Toga wieder in die richtige Ordnung zu bringen. Seine aufgerissenen Augen starrten mich an, der schmächtige Brustkorb hob und senkte sich im Marschtakt.

Seine Motivation, sich der Sache anzunehmen, war Ehrgeiz in Reinform gewesen. Die Angst ließ ihn momentan den Ruhm vergessen, den ihm die Verurteilung des Mörders eines Volkstribuns einbringen konnte.

»In den Straßen fangen sie uns sofort«, sagte ich. »Wenn wir über die Dächer laufen, könnten wir es schaffen.«

Tiro wollte die Verletzung an meinem Rücken untersuchen. Ich fegte ihn beiseite und schaute von einer Seite zur anderen. Waren sie nah genug an das Fenstergitter herangekommen? Hatte der Straßenlärm Sullas Geständnis übertönt?

»Wir haben alles gehört.« Mamercus hob eine Wachstafel auf und gab sie an Tiro zurück. »Dein Junge hat alles aufgeschrieben. Und Cicero und ich können es bezeugen.«

Mamercus' Antrieb speiste sich aus Schuldgefühlen, Verzweiflung und Fatalismus. Vieles kam bei ihm zusammen: Kriegstraumata, die Trauer über den Tod der Mutter und schließlich Scham, da er nicht früher versucht hatte, den Mörder seines Halbbruders zu entlarven. Seine Tunika war zerknittert und verschmutzt, das Haar halblang und ungepflegt. Die Stoppeln eines Dreitagebarts standen von seinem Kinn ab. In seinen Augen schimmerte ein verklärter Blick.

Das Liktorenkollegium ragte wie eine Halbinsel in das Meer aus Gebäuden hinein, da es von allen Seiten von den Straßen abgeschnitten war, mit Ausnahme derjenigen, die zur Rückwand des Senats führt. Über die Ecke, die unweit der Straße liegt, ist es möglich, auf das Satteldach des Konsulariums zu gelangen. Während wir auf allen vieren nach oben kletterten, hörten wir deutlich Sullas Stimme von unten heraufdringen.

»Die Dächer. Sie sind auf den Dächern, ihr verdammten Idioten!«

An der Stelle, wo das Konsularium auf das Senatsgebäude trifft, kann man auf das Dach der Basilica Porcia gelangen, indem man auf einem Gesims entlangklettert, sichtbar für jeden, der sich in die Gasse hinter dem Kollegium verirrt hat. Als sich Cicero als Letzter über die Dachtraufe schwang, kam ein Liktor um die Ecke.

»Dort sind sie«, rief er. »Einer von ihnen trägt eine Toga.«

»Du musst sie zurücklassen«, sagte Mamercus, während wir uns an dem Dach der Basilika, uns auf das Querschiff stützend, entlangbewegten. Unter unseren Füßen knirschten lose Terrakottaziegel, Stücke lösten sich und prasselten über die Dachkante nach unten.

»Niemals«, antwortete Cicero, »die Toga hat meinem Vater gehört, und davor seinem Vater.«

Hinter der Basilica Porcia bilden die Dächer der Villen eine unebene Landschaft, die sich bis zur Stadtmauer, die ein paar hundert Schritt entfernt ist, erstreckt. Das nächstgelegene Dach war mindestens zehn Fuß tiefer als jenes der Basilika. Einer nach dem anderen ließen wir uns mit ausgestreckten Armen hinabgleiten und das letzte Stück hinabfallen. Cicero verlor als Einziger das Gleichgewicht, taumelte rückwärts und verschwand durch die quadratische Dachöffnung eines Atriums.

Wir schauten ihm nach und warteten auf den Aufprall. Er folgte in Form eines gedämpften Platschens. Mamercus übernahm die Führung.

»Ihm nach!«

Mitten im Wasserbecken des Atriums trieb Cicero mit ausgebreiteten Armen umher wie ein gekreuzigter Verbrecher. Bewaffnete Sklaven tauchten aus dem Inneren des Hauses auf, von dem Pförtner herbeigerufen. Mamercus stürzte sich durch die Öffnung, landete auf den beiden Vorderen, versetzte ihnen einen derartigen Schlag, dass ihnen der Atem stockte, und erbeutete ihre Waffen. Als Tiro und ich den Boden erreichten, lagen sie gemeinsam mit ihren drei getöteten Kameraden in dem ansonsten leeren Atrium.

»War das notwendig?«, fragte ich.

»Jetzt werden sich die anderen zurückhalten. Was ist das für ein Geräusch?«

Die Scharniere der Eingangstür knarrten. Der Pförtner war auf dem Weg zum Forum, um Hilfe zu holen.

Ich watete zu Cicero und zog ihm die durchnässte Toga aus. Mamercus richtete ihn auf und verschaffte sich einen Überblick über die Lage.

»Hier muss es eine Hintertür geben«, sagte er.

»Sulla weiß nicht, wie ihr ausseht«, merkte ich an und rannte zur Eingangstür. »Ihr könnt in den Gassen verschwinden. Wir treffen uns dann auf dem Palatin.«

Ich war nur ein paar Schritte die Straße hinuntergelaufen, als Sulla an der Ecke zum Forum auftauchte. Der Pförtner rief und deutete auf mich. Mit Ciceros Toga im Arm lief ich vor ihnen davon in Richtung Stadttor, von wo aus sich bereits ein Trupp Soldaten näherte.

Ein metallisches Geräusch ließ mich nach unten schauen. Ich bückte mich und zog an einem stabilen Gitter, das in die staubige Straße eingelassen war. Aus dem schwarzen Schacht unter mir schlug mir ein drückender Kloakengestank entgegen. Als ich das Gitter hochstemmte, fing Sulla an zu rennen. Er hatte meine Absicht erraten, sein rotwangiges Gesicht, sein offen stehender Mund und seine aufgerissenen Augen waren das Letzte, was ich sah, bevor ich mich fallen ließ.

XV

Der unterirdische Gang neigte sich in einem Winkel von zehn Grad nach unten. Sein Boden war aus dem Grundgestein gehauen worden. Der Gewölbebogen, gegen den mein Rücken schabte, bestand aus Ziegeln. Der Gang schien kaum mehr als ein Fuß hoch zu sein. Ich kroch auf dem Bauch vorwärts und stieß mich mit den Knien und Ellbogen ab.

Die Cloaca Maxima war ursprünglich ein offener Kanal gewesen, der das Wasser der umliegenden Hügel durch Velabrum in den Tiber leitete – ein Abfluss für die sumpfige Niederung, wo sich seit der Stadtgründung das Forum befindet. Im Laufe der Jahrhunderte wurde er allmählich bedeckt und erweitert, sodass er nun ein riesengroßes, zusammenhängendes Kloakensystem bildet. Der schmale Gang, in dem ich mich befand, war einer seiner Seitenarme.

Mit Ciceros Toga als Pflug schob ich die Ablagerungen der Jahrhunderte vor mir her. Die weiche, leicht zu durchdringende Masse fühlte sich durch die kräftige Wolle wie kalter, frischer Ton an. Der Gestank war unermesslich. Die Stimmen der Straße entfernten sich, während ich in die Dunkelheit vordrang. Mit dem Tageslicht verschwand auch jedwedes Zeitgefühl, jeder Muskel in meinem Körper arbeitete konzentriert daran, mich vorwärts zu bewegen.

Mir kam es vor, als hätten sich meine Finger stundenlang durch Morast und Exkremente gearbeitet. Schließlich ertasteten meine Finger eine Mauerkante, ich hielt mich daran fest und zog meinen Körper nach vorne, rutschte eine Rampe hinunter und landete kopfüber in einer lauwarmen Brühe.

Unter Wasser, das durch die Ausscheidungen zähflüssig ist, nach Luft zu schnappen, kann ich nicht empfehlen. Ich durchbrach die Oberfläche, spuckte es aus und übergab mich. In der undurchdringlichen Finsternis tastete ich mich zur Wand zurück.

Ich lief mit dem Strom, gebückt, ohne zu wissen, wie hoch der Gang jetzt war. Manchmal glaubte ich, ein Geräusch zu hören, das sich von dem monotonen Gluckern der Kloake unterschied; eine Stimme, ein Plätschern. Des Sehens beraubt, hatten die anderen Sinne freien Lauf. Die Strömung wurde stärker, die fließenden Weichteile um mich herum nahmen festere Formen an. Schließlich hätte ich schwören können, dass es weiter vorne heller wurde.

»Du hast wohl nicht geglaubt, dass ich dir hinab in den Dreck folge?« Eine Hand packte meine Tunika. Ein Schwert legte sich quer über meinen Hals. So standen wir einen Augenblick lang da, als hätte er sich immer noch nicht entschieden, was er tun sollte.

»Mir bedeutet der Tod nichts«, sagte ich.

Er lachte leise in der Dunkelheit.

»Du kannst einem so verdammt wunderbar etwas vormachen. Ich möchte lieber hier unten stehen und dir beim Lügen zuhören, als da oben zwischen all den mittelmäßigen Wahrheiten herumzulaufen.«

Einen Moment lang war etwas in seiner Stimme, das wie aufrichtige Bewunderung klang, wie Freude, einem Ebenbürtigen begegnet zu sein. Dann hörte er sich wieder kalt und fern an.

»Das hier kann immer noch ein gutes Ende nehmen. Sag mir die Namen der anderen Dreckskerle. Dann lasse ich dich gehen.«

Einen Moment lang war ich davon überzeugt, dass ich, indem ich Tiro, Cicero und Mamercus verraten würde, mein eigenes Leben würde retten können.

»Es tut mir leid«, sagte ich.

Mit einem Schwert, das in einer schrägen Bewegung von oben nach unten geführt wird, kann man, ohne die Arterien oder lebensnotwendigen Organe zu verletzen, den großen Schultermuskel durchtrennen und seinem Opfer unerträgliche Schmerzen zufügen. Er hatte so etwas zweifelsohne schon früher getan, es ist aber dabei erforderlich, dass das Opfer steht.

Ich folgte der Abwärtsbewegung des Schwertes, schlüpfte aus der zerfetzten Tunika, sank mit den Knien unter die Oberfläche, packte ihn an den Knöcheln und hob ihn hoch. Mit einem überraschten Aufschrei flog er durch die Luft. Irgendwo über mir unterbrach der gedämpfte Aufprall gegen die Decke seine Flugbahn. Da war ich bereits weitergezogen.

Das Licht blendete mich, die Strömung war nun so stark, dass ich darum kämpfen musste, mich aufrecht halten zu können. Bereits in Kniehöhe verändert Wasser die Schwerkraft. Wenn man bis zur Gürtellinie versunken ist, sollte man sich willenlos von den Bewegungen treiben lassen. Das musste er erst lernen, weshalb er 50 Schritte hinter mir war.

Ich fing an, ununterbrochen weiterzuschwimmen und glitt durch die vom Licht erhellte mannshohe, halbkreisförmige Öffnung, tauchte unter und schwamm dann, so lange ich konnte, in dem frischen, klaren Wasser des Tibers, streckte den Kopf nach oben und schaute mich um.

Schwarz wie ein Nubier klammerte sich Sulla an die Kante der Kloakenöffnung. Der Unrat floss an ihm vorbei und schien ihn mitreißen zu wollen. Er kämpfte dagegen an, suchte Halt an der äußeren Mauer. Ich begriff, warum er mir nicht in den Fluss gefolgt war.
Sulla konnte nicht schwimmen.

XVI

Während ich schreibe, frage ich mich oft, was du wohl über mich denkst.

Wer ist dieser Mann, der behauptet, dein Vater zu sein? Wer ist dieser Grieche, der niemals Griechenland besucht hat, dieser Römer, der sich trotz seiner Bürgerschaft nicht als Römer fühlt? Diese Fragen beschäftigten mich, während ich in der stechenden Sonne saß, die zwischen einer dünnen Wolkenschicht hindurchschien. Das Licht wanderte langsam eine Hausmauer entlang, während mir der Schweiß an meinem halbnackten, verschmutzten Körper hinunterlief. Die Ereignisse des Tages hatten in mir etwas heraufbeschworen, vor dem ich mich mehr als vor allem anderen gefürchtet hatte. Nun konnte ich es nicht mehr länger hinausschieben. Es würde keine weitere Gelegenheit geben. Mein Überlebenswillen bestimmte mein Handeln.

Ich wurde gebeten, im Garten des Peristyls zu warten. Die Wärme und die stillstehende Luft hatten mich unter das Halbdach der Loggia getrieben. Ich hatte den Eindruck, durch den Wind die Stadt einatmen zu können, meine Kehle mit dem Duft von Kräutern, halb saurem Wein und überreifen Früchten zu füllen. Unter mir breitete sich das Forum mit seiner Geschäftigkeit aus. Etwas weiter entfernt, jenseits der verwinkelten Dächer Suburas und der Villen des Esquilin, zogen sich die Felder bis zu den Bergen, eine ungleichförmige Mauer, die im Dunst nur erahnt werden konnte.

»Dort sitze ich üblicherweise auch, wenn Brutus seinen Mittagsschlaf macht«, sagte Servilia in der Türöffnung.

Ich antwortete nicht. Nach einer Weile brach sie das Schweigen.

»Ich habe Elena aufgetragen, Feuer für ein Bad zu machen.«

Sie rief nach der Sklavin.

»Ich bin bloß gekommen, um mich bei dem Koch des Hauses zu entschuldigen«, entgegnete ich.

Servilia setzte sich an das andere Ende der Bank. Mein Körpergeruch hielt sie auf Abstand.

»Marcus?«, fragte sie. »Wieso?«

»Ich war letztens unverschämt, nicht höflich, nicht anständig«, murmelte ich wie ein Bettler am Straßenrand, der sich wegen seines Bedarfs an Geld entschuldigt.

»Ich hoffe, mir ist es vergönnt, Marcus Stercorius um Verzeihung bitten zu dürfen.«

Mein Aussehen war ziemlich überzeugend. Doch mein Erfolg hing von meiner Fähigkeit zur Täuschung ab – jener Begabung, über die sich bereits Sulla gewundert hatte.

Elena kam die Treppe hinauf aus dem Untergeschoss des Hauses. Die Frauen flüsterten kurz miteinander, bevor die Sklavin wieder verschwand.

»Ich möchte mich auch gern dafür entschuldigen«, fuhr ich fort, »dass ich die Herrin des Mordes an ihrem Onkel beschuldigt habe.«

Ich richtete meinen Blick auf sie.

Der Schreck durchkreuzte meinen Plan.

Eines ihrer Augen war angeschwollen. Und eine Wange hatte die Farbe einer reifen Pflaume. Die Beule auf ihrem Nasenrücken zeugte von einem zusammengewachsenen Bruch. Ihre entblößten Arme waren mit blauen Flecken übersät.

»Meinem Mann gefiel es nicht, was er in meinen Augen sah, als du hier warst, um Aemilia aufzusuchen«, sagte sie. »Er ist stärker als man meinen möchte. Aber das ist jetzt unbedeutend. Er ist zusammen mit Cinna auf der Flucht.«

Irgendwo drinnen fing ein Kind zu weinen an. Servilia erhob sich und kehrte mit dem kleinen Jungen zurück, den ich letztens in ihren Armen gesehen hatte. Sie kitzelte ihn am Bauch, er lächelte unbekümmert.

»Hast du gut geschlafen, kleiner Brutus? Ja, hast du? War es warm genug? War es das?« Sie blickte auf. »Der kleine Brutus ist das Beste in meinem Leben. Ich bin weniger einsam, wenn ich ihn anschaue. Er erinnert mich an seinen Vater.«

Sie legte den Kopf zur Seite und betrachtete mich mit einem sonderbaren Blick.

Ich schaute den Jungen an, der langgliedrig war, große, lebhafte Augen hatte und dem kleinen, dicklichen Brutus nicht im Geringsten ähnelte.

Der Koch kam die Treppe heraufgewatschelt. Ich warf mich vor ihm auf die Knie und bat ihn um Verzeihung. Weder er noch Servilia wussten, was das zu bedeuten hatte, aber die Erleichterung darüber, keinem erneuten Verhör ausgesetzt zu werden, ließ ihn nachsichtig werden.

»Ich vergebe dir«, sagte er.

»Danke, Marcus Stercorius. Alle hier im Haus müssen froh darüber sein, dass du zurück bist. Es erstaunt mich jedoch, dass Aemilia solch einen hochgeschätzten Sklaven entbehren konnte.«

»Ich bin ein freier Mann«, erwiderte der Koch kühl.

Sein Großmut war umgehend wieder da.

»Du bist also kein Pförtner mehr?«

Er betrachtete mich mit einem Blick, den man bei armen Geschöpfen findet, die einem harten Schicksal ausgesetzt sind. Hinter mir spürte ich, dass Servilia nicht mehr länger schweigen wollte.

»Du verwechselst mich mit Petronius«, sagte der Koch.

Jetzt bemühte er sich darum, das Gespräch rasch zu beenden. Deshalb war er nicht mehr wachsam.

»Du hast Recht. Petronius verstand es zu schweigen.«

Halb abgewandt warf mir Marcus Stercorius einen argwöhnischen Blick zu.

»Petronius hätte niemals verraten«, fuhr ich fort, »dass es Servilia war, die ihren Onkel erdolchte – so wie du es mir erzähltest, als wir neulich miteinander sprachen.«

Schließlich verstand er, worauf ich hinauswollte. Das wollte er nicht auf sich sitzen lassen.

»Herrin, er lügt. Ich habe dich nicht verraten.«

»Er hat Recht«, bestätigte ich. »Alle haben dichtgehalten. Sogar Aemilia.«

Wir schauten uns einen langen Moment in die Augen. Dann waren Elenas Schritte auf der Treppe zu hören.

»Das Bad ist vorbereitet.«

XVII

Im Untergeschoss führte eine Tür hinter der Küche ins Badezimmer. Im Tepidarium schmierte ich mich mit dem parfümierten Öl ein, das Elena bereitgestellt hatte.

Anschließend ließ ich mich auf einer Bank in der Hitze des Caldariums nieder, starrte durch den Dunst die Flamme der Öllampe an, bis mein Kopf schwer wie eine Melone war. Ich schabte mit der gebogenen Klinge der Strigilis den Schweiß und Schmutz vom Körper; diese mechanische Wiederholung jenes Vorgangs, den ich seit meiner frühesten Kindheit wöchentlich vorgenommen hatte, schien nun eine neue Dimension anzunehmen.

Ich wartete ab.

Im Wasser des Kältebeckens fühlte ich mich wie von einem Bettlaken umhüllt, das in einer frostigen Nacht im Freien gehangen hatte. Ich keuchte, während mir das Blut in den Kopf schoss. Das Frigidarium der Drususfamilie war im Gegensatz zu den Becken der öffentlichen Bäder nicht durch zahllose Leiber lauwarm geworden. Es war ein eiskalter Guss, der direkt aus dem Steinkanal des Claudius-Aquädukts und den Quellen der Apenninen kam.

Servilia öffnete die Tür und lief mit ihren nackten Füßen über die Fliesen. Sie wartete, bis ich aus dem Bad gestiegen war und ein sauberes Tuch auf die Bank gelegt hatte.

Während sie vorsichtig meine Wunde am Rücken säuberte, sie trockentupfte und mit Honig salbte, wartete ich beinahe gleichgültig ab wie ein Fischer, der seine Reuse im ruhigen Strömen des Flusses betrachtet. Als sie zu reden begann, klang ihre Stimme wie von fern.

»Ich wartete, bis Onkel Drusus allein mit Petronius und Mutilus im Atrium war. Dann sagte ich ihm, dass ich mich weigere, Crassus Orator zu heiraten. Ich hatte erlebt, wie die Geburten langsam das Leben von Mutter geraubt hatten. Ich wollte nicht so enden wie sie.«

Ich kannte die Fortsetzung, respektierte aber die kathartische Wirkung der Worte. So viel schuldete ich ihr.

»Onkel Drusus starrte mich mit einem entrückten Gesichtsausdruck an. Er sah nicht gesund aus, aber ich dachte im Traum nicht daran, dass er im Sterben lag. Als ich ausgeredet hatte, verpasste er mir eine Ohrfeige. Er sagte, dass junge Mädchen eine nützliche Tauschware bei politischen Allianzen seien. Ich solle bloß nicht glauben, mir eigene Gedanken und Ansichten leisten zu können. Wenn mir Crassus Orator zehn schreiende Bälger machen würde, hätte ich zu gehorchen. Ich fing an, mit ihm zu streiten. Ein Wort ergab das andere ...«

Selbst Katharsis hat ihre Grenzen. Sie war dankbar, dass ich fortfuhr.

»Das Messer hattest du von Mutilus erhalten. Zur Selbstverteidigung, solltest du ihn auf der Straße verlieren. Er reagierte sofort und brachte dich die Treppe neben der Eingangstür hinauf ins Obergeschoss. Deshalb war Petronius allein mit Drusus im Atrium, als die Gäste zu Hilfe eilten.«

Ich stellte mir die Gefühle vor, die sie an jenem Abend durchströmt hatten: Entsetzen über das, was sie getan hatte, Erleichterung, gerettet worden zu sein, Furcht, enttarnt werden zu können.

»Warum hast du mich gebeten, den Mord aufzuklären?«

Die Frage ließ ihre Hände zittern. Die Antwort fiel mir ein, bevor sie ihre Selbstbeherrschung wiedererlangt hatte. Ich ließ sie dennoch fortfahren.

»Die ganze grauenvolle Nacht hindurch, während überall im Haus Onkel Drusus' Schreie zu hören waren, glaubte ich, dass das alles meine Schuld war. Als ich dich sagen hörte, dass es zwei Mörder gäbe, wollte ich wissen, was du meinst. Deine Erklärung sprach mich frei. Ohne darüber nachzudenken, bat ich dich, den wahren Mörder zu finden. Später schimpfte mich Mutilus aus, aber da hattest du bereits sowohl mit den Sklaven als auch mit den Kindern gesprochen und nicht das Geringste herausgefunden. Ich fühlte mich sicher.«

»Bis Petronius beschloss, den Mörder zu enttarnen.«

»Mutilus und ich glaubten, dass *ich* es war, den Petronius enttarnen wollte. Wie ich dir schon erzählt hatte, beabsichtigten wir, ihn auf Onkels Landsitz aus dem Weg zu schaffen. Ich gab den Gladiatoren den strikten Befehl, dich nicht umzubringen. Sie sollten dich nur einsperren. Mutilus und ich warteten auf ihre Rückkehr. Dann sollten sie unten warten, während wir nach oben gingen und Petronius holten. Aber an diesem Abend lief alles schief.«

Ich betrachtete sie schweigend, während sie mich aufrichtete und mein Gesicht mit dem parfümierten Öl einrieb. Plötzlich stellte sie sich hinter mich und legte das Schermesser an mein Kinn.

»Jetzt kannst du mir aber doch erzählen, wer Onkel Drusus vergiftete«, sagte sie.

Der Druck des Messers zwang mich allmählich nach hinten. Das Schweigen zwischen uns wuchs an. Würde der Plan, den Cicero, Mamercus und ich geschmiedet hatten, schiefgehen, wäre es nicht auszudenken, wie groß Sullas Rache sein würde.

»Ich werde alles dafür tun, damit der Schuldige seine Strafe erhält. Damit musst du dich begnügen.«

Das Messer ruhte auf meiner Halsschlagader. Mein Hinterkopf lehnte an ihrem Bauch. Die Schweißtropfen liefen langsam meinen Nacken hinunter.

»Wirst du auch alles dafür tun, dass *ich* meine Strafe bekomme?«

Ihre Stimme war hart. Ich blickte auf. Als ihre grüngelben Augen meinen begegneten, erkannten wir beide, dass sie die unausgesprochene Drohung nicht ausführen konnte.

Sie lachte über sich selbst und fuhr mit dem Messer weiter nach oben über meine Wange.

Mit einem leisen Zischen glitt das Messerblatt in den Schaft zurück. Ich erhob mich und streifte mir eine saubere Tunika über den Kopf. Sie faltete das Handtuch zusammen und legte es über die Stuhllehne.

»Es ist unwahrscheinlich, dass Brutus zurückkehrt«, sagte sie. »Außer mir wohnen hier nur die Sklaven und Kinder.«

Mit beiden Händen strich sie sich das schwarze Haar aus ihrem Gesicht und richtete den Rücken auf. Ihre Tunika klebte an ihrem Körper, halbdurchsichtig durch die Feuchtigkeit in der Luft. Die bräunlichen Brustwarzen zeichneten sich durch den dünnen Stoff ab. Ihr Blick ließ wenig Zweifel an ihrer Absicht.

»Warum«, fragte ich, »gabst du den zwei Gladiatoren den Befehl, mich nicht zu töten?«

»Ich war sehr jung«, entgegnete sie, die immer noch keine 19 Jahre alt war. »Ich träumte davon, mit dir fortzugehen. In die Provinz. Nach Athen oder Massilia. Nun sind meine Träume realistischer.«

»Was ist, wenn Brutus doch heimkehrt? Er ist der Pater familias. Er kann dir die Kehle aufschlitzen. Die Leute würden über ihn dennoch kaum die Nase rümpfen.«

Reiner, unverfälschter Hass blitzte in ihren Augen auf.

»Das ist mir vollkommen egal.«

»Und dein Sohn? Ist er dir auch egal?«

Sie ließ ihre Schultern fallen, als sie erkannte, welch realistischen Charakter ihre Träume dann annehmen würden. Unsere Blicke trafen sich. Ihre Augen drückten nun Schmerz aus, der nur schwach in ihrer Stimme zu hören war.

»Wie ich sagte: Ich war sehr jung.«

Es gab noch eine einzelne Sache, die ich von ihr wissen musste. Nenn es Eitelkeit. Sie kannte meine Frage, bevor sie gestellt wurde. Ihre Antwort verschloss eine Tür zwischen uns.

»Du warst keine Jungfrau mehr«, sagte ich.

»Crassus Orator wollte sicher sein, dass alles zu seiner Zufriedenheit war, bevor er den Ehevertrag unterzeichnete.«

XVIII

Sullas Glaubwürdigkeit hatte einen neuen Tiefpunkt erreicht, und die Angst einen neuen Höhepunkt. Er hatte, wenige Stunden, nachdem er vom Rostrum herab Frieden und Sicherheit verkündet hatte, alle 60 000 Mann seines Heeres auf die Straße geschickt, um Kontrollen, Hausdurchsuchungen und Verhaftungen vorzunehmen. Auf allen öffentlichen Plätzen und Märkten standen Tag und Nacht Wachen hinter Absperrungen und durchsuchten alle, die passieren wollten.

In den Straßen wurde in regelmäßigen Abständen patrouilliert. Der gleichmäßige Marschtritt hielt die Menschen jede Nacht wach. Cicero hatte uns gegenüber unzählige Male betont, dass es unmöglich sei, eine Anklageschrift zu verfassen, wenn er nicht uneingeschränkte Bewegungsfreiheit hätte. Der Zugang zu Präzedenzfällen in den Archiven des Saturntempels sei erforderlich, und die Anklage selbst müsse persönlich beim Schiedsgericht eingereicht werden.

Mit einer sonderbaren Mischung aus Selbstgefälligkeit und Todesverachtung, die üblicherweise seinen Modus operandi ausmachte, war Cicero nunmehr um seinen Ruf besorgt und legte sein Hauptaugenmerk auf den korrekten Ablauf des Verfahrens. Er hatte auch nichts zu befürchten. Sulla suchte vergeblich, und selbst ich würde mich unbemerkt fortbewegen können, wenn ich mich an die Seitengassen hielt.

Das wurde mir in dem Moment klar, als Tiro meine Kammer neben Ciceros kleinem Peristylgarten betrat. Die unzusammenhängenden Äußerungen des Jungen ergaben keinen Sinn, aber ich erkannte die Handschrift auf der Wachstafel, die er mir vorsichtig überreichte, so als befände sich ein lebender Skorpion zwischen den zwei zusammengebundenen Holzplatten.

In der Dunkelheit, wo Jupiter verweilt stand dort auf der Innenseite der Wachsoberfläche.

Später gingen wir in die kleine Wohnung über der Wäscherei. Unten im Hof hatten die Wäscherinnen gemeinsam einen Gesang angestimmt. Ihr langsamer Rhythmus fiel mit dem Geräusch des nassen Stoffs zusammen, den sie auf die Steine schlugen.

Tiro deutete auf einen Gegenstand, der mitten auf dem Boden in der Stube stand, die ich mit Aelia bewohnt hatte. Er wurde von den Sonnenstrahlen erleuchtet, die durch die geschlossenen Fensterläden fielen.

»Ich kam, um Mutter zu besuchen. Die Wachstafel lag am Rand dort. Was hat das zu bedeuten?«

Er hatte nie das Einmaleins der Diagnostik gelernt. Ich musste ihm das Naheliegende erklären.

»Es kann sich nur um die Jupiterstatue im Tempel auf dem Kapitolhügel handeln, die sie meint.«

»Sie? Wer?«

Wir betrachteten schweigend das hüfthohe Wasserbecken aus Silber, dessen Sockel drei tanzende Nymphen bildeten.

XIX

Ich erreichte das Ende des ansteigenden Pfads zur Zitadelle des Kapitolhügels, kurz bevor die Nacht hereinbrach. Der dunkle Koloss des uralten Jupitertempels überragte die kleineren Tempel und Statuen. Auf dem Dachfirst stand der Gott auf seinem Streitwagen. Von der untersten Stufe der breiten Aufgangstreppe aus waren nur die Köpfe der vier Pferde zu erahnen, die sich als verzerrte Umrisse vor dem Sternenhimmel abzeichneten. Auf dem Steinaltar vor dem Tempel waren brennende Fackeln angebracht. Ich nahm eine mit und lief die Säulenreihen des Portikus entlang. Die Bronzetüren standen einen Spalt weit offen.

Die lange, schmale Tempelhalle roch nach 500-jährigem Alter und Feuchtigkeit. Am anderen Ende erhob sich vor einem Thron aus Stein eine mächtige Gestalt: Jupiter Optimus Maximus, von unten durch eine einzige Öllampe auf dem Boden angestrahlt. Sein rätselhaftes Lächeln erinnerte mich an den Marsergeneral Silo. Die Borte seiner purpurfarbenen Toga war mit Blattgold verziert. Hunderte kunstfertige Locken formten sein kurzes Haar und seinen Bart. In der erhobenen rechten Hand des Gottes glänzte der Blitz aus massivem Gold.

»Aelia«, rief ich.

Der Laut meiner Stimme hallte nicht an den Wänden wider, sondern erstarb wie eine Flamme, die man gerade auspustet. Unter der Putzschicht des Jupitertempels verbarg sich Roms gewaltigste Holzkonstruktion. Die Materialwahl beeinflusste die Akustik der Halle.

»Du musst sehr besorgt sein.« Die heisere Stimme schien irgendwo in der Luft um mich herum aufzusteigen. »Ich habe nicht lange auf dich warten müssen.«

»Lass Aelia gehen. Ich bin es, den du haben willst.«

»Ach ja?«

»Du wolltest nicht mehr länger warten, bis ich in die Wäscherei zurückkäme.«

»Warum nicht?«

Es war unmöglich auszumachen, von wo aus Volumnia sprach.

»Du hast den Befehl erhalten, mich umzubringen«, sagte ich.

»Und von wem sollte ich solch einen Befehl empfangen haben?«

»Du erzähltest mir, dass du die Tochter einer gallischen Sklavin bist. Dass dich dein Vater und Dominus vergewaltigte. Das erinnerte mich daran, was Sulla über seinen Vater erzählte, der das Vermögen der Familie versoff und alles bestieg, was in seine Nähe kam. Von seiner gallischen Sklavin bis zu den Jungen in den Bädern – und sogar seine uneheliche Tochter. Sulla ist dein Halbbruder.«

Ein heiseres Lachen lief die Wände entlang. Volumnia kam aus einem verborgenen Hohlraum hinter dem Thron Jupiters hervor.

»Es war kein Zufall«, fuhr ich fort, »dass wir uns während Sullas Triumphzug auf dem Forum trafen.«

Sie blieb stehen und lächelte, als sie begriff, worauf ich hinauswollte.

»Er bat mich, dich aufzuspüren.« Ihre Stimme klang wieder normal. »Decumius hatte ihm berichtet, dass Marius dich vor die Tür gesetzt hatte. Ich war die Einzige, auf die sich Sulla verlassen konnte und die wusste, wie du aussahst.«

Ich zog mein Messer und fing an, ihr entgegenzugehen, mit einer ungenauen Vorstellung davon, was ich tun sollte, und nur auf Erfolg hoffend. Als ich an einer Säule vorbeiging, fiel ein breiter Schatten auf mich. Knoblauchgestank hüllte mich ein. Ein Schlag warf mich zu Boden. Crixus drückte ein Knie in meinen Rücken und entriss mir das Messer. Ruhig und methodisch begann er, meine Hände fest zusammenzubinden.

»Lass Aelia gehen, Volumnia«, rief ich und drehte mich um, um Augenkontakt mit ihr zu bekommen. »Bist du dir sicher, dass du nicht noch mehr wissen möchtest? Als Sulla und ich in Marius' Haus Zuflucht suchten, sah ich in seinem Tablinum die Schlangenlampe aus deinem Lager.«

Ich hatte in ihr eine angenehme Erinnerung zum Leben erweckt.

»Marius stand eines Tages in der Schankstube unterhalb des Bordells und verlangte, mit dem Besitzer zu sprechen. Aus irgendeinem Grund war sein Interesse für Antiquitäten geweckt worden, und er hatte von meinem Lager gehört. Er erkannte mich jedoch nicht. Aus seinem Geplapper konnte ich heraushören, dass er dich hasste. Ich hatte geglaubt, er würde dich seinen Hass spüren lassen. Ich hätte wissen müssen, dass er nur ein armer, alter Mann war. In seiner Jugend war er ein vollkommen anderer Kerl gewesen.«

»Du hofftest, diesen Kerl heiraten zu können. Aber Marius wollte sich nicht mit einer freigelassenen Sklavin begnügen. Seine Laufbahn war ihm wichtiger.«

Ein neuerliches Lächeln hellte kurzzeitig ihr verwelktes Gesicht auf.

»Sulla verzieh dem alten Narbengesicht nie, dass er mich wegwarf. Zwischen Geschwistern, die sich während ihrer Kindheit aus Suff und Missbrauch gegenseitig helfen, besteht ein besonderes Band. Wenn uns Vater nicht nacheinander nahm, zwang er uns, miteinander zu ficken, während er zusah. Er lehrte uns, Geschlechtsverkehr und Gefühle voneinander zu trennen. Das ist wahrscheinlich der Teil seiner Erziehung, aus dem wir den größten Nutzen ziehen.«

Jedes ihrer Worte ließ ein neues, stecknadelgroßes Loch in jenem Vorhang entstehen, hinter dem sich Volumnias und Sullas Kindheit verbarg.

Ihre Offenheit war unverständlich, aber willkommen. Ich konnte dadurch Zeit gewinnen.

»Vater vermählte sich mit Clitumna«, fuhr sie fort. »Sie war ein widerliches Weib, allerdings nicht dumm. Sie begriff, dass ich eine Rivalin war, und sorgte dafür, dass er mich an Appius Claudius verkaufte. Du kannst dir gewiss vorstellen, wie begehrt Sulla und ich bei den Orgien meines neuen Dominus waren. So begehrt, dass Appius den törichten Einfall hatte, mich heiraten zu wollen. Es vergingen nach meiner Freilassung nur wenige Stunden, bis ich abgehauen war.«

Crixus schleifte mich über den Steinboden zur Jupiterstatue hinüber. Ein Strick baumelte am rechten Arm des Gottes herunter, befestigt am vergoldeten Blitz seiner Faust.

»Aber zunächst vertraute dir Aemilia ihr Geheimnis an?«

Volumnia sah kalt und ungerührt zu, wie Crixus mich auf einen Schemel stellte und die Schlinge um meinen Hals legte.

»Du meinst das Gift, das Drusus umbrachte? Das wandten wir zum ersten Mal bei Clitumnas Tod an. Sie überlebte ihr Schwein von Mann nur um wenige Monate. Das war die Strafe dafür, dass sie ihn überredet hatte, mich zu verkaufen. Sulla erbte ihr Vermögen. Er half mir beim Aufbau des einzigen Gewerbes, das ich kannte. Wenn ich das so sagen darf, habe ich das gut gemacht.«

Also dies war der Grund für ihre Bekenntnisse: ein verschrobenes, teilweise irrationales Bedürfnis, dass sich ihre Mühen im Leben gelohnt hatten. Selbst wenn ich ihrer Einschätzung zugestimmt hätte, ich hätte ihr kaum solch eine Genugtuung verschaffen können.

»Warum versuchst du, meinen Tod als Selbstmord erscheinen zu lassen?«

Wenn sie über meine mangelnde Furcht enttäuscht war, verbarg sie es gut.

»Sulla glaubt fest daran, dass es Fortuna war, die dich sein Leben zweimal retten ließ. Daher traut er sich nicht, dich selbst umzubringen. Aber wenn du Selbstmord begehst, kann er weder mir noch sich selbst etwas vorwerfen. Außerdem ist es nur angemessen, dass du deinem Vater wenige Monate nach dessen Tod in den Hades folgst.«

»Mein Vater starb vor 15 Jahren bei Arausio.«

Sie hielt inne und betrachtete mich aufmerksam.

»Und wer war deine Mutter?«

Vater war diesbezüglich immer seltsam wortkarg gewesen. Wie seine Schwester, so ging auch ich davon aus, dass diese Frage mehr Schaden als Nutzen bringen würde.

Volumnia musterte mein Gesicht.

»Ist es tatsächlich möglich, dass du dir das nicht selbst ausgerechnet hast? Sempronia hat dich vermutlich nicht sonderlich mütterlich behandelt. Du ähnelst deinem Vater zu sehr, als dass sie deinen Anblick ertragen konnte.«

»Mein Vater und ich ähnelten uns überhaupt nicht.«

»Ich rede nicht von Cornelia Gracchas griechischem Sklavenarzt, der sich um dich kümmerte und dir seinen Namen gab, sondern von deinem richtigen Vater, von Sempronias Liebhaber. Es war ja allgemein bekannt, dass er es war, bevor er sich mit Julia vermählte.«

Sie nickte und lächelte, während mir langsam die Wahrheit bewusst wurde.

Du verstehst sicherlich auch, welche Bedeutung das für dich hat, mein Sohn. Und du begreifst, warum Sempronia versuchte, mich vor Quintus Servilius' Feldzug zu schützen, und warum sich General Marius mir zuwandte. Ob er wusste, wer ich war, oder ob er sich bloß unbewusst in mir wiedererkannte, werde ich niemals herausfinden.

»Nun musst du uns leider verlassen«, sagte Volumnia.

»Lass Aelia gehen, bevor du mich aufhängst«, rief ich.

Volumnia bestätigte, was ich bereits wusste.

»In eurer Wohnung wird man eine Wachstafel finden, in der du sie darum bittest, dich hier zu treffen, damit ihr euch vor Jupiter wiedervereinigen könnt. Wenn sie ihre Leiche mit deinem Messer im Herzen finden, werden deine Freunde glauben, dass es ein Familiendrama war.«

Der Schemel fiel auf den Steinboden. Mein Rücken spannte sich wie ein Bogen an, ein weißer Blitz schoss durch meinen Körper, die zwei Gestalten schienen vor mir hin und her zu schwanken und einen irrwitzigen Tanz aufzuführen.

XX

Tiro schrie mir ins Gesicht. Ich versuchte, um Wasser zu bitten. Doch meine Stimme versagte mir. Mit einem kurzen, schmerzhaften Zischen strömte die Luft in meine Lungen. Es fühlte sich wunderbar an, trotz des Gestanks. Denn beim Erhängen entleert der Körper reflexartig den Darm.

Wenige Meter von uns entfernt lag Crixus inmitten einer Blutlache. Cicero stand über der Leiche und betrachtete sie mit großen Augen. Mamercus trat aus dem Dunkel hervor, sich geistesabwesend das kurzgeschorene Haar kratzend. Von seinem Schwert troff Blut. Als er sich niederbeugte, roch ich seine Weinfahne.

»Sei froh, dass Tiro und Cicero mich mitgenommen haben.«

Mamercus war mit sich selbst zufrieden, wie er es seit Langem nicht mehr gewesen war.

»Und Aelia?«, flüsterte ich.

»Mutter ist nicht hier«, entgegnete Tiro.

»Was machen wir mit dem da?«

Cicero zeigte auf die Leiche von Crixus.

»Leg seinen Kopf zu Jupiters Füßen. Die Priester werden sagen, dass der Gott einen Dieb getötet und ihn zur Abschreckung liegengelassen hat.«

»Wird das jemand glauben?«

»Spielt das eine Rolle?«

Mamercus ging zurück zur Götterstatue mit dem baumelnden Kopf in seiner geballten Faust. Tiro, der die Fackel hochhielt, begleitete mich zum Ausgang.

Ich dankte Cicero für die Hilfe.

»Vergiss es«, antwortete er steif. »Ich tat nur das, was notwendig war, um meine Sache zu retten.«

Ich hatte keine Zeit, darüber nachzudenken, ob das ein Scherz war. Eine Bronzekugel kam aus dem Dunkeln angeflogen, prallte gegen mich mit einem hohlen, metallischen Klang und warf mich zu Boden. Ein süßlicher Geruch stieg in meine Nasenlöcher. Ich spürte, wie lauwarmes, zähflüssiges Öl an mir hinunterlief.

Volumnia, die hinter einer Säule gestanden hatte, entriss Tiro die Fackel und hielt sie an mein Gesicht.

»Wenn du ihn tötest, schlage ich dir den Kopf ab«, schrie Mamercus. Tiro, der die halbleere Öllampe aufgehoben hatte, drehte sie unentschlossen in seinen Händen herum.

»Du hast wahrscheinlich recht, kleiner Soldat«, grinste Volumnia. »Aber weißt du was? Wenn das der Preis dafür ist, meinem Bruder zu helfen, dann bezahle ich ihn. Leb wohl, Demetrios.«

Das Ölgefäß flog durch die Luft, die Fackel zischte in der Ölwolke, ein Schrei stieg bis zu den vergoldeten Balken des Dachs hinauf, Volumnias Hände schlugen gegen ihr brennendes Haar, als versuchte sie, einen Bienenschwarm zu verscheuchen. Die schwarzen Ärmel ihrer Tunika fingen Feuer, sie taumelte schreiend fort, stieß gegen eine Wand, fiel um, erhob sich wieder, glitt wie eine Marionettenpuppe über den Boden hinweg und stieß schließlich gegen den Steinsockel der Götterstatue.

Die Lampe vor dem Gott fiel um, Öl spritzte gegen die Wand, mitten in dem Feuermeer zappelte Volumnia wie eine Flunder auf einem Schneidebrett und kreischte heiser, lang gezogen und unaufhörlich.

Mir dämmerte, wo sie hinwollte.

»Wirst du wohl zurückkommen«, rief mir Cicero nach.

Von einer schmalen Tür an der Rückseite des Steinsockels führte eine Treppe hinab zum Fundament des Kapitolhügels. Die Temperatur fiel mit jedem Schritt, den ich in die Unterwelt des Tempels hinabstieg, am Fuße der Treppe war es so kalt wie an einem Wintertag.

Eine Bronzetür stand einen Spalt breit offen zu einer Krypta mit niedriger Decke. Speere, Amphoren, verwitterte Insignien, Tafeln, Schriftrollen, Helme, Bogen und Schilde lagen wie unaufgeräumtes Kinderspielzeug herum, planlos und zufällig. Weiter hinten befand sich eine Anzahl an Steinsarkophagen, die wie große, schlafende Tiere wirkten. Ich durchsuchte das feuchte Raritätenkabinett, während der Rauch aus der Tempelhalle langsam die Luft erfüllte.

»Dies hier sind die Sibyllinischen Bücher«, sagte Tiro mit Ehrfurcht in der Stimme. »Und hier liegen die ersten zwölf Bronzetafeln mit den Gesetzen Roms.«

»Vergiss die Sehenswürdigkeiten. Hilf mir mit den Deckeln.«

Ein geöffneter Sarkophag nach dem anderen offenbarte seine verwesten menschlichen Überreste, darunter vereinzelt auch Hunde, die zusammengerollt an ihren Füßen lagen.

Einer der Hunde war lebendig begraben worden. Sein Herr war in hunderte Stücke zerfetzt und aufgefressen worden bei dem Kampf des Tieres für sein Recht, leben zu wollen. Dieser Anblick war traurig, verstörend und untröstlich.

Der letzte Sarkophag war an eine der schmalen Wände der Krypta gelehnt. Selbst mit dem Ohr an dessen kalter Oberfläche waren die schwachen Klopflaute kaum zu hören.

Der Deckel ließ sich nicht bewegen, da er sich mit der Einfassung der Steinwanne verkantet hatte. Wir nutzten die Speere, stemmten unser Körpergewicht auf die Holzschäfte, bohrten die Bronzespitzen in die Rille zwischen Wanne und Deckel. Sie verbogen sich wie weiche Tonklumpen.

Wieder und wieder hämmerte ich mit dem spitzen Ende einer Amphore gegen den Steindeckel, der dumpfe Krach hallte in dem Gewölbe wider. Dann entstand ein Riss, der breiter wurde, sodass einzelne Stücke aus dem Deckel brachen. Schließlich zerbrach er in mehrere Teile.

Tiro und ich rissen uns die Finger wund an den scharfen Kanten der Steinplatten, die alles zusammenhielten, schrien vor Anstrengung, bis sich der Deckel Stück für Stück über den Rand schob, einen Augen-

blick lang im perfekten Gleichgewicht hielt und dann auf dem Steinboden zerbrach.
Vom Boden des Sarkophags grinste uns ein nackter Schädel entgegen.

XXI

Das schwache Licht der verglühenden Fackel erleuchtete nur noch Ti-
ros Stirn und Nase, die im Qualm frei herumzuschwirren schienen.
Ich sackte neben dem Sarkophag zusammen.
»Wir müssen hier raus«, sagte Tiro.
Meine Fingerspitzen streiften über eine Unebenheit auf dem Boden.
Eine Vertiefung lief von der äußersten Ecke des Sarkophags in einer
halbkreisförmigen Spur gegen die Wand zu.
Ich stemmte den Rücken gegen die Kante des Steinsargs. Er gab nach.
Die Fackel ging aus.
»Dahinter ist ein Hohlraum«, sagte ich im Dunkeln.
Unsere Fingerkuppen, die vor lauter Kälte gefühllos waren, suchten
die Wände, den Boden, die Decke nach einem versteckten Mechanis-
mus ab. Selbst bei Tageslicht wäre dies eine schwere Aufgabe gewesen;
in der totalen Finsternis war es unmöglich. Ich stieß auf eine Fuge
zwischen Wand und Steinwanne. Ein metallisches Geräusch erklang
hinter mir.
»Ich bin über einen Schild gefallen«, sagte Tiro.
»Bring ihn her.«
Die Spitze des rechteckig gebogenen Schildes passte in die Spalte, wir
rüttelten ihn vor und zurück und machten dadurch die Öffnung brei-
ter. Meine Hand tastete in dem Hohlraum herum und streifte einen
Knöchel.
»Sie ist hier, Tiro.«
Der Triumph in meiner Stimme war unberechtigt. Aelia reagierte
nicht auf meine Berührung. Der Spalt war zu schmal, als dass ich
mich hätte hindurchzwängen können.
»Du musst sie herausziehen«, sagte Tiro.
Besonnener, kluger Tiro.
Mit einem kleinen, vorsichtigen Ruck glitt Aelia von einer totalen
Dunkelheit in eine andere. Meine Hand streifte ihre Brandwunde am
Oberschenkel. Anschließend folgte ihr Oberkörper, der gegen beide

Kanten des Spalts schabte, ich musste ihren Kopf auf dem schlanken Hals zur Seite drehen, zuletzt kamen ihre kräftigen Arme zum Vorschein, die erschlafft herunterhingen wie tote Schlangen.

Mit meiner Frau in den Armen lief ich auf den schwachen orangefarbenen Schein der Türöffnung zu. Auf dem Weg dorthin fielen die eingelagerten Gegenstände um uns herum wie bei einem kleinen Erdrutsch.

Die Flammen hatten bereits eine Seite der schmalen Halle komplett erfasst. Der aus Bronze bestehende Körper des Gottes hatte in der Hitze zu schmelzen angefangen, sein riesiger Schatten neigte sich vornüber, als wolle er Volumnias verkohlte Leiche küssen. Von der offenen Tür strömte ein kühler Wind hinein und fachte das Feuer an, das sich gierig zum Dach emporstreckte und wellenförmig über die filigranen Muster der Decke hinwegfegte. Wir liefen zum Portikus, stolperten die Treppe hinunter, blieben stehen und schauten uns um. Cicero kam uns entgegen, Mamercus stand mitten auf dem Platz und machte eine Handbewegung.

»Diesen Weg«, rief er, »in Richtung Arx.«

Ich fiel hin, immer noch mit Aelia in den Armen, und stieß mir den Kopf am Pflaster. Mamercus beugte sich hinab, legte Aelia über seine Schulter und zog mich an der Achselhöhle nach oben. Ich schien kaum den Boden zu berühren auf unserem Weg durch den kleinen Hain zwischen den zwei Hügeln des Kapitols.

Der Schein der Flammen machte die Dunkelheit auf der Genomischen Treppe undurchdringlich. Wir tasteten uns den Weg entlang hinab zum Forum, mit Ciceros Klagen in den Ohren.

Hunderte nach oben gerichtete Gesichter waren in den Schein des Feuers getaucht, das inzwischen den Tempel völlig umschlossen hatte. Die Stadt war durch dieses unausdenkbar schreckliche Omen aus dem Schlaf gerissen geworden. Einige weinten, andere starrten mit einer Mischung aus Schrecken und Faszination auf das gigantische Feuer.

Die Kühle schlug uns wie die Gischt einer Welle entgegen, als wir uns im Schutz des Castor- und Polluxtempels die Vestatreppe hinaufbegaben.

Cicero hielt uns die Tür zu seinem Haus auf.

Mamercus legte Aelia vorsichtig auf einen Diwan.

Ich fiel auf die Knie und küsste ihre kalte Hand.

Mein Schluchzen war das einzige Geräusch, das im Atrium zu hören war.

XXII

»Demetrios«, sagte Cicero feierlich, »möchtest du deine Unterschrift unter das Klagegesuch setzen?«

Einen Moment dachte ich daran, Nein zu sagen, aber nur, um seine Reaktion zu sehen.

Cicero hatte 15 Tage benötigt, um die Anklageschrift niederzuschreiben. Tag und Nacht hatte er an dem Text gearbeitet. Eine endlose Anzahl an Notizen waren auf Wachstafeln geschrieben, ausgewischt, erneut geschrieben und wieder und wieder verbessert worden. Die Darstellung des Sachverhaltes sollte so klar und einfach wie möglich erfolgen, denn die Richter wurden nicht nach juristischer Qualifikation ausgewählt, sondern durch Losverfahren, wie Cicero mitteilte.

Ich beugte mich über das Schriftstück und unterschrieb. Cicero rollte das Pergament zusammen und versiegelte es.

»Was aber, wenn Sulla so etwas vorausgesehen hat?«, erkundigte ich mich.

Sulla hatte die Stadt immer noch fest im Griff. Alle wussten, dass er hinter irgendetwas oder irgendjemandem her war. Mir schoss der Gedanke durch den Kopf, dass die Richter des Strafgerichts weder vor Bedrohung noch Bestechung geschützt waren, da sie Laien waren.

Cicero verstand die Absicht meiner Frage.

»Wenn ich deinen Rat brauche, wie Roms vornehmste Patrizier reagieren werden, werde ich dich schon fragen. In der Zwischenzeit solltest du die Finger von meinem Weinkeller lassen. Und stattdessen lieber einen respektablen Eindruck bei dem Gerichtsverfahren machen.«

Mein Leben mit Aelia war vorbei. Diese Erkenntnis hatte sich erst in der Nacht auf dem Kapitol in mir festgesetzt. So wie ein Patient weiterhin sein amputiertes Bein spürt, so hatte ich immer noch gefühlt, dass sie zu meinem Leben gehörte. Das Feuer, das den größten Tempel der Stadt zerstört hatte, hatte auch meinen Selbstbetrug verschlungen.

Ich hatte Trost bei den Amphoren mit Wein gesucht, mit denen der Vorratskeller des Hauses gut bestückt war.

Als Cicero und Tiro gegangen waren, setzte ich mich in den Schatten und leerte noch einen Becher Wein. Die Luft über den Büschen des Gartens flimmerte vor Hitze, obwohl es erst früh am Tag war. Nur das sanfte Plätschern des kleinen Brunnens und das Zwitschern der Spatzen unter dem Dach übertönte das ferne Treiben der Stadt.

Mamercus steckte den Kopf aus Aelias Zimmer heraus. »Sind sie gegangen?«

In dem Maße, wie ich allmählich in dem Dunst des Alkohols abgeglitten war, war Mamercus nüchterner geworden und rührte nur noch Wasser an. Ich hatte mit steigender Unruhe seinen Besuch an Aelias Krankenlager verfolgt.

Ich folgte ihm nach draußen. Mit einer Hand auf dem Türpfosten drehte er sich zu mir um. In seinem Blick flackerte sein schlechtes Gewissen auf.

»Wahrscheinlich hast du schon herausgefunden, was los ist«, sagte er.

»Das lässt sich kaum vermeiden.«

Von einem Sohn aus adligem Hause wird erwartet, dass er eine erfolgreiche Laufbahn einschlägt, am liebsten in der Politik. Mamercus hatte gesehen, was das mit seinem Halbbruder gemacht hatte und beschlossen, dass das nichts für ihn war. Ackerbau sagte ihm nichts. Und zum Händler taugte er nicht. Es brauchte somit buchstäblich einen Krieg, damit er seine Lebensaufgabe finden konnte.

»Ich bin Soldat. Wenn ich dem Feind gegenüberstehe, werde ich klar im Kopf. Dann gibt es keine Angst. Keine Zweifel. Erst danach hasse ich mich selbst.«

Die Stimme versagte ihm. Ich wartete, bis er sie wieder gefunden hatte.

»Es brauchte eine weitere Frau, bis ich anfangen konnte, mit mir selbst zurechtzukommen. Jetzt kann ich nicht mehr ohne sie leben. Sie ist meine letzte Möglichkeit, ein ganzer Mensch werden zu können.«

Dieses Melodrama war im Augenblick mehr, als ich ertragen konnte.

»Ich verzeihe dir«, sagte ich.

Er schaute mich überrascht an. Dann nickte er und verschwand ohne ein Wort die Straße hinab.

Das Haus war zu klein, als dass ich irgendwo anders als ins Atrium hätte gehen können. Ich leerte den Weinbecher und schrie den kahlen Wänden meinen Zorn entgegen. Bei meinem Vorhaben, Drusus' Mörder zu entlarven, hatte ich mein Heim, mein Leben, meinen Beruf, meine Frau und meine Identität verloren. Es war nichts mehr von dem übrig, der ich einst gewesen war. Und denjenigen, der ich geworden war, erkannte ich nicht mehr wieder.

Ich kniete vor dem Hausaltar nieder mit einer Frage auf den Lippen, deren Antwort ich nicht wissen wollte. Ich versank in Bewusstlosigkeit, die in einen Traum hinüberglitt, in dem ich etwas oder jemanden von Raum zu Raum jagte, endlose Gänge entlang, ohne einen Blick auf meine Beute zu erhaschen oder Klarheit erlangen zu können, wer oder was es war. Ich erwachte, als Cicero und Tiro vom Forum zurückkamen. Ihre erregten Stimmen ließen mich ins Tablinum gehen.

»Was ist passiert?«, fragte ich.

Sie drehten sich beide um und starrten mich an.

»Das Strafgericht hat die Anklageschrift abgewiesen.«

Tiros Stimme fuhr durch meinen Dämmerzustand und ließ mich schlagartig hellwach werden.

»Es ist so, wie ich es befürchtet hatte«, antwortete Cicero. »Sulla hat das Gerichtsverfahren vorausgesehen. Es ist ihm gelungen, die Richter zu beeinflussen, entweder mithilfe von Geld oder Drohungen. Sie weigerten sich, sich der Sache anzunehmen. Keiner von ihnen konnte mir in die Augen schauen.«

Ich stand einen Moment bewegungslos da und ließ die Neuigkeit auf mich wirken.

»Dann gibt es also kein Gerichtsverfahren?«

»Keine Anklage, kein Verfahren. Nichts.«

XXIII

Sulla stand mit verschränkten Armen auf dem Podium der Konsuln. Seine graublauen Augen funkelten, die Sommersprossen bildeten scharf umgrenzte Flecken in seinem zerfurchten Gesicht. Er registrierte alle, die in den Senatssaal kamen. Auch Mamercus, der mit mir an seiner Seite zur hintersten Reihe ging, wo ihm sein Status als Pedarius einen Platz am Rand zusicherte. Noch lange strömten die

Senatoren hinein. Selbst nachdem der letzte Platz genommen hatte, betrachtete uns die einsame Gestalt mit ihrem durchbohrenden Blick. Zehn Tage hatten wir auf diese unvermeidliche Begegnung gewartet. Nach der missglückten Einreichung der Anklage musste Sulla erraten haben, wer seine Gegner waren und wo wir uns aufhielten.

Cicero war die ganze Zeit von einer hektischen Unentschlossenheit besessen gewesen. In einem Moment schimpfte er über die Ungerechtigkeit der Welt, im nächsten weinte er über sein hartes Los. Den Sklaven des Hauses war befohlen worden, alles einzupacken und nach Gallien zu flüchten, bevor sie einen Tag später den Befehl erhielten, alles wieder auszupacken. Da er königlicher Herkunft war, wollte ihr Dominus der Gefahr ins Gesicht sehen.

Sulla war zuvor damit beschäftigt gewesen, 6000 samnitische Kriegsgefangene zusammentreiben und nach Rom bringen zu lassen, wo man sie durch die Straßen gescheucht und vom Volk mit Exkrementen und verdorbenem Gemüse hatte bewerfen lassen. Ich wohnte dem Geschehen mit gemischten Gefühlen bei, da ich Mutilus unter ihnen wiedererkannt hatte. Auf diese Weise konnten die Bewohner der Stadt ihrer angestauten Angst ein paar Stunden freien Lauf lassen.

Kurz darauf hatte Mamercus eine Aufforderung zur Senatssitzung erhalten. Als kürzlich aufgenommenes Mitglied war er zur Teilnahme verpflichtet. Ich hatte ihn gebeten, mich mitzunehmen.

Erst als das Gurren der Tauben unter den Dachbalken zu hören war, redete Sulla. Seine Ausstrahlung wirkte auf zweifache Weise. Wie ein Druck in dem Raum und gleichzeitig wie ein Sog; ein Vakuum, das von dem Bewusstsein seiner eigenen Unverwundbarkeit angefeuert wurde.

»Liebe Freunde«, rief er, sodass die Senatoren von den Sitzen aufsprangen. »Ich habe herausgefunden, dass ihr eure Pflichten vernachlässigt. Die Treffen des Senats wurden nicht abgehalten. Die Konsuln sind wie vom Erdboden verschwunden. Wenn es keiner von euch fertigbringt, für Ordnung zu sorgen, bin ich gezwungen, dieses verdammte Durcheinander zu beheben.«

Ich werde es nie verstehen, wie es Sulla gelang, seine Rede derart präzise auszuführen. Vielleicht hatte ihm ein Handlanger ein Signal gegeben. Vielleicht hatte er die ersten, kaum hörbaren Anzeichen vom

Aufkommen der Angst gespürt. Auf alle Fälle erschallte nun, die Proteste der Senatoren übertönend, ein kollektiver Angstschrei aus tausenden Kehlen, der wie das Gebrüll eines mächtigen, verletzten Tieres im Todeskampf klang. Wie ein kalter Herbstwind fegte es von Westen her über den Palatinhügel hinweg, hallte zwischen den Mauern der Patriziervillen wider, bevor es sich schwerfällig auf das Forum legte. Die Leute blieben stehen und schauten sich um. Als sie begriffen, was vor sich ging, eilten sie weiter, in ihrem Innersten erschüttert.

»Kümmert euch nicht darum«, sagte Sulla und schlug mit der Hand gegen die geöffneten Bronzetüren. »Es sind nur die 6000 Kriegsgefangenen, die ihr vor Kurzem gesehen habt. Meine Leute schlachten diese Schweine im Circus Maximus ab. So wird es allen Feinden der Republik geschehen. Lasst uns hoffen, dass es nicht noch weitere Feinde gibt.«

Die Drohung war, selbst für die begriffsstutzigsten Aristokraten, unüberhörbar. Die Senatoren sackten schweigend auf ihren Sitzen zusammen. Sulla fuhr ruhig fort:

»Wenn beide Konsuln abwesend sind, ernennt man üblicherweise einen Interrex, der eine neue Konsulwahl im Lauf von fünf Tagen vorbereiten kann. Das wisst ihr sicherlich besser als ich. Ich überlasse es euch, liebe Freunde. Ihr könnt mich zusammen mit meinen treuen Truppen auf dem Marsfeld finden. Ich betrachte das jetzt als mein neues Zuhause, nachdem einige Dreckskerle mein Haus niedergebrannt haben. Pace.«

Auf dem Weg durch den Saal begegneten Sullas Augen meinen und fixierten mich. Sein Blick verriet mir, dass es keinen Weg zurück mehr gab. Es würde keine Vergebung geben. Jetzt war Krieg, und Sulla hatte vor, ihn zu gewinnen.

Er ging hinunter zum Forum. Eine Eskorte war nicht notwendig. Die Menge wich zur Seite, wie ein Ölfilm auf Wasser, und schloss sich wieder hinter ihm.

Die Senatoren blieben wie gelähmt zurück, bis der letzte Schrei aus dem Circus Maximus verhallte. Schließlich erhob sich Mamercus und schlug vor, dass man Valerius Flaccus – ein Mann, dessen Ehre über jeden Zweifel erhaben war – zum vorübergehenden Regenten ernennen sollte. Keiner erhob Einwände.

Der Angriff erfolgte am selben Abend.

XXIV

Cicero gab ein Abendessen in seinem bescheidenen Atrium. Mamercus hatte ganz links auf einem Diwan an der Seite von Aelia Platz genommen, während der Gastgeber in der Mitte lag. Auf dem Diwan an der rechten Seite lag ich mit Tiro, was – wenn man seinen Status als Sklaven in Betracht zog – höchst ungewöhnlich war.

Das Essen war erlesen: gebratene Tauben mit einer Füllung aus Brot, Zwiebeln und Oliven. Mit Käse und Ei gefüllte Klöße, in Knoblauchöl gebratene und mit Honig getränkte Würste; Salat mit Gurken, Zwiebeln, Sellerie und gedämpfter Blumenkohl mit gehackten Kastanien. Als Nachtisch gab es kleine Obstkuchen und in Thymianhonig knusprig gebratene Fladen mit Sesam, außerdem zwei Sorten Käse.

»Das Beste, was Arpinum zu bieten hat«, sagte Cicero. »Wir können die Speisekammer leeren. Von heute Abend an gilt, alles oder nichts. Esst, liebe Freunde, esst und trinkt nach Herzenslust.«

Kaum hatten wir unsere Teller gefüllt, klopfte es an der Tür. Tiro sprang auf. Mamercus kam auf die Beine und hielt seine Hand fest, bevor sie den Riegel zur Seite schieben konnte.

»Erwartest du jemanden?«, erkundigte er sich.

»Eigentlich …«, fing Cicero an, wurde aber unterbrochen.

Nun war nicht mehr länger von einem Klopfen die Rede, sondern von einem ohrenbetäubenden Dröhnen schwerer Hämmer. Sie bearbeiteten die Bronzebeschläge von außen, auf der anderen Seite der Tür stieg eine Wolke von Holzstaub auf. Es dauerte über eine Minute, bevor die Angreifer einsahen, dass die Tür nicht ohne Weiteres nachgab. Sie hörten ebenso plötzlich auf, wie sie begonnen hatten.

Draußen auf der Straße fand eine Diskussion mit gedämpften Stimmen statt.

Wir schauten uns gegenseitig an.

Mamercus hatte sein Schwert gezogen.

»Hast du irgendwelche Waffen?«, flüsterte er.

Cicero schüttelte schweigend den Kopf.

Tiro verschwand in der Küche und kehrte mit ein paar Messern zurück.

»Sind Sklaven im Haus, die uns helfen können?«

»Nur die Köchin und ein paar Jungen.«

Mamercus' Blick schnellte in einer hastigen Analyse der Situation umher.

»Aelia. In den Garten. Ruf, wenn jemand versucht, über die Nachbarhäuser einzudringen. Tiro, aufs Dach. Nimm Wasser mit.«

Die Frage in Tiros Blick wurde von einer Reihe Stöße vom Dach des Atriums beantwortet. In der viereckigen Öffnung in der Mitte wurde die Aussicht auf den Sternenhimmel nun von einem orangefarbenen Schein verdrängt. Eine einzelne Fackel rollte über die Kante des Dachs, fiel herab und erlosch mit einem Zischen im Wasserbecken.

»Los jetzt!«

Aelia verschwand eilig zum Peristyl, Tiro auf der Leiter und kletterte hinauf. Das ohrenbetäubende Hämmern fing von Neuem an. Mit seiner freien Hand packte Mamercus den Diwan in seiner Nähe, hob ihn wie einen Schemel hoch und warf ihn gegen die Tür.

»Drück die Schulter dagegen«, sagte er zu mir und blickte nach oben. »Tiro, wie läuft's?«

Tiros Gesicht erschien in der Dachöffnung.

»Das Feuer hat uns noch nicht erreicht. Was mache ich mit den Fackeln?«

Seine Stimme war durch das rhythmische Stoßen kaum zu hören. In jeder Hand hielt er drei brennende Fackeln. Mamercus grinste finster. Er fühlte sich daheim in dieser kleinen Festung, die das Haus mit seiner hohen, fensterlosen Mauer zur Straße bildete.

»Die Straße ist zu schmal, als dass sie einen Rammbock einsetzen können«, sagte Mamercus. »Aber die Tür hält nicht ewig stand. Cicero, bring alles Lampenöl aus dem Haus zu Tiro nach oben. Und Tücher. Viele Tücher.«

Der Advokat gehorchte. Wir folgten mit den Augen seinem Weg nach oben.

»Wir können über die Gartenmauer in eines der Nachbarhäuser flüchten«, schlug ich vor.

»Wenn uns jemand dort auflauert, sind wir erledigt. Es ist besser, so lange wie möglich hier zu bleiben.«

»Ich bin oben«, erklang Ciceros Stimme. »Was jetzt?«

»Tränk die Lappen mit Öl. Steck sie an und schmeiß sie auf die Straße herunter. Bilde einen Ring aus Feuer um die Tür herum.«

Das ohrenbetäubende Hämmern wurde von Beschimpfungen von der Straße abgelöst, als die brennenden Tücher auf die Angreifer herabfielen. Einen Augenblick lang war es still.

»Es hilft nichts«, rief Cicero. »Sie treten die Lappen einfach weg.«

»Gieß mehr Öl drauf!«

Ein leises Aufflammen des Feuers drang durch die Tür. Die Angreifer schrien und heulten auf. Mamercus trat ein paar Schritte zurück und schaute durch die Öffnung.

»Wie viele sind es?«

Der Umriss von Tiros Gesicht tauchte am Sternenhimmel auf.

»Zehn bis zwölf Stück. Es sind keine Soldaten. Sie ähneln eher Rüpeln aus einer Taverne. Sie geben nicht auf. Sie warten darauf, dass das Feuer ausgeht.«

Mamercus griff nach einer Wurst und kaute auf ihr herum, während er die Messer begutachtete. Er reichte mir das längste.

»Wir können über die Dächer flüchten. Zum Forum Boarium. Dann weiter über die Brücke nach Transtiberim. Ein paar Pferde schnappen. Die Stadt verlassen.« Er spürte meinen Widerwillen und seufzte. »Wir waren von der Gnade Sullas abhängig. Das ist jetzt vorbei. Denk an Aelia.«

Sein kühler Feldherrnblick zeigte weder Angst noch Zweifel. Seine Einschätzung war hoffnungslos bitter. Er rief Aelia und erklärte ihr die Situation. Sie nickte kurz, als würde sie eine Nachricht erhalten, auf die sie lange gewartet hatte.

Das beharrliche Hämmern an der Tür nahm wieder zu.

»Hinauf aufs Dach zu den anderen. Ich verbarrikadiere die Tür und komme nach.«

Aelia kletterte vor mir die Leiter hinauf.

Die Kühle der Nachtluft wirkte befreiend nach dem stickigen Atrium. Im Mondschein sahen wir, wie sich die Dachlandschaft bis zum Horizont fortsetzte. Tiro und Cicero beugten sich mit den geleerten Ölkrügen über den Rand der Fassade, außerstande, sich loszureißen.

Die verstreuten Flammen beleuchteten die flirrenden Gestalten auf der Straße, die nur aus freischwebenden Armen, Beinen und Oberkörpern zu bestehen schienen, während ihre konzentrierten, verzerrten Gesichter nach unten auf den Angriff gerichtet waren.

Mamercus goss den Inhalt der Öllampe über die Traufkante. Die Flüche von unten klangen wie aus einer anderen Welt.

»Weg von hier.« Er zeigte in westliche Richtung.

»Was ist mit meinen Sklaven?«, fragte Cicero.

»Sullas Leute versetzen den Jungs sicher ein paar Tritte in den Hintern. Vergewaltigen die Köchin. Das verschafft uns Zeit.«

Gegenüber Mamercus' übermächtigem Rationalismus erstarben sowohl Ciceros als auch meine Proteste. Wir sahen uns gegenseitig an, unsere bleichen Gesichter spiegelten Resignation wider. Mamercus stieg mit einem großen Schritt auf das Dach des Nachbarhauses.

»Es kommen mehr«, rief Tiro, der an der Kante sitzengeblieben war.

»Nein, wartet. Es sind Liktoren!«

Zwei gerade, weißblaue Reihen näherten sich aus der Dunkelheit von der Straße, die vom Ende des Forums abzweigt. Die Formation löste sich auf, sie wurden zu einzelnen Individuen und begannen zu laufen. Es fand ein kurzer, ungleicher Kampf statt. Die Belagerer verloren dabei gegen die Keulen der Liktoren rasch ihre Messer und Hammer. Sechs von ihnen lagen kurz darauf auf dem Pflaster zwischen den ausgehenden Flammen.

Zwei mit einer Toga bekleidete Gestalten schwebten aus der Dunkelheit herbei.

»Da sind ja meine Gäste«, rief Cicero aus.

Die fragenden Gesichter der Ankömmlinge richteten sich nach oben auf uns. Ich begriff nur, dass wir befreit waren. Über meine Schulter hinweg sah ich, wie Mamercus und Aelia einen einvernehmlichen Blick gegenseitigen Vertrauens austauschten.

Einzig der Kloß in meinem Hals verhinderte, dass sich die Magensäure ihren Weg in meinen Mund bahnen konnte.

XXV

Die zwei Senatoren, beide in eine Toga mit purpurfarbener Borte gehüllt, und ihre Eskorte aus weiß gekleideten Leibwächtern drängten sich in eine Ecke des kleinen Atriums.

»Ich bedaure die Unordnung«, sagte Cicero. »Wir erwarteten solch vornehme Gäste nicht.«

»Was ist passiert?«, erkundigte sich der ältere Senator.

»Ein Missverständnis. Ein Nachbarschaftsstreit. Alles ist überstanden. Welcher großen Ehre verdanke ich es, dass die Herren Senatoren meinem bescheidenen Heim einen Besuch abstatten?«

Eine Pause entstand, als hätten sich die Besucher zwar vorher abgesprochen, was gesagt werden sollte, ohne sich jedoch darüber einig zu sein, wer das Wort führen sollte. Schließlich wandte sich der ältere von ihnen an Mamercus.

»Du hast doch deinem Gastgeber davon erzählt, was heute im Senat geschehen ist?«

Mamercus blickte von einem zum anderen und nickte.

»Und von deiner Ernennung zum Interrex, Valerius Flaccus.«

»Ja, das ist richtig.« Valerius Flaccus räusperte sich und fuhr mit seiner Hand über sein erschöpftes, faltiges Gesicht. »Und jetzt befinde ich mich in einem fürchterlichen Dilemma.«

»Dilemma, Valerius Flaccus?« Cicero legte die Fingerspitzen aneinander und hielt den Kopf schräg.

Man musste ihn gut kennen, um die Veränderung in seiner Stimme wahrnehmen zu können. Flaccus, der eine Wachstafel von seinem Sklaven empfing, bemerkte sie nicht.

»Sulla hat mir diesen Brief hier geschickt: ›Valerius, alter Freund. Es freut mich, dass du es bist, der die Verantwortung für die Republik trägt. Mit all den Scherereien und dem Unfrieden, die hier zurzeit herrschen, möchte ich dich auffordern, einen Diktator zu ernennen, anstatt die Zeit mit der Konsulwahl zu vergeuden. Ich biete mich selbst als Kandidat an. Gruß Lucius Cornelius Sulla Felix.‹«

Den Titel eines Diktators, der seinem Inhaber uneingeschränkte Verfügungsgewalt über alle Bürger – hoch- wie niedergestellt – des Staates verlieh, hatte seit mehr als 200 Jahren keiner mehr getragen. Nichts rechtfertigte jetzt seine Ernennung. Es war schlichtweg einzig Sullas Wunsch.

Cicero fuchtelte mit den Armen herum, als wollte er sagen:

Das ist schrecklich, daran besteht für jeden rechtschaffenen Römer kein Zweifel, doch was kann ich, ein einfacher Mann, nur dagegen tun?

Als Antwort auf seine unausgesprochene Frage hob der andere Senator eine Schriftrolle hoch.

»Neulich brachtest du diese Klage vor meinem Gericht vor. Ihr zufolge sollte Sulla den Volkstribun Marcus Livius Drusus mit Gift ermordet haben.«

Cicero nickte.

»Ich erinnere mich auch, dass du die Klage abgewiesen hast, Fabius.«

Fabius blickte zu Flaccus. Er schien unter einem gewissen Druck zu stehen.

»Angesichts der neuen Situation kann ich dir mitteilen, dass ich geneigt bin, meine Einstellung zu überdenken. Und ich werde das Verfahren sogar beschleunigen.«

Nun hegte niemand länger Zweifel. Cicero genoss diesen Augenblick in vollen Zügen.

XXVI

»Man kann sich immer darauf verlassen, dass Roms Väter das Richtige tun«, sagte Cicero ein paar Tage später, »wenn alle anderen Möglichkeiten ausgeschöpft sind.«

Die Domus Publica, ein klotziges, graues Tuffsteingebäude, das in das Forum hineinragt, ist der Amtssitz des Pontifex Maximus. Jedoch war der Hohepriester während des Bürgerkriegs gestorben, und keiner hatte einen Nachfolger ernannt. Die spartanische Wohnung im Westflügel des Obergeschosses stand daher leer. Dort wären wir in Sicherheit, hatte Valerius Flaccus gemeint.

»Du wusstest, dass dich der Senat um Hilfe bitten würde?«, fragte ich.

»Es ist so viel gesagt worden.« Cicero erlaubte sich ein Grinsen. »Die Sache hätte auch vollkommen anders ausgehen können. Unser Glück war, dass Sulla im entscheidenden Augenblick versagte. Er traute sich nicht, seine Soldaten einzusetzen, um uns zu zerquetschen. Nun ist es zu spät. Mit dem Senat im Rücken sind wir zu mächtig.«

»Brauchen wir tatsächlich den Senat?«, erkundigte sich Mamercus.

Cicero legte den Kopf zur Seite. Er genoss die Pause, so wie er jede Minute seit unserer Rettung zu genießen schien.

»Der Unterzeichner der Anklageschrift ist ein ehemaliger Sklave und obendrein Klient des Angeklagten. Ich selbst bin vorerst nur ein unbekannter Provinzadvokat. Unser Gegner ist der mächtigste Mann Roms. Ohne Hilfe hätten wir Sulla nicht schlagen können. Das wäre uns nicht gelungen, wenn er den Senat nicht bis zur Schmerzgrenze unter Druck gesetzt hätte.«

Ich blickte aus dem Fenster hinaus. Den ganzen Vormittag über hatten sich die Senatoren in ihren weißen Togen, jeweils umringt von ihrem kleinen Dunstkreis von Sklaven, Klienten und Freunden, aus den verschiedenen Vierteln der Stadt zur Treppe der Domus Publica begeben. Zählte man die Boten dazu, die in regelmäßigen Abständen angelaufen kamen, konnte man leicht auf den Gedanken kommen, dass etwas vor sich ging.

Es klopfte an der Tür. Valerius Flaccus kam mit den jüngsten Neuigkeiten herein.

Cicero nahm die Wachstafel entgegen und brach das Siegel. Seine Augen streiften über die wenigen Zeilen hinweg.

»Es ist Zeit. Ist die Versammlung vollzählig?«

Der alte Senator nickte. Die beiden Männer verließen den Raum. Mamercus und ich folgten ihnen unaufgefordert.

Zu beiden Seiten der kühlen, halbovalen Vorhalle mit ihrer hohen Decke führte eine Treppe an der gewölbten Wand hinauf zu Tribünen, die sich auf Kopfhöhe befanden. Die linke Treppe führte ins Haus der Vestalinnen. Ich hatte Aelia nicht mehr gesehen, seitdem sie dort hinaufgebracht worden war, um sich bei den sechs jungfräulichen Priesterinnen zu verstecken. Valerius Flaccus ging nun die Treppe zur Rechten nach oben.

In einem großen Empfangsraum mit ausgeblichenem Mosaikboden standen Stühle im Kreis herum. 15 Senatoren schauten auf. Cicero grüßte ernst, setzte sich und wartete. Mamercus und ich blieben in der Tür stehen.

»In früheren Zeiten«, begann Flaccus, »bestand Roms Heer aus freien Bürgern, die sich von einem oder beiden Konsuln in den Krieg führen ließen, bis es am Ende der einjährigen Amtszeit neue Konsuln gab.«

Es hieß, dass Valerius Flaccus gern didaktische Reden hielt, in denen er betonte, was alle wussten, bevor er zur Sache kam. Er pflegte seinen Ruf sorgfältig.

»General Marius änderte das, indem er das erste Plebejerheer schuf, das seinem General durch dick und dünn folgte. Nach dem siegreichen Krieg in Asien sind jetzt alle Soldaten des Heeres loyale Klienten von Sulla. Wenn er verlangt, zum Diktator ernannt zu werden, hat er die Unterstützung von 60 000 schwer bewaffneten Männern.«

Die Senatoren nickten schweigend und ernst.

Flaccus verkündete, dass er sich kein schlimmeres Schicksal für sein geliebtes Rom vorstellen könne als die Ernennung von Sulla zum Diktator. Doch wenn man das Vertrauen des Plebejerheeres in seinen General schwächen wolle, müsse man beweisen, dass Sulla eine in seinen Augen unverzeihliche Handlung begangen habe. Beispielsweise durch einen Mord an einem Volkstribun, dem unantastbaren Vertreter der Plebejer im Senat.

»Ich bitte nun Cicero, den Rest der Sache zu erläutern.«

Cicero erhob sich und trat in die Mitte des Kreises. Er legte ruhig und wohlbedacht die Mordanklage dar. Seine Sorgfalt bei der Ausarbeitung der Anklageschrift trug Früchte. Die Senatoren waren beeindruckt.

»Das Wichtigste ist«, ergänzte Fabius, der Vorsitzende des Gerichts, »dass Sulla in Gewahrsam genommen wird, ohne dass das Heer davon erfährt. Balbus ist der einzige seiner Legaten, der sich im Augenblick in Rom aufhält. Wir haben Balbus zwei Millionen Sesterzen gegeben, um wegzusehen.«

Er schaute unter den Versammelten umher, bevor er fortfuhr.

»Wenn die Bedrohung durch Sulla verschwunden ist, werden wir die Unbestechlichkeit und Prinzipientreue früherer Zeiten wieder herstellen. Ich bin sicher, dass der Kampf gegen die Korruption zum Sieg führen wird. Insbesondere mit Männern wie uns an der Spitze.«

Mehrere andere erhoben sich der Reihe und ihres Rangs nach, um mit eigenen Worten ähnliche Erklärungen abzugeben, Sulla und seine brutalen Methoden zu verfluchen oder möglicherweise nur, um sich am Klang ihrer eigenen Stimme zu erfreuen. Dass sie Sullas Vorgehen gebilligt hatten, als er es fern von Rom angewandt hatte, wurde schweigend übergangen. Das Gleiche geschah bei der Bestechung von Sullas Legaten.

Schließlich ergriff Cicero wieder das Wort.

»Kurz bevor dieses Treffen begann, erhielt ich eine Nachricht von meinem Sekretär Tiro. Sulla und seine Familie sind in einer Sänfte auf dem Weg zum Esquilin, um das neue Haus anzusehen, das er gekauft hat. Kurzum, es muss jetzt geschehen oder nie, wenn euer Wort Wirklichkeit werden soll. Unterstützt ihr uns, Roms ehrwürdige Väter?«

XXVII

Das Tor war geöffnet. Die Delegation konnte direkt ins Atrium gehen, einen breiten, staubigen Hof zwischen zwei Säulengängen. Tiro stieß dazu und bestätigte, dass sich Sulla mit seiner Familie immer noch im Haus befand. Um das Wasserbecken herum standen vier Sänften, die von Sklaven bewacht wurden. Ein junger Mann in bunter griechischer Kleidung drehte sich um und betrachtete uns mit einem lässigen Blick.

»Wir möchten mit Lucius Cornelius Sulla sprechen«, sagte Cicero.

Der Mann strich sich das blonde Haar aus dem Gesicht und antwortete, dass der Diktator und seine Familie damit beschäftigt seien, ihr neues Haus zu beziehen.

»Sulla ist noch kein Diktator«, entgegnete Flaccus.

Sulla kam aus dem Inneren des Hauses gelaufen, bekleidet mit einer einfachen, blauen Tunika und einem breitkrempigen Strohhut. Er ähnelte eher einem umgänglichen Familienvater als einem siegreichen Heerführer.

»Was ist da los, Chrysogonus?«, fragte er.

»Diese Herren möchten mit dir reden«, antwortete der Blonde.

»Flaccus. Fabius. Verehrte Senatoren.« Sulla kniff die Augen zusammen und lächelte.

»Und Demetrios. Was habe ich euren Besuch an solch einem herrlichen Sommertag zu verdanken?«

Cicero überreichte ihm eine Kopie der Anklageschrift. Sulla entfaltete sie und las.

»Ich muss schon sagen. Es gibt tatsächlich jemanden, der diesen verdammten Schwindler von Marcus Livius Drusus vermisst.«

Cicero übergab ihm eine weitere Schriftrolle.

»Lucius Cornelius Sulla, dies ist eine Abschrift des Geständnisses, das du in Anwesenheit von Zeugen abgegeben hast, und in dem du zugibst, den Volkstribun Marcus Livius Drusus ermordet zu haben. Du wirst in eine Zelle des Lautumiaegefängnisses gebracht, wo du auf den Prozess warten wirst.«

Cicero gab den zwölf Liktoren, die aus Sicherheitsgründen nicht vorher informiert worden waren, ein Zeichen. Der erste Liktor schielte zu Flaccus, der nickte.

Sulla streckte die Hand aus.

»Die meisten von euch kennen sicher meine hübsche Frau Caecilia. Und auch meine Tochter aus erster Ehe. Cornelia, du kennst ja bereits Mamercus. Recht gut, sogar.«

Die reizvolle, blonde Cornelia lächelte, als sie Mamercus erblickte. Er lächelte zurück. Die Szene geriet außer Kontrolle wie ein Schiff ohne Ruder: Sullas entspanntes Auftreten, Mamercus' und Cornelias Vertraulichkeit. Caecilias unaufhörliches Kichern.

»Nun, zurück zur Sache. Mord an einem Volkstribun? Das klingt wie eine schlechte Geschichte. Aber was meinen Schwiegersohn betrifft, verlangen die Mores maiorum, dass er seine Zeugenaussage zurückzieht. Das stimmt doch, Mamercus?«

Alle wandten sich Mamercus zu, der meinem Blick mit ungeheuerlich großer Ruhe begegnete.

»Mamercus' Verrat spielt keine Rolle«, sagte ich ruhig. »Wir sind immer noch drei Zeugen, die dein Geständnis hörten.«

»Einer von euch ist Sklave«, wandte Sulla ein. »Der Junge darf nur unter Folter aussagen.«

Mein Blick begegnete Tiros Augen, die vor Angst weit aufgerissen waren. Rasch fasste er sich wieder und nickte zustimmend. Er würde alles auf sich nehmen, was käme, wenn das zu einer Verurteilung führen würde. Der Mut des Jungen erfüllte mich mit Scham darüber, was ich in Gang gesetzt hatte. Und die Scham entfachte in mir ein Feuer der Raserei.

»Du hast nicht nur Drusus ermordet«, rief ich. »Du besorgtest Scaurus das Gift, als er Crassus Orator umbringen wollte. Und als Scaurus starb, übernahmst du sowohl seine Frau als auch sein Vermögen. Streitest du es etwa ab, den Vorsitzenden des Senats ermordet zu haben?«

Sulla schwankte einen kurzen Moment, sein selbstsicheres Grinsen verblasste.

»Das kann ich dir versichern. Bei Jupiter, ich war zu jenem Zeitpunkt hunderte Meilen von Rom entfernt.«

»Das kannst du uns dann erklären, wenn Mucia ausgesagt hat.«

Die Zeugenaussage einer trauernden Witwe ist für römische Geschworene immer ein gewichtiges Argument. Wie Flaccus gesagt hatte, könnte sich Sullas Plebejerheer durch den Mord an Drusus von ihm abwenden. Der Mord an einem Senatsvorsitzenden würde ihn, ungeachtet des Umstands, dass die Anklage nur auf Indizien beruhte, zum Staatsfeind machen.

In diesem Moment des allgemeinen Entsetzens begriff Sulla, dass ihn die Stimmung im Volk im Vorhinein verurteilen würde. Er wäre gezwungen, ins Exil gehen zu müssen, bevor das Verfahren überhaupt begonnen hätte.

»Ich glaube, du bist ein wenig zu streng, Demetrios. Mein Mann hatte tatsächlich nichts mit dem Tod meines ersten Mannes zu tun.«

Caecilias melodische Stimme beendete den Satz mit einem Kichern als verbale Signatur. Alle Versammelten betrachteten Sullas Frau. Flaccus bat sie, das weiter auszuführen.

»Nein, das wäre wirklich zu peinlich. Ihr werdet gezwungen sein, mich beim Wort zu nehmen, dass Scaurus glücklich starb und Sulla damit überhaupt nichts zu tun hatte.«

Es war Sulla, der aussprach, was alle dachten.

»Du hast den alten Ziegenbock zu Tode gevögelt!«

Er betrachtete seine Frau mit einem Blick neuerlicher Bewunderung. Sie hatte ihm durch ihr geschicktes Handeln nicht nur die Stellung als Exekutor verschafft, ihre Tatkraft hatte auch das Hindernis für ihre Vermählung auf eine Weise aus dem Weg geräumt, die ihr kein Römer vorhalten würde.

In tiefem Schweigen sahen wir dem Rückzug der Frauen und Mamercus zu. Als sie verschwunden waren, hatte Sulla sein Gleichgewicht wiedererlangt. Seine Stimme war leicht, der Blick in den funkelnden Augen hart wie Eisen.

»So, nun genug mit dem Geschwätz. Zurück zur Sache. Demetrios kann nicht aussagen, wenn er selbst des Mordes angeklagt wird.«

Die Senatoren schauten sich an. Das Ganze ging jetzt ein wenig zu schnell für sie. Sulla näherte sich der hintersten Sänfte beim Wasserbecken im Atrium, einem verschlossenen Gehäuse von der gleichen Art wie jene, von der aus Mamercus und ich dem Begräbnis von Drusus beigewohnt hatten. Er streckte die Hand durch den Vorhang und zog mit einem harten Ruck eine schmächtige Frau an ihren dunklen, gelockten Haaren heraus.

»Dieses Weibsbild hier war Sklavin bei Senator Domitius«, sagte er. »Ihr könnt euch sicher noch daran erinnern, dass der Arme kurz vor dem Bürgerkrieg in seinem eigenen Atrium ermordet wurde. Erzähl den Senatoren, was du mir erzählt hast, du Schlampe.«

Rachels Rücken wies Striemen von unzähligen, noch nicht völlig verheilten Peitschenhieben auf. Sie erhob ihr übel zugerichtetes Gesicht und richtete einen Zeigefinger mit einer blutigen Narbe, wo der Nagel gesessen hatte, gegen mich.

»Er war es«, flüsterte sie. »Er war es, der meinen Dominus umbrachte.«

Sulla nickte mit gekünsteltem Ernst.

»Sie steckten unter einer Decke. Einige Zeugen sahen, wie Demetrios in der Mordnacht aus dem Haus von Domitius stürzte. Ich entdeckte ihre Aussagen unter Scaurus' Papieren. Die Beschreibung passt. Ich selbst habe Demetrios und diese kleine Hure zusammen im Haus gesehen, kurz bevor ich zum Konsul gewählt wurde.«

»Es war ein Zufall, dass du mich bei Rachel entdeckt hast.«

Im Nachhinein gehörte diese Bemerkung nicht zu meinen wohlüberlegtesten. Ich spürte einen Lufthauch um mich herum. Sulla breitete die Handflächen in einer theatralischen Geste aus.

»Da seht ihr es, liebe Freunde.«

Die Senatoren und ihre Liktoren gingen schnellen Schrittes zur geöffneten Tür. Cicero folgte ihnen, rückwärts gehend und sich vor Sulla verbeugend.

»Sulla Felix, es tut mir zutiefst leid«, sagte er.

»Schon gut, Grünschnabel. Du darfst den Prozess gegen Demetrios führen.«

Cicero dankte und verbeugte sich erneut.

»Übrigens«, rief Sulla den Flüchtenden nach, »wir haben vergessen, über meine Ernennung zu reden.«

»Ich werde es morgen beim Treffen des Senats einbringen, Diktator«, sagte Flaccus und verschwand.

Nur Tiro blieb einen Augenblick lang stehen und schaute von mir zu Sulla.

Schließlich wandte auch er sich ab.

XXVIII

Sulla, der blonde Grieche und ich standen um den nackten, misshandelten Körper von Rachel herum. Ich versuchte, ihr auf die Beine zu helfen.

»Lass mich«, schluchzte sie und schubste mich fort.

»Was wird mit ihr passieren?«, fragte ich.

Sulla konnte seine Maskierung nicht mehr länger aufrechterhalten. Sein Gesicht verzog sich zu einem höhnischen Grinsen.

»Ich glaube, ich werde sie in meine neue Villa in Cumae schicken. Sie hat Marius gehört, doch nun ist sie mein. Dort werde ich den Müßiggang genießen, wenn ich das verdammte Durcheinander hier in Rom in Ordnung gebracht habe. Das Weibsstück ist bestimmt in der Küche zu gebrauchen.«

Er legte den Kopf zur Seite und spitzte die Lippen.

»Ich erinnerte mich an dein Interesse für die Lebensumstände der kleinen Hure. Scaurus hatte glücklicherweise die Zeugenaussagen zusammen mit dem Testament von Domitius aufbewahrt. Ich zählte zwei und zwei zusammen. Damit hast du wohl nicht gerechnet?«

Mein Gesichtsausdruck ließ seinen Blick aufflackern.

»Der Angriff auf Ciceros Haus«, sagte ich. »Es war offensichtlich, dass uns nur Angst eingejagt werden sollte. Mamercus wäre mit solch einer Horde Rüpel ganz allein fertig geworden. Als er flüchten wollte, wusste ich, dass irgendetwas nicht stimmte.«

»Jetzt flunkerst du schon wieder.« Sulla schüttelte den Kopf. »Wenn du alles hier bereits durchschaut hast, weshalb hast du dann dieses lächerliche Gerichtsverfahren weiter vorangetrieben?«

»Weil«, entgegnete ich und nahm behutsam Rachels nackten Körper in meine Arme, »es gefährlicher gewesen wäre, es bleiben zu lassen. Für Rom. Für alle seine Bewohner.«

»Roms Bewohner?«, schnaubte er. »Was im Hades ist diese Horde von Schlappschwänzen schon wert?«

Ein Schwarm Tauben flog vom Dach auf und flatterte über dem Atrium, zog dann weiter durch die Steinbögen eines Aquädukts, vorbei an Türmen und Schornsteinen, über das Forum mit seinen Händlern und ihren vollgestopften Geldbeuteln, die mehr Münzen enthielten, als sie zählen konnten, hinweg, vorbei an übermüdeten Hausfrauen und ihren verdreckten Kindern mit knurrenden Mägen, vorbei an elenden Bettlern vor vollgepissten Mauern, vorbei an Philosophen, die nur gelegentlich die Wahrheit erahnen, vorbei an Schuldnern mit ihren Entschuldigungen und Gläubigern, die all das wiederholt gehört haben, vorbei an Aristokraten in ihren Sänften mit Kissen und Vorhängen, abgearbeiteten Näherinnen in dunklen Stuben, vorbei an verbitterten Matronen in feuchten Zimmern, Neugeborenen, die an der Brust hängen, schwitzenden Sklaven mit ihren sonnenverbrannten Rücken, minderjährigen Huren mit einem falschem Lächeln, weiß gekleideten Senatoren, bestechungswilligen Richtern, scheinheiligen Auguren, Latrinenfuhrmännern, Bibliothekaren, Färbern, Schuhmachern, Malern und Schweinehirten, vorbei an einer Welt aus Gut und Böse, Verzweiflung und Hoffnung, Tod und Leben; woraufhin der Schwarm zurückkehrte, wie im gegenseitigen Einvernehmen, und sich an demselben Platz niederließ, den er verlassen hatte.

Die Antwort auf Sullas Frage lautete: alles.

Er würde niemals in der Lage sein, das zu verstehen, und dies war möglicherweise die größte Tragödie seines Lebens.

Rachel protestierte nicht, als ich sie zurück zur Sänfte trug. Sie war leicht wie ein Kind. Als ich sie vorsichtig zwischen die Kissen legte, begegnete sie meinem Blick. Meine Hand glitt in den Beutel an meinem Gürtel, wo ich eine Handvoll kleiner, weißer Pilze aufbewahrt hatte, als ich Volumnias Bordell aufgesucht hatte, um Tiro zu finden. Sie waren vertrocknet und runzelig. Doch der Trocknungsprozess hatte keinen Einfluss auf ihre Wirkung.

»Bereits als kleiner Junge brachtest du deine Stiefmutter mit dieser Sorte Pilze um, die du benutzt hast, um Drusus zu töten.«

Ich redete nicht mehr länger mit Sulla.

Im Halbdunkel der Sänfte schaute mich Rachel an und dann die Pilze in ihrer Handfläche.

Sie verstand meinen Hinweis, verschloss ihre Hand und nickte.

Ich ließ den Vorhang zwischen uns zurückfallen.

»Woher weißt du, dass ich Clitumna umbrachte?«

Sulla sah misstrauisch von mir zur Sänfte und kam einen Schritt näher. Ein Gedanke beschäftigte ihn, noch diffus, aber lodernd wie eine Fackel. Er schob mich weg, streckte die Hand nach dem Vorhang aus.

»Von deiner Halbschwester.«

Er hielt in der Bewegung inne. Im Schatten des Strohhutes kniff er seine Augen zusammen. Sein Mund wurde zu einem Strich in dem sommersprossigen Gesicht.

»Du hast dich bestimmt gewundert, wo Volumnia ist.« Mein Mund fühlte sich trocken an. »Du hast gewiss nach ihr gesucht. Im Bordell nachgefragt. Hast versucht, etwas aus den Mädchen herauszubekommen. Doch nicht die geringste Spur. Und es ist nun schon eine Weile her, dass sie verschwand.«

Ich sah seine Faust erst, als sie mein Kinn traf. Der Kies auf dem Hof schabte an meiner Wange entlang.

»Wo ist sie?«

Trotz des gedämpften Tonfalls hallte seine Stimme in mir wider wie an einer nackten Mauer. Dann traf mich ein Tritt in den Bauch.

»Was hast du mit ihr gemacht? Antworte, du Dreckskerl.«

Seine Stimme befand sich jetzt in meinem Ohr. Es war nur ein Flüstern, klang aber wie ein Hagelsturm. Sein Atem war so nah, als wäre es mein eigener. Eine feuchte Hand drückte meinen Hals zu. Ich spürte seinen erhitzten Körper.

Das Messer glitt unter seinen untersten Rippenbogen und fuhr mit einer schrägen Bewegung nach oben durch das Brustbein. Es war kürzer als ein Gladius oder ein Schürhaken, aber es war das längste, was Cicero in seiner Küche hatte.

Es war kein Schrei zu hören, vielmehr ein Stöhnen. Sulla ließ den Schmerz nicht heraus, ihm gelang es sogar, mich ein letztes Mal zu schlagen. Ich nahm das knackende Geräusch in meiner Nase nur noch mit wenig Interesse wahr.

Sein Körper wich zurück, das blutverschmierte Messer fiel mit einem hohlen Geräusch zu Boden. Jetzt brüllte er. Einen Namen.

»Chrysogonus!«

In meinem Mund mischte sich der Geruch von schwerem Parfüm mit dem Geschmack von Eisen, bevor mir durch einen weiteren Schlag schwarz vor Augen wurde. Dann war meine Aufmerksamkeit wieder auf das Messer gerichtet, darauf, es nach oben zu führen, gegen den Körper über mir. Ich hielt in der Bewegung inne, mein Handgelenk explodierte vor Schmerzen. Meine Finger weigerten sich, mir zu gehorchen. Das Messer entglitt mir und verschwand. Die Stille schien eine Ewigkeit anzudauern. »Das werde ich dir heimzahlen.«

Sulla lag ein Stück weit entfernt. Im Kies unter ihm hatte sich ein rostroter Fleck ausgebreitet. Mit beiden Händen hielt er sich den Bauch fest.

»Ich zieh dir bei lebendigem Leibe die Haut ab. Ich steche dir die Augen aus. Ich stecke deine Hände in glühende Kohlen. Du sollst so langsam verrecken, dass die Zeit für dich jede Bedeutung verliert.«

Nackte Füße liefen an mir vorbei. Ich kniff die Augen vor der Sonne zusammen und sah, wie die verschlossene Sänfte durch die Tür verschwand.

»Ich frage mich«, stöhnte ich, »was Fortuna dazu sagen wird?«

XXIX

Das Lautumiaegefängnis besteht aus einer Reihe winziger Zellen am Fuße der Genomischen Treppe. Der Kerker wurde normalerweise nur für kurze Aufenthalte von Verrätern genutzt, bevor sie auf dem Forum verurteilt wurden. Nichtsdestoweniger sitze ich hier nun seit beinahe einem halben Jahr.

Ein warmes Frühjahr, ein milder Winter und eine annehmbare Besuchsregelung haben meinen Aufenthalt behaglicher gemacht als in Corfinium. Als Erster kam Tiro zu Besuch. Er suchte mich bereits fünf Tage nach meiner Verhaftung auf.

»Cicero ist schon nach Arpinum gefahren. Er sagt, dass es unmöglich ist, die Senatoren von deiner Unschuld zu überzeugen. Aber er verspricht, dass er ohne zu zögern Sulla ärgern wird, wenn er dazu die Gelegenheit bekommt.«

»Es freut mich, das zu hören.«

Hiermit war der formelle Teil seines Besuchs erledigt. Wir redeten lange miteinander, über die Vergangenheit, das Leben, das Schicksal und das, was Rom und der Welt bevorstand. Als er mich verließ, weinten wir beide. Wir wussten, dass wir uns nie wiedersehen würden.

Mein nächster Gast war weniger willkommen. Es war Mamercus. Er reichte mir eine rohrförmige Lederhülle von der Länge eines Unterarms. Ich wusste, was sie enthielt.

»Das hier hat für mich keinen Wert mehr«, sagte er. »Mach damit, was du willst.«

Er stützte seine kräftigen Arme gegen die Wand der Zelle, als würde er eine neue Tunika anprobieren.

»Hier ist es komfortabler, als ich gedacht habe.«

Er lächelte, als hätten wir einen vertrauten Scherz miteinander geteilt.

»Wann hast du beschlossen, uns zu verraten?«, erkundigte ich mich.

»Nach dem Brand im Tempel? Oder war es vorher? Und warum Sullas Tochter? War dir Aelia nicht gut genug?«

Er schwieg, betrachtete mich ungläubig.

»Ich dachte, du hättest es begriffen. Mit Aelia ist alles in Ordnung. Ja, wirklich. Aber das soll sie dir lieber selbst erklären.«

»Na, vielen Dank. Wurde Sulla zum Diktator ernannt?«

»In aller Heimlichkeit, ja. Die Säuberungen haben angefangen.«

Ich vernahm seine Worte, ohne sie zu begreifen. Mamercus hatte nichts dagegen, sich zu erklären.

»Sulla kann die Leute nicht frei herumlaufen lassen, die seine Feinde unterstützt haben. Das endet dann wieder nur in einem neuen Bürgerkrieg. Wenn man Ciceros Beispiel folgt und ins Exil geht, wird man verschont. Leider sind nicht alle so klug.«

»Du warst zu lange beim Militär, wenn dir solche Methoden nichts ausmachen.«

»Ich sehe nicht, was man sonst machen sollte. Aber Valerius Flaccus ist immer noch einer Meinung mit dir. Neulich erhob er sich im Senat und fragte, wie lange Sulla gedacht habe, die Säuberungen fortzusetzen.«

»Und was antwortete der Diktator?«

»Dass er immer noch nicht sicher sei, wen er verschonen solle. Flaccus fragte dann, wer damit rechnen könne, verurteilt zu werden. Sulla schlug eine Liste mit 80 Namen ans Rostrum. Er nannte das eine Proskription, weil die Angeklagten im Vorhinein gewarnt werden. Ihr Besitz wird an den Meistbietenden verkauft. Und die Einnahmen gehen an den Staat.«

»Es ist die primitive Art eines Soldaten, so die Staatskasse zu füllen.«

»Die Opfer werden unter denen ausgewählt, die sich öffentlichen Grund angeeignet und ausgebeutet haben. Die Bodenparzellen werden an Kleinbauern und Italer verkauft, damit sie sie wieder selbst bepflanzen können. Das ist jene Art von Bodenreform, die Tiberius Gracchus durchzusetzen versuchte.«

»Dann ist Sulla also Philantrop geworden?«

»Auf seine Weise, ja.«

Er stand auf, um zu gehen.

»Würdest du mir einen letzten Gefallen tun?«, fragte ich.

Er betrachtete mich abwartend.

»Kannst du dafür sorgen, dass Claudia ein Haus und genug Geld zum Leben erhält?«

»Dein letzter Gedanke gilt der Zukunft meiner ehemaligen Frau?«

Es gab keinen Grund, Mamercus in die Rolle, die ich bei seiner Scheidung gespielt hatte, einzuweihen, jetzt, da er wieder glücklich verheiratet war.

»Gut.« Seine Verwunderung wandelte sich allmählich in eine Form des Respekts. »Das werde ich tun.«

XXX

Wenige Tage später war es Aelia, die mich besuchte. Sie legte einen Stoffbeutel ab und blieb mitten im Raum stehen. Ich verlor mich in ihren dunklen Augen und bemerkte nicht das Bündel, das sie auf den Armen trug.

»Ich bin traurig, dass es so gekommen ist«, sagte sie.

»Es ist nicht dein Fehler.« Meine Augen füllten sich mit Tränen. »Nichts von dem, was geschehen ist, ist dein Fehler.«

Sie setzte sich auf den niedrigen, gemauerten Tisch neben dem Bett.

»Es überrascht mich, dass du nicht damit gerechnet hast«, sagte sie. »Aber dir ist es immer schwer gefallen, deine Intelligenz zu gebrauchen, wenn Gefühle im Spiel waren. Mamercus ist nicht von selbst darauf gekommen, unsere Verschwörung zu verraten. Ich war es, die ihn dazu überredete. Und das war keineswegs leicht. Erst als er mit Cornelia geredet hatte, ging es etwas leichter.«

Mein Entsetzen war zu groß, als dass es mir eingefallen wäre, wütend zu werden.

»Haben du und Cicero wirklich geglaubt«, fuhr sie fort, »dass ein Mann wie Sulla, der die Hälfte seines Lebens damit verbrachte, gegen sein aussichtsloses Schicksal anzukämpfen, aufgeben würde, weil ihr ihn vor Gericht bringt? Er brachte den Volkstribun Drusus um. Weshalb sollte es euch anders ergehen?«

»Wir hatten die Unterstützung des Senats«, wandte ich ein.

»Und schau nur, wie jetzt die Köpfe der Senatoren rollen. Aber er hat sich an die Absprache mit Mamercus gehalten und ließ Cicero in Frieden ziehen. Zusammen mit Tiro. Das ist das Einzige, was von Bedeutung ist.«

In dem Bündel auf ihrem Arm wimmerte es. Sie breitete es aus und enthüllte einen kleinen Jungen.

»Das ist ja Servilias Sohn«, stieß ich hervor.

»Der Junge ist *nicht* der von Servilia«, entgegnete Aelia scharf. »Es war Rachels Haushälterin Lydia, die ihn mir gebracht hat.«

Mein Weltbild zerbrach in immer kleinere Stücke.

»Sie und Rachel haben monatelang gehungert. Sie haben alles verkauft, um am Leben zu bleiben. Nachdem Rachel von Sullas Leuten abgeholt wurde, hat sich Lydia allein durchgeschlagen. Der Junge ist dein Sohn, also hoffte sie, du würdest dich um ihn kümmern. Sie glaubte immer noch, wir würden zusammenwohnen.«

»Mein Sohn?«

Ich streckte dem Kind einen Finger entgegen, den es packte.

»Er heißt Demetrianus«, sagte Aelia.

Wir standen eine Weile da und sahen uns schweigend an.

»Ich habe dir noch etwas anderes mitgebracht.« Sie zeigte auf den Stoffbeutel. »Darin sind Tinte, Federkiel und Pergament. Damit du uns schreiben kannst.«

»An dem Tag, an dem ihr mich nicht mehr länger besuchen könnt, könnt ihr damit rechnen, dass ich nicht mehr in der Lage sein werde zu schreiben.«

»Dein Aufenthalt hier kann sich hinausziehen. Und wir können dich nicht mehr besuchen. Ich habe den Pachtvertrag wieder an den Besitzer der Wäscherei verkauft. Wir gehen nach Griechenland. Mamercus hat für uns eine Fahrmöglichkeit auf einem Schiff besorgt.«

Wieder Mamercus. Ich wollte diesen Namen nicht mehr hören.

»Warum Griechenland?«

»Ich habe keine Lust, hier in dieser Stadt noch ein Kind großzuziehen. Lydia fährt mit uns.«

»Du fährst ans Ende der Welt mit einer Frau, die versucht hat, dich umzubringen, und lässt mich hier zurück?«

Sie legte ihre Hand auf meine Wange.

»Lydia ist eine arme Frau, die nicht allein zurechtkommt. Sie tat das, weil sie vor Volumnia Angst hatte. Das wusste ich damals bereits. Und hast du mir nicht selbst erzählt, wie prächtig Athen ist? Von der Agora, auf der die ruhigen Gespräche der Philosophen widerhallen? Von dem geschäftigen Hafen von Piräus und den fernen Bergen? Das klingt wunderbar, und ich habe das Verlangen, all das zu sehen. Du nicht auch?«

Ich erinnerte mich nicht daran, Aelia von den Vorzügen Athens erzählt zu haben. Alles, was ich darüber wusste, hatte ich von einem Mann gehört, den ich bis zu meinem Tod Vater nennen werde. Ich hoffe, dass die Wirklichkeit in dieser Stadt, die Sulla in Schutt und Asche gelegt hatte, sich wieder Vaters Vorstellung annähern wird.

Aelia sagte zum Abschied, dass mich ein gemeinsamer Freund aufsuchen und dafür sorgen werde, dass meine Briefe weitergeschickt würden.

Sie drehte sich in der Tür um.

»Eines Tages wirst du das verstehen. Denk dran: Athen.«

XXXI

Kurz nach Aelias Abreise wurde ich, wie sie es versprochen hatte, von einem Freund aufgesucht. Es war Sarpedon, der mich immer noch oft besucht. Er lebt in Drusus' Haus auf dem Palatin, kümmert sich um die Erziehung der Kinder und verwaltet den üppigen Geldstrom, der dem Haus zufließt, nachdem Mamercus die Pflichten eines Exekutors übernommen hat.

Sarpedon vergeudete keine Zeit, sondern kam umgehend auf sein Lieblingsthema zu sprechen.

»Die lieben Kinder gedeihen prächtig. Obwohl der kleine Cato darüber verärgert ist, was hier in Rom geschieht.«

Von Sarpedon erfuhr ich, was tatsächlich in der Stadt vor sich ging, ohne über die Geschehnisse eine Schicht aus Rechtfertigungen zu legen, wie es Mamercus tun musste, um mit sich selbst klarkommen zu können.

Nach der ersten Liste mit 80 Senatoren hatte Sulla die Namen von hunderten anderen veröffentlicht, und jedes Mal hinzugefügt, dass er nur diejenigen nenne, an die sich sein lückenhaftes Gedächtnis bislang erinnere. Offenbar waren es jedoch nur die Reichsten, die der Diktator als Staatsfeinde betrachtete. Die Einnahmen aus ihrem versteigerten Besitz fielen nicht der Schatzkammer, sondern dem Diktator selbst sowie seinen Freunden zu.

»*Nichts* wurde zum Selbstkostenpreis verkauft«, fuhr Sarpedon fort. »Tagtäglich wird darüber geredet, dass dieser oder jener Senator auf seinem Landsitz, in seinem Garten oder seinem Bad getötet wurde. Ich traf den Vater eines alten Schülers auf dem Forum. Er sagte zu mir: ›Ich kann jetzt nicht reden. Ich wurde von meinem Landsitz in Albanien verjagt‹. Kurz darauf wurde er von einem Sklaven erschlagen, der jetzt *sowohl* frei *als auch* reich ist.«

Bevor wir Abschied nahmen, vertraute mir Sarpedon an, dass er durch Mamercus Zugang zu den Boten des Heeres hatte, die Nachrichten ungeöffnet in die Provinzen Roms bringen. Da entstand der Einfall, meine Geschichte aufzuschreiben und sie durch Sullas Boten zu dir nach Athen bringen zu lassen. Es ist eine kindische Rache, aber es ist das Einzige, wozu ich noch in der Lage bin.

Erst gestern hörte ich, dass Sulla ein neues Strafgericht eingesetzt hat, das entschlossener ist als das alte. Die Zellen um mich herum leeren sich. Es wird nicht mehr lange dauern, bis auch ich an die Reihe komme.

Endlich habe ich begriffen, was Mutilus meinte, indem er sagte, dass der Name des wahren Mörders von Drusus in Vaters Buch zu lesen sei: Marcus Livius Drusus wurde, ungeachtet dessen, wer mit dem Messer zustach oder das Gift dosierte, durch seinen eigenen grenzenlosen Ehrgeiz umgebracht. Ich selbst habe mich einer ähnlichen Hybris hingegeben, indem ich sämtliche Strophen des hippokratischen Eids gebrochen habe. Daher ist es nur gerechtfertigt, dass ich nun meine Strafe erhalte, wie es in der letzten Zeile des Schwurs geschrieben steht, und in Scham und Ehrlosigkeit sterbe.

Leb wohl, mein Sohn, und küss meine geliebte Aelia von mir.

Epilog

Der Diktator Lucius Cornelius Sulla führte seine Säuberungen mit erschreckender Effektivität aus. Der Historiker Appian berichtet, dass man unter den Opfern 90 Senatoren, 15 ehemalige Konsuln und 2600 wohlhabende römische Bürger zählte. Hiernach zog sich Sulla in seine luxuriöse Villa an der Küste bei Cumae zurück, wo er sich mit Saufkumpanen, Schauspielern und Tänzerinnen umgab. Kurz darauf starb er. Moderne Historiker glauben, dass seine Todesursache ein massives Leber- und Nierenversagen war, mit Symptomen, die in verblüffender Weise an jene von Marcus Livius Drusus erinnern.

Es gibt keinen Anhaltspunkt dafür, dass der später so berühmte Advokat Marcus Tullius Cicero zu einem frühen Zeitpunkt seiner Karriere versucht haben könnte, den Diktator vor Gericht zu bringen. Doch man weiß, dass er später für den wegen Vatermordes angeklagten Sohn und Erben des wohlhabenden Landbesitzers Sextus Roscius einen Freispruch erwirkte, und dass er im Verlauf des Verfahrens mehr als nur andeutete, dass Sullas Handlanger Chrysogonus der eigentlich Schuldige war.

Der Freispruch verschaffte Cicero einen Ruf als Gegner von Sullas Regime. Nach dem Gerichtsverfahren ging der Advokat freiwillig ins Exil, ›um meiner Gesundheit willen‹, wie er schrieb. Als er nach Sullas Tod nach Rom zurückkehrte, nahm er mit großem Erfolg seine Tätigkeit wieder auf, bekleidete mehrere öffentliche Ämter und wurde im Jahre 63 vor unserer Zeitrechnung zum Konsul gewählt.

Tiro begleitete seinen Herrn treu durch dessen ganze Karriere hindurch und wurde zum Lohn dafür freigelassen. Er sammelte Ciceros Reden und Schriften, gab sie heraus und verfasste zudem eine Lebensbeschreibung über ihn. Etliche antike Schriftsteller erwähnen Tiros literarisches Schaffen, das jedoch leider verloren gegangen ist. Alles deutet daraufhin, dass er im Alter ein wohlhabender Mann war. Er starb im Alter von 99 Jahren auf seinem Landsitz bei Puteoli.

Mamercus Aemilius Lepidus Livianus schlug eine politische Laufbahn mit mehreren bedeutungsvollen Posten in der Verwaltung Roms ein. Er wurde in dem Jahr nach Sullas Tod zum Konsul ernannt und erlangte später den ehrenvollen Titel eines Princeps Senatus – des ersten Senators.

Demetrios wird zwar in den Geschichtsbüchern nicht erwähnt, aber vielleicht gibt es dennoch Hinweise auf sein Schicksal. In Roms Stadtarchiv Tabularium – dem heutigen Keller des Rathauses –, das Sulla als Ersatz für das eingestürzte Archiv unter dem Saturntempel errichten ließ, finden sich tausende offizielle Schriftstücke aus der Ewigen Stadt in einem erstaunlich guten Zustand. Eines von ihnen, ein Bericht über ein Gerichtsverfahren, das nun in den Kapitolinischen Museen aufbewahrt wird, beschreibt, wie ein Grieche namens Demetrios Macedonicus des Mordes an einem Senator schuldig gesprochen wird und ein überraschend mildes Urteil erhält: Die Aberkennung von Speis und Trank in einem Umkreis von 500 Meilen von Rom – mit anderen Worten, Exil.

Der ansonsten neutral gehaltene Bericht schildert die Reaktion des Verurteilten – Unglaube und Verwunderung – sowie seine knappe Antwort auf die Frage des Vorsitzenden des Gerichts, Mamercus Aemilius Lepidus Livianus, wo er sein Exil verbringen wolle: in Athen. Es wird weiterhin berichtet, dass der Verurteilte viele Tränen vergoss. Ob es aus Trauer oder Freude war, ist nicht überliefert.